MANFRED BOMM

Nebelbrücke

MANFRED BOMM

Nebelbrücke

Der achtzehnte Fall für August Häberle

GMEINER SPANNUNG

Bisherige Veröffentlichungen im Gmeiner-Verlag:
Traufgänger (2017), Todesstollen (2016), Lauschkommando (2015),
Machtkampf (2014), Grauzone (2013), Mundtot (2012),
Blutsauger (2011), Kurzschluss (2010), Glasklar (2009),
Notbremse (2008), Schattennetz (2007), Beweislast (2007),
Schusslinie (2006), Mordloch (2005), Trugschluss (2005),
Irrflug (2004), Himmelsfelsen (2004)

Personen und Handlung sind frei erfunden.
Ähnlichkeiten mit lebenden oder toten Personen
sind rein zufällig und nicht beabsichtigt.

Besuchen Sie uns im Internet:
www.gmeiner-verlag.de

Im Ehnried 5, 88605 Meßkirch
Telefon 07575/2095-0
info@gmeiner-verlag.de

1. Auflage 2018

Lektorat: Claudia Senghaas, Kirchardt
Herstellung: Julia Franze
Umschlaggestaltung: U.O.R.G. Lutz Eberle, Stuttgart
unter Verwendung eines Fotos von: © Armin Walch, GF Burgenwelt Ehrenberg
Druck: GGP Media GmbH, Pößneck
Printed in Germany
ISBN 978-3-8392-2239-3

Gewidmet allen, die auch in einer materiellen Welt noch in der Lage sind, die kleinen Zeichen des Himmels wahrzunehmen, ohne dabei die Bodenhaftung zu verlieren.

Beschreiten wir mit Bedacht und mit wachen Augen den schmalen Grat, auf dem wir von heimlichen Signalen, nüchterner Realität und bisweilen auch Aberglauben umgeben sind. Vertrauen wir einer großen Macht, die uns auch dann wieder in die Sonne führt, wenn die Nebel der Vergangenheit uns zu verhüllen drohen. Im festen Glauben daran, dass auch Unmögliches möglich erscheint, wird sich vor jedem Abgrund eine Brücke finden, die uns zu einer anderen Seite führt.

1

Es war ein Schock. 49 Jahre lang hatte er es verdrängt. Eine halbe Ewigkeit. Und jetzt hielt er einen Brief in den zitternden Händen, der die alten Wunden aufriss. Walter Temmings glasige Augen waren starr auf das Stück Papier gerichtet, das zwischen seinen unruhigen Fingern zu vibrieren begann. Zweimal schon hatte er den Text gelesen, der am Computer geschrieben und mit klarer Schrift ausgedruckt worden war. Er schob mit der linken Hand die dicke Brille höher auf die Nase, als erhoffte er sich, der Inhalt des Briefes würde sich bei schärferem Sehen ändern.

»Lieber Bruder Walter«, las er nun schon zum dritten Mal, während nur das Ticken der antiken Standuhr das herrschaftliche Wohnzimmer erfüllte. »Du wirst erstaunt sein, von mir als Deinem gehassten Bruder nach so langer Zeit wieder etwas zu hören. Aber das Schicksal hat es so gewollt, dass sich unsere Wege in Deinem Leben noch einmal kreuzen. Auch wenn Du es nicht für möglich halten wirst, aber ich bin gekommen, um das, was vor 49 Jahren geschehen ist, nicht in Vergessenheit geraten zu lassen.«

Das musste ein schlechter Witz sein. Temming überflog den letzten Satz noch einmal. »… bin gekommen, um das, was vor 49 Jahren geschehen ist, nicht in Vergessenheit geraten zu lassen.«

Ja, 49 Jahre war das jetzt her. Oktober 1968. Gefühlte Hunderttausend Mal hatte er es gedanklich durchlebt. Überhaupt war ihm dies alles nie aus dem Gedächtnis gegangen. Wie ins Gehirn oder in die Seele eingebrannt, so hat es ihn ein Leben lang verfolgt. Wenigstens war es ihm im Laufe der Zeit gelungen, darüber zu schweigen, obwohl seine Frau, wie er befürchtete, hin und wieder das Bedürfnis hatte, die Angelegenheit anzusprechen. Nein, er wollte nicht. Für ihn war das Thema abgeschlossen, sosehr es ihn auch plagte. Manchmal traf es ihn aber unversehens, wie ein Keulenschlag aus dem Nichts. Mit dem Abstand der Jahre schien es sogar immer heftiger an ihm zu nagen – als sei alles erst vor wenigen Wochen gewesen. Die Vergangenheit frisst einen auf, dachte er dann.

Doch was nicht zu ändern ist, so lautete seine Devise im harten Geschäftsleben, damit musste man sich abfinden. Da lohnte alles Grübeln nichts und schon gar kein schlechtes Gewissen. Außerdem, mein Gott, damals war er gerade mal 21 gewesen. Ein unerfahrener junger Kerl, aus heutiger Sicht.

Er griff nach dem Kuvert, das er hastig aufgerissen hatte. Aber da gab es keinen Absender. Und seit Poststempel abgeschafft waren, ließ sich nur die zweistellige Zahl des Briefzentrums jener Region erkennen, in der der Brief eingegangen war. Briefzentrum 73 – Salach. Also nicht weit von hier.

Ob es Fingerabdrücke darauf gab? Für einen Moment zuckte dieser Gedanke durch Temmings Gehirn. Aber mit welcher Begründung würde er den Brief zur Polizei bringen können? Zwangsläufig käme die Frage auf, was denn vor 49 Jahren geschehen sei. Da gab es sicher noch Akten. Oder war längst alles verjährt? Nein, so etwas verjährte in Deutschland nie.

Auf seiner faltigen Stirn hatten sich dünne Schweißperlen gebildet, als er weiterlas: »Du hast mich um das Erbe des Vaters gebracht. Ein gnädiges Schicksal oder besser gesagt eine Geldzuwendung und ein Todesfall haben Dich davor bewahrt, dafür büßen zu müssen. Aber noch ist es nicht zu spät. Ich bin gekommen, meinen Teil zu holen oder Dich der gerechten irdischen Strafe zuzuführen.«

Temmings Hände zitterten heftiger. Nicht wegen seines Alters von 70 Jahren, dazu war er viel zu fit, sondern aus purem Entsetzen. Seine Augen klebten an dem Wort ›Strafe‹. Er spürte, wie seine Kehle austrocknete und sein Blutdruck in die Höhe schnellte. Gleichzeitig erschreckte ihn der Halbstundenschlag der antiken Standuhr.

»Damit du nicht glaubst, ein Trittbrettfahrer würde Dich zu erpressen versuchen, solltest Du Dich an einige Details erinnern, die nur wir beide kennen«, las er weiter. »Die Haushaltsleiter war aus Holz, und auf einer Seite waren drei Stufen mit roter Farbe beschmutzt, weil du ein paar Tage zuvor eine Farbdose ausgeleert hast.«

Unglaublich. Temming drückte seine Brille erneut fester auf die Nase. So war es. Ganz genau so. Er hatte damals das hölzerne Gartenhaus gestrichen, wobei ihm die Dose mit der roten Farbe aus der Hand gerutscht war.

Temmings Blick verfinsterte sich zunehmend, als er weiterlas: »Du brauchst also keinen Zweifel zu haben, dass ich es bin. Leider bin ich mir erst jetzt darüber bewusst geworden. Aber nun wurde mir die Gelegenheit geboten, ins Vergangene einzugreifen.«

Und dann endete der Brief: »Dein Bruder Siegfried.« Keine Unterschrift. Aber noch ein PS: »Schönen Gruß von Barbara. Ich hab sie inzwischen getroffen. Es geht ihr gut.«

Barbara. Es war wie ein Stich in die Seele. Barbara.

Verdammt, wer konnte dies wissen?

Temmings Blutdruck schoss weiter in die Höhe. Er überflog den Text noch einmal, dann besah er sich das Papier und hielt es gegen das Licht, um ein Wasserzeichen zu suchen. Nichts. Es dürfte sich um ganz normales Druckerpapier handeln. Das Schriftbild war unpersönlich. Typ Arial, vermutete er, zweieinhalbfacher Zeilenabstand. Eindeutig neueren Datums, denn 1968 hatte es noch keine PCs und keine Drucker gegeben.

Er kannte sich in Schriftsätzen aus, schließlich war er ein Leben lang Geschäftsführer seiner Chemiefabrik gewesen. Erst voriges Jahr hatte er sie seinem Sohn Sven überschrieben, sich dabei aber pro forma als Berater noch ein Mitspracherecht gesichert, vor allem aber ein Büro, in dem er sich nahezu täglich ein paar Stunden sehen ließ. Die prächtige Jugendstilvilla, die noch von seinem Vater stammte, bot in dem kleinen Örtchen Kuchen – direkt an der Bahnlinie Stuttgart-Ulm gelegen – zwar genügend Raum für Ruhe und Gelassenheit. Doch so schön es hier am Rande der Schwäbischen Alb auch war, er konnte nicht einfach Däumchen drehen oder sich mit der Pflege des weitläufigen, parkähnlichen Gartens die Zeit totschlagen. Den Tag, an dem er das Chefbüro seiner Firma in Ulm räumen musste, hatte er mit Unbehagen auf sich zukommen sehen. Fast 30 Jahre lang war er dort der alleinige Herrscher gewesen, der Patriarch sozusagen – und dies mit Erfolg, wie er immer wieder voll Zufriedenheit feststellte. Das Unternehmen florierte, hatte alle Rezessionen unbeschadet überstanden und seit einigen Jahren sogar neue Märkte im Nahen Osten erschlossen. Was sein Vater einstens mit Schuhcreme und Zahnpasta begonnen hatte, entwickelte sich zu einer Chemiefabrik, die sich längst nicht nur mit haushaltsüblichen Produkten befasste. Chemie war heute ein breiter Begriff, der nahezu alle Wirtschaftszweige umfasste. Ob Metallverarbeitung oder Lebensmittel, ob Pharmazie, Landwirtschaft oder Fahrzeuge – es gab keinen Bereich und keine Branche, die nicht auf chemische Substanzen angewiesen war.

Temming faltete das Blatt sorgfältig zusammen, steckte es in das rechteckige Kuvert zurück, durch dessen Folienfenster das Adressfeld sichtbar wurde, und ging zu der wuchtigen Schrankwand, deren massives Eichenholz schon seit einigen Jahrzehnten das Wohnzimmer beherrschte. Der Mann öffnete zitternd ein Klapptürchen, hinter dem mehrere Aktenordner und gestapelte Papiere zum Vorschein kamen. Für einen kurzen Moment besah er sich die Unordnung, entschied sich dann aber, den Brief irgendwo zwischen die Schriftstücke zu stecken. Er wollte seine Frau nicht damit beunruhigen. Noch nicht. Zuerst musste er feststellen, was dies bedeutete. Und dazu brauchte er Zeit zum Nachdenken. Er musste sofort den Termin absagen, den er heute Nachmittag in der Firma in Ulm hatte. Ihm war jetzt nicht nach einer Rede vor einer Besuchergruppe. Er würde sich erst wieder morgen Vormittag in dem Betrieb sehen lassen.

Nun galt es, vorsichtig zu agieren. Sehr sogar. Denn der Inhalt des Briefes war brisant. So konnte nur jemand schreiben, der den damaligen Sachverhalt genau kannte. Aber die wenigen, die davon wussten, waren doch längst tot.

49 Jahre war das jetzt her, schoss es ihm wieder durch den Kopf. Was sollte ein Erpresser damit anfangen können? Vermutlich war aber mit weiteren Attacken zu rechnen. Und aus Erpressungen, die in den Medien breit getreten worden waren, musste man schließen, dass der ersten Kontaktaufnahme weitere folgten, die stets massiver wurden. Deshalb musste er handeln – und dies ziemlich schnell.

2

Die Akten von damals hatte er im Keller aufbewahrt. Eigentlich war er schon vor Jahren drauf und dran gewesen, sie zu beseitigen. Doch dann hatte er sich mit seiner Frau darauf geeinigt, sie im hintersten Kellerraum der Villa, zwischen einer Vielzahl von geschäftlichen Unterlagen, aufzubewahren, deren brisanter Inhalt es ebenfalls geraten erscheinen ließ, sie vorsichtshalber außerhalb der Firma zu deponieren.

Er wartete ungeduldig, bis sich seine Frau an diesem Nachmittag zu ihrem monatlichen Kaffeekränzchen mit Unternehmergattinnen verabschiedete, vergewisserte sich, dass ihr schwarzes Audi Cabrio aus der Grundstückseinfahrt hinausrollte, und machte sich voll innerer Unruhe und zitternden Beinen sofort auf den Weg in das Untergeschoss. Dort ließ er die Leuchtstoffröhren aufblitzen, durcheilte den Raum, in dem Waschmaschine und Trockner standen, und schloss auf der gegenüberliegenden Seite eine Metalltür auf. Er fingerte nach dem Lichtschalter, worauf Aluregale sichtbar wurden, die in Dreierreihen bis zur Decke reichten und auf mehreren Zwischenböden dicht mit Aktenordnern beladen waren. Temming stieg trockene und staubige Luft in die Nase. Sein Interesse galt aber nicht den Tausenden Papierseiten, auf denen die Geschäftsbeziehungen vergangener Jahrzehnte dokumentiert waren. Stattdessen durchquerte er den Raum in einer der Regalgassen und erreichte an der Stirnseite einen hölzernen Aktenschrank aus alten Bürozeiten. Während der untere Teil aus Klapptürchen bestand, konnte im oberen Bereich die Vorderseite wie ein Rollladen nach oben geschoben werden.

Temming zögerte keinen Augenblick, sondern griff seitlich mit den Händen in den schmalen Spalt zwischen Schrankrückwand und der weiß gestrichenen Wand. Es war für ihn kein Problem, das Möbelstück nach vorne zu rücken. Er stemmte sich mit den Füßen gegen den Wandsockel und zog den Schrank mit drei kräftigen Bewegungen zu sich her, was jedes Mal ein kurzes, aber lautes Quietschen des Holzes auf dem gefliesten Boden zur Folge hatte.

Als eine Seite des Aktenschrankes weit genug von der rückwärtigen Wand weg war, fiel Temmings Blick auf eine beige Metalltür. Er zwängte sich in den entstandenen Freiraum, um mit dem Rücken das Möbelstück noch einen halben Meter weiter in den Raum hineindrücken zu können. Dann holte er einen Schlüssel aus der Tasche und entriegelte die Tür, hinter der sich verbarg, was niemals dem Finanzamt oder, noch schlimmer, irgendwelchen Juristen in die Hände fallen durfte.

Die Tür ließ sich hinter dem abgewinkelten Schrank jetzt gerade so weit öffnen, dass sich Temming in einen kleinen Raum zwängen konnte, aus dem ihm trockene, kühle und abgestandene Luft entgegenschlug, die den Geruch alten Papiers mit sich trug. Der Mann, der sich nicht entsinnen konnte, wann er das letzte Mal hier unten gewesen war, ließ auch hier eine Leuchtstoffröhre aufflackern. Ihn beschlich das Gefühl, einen Bunker zu betreten, in dem die Vergangenheit konserviert wurde. Der Boden bestand aus roh belassenem Beton, und an den ebenfalls betongrauen Wänden waren in Viererreihen Regalbretter an die Wände montiert. Nicht schön, aber zweckmäßig. Die meisten Regale, die in einer Ecke an einen halbhohen, verschrammten Aktenschrank stießen, waren leer. Auf einigen jedoch stapelten sich zusammengeschnürte Papierbündel. Dazwischen suchten prall gefüllte Aktenordner aneinander Halt. Ihre Rückseite war mit Zahlen und Buchstaben beschriftet, die vermutlich niemand außer der Verfasser selbst deuten konnte. Temming warf einen flüchtigen Blick darauf und stellte erleichtert fest, dass nichts verändert war.

Noch aber war er nicht am Ziel dessen, was er suchte. Mit ein paar Schritten erreichte er den Aktenschrank, besah sich den schmalen Zwischenraum, der sich beidseits der Regale bot, und überlegte für einen Moment, wie er dieses eingezwängt wirkende Möbelstück nach vorne wegrücken konnte. Hier war es nicht damit getan, es einfach an einer Seite bis zu einem bestimmten Winkel von der Wand zu lösen. Es würde sich an den Regalen verkanten.

Diese Konstruktion, das fiel ihm ein, war einst bewusst so gewählt worden. Nicht zweckmäßig sollte sie sein, sondern unauffällig. Immerhin waren dort Dinge verborgen, von denen er gehofft hatte, sie nie mehr im Leben jemals wieder brauchen zu müssen. Und nach menschlichem Ermessen waren diese Schriftstücke auch jetzt noch dort. Doch bevor er sich für irgendwelche Maßnahmen entschied, musste er Gewissheit haben.

Er beugte sich durch zwei Regaletagen und spürte plötzlich einen stechenden Schmerz im Rücken. Dies machte ihm mit einem Schlag bewusst, dass er vor Kurzem seinen 70. Geburtstag gefeiert hatte. Anstrengungen wie diese waren seiner Gesundheit alles andere als zuträglich. Trotzdem konnte ihn jetzt nichts davon abbringen, auch diesen Schrank zu bewegen. Seine Finger fanden den schmalen Spalt an der Rückseite, dann nahm er all seine Kraft zusammen, stemmte sich mit den Füßen ab und schaffte es, das Möbelstück auf der rechten Seite ein paar Zentimeter nach vorne zu ziehen. Mehr durfte es auch nicht sein, weil sich der Schrank ansonsten links an den Regalen verkantet hätte.

Temming atmete schwer und spürte sein schweißnasses Hemd an der Haut kleben. Er blieb für einen Moment stehen, wandte sich der linken Seite zu und zog auch dort den alten Holzschrank mit den Fingerkuppen so kräftig es ging heraus. Nachdem er dies einige Male wiederholt hatte, war es geschafft: Das Möbelstück hatte die Enge zwischen den Regalen überwunden und konnte nun vollends zur Seite geschoben werden. Dahinter zeigte sich auf Augenhöhe das stählerne Vorderteil eines Wandtresors, der die Fläche eines mittleren Fernsehgeräts umfasste. Temming besah sich das fest verankerte Türchen, auf dessen Mitte die Rasterrädchen eines Zahlenkombinationsschlosses angebracht waren. Alles schien seit Jahren unberührt zu sein. Keine Gewaltanwendung. Und die eingestellten Ziffern waren exakt jene, die Temming zuletzt hinterlassen hatte: sein Geburtsdatum. Hätte sich jemand daran zu schaffen gemacht, wäre vermutlich etwas anderes abzulesen gewesen. Er brauchte nicht zu überlegen, welche fünfstellige Kombination die richtige zum Öffnen war. Diese Zahl hatte er einstens gewählt, weil sich mit ihr jenes Ereignis verband, das ihn bis ins Grab verfolgen würde. Es war das Datum von damals: 51068. Als ob ein alter Film auf den Tresor projiziert würde, sah er vor seinem Auge, was sich damals abgespielt hatte. Die Leiter mit den roten Farbflecken. Sie stand am offenen Fenster im zweiten Stock, wo sein ein Jahr älterer Bruder Siegfried eine verklemmte Jalousie reparieren wollte. Ein trüber regnerischer Tag. Ein Samstag. Sie hatten geglaubt, nur zu dritt im Hause zu sein: er und Gisela, seine damalige Verlobte und heutige Ehefrau, sowie Siegfried, der den Eltern versprochen hatte, während ihrer Abwesenheit diese Jalousie wieder gangbar zu machen. Siegfried war handwerklich begabt, hatte damals in einem großen Maschinenbauunternehmen einige vierwöchige Ferienjobs absolviert und dann ein naturwissenschaftliches Studium begonnen. Er galt als ehrgeizig und hatte das Zeug, Vaters Betrieb eines Tages übernehmen zu können.

Ganz sicher wäre es auch so weit gekommen, dachte Walter Temming. Denn er selbst war damals anderen Dingen zugetan gewesen. Er hatte sich politisch engagiert und gespürt, dass sich seine Generation von den Fesseln der autoritären Väter lösen musste. Auch er hatte ein Studium begonnen, aber nicht der Chemie und auch nicht der Betriebswirtschaft, wie es der Vater gerne gehabt hätte, sondern der Philosophie. Eine Entscheidung, die er gegen den energischen Willen seines ›alten Herrn‹ durchsetzte, der sich eigentlich vorgestellt hatte, dass die beiden Söhne den Betrieb eines Tages fortführen würden.

Temming überkam jedes Mal ein Gefühl der Selbstzweifel, wenn er – wie jetzt – an die Wochenenden dachte, an denen er nach Hause gekommen war und es regelmäßig einen heftigen Krach gegeben hatte. Und die Drohungen, ihm eines Tages nur das Pflichtteil zu vererben und Siegfried als den eigentlichen Nachkommen einzusetzen, waren immer unüberhörbarer geworden.

Auch Siegfried vermochte nicht zu verstehen, dass sein Bruder linken Parolen nachhing, entsprechende Bücher und Zeitschriften las und über den Kapitalismus herzog, der doch gerade dieser Generation Wohlstand und Luxus beschert hatte.

Temming versuchte, diese rebellierenden Gedanken zu stoppen. Das waren doch nur Jugendsünden gewesen. Ausrutscher. Es war die Zeit Ende der 60er-Jahre, da lehnten sich die Jungen auf, gingen auf die Straße, skandierten linke Parolen, forderten ein Ende des Vietnamkrieges. Sie wollten Frieden und soziale Gerechtigkeit.

Aber nachdem, was an jenem verhängnisvollen 5. Oktober 1968 geschehen war, hatte sich sein Weltbild verändert. Seines und das seiner damaligen Verlobten und jetzigen Ehefrau Gisela. Es waren die schlimmsten Tage seines Lebens gewesen. Die Eltern schockiert und entsetzt. Dazu polizeiliche Ermittlungen, weil der Arzt einen nicht natürlichen Tod attestiert hatte – wie bei Unglücksfällen üblich. Der Vater zwischen tiefster Betroffenheit, Enttäuschung und Wut hin- und hergerissen. Dazu die Befürchtung, der Ruf der Familie und damit auch der des mühsam aufgebauten Unternehmens könnte beschädigt werden. Für den Vater hatte es nur ein Ziel gegeben: Schaden abwenden und nach vorne blicken, wie er dies als Firmenchef immer getan hatte. Sachlich und nüchtern, emotionslos.

Wenn in Walter Temming diese Tage wieder lebendig wurden, überkamen ihn all die Gefühle, die damit verbunden gewesen waren. Die panische Angst, die Verzweiflung, das energische Auftreten seines Vaters, die Vorwürfe, die Anschuldigungen – und die heißen Diskussionen.

Was war ihm letztlich anderes übrig geblieben, als auf Drängen des mächtigen Vaters in den elterlichen Betrieb einzusteigen – und die bisherige weltanschauliche Gesinnung über Bord zu werfen? Es war genau so gekommen, wie er es sich gewünscht hatte. Mit einem Schlag hatte er die Chance erhalten, alleiniger Erbe zu sein. Sehr schnell hatte er erkannt, dass damit ein Leben ohne finanzielle Sorgen auf ihn zukommen würde. Er entsagte sich revolutionärer Gedanken, gab sein Studium der Philosophie auf und ordnete sich zwangsläufig seinem dominanten Vater unter – auch wenn dies mitunter zu kräftigen und emotional aufgeladenen Auseinandersetzungen führte.

Dass er von der Chemiebranche nicht allzu viel verstand, räumte er nur für sich selbst ein. Nach außen hin versuchte er, den Fachkundigen zu mimen – und hatte außerdem ein Gespür dafür entwickelt, wann fehlende Kompetenz durch energisches Auftreten und Arroganz zu kompensieren war. Er hatte sich im Laufe der Jahre unter den 250 Mitarbeitern zum gefürchteten Juniorchef entwickelt, dem nachgesagt wurde, das Erbe des Firmengründers eines schönen Tages aus mangelndem Sachverstand an die Wand zu fahren.

Die personelle Fluktuation, die mit seiner Übernahme des Chefpostens 1987 begonnen hatte – als sein Vater beinahe so alt war wie er heute –, wertete er deshalb auch nicht als Folge seiner eigenen Defizite bei der Menschenführung, sondern als Zeichen dafür, dass die »verhätschelten Mitarbeiter« eben den heutzutage »flexiblen Anforderungen nicht gewachsen« seien. Er verschickte deshalb Abmahnungen zuhauf, sprach Kündigungen aus und lag mit Beriebsrat und Gewerkschaften im Dauerclinch. Sein Vater hatte ihm zwar, solange er noch lebte, zur Mäßigung geraten, aber das diplomatische Geschick dazu nicht seinem Nachfolger weitergeben können. Ohnehin lastete auf Walter Temming noch immer der Erfolgsdruck des Vaters – auch wenn der schon drei Jahre tot war.

Die Gedanken daran vermischten sich immer häufiger mit den Erinnerungen an jenen Tag im Oktober 1968. Sie zu unterdrücken oder zu ignorieren, war unmöglich. Sie blieben ein Trauma.

Sie kamen immer wieder aufs Neue. Nachts, wenn sie ihm den Schlaf raubten und er schwitzend erwachte. Tagsüber, wenn er im Büro über ein Problem nachsann. Dann gewannen sie Oberhand, blockierten ihm das Gehirn, lähmten seine Aktivitäten. Und wenn Oktober war, mied er es, dieses Dachzimmer im Giebel zu betreten. Er hatte Angst. Manchmal war es ihm so, als sei Siegfried noch im Haus. Als habe sich dessen Seele nicht wirklich von der Welt trennen können. Als schwebe die Seele noch immer unsichtbar durch die Räume.

Nur mühsam gelang es Walter Timming, sich auf sein Vorhaben zu konzentrieren. Hatte er eine Minute so dagestanden – oder zehn? Oder noch länger? Er vermochte sich selbst keine Antwort darauf zu geben. Aus dem Film, der vor seinen Augen abgelaufen war, zeichneten sich wieder diese Rädchen mit den Zahlenringen ab. Sie erinnerten ihn plötzlich an das runde Springbrunnenbecken im Garten, neben dem Siegfried aufgeschlagen war. An das viele Blut um seinen Kopf. Es war genauso rot wie die angetrocknete Farbe an der Holzleiter. Und dann der zweite Schock, als sie sich umgedreht hatten. Sie waren doch felsenfest davon überzeugt gewesen, dass niemand sonst im Hause sein würde.

Er schüttelte den Kopf, als wolle er diesen entsetzlichsten aller Gedanken endlich loswerden. Nein, er musste sich auf den Zahlenring vor sich konzentrieren. Nur deswegen war er heruntergekommen. Er griff an das kalte Metall und stellte mit unsicheren Fingern die richtige Kombination ein, worauf sich das schwer gängige Stahltürchen nach links aufklappen ließ. Ein Schwall modriger Luft zog an ihm vorbei.

Sofort erkannte er, dass alles noch da war: der Aktenordner mit den unzähligen anwaltlichen Schreiben, der Schnellhefter mit den Gutachten und Ermittlungsakten. Er nahm all diese Ordner nacheinander in die Hand, blätterte darin und empfand innere Beruhigung. Es war noch alles da – genau so, wie er es vor Jahrzehnten deponiert hatte. Zufrieden, aber angespannt legte er die Dokumente zurück. Er war gerade im Begriff, das Metalltürchen zu schließen, da drang ein Geräusch an sein Ohr. Er blieb regungslos stehen. Schritte. Es waren Schritte auf Steinboden. Schnell näherkommend. Sein Herz beschleunigte, der Puls raste. Er drehte sich vorsichtig zur Seite, um zwischen Schrank und Regalen einen Teil des Raums überblicken zu können. Doch die offene Tür, durch die die Schritte zu ihm hereinhallten, konnte er nicht sehen. Es würde nur noch ein paar Sekunden dauern, dann würde jemand auftauchen. Jemand, der sich nicht anschlich. Jemand, der ganz energisch näherkam. Der sich seiner Sache ganz sicher war, auf keinen Widerstand zu stoßen. Temming fühlte sich wehrlos. Wehrlos vor einem geöffneten Tresor, der all die Geheimnisse barg, die er ein Leben lang geheim gehalten hatte.

3

Sven Temming, gerade 42 Jahre alt geworden, war kein großer Redner. Und schon gar keiner, der improvisieren konnte. Dass er heute seinen übermächtigen Vater, den Senior des Hauses, vertreten musste, hatte ihn ziemliche Überwindung gekostet. Immerhin handelte es sich bei der Besuchergruppe, die vor ihm saß, um altgediente Unternehmer, die darauf vorbereitet gewesen waren, mit dem Senior ins Gespräch zu kommen. Der aber hatte kurzfristig aus persönlichen Gründen die Teilnahme absagen müssen, wie Sven Temming mit belegter Stimme erklärte. Und wieder einmal überkam ihn dabei das fahle Gefühl, noch immer als der wenig akzeptierte Junior zu gelten, der in diesem Familienbetrieb keine natürliche Autorität und kein Selbstbewusstsein entfalten konnte.

Als er voriges Jahr die Führung des traditionsreichen Chemieunternehmens übernahm, fühlte er sich ins eiskalte Wasser geworfen. Zwar war er drei Jahre lang der Juniorchef gewesen, doch hatte allein sein Vater die Richtlinien bestimmt. Und der war nicht davor zurückgeschreckt, den Sohn vor den Mitarbeitern bloßzustellen. Wenn der Senior seine berühmt-berüchtigten cholerischen Anfälle bekam, blieb davon auch Sven nicht verschont. Dann zog er sich meist wortlos zurück. Frühere Mitarbeiter hatten ihn einmal damit getröstet, dass auch der Seniorchef Ähnliches durchgemacht habe: »Der hat Ihren Vater in den 60er-Jahren regelrecht gezwungen, den Betrieb zu übernehmen«, war ein

Satz, den Sven schon viele Male gehört hatte. Natürlich war es für seinen Großvater Georg gewiss nicht einfach gewesen, nach dem Zweiten Weltkrieg einen Betrieb zu gründen und erfolgreich zu sein. Sven wusste auch um die Fehde, die es damals innerhalb der Familie um den Nachfolger gegeben hatte. Und er kannte auch die Geschichte um den ›tragischen Unfall‹, wie der Tod des Bruders seines Vaters immer genannt wurde. Sven kannte den Siegfried natürlich nur von Fotos. Es wäre sein Onkel gewesen.

Sven hatte schon oft darüber nachgedacht, was geschehen wäre, wenn es diesen tragischen Fenstersturz nicht gegeben hätte. Dann wäre ganz gewiss nicht sein Vater Firmenchef geworden, sondern dieser Siegfried – und die Erbfolge wäre eine ganz andere geworden. So aber hatte das Schicksal nun ihn, den 42-jährigen Sven zum Unternehmer gemacht. Von Beruf Sohn, meldete sich oftmals eine innere Stimme. Irgendwo hatte er diese böse Bezeichnung einmal gelesen. Sie war nicht auf ihn bezogen gewesen, aber zutreffend war sie.

Einige Male schon hatte er nach einem Tobsuchtsanfall seines Vaters ernsthaft mit dem Gedanken gespielt, die Firma zu verlassen und auf das Erbe zu verzichten. Dass er es doch nicht tat, lag an den enormen Gewinnen, die der Expansionskurs des Vaters zweifelsohne bescherte. Mitte der 90er-Jahre hatte der seine Fühler erfolgreich in den Nahen Osten ausgestreckt. Iran, Irak, Saudi-Arabien und die Arabischen Emirate. Der alte Herr hatte mithilfe seiner Parteifreunde einflussreiche Wirtschaftsvertreter aus diesen Ländern kennengelernt. Seither florierte das Geschäft, auch wenn die eine oder andere chemische Substanz, die sie exportierten, möglicherweise nicht allein für die offiziell bestimmte Nutzung verarbeitet wurde. Aber deshalb brauchten sie doch kein schlechtes Gewissen zu haben. Senior Temming hatte im Familienkreis einmal gesagt: »Wenn einer Kabel herstellt, weiß er doch auch nicht, ob der Käufer damit nur eine Lampe anschließt.«

Sven Temming fühlte sich unwohl. Der Krawattenknoten spannte, sein dunkles Jackett war viel zu dick. »Meine Damen und Herren«, begann er zögerlich und blickte in die Runde von einigen Dutzend Männern und Frauen, alles ältere Herrschaften, die einer Ruhestandsvereinigung der Industrie- und Handelskammer angehörten. Sie hatten sich zum Ziel gesetzt, ihre halbjährlichen Treffen stets mit der Besichtigung eines Betriebes zu verbinden. »Mein Vater lässt sich also entschuldigen«, wiederholte Sven Temming und blickte im Konferenzraum verunsichert auf die Besucher, die um eine U-förmig angeordnete Tischformation saßen, vor sich Getränke und Gebäck. Er glaubte zu spüren, dass sie ihn nicht ernst nehmen würden. Sie waren den Senior gewohnt, hatten sich jahrelang bei allen wichtigen gesellschaftlichen und wirtschaftlichen Anlässen getroffen. Da galt er, der Junior, doch nur als Mitläufer. Auch jetzt noch. Denn er hatte Hemmungen, sich irgendwelchen Gesprächskreisen oder unternehmerischen Aktivitäten außerhalb der Firma anzuschließen, übernahm keinerlei Funktion in der Industrie- und Handelskammer und galt als menschenscheu.

Er suchte vergeblich Blickkontakt mit einem Gesicht, das ihm gewisses Verständnis entgegenbringen würde. Sowohl die Damen als auch die Herren gaben sich vornehm distanziert und schienen enttäuscht zu sein, nur von ihm begrüßt zu werden. Zumindest bildete er sich dies ein.

»Die Alb-Donau-Chemiefabrik wurde 1952 gegründet«, erklärte er sachlich und bemerkte selbst, dass seine Stimme viel zu leise klang und nur mühsam das Gebläse des Beamers übertönte, der per Power-Point-Präsentation das Firmenlogo an die weiße Stirnseite des Raumes projizierte. »Eine mutige Gründung nach dem Zweiten Weltkrieg«, fuhr er fort und ließ per Fernbedienung ein historisches Foto erscheinen, das ein kleines Haus am heutigen Firmensitz zeigte. »Mein Großvater Georg war Jahrgang 22 und wurde in keine gute Zeit hineingeboren. Seine Begeisterung für die Naturwissenschaften, insbesondere der Chemie, wurde schulisch nicht gefördert. Noch bevor er ein Studium aufnehmen konnte, wurde er in die Wehrmacht eingezogen, war bei der Besetzung Frankreichs und Belgiens dabei und entging nach der Invasion der Alliierten in der Normandie im Juni 1944 mit sehr viel Glück der englischen Gefangenschaft. Nach Ende des Krieges bemühte er sich um ein Studium der Chemie, das letztlich zu der mutigen Gründung eines kleinen Betriebs hier in Ulm führte.« Wie die ersten Produkte für den Haushalt aussahen, zeigten Bilder, die der Beamer an die Leinwand warf. Temming kommentierte: »Chemische Mittel für den Haushalt. Zuerst Schuhcreme, dann Putzmittel für die Spülsteine. Man hat damals ja noch nicht die heutigen Cromarganbecken gehabt. Hier …« Er ließ mit einem Knopfdruck das Bild eines Kartons mit entsprechender Aufschrift erscheinen. ›Donau-Feinputz – damit's so sauber wie die Donau wird‹, hatte es geheißen. Ein Werbespruch, der aber mit zunehmendem Umweltbewusstsein sehr schnell aus dem Verkehr gezogen worden sei, betonte Timming kleinlaut.

Nachdem er eine Viertelstunde die weitere Entwicklung des Betriebs erläutert hatte, unterbrach ihn ein hörbar genervter Zwischenrufer aus dem Kreise der ältesten Besucher: »Wir hätten den verehrten Herrn Seniorchef heute auch mal gerne gefragt, wie er den Übergang von seinem Vater auf ihn erlebt hat. Es war für den Vater doch sicher nicht leicht gewesen, sich von seinem Lebenswerk zu trennen.« In der Stimme schwang Verbitterung mit.

Sven Temming war für einen Moment wieder verunsichert. Er musterte den Fragesteller, konnte mit dem Gesicht aber keinen Namen in Verbindung bringen. Augenblicke später hatte er sich einigermaßen gefangen: »Wenn Gründerväter ihr Lebenswerk an einen Nachfolger abgeben müssen, ist das keine einfache Entscheidung. Sie alle …« – er überflog die annähernd 40 ergrauten Köpfe – »… dürften da auch mehr oder weniger schmerzhafte Erfahrungen gesammelt haben.«

Ein kurzes Raunen ging durch den klimatisierten Raum, das Temming als akustisches Zeichen der Zustimmung wertete. Inzwischen stand ihm Schweiß auf der Stirn, sein korrekt gescheiteltes schwarzes Haar glänzte gegelt. »Mein Großvater Georg hat jedoch das aufblühende Geschäft bis ins hohe Alter verfolgen dürfen. Wie Sie wissen, ist er erst vor drei Jahren im hohen Alter von 92 Jahren verstorben.«

Der Fragesteller, selbst schon weit in den 80ern, aber geistig und körperlich fit, wollte sich damit nicht zufriedengeben: »Dann hat Ihr Vater noch sehr lange unter dem Erfolgsdruck seines Vaters gestanden. Nahezu während seiner ganzen eigenen unternehmerischen Tätigkeit, wenn ich das richtig sehe.«

Sven Temming holte tief Luft und fühlte sich ertappt: Vielleicht erging es ihm ja eines Tages genauso. Wieder spürte er, wie dieser Druck auf ihm lastete, wie er auf die Bilanzen der Vorjahre schielte, um sie möglichst weiter nach oben zu treiben. Der Vater schien allgegenwärtig zu sein, auch wenn er sich nicht am Firmensitz in Ulm aufhielt, sondern – wie heute – daheim in Kuchen, einer Gemeinde bei Geislingen an der Steige, rund 35 Kilometer von hier entfernt.

Temming hatte ein paar Sekunden für eine Antwort gebraucht: »Wir alle, das wissen Sie, stehen unter Erfolgsdruck. Aber die Zeiten ändern sich schnell – und alles war sicher gut zu seiner Zeit. Aber die Änderungen in Politik und Wirtschaft gehen rasant vonstatten, und da gilt es, mit den Mitteln der heutigen Zeit zu reagieren. Denken Sie nur an vergangenen Sommer, als die Briten plötzlich für den Austritt aus der EU gestimmt haben. Noch heute, ein Jahr danach, weiß niemand so genau, welche Folgen dies für die weitere wirtschaftliche Zukunft Europas hat. Oder denken Sie an die USA, an Präsidenten Donald Trump und dessen unberechenbare Politik.«

Temming musste sich eingestehen, dass er sich elegant einer konkreten Antwort entzogen hatte, und hoffte, keine weiteren

Fragen zur familiären Situation entgegennehmen zu müssen. Er entschied, sie ab sofort einfach zu ignorieren.

4

Walter Temming stand wie zur Salzsäule erstarrt zwischen seinen Regalen, einige Schnellhefter in den zitternden Händen. Er kannte die Schritte, die durch die unterirdischen Räume näherkamen, schnell und entschlossen. Dann hallte auch schon eine Frauenstimme dumpf an seine Ohren: »Hallo, ist da jemand? Walter, bist du das?«

Seine Frau. Gisela. War sie schon zurück? Hatte etwas ihren Zeitplan durcheinandergebracht? Und woher wusste sie, dass er hier unten sein würde?

Er holte tief Luft, als sie bereits zwischen einem der Aktengänge auftauchte und sich ihre Blicke trafen. »Walter«, presste sie erschrocken hervor und hielt in der Bewegung inne. »Was zum Teufel ist in dich gefahren? Was suchst du denn hier?« Eine überflüssige Frage, denn sie wusste genauso gut wie ihr Mann, was sich in dem versteckten Tresor hinter dem hervorgeschobenen Schrank befand.

»Ich …«, kam es aus Walters trockener Kehle, und es hörte sich wie bei einem Buben an, der bei einem dummen Streich ertappt worden war. »Ich wollte nur sichergehen, dass noch alles da ist.«

»Wie bitte?« Gisela ging zögernd und misstrauisch weiter. »Walter, du bist ja ganz aufgeregt. Was geht hier vor?«

Er quälte sich ein Lächeln ab, das in seinem blassen und von Falten durchzogenen Gesicht gekünstelt wirkte. »Ich überleg mir, ob ich das Zeug endgültig vernichten soll«, stammelte er, doch seiner energischen Frau klang dies nicht überzeugend genug.

»Walter«, fuhr sie ihn an, »wie kommst du denn da drauf? Wir waren uns doch einig, dass es nicht außer Haus kommt. Auch nicht geschreddert.«

Er ließ die Hand mit dem Schnellhefter sinken. »Aber irgendwann muss das Zeug weg«, beharrte er.

»Hast du vergessen, was wir ausgemacht haben?« Gisela starrte ihn durch ihre dicken Brillengläser an, als suche sie in seinem Gesicht Anzeichen von geistiger Umnachtung. »Sven wird erst nach unserem Tod von diesem Zeug erfahren – und dann kann er damit machen, was er will.«

»Weiß ich doch«, versuchte Walter abzuwiegeln. »Aber ich hatte so ein ungutes Gefühl, es könnte nicht mehr da sein.«

»Nicht mehr da sein?«, wiederholte sie ungläubig. »Wie soll es denn verschwinden, wenn es in diesem Tresor drin ist?« Ihre Augen blitzten angriffslustig. »Geht's dir nicht gut, Walter? Oder was ist los?«

»Entschuldige«, gab er sich kleinlaut und drehte sich zur Rückseite des weggerückten Schranks, um den Schnellhefter im Wandtresor verschwinden zu lassen. »Es war nur so eine Idee«, brummelte er.

»Das glaub ich dir nicht, Walter«, hörte er ihre keifende Stimme hinter sich. »Was um alles in der Welt hat dich bewogen, ausgerechnet jetzt, wo du gedacht hast, ich sei nicht im Haus, hier runterzugehen?«

Während er die Zahlenkombination des eingerasteten Schlosses auf seinen eigenen Geburtstag einstellte, ließ Gisela hinter ihm nicht locker: »Du machst dir die Mühe, zwei Möbelstücke wegzurücken und renkst dir beinahe das Kreuz aus – das würdest du nicht tun, wenn nichts geschehen wäre.«

»Weißt du«, drehte er sich um und sah seine noch immer adrette Frau an, die ein paar Jahre jünger war als er. »Auch wenn wir nicht mehr darüber reden. Man kriegt das nicht los. Es haftet an einem.« Er sah sie verunsichert an. »Wieso bist du eigentlich so schnell zurückgekehrt?«

Sie überlegte nicht lange. »Ich hatte plötzlich das Bedürfnis, es tun zu müssen. Außerdem ist mir eingefallen, dass ich noch wichtigen Schriftverkehr zu erledigen habe.« Ihr Blick verriet Überlegenheit. »Du weißt doch: Mein Gefühl trügt mich selten. Und wenn ich ihm folge, kommt es zu seltsamen Begegnungen.« Sie wartete keine Antwort ab, drehte sich um und verschwand zwischen den Regalen. Ihre lauten Trittgeräusche ebbten langsam ab.

5

Die Dame war gewiss schon weit über 70, aber geistig rege und ihr Erscheinungsbild sehr gepflegt, das volle Haar blond, sicherlich gefärbt – und ihr Auftreten energisch. Nach der Verabschiedung der Besucher hatte sie den Chef beiseitegenommen und ihm fest in die Augen geschaut: »Sie werden mich nicht kennen, aber ich fühle mich noch immer eng mit der Firma verbunden. Mein Name ist Ursula Fuchs, und ich war als junge Frau schon Betriebsrätin und später sogar die Vorsitzende. Mit Ihrem Großvater war ich nicht immer auf einer Linie, wie Sie sich denken können. Wir konnten uns streiten bis aufs Blut, aber letztendlich haben wir immer einen Kompromiss gefunden«, sagte sie milde lächelnd.

»Das freut mich, wenn Ihnen das gelungen ist«, erwiderte Sven Temming leicht gereizt. Er wollte nicht immer auf seinen Vater oder den Großvater angesprochen werden, aber er wusste, dass ehemalige Mitarbeiter gerne in der Vergangenheit schwelgten und ein großes Befürfnis hatten, ihre gewiss inzwischen geschönten Erlebnisse zu schildern. Für heute hatte er aber genug.

»Junger Mann«, ließ die Dame nicht locker, »es ist damals viel über die Sache mit Siegfried gesprochen worden, dem Bruder

Ihres Vaters. Wir vom Betriebsrat fanden das nicht in Ordnung, wie die Nachfolge geregelt wurde.«

Sven Temming ahnte, worauf sie hinauswollte. »Bedenken Sie aber bitte, ich war damals, als es passiert ist, noch gar nicht auf der Welt. Das war 1968 – und ich bin 1975 geboren.«

»Das weiß ich doch«, unterbrach sie ihn schnell. »Ich rede auch von 1987, als Ihr Herr Vater auf den Chefsessel gestiegen ist. Deshalb hätte ich mich heute gern einmal mit ihm in Ruhe darüber unterhalten.«

Temming wischte sich mit dem Handrücken den Schweiß von der Stirn und sah sich um. Der Konferenzraum hatte sich längst geleert, und es wurde höchste Zeit, zum Tagesgeschäft überzugehen.

»Geht's Ihnen denn nicht gut?«, hörte er, kurz in Gedanken versunken, die Stimme dieser penetranten Frau.

»Doch, doch, doch«, beeilte er sich zu sagen. »Ich mache Ihnen einen Vorschlag, wenn Sie mit meinem Vater Vergangenheitsbewältigung betreiben wollen, dann rufen Sie ihn doch bitte an und vereinbaren einen Termin mit ihm.« Er lächelte verlegen. »Vielleicht freut er sich ja tatsächlich, mit Ihnen zu reden.«

Sie sah ihn von der Seite kritisch an. »Da bin ich mir nicht mal so sicher.«

6

Sie hatte nach dem unerwarteten Zusammentreffen im Aktenkeller nicht mehr darüber gesprochen. Gisela Temming, voller Elan und auf eine gute Figur bedacht, war schweigend in die Wohnung hochgegangen, jedoch fest entschlossen, das Thema heute noch anzusprechen. Nachdem sie ihren Schriftverkehr erledigt hatte und Walter von einem Spaziergang an dem Flüsschen Fils zurückgekehrt war, trafen sie sich zum Abendessen, das ihre gelegentliche Haushaltshilfe, eine ältere Dame aus der Nachbarschaft, zubereitet hatte. Es gab heute Urschwäbisches, nämlich Maultaschen und Kartoffelsalat. Walter Temming, der trotz allen unternehmerischen Erfolges bodenständig geblieben war, schätzte die regionale Küche. Zwar war er weit in der Welt herumgekommen, aber jedes Mal hatte er sich bei der Rückkehr auf ein heimisches Essen gefreut.

Seine Wurzeln hatte er hier im Filstal, hier, zwischen Stuttgart und Ulm. Sein Vater Georg war im benachbarten Geislingen an der Steige aufgewachsen und dort zum Unternehmer geworden. Dass er nach den ersten Erfolgen mit seinem Betrieb ins jenseits der Alb gelegene Ulm umgesiedelt war, war für ihn ein schwerer Entschluss gewesen, zumal er bereits diese herrschaftliche Villa in Kuchen erworben hatte. Aber zum einen hatte er in der Donaustadt ein brachliegendes Firmenareal, das seinen Bedürfnissen gerecht wurde, günstig erwerben können – und zum anderen war ihm Ulm als Standortadresse vorteilhaft erschienen. Außerdem gab es dort bereits in den 50er-Jahren relativ gute Fernverkehrsverbindungen sowohl auf der Schiene als auch auf der Straße. München war nur etwa eineinhalb Autostunden entfernt – ein entsprechendes Fahrzeug und günstige Verkehrsverhältnisse vorausgesetzt.

Die Haushaltshilfe war bereits gegangen, als sie sich an den runden Eichentisch setzten und sich einen guten Appetit wünschten. Walter Temming hatte sich sein geliebtes Weizenbier eingeschenkt, seine Frau bevorzugte Rotwein.

»Es tut mir leid, wenn ich dich erschreckt habe«, begann Gisela, nachdem sie sich während des Essens über Belanglosigkeiten unterhalten hatten, das Zusammentreffen im Aktenkeller anzusprechen. »Aber ich bin wirklich in Sorge, es könnte etwas geschehen sein. Jahrelang bist du nicht da unten gewesen.«

Walter wich ihren Blicken aus und aß weiter.

»Es wird nicht besser, wenn wir nicht drüber reden«, blieb sie hartnäckig.

Er wischte sich den Mund ab, nahm einen Schluck Bier und sah zu einem Glasschrank hinüber, während im Wohnzimmer nebenan die antike Standuhr mit ihrer Mechanik hörbar die Sekunden abhakte. »Es …«, begann er langsam, »es hat sich tatsächlich etwas ereignet.« Er hatte sich die Worte während seines Spaziergangs am nahen Fluss entlang wohl überlegt. »Es ist ein Brief gekommen.«

Giselas feine Gesichtszüge versteinerten sich. Die wenigen Worte hatten sie das gute Essen vergessen lassen. »Ein Brief? Von wem?«

Walter schob seinen leer gegessenen Teller ein Stück von sich weg. »Wenn du mich so fragst, Gisela, dann gibt's nur eine Antwort: von Siegfried.«

»Von …?« Sie wagte es nicht auszusprechen. Für einen Moment überlegte sie, ob ihr Mann einen schlechten Scherz gemacht hatte. Aber bei diesem Thema war ihm ganz gewiss nicht danach. Ihr schnürte irgendetwas die Kehle zu. »Siegfried?«, wiederholte sie fassungslos und ungläubig gleichermaßen.

Er hatte sich während des Spaziergangs durchgerungen, ihr von dem anonymen Brief zu erzählen.

»Sag, dass das nicht wahr ist«, hörte er ihre Stimme, während er ins angrenzende Wohnzimmer hinüberging, um hinter dem Klapptürchen des Schranks den versteckten Brief zu holen.

»Ist heute gekommen«, sagte er ernst und zog das Papier aus dem weißen Kuvert. »Es liest sich, als habe Siegfried geschrieben.«

Gisela war blass geworden. »Weißt du auch, was du da sagst?« Sie nahm das Schreiben in die Hände und überflog den darauf gedruckten Text. Den Zusatz am Ende las sie mit zitternder Stimme laut vor: »›Schönen Gruß von Barbara. Ich hab sie inzwischen getroffen. Es geht ihr gut.‹« Sie starrte ihren Mann mit unsicheren Augen an. »Barbara«, widerholte sie. »Mein Gott, was hat das zu bedeuten?«

Walter schwieg. Ein paar stille Sekunden später zitierte Gisela einen weiteren Satz, der ihr eine trockene Kehle bescherte: »›Aber das Schicksal hat es so gewollt, dass sich unsere Wege in deinem Leben noch einmal kreuzen. Auch wenn du es nicht für möglich halten wirst, aber ich bin gekommen, um das, was vor 49 Jahren geschehen ist, nicht in Vergessenheit geraten zu lassen.‹« Sie hob den Blick und starrte ihren Mann erneut fassungslos an. »Was will uns das sagen?«

Walter zuckte mit den Schultern und trank sein Weizenbierglas leer. »Dass es nicht in Vergessenheit gerät.«

»Erpressung? Soll das eine Erpressung sein?« Sie las eine weitere Passage vor: »Ich bin gekommen, meinen Teil zu holen oder dich der gerechten irdischen Strafe zuzuführen. Das klingt doch nach Erpressung. Da will jemand Geld.«

»Geld und für mich die gerechte irdische Strafe, so könnte man das deuten«, flüsterte Walter, als habe er Angst, jemand könnte es hören. »Der Schreiber – oder die Schreiberin – ist mit den Ereignissen offenbar bestens vertraut. Daran besteht nicht der geringste Zweifel.«

Gisela konnte ihre Unruhe nicht verbergen, als sie einen weiteren Satz zitierte: »›Aber nun wurde mir die Gelegenheit geboten, ins Vergangene einzugreifen.‹ Das klingt unheimlich, Walter. Fast so, als habe es dein Bruder Siegfried selbst geschrieben.«

Ihr Mann musste diese Worte einige Sekunden lang verdauen, um dann sachlich anzumerken: »Tote schreiben keine Briefe.« Noch während er dies sagte, wurde ihm bewusst, dass Gisela ein Faible für Unerklärliches und Mysteriöses hatte. Ein Bücherregal war voll mit entsprechender Literatur über das, was nach dem Tode kommen könnte. Und dabei wehrte sie sich energisch dagegen, als Esoterikerin abgestempelt zu werden. Immerhin legte sie Wert auf Publikationen renommierter Autoren und Wissenschaftler, die dieses Thema kritisch angingen und entsprechende Erlebnisberichte unvoreingenommen prüften und untersuchten. »Die Welt ist voller Geheimnisse«, pflegte sie oft im Freundeskreis zu sagen.

Doch jetzt wollte Walter gleich gar keine Diskussion entfachen. Die Lage war viel zu ernst. »Wir sollten die Sache mit kühlem Kopf angehen«, entschied er. »Wahrscheinlich haben wir's mit irgendeinem Verrückten zu tun, der all diese Gerüchte über die Sache mit Siegfried irgendwann gehört hat.«

»Mit all dem Detailwissen, das da drinsteht?«, fragte Gisela zweifelnd. »Die Haushaltsleiter, die umgefallene Farbdose beim Streichen des Gartenhauses …« Sie zögerte. »Und Barbara.«

»Da weiß jemand verdammt viel.«

»Und jetzt?«

»Nichts. Wir werden uns nicht verrückt machen lassen«, entschied Walter. »Vielleicht ein frustrierter Mitarbeiter aus früheren Zeiten.«

»Der jetzt im hohen Alter den Frust ablassen muss – über das, was er vor 49 Jahren gerüchteweise gehört hat?«, erwiderte Gisela fragend.

»Was anderes kann's ja nicht sein – falls du nicht nur an ein Leben im Jenseits glaubst, sondern auch an ein Wiederkommen.«

»Du meinst Reinkarnation?«, gab sich Gisela informiert. Die Fachbegriffe dazu kannte sie aus dem jahrelangen Studium ihrer Fachbücher.

»Wenn man so dazu sagt, ja«, gab er zurück. »Aber wir haben's nicht mit Buddhismus und Hinduismus zu tun, liebe Gisela. Sondern mit einem handfesten Problem.«

Gisela jagten Tausend Gedanken gleichzeitig durch den Kopf. »Vielleicht gibt es gravierende Ereignisse, die das Gefüge von Raum und Zeit durchdringen.«

Walter hob eine Augenbraue und vermied ein müdes Lächeln. »Entschuldige, Gisela, aber du solltest auf dem Boden der Realität bleiben. Gerade jetzt.«

7

Sven Temming hatte sich nur mit Mühe von der einstigen Betriebsratsvorsitzenden trennen können. Er wollte nichts mit den Querelen der Vergangenheit zu tun haben und sich schon gar nicht mit ehemaligen Mitarbeitern über die Probleme des Familienbetriebs unterhalten. Das heutige Geschäftsleben ließ keinen Platz für nostalgische Gefühle. Den Druck, der auf ihm lastete, empfand er als immer unerträglicher. Die Konkurrenz auf den Weltmärkten war gnadenlos, und der Brexit im vergangenen Jahr, als Großbritannien den Ausstieg aus der EU zu realisieren begann, bereitete ihm allergrößte Kopfschmerzen. Ganz zu schweigen von den USA und den Exporten nach China, die längst nicht mehr so gut florierten wie in den Jahren zuvor. Nein, er wollte sich nicht mit Klatsch und Tratsch, Gerüchten und Befindlichkeiten aus der Vergangenheit befassen.

Dass ausgerechnet heute noch ein Gesprächstermin mit einem jungen Mitarbeiter anstand, der darauf bestanden hatte, seine Beschwerden direkt bei ihm, dem geschäftsführenden Gesellschafter, vorzutragen, kam ihm wenig gelegen.

Dieser Adam Jarowski, der in einem der unzähligen Labore arbeitete, war ein ziemlich unangenehmer Bursche. Weder ein Vieraugengespräch mit dem Teamleiter, noch der Versuch einer Schlichtung durch den Betriebsrat hatte etwas gefruchtet. Temming überflog die Aktennotizen, die man ihm zu diesem Fall angefertigt hatte: Jarowski war demnach 32 Jahre alt und vor sechs Jahren als Chemielaborant eingestellt worden. Er las weiter: »Beste Abschlusszeugnisse, jedoch Aktivist einer Umweltschutzorganisation, die sich zum Ziel gesetzt hat, die Produkte der chemischen Industrie kritisch zu beleuchten. Verdacht, dass er Dokumente an die Organisation weitergibt. Darauf angesprochen, reagiert er zornig und droht mit Gewaltanwendung.«

Rausschmeißen, dachte Sven Temming. So schnell wie möglich. Er würde mit diesem Kerl kurzen Prozess machen. Natürlich würde sich der Betriebsrat querstellen. Für einen Moment musste er an die Dame von heute Nachmittag denken, die eingeräumt hatte, oft mit seinem Großvater im Clinch gelegen zu haben. Personalangelegenheiten waren immer eine heikle Sache, die Sven Temming hasste wie die Pest.

Ein paar Minuten später führte die Sekretärin aus dem Vorzimmer den blassgesichtigen jungen Mann herein, der einen verschüchterten Eindruck machte und nicht zu dem Bild passte, das sich Temming aufgrund des Aktenstudiums von ihm zurechtgelegt hatte. Rein äußerlich kein Revoluzzer. Temming taxierte ihn, ohne jedoch Negatives festzustellen. Jeans und Hemd sauber, die Haare kurz. Auch kein Piercing und keine Tätowierungen – also nichts, was Temming verabscheute. Die Hand bei der Begrüßung feucht-kalt. Temming bot ihm einen Platz am Besuchertisch an, setzte sich ebenfalls und stellte klar: »Es kommt nicht alle Tage vor, dass jemand den Weg hierher findet.« Seine Stimme klang hart und entschieden. »Also, junger Mann, was erwarten Sie von mir?«

»Zunächst vielen Dank, dass Sie sich die Zeit nehmen«, begann Jarowski, wurde aber sofort unterbrochen.

»Zeit hab ich eigentlich keine, kommen Sie deshalb zur Sache.«

Temming nahm zufrieden zur Kenntnis, dass er sein Gegenüber offenbar eingeschüchtert hatte. Oder war das gespielt? Dem Kerl traute er alles zu.

Jarowski spielte nervös mit seinen Fingern. »Ich werde gemobbt«, rang er sich zu einer direkten Antwort durch. »Über mich werden Gerüchte und Lügen verbreitet …«

»… die natürlich nicht stimmen«, fuhr ihm Temming barsch über den Mund. »Es stimmt also nicht, dass Sie als Aktivist irgendeiner ultralinken Organisation öffentlich gegen die Chemieindustrie Stimmung machen?«

»Nein«, erwiderte Jarowski trotzig. »Deshalb bin ich hier. Ich möchte betonen, dass ich zu keiner Zeit …«

Wieder ließ ihn Temming nicht ausreden: »Sie wollen also behaupten, alles, was Ihr Teamleiter recherchiert hat, sei Lug und Trug. Dass er sich demnach alles aus den Fingern gesogen hat, um Sie loszuwerden.«

»So scharf würde ich das nicht formulieren.« Jarowski wurde kleinlaut.

»Wie dann? Sie bringen doch gerade zum Ausdruck, dass Herr Mulzenbach – das ist ja wohl Ihr Teamleiter – ein Lügner ist.«

»Es liegt mir fern …«

Temming war fest entschlossen, keine Widerrede zuzulassen: »Herr Jarowski, entschuldigen Sie bitte, aber was erwarten Sie von Ihrem ziemlich kühnen Vorstoß bei mir? Dass ich sage, ich hätte Verständnis für Ihre – mit Verlaub gesagt – etwas merkwürdige Freizeitbeschäftigung, bei der Sie wohl alles daran setzen, Ihren Arbeitgeber in Misskredit zu bringen? Soll ich sagen: Schön, dass Sie sich für die Umwelt stark machen, zu deren Erhalt im Übrigen die chemische Industrie auch einen Beitrag leistet? Oder haben Sie vergessen, wie unsere Ernten aussähen, wenn wir nicht Unkraut und Schädlinge bekämpfen könnten?«

»Das will ich doch gar nicht bestreiten, aber …«

»Nichts aber!«, wurde Temming noch deutlicher. »Wenn es da ein Aber gibt, dann gibt es nur eines, Herr Jarowski: Sie verlassen unser Unternehmen.«

Jarowski umklammerte die Armlehnen seines Stuhles, als müsse er inneren Druck ablassen. »Sie wollen damit sagen, dass …«

»… dass Sie zum nächstmöglichen Termin entlassen sind. Und ich möchte nicht auch noch aufgedeckt bekommen, dass durch Sie interne Papiere nach außen gedrungen sind.«

Jarowski sprang auf. »Sie wollen mir auch noch Betriebsspionage andichten?«

Temming blieb gelassen. »Nennen Sie es, wie Sie wollen. Aber da könnten sehr schnell auch Schadensersatzforderungen im Raum stehen.« Er räusperte sich. »Also, Herr Jarowski. Ich betrachte unser Gespräch als beendet. Selbstverständlich steht es Ihnen frei, mit Hilfe Ihrer Gewerkschaft oder eines Anwalts gegen uns vorzugehen.«

Jarowski schien es die Sprache verschlagen zu haben. Er stand vor dem Tisch wie ein Schuljunge, den der Rektor gerade zurechtgewiesen hatte.

Temming überlegte, ob diese Reaktion gespielt oder echt war. Er legte nach: »Sie sollten sich aber rechtliche Schritte genau überlegen, denn – wie gesagt – es könnte bittere Folgen für Sie haben.«

Jarowski schwankte zwischen unbändigem Zorn, maßloser Enttäuschung und eingeschüchtertem Verhalten.

»Sie können gehen«, schnarrte ihm die Stimme entgegen. Unpersönlich, gnadenlos.

Das wirst du mir büßen, dachte Jarowski und verließ wortlos und türeschlagend das Chefbüro.

8

Es war eine Nacht wie schon viele Tausend zuvor: Walter Temming quälten die Bilder, die ihn seit 49 Jahren verfolgten. Und jedes Mal schienen sie dramatischer und eindringlicher zu werden. Dies erst recht, nachdem es einen Unbekannten gab, der mit seinem anonymen Brief alles wieder in die Gegenwart zurückgeholt hatte. Mehr als je zuvor lief in Temmings Kopf das Geschehen wie in einem auf Endlosmodus gestellten Film ab. Und es schien, als würden diese Szenen immer mächtiger. Mit Vernunft dagegen anzugehen und sich einzureden, dass viele der Details vielleicht ganz anders waren, als sie sich nach dieser langen Zeit darstellten, nützte nichts. Die damit verbundenen Gefühle waren genau dieselben wie damals. Der Sturz von der Leiter, hinaus in den Abgrund, der Todesschrei, der dumpfe Aufprall des Körpers im Brunnenbecken – und dann das entsetzte Gesicht von Barbara, der Haushälterin, die ausgerechnet in diesem Augenblick in das Dachgeschosszimmer gekommen war. Bis heute plagte ihn die ungekärt gebliebene Frage, weshalb die damals hochschwangere junge Frau an jenem Samstag an ihre Arbeitsstelle zurückgekehrt war, obwohl sie seit zwei Wochen krankgeschrieben war. Sie habe etwas holen wollen, hatte sie zu Tode erschrocken ihre plötzliche Anwesenheit begründet. Und weil in den unteren Etagen niemand gewesen sei, sie aber von oben hämmernde Geräusche gehört habe, sei sie hochgegangen, um nachzuschauen, was dort gemacht werde.

Doch da war noch ein weiteres, bis heute ungeklärtes Rätsel: Siegfrieds Hausschlüssel war spurlos verschwunden. Zunächst hatten sie geglaubt, das er beim Sturz aus dem Fenster verloren gegangen sein könnte. Doch so sehr sie auch suchten, draußen im Brunnen und in den angrenzenden Blumenbeeten – er war nicht mehr aufzutreiben. Dabei hätte man den Schlüssel kaum übersehen können, denn Siegfried hatte einen ziemlich auffälligen Schlüsselanhänger, der aus einer Mininachbildung der Apollo-Kapsel bestand, mit der die NASA in den späten 60er-Jahren die Mondlandung vorbereitete. Siegfried war ein begeisterter Raumfahrtfan gewesen.

Temming lag schweißgebadet im Bett, während seine Frau nach einem langen Diskussionsabend nun dank des Rotweins mit gleichmäßigen Atemzügen schlief.

Er starrte in die Nacht, die ihm weiße, wild drehende Kringel vor die Augen projizierte. Doch da war nichts. Nur das undurchdringliche Schwarz. Der Rollladen war geschlossen, die

Schlafzimmertür auch. Kein leuchtender Wecker, kein Standby-Licht irgendeines Gerätes. Nur stockdunkle Nacht. Auch kein Geräusch. Die herrschaftliche Villa stand weit genug von der Straße entfernt. Nur wenn nachts ein ratternder Güterzug durch das Tal fuhr, war das metallische Rauschen zu vernehmen.

Temming schloss die Augen, um die rotierenden und kreisenden Ornamente loszuwerden. Sie verschwanden nur kurz, und sobald er wieder in die Nacht hineinstarrte, waren sie wieder da. Diese Nebel der Nacht, diese undefinierbaren Fäden und Grau-Schwarz-Schattierungen, die sein Gehirn aus dem Nichts formte. Je länger er in solchen Nächten diese unwirklichen Bilder auf sich wirken ließ, desto mehr glaubte er, seltsame Formen zu erkennen – bis hin zu Gesichtern, die ihn anlächelten, jedoch sofort wieder ausgeblendet wurden. Manche trugen Brillen, andere waren bärtig. Aber so sehr er sich auch anstrengte, nie war ein ihm bekanntes Gesicht dabei. Es war meist ein wildes Durcheinander, ein Aus- und Einblenden – als ob ihm ein in kleine Stücke zerlegtes Video vorgespielt würde.

Oft schon hatte er sich überlegt, was er da tatsächlich sah. Waren es reine Hirngespinste, reine Fantastereien? Oder Energiefelder, die sich in der Dunkelheit zu irrealen Objekten manifestierten? Plasma womöglich?

Quatsch, versuchte er sich selbst zur Vernunft zu rufen. Vernunft? Gab es das überhaupt? Oder war Vernunft nur das, was als allgemeingültig galt – als ein Produkt dessen, was eine rein materielle Gesellschaft für regelkonform hielt? Wenn er an so etwas dachte, musste er sich eingestehen, dass Giselas Lebensphilosophien nicht spurlos an ihm vorbeigegangen waren. Obwohl ihm vieles, womit sich seine Frau seit geraumer Zeit befasste, ziemlich fremd war. Als Realist, der ein Leben lang mit harten Bandagen gegen die Konkurrenz gekämpft hatte, fehlte ihm der Zugang zu der spirituellen Welt, wie Gisela es ihm neuerdings immer häufiger vorhielt. Natürlich glaubte er an irgendeine Kraft und Macht, die hinter allem stand – nicht aber an einen personifizierten Gott, der da irgendwo thronte und dem offenbar seine Geschöpfe völlig entglitten waren. Temming tat sich auch schwer damit, wenn Theologen nach einer Katastrophe damit trösteten, dass Gottes Wege eben unergründlich seien. Dies wiederum, so dachte Temming, würde letztlich bedeuten, dass tausendfaches Leid und Elend nötig seien, um das Ziel der Schöpfung zu erreichen.

Für Temming waren Religionen der von Menschen gemachte Versuch, eine Erklärung für das Unerklärbare zu finden. Und dies auf einem schmalen Grat, den es heutzutage zumindest in der westlichen Hemisphäre zu beschreiten galt: Hier die gnadenlosen Realisten, die nur glaubten, was man beweisen konnte – dort die Spirituellen, die ein Gespür für etwas hatten, das nicht ins wissenschaftliche Weltbild passte. Wenn im Bekanntenkreis, der überwiegend aus knallharten Geschäftsleuten und Managern bestand, das Gespräch auf solche Themen kam, konnte Gisela wortreich die Realisten kritisieren, die sie als intolerant und Ignoranten beschimpfte, die keine andere Meinung gelten ließen.

Was seine Frau bewogen hatte, sich mit den sogenannten Grenzwissenschaften auseinanderzusetzen, konnte er nur ahnen: Vermutlich war es auch das Ereignis von 1968 gewesen, das ihre Sehnsucht nach einem Wissen darüber geweckt hatte, was nach dem Tode geschehen würde. Dass sie dies nicht mit esoterischer Literatur oder mit Veröffentlichungen irgendwelcher Scharlatane tat, beruhigte ihn. Gisela ließ sich auch nicht von abenteuerlichen Geschichten aus dem Internet beeindrucken, sondern suchte gezielt nach Dokumentationen, hinter denen seriöse Autoren und Verlage standen. Für Gisela bestand kein Zweifel: Es gab Phänomene, die sich bislang nicht erklären ließen. Sie pflegte oft zu sagen: »Vieles, was wir heute wissen, war für die Menschen vergangener Jahrhunderte ein rätselhaftes Phänomen. Warum soll es so etwas nicht auch jetzt geben?« Natürlich hatte sie recht. Das

Wissen künftiger Generationen würde manches plausibel machen. Gerne würde Temming deshalb die Welt in 500 Jahren noch einmal sehen. Gisela war davon überzeugt, dass sich sowohl negative als auch positive Ereignisse in den Ort des Geschehens einbrannten – genau so, wie sie dies im menschlichen Gedächtnis taten. Für Gisela hatte auch die Umwelt ein Gedächtnis.

Temming vermochte dies allerdings nicht nachzuvollziehen. Aber falls an dieser Theorie etwas dran war, dann hatte sich auch in ihr Haus etwas Schreckliches eingebrannt. Gisela hatte diese Vermutung zwar nie erwähnt, doch stand sie unausgesprochen zwischen ihnen.

Als Beispiel für positives Umgebungsgedächtnis nannte Gisela meist die sakrale Atmosphäre einer Kirche. Dort werde durch Gebete und Gottesdienste so viel positive Energie gespeichert, dass sich dies auch auf die Menschen auswirke. Ähnliches glaubte Gisela auch in Veranstaltungsräumen zu spüren: Waren sie mit guter Energie erfüllt, fühlte sie sich bereits beim Betreten wohl – gab es schlechte, befiel sie ein innerer Schauder. Dasselbe galt für sie bei Treffen im Freundeskreis. Ihr Gefühl konnte ihr angeblich bereits nach wenigen Minuten sagen, ob die Stimmung gut oder schlecht sein würde.

Seit sich Gisela mit solchen Dingen beschäftigte, musste er in schlaflosen Nächten an all dies denken. Hatten Häuser wirklich ein Gedächtnis? War es dies, das ihn davon abhielt, das Dachgeschosszimmer zu betreten? Manchmal war er monatelang nicht da oben gewesen. Und wenn es sich nicht vermeiden ließ, überkam ihn jedes Mal ein eisiges Gefühl der Angst. Er hatte nie mehr wieder das Fenster geöffnet – und er mied es sogar, durch die Scheibe nach unten zu schauen, obwohl es den Brunnen schon lange nicht mehr gab. Sie hatten ihn gleich nach dem Geschehen zuschütten lassen.

Es gab sogar Nächte, in denen er befürchtete, sie seien nicht allein in dem großen Haus. Einige Male war er in den vergangenen Jahren aufgestanden, weil er Einbrecher vermutet hatte. Doch da hatte es nichts gegeben. Ein altes Haus verursachte eben Eigengeräusche. Wärme- und kältebedingt. Rohre dehnten sich aus und zogen sich zusammen, die Holzböden knarrten, das teilweise antike Mobiliar sowieso. Seltsamerweise hatte in solchen Fällen dann meist in irgendeinem Zimmer Licht gebrannt. Es war wohl vergessen worden, es auszuknipsen. Auch dass nach solchen belastenden Nächten sehr oft anderntags ein elektronisches Gerät nicht mehr funktionierte oder Glühlampen kaputt gingen, war nichts weiter als ein Zufall, dachte Temming nun wieder, während vom Wohnzimmer der dumpfe Zwei-Uhr-Schlag der Standuhr ins Schlafzimmer heraufdrang.

Unweigerlich fragte er sich, ob nach dieser Nacht auch morgen wieder etwas defekt sein würde …

9

Sven Temming hatte bis spätabends in seinem Büro gearbeitet, E-Mails gelesen und dabei immer wieder den Gedanken an diesen jungen Mann verdrängt. Adam Jarowski war kein sehr angenehmer Zeitgenosse. Aufsässig, egoistisch und unberechenbar. Temming hatte den Umgang mit Personal nie gelernt und kompensierte fehlende Menschenführung mit Arroganz. Zwar hatte er erst ein Jahr lang das Sagen, aber spürte längst, wie ihm von Seiten der Mitarbeiter ein Unbehagen entgegenschlug. Sein Vater Walter war zwar auch herrschsüchtig und polternd gewesen, hatte aber eine natürliche Autorität ausgestrahlt, die ihm Respekt verschaffte. Er, der notgedrungen in dessen Fußstapfen treten musste, verscherzte tagtäglich ein Stück mehr an Sympathie und wurde zur beliebten Zielscheibe eines – wie er es empfand – geradezu militanten Betriebsratsgremiums, das von den Gewerkschaften unterlaufen war.

Jarowski würde gewiss alle Register ziehen, um die Entlassung hinauszuzögern und womöglich eine Abfindung zu erstreiten. Denn die Vorwürfe, die gegen ihn erhoben wurden, fußten auf einer Reihe von Behauptungen anderer Mitarbeiter. Habhafte Beweise, dass Jarowski mit einer aggressiven Aktionsgruppe von Umweltschützern zusammenarbeitete, gab es hingegen nicht. Und Jarowski war gewiss clever genug, um zu behaupten, er pflege rein aus beruflichem Interesse enge Kontakte zu jenen Kreisen, die in der Chemieindustrie die Giftmischer der Nation sahen.

Temming überkam plötzlich ein ganz anderer Gedanke: Typen wie Jarowski war es auch zuzutrauen, dass sie zu ganz anderen Mitteln griffen. Die Gewaltbereitschaft in der Bevölkerung hatte in den vergangenen Jahren erheblich zugenommen. Und womit Politiker jederzeit rechnen mussten, das galt für die Wirtschaftsführer erst recht. Temming junior war von diesem Szenario verunsichert. Er musste an seine junge Frau Sylvia und den vierjährigen Sohn Felix denken. Nicht selten waren in der Vergangenheit die Angehörigen von Inhabern großer Firmen entführt worden. War so etwas auch von Jarowski zu befürchten? Temming versuchte, sich zu beruhigen. Dass er jetzt übernervös und gereizt reagierte, lag ganz gewiss an dem stressigen Tag, den er heute durchzustehen hatte.

Kurz nach 21 Uhr entschied er, den Computer in den Ruhemodus zu schicken und nach Hause zur Familie zu fahren. Er knipste die Lichter im Büro aus und verließ das weiträumige Firmenareal. Wenige Minuten später rollte sein nagelneuer dunkler Mercedes GLC aus der Tiefgarage, vorbei am Pförtner, dem Temming freundlich zuwinkte.

Der Herbstabend war unwirtlich und längst dunkel. Für einen Moment trauerte Temming den hellen Sommertagen nach, die unendlich lang zurückzuliegen schienen. Die Fahrt führte ihn aus dem Ulmer Stadtrandgebiet hinaus auf die B 30, auf der in Richtung Friedrichshafen nur wenig Verkehr herrschte. Bereits zwei Ausfahrten weiter verließ er sie bei Laupheim wieder, um ein beschauliches Wohngebiet in der Nähe des dortigen Flugplatzes anzusteuern. Der Asphalt der kleinen Nebenstraße glänzte feucht, vereinzelt flatterte Laub durch die Oktobernacht. Der Nieselregen schien das Licht der Straßenlampen zu neutralisieren.

In Sichtweite zu seinem geräumigen Einfamilienhaus schwenkte das Garagentor auf, sodass er den SUV-Mercedes auf der breiten Hofeinfahrt mit einem weit ausholenden Bogen ins Trockene chauffieren konnte. Sofort ließ er hinter sich das Tor nach unten gleiten – aufmerksam prüfend, dass sich niemand ungesehen hereinschleichen konnte. Und wieder spürte er das Unbehagen, das ihn seit dem Zusammentreffen mit Jarowski heute beschlichen hatte.

Nie zuvor war ihm die schlechte Beleuchtung dieser Nebenstraßen aufgefallen. Nie zuvor hatte er befürchtet, jemand könnte sich über die Garage Zugang zum Haus verschaffen. Heute hingegen hatte er gelauscht, ob das Tor auch tatsächlich in die automatische Verriegelung fiel. Erst danach öffnete er die Verbindungstür zum Haus, knipste im Flur das Licht an, zog hinter sich die Tür nicht nur ins Schloss, sondern verriegelte sie auch mit dem Schlüssel. Seine Frau, die ihm mit dem ungestümen Felix im Schlepptau entgegenkam und ihm einen Kuss auf die Wange drückte, war irritiert: »Was ist'n heute los? Warum schließt du die Garagentür ab?«

Temming war für einen Moment verlegen und nahm Felix auf den Arm, der ihm sogleich ein bunt bemaltes Blatt Papier vor die Nase hielt. »Hab ich gemacht«, sagte der Bub stolz, während sein Vater ernst zu seiner Frau Sylvia blickte.

»Nichts Besonderes, kein Grund zur Beunruhigung. Aber in diesen Zeiten sollte man vorsichtig sein.«

»Vorsichtig?« Aus Sylvias hellem, jugendlichen Gesicht war das Strahlen verschwunden. »Ist was passiert?«

»Nein, nein. Aber ich hab heut einen Artikel über Einbrüche gelesen. Die Kripo rät mit Beginn der dunklen Jahreszeit dringend dazu, Türen nicht nur ins Schloss zu ziehen, sondern richtig zu verschließen«, log er, um vor den Ohren von Felix nichts Besorgniserregendes zu sagen. Die Seele eines Kindes war leicht zu verletzen. Er zwinkerte deshalb seiner Frau zu und deutete ihr damit an, dass er später mehr dazu berichten werde.

Temming setzte seinen Sohn wieder ab, der mit ihm stolz Hand in Hand in die großzügig gestaltete Diele ging, während Sylvia hinter ihnen herkam und Felix davon zu überzeugen versuchte, dass es Zeit fürs Schlafengehen wurde. Erst nachdem Temming zum wiederholten Male das gemalte Kunstwerk gelobt hatte, ließ sich Sohnemann nach oben ins Bett bringen.

Zufrieden stellte Temming fest, dass Sylvia mit dem Abendessen auf ihn gewartet hatte. Er hing sein regenfeuchtes Jackett an die Garderobe, wusch sich die Hände und ließ sich am Esszimmertisch nieder. Sylvia hatte ihm ein kühles Pils eingeschenkt. Sie schaffte es perfekt, ihm nahezu jeden Wunsch von den Augen abzulesen. Er nahm einen kräftigen Schluck, lehnte sich zurück und stoppte den Film, der ihm in seinem Kopf den abgelaufenen Arbeitstag vorspielen wollte. Nein, er wollte jetzt nicht mit Problemen konfrontiert werden, mit denen er sich als geschäftsführender Gesellschafter eigentlich gar nicht auseinandersetzen musste. Er war doch selbst schuld gewesen, dass er diesen Kerl überhaupt bis zu sich hatte vordringen lassen. Es wäre ein Leichtes gewesen, ihn an den Personalchef zu verweisen. Aber noch war das Unternehmen überschaubar geblieben – und noch musste er sich mit Strukturen abfinden, die einst von Großvater Georg auf Vater Walter übergegangen waren und die nicht von heute auf morgen geändert werden konnten. Aber er arbeitete daran.

Noch während er Sylvias Schritte in der Diele näherkommen hörte, streifte sein Blick gedankenversunken über das Sideboard, auf dem ein Herbstblumenstrauß stand. Doch neben der Vase entdeckte er ein Objekt, das er nie zuvor gesehen hatte: kegelförmig und auf der Grundfläche stehend, knapp drei Zentimeter hoch, die Seiten aufgeraut und grau, dazwischen filigrane Öffnungen. Wie ein Spielzeugmodell, dachte Temming.

Seine Frau lächelte ihn aufmunternd an. Sie hatte sich für ihn schick gemacht, trug eine enge Jeans und einen dünnen Wollpulli. Wer sie so sah, hätte sie auf knapp 30 geschätzt. In Wirklichkeit war sie zehn Jahre älter.

»Felix ist hundemüde«, sagte sie und holte aus der Küche die heiße Fertigpizza, die sie nach seiner telefonischen Ankündigung, er werde Feierabend machen, in die Backröhre geschoben hatte.

»War er denn lieb?«, fragte er interessiert.

»Ja, natürlich, er ist ganz der Vater«, stichelte sie und verteilte die Schnitten. »Aber jetzt sag mir bitte, warum du die Garagentür abgeschlossen hast.«

Sie wünschten sich einen guten Appetit und machten sich über die Pizza her. Temming sah die Chance, Zeit für eine Antwort zu gewinnen. »Sag du mir zuerst, was das für ein seltsames Ding ist, das da drüben neben der Vase liegt. Neues Spielzeug von Felix?«

Sie drehte sich schnell um. »Ach das.« Ihre Stimme klang seltsam. »Das hab ich heut Vormittag aus unserem Briefkasten geholt.«

»Wie bitte?« Temming nahm das Objekt ins Visier. »Aus dem Briefkasten?«

»Ja, es war in ein altes Kuvert gewickelt, ging wohl gerade so durch den Briefkastenschlitz. Kam aber nicht mit der Post, sondern hat wohl jemand im Laufe der Nacht reingesteckt.«

Sylvia stand auf und holte das Objekt, das aus Plastik bestand, an den Tisch. »Weißt du, was das sein soll?«

»Keine Ahnung.« Er nahm es in die Hand, um es aus der Nähe betrachten zu können. »Doch«, beeilte er sich zu sagen. »Das ist ein Modell der Apollo-Kapsel, mit der die Amerikaner 1969 zum Mond geflogen sind.«

»Ah«, staunte Sylvia. »Tatsächlich. Da hätte ich auch draufkommen können.«

Temmings Stimmung veränderte sich. »War da etwas dabei? Ein Brief, ein Schreiben?«

Sylvia verstand seine plötzliche Aufregung nicht. »Kennst du das Ding? Hat das was zu bedeuten?«

Er hatte sein Besteck beiseitegelegt, um die Mini-Raumkapsel mit beiden Händen untersuchen zu können. Es war ein ziemlich primitives Modell, an dessen Spitze sich eine winzige Öse befand. Vielleicht war es ein Schlüsselanhänger gewesen – ein besonders originelles Stück für die Zeiten des Mondflugs. Damals, so dachte Temming, war sicher ein wahres Mondfieber ausgebrochen – auch wenn angesichts der noch spärlichen Medienlandschaft keine solche Euphorie angeheizt wurde, wie dies heute der Fall wäre. Nähme man das heutige Spektakel, das für jedes zweitklassige Fußballspiel im Fernsehen inszeniert wurde, als Maßstab für eine Mondlandung, dann wären zweifelsohne tagelange Sondersendungen und Liveschaltungen in die Apollo-Kapsel, wenn nicht gar ganze Talk-Shows mit den Astronauten zu vermuten.

Diese Gedanken jagten ihm plötzlich durch den Kopf – nur ausgelöst von diesem winzigen Objekt.

»Suchst du was?«, riss ihn die Stimme Sylvias in die Realität zurück.

»Nein, ich bin nur fasziniert, mit welch primitiven technischen Mitteln die Amerikaner zum Mond geflogen sind«, lenkte er ab. »Aber wer uns dieses Ding geschickt hat, weißt du nicht?«

»Nicht wirklich.« Sylvia stand auf und griff in eine Ablage, in der unerledigter Schriftverkehr lag. »Ein Zettel war dabei, aber möglicherweise hat der gar nichts mit dem Ding zu tun. Oder sagt dir der Name Barbara etwas?«

»Barbara?«, wiederholte Temming reflexartig. »Wieso Barbara?«

»Hier«, Sylvia reichte ihm das zerknitterte Papier, auf dem ziemlich kleingedruckt nur ein einziger Satz stand: »Barbara hat's gefunden – W. wird sich freuen.«

Temming spürte, wie sämtliches Blut aus seinen Gliedern wich. Noch während er den Text ein zweites Mal überflog, wollte Sylvia wissen: »Kannst du dir darunter was vorstellen?«

»Ich …« Er räusperte sich. »Ich geh mal davon aus, dass das gar nichts mit uns zu tun hat. Das hat sicher irgendjemand nur so in unseren Briefkasten gesteckt. Oder war da eine Anschrift drauf?«

»Nein, nichts. Es ist möglicherweise mit dem Stapel der üblichen Werbeprospekte reingeschoben worden.«

»So sieht es wohl aus, ja«, pflichtete ihr Sven erleichtert bei.

»Es sei denn …«, gab Sylvia zu bedenken und schob ein Stück Pizza in den Mund, »… es sei denn, mit ›W-Punkt‹ ist dein Herr Papa gemeint.«

»W-Punkt?«, wiederholte Sven, als sei er bei einer Lüge ertappt worden. »Du meinst, das könnte Walter heißen? Aber warum bringt man's dann zu uns?«

»Weil für den Absender vielleicht Laupheim näher liegt als Kuchen«, erwiderte Sylvia spontan, um noch anzufügen: »Oder man will auch uns etwas wissen lassen, was bisher nur dein Vater weiß?«

10

Walter Temming fühlte sich an diesem neblig-tristen Herbsttag wie gerädert. Seiner Frau gegenüber hatte er beim Frühstück von seinen nächtlichen Sorgen und Ängsten nichts erzählt. Sie war nach der abendlichen Diskussion sanft entschlummert. Ihm kam es so vor, als wäre sie sich der Tragweite des Geschehens nicht bewusst. Oder ihre Beschäftigung mit dem Spirituellen gab ihr in dieser Situation Zuversicht und Halt. Temming hatte ihr nach dem Frühstück erklärt, an die frische Luft gehen zu wollen. Dass er entgegen seiner Gepflogenheit nicht in den Betrieb nach Ulm fuhr, um dort – wie in alten Zeiten – in seinem Büro zu residieren, kam ihr jedoch trotzdem seltsam vor. »Ich verschieb meinen Ulm-Tag auf morgen«, hatte er gesagt und ironisch angefügt: »Die werden sich morgen auch noch freuen, wenn ich vorbeikomme.«

Dann war er aus dem Haus gegangen und mit seinem schwarzen BMW ins benachbarte Geislingen gefahren. Er hatte bereits in der Nacht das Bedürfnis verspürt, das Familiengrab seiner Eltern zu besuchen. Sie hatten darauf bestanden, nicht an ihrem Wohn-, sondern an ihrem Geburtsort die letzte Ruhe zu finden – was zwar einige bürokratische Hemmnisse nach sich gezogen hatte, aber schließlich doch ermöglicht worden war, weil die Familie dort ein altes, inzwischen denkmalgeschütztes Grabmal eines vor über 150 Jahren verstorbenen Urahnen pflegte. Der Friedhof lag in dem engen und schattigen Tal der Rohrach, am Stadtrand direkt an der stark befahrenen B 10. Ein kleines Mausoleum hob sich aus dem Bestand mächtiger Kastanienbäume hervor, deren Blätter sich bereits bräunlich verfärbt hatten. Die für hiesige Verhältnisse ungewöhnliche Grablege hatte der örtliche Industriepionier Daniel Straub seinem Sohn Heinrich angedeihen lassen, der 1876 bei Kairo im Alter von erst 38 Jahren verstorben war.

Temming parkte seinen Wagen an der Straße, die zwei Friedhofsbereiche trennte. Als er ausstieg, schlug ihm die raue Herbstluft entgegen. Nebel hüllte die Hänge der Schwäbischen Alb ein, und von dem hoch aufragenden Geiselstein auf der anderen Talseite war nichts zu sehen. Unablässig rauschte der Verkehr auf der nahen B 10, ein paar Höhenmeter weiter oben ratterte ein

Güterzug die bewaldete Geislinger Eisenbahnsteige hinab. Wie automatisch, als sei es allein sein Unterbewusstsein, das ihn trieb, lenkte Temming seine Schritte zum eisernen Tor des ersten Friedhofteils, das von der außergewöhnlichen Architektur des Mausoleums dominiert wurde. Der feine Kies knirschte, während er an den ersten Gräberreihen vorbeikam, bei denen sich auch die letzten Ruhestätten einiger Geislinger Ehrenbürger befanden. Ein paar Meter weiter, direkt an der Begrenzungsmauer, hatte Temming sein Ziel erreicht. Er blieb ehrfurchtsvoll vor dem großen Grab mit dem wuchtigen, längst verwitterten Naturstein stehen, in den mit Metallbuchstaben die Namen und Sterbejahre all derer festzementiert waren, die hier ihren Lebensweg beendet hatten: seine Eltern und seine Großeltern – und natürlich Siegfried mit der Jahreszahl 1968. Und irgendwann würde auch sein Name hier zu lesen sein.

Der sommerliche Blumenschmuck, den die mit der Grabpflege beauftragte Gärtnerei eingepflanzt hatte, war bereits verwelkt. Die Natur führte den Menschen alljährlich das Kommen und Gehen vor Augen, das Werden und Vergehen. Ein ewiger Kreislauf. Ein Kreislauf, der Vergangenes und Neues gleichermaßen beinhaltete. Gab es eine Verbindung zwischen dem, was vergangen war, und dem, was gerade ist – und sein wird?

Immer, wenn er hier stand, versank er tief in solche finsteren Gedanken, die er dann vergeblich zu verdrängen versuchte. Er wollte dankbar sein für die Tage und Wochen, die er seit seinem letzten Friedhofsbesuch erleben durfte. Und doch war er damit selbst dem Grabe wieder ein Stück weit nähergekommen.

Jeder Tag sei ein Geschenk, hatte er mal irgendwo gelesen – und es gelte, sorgfältig mit dieser Zeit umzugehen. Streit, Hass und Zorn waren hingegen dazu angetan, dieses wunderbare Geschenk zu zerstören. Manchmal, wenn er sich im Bekannten- und Freundeskreis umhörte und von den Zerwürfnissen innerhalb der Familien erfuhr, überkam ihn ein Gefühl des Mitleids mit jenen, die einen Tag nach dem anderen nur damit verbrachten, sich gegenseitig zu zerfleischen. Und dies meist wegen Lappalien und Lächerlichkeiten. Dabei war nichts für die Seele schädlicher und schlimmer als Disharmonie. Da musste er sogar den Philosophien seiner Frau recht geben, die in diesem Zusammenhang von ›gestörten Wellen‹ sprach. Sie verglich dies mit den gleichmäßigen Wellen, die der Wind auf einem ruhigen Teich zauberte und die sofort in ein wildes Chaos umschlugen, wenn etwas von außen ihr harmonisches Bild störte.

Aber wahrscheinlich lag es im Wesen des Menschen, sozusagen einprogrammiert in die Gene, dass es vielen so schwerfiel, tolerant und kompromissbereit zu sein. Temming hatte während seines Berufslebens oft erkennen müssen, dass viele Menschen nur das, was sie selbst durchsetzen wollten, für das einzig Richtige hielten – und jedwede Kritik daran nicht gelten ließen. Die Neigung, auch auf Kompromisse einzugehen, war heutzutage nicht mehr weit verbreitet. Alle predigten Toleranz, meinten damit aber, dass nicht sie selbst, sondern gefälligst der andere sie walten lassen sollte.

Diese falsch verstandene Art des Durchsetzungsvermögens wurde insbesondere in den unseligen Doku-Soaps der privaten Fernsehstationen propagiert: nichts gefallen lassen, aufmucken, Flagge zeigen. Beschweren, meckern, einfordern, draufhauen. Inzwischen war eine ganze Generation unter dem Einfluss solcher ›Vorbilder‹ herangewachsen. Oder besser gesagt: herangezogen worden. Denn jede Gesellschaft, so durchzuckte es Temming, produziert ihre Nachfolger ja selbst.

Temming, dessen Blick seit Minuten auf die Namen seiner Vorfahren gerichtet war, überkam wieder jenes Schuldgefühl, das ihn an jedem Tag seines Lebens verfolgt hatte. War er nicht auch auf seinen Vater zornig gewesen, der ihm das Erbe hatte versagen wollen? Neidisch auf Siegfried, der ganz andere Talente und Neigungen hatte? Und nun war alles wieder aufgebrochen. Eine nie richtig geheilte Wunde hatte seit gestern wieder zu schmerzen begonnen. Der Vater hatte ein Geheimnis mit ins Grab genommen – und er, der Nachkomme, musste noch immer damit leben, jetzt im Alter von 70 Jahren. Auch er würde ein Geheimnis mit ins Grab nehmen. Sogar zwei.

Und was noch schlimmer war: Es gab da jemanden, der genau so viel wusste. Jemand, der sich anmaßte, sich als Siegfried auszugeben. Als Toter. Geschmackloser ging es nicht mehr. Aber woher konnte dieser Unbekannte die ganzen Details wissen? Temming musste an die Leiter denken, an die Farbe – und an Barbara.

Barbara?, schoss es ihm durch den Kopf. Barbara war auch tot. Wenige Tage nach dem schrecklichen Ereignis war sie bei einem Autounfall ums Leben gekommen. Hochschwanger war sie mit ihrem Fahrrad von einem unbekannten Pkw erfasst worden. So stand es im Polizeibericht. Was war eigentlich aus diesem Kind geworden, das die Ärzte hatten lebend zur Welt bringen können? Temming musste sich eingestehen, niemals etwas darüber erfahren zu haben. Allerdings hatte er sich auch nicht darum gekümmert. Dass von einem Vater nirgendwo die Rede gewesen war, hatte er damals zur Kenntnis genommen. Aber, so wurde es ihm nun bewusst, dieses Kind müsste jetzt 49 Jahre alt sein. Aufgewachsen ohne Mutter – aber wo?

»Auch schon wieder drei Jahre her«, holte ihn eine Frauenstimme in die Realität zurück. Er hatte niemanden kommen hören. Oder er war so sehr in seine Gedanken versunken, dass die Schritte auf feinem Kies gar nicht in sein Bewusstsein dringen konnten.

Temming drehte sich ruckartig um und sah in das von Sorgenfalten durchzogene Gesicht einer kleinen älteren Dame. Er kannte sie, doch wollte ihm ihr Name nicht einfallen. »Der Senior ist auch schon drei Jahre tot«, wiederholte sie und deutete mit der Hand auf die Jahreszahl 2014, die hinter dem Namen Georg Temming stand.

»Ja, da sieht man, wie schnell die Zeit vergeht«, erwiderte Walter Temming charmant und bedrückt gleichermaßen.

»Ihr Herr Vater war bis zuletzt gut drauf. Immer auch zu einem Späßchen bereit«, lächelte die Frau. »Und wie man so hört, hat er auch Ihnen viel Gutes getan.«

Temming zuckte innerlich zusammen, ließ es sich aber nicht anmerken, sondern bückte sich, um einen Löwenzahn aus der Blumenreihe zu zupfen. »Ich hab so gut es ging, sein begonnenes Lebenswerk fortgeführt«, sagte er bescheiden.

Sie antwortete mit einem Zitat, das er allerdings nicht zuordnen konnte: »Was du ererbt von deinen Vätern hast, erwirb es, um es zu besitzen.«

Er erhob sich und sah sie fragend an, weshalb sie klarstellte: »Ist von Goethe. Hat er dem Faust in den Mund gelegt – bevor der sich mit dem Gedanken zum Selbstmord auseinandersetzt.«

Temming war nicht so bewandert in der Literatur, als dass er damit etwas hätte anfangen können. »Selbstmord?«, entfuhr es ihm stattdessen. »Was hat das mit einem Erbe zu tun?«

»Na ja«, sah ihn die adrett wirkende Dame an, die längst das Rentenalter erreicht hatte, »ein Erbe kann auch zur Last werden, wenn man unter dem Druck steht, es zu bewahren und weiterzuentwickeln.«

Temming wusste nicht, worauf sie hinauswollte. Er hätte am liebsten das Gespräch beendet, denn ihm stand der Kopf nicht nach einer solchen Diskussion. Schon gar nicht hier auf dem Friedhof, am Grab seiner Vorfahren und seines Bruders.

Doch die Dame ereiferte sich mit weiteren Bemerkungen, die ihn nervten: »Oftmals gibt es in den Familien wegen des Erbes Zwietracht und Unfrieden.« Noch während sie dies sagte, schwirrte ein schwarzer Vogel im Tiefflug an ihnen vorbei und landete auf dem Grabstein.

Es war ein Rabe, der mit zuckenden Kopfbewegungen die Umgebung beobachtete. Temming blieb regungslos stehen, die

Frau neben ihm wandte sich ab. »Ein schwarzer Vogel«, sagte sie im Weggehen, »das ist kein gutes Zeichen. Manchmal ist es gut, die Zeichen des Himmels nicht zu missachten.«

Temming spürte einen Kloß in der Kehle. Während er sich umdrehte und der Frau hinterhersah, die sich eilig zwischen den Gräbern entfernte, flog der Rabe wild krähend davon.

Temming war es für einen Moment, als habe er die letzten Minuten nur geträumt. Hatte er sich diese Szene nur eingebildet? War er hierhergekommen, um Teil eines geradezu gespenstisch anmutenden Dialogs zu werden? Quatsch, mahnte er sich. Das war Realität gewesen. Das Geschwätz einer alten Dame, das rein zufällig auf fatale Weise zu seiner heutigen Stimmungslage passte. Doch mit einem Schlag – als sich am nahen Steilhang ein schneeweißer ICE die Steige hinaufschlängelte – überkam ihn ein Gedanke, über den er selbst erschrak: dass eine ererbte Last unerträglich sein könnte. So unerträglich, dass es keinen Ausweg mehr geben würde. Weil sich etwas anbahnte, vor dem er panische Angst hatte. Vergangene Nacht war sie ins Unermessliche gestiegen. Denn sie würden ihn einsperren, ganz sicher. In Handschellen abführen, einkerkern. Wie einen Schwerverbrecher. Ihm den Prozess machen, vor aller Öffentlichkeit. Eine Schande für die Familie und für das Unternehmen. Dass er bereits 70 war, das würde ihm keine mildernden Umstände einbringen.

Er sog die feucht-kühle Herbstluft in sich hinein, warf noch einen Blick auf das Grab und wünschte sich plötzlich, diese grausame Welt verlassen zu dürfen.

11

Gisela Temming hatte während der Abwesenheit ihres Mannes lange mit sich gerungen, ob sie Sohn und Schwiegertochter mit den Problemen konfrontieren sollte, die ihr von Stunde zu Stunde schwerer auf dem Gemüt lasteten. Dass Walter nicht nach Ulm gefahren war, wie er dies seit seinem Ausscheiden aus dem Betrieb sehr gerne tat, hatte sie als ernstes Zeichen für eine aufkommende Depression gedeutet. Natürlich würde er am liebsten seine Ängste verschweigen, aber nun sah es ganz danach aus, als ob sich ein ganzer Berg von Problemen vor ihm auftürmte. Vieles stand unausgesprochen im Raum. Aber sie kannte Walter lange genug, um zu spüren, wie sehr ihn das anonyme Schreiben und die darin enthaltene versteckte Drohung beschäftigten. Und außerdem war es nicht allein sein Problem.

Gisela hatte versucht, sich im parkähnlichen Garten mit der Pflege abgestorbener Stauden abzulenken, als die angegraute Haushälterin mit dem Mobilteil des Telefons auf sie zukam und ihr das Gerät überreichte: »Ihre Schwiegertochter«, erklärte sie und ging ins Haus zurück.

»Ja?«, meldete sich Gisela und setzte sich auf eine Holzbank.

»Stör ich?«, fragte Sylvia, die den seltsamen Tonfall sofort bemerkt hatte.

»Nein, das natürlich nicht. Ich bin nur gerade im Garten.« Sie senkte ihre Stimme und sah sich prüfend um. Doch da war weit und breit niemand, der sie belauschen konnte.

»Geht's dir nicht gut?« Sylvia war über die kurze Unterbrechung besorgt.

»Doch, doch. Es ist … na ja, ich hab mir heut auch schon überlegt, dich anzurufen«, räumte Gisela ein.

»Zufall oder Gedankenübertragung.« Sylvia wusste, dass sie mit dieser Bemerkung das Interesse ihrer Schwiegermutter weckte.

»Natürlich Gedankenübertragung«, erwiderte sie fest davon überzeugt. »Aber sei's, wie's will.«

Sylvia wollte nicht weiter darauf eingehen. »Es tut mir leid, wenn ich dich störe«, sagte sie, »aber mich beschäftigt seit gestern etwas, das Sven allerdings für nicht so bedeutsam hält. Und um ehrlich zu sein, ich hab der Sache zuerst auch keine Bedeutung beigemessen. Aber dann hat Sven irgendwie seltsam reagiert.«

Gisela wurde hellhörig. Beinahe hätte sie spontan gesagt, dass es auch bei ihnen etwas Merkwürdiges gab, weshalb sie ihr mit einem Anruf beinahe zuvorgekommen wäre, doch dann hielt sie sich zurück. »Und um was geht es?«, fragte sie stattdessen – ein drohendes Unheil ahnend.

»Wir haben etwas Komisches in den Briefkasten gesteckt bekommen«, berichtete Sylvia. »Kennst du denn eine Barbara?«, wollte sie nach ihren Schilderungen wissen.

Gisela konnte ihre Aufregung nur mühsam unterdrücken. »Barbara?«, wiederholte sie tonlos. »Und da steht W-Punkt?«, hakte sie nach.

»Ja. Das ist nicht einfach so dahingeschrieben, da bin ich mir inzwischen sicher. Mit W-Punkt kann nur die Abkürzung für Walter gemeint sein.« Sylvia wartete vergeblich auf eine Reaktion und bohrte deshalb weiter: »Und Barbara? Der Name sagt dir wirklich nichts?«

»Was soll er mir denn sagen?« Giselas Stimme klang wenig überzeugend.

Sylvia zog es vor, nicht nachzuhaken, wollte aber trotzdem wissen: »Und was es mit diesem Schlüsselanhänger auf sich hat, kannst du dir auch nicht denken?«

»Keine Ahnung.« Wieder hatte ihre Antwort einen seltsamen Unterton. »Ich hab so ein Ding, wie du es schilderst, nie gesehen.« Sie zögerte mit ihrer Nachfrage: »Ist denn ein Schlüssel dran?«

»Nein, kein Schlüssel«, erwiderte Sylvia und gab sich mit dem kurzen Dialog zufrieden – zumindest vorläufig. Ihr kam jedoch das Verhalten ihrer Schwiegermutter seltsam vor, weshalb sie aussprach, was ihr auf dem Herzen lag: »Ich glaube, wir sollten uns dringend treffen. Auch wenn Sven gerade wenig Zeit hat – aber ich werde ihn dazu überreden.«

Gisela atmete hörbar: »Vielleicht hast du recht. Denn mir scheint es, dass es einiges zu bereden gäbe.«

»Ach«, staunte Schwiegertochter Sylvia. »Du siehst es also auch so?«

»Entschuldige, aber darüber möchte ich am Telefon nicht reden.«

12

Walter Temming war – tief in finstre Gedanken versunken – an den Gräbern entlang zum Friedhofsportal gegangen, um sich im kühlen Herbstwind seinem schwarzen BMW zuzuwenden. Noch während er beim Näherkommen das Türschloss ferngesteuert entriegelte, stoppte neben ihm ein dunkelgrauer Kombi, den er im Augenwinkel sofort als Leichenwagen erkannte. Die Scheibe auf der Fahrerseite glitt herunter, am Steuer saß ein schwergewichtiger Mann, dünne graue Stoppelhaare, breites Grinsen im Gesicht. Wie immer, wenn er allein und ohne Sarg unterwegs war, konnte sich der weithin bekannte Bestattungsunternehmer seine flotten und bisweilen ironisch-satirischen Bemerkungen nicht verkneifen: »So, Walter, kommsch' vom ›Probeliegen‹?«, rief er leicht schwäbelnd Temming zu, dem es in diesem Augenblick nicht nach einem heiteren Dialog oder gar nach makabren Bemerkungen zum Sterben zumute war. Allerdings war Bestatter Peter Leichtle sein Jugendfreund, den er jetzt nicht mit ein paar Worten abfertigen wollte. Immerhin galt Leichtle in dieser Stadt als gern gesehenes und beliebtes Original, der sich seit Jahr und Tag kommunalpolitisch engagierte und auch den Mut hatte, Unangenehmes beim Namen zu nennen. Die Art, wie er dies tat, kam bei den Menschen an – und sie nahmen ihm daher auch selten etwas übel. Vermutlich, hatte Temming schon oft gedacht, musste sein Jugendfreund das vielfältige Leid, mit dem er's berufsmäßig zu tun hatte, mit einem Schuss Selbstironie und dem gewiss angeborenen Optimismus kompensieren.

»Mensch, Peter«, versuchte Temming sein Gefühlsleben zu verbergen, »ich hoffe, ich zähl noch nicht so schnell zu deiner Kundschaft.«

»Aber ich versprech' dir, Walter, du krieg'scho von mir ein besonders schönes Begräbnis.« Leichtle lachte schallend, wozu sein mächtiger Leibesumfang als Resonanzkörper diente. Aber auch damit konnte er die Stimmung seines Jugendfreundes nicht aufheitern.

»Man würde das alles viel leichter nehmen, wenn man wüsste, was danach kommt«, sagte er, worauf Leichtles Miene ernster wurde.

»Was nachher kommt, kommt sowieso«, erwiderte er. »Deshalb sollte man jetzt leben, hier und heute.« Es war die Empfehlung eines Mannes, der es täglich mit dem Tod zu tun hatte.

»Aber wenn noch etwas danach kommt, muss man dort auch dafür büßen, was man hier angestellt hat«, meinte Walter Temming nachdenklich.

Leichtle hatte längst dessen depressive Verstimmung gespürt und augenblicklich seine Frotzeleien eingestellt. »Ich glaube, Walter, wir beide haben da wohl wenig zu befürchten, weil es vor uns genügend andere Herrschaften gibt, mit denen sich das Jüngste Gericht eine Ewigkeit lang beschäftigen müsste. Oder siehst du das anders?«

Temming ging einen Schritt auf seinen BMW zu, um zu signalisieren, dass er das Gespräch beenden wollte. »Peter«, sagte er,

»vielleicht braucht's gar kein solches Gericht, weil alles irgendwie schicksalhaft vorbestimmt ist – weil alles vielleicht ein Naturgesetz ist, dem sich niemand entziehen kann.«

Leichtle sah seinen Jugendfreund kritisch an. So hatte er ihn nie zuvor reden hören. »Wenn du mich fragst, Walter: Egal, wie man's nennt – ob Gott oder anders –, es wird etwas geben, das alles so eingerichtet hat, wie's ist.« Während sich Walter Temming weiter entfernte, rief er ihm noch zu: »Und dieses Etwas wird auch dafür sorgen, dass am Ende die Gerechtigkeit siegt.«

Temming war von diesen Worten ergriffen. Hatte sie Leichtle nur so dahingesprochen, um ihn zu trösten? Oder wusste dieser Mann, dem nachgesagt wurde, das Gras wachsen zu hören, viel mehr?

13

Gisela Temming war nach dem Telefonat mit ihrer Schwiegertochter zurück ins Haus gegangen. Die Nachricht vom Auftauchen des Schlüsselanhängers hatte sie tief getroffen. Ihre Knie zitterten, ihr Herz pochte. Dass nahezu zeitgleich zwei dubiose Botschaften eingegangen waren – eine hier in Kuchen, die andere beim Sohn in Laupheim –, konnte natürlich kein Zufall sein. Und Barbara – dieser Name war natürlich genau so wie die anderen schriftlichen Hinweise ein Zeichen dafür, dass der Absender die Umstände von jenem Oktobersamstag des Jahres 1968 genau kannte. Dass beides so gehalten war, als kämen sie aus einer anderen Welt, oder besser gesagt aus dem Jenseits, ließ ihr keine Ruhe mehr. Nutzte da jemand ihr Faible für parapsychologische Themen, um ihr und ihrer Familie Angst und Schrecken einzujagen?

Aber was hatte Sven damit zu tun, der doch von all den schrecklichen Details überhaupt nichts wissen konnte?

Gisela hatte sich vergewissert, dass ihre Haushaltshilfe, eine ältere Dame, bereits gegangen war, und ließ sich im angenehm warmen Wohnzimmer in einen Ledersessel fallen. Sie musste ihre Gedanken ordnen, die sich seit gestern wie ein wildes Karussell drehten. Woher kam der Schlüsselanhänger – und wo war der Schlüssel?

Sie spürte, wie schwer es ihr fiel, dies alles in eine vernünftige Reihenfolge zu bringen: das Geschehen vor 49 Jahren, die Botschaften und der Schlüsselanhänger. Vergangene Nacht, als sie sich schlafend gestellt hatte, waren ihr bereits Tausende Gedanken durch den Kopf geschossen – doch jetzt, nach dem Gespräch mit Sylvia war alles noch viel schlimmer geworden. Konnte es überhaupt eine logische Erklärung geben? Oder war sie inzwischen gefangen von ihren vielen Büchern, die sie über das Leben nach dem Tod geradezu verschlungen hatte? Natürlich gab es seriöse Berichte darüber, dass sich Sterbende zum Zeitpunkt des Todes auf seltsame Weise bei den ihnen nahestehenden Menschen abgemeldet hatten: Sei es, dass ein Foto von ihnen von der Wand gefallen war oder dass sich sonst etwas in der Umgebung veränderte.

Sie selbst war inzwischen fest davon überzeugt, dass es Kräfte gab, die die reale Welt mit einer unsichtbaren verbanden. Sie vertraute ihren Schutzengeln und glaubte, dass es gewisse Zeichen gab, die auf Künftiges hindeuteten.

In diesem Augenblick wurde sie der ungewöhnlichen Stille gewahr. Nichts in der Wohnung gab ein Geräusch von sich. Totenstille. Eine erschreckende Stille. Kein metallisches Klicken, mit der die antike Standuhr das Zerrinnen jeder einzelnen Sekunde abhakte. Erst jetzt fiel ihr auf, dass sie heute noch keinen einzigen Stunden- oder Halbstundenschlag wahrgenommen hatte. Gisela drehte sich vorsichtig zu dem Uhrenmöbelstück um. Ein weiterer

Schreck jagte durch ihre Glieder: Das Pendel hing bewegungslos hinter dem Glas, die Zeiger auf dem Ziffernblatt standen auf 5.10 Uhr. Wie gelähmt starrte Gisela auf diese Zeigerkonstellation. 5.10 Uhr. Eine magische Zahl, die sie schlagartig an ein Datum erinnerte: 5.10. – 5. Oktober.

Nein, nein, hämmerte es in ihrem Kopf, Quatsch. Wir haben vergessen, das Uhrwerk aufzuziehen. Es ist rein zufällig um diese Zeit stehen geblieben. Nach dem ersten Schock erhob sich Gisela, um langsam auf die Uhr zuzugehen, die drohend vor ihr zu stehen schien. Sie besah sich das Ziffernblatt, das einen halben Kopf über ihr aus dem Holzkasten ragte, und konnte aus allernächster Nähe zweifelsfrei erkennen, dass der große Zeiger auf die Zahl Zwei zeigte – zehn Minuten nach der vollen Stunde. Der kleine Zeiger war nur wenig von der Fünf entfernt. 5.10 Uhr, zweifelsfrei. Gisela öffnete das schmale Türchen, um neben und hinter dem stillstehenden Pendel auch die Gewichte sehen zu können, die das mechanische Uhrwerk mithilfe der Gravitation am Laufen hielten. Waren sie ganz unten, blieb das komplizierte Räderwerk stehen. Doch heute hingen sie noch einen guten Meter über dem Boden.

Gisela wagte nichts anzurühren. Es schien ihr, als ob sie irgendetwas daran hinderte, in ein schicksalhaftes Ereignis einzugreifen.

14

Sven Temming hatte das dubiose Kuvert und dessen Inhalt gedanklich abgehakt und den anonymen Absender in die Kategorie ›Verrückter‹ gesteckt. Allerdings war Sylvia beim Frühstück nicht so locker darüber hinweggegangen. Weshalb er denn gestern Abend die Verbindungstür zur Garage abgeschlossen habe, hatte sie beim

Frühstück immer wieder wissen wollen, doch er war einer konkreten Antwort ausgewichen. Seine Frau hatte sich beunruhigt gezeigt, weil sie einen Zusammenhang mit dem Brief vermutete. Um sie nicht zusätzlich zu ängstigen, hatte er ihr das unangenehme Zusammentreffen mit seinem Mitarbeiter Jarowski verschwiegen.

Die Führung eines relativ großen Unternehmens erforderte Furchtlosigkeit und eine gewisse Kühnheit, hielt er sich vor. Er musste nach vorne blicken und durfte sich nicht von jedem Problem gleich aus der Bahn werfen lassen. Zum Grübeln blieb an diesem Tag ohnehin keine Zeit. In seinem Terminkalender standen zwei Gespräche mit potenziellen Kunden aus China, die beide glücklicherweise gut Deutsch sprachen. Außerdem war ein ziemlich hochrangiger Manager eines Pharmaunternehmens angekündigt, der offenbar einen Großauftrag in Aussicht stellte.

Da blieb nicht einmal Zeit für ein vernünftiges Mittagessen. Am frühen Nachmittag verspürte er Magenkrämpfe, schluckte eine Tablette dagegen und trank zwei Glas Wasser. Als das Telefon auf seinem Schreibtisch anschlug und er auf dem Display die heimische Nummer sah, runzelte er kurz die Stirn, holte tief Luft und meldete sich. Es war Sylvia. »Entschuldige, ich muss dich kurz stören«, sagte sie, nachdem sie bemerkt hatte, dass er kurz angebunden war.

»Nur zu«, erwiderte er und sah durch die große Fensterfront in den tristen Herbstnachmittag hinaus.

»Ich hab deine Mutter angerufen«, hörte er die vertraute Stimme, war aber über das Gesagte verärgert.

»Wieso das denn?«, fragte er zurück.

»Weil ich glaube, dass wir etwas bereden sollten, was auch dich bedrückt.« Sylvia ließ es so bestimmend klingen, wie sie es immer tat, wenn sie keinen Widerspruch duldete.

»Was soll mich denn bedrücken?«

»Das von gestern«, kam es energisch zurück. »Und mir scheint, dass auch deine Mutter etwas dazu zu sagen hat.«

»Wozu?«

»Also, jetzt hör mal her, Sven«, wurde Sylvia energisch. »Die Sache mit dem Brief und mit diesem Schlüsselanhänger – und der Hinweis auf deinen Vater und diese Barbara! Das hat doch etwas zu bedeuten.«

»Was soll das zu bedeuten haben?«

»Halt mich bitte nicht für so naiv, Sven. Wir werden das regeln. Heute Abend. Um acht sind wir bei deinen Eltern in Kuchen eingeladen.«

»Um acht?«, brauste Sven auf. »Das schaff ich nicht.«

»Du wirst es müssen, Sven. Es gibt Termine, die sind wichtiger als das Geschäft. Oder willst du dich um Unangenehmes drücken?«

Er ging nicht darauf ein, sondern fragte: »Mit Felix?«

»Nicht mit Felix«, entschied Sylvia und beeilte sich zu sagen, dass Olivia, die junge Haushaltshilfe, so lange bleibe, bis sie zurück waren.

»Sag mal, was ist mir dir los, Sylvia? Du tust gerade so, als gehe es um Leben und Tod.«

Sie schien für einen kurzen Moment über diese Formulierung verdattert zu sein, weshalb ihr wie automatisch eine dramatisch klingende Erwiderung über die Lippen ging: »Vielleicht ist es so, Sven. Wer weiß?«

15

Walter Temming hatte sich nach dem Friedhofsbesuch still in sein privates Büro zurückgezogen. Was er sich von dem kurzen Verweilen am Familiengrab versprochen hatte, konnte er selbst nicht mehr nachvollziehen. Es war ein inneres Bedürfnis gewesen, seinem Vater ein Stück nahe zu sein – obwohl es natürlich nur eine symbolische Geste war, die für ein paar Augenblicke dazu angetan war, sein Gewissen zu beruhigen und ihm wieder einmal unendliche Dankbarkeit zum Ausdruck zu bringen, vermischt mit dem dumpfen Gefühl, ihn eigentlich nie wirklich gemocht zu haben.

Dass seine Frau für heute Abend ein Treffen mit Sohn und Schwiegertochter organisiert hatte, verschwieg sie ihm. Wie immer öffnete er an seinem Computer das E-Mail-Postfach, das auch nach dem offiziellen Ausscheiden aus der Firma reichlich gefüllt war. Vieles leitete er kommentarlos an seinen Sohn Sven weiter. In einigen wenigen Fällen – vor allem, wenn es sich um alte Geschäftsbeziehungen handelte – antwortete er selbst. Ein Viertel aller Absender identifizierte er sofort als Spam, die er ohne zu öffnen in den elektronischen Papierkorb beförderte. Gerade als er dies wieder tun wollte, stach ihm jedoch eine E-Mail-Adresse ins Auge: ›Post mortem‹. Entweder ein makabrer Scherz oder jemand glaubte, besonders originell erscheinen zu müssen. Post mortem. Nach dem Tod. Noch immer hingen Temmings Augen an diesem lateinischen Wort. Sollte er die E-Mail öffnen – oder bestand gar die Gefahr, dass er sich einen Computervirus oder Trojaner einfing? Aber weil sein Rechner über die Distanz hinweg mit dem Firmencomputernetzwerk verbunden war, das entsprechende Sicherungsprogramme enthielt, wagte er den Klick – und schon öffnete sich das Fenster mit dem Text, der ihm ziemlich umfangreich erschien. Es gab keinen Absendernamen. Und auch der Provider, über den die E-Mail verschickt worden war, kam ihm seltsam fremd vor: ›opentrash.com‹.

Als er las, was vor einer Dreiviertelstunde angekommen war, stockte ihm der Atem:

»Manchmal entscheiden sich die wichtigen Dinge im Leben erst post mortem – also nach dem Tode. Die einen werden erst in diesem Zustand berühmt – die anderen bekommen die einmalige

Gelegenheit, ein Unrecht zu sühnen. Stichwort: 5. Oktober 1968. Ich weiß, dass Du mich nie gemocht hast und dass Du wegen deiner politischen Verblendung das Erbe Deines Vaters in den Schmutz gezogen hast. Noch aber hast Du das Glück, diesseits der Welt zu stehen und dafür büßen zu können. Du solltest es tun, bevor Du dort bist, wo ich seit 49 Jahren bin, denn hier zählen nur das Gute und die Reue, die du zu Lebzeiten praktiziert hast. Solltest Du vor dieser Reue zu mir herüberwechseln, wird Dir der Frieden versagt bleiben. Keine Angst, ich will nicht das Geld, das hier, wo ich bin, völlig unbedeutend ist. Ich verlange nur Buße und Reue. Denn ich als Dein Bruder, der gelernt hat, Dich weiterhin zu lieben, möchte nicht, dass Du schuldbeladen zu mir kommst. Mir ist die Gnade widerfahren, Kontakt mit der materiellen Seite aufnehmen zu dürfen. Solltest Du den Mut zu einer Begegnung haben, dann finde Dich morgen um halb zehn Uhr im Ulmer Münster ein, bitte Deine arme Seele um Ruhe und komme um zehn Uhr allein auf den Turm. Ich erspare Dir den beschwerlichen Aufstieg, weil ich weiß, dass dies Dir in Deinem Alter Probleme bereiten würde. Komm zum großen Raum beim Turmwart, über den Glocken. Treffpunkt Münster von Bern. Aber sei allein. Dein Siegfried.«

Walter Temmings Hände hatten sich in den Armlehnen seines Polsterstuhles verkrampft. Sein Puls raste, ihm war heiß und kalt gleichermaßen. Das gab es doch nicht. Das konnte nur ein übler Scherz sein. Oder das Werk eines Verrückten. Der Text verschwamm vor seinen Augen zu einer grauschwarzen Masse. Münster von Bern? Er wischte sich mit der Hand Schweiß von der Stirn, schloss kurz die Augen, lehnte sich zurück und versuchte, einen klaren Gedanken zu fassen. Dann überflog er noch einmal den Text: Kein Zweifel, das Geschriebene stand in einem direkten Zusammenhang mit dem Brief, der gestern mit der Post gekommen war. Psychoterror. Das war Psychoterror, entfuhr es ihm leise. Das war keine Erpressung. Der Absender wollte kein Geld. Was aber dann? Wieso Münster von Bern? Da stand doch eindeutig, er solle auf dem Ulmer Münster zum großen Raum beim Turmwart kommen? Temming versuchte, sich die beschriebene Örtlichkeit in Erinnerung zu rufen. Aber es war viel zu lange her, dass er zuletzt auf dem Münsterturm gewesen war. Er konnte sich an keine Details entsinnen. Aber was hatte das Ulmer mit dem Berner Münster zu tun?

Natürlich musste es sich feststellen lassen, woher die Mail kam. Andererseits, so mahnte ihn eine innere Stimme, waren Attacken aus dem Internet meist nicht nachvollziehbar, vorausgesetzt, sie waren geschickt genug gemacht. Oft hörte man, dass sogar die Polizei machtlos war, wenn über dubiose Kanäle Geld von Konten abgehoben und ins Ausland transferiert wurde.

Temming schwärzte mit Klick auf die linke Maustaste die E-Mail-Adresse ein, kopierte sie und setzte sie bei Google in das Suchfeld ein. Augenblicklich erfuhr er, dass es sich um den Anbieter anonymer E-Mail-Adressen handelte. Seine weitere Recherche, die ihm noch mehr Aufregung bescherte, führte zu einer Internetseite von T-online, die darüber informierte: *Hinter den zum Teil kostenlosen Diensten steht jeweils ein Server, der alle E-Mails weiterversendet, sodass er selbst als Absender agiert. Alle Informationen, die auf die Herkunft und den Absender schließen lassen, werden entfernt. Einige Remailer verschicken die E-Mail-Nachricht zudem über andere zufällig ausgewählte Server rund um die Welt.*

Es war unfassbar, was es doch nicht alles gab, dachte Temming. Grauzonen, wohin das Auge blickte.

16

Firmenchef Sven Temming war seit dem Telefonat mit seiner Frau innerlich zerrissen. Was heute Abend noch auf ihn zukommen würde, konnte er bislang nicht abschätzen. Vor allem schien es ihm völlig unangebracht zu sein, die Eltern damit zu erschrecken. Hinzu kam, dass ihm der Termin, den Sylvia über seinen Kopf hinweg ausgemacht hatte, überhaupt nicht passte. Er musste ein Gespräch, das für 17 Uhr vorgesehen war, kurzfristig absagen, ging oberflächlich den Schriftverkehr durch, den ihm seine Sekretärin auf den Tisch gelegt hatte und kämpfte gegen die Gedanken an, die sich mit dem dubiosen Kuvert beschäftigten, mit dem Namen Barbara und einem seltsamen Schlüsselanhänger. Als er endlich das Wichtigste erledigt hatte, verließ er sein Büro, nickte der Sekretärin freundlich lächelnd zu und verschwand in die Tiefgarage.

Auch heute warf er erneut prüfende Blicke in jede Richtung des hell erleuchteten Untergeschosses, dann rangierte er den voluminösen Mercedes GLC aus der Parklücke und ließ ihn zur Schranke rollen, die sich automatisch öffnete, nachdem eine Videokamera das Kennzeichen erfasst hatte. Er trat sanft aufs Gaspedal, und der PS-starke SUV überwand die steile Ausfahrt in den asphaltierten Firmenhof hinaus, wo die Sonne direkt auf die Windschutzscheibe schien.

Temming zog die Sonnenblende nach unten und fuhr zügig über die Freifläche, die in etwa 50 Metern Entfernung mit einer hohen Betonmauer begrenzt war. Die einzige Öffnung, die es gab, bestand aus einem schweren Eisengittertor, das er per Fernsteuerung zur Seite rollen ließ. Bis das Auto dort ankam, war es weit genug offen, um dem Mercedes die Durchfahrt zu ermöglichen. Temming wusste, dass hier besondere Vorsicht geboten war, weil direkt hinter der Begrenzungsmauer eine Straße mit Radweg entlangführte.

Seit er der Chef war, hatte er bei der Stadtverwaltung mehrfach den Antrag gestellt, auf der anderen Straßenseite einen Spiegel anzubringen, mithilfe dessen bei der Ausfahrt aus dem Grundstück der vorbeifließende Verkehr zu überblicken wäre. Insbesondere Fahrzeuge mit langer Motorhaube machten das Herausfahren zu einem riskanten Manöver. Temming wusste dies. Und auch heute tastete er sich vorsichtig aus dem Firmengelände heraus. Aber doch eine Nuance zu schnell. Denn der Schatten, den er links wahrnahm, hatte ihm in der blendenden Sonne keine Chance gelassen, rechtzeitig zu stoppen. Temming trat augenblicklich kräftig auf die Bremse und erkannte das links hinter der Mauer aufgetauchte Objekt als Fahrrad, das knapp vor dem Kotflügel nach vorne auswich. Die Person geriet ins Straucheln und sprang vor der Motorhaube ziemlich unkontrolliert von dem Gefährt. Aber ohne zu stürzen, wie Temming erleichtert zur Kenntnis nahm. Eine Schrecksekunde lang blieb er regungslos sitzen, das Lenkrad mit beiden Händen fest umklammert, den rechten Fuß bleischwer auf dem Bremspedal.

Augenblicklich wurde er in die Realität zurückkatapultiert, denn die Person vor ihm hatte sich bereits aufgerappelt. Durch die Windschutzscheibe sah er, dass es ein Mann war, mittleren Alters, vermutlich 50 plus. Kantiges Gesicht, ungepflegt, nicht rasiert, nicht gekämmt und blond. Für einen Moment erinnerte ihn die Frisur an den unsympathischen US-Präsidenten Donald Trump. Mit der flachen Hand schlug der Mann zornig auf die Motorhaube des Mercedes und rief so laut er konnte: »Idiot, verdammter Idiot.« Der Kopf war hochrot.

Temming stellte hektisch den Motor ab und war ebenfalls entschlossen, seinem Ärger Luft zu machen. Obwohl die Vorderseite des Mercedes-Geländewagens den Radweg blockierte, stieg er aus und starrte den Radler über die Motorhaube hinweg mit finstrer Miene an. »Es tut mir leid, aber ich denke, Sie waren ziemlich schnell unterwegs.«

»Ach, was«, wehrte der Mann ab. »Reden Sie doch nicht so saudumm daher. Hier ist ein Radweg. Und wenn Sie hier rausfahren, dann müssen Sie damit rechnen, dass jemand kommt.«

Temming musterte sein Gegenüber, dessen kräftige Oberarme aus einem kurzärmligen Karohemd quollen. Er versuchte, sich die äußeren Merkmale noch einmal bewusst einzuprägen – vor allem, dass der Kerl keinen Schutzhelm trug.

Temming wollte die Situation nicht weiter eskalieren lassen. »Ist Ihnen denn etwas passiert?«, fragte er deshalb so ruhig, wie es ihm angesichts der Situation möglich war.

»Was soll mir schon passiert sein?«, entgegnete der Mann mit nervöser Stimme, deren hohe Tonlage ihm unangenehm in den Ohren klang.

Weil ein vorbeifahrendes Auto hupte, schob der erzürnte Radler sein Gefährt vollends vorne am Kühlergrill des Geländewagens vorbei zur anderen Seite, sodass nun die breite Motorhaube die beiden Männer trennte. Noch schien er sich nicht beruhigt zu haben: »Man könnte fast meinen, Sie wollten mich über den Haufen fahren.« Er warf Temming einen angriffslustigen Blick zu und giftete weiter: »Es soll ja hin und wieder vorkommen: Radler über den Haufen fahren und dann abhauen. Auch wenn man so ´nen dicken Bonzenschlitten fährt wie Sie.« Er drehte sich beiseite, um auf das Rad zu steigen, ließ aber von Temming nicht ab: »Ich kann Ihnen nur raten, künftig besser aufzupassen. Denn so ein Unfall kann einem das ganze Leben versauen.«

Temming sah ihn konsterniert an. Ohne weitere Worte schwang sich der Mann auf sein Fahrrad und fuhr so schnell er konnte davon.

Temming spürte, wie seine Knie weich geworden waren.

17

Den Vorfall mit dem mürrischen Radler hatte Sven Temming, als er heim nach Laupheim fuhr, bereits abgehakt. Es wäre seiner Gesundheit nicht dienlich, würde er jedes Problem mit in den Feierabend nehmen. Und trotzdem musste er wieder an Jarowski denken, der ihm gestern auf den Nerv gegangen war.

Außerdem hatte er noch immer nicht den Sinn des überstürzt anberaumten Besuches bei seinen Eltern eingesehen. Daheim angekommen, stellte er den Wagen in der Hofeinfahrt ab, wurde freudig von Sohn Felix begrüßt, der in der Obhut von Olivia, der jungen polnischen Haushaltshilfe war. Dieses hochgewachsene Mädchen war am Eingang stehen geblieben, behielt das Kind im Auge und zwinkerte Sven zu. »Olivia wird heute Abend bei dir sein«, tröstete Sven Temming den Bub und ging mit ihm ins Haus, wo Sylvia im engen Hosenanzug auf ihn wartete. Temming schien es, als habe sie sich besonders schick gemacht: Ihre langen blonden Haare strahlten heute Abend heller als sonst. Er drückte ihr einen Kuss auf die Wange, genoss den betörenden Duft ihres Parfüms und versprach, sich schnell umzuziehen. Sobald er nach Hause kam, wollte er Anzug und Krawatte loswerden und in Freizeitklamotten schlüpfen. Er war nicht der Typ, der auch außerhalb der Firma zeigen musste, wer er war.

Eine Viertelstunde später saßen sie in dem geräumigen Wagen. Temming nahm die B 30 zurück nach Ulm und bog kurz vor der großen Donaubrücke in die B 10 in Richtung Stuttgart ab. Gleich nachdem sie losgefahren waren, hatte er von Sylvia wissen wollen, weshalb sie unbedingt noch heute seine Eltern besuchen wollte.

»Entschuldige wenn dir das heut nicht reinläuft«, hatte sie erwidert, »aber es gibt vielleicht Dinge, die sind wichtiger als alles andere.«

»Du hast aber nicht meine Eltern verrückt gemacht?«, war alles, was er darauf gesagt hatte.

»Wie kommst du denn darauf? Interessiert es dich denn gar nicht, was es mit diesem seltsamen Schlüsselanhänger und dem Hinweis auf Barbara auf sich hat?«

»Es laufen genügend Verrückte rum, die irgendwelches dummes Zeug in die Briefkästen stecken.«

Sylvia hatte gespürt, dass er jetzt nicht in der Stimmung war, darüber zu reden. Außerdem herrschte viel Verkehr, und er musste sich aufs Fahren konzentrieren. Erst auf der B 10, die ab Ulm bis zur Hochfläche der Schwäbischen Alb wegen angeblicher Luftreinhaltung nur Tempo 70 zuließ, griff sie das Thema wieder auf. »Deine Mutter hat gleich zugestimmt. Sie wollte mich sogar beinahe zur selben Zeit anrufen.«

Temming lächelte müde. »Hat sie dir wieder etwas von Gedankenübertragung erzählt?«

»Ich finde das total spannend«, meinte Sylvia, während sie gerade einen kurzen Tunnel hinter sich ließen.

»Na ja, alles schön und recht, man darf ja an so was glauben«, entgegnete er abwesend, »aber man sollte nicht versuchen, andere Leute zu bekehren.«

»Tut sie doch nicht, aber egal, Sven, deine Mutter scheint jedenfalls auch etwas zu bedrücken.« Sie zögerte. »Und dich doch auch.«

»Mich?« Er musste sich kurz vor Dornstadt auf zwei Lastwagen konzentrieren, die von der kreuzenden Autobahn in die B 10 einfuhren.

»Ich nehm dir nicht ab, dass du die Tür zur Garage gestern nur abgeschlossen hast, weil du gelesen hast, dass die Polizei dies empfiehlt.« Sylvia konnte hartnäckig an einem Thema dranbleiben. »Hat's denn in der Firma mit jemandem Ärger gegeben?«

»Bitte, Sylvia!«, entfuhr es ihm. »Hör endlich auf damit. Da war nichts und da ist nichts.«

»Aber der Name Barbara sagt dir was?«

»Bist du jetzt eifersüchtig oder was? Was weiß ich, wer Barbara ist!« Seine Nervosität stieg.

»Auch deine Mutter hat so seltsam geklungen, als ich am Telefon diesen Namen genannt ...«

»Dann frag sie halt«, unterbrach er sie unfreundlich. »Ist das jetzt der Grund, weshalb wir nach Kuchen fahren? Da hättet ihr euch aber bequemer und schneller am Telefon austauschen können.«

»Vielleicht ...« Sylvia suchte nach der passenden, vor allem aber diplomatischsten Formulierung. »Vielleicht klärt sich manches im Familienkreis besser. Und außerdem bin ich, wenn's um frühere Dinge geht, ja sozusagen eine Außenstehende.«

Temming riskierte einen kritischen Blick nach rechts. Für einen kurzen Moment war sie ihm fremd vorgekommen.

18

Gisela Temming hatte gemeinsam mit ihrer Haushaltshilfe ein schwäbisches Essen vorbereitet: Linsen mit Spätzle und Saitenwürstchen. Es war die Lieblingsspeise der gesamten Familie. Im rustikal eingerichteten Esszimmer flackerten Kerzen, überm Tisch brannte eine abgedimmte Lampe aus mattem blütenförmigen Glas.

Das Thema, das sie alle zusammengeführt hatte, wurde zunächst ausgeklammert. Mutter Temming war auf drängende Fragen ihres Sohnes Sven gleich gar nicht eingegangen: »Zuerst wird gegessen«, hatte sie entschieden, obwohl dem Gesichtsausdruck ihres Mannes zu entnehmen war, dass er keinen allzu großen Appetit verspürte. Er verschwand für ein paar Minuten, um für sich und Sven bereits überschäumende Weizenbiergläser und den Frauen einen württembergischen Rotwein auf den rustikalen Wohnzimmertisch zu stellen.

Als sich anschließend Vater und Sohn kurz in der Diele begegneten, konnte sich Sven nicht zurückhalten: »Sag mal, Papa, was ist da eigentlich im Gange?« Er sah in glasige Augen und erschrak über deren müden, ja geradezu gealterten Ausdruck.

Walter Temming wich dem Blick seines Sohnes aus. »Du hast doch gehört, was deine Mutter gesagt hat: erst nach dem Essen.«

Sven empfand die spannungsgeladene Atmosphäre als unerträglich. Am liebsten hätte er laut hinausgeschrien, dass er sofort ein klärendes Gespräch wolle. Doch dann wandte er sich wortlos ab, um durch einen breiten gewölbten Durchgang übers Wohnzimmer zurückzukehren. Dabei blieben seine Augen allerdings am Ziffernblatt der antiken Standuhr hängen. 5.10 Uhr. Das große, goldfarbene Pendel bewegte sich nicht. Instinktiv sah er auf seine Armbanduhr, die ihm die genaue Zeit mit 19.37 Uhr angab. Er drehte sich fragend zu seinem Vater und deutete auf das alte Familienerbstück: »Ist sie denn kaputt?«

»Keine Ahnung. Sie hat wohl vergangene Nacht plötzlich den Geist aufgegeben.« Es klang, als interessiere den Vater dies nicht sonderlich.

Sven, dessen Kindheit von den dumpfen Stundenschlägen dieser Uhr geprägt war, trat dicht an den Uhrenkasten, in dem er als kleiner Bub, frei nach Grimms Märchen, eines der sieben Geißlein vermutet hatte, die sich vor dem bösen Wolf verstecken mussten. Als sei dies erst gestern gewesen, so schoss ihm diese Kindheitserinnerung jetzt durch den Kopf. Deshalb durfte die Uhr einfach nicht kaputt sein. »Aber sie ist ja aufgezogen«, stellte er beim Blick auf die Gewichte fest.

Auch der Vater war nun nähergekommen. »Altersschwäche, würd' ich sagen«, meinte er gelassen. »Irgendwann bleibt für jeden die Zeit stehen.«

19

Obwohl es das Lieblingsessen aller war, hatte es keinem sonderlich geschmeckt. Da hatten auch die Weizenbiere und der württembergische Rotwein nicht nachhelfen können. »Schade, ihr hättet mehr Hunger mitbringen sollen«, zeigte sich Gisela Temming enttäuscht, als sie mit Schwiegertochter Sylvia die Reste abräumte, die zweifelsohne noch für mehrere Portionen gereicht hätten.

»Ich glaube«, ergriff Sven die Initiative, nachdem sie sich nebenan im Wohnzimmer im Schein eines mit elektrischen Kerzen bestückten Kronleuchters in altehrwürdigen Polstersesseln niedergelassen und Vater Walter nun weiteren Rotwein kredenzt hatte, »wir sollten nicht so tun, als herrsche Friede, Freude, Eierkuchen.«

»Langsam, langsam«, unterbrach ihn der unerwartet redselig gewordene Senior: »Lasst uns anstoßen – auf die Küche und darauf, dass wir uns heute zusammengefunden haben. Dank Mutter.« Er erhob das Glas und deutete mit einer Geste an, dass er mit allen anstoßen wolle. Doch eine Armlänge reichte an dem großen Couchtisch dazu nicht aus, sodass sie sich alle erheben mussten.

»Okay«, begann Sven erneut, nachdem sie getrunken und sich wieder gesetzt hatten. »Sylvia ist in Sorge, jemand könnte unsere Familie – na, sagen wir mal – attackieren. Sie meint deshalb, es wäre dringend geboten, darüber zu reden.«

Sylvia nickte und sah hilfesuchend zu ihrer Schwiegermutter, die sogleich erkannte, dass nun sie gefragt sein würde: »Sylvia und ich hatten heute Vormittag denselben Gedanken. Und ich bin dir dankbar« – sie wandte sich an die Schwiegertochter – »dass du uns hast wissen lassen, was geschehen ist.«

»Geschehen ist gar nichts«, fuhr Sven dazwischen, entschuldigte sich aber sofort für den scharfen Ton und ließ seine Mutter weiterreden.

»Dieser Schlüsselanhänger, den ihr in den Briefkasten gesteckt bekommen habt, ist ein Zeichen, dass wir die Angelegenheit ernst nehmen müssen.«

Sylvia kramte ihn wie aufs Stichwort aus ihrer kleinen Handtasche und legte ihn auf den Tisch.

Ihre Schwiegermutter hielt inne und griff danach, während Walter stumm und regungslos in seinen Sessel versunken war. »Dieser Schlüsselanhänger hat Siegfried gehört. Eine Apollo-Weltraumkapsel«, fuhr Gisela fort. »Das Ding ist damals bei dem …« – sie zögerte – »… Vorfall abhandengekommen.«

Sven runzelte die Stirn und verschränkte die Arme vor der Brust. »Und was haben wir damit zu tun? Ich kenne weder Papas Bruder Siegfried, noch war ich zum Zeitpunkt dieses Vorfalls auf der Welt.« Das Wort ›Vorfall‹ hatte er auf seltsame Weise betont und damit zum Ausdruck gebracht, dass der Fenstersturz innerhalb der Familie seit jeher so bezeichnet wurde. »Und wer ist diese Barbara, die das Ding gefunden haben soll?« Er glaubte zu wissen, dass dieser Name früher hin und wieder gefallen war.

Seine Eltern sahen sich an. Vater Walter, noch immer schweigsam, ließ seiner Frau den Vortritt.

»Barbara«, begann sie mit einem tiefen Seufzer und wandte sich an Sven, »das war damals die Hausangestellte bei deinem Großvater. Eigentlich müsstest du das doch wissen.«

»Lebt die denn noch?«, fragte Sven, ohne nachzurechnen, wie alt sie jetzt sein müsste.

»Nein, sie lebt nicht mehr«, erklärte seine Mutter sachlich. »Sie ist schon kurze Zeit danach bei einem Verkehrsunfall ums Leben gekommen.«

»Verkehrsunfall?«, hakte Sven nach. »Hier?«

»Ja«, erwiderte Gisela und sah zu ihrem Mann, der mit zitternder Hand zu seinem Weinglas griff. »Nicht weit von hier. Sie ist mit dem Fahrrad gefahren und wurde von einem Auto erfasst.«

»Mit dem Fahrrad«, wiederholte Sven ungläubig. Vor seinem geisten Auge tauchte die Szene von heute Abend auf.

»Ja – und ganz besonders tragisch war, dass der schuldige Autofahrer Unfallflucht begangen hat.«

Betretenes Schweigen.

Gisela Temming holte aus einer Ablage, die in Reichweite stand, das Schriftstück, das mit der Post gekommen war. »Das könnte in einem Zusammenhang mit dem Kuvert stehen, das ihr erhalten habt.«

Sven und Sylvia versuchten vergeblich, die schweren Sessel näher an den Tisch heranzurücken, um das Papier gemeinsam genauer sehen zu können. Sie setzten sich auf die äußerste Polsterkante und überflogen den Text. Walter Temmings Blick wanderte zu den stehen gebliebenen Zeigern der Uhr. Er hatte in den vergangenen Stunden mit Gisela heftig darüber gestritten, ob es Sinn machte, die Kinder – wie sie Sven und dessen Frau gerne titulierten – in alles einzuweihen. Gisela hatte darauf bestanden, es heute zu tun – zumindest teilweise. Sie brauchten ja nicht gleich alles preiszugeben. Jetzt aber, das spürte Walter, war der Moment der Wahrheit ganz nahe. Eine Minute des eisigen Schweigens verging, bis Sven sachlich resümierte: »Das liest sich, als schreibe dein Bruder Siegfried aus dem Jenseits.«

Sylvia zitierte leise: »›Aber nun wurde mir die Gelegenheit geboten, ins Vergangene einzugreifen.‹ Das klingt ja richtig unheimlich.«

Ihre Schwiegermutter Gisela nickte. »Die Welt ist voller Zeichen, die uns von anderswo her zugespielt werden. Wir sind meist nur nicht bereit, sie zu erkennen oder zu deuten.«

»Bitte, Gisela!«, fuhr ihr Walter über den Mund. »Verschon uns jetzt mit solchen Dingen.«

Auch Sven hielt es eher für angebracht, Konkretes zu vertiefen und zitierte: »›Du hast mich um das Erbe des Vaters gebracht. Ein gnädiges Schicksal oder besser gesagt: eine Geldzuwendung und ein Todesfall haben dich davor bewahrt, dafür büßen zu müssen.‹« Er suchte Blickkontakt zu seinem Vater, doch der wich aus. Sven blieb hartnäckig: »Kannst du dir vorstellen, was damit gemeint sein könnte? Und welche Rolle spielt diese Barbara?«

Nach einer peinlichen Stille, die ein paar Sekunden drohend den Raum erfüllte, sah sich Gisela zu einer Erklärung genötigt: »Es hat damals bei diesem Vorfall viele Gerüchte gegeben, die geeignet gewesen wären, den Ruf der Familie zu schädigen.«

Walter nickte langsam, ohne etwas hinzuzufügen.

Die Blicke der beiden jungen Leute waren gespannt auf Gisela gerichtet, die sich augenscheinlich schwer damit tat weiterzureden. »Diese Barbara, von der hier die Rede ist, hab auch ich noch gekannt. Walter und ich waren zu diesem Zeitpunkt verlobt, und ich hab zeitweilig hier gewohnt.« Sie verkniff sich ein verschämtes Lächeln. »Barbara war 25 und damals zwei Jahre hier im Haushalt. Dienstmädchen, hat man damals gesagt.«

Walters Blick hing wieder an der Uhr, während Sohn und Schwiegertochter aufmerksam lauschten.

»Barbara war, das kann man so sagen, ein kleines Luder …« Sie sah verstohlen zu ihrem Ehemann, der keinerlei Reaktion zeigte und nur verkrampft mit den Fingern spielte. »Sie hat die Männer reihenweise um die Finger gewickelt. Anfangs wohl auch Walters Vater, den Georg. Ihr erspart mir bitte, dass ich tiefer darauf eingehe, aber das hat zu gewissen Spannungen geführt, aufgrund derer sich mein Schwiegervater Georg veranlasst sah, die Barbara zu entlassen.«

Walter nickte und holte tief Luft. Offenbar war das Zifferblatt der Standuhr so etwas wie ein Rettungsanker, an dem seine Augen hingen, um niemanden anschauen zu müssen. In ihm brodelte ein Gefühlscocktail aus Zorn, Wut, Angst und Scham. Hier dazusitzen wie ein Häuflein Elend, von einem anonymen Briefschreiber attackiert und wegen lange zurückliegender Gerüchte von der Familie wie in einem Kriegstribunal zur Rechenschaft gezogen, das entsprach ganz und gar nicht seinem Naturell. Er hasste sich selbst, so untätig und still den Lauf des Geschehens abzuwarten. Wie stand er da – vor Sohn Sven und Schwiegertochter Sylvia? Er hatte heute Nachmittag zwar mit Gisela das Vorgehen besprochen und ihr letztlich die Wortwahl überlassen. Aber ob Sven und Sylvia glaubten, was sie zu hören bekamen, war eine ganz andere Frage. Er selbst hatte bisweilen sogar das Gefühl, nach der langen Zeit kaum noch unterscheiden zu können, was Realität und Wunschtraum war. Nie, niemals hätte er geglaubt, dass er sich damit noch einmal würde so intensiv befassen müssen. Er hatte es doch zugeschüttet, verdrängt und wie einen bösen Geist abgewehrt. Doch es war wie mit jedem Schutt und Müll: Es gärte langsam vor sich hin, tief im Untergrund – und schien explosive Gase entwickelt zu haben. Walter Temming hörte bei diesen Gedanken wie in Trance die Stimme seiner Frau, die über Barbara sprach.

»Das alles war zu der Zeit, als es geschehen ist – die Sache mit Siegfried. Barbara hatte in den Tagen danach, als die Kündigung schon ausgesprochen war, Walter und seinen Vater Georg und schließlich sogar mich mit der Behauptung erpresst, sie habe gesehen, Walter und ich hätten Siegfried bei der Reparatur einer Jalousie von der Leiter ins Freie hinausgestoßen.« Giselas Stimme versagte. Sie schien von Emotionen übermannt zu werden und kämpfte mit Tränen. Sven und Sylvia saßen ihr regungslos gegenüber und wagten in der neuerlich aufkommenden Stille kaum zu atmen.

Walter drehte sich langsam her und erklärte mit belegter Stimme: »Mein Vater hat dann versucht, solche Gerüchte gleich gar nicht aufkommen zu lassen. Denn wäre da etwas an uns allen hängen geblieben, wäre sein Lebenswerk mit einem Schlag vernichtet gewesen. Es war zu befürchten gewesen, sie würde ihm noch eine Vergewaltigung anhängen wollen.«

Sven hatte minutenlang die Lippen zusammengepresst, doch hielt es nun für geboten, in seiner kühlen, distanzierten Art nachzuhaken: »Und mit dieser Geldzuwendung, von der in diesem Schreiben die Rede ist, hat man das Gerücht aus der Welt schaffen können?«

»So ungefähr, ja«, erwiderte Gisela. »100.000 D-Mark sollten es sein. Zur damaligen Zeit ein Betrag, der heute wohl einer Million Euro gleichkäme. Und es hat auch danach ausgesehen, als wäre damit das Thema erledigt. Immerhin hat die Polizei, die den Unfall untersucht hat, kein Fremdverschulden festgestellt.«

»Dann wäre es aber doch gar nicht notwendig gewesen, so viel Geld zu bezahlen«, stellte Sven fest und hatte bewusst auf die Bezeichnung ›Schweigegeld‹ verzichtet.

»Natürlich wäre es nicht notwendig gewesen, Sven«, beeilte sich seine Mutter zu sagen und wurde von Walter unerwarteterweise unterbrochen: »Was willst du aber machen, wenn da so eine junge Hure aus Rache für die bereits ausgesprochene Kündigung dir ans Bein pinkeln will – oder dir gar eine Vergewaltigung anhängt?« Walter Temming war drauf und dran, die Beherrschung zu verlieren. »Wir hätten alles verloren. Alles. Für das, wie mein Vater reagiert hat, müssen wir ihm alle heute noch dankbar sein.«

Gisela versuchte, mäßigend auf ihn einzuwirken. »So ist es. Wir dürfen auch nicht vergessen, dass Walters Vater Georg dies in einer Zeit durchstehen musste, als einer seiner Söhne tödlich verunglückt ist.«

Sven ließ ein paar Sekunden verstreichen, ehe er sich ruhig an seinen Vater wandte: »Das Verhältnis zwischen dir und Siegfried war aber wohl nicht ganz ungetrübt, wenn man dem folgt, was in diesem Schreiben steht.«

»Ungetrübt«, entfuhr es Walter Temming. »Was heißt da ›nicht ganz ungetrübt‹? Junge Kerle in diesem Alter sind nicht immer einer Meinung. Okay, das ist ja kein Geheimnis, ich hab mich damals den Achtundsechzigern angeschlossen. Das waren überwiegend Linke, manchmal sogar Kommunisten, klar, das hat dem Vater nicht so gefallen. Siegfried war eher auf seiner Linie …«

Gisela ließ ihn nicht ausreden, sondern gab sich diplomatisch: »Wir alle sind alt genug, um zu wissen, dass man im jugendlichen Alter manchen Unfug macht, den man später nicht mehr tun würde. Und bei manchem, was man getan hat, ist man froh, dass man nur selbst noch daran denkt und sich schämt, während glücklicherweise kein Hahn mehr danach kräht.«

Sylvia, die bisher geschwiegen hatte, ließ diese Bemerkung kurz auf sich wirken, um dann zaghaft einzuwerfen: »Aber dennoch scheint es in diesem Fall jemanden zu geben, der es nicht vergessen hat und der sogar ziemlich viele Details kennt.«

Gisela nickte. »Ja, als ob es Siegfried persönlich wäre. Eine Botschaft aus dem Jenseits.«

»Ich bitte dich, Mama«, widersprach ihr Sven sofort. »Wir wissen, dass du dich mit so etwas beschäftigst, aber wir können davon ausgehen, dass Tote keine Briefe schreiben.«

»Das hab ich auch schon gesagt«, pflichtete ihm sein Vater bei. »Wir dürfen uns nicht mit Spukgeschichten verrückt machen lassen. Hier geht es einzig darum, einer ganz realen Person das schmutzige Handwerk zu legen. Keinem Gespenst und keinem Geist.«

Kaum hatte er es gesagt, ließ ein kräftiger Donnerschlag das Haus erbeben und jagte allen vier Personen einen gewaltigen Schrecken ein. Sven hatte sich als Erster gefangen, sprang auf und zog den geschlossenen Rollladen nach oben. Erst jetzt wurde ihnen bewusst, dass sich ein herbstliches Unwetter zusammengebraut hatte und kräftiger Regen niederprasselte. Ein aufkommender Sturm zerrte an den Rollläden und heulte schaurig in den Ritzen des alten Gebäudes. Dicke Regentropfen klatschten gegen die Scheibe, draußen war es stockfinster.

Ein Blitz zuckte drei-, viermal – und nahezu gleichzeitig erfüllte ein weiterer ohrenbetäubender Donner den Raum. »Das ist ziemlich schnell aufgezogen«, meinte Sven, während er in seinen Sessel sank. »Steht wohl direkt überm Ort.«

Die elektrisch geladene Luft schien die ohnehin angespannte Atmosphäre im Zimmer weiter anzuheizen. Walter Temming wischte sich Schweiß von der Stirn. Wieder ein Blitz, ohne Verzögerung ein neuerlicher Donnerschlag. Sven ließ sich davon nicht beirren und war um kühle Sachlichkeit bemüht. »Diese 100.000 D-Mark, die sind dann aber nicht geflossen?«, fragte er, um das Gespräch wieder in Gang zu bringen.

»Nein, sind sie nicht«, antwortete seine Mutter schnell und wurde leise: »Da kam dieser schreckliche Fahrradunfall dazwischen.« Ihre Stimme wurde beinahe von dem Brausen des Sturmes übertönt, so, als würden die geballten Naturkräfte am gesamten Gebäude zerren.

Sven nahm es nur beiläufig zur Kenntnis, denn vor seinem geistigen Auge spielte sich erneut die Szene von heute Abend ab: der Radfahrer, der urplötzlich hinter der Mauer aufgetaucht war. Ein Wunder eigentlich, dass es keinen Zusammenprall gegeben hatte.

Ein neuerlicher Blitz hüllte das Wohnzimmer eine halbe Sekunde lang in grellblendendes Licht, gefolgt von einem gewaltigen Donnerknall. Gleichzeitig zuckten die Lampen des abgedimmten Kronleuchters. Walter Temming erhob sich und ging zum Fenster, um in die Nachtschwärze hinauszublicken, in der es hier, abseits des Kuchener Ortsrandes, nichts zu sehen gab. Der kleine Park, der das Haus umgab, war nicht beleuchtet – und der Bewuchs war so dicht, dass von nirgendwoher ein Licht herüberschimmern konnte. Nur wenn ein Blitz zuckte, konnte Temming den Gartenweg und die abgestorbenen Stauden erkennen. Sie standen dort, wo einst das Wasserbecken gewesen war, direkt unter dem Giebelfenster. Noch ein Blitz – und wieder ein dumpfer Schlag.

Gisela hatte ein paar Sekunden verstreichen lassen, ehe sie ein zweites Blatt Papier auf den Tisch legte. Es war der Ausdruck jener E-Mail, über die sie und Walter den ganzen Nachmittag diskutiert hatten.

»Post mortem«, las Sven, während Sylvia sich zu ihm herlehnte. »Ihr wisst bestimmt, was das heißt.«

»Natürlich wissen wir das«, wandte sich Walter Temming vom Fenster ab. »Und inzwischen weiß ich auch, dass sich der Absender eines E-Mail-Accounts bedient, der vermutlich keine Nachforschungen ermöglicht.« Er ließ sich aufgebracht in den Sessel sinken und schwieg. Giselas Versuch, etwas zu sagen, wurde von einem weiteren Blitz und dem anschließenden Donner zunichtegemacht. Sylvia unterbrach das Lesen des Textes und sah ängstlich zum Fenster. »Das hört sich gefährlich an.«

Weil niemand etwas erwiderte, widmete sie sich der ausgedruckten E-Mail, während das Heulen des Sturmes anschwoll und in ein bedrohliches Pfeifen und Brausen überging.

Ein paar Sekunden später hatte Sven den Text überflogen. »Du sollst zum Ulmer Münster kommen?«, fragte er seinen Vater ungläubig. »Gehst du hin?«

Walter Temming saß verkrampft in seinem Sessel. Er war auf diese Frage seines Sohnes vorbereitet gewesen. »Ich werde …«, doch dann blieben ihm die Worte im Halse stecken. Ein blendender Blitz, viel greller und giftiger als die bisherigen, schien sie alle zu elektrisieren. Gleichzeitig ein Donner, als stünden sie inmitten eines barbarischen Artillerieangriffs, das Haus erzitterte, dann hing schwefliger Geruch in der Luft. Das elektrische Licht erlosch.

Nach einem Sekundenbruchteil lähmenden Entsetzens sprangen alle vier Personen wie auf ein Kommando auf. Ein Weinglas kippte um und zerbrach. Im Schein der flackernden Kerze tropfte Rotwein wie Blut vom Tisch. »Einschlag«, rief Gisela hysterisch. »War das ein …« Mehr brachte sie nicht aus ihrer Kehle hervor. Denn trotz des heulenden Windes war von draußen ein klirrender Schlag zu vernehmen, als sei etwas aus großer Höhe auf den gefliesten Vorplatz vor dem Gebäude gefallen und zerbrochen.

Sven rannte zum Fenster und riss es ruckartig auf. Sogleich schlug ihm sintflutartiger Regen ins Gesicht, der Wind griff augenblicklich auf den Innenraum über; der Vorhang flatterte, die Kerze erlosch.

Es war stockfinster.

Während sich Sven aus dem Fenster beugte und gegen den Sturm ankämpfte, sorgte ein Blitz dafür, dass sich die anderen drei Personen für einen kurzen Moment orientieren und im Donnergetöse ebenfalls zum Fenster hasten konnten. Für Sven hatte der Blitz ausgereicht, die Ursache des Schlages zu sehen. Draußen auf dem Steinboden lag ein völlig zertrümmerter hölzerner Fensterflügel. Drumherum schien alles mit Scherben übersäht zu sein.

»Ein Einschlag?«, hörte er hinter sich die zitternde Stimme seiner Mutter, während Sylvia geistesgegenwärtig in ihrer Handtasche nach dem Smartphone kramte, um mit der Taschenlampenfunktion ein bisschen Licht in den Raum zu bringen.

»Keine Ahnung«, erwiderte Sven und spürte beim Schließen des Fensters den enormen Winddruck. »Der Sturm hat irgendwo oben etwas rausgerissen.«

»Oben?«, wiederholte sein Vater gereizt. »Was rausgerissen?«

»Ein Fenster – jedenfalls sieht's so aus.«

Sylvia richtete den LED-Strahl auf die Tür. »Es riecht brenzlig«, presste sie hervor. Wieder zuckte ein Blitz. Erleichtert nahmen sie zur Kenntnis, dass der Donner jetzt mit zwei, drei Sekunden Verzögerung eintraf.

Sven eilte voraus in die Diele und zur geschwungenen Holztreppe, die in die oberen Etagen führte, wo die undurchdringliche Nachtschwärze geradezu drohend wirkte.

»Gibt es einen Feuerlöscher?«, brüllte Sven, ohne eine Antwort zu erhalten. Natürlich hatten sie einen, entsann sich Sven, aber in der Aufregung und ohne ausreichendes Licht wäre er kaum zu finden, geschweige denn herzuschleppen gewesen.

»Soll ich die Feuerwehr rufen?«, drang Gisela Temmings hysterisch gewordene Stimme durch das Heulen des Sturmes zu Sven herauf, der bereits das erste Obergeschoss erreicht hatte und erleichtert feststellte, dass es dort oben keinen Brandgeruch und nirgendwo einen lodernden Feuerschein gab.

»Keine Feuerwehr«, rief er zurück. Sylvia war ganz dicht hinter ihm, während der LED-Strahl ihrer Smartphone-Taschenlampe an den Wänden und Türen entlang tanzte. Sven kannte aus Kindheitstagen jeden Winkel und jedes Zimmer. Sein eigenes war in dieser Etage gewesen. Er wusste deshalb, wo ungefähr sich der Fensterflügel gelöst haben musste. Wenn es im ersten Obergeschoss war, dann konnte es nur im elterlichen Schlafzimmer sein. Während ein neuerlicher Blitz zuckte und der Abstand zum Donner deutlich länger wurde, wandte er sich der entsprechenden Tür zu und öffnete sie vorsichtig. Sylvia war ihm ganz nah. Der Lichtstrahl ihres Smartphones verlor sich zunächst in dem stockdunklen Zimmer, traf dann auf Betten und Kleiderschrank und schließlich auf das Fenster. Durch die zugezogenen weißen Vorhänge hindurch war der ganz nach unten gefahrene Rollladen zu sehen, an dem der Sturm kräftig rüttelte.

»Alles okay«, sagte Sven und deutete an, dass sie das Schlafzimmer nicht betreten mussten. Er schloss die Tür, während Sylvia den Lichtstrahl auf eine weiße Wand richtete, um den Treppenbereich indirekt schemenhaft zu beleuchten. Ihre Schwiegereltern waren kreidebleich zurückgeblieben.

»Und?«, fragte Walter Temming knapp. »Habt ihr was entdeckt?« Seine Stimme war so schwach geworden, dass sie im Toben des Sturmes beinahe unterging.

Sven wies mit einer Kopfbewegung zur Treppe, die ins Dachgeschoss weiterführte. »Es muss von ganz oben gekommen sein.«

»Von ganz oben«, wiederholte Walter Temming angsterfüllt und trat zur Seite, weil Sven und Sylvia an ihm vorbei zur Treppe eilten, wo ihnen mit jeder Stufe, die sie erklommen, das Unwetter bedrohlicher vorkam. Der Sturm heulte, rauschte, pfiff und dröhnte, Regen peitschte über das Dach.

»Seid bitte vorsichtig«, rief Temming die Treppe hinauf. Seine Stimme hatte einen geradezu jämmerlichen Klang angenommen.

Sven hatte es gar nicht hören können, weil er bereits den oberen Absatz erreicht hatte und ein neuerlicher Donnerschlag das alte Haus vibrieren ließ.

Walter Temming blieb in der dunklen ersten Etage zurück, während Gisela in respektablem Abstand den Jüngeren ins Dachgeschoss hinauffolgte.

Sven hatte vor dem Giebelzimmer seine energischen Schritte verlangsamt. Sylvia bemerkt es und sah ihm ins nur schemenhaft beleuchtete Gesicht. »Ich weiß, was du jetzt denkst«, sagte sie.

Er nickte und näherte sich der Tür, durch deren Ritzen der Wind pfiff – ein eindeutiges Zeichen dafür, dass drinnen im Raum ein Fenster offen sein musste.

Für einen kurzen Moment überlegte er, was sie erwartete. Dann aber obsiegte die Vernunft, die ihm suggerierte, dass das Fenster möglicherweise gekippt gewesen war und der orkanartige Sturm es aus der Verankerung gerissen hatte. Was auch sonst?

»Und, was ist?«, riss ihn die Stimme seines Vaters aus diesen Gedanken. Walter Temming war in der ersten Etage zurückgeblieben. Wieder zuckte ein Blitz, doch inzwischen war die Gewitterzelle weitergezogen.

Sven griff zur Klinke und schwenkte die Tür nach innen auf. Sofort peitschten ihm und Sylvia aus dem finstren Raum Regentropfen ins Gesicht. Der LED-Strahl von Sylvias Smartphone verlor sich in diesem Unwetterchaos, das über diesen Raum hereingebrochen war. Ein weißer Vorhang flatterte quer durch den Raum – wie ein wild gewordenes Gespenst, das gewaltsam an einer Leine zerrte. Es bestand kein Zweifel mehr: Ein Teil des Fensters fehlte. Auf dem Parkettboden davor reflektierten Wasserpfützen das Licht von Sylvias Smartphone.

»Böse Bescherung«, entfuhr es Sven, während Sylvia den LED-Strahl durch das verwüstete Zimmer streifen ließ: Ein altes Bett, das an der Querwand stand, war ebenso nass wie ein eichener Schreibtisch, auf dem ihnen eine klobige Schreibmaschine ins Auge stach. Ein vergilbtes Poster an der Wand zeugte davon, dass hier schon lange niemand mehr gewohnt hatte: Es war ein großformatiges Bild der jungen miniberockten Schlagersängerin Wencke Myhre. Sven hatte es als Jugendlicher schon bewundert. Vermutlich war die Frau mal Siegfrieds Schwarm gewesen, dachte er, während ihm der Sturm unablässig Regentropfen in die Augen schoss.

»Was ist da los?«, übertönte Walters Stimme von unten nun das Unwettergetöse.

Sven wollte den Raum verlassen, doch Sylvia deutete ihm an, dass sie die Szenerie mit ihrem Smartphone dokumentieren wollte. Er hielt deshalb die Tür gegen den mächtigen Druck des orkanartigen Sturms offen, während sich seine Frau dem trockenen Vorplatz zuwandte, die Taschenlampenfunktion ihres Gerätes ausschaltete und auf dem beleuchteten Display die Foto-App aktivierte. Dann setzte sie sich wieder dem peitschenden Regensturm aus, um blindlings mehrfach in das Zimmer hineinzufotografieren. In die automatischen Blitze des Geräts mischten sich wieder einige echte, gefolgt von entferntem Donnergrollen. »Okay«, sagte sie schließlich, worauf Sven die Tür schloss.

Sylvia ließ unterdessen wieder das LED-Licht leuchten, sodass sie sahen, dass die beiden älteren Herrschaften inzwischen hochgestiegen waren.

»Verdammt noch mal, was geht hier vor?«, brüllte Walter wütend und verängstigt gleichermaßen.

»Fensterflügel aus der Verankerung gerissen«, erwiderte Sven sachlich. »Ihr habt vermutlich vergessen, es zu schließen.«

»Zu schließen?«, echote Walter verunsichert. »Das ist doch niemals stundenlang gekippt, oder? Gisela«, wandte er sich unwirsch an seine Frau, »oder hast du das heute gekippt?«

Schweigen. Noch immer heulte der Sturm, krachten Donnerschläge.

»Sind wir froh, dass es kein Einschlag war«, sagte Gisela und ging verärgert an ihrem Mann vorbei die Treppe hinab. Sven und Sylvia folgten ihr, Walter für ein paar Sekun-den im Flur vor den Zim-mern stehen blieb, dann aber wohl einsehen musste, dass er sich ohne Licht allein nicht würde orientieren können. Er entschied deshalb, ebenfalls ins Wohnzimmer zurückzukehren.

»Ist da eine Sicherung rausgeflogen?«, hörte er die Stimme seiner Frau.

»Glaube ich zwar nicht«, antwortete Sven, »es wird wohl eher ein Blitzschlag ins öffentliche Stromnetz gewesen sein. Aber ich kann ja mal nachschauen.«

Als sie unten ankamen, ließ sich Gisela mit der Smartphone-Lampe ihrer Schwiegertochter den Weg zu einem Schrank weisen, in dem Kerzen und Gasanzünder aufbewahrt wurden. Ein paar Minuten später war im Donnergrollen und Sturmgebraus das Wohnzimmer von flackernden Lichtern erhellt.

Sven war mit seiner eigenen Smartphone-Lampe zum Stromzähler in den Keller geeilt, um festzustellen, dass die Unterbrechung kein hausinternes Problem war.

Walter hatte sich in seinen Sessel gesetzt, die beiden Frauen standen am Fenster, gegen dessen Scheiben noch immer der sintflutartige Regen prasselte.

»Ist da oben alles verwüstet?«, fragte Gisela. Sylvia nickte, griff zu ihrem Smartphone, um ihr die Fotos zu zeigen. Es waren insgesamt fünf.

»Hier«, sagte Sylvia und tippte auf das erste, das sich daraufhin aufs gesamte Display vergrößerte. Ihre Schwiegermutter nahm das Gerät vorsichtig in die Hand, um das teilweise unscharfe und nur schwach ausgeleuchtete Bild genauer sehen zu können. Zwei dicke graue kreisrunde Punkte, bei denen es sich um Regentropfen zu handeln schien, deckten nahezu die Hälfte des Bildes ab. Sie waren offenbar zum Zeitpunkt der Aufnahme vom Sturm ganz dicht an das Objektiv herangetrieben und vom Blitzlicht getroffen worden.

Gisela konnte damit nichts anfangen. Sie drehte das Gerät, worauf sich auch das querformatige Bild automatisch der hochformatigen Perspektive anpasste und, deshalb am oberen und unteren Rand einen Großteil aussparte.

»Du musst es quer halten«, erklärte Sylvia und drehte das Gerät in der Hand ihrer Schwiegermutter in die richtige Position.

Gisela hob es erneut dicht vor ihr Gesicht. Es dauerte einige Sekunden, bis sie es noch näher an die dicken Brillengläser heranführte. »Sag mal, siehst du das auch?«, flüsterte sie mit schwacher Stimme.

Sylvia wirkte verwirrt, und Sven, der zu ihnen herangekommen war, ebenfalls. »Was sollen wir da sehen?«, fragte er verwundert und sah auf das Display.

»Hier«, seine Mutter deutete mit zitterndem Zeigefinger auf besagte Stelle. »Ein Kopf, ein Mann.«

Sylvia nahm das Gerät an sich, um das Bild aus allernächster Nähe betrachten zu können. Sven sah ihr seitlich über die Schulter. »Ein Mann?«, wiederholte Sylvia zaghaft. Sie konzentrierte sich auf die unscharfen gräulich-weißen Schleier, aus denen einer der beiden großen Kreise bestand, die sie als Regentropfen gedeutet hatte. Und tatsächlich: Da schien sich ein Männerkopf abzuzeichnen, ein junges Gesicht.

»Das …«, Sylvia blieben die Worte in der trockenen Kehle stecken. »Das bilden wir uns ein, das …«

Sven griff nach dem Gerät. »Lass mal sehen«, sagte er, um sich selbst zu überzeugen. Nach zwei Sekunden, während denen nun auch Walter bemerkt hatte, dass etwas Ungewöhnliches geschehen war, meinte Sven: »Mit viel Fantasie könnte man es meinen.«

Seine Mutter war inzwischen kreidebleich geworden, was trotz des fahlen Kerzenlichts nicht zu übersehen war.

»Ist dir nicht gut?«, fragte Sven besorgt, nachdem er die Veränderung bei seiner Mutter bemerkt hatte.

Auch Walter hatte sich aus seinem Sessel erhoben und war zum Fenster gekommen. »Darf ich erfahren, was passiert ist?«

Sven hielt das Smartphone mit dem Foto in der Hand. »Mutter glaubt, hier einen Mann gesehen zu haben.« Er hielt seinem Vater das Display entgegen, während seiner Mutter eine Träne über die Wange rollte.

Sylvia schwieg verlegen und wartete auf eine Reaktion ihres Schwiegervaters, der die Brille abnahm, um auf kurze Distanz scharf sehen zu können. Ein paar Sekunden des Schweigens später gab er sich fassungslos: »Das ist ja«, er unterdrückte die restlichen Worte und konnte den Blick nicht von dem blassgrauen Punkt auf dem Foto wenden.

»Was geht hier vor?«, fragte Sven dazwischen und sah in das blass gewordene Gesicht seiner Mutter.

Sylvia legte einen Arm um sie. »Was ist so schlimm an diesem Bild?«

Noch immer hingen Walter Temmings Augen an dem Foto. »Das ist reine Fantasie«, murmelte er. »Reine Fantasie.«

Sven verlangte Klarheit: »Was ist so schimm an diesem Foto?«, wiederholte er und sah seine Mutter eindringlich an.

»Das Gesicht«, antwortete sie schwer atmend und mit tränenerstickter Stimme. »Das Gesicht … es ist …« – wieder ein schweres Durchatmen – »es ist Siegfried.«

Sven nahm das Smartphone an sich und warf einen kritischen Blick auf das Bild. »Das …« – er zögerte einen Moment – »das kann alles Mögliche sein.« Er schob das Gerät zurück und ergänzte kühl: »Ich kenn Siegfried nur von Fotos. Aber er ist seit 49 Jahren tot und als solcher nicht mehr hier.«

20

Es war das einzige der fünf Fotos gewesen, auf denen Regentropfen einen Großteil bedeckten und wie überbelichtete Kreise wirkten. Gisela hatte ihren Blick nicht mehr davon wenden können, während Walter vergeblich und wenig überzeugend versucht hatte, das angebliche Gesicht darin als ›reine Einbildung und Fantasie‹ abzutun. »Das ist, wie wenn du in Wolken schaust und dein Gehirn daraus seltsame Gebilde formt, die es in Wirklichkeit nicht gibt«, hatte er auf unterschiedliche Weise mehrfach betont, als das Unwetter längst abgeklungen war.

Auch Sven, der als analytischer Denker nichts von angeblich unerklärlichen Phänomenen hielt, hatte den Gelassenen gemimt und seiner Mutter geraten: »Schlaf erst mal drüber. Morgen sieht alles wieder anders aus.«

Doch Gisela hatte sich während der Diskussion, die erst lange nach Mitternacht beendet war, nicht von dem abbringen lassen, was sie zu sehen glaubte. »Ich hab über viele Fälle gelesen, bei denen sich Verstorbene auf eine solche Weise gezeigt haben. Du brauchst nur mal im Internet nachzuschauen …«

»Im Internet«, war ihr Sven über den Mund gefahren. »Da wirst du zu jedem Unsinn etwas finden, das dich bei jedem irgendwie geartetеten Phänomen bestätigt.«

»Ich hab schon Leute getroffen, die so etwas selbst erlebt haben«, hatte sie gekontert.

Jetzt, nach einer kurzen, nahezu schlaflosen Nacht und beim Frühstück mit Walter, wirkte sie genauso aufgewühlt wie gegen ein Uhr, als Sven und Sylvia nach Hause gefahren waren.

Gisela hatte sich von ihrer Schwiegertochter das besagte Foto auf ihr eigenes Smartphone schicken lassen, das sie nun auf dem Frühstückstisch liegen hatte.

Walter war von ihrem ungebrochenen Interesse an dem Bild, das sie mit streichenden Fingerbewegungen auf dem Display erscheinen ließ, wenig angetan. »Bitte, Gisela«, sagte er beschwörend und sah nervös auf die Uhr, »glaub jetzt nicht an irgendwelchen Hokuspokus. Viel wichtiger ist mir, dass wir da oben Ordnung schaffen. Wir müssen das Zimmer trocken legen und das nasse Zeug wegschaffen.«

»Und dringend ein neues Fenster bestellen«, erwiderte sie, ohne den Blick von dem Foto zu nehmen.

»Ich werde ein paar Handwerker anrufen«, entschied Walter. »Und die Versicherung. Ich denke, dass so ein Unwetterschaden versichert ist.«

Gisela blickte auf. »Du weißt aber, dass da oben viele Dinge von Siegfried sind.«

Er nickte nachdenklich und musste sich eingestehen, seit dem Tode seines Bruders kaum etwas angerührt zu haben. »Ich werde nach dem Rechten sehen«, sagte er kühl.

»Und wie verhältst du dich mit dem Ulmer Münster?«

Er hatte in der vergangenen Nacht lange genug wachgelegen, um darüber nachzudenken. Sven hatte sich angeboten, mit ihm gemeinsam hochzusteigen. Doch diesen Vorschlag hatte er strikt abgelehnt, schließlich sei er allein in der Lage, diese Situation zu meistern. »Außerdem wird mir am helllichten Tag da oben nichts passieren«, hatte Walter hartnäckig und eigensinnig betont, obwohl ihm Gisela und Sylvia dringend davon abgeraten hatten.

»Natürlich geh ich hin«, blieb er auch jetzt nach dem Frühstück entschlossen. Es war halb acht, und in zwei Stunden musste er in Ulm sein.

Wie bei seiner nächtlichen Grübelei kam ihm wieder sein Revolver in den Sinn, den er vor vielen Jahren von einem etwas zwielichtigen Geschäftsfreund erhalten hatte. »Für alle Fälle«, hatte dieser damals gesagt. Die Worte waren Walter Temming bis heute nicht aus dem Sinn gegangen. Er hatte die Waffe zum Leidwesen von Gisela entgegengenommen, ihr aber versprechen müssen, sie im Keller aufzubewahren. Seither lag die schwere Waffe, die sogar mit Zielfernrohr ausgestattet war, in einer Schachtel, irgendwo bei den verstaubten Akten. Samt ein paar Schuss Munition. Allerdings hatte er nie damit geschossen und auch keine Ahnung, ob die Waffe überhaupt funktionierte.

Er hätte auch nicht gedacht, dass er sie jemals brauchen würde. Denn dass er sie gar nicht besitzen, geschweige denn damit hantieren durfte, war ihm klar. Somit wäre es äußerst riskant, sie mit auf das Ulmer Münster zu nehmen.

»Ich besorg mir vorsichtshalber schnell ein Pfefferspray«, sagte er schließlich.

»Aber was versprichst du dir von dem Treffen mit dem E-Mail-Schreiber?«, fragte Gisela, die noch immer das Bild auf dem Smartphone-Display vor sich hatte.

»Er schreibt doch, dass er kein Geld will«, erinnerte Temming an den Inhalt der E-Mail, als sei dies für ihn beruhigend. »Er will nur, dass ich Reue und Buße zeige.« Temming quälte sich ein verächtliches Lächeln ab. »Aber du darfst mir glauben, dass ich nicht erwarte, dass Siegfried leibhaftig vor mir steht.« Seine Stimme verriet Unsicherheit.

»Ich fühl mich nicht wohl dabei«, gestand seine Frau. »Vielleicht lässt du dich mit einer Sache ein, die du nicht mehr loswirst.«

»Du meinst wohl: die Geister, die ich rief – frei nach Goethes Zauberlehrling«, entgegnete Temming und schmunzelte: »Da ging's übrigens auch um viel Wasser, wie bei uns da oben.«

Gisela wusste mit dieser Bemerkung nichts anzufangen, wollte auch keine Hintergründe dazu wissen. Ihr war nicht nach einer Lehrstunde zur deutschen Literatur.

»Du solltest das nicht auf die leichte Schulter nehmen«, sagte sie stattdessen.

»Ich schlag vor, du kümmerst dich um Handwerker«, blieb Temming sachlich, »und ich erledige das auf dem Münsterturm.«

Wieder starrte Gisela auf das Foto. »Aber du wirst mir doch zugestehen, dass man in diesem runden Klecks im Bild deinen Bruder erkennen könnte.«

»Könnte, könnte«, echote Temming genervt. »Wie Sven dir heut Nacht doch hundertmal erklärt hat, kannst du in so ein trübes Mischmasch aus Formen und Linien, Spiegelungen und Reflexionen alles Mögliche reininterpretieren – und wenn du einmal geglaubt hast, etwas zu sehen, das dir bekannt vorkommt, wirst du es bei jedem Blick darauf wieder meinen.«

»Aber du warst doch selbst für einen kurzen Moment irritiert.«

»Irritiert nur, weil du so hysterisch reagiert hast.«

Gisela ließ sich nicht so schnell von etwas abbringen. »Walter, du willst dir nicht eingestehen, dass hier etwas Seltsames vorgeht. Die Briefe, der Schlüsselanhänger – merkwürdige Botschaften, die Forderung nach Reue und Buße. Das ist doch nicht normal. Wenn einer Kapital aus allem schlagen wollte, würde er dich erpressen, eine konkrete Geldforderung stellen, verstehst du? Was weiß ich, was der Absender von dir auf dem Ulmer Münster will.« Sie konnte ihren emotionalen Ausbruch kaum unter Kontrolle bringen, weshalb sie aussprach, was sie eigentlich nicht sagen wollte: »Er verlangt Buße und Reue. Vielleicht … vielleicht …« Sie kämpfte mit den Tränen. »Will er dich runterwerfen – vom Turm.«

»Ich bitt dich!«, gab sich Walter empört, obwohl er vergangene Nacht auch an so etwas gedacht hatte. Aber er wollte seine Frau nicht belasten. »Da oben sind um zehn Uhr morgens viele Leute. Und außerdem will er mich ja nicht ganz oben auf der Turmspitze treffen, sondern bei den Glocken.«

»Ruf doch einen Securitydienst an und bestell dir einen Aufpasser.«

»Quatsch«, lehnte er den Vorschlag strikt ab. »Ich kann allein auf mich aufpassen. Ich will doch kein großes Trara veranstalten.«

»Aber mein Entschluss steht endgültig fest«, hatte sich Gisela wieder psychisch gefestigt. »Ich will wissen, was da mit uns vorgeht.«

»Mit uns? Was soll da mit uns vorgehen?«

»Entweder hat sich jemand auf raffinierte Weise in unsere Privatsphäre geschlichen – oder wir haben's tatsächlich mit einem unerklärbaren Phänomen zu tun.«

Temming atmete tief durch und verschränkte die Arme vor der Brust. »Ach Gott! Natürlich würdest du Variante zwei bevorzugen: unerklärbares Phänomen.«

»Mach dich bitte nicht lustig darüber. Ich hab mit genügend Leuten gesprochen, die vieles erlebt haben, über das sie nur mit Gleichgesinnten reden, weil sie Angst haben, für verrückt erklärt zu werden.«

»Ja, natürlich, mit Gleichgesinnten«, äffte Temming nach. »Ich hab dir schon tausendmal gesagt, du sollst dich nicht in diesen okkulten und esoterischen Kreisen bewegen.«

»Und ich hab dir ebenso oft erklärt, dass wir uns nicht mit Okkultem und nicht mit Esoterischem befassen, sondern nur ganz sachlich darüber reden, was es alles an Unerklärbarem gibt. Mehr nicht. Und die Leute sind froh, darüber reden zu können.«

»Und was hat das alles mit uns und diesem Foto zu tun?«, versuchte Temming den unerwarteten Redefluss seiner Frau zu stoppen.

»Du weißt, ich hab übermorgen den Termin mit Timberli.«

»Timberli?« Er stutzte, wusste aber sofort, was damit gemeint war.

Gisela half ihm trotzdem auf die Sprünge: »Der Reinkarnationsexperte.«

Temming verdrehte die Augen: »Und was soll das – ausgerechnet jetzt?«

»Vielleicht ein seltsamer Zufall, dass der Termin gerade jetzt ist. Ich will wissen, ob ich schon mal gelebt habe.«

»Du weißt aber schon, was du jetzt gesagt hast?«, hakte er zweifelnd nach.

»Das ist kein Hokuspokus. Ich will wissen, ob es so etwas gibt und was davon ich in mein jetziges Leben mitgebracht habe.«

»Um dann zu glauben, dass es möglich ist, den seit 49 Jahren toten Siegfried wieder zu treffen? Hier im irdischen Leben«, spöttelte Temming

Sie nickte und starrte auf das Display mit dem Foto.

21

Georg Sander, einst als Journalist des Heimatblatts für Polizei und Gericht zuständig gewesen und seit geraumer Zeit im vorgezogenen Ruhestand, genoss mit seiner Partnerin Doris das gemeinsame Frühstück im Wintergarten. Draußen, vor dem Glasanbau, hatte das Unwetter der vergangenen Nacht deutliche Spuren hinterlassen: Abgerissene Ästchen lagen auf dem Rasen, einige Spätsommerstauden waren zerzaust und geknickt. Inzwischen hatte sich das Wetter beruhigt, doch trübten dicke Wolken den Himmel; einige hielten sich sogar hartnäckig an den bewaldeten Hängen der Schwäbischen Alb. Herbststimmung lag im Tal.

Sander, der sich während seiner beruflichen Tätigkeit auch um den lokalen Wetterbericht gekümmert hatte, stand auf und ging zur verglasten Vorderfront des Wintergartens. »Es hat vergangene Nacht 35 Liter auf den Quadratmeter geregnet«, stellte er beim Blick auf den Regenmesser fest, dessen Messbecher er von seinem Blickwinkel aus sehen konnte. »Ein Wahnsinnsgewitter.«

»Sei froh, dass dich das alles nichts mehr angeht«, lächelte Doris und trank ihre Tasse Kaffee leer. Insgeheim ahnte sie, dass Georg gerne Wetterwarte, Polizei und Feuerwehr angerufen hätte, um – wie er es jahrelang getan hatte – abzufragen, was während des Unwetters geschehen war. Zwar behauptete er ständig, er brauche diesen täglichen Zeitungsstress nicht mehr, aber tief in ihm brodelte noch immer das journalistische Feuer.

»Ich hab selten so ein lang anhaltendes Gewitter erlebt«, sagte er beiläufig. »Das hat sich garantiert eine Stunde in unserer Gegend gehalten.«

»Zwischen Blitz und Donner hat's meist nur drei oder vier Sekunden gedauert«, pflichtete ihm Doris bei und schaute durch das gläserne Pultdach in den tristen grauen Himmel.

»Wahrscheinlich hat's irgendwo eingeschlagen«, erwiderte Sander. »Die Atmosphäre war vermutlich gewaltig aufgeladen.« Oft schon hatte sich dies während eines Gewitters bemerkbar gemacht – zumindest glaubte er dies, wenn den Bruchteil einer Sekunde vor einem Blitz die Alu-Konstruktion des Wintergartens knackste. Die Urkräfte der Natur, so schien es ihm, waren in jüngster Vergangenheit immer stärker geworden. So viele Unwetter und damit verbundene Überschwemmungen hatte er während seiner aktiven Journalistenzeit nie in solch kurzen Abständen erlebt.

»Die Klimaerwärmung macht sich halt bemerkbar«, sagte Doris, als habe sie seine Gedanken gelesen.

Er drehte sich zu ihr um und meinte: »Auch die Winde werden stärker, sogar während des Sommers.«

»Die Natur reagiert eben empfindlich auf die äußeren Einflüsse.«

»Sie reagiert nicht einfach«, meinte Sander, »sondern sie wehrt sich – und sie wird das sogar erfolgreich tun. Jeder vernünftige Mensch erkennt dies – leider ist der Trump in Amerika meilenweit davon entfernt. Und was tun hierzulande die Verantwortlichen?« Er konnte sich bei diesem Thema in Rage reden. »Sie wollen uns mit lächerlichen Aktionen ruhigstellen und brüsten sich: Schaut her, wir tun was für die Umwelt und für den Klimaschutz. Wir verbieten Dieselautos in Stuttgart. Alles nur Augenwischerei, reiner Aktionismus. In Wirklichkeit verordnen sie nur dem dummen Volk irgendwelche Einschränkungen und Maßnahmen, die nichts weiter als Alibifunktionen haben.«

Doris faltete die Zeitung zusammen, die neben dem Frühstücksgeschirr lag. »Alles doch nur Gelabere und Gesülze«, nickte sie zustimmend und deutete auf den politischen Teil der Zeitung. »Klimakonferenz und so. Nur Geschwätz und nichts dahinter.«

»Man proletet halt rum, man müsse beim Umweltschutz im Kleinen anfangen«, entrüstete sich Sander und sah zu den herbstlich verfärbten Hängen hinauf. »Man fängt nur deshalb bei den Kleinen an, weil die sich nicht wehren können. Den Weg des geringsten Widerstands, nennt man das. Dabei hat die Menschheit gar nicht mehr die Zeit, mit kleinen Schritten anzufangen. Dringend müssten die großen Verschmutzer, die Industrie mit ihren Energieschleudern, aber auch der ausufernde Lkw-Verkehr an die Kandare genommen werden, dazu die Kohlekraftwerke, Ozeanriesen, die Flugzeuge und alles, was die Luft versaut.«

Doris nickte. Sie kannte Georgs Einstellung zu politischen Themen dieser Art zur Genüge.

»Vielleicht muss das alles an die Wand gefahren werden«, sagte er heute wieder einmal. »Vielleicht hat sich ja dies auf diesem Planeten im Laufe seiner Geschichte schon viele Male wiederholt. Was schert es denn die Erde, wenn es mal eine Milliarde Jahre lang keine Menschen gibt? Dann kann sich der Planet regenerieren und irgendwann neues Leben hervorbringen.«

»Weißt du, was ich immer denke?«, unterbrach ihn Doris, während er eine Tür ins Freie öffnete, um die frische Luft einatmen zu können. »Am besten wäre für die politisch Verantwortlichen ein Krieg.«

Sander erschrak. Gleiches hatte er schon oft gedacht, es aber nie aussprechen wollen. »Du hast recht«, sagte er schnell. »Dann ist alles zerstört: der ungeliebte Euro, die Infrastruktur, die Wirtschaft – und man könnte bei Null anfangen. Krieg wäre so etwas wie der Reset-Knopf am Computer. Ich bin davon überzeugt, die Herrscher früherer Zeiten haben immer dann einen Krieg vom Zaun gebrochen, wenn alles an die Wand zu fahren drohte und man das Volk durch Wiederaufbauarbeit still halten konnte. Vor dem großen Crash haben aber die Verantwortlichen ihr Schäfchen ins Trockene gebracht – und beim Wiederaufbau kräftig Kasse gemacht.«

Doris begann, das Kaffeegeschirr wegzuräumen. »Wer weiß, vielleicht wird sogar schon daran gebastelt, das Wetter zu beeinflussen«, meinte sie beim Wegtragen des Geschirrs unter dem Eindruck der vergangenen Nacht.

Georg folgte ihr mit der leeren Kaffeekanne. »Davon bin ich felsenfest überzeugt. Zwar versteh ich davon nichts, aber möglicherweise kann man durch riesige magnetische Felder die Atmosphäre aufladen und Unwetter erzeugen.«

»Um es dann auf die Klimaerwärmung zu schieben«, führte Doris auf dem Weg in die Küche diesen Gedankengang fort.

»Ja, man könnte ganze Landstriche durch dauernde Überschwemmungen zerstören oder im Gegenzug austrocknen.«

»Aber sag das bloß nicht laut«, mahnte Doris, »sonst wirst du in die Ecke der Verschwörungstheoretiker gestellt.«

»Ist mir egal«, brummte Sander. »Glaubst du etwa im Ernst, wir dürfen alles wissen, woran Militärs und Wissenschaftler basteln?«

Doris lächelte. Sie hatte längst bemerkt, dass sich Georg seit Beginn seines Ruhestandes mit rätselhaften und mysteriösen Ereignissen befasste. Bereits während seiner beruflichen Tätigkeit hatte er ein Faible dafür gehabt, war aber von den wissenschaftshörigen und sachlichen Kollegen meist belächelt worden. Natürlich wusste er als Journalist sehr wohl zwischen Unfug, Aberglaube und Spinnereien einerseits und fundierten Schilderungen andererseits abzuwägen. Mittlerweile hatte er nicht nur sehr viel zu diesen Themen gelesen, sondern auch ernst zu nehmende Forscher auf diesem Gebiet kennengelernt. Wenn er im Freundeskreis darüber berichtete und auf Skepsis stieß, pflegte er stets zu sagen: »Ich will euch doch von gar nichts überzeugen, sondern nur sachlich darstellen, dass es Dinge gibt, die man halt nicht erklären kann.«

Aber nicht einmal das gestanden ihm militante Zweifler zu, wie er all jene bezeichnete, die ihm dann gleich gar nicht zuhören wollten. Doch inzwischen hatte er bemerkt, dass Themen dieser Art die Menschen sehr wohl beschäftigten. Selbst vor Staatsmännern schienen sie nicht Halt zu machen. So war erst voriges Jahr bekannt geworden, dass 1991 sogar der einstige sowjetische Präsident Michail Gorbatschow Ankömmlinge aus den Tiefen des Weltalls erwartet hatte. Der supergeheimen Abteilung des Moskauer Generalstabs, die sich mit parapsychologischer Kriegsführung befasste, hatte er den Befehl erteilt, in der Kysylkum-Wüste Ankömmlinge aus den Tiefen des Weltalls zu empfangen. Ausschlaggebend war offenbar, dass ein Ufologe behauptet hatte, Kontakt mit der Besatzung eines Raumschiffes aufgenommen zu haben, das um eine Notlandung gebeten habe. Verbreitet worden war die Meldung nicht von irgendwelchen Abenteurern im Internet, sondern unter anderem von der Ulmer Südwestpresse mit Datum vom 15. Juni 2016. Sander bewahrte diesen Bericht und viele andere Ausschnitte mittlerweile in einer Schuhschachtel auf.

Doris verfolgte Georgs Recherchen zu derlei Themen interessiert, wenngleich auch skeptisch. Allerdings war Georg keiner, der sich von selbsternannten Ufologen oder Kornkreis-Fanatikern linken ließ. Ihm ging es weniger um Berichte über ganz große Mysterien, sondern eher um die kleinen Zeichen, bisweilen seltsamen Zufälle, die jeder zu schildern wusste, sofern er sich ernst genommen fühlte. Erst kürzlich war er auf einen Gesprächskreis aufmerksam geworden, der sich damit befasste. Überwiegend Frauen, so hatte er erfahren, fanden sich dabei einmal im Monat zu einem Kaffeekränzchen zusammen, organisiert von einer in langen Diskussionen und Gesprächskreisen ergrauten Sozialpädagogin. Nachdem Sander davon gehört hatte, war er aus reiner Neugier im Begegnungsraum des Dreigenerationenhauses aufgekreuzt. Zwischen einem Dutzend Damen, meist jenseits der 50, hatte sich außer ihm nur ein einziger Mann eingefunden; wie sich herausstellte, ein längst pensionierter evangelischer Pfarrer, dessen Stimme und Leibesumfang dazu angetan waren, seinen Worten den nötigen Nachdruck zu verleihen.

Sander musste daran denken, wie peinlich es ihm gewesen war, dass ihn der Theologe gleich als den ehemaligen Journalisten der Heimatzeitung erkannt und ihn deshalb überschwänglich begrüßt hatte. Damit war's mit Sanders Ansinnen, ein bisschen verdeckt zu recherchieren, mit einem Schlag vorbei. »Mich interessieren diese Themen rein privat«, war alles, was er ziemlich verlegen über die Lippen gebracht hatte.

Daran dachte er jetzt zurück, während er mit Doris das Frühstücksgeschirr in der Spülmaschine verstaute.

»Du glaubst aber nicht etwa auch an die Chemtrails?«, fragte sie plötzlich.

»Chemtrails?«, entfuhr es Georg. In jüngster Zeit kursierten im Internet immer häufiger Behauptungen, die Bevölkerung werde aus der Luft irgendwelchen chemischen Substanzen ausgesetzt, um die Menschen im schlimmsten Fall psychisch zu beeinflussen. Andere behaupteten – und darauf spielte Doris offenbar an –, es seien großangelegte Versuche, das Wetter zu beeinflussen.

»Na ja«, lächelte Georg zweifelnd. »Weißt du, im Internet und auf diesen sozialen Netzwerk-Plattformen wird sehr viel Unsinn verbreitet, sehr viel. Und manchmal scheint es mir so, als hätten die Verschwörungstheoretiker momentan Hochkonjunktur, weil sich vieles so schön gruselig liest.«

»Haben denn die, bei denen du kürzlich gewesen bist, auch davon gesprochen?«

»Nein«, er wandte sich ab, um in sein Büro zu gehen. »Denen geht's eher um den Kontakt ins Jenseits oder um Wiedergeburt. Reinkarnation.« Er drehte sich zu Doris um. »Ich weiß, du tust dich schwer damit. Aber es gibt einige angesehene Wissenschaftler, die sich damit auseinandersetzen. Insbesondere in Amerika.«

»Ich merk schon«, lächelte Doris zurück, »du bist gerade dabei, dich in ein neues Thema zu vertiefen.« Es klang so, als hege sie wieder einmal Zweifel daran, ob er sich nicht in allzu viele Projekte verzettele. Schließlich hatte er voriges Jahr, mit Eintritt in den Ruhestand, damit begonnen, Kriminalromane zu schreiben.

»Ich kann dich beruhigen, Doris, diesmal ist's ja nichts Kriminelles.« Er hatte gespürt, dass sie wieder befürchtete, er würde nicht davon ablassen, sich journalistisch in Kriminalfälle einzumischen.

Während er sich seinem Büro zuwandte, rief sie ihm bissig hinterher: »Du kannst ja mal versuchen, mithilfe von Jenseits-Kontakten ungeklärte Mordfälle zu lösen. Das wär doch was, oder?«

»Da würde mir eh keiner glauben«, kam es von Georg zurück. Nicht einmal Hauptkommissar August Häberle, der noch immer nicht im Ruhestand war. Für einen Moment musste er daran denken, schon lange nichts mehr von ihm gehört und gelesen zu haben. Offenbar hatte es seit Monaten keinen großen Kriminalfall mehr gegeben. Die Ruhe vor dem Sturm?

22

Sylvia Temming hatte den Schock über die nächtlichen Ereignisse noch nicht überwunden. Als das Unwetter am Abklingen war, hatten sie sich von den Schwiegereltern verabschiedet, um im strömenden Regen heim nach Laupheim zu fahren. Ihr Gespräch unterwegs hatte sich nur um das seltsame Bild gedreht, wobei Sven eher zu der Meinung tendierte, die Erscheinung sei nur die

Folge überreizter Gehirne gewesen, geformt aus dem Regentropfen, den der Wind zum Zeitpunkt der Aufnahme dicht am Objekt vorbeigetrieben hatte. Dass der Regentropfen ein Männergesicht geformt habe, lasse sich mit etwas Fantasie nachvollziehen, hatte er eingeräumt. Aber ob es tatsächlich so aussah wie Siegfried, konnten sie natürlich beide nicht klären. Sylvias Schwiegermutter hatte zwar noch versucht, ein altes Bild von ihm aufzutreiben, aber in der Aufregung keines gefunden.

Auch vorhin beim Frühstück war das Thema nicht zu vermeiden gewesen. Sylvia versuchte, an etwas anderes zu denken, doch die seltsamen Botschaften und die Geschehnisse der Nacht gewannen in ihrem Kopf immer wieder die Oberhand. Weil Olivia, ihre Haushaltshilfe, für das spätabendliche Beaufsichtigen von Felix einen freien Tag hatte und der Bub im Kindergarten war, wollte sie sich gerne zur Ablenkung dem Wäschebügeln im Untergeschoss hingeben, um auf andere Gedanken zu kommen.

Noch tief in die Ereignisse versunken, öffnete sie am Ende der Kellertreppe die feuersichere Metalltür, um in der vor ihr liegenden Finsternis nach dem Lichtschalter zu fingern, den sie blindlings greifen konnte. Es war ein automatischer Griff, und gleich würde die Leuchtstoffröhre ihr kaltes Licht in den Kellerflur werfen. Doch heute tat sich nichts. Sylvia zögerte und drückte ein zweites Mal den Schalter auf und ab. Aber es blieb dunkel. Sie lauschte in das finstre Untergeschoss, ohne auch nur ein einziges Geräusch zu vernehmen. Leuchtstoffröhre kaputt?, hämmerte es in ihrem Kopf, als wolle sie sich selbst mit einer harmlosen Erklärung beruhigen. Oder Blitz eingeschlagen? Sie ließ langsam den leeren Wäschekorb, den sie bei sich getragen hatte, auf den gefliesten Boden sinken und ging ein paar Schritte rückwärts, um vollständig vom Tageslicht umgeben zu sein, das durch das Treppenhausfenster drang und für beruhigende Helligkeit sorgte.

Zwei, drei Sekunden lang überlegte sie, was geschehen sein konnte. War jemand über einen Lichtschacht ins Untergeschoss eingedrungen?, durchzuckte es sie, was ihr gleichzeitig einen Schwall Gänsehaut über den Rücken kriechen ließ. Ihr Puls raste, während sie weiter zurückging und vor ihr die Metalltür langsam und unheimlich quietschend ins Schloss fiel. Gleichzeitig stieß sie mit dem Absatz ihres rechten Schuhes gegen die erste Stufe, was ihr einen neuerlichen Schreck durch den Körper jagte. Blitzschnell entschied sie, in die Wohnung hochzugehen und Sven anzurufen.

Beim hastigen Hochsteigen ins Erdgeschoss raste ihr Puls immer heftiger, sie geriet außer Atem, kämpfte gegen Tausend wilde Gedanken, von denen einer ihr vernünftig erschien: Sie musste ums Haus gehen und sich vergewissern, ob die Gitterrostabdeckungen auf den Lichtschächten noch fest verankert waren. War es so, dann hatte nach menschlichem Ermessen niemand ins Untergeschoss eindringen können. Eine Außentür gab es schießlich nicht.

Sie ging mit zitternden Knien in die Erdgeschosswohnung zurück, holte den Hausschlüssel, um den Haupteingang zu öffnen. Natürlich hätte sie auch durch die Terrassentür in den Garten gehen können, doch zog sie es sicherheitshalber vor, den von außen abschließbaren Haupteingang zu nehmen. Noch bevor sie die stabile Eichenholztür entriegelte, beschlich sie das grauenvolle Gefühl, jemand stehe hinter ihr. Es war kein Geräusch. Auch nichts, was sie hätte beschreiben können – allenfalls ein kühler Luftzug am Hals. Eine kurze Luftbewegung, obwohl nirgendwo ein Fenster geöffnet war. Sie hielt inne und spürte erneut, wie ihr Blutdruck rebellierte, holte tief Luft und drehte sich ruckartig um. Aber da war nichts.

Du spinnst, deine Nerven spielen verrückt, mahnte sie sich selbst und drehte mit zitternder Hand den Schlüssel nach links, um die Tür zu öffnen. Helles gedämpftes Herbstlicht schlug ihr entgegen. Vor ihr lag der gekieste Gartenweg, der zwischen verblühten Spätsommerstauden zehn Meter weit zu einem Metalltürchen führte. Gleichzeitig schob sich etwas von links in ihr Gesichtsfeld, etwas, das dort vor die Haustür nicht hingehörte. Es war schwarz. Schwarz mit Fell. Ihr stockte der Atem. Sie erstarrte für ein paar Sekunden und konnte den Blick nicht mehr davon wenden. Am liebsten hätte sie laut geschrien, doch ganz gewiss hätte sie keinen Laut aus ihrer trockenen Kehle gebracht. Dann hinter ihr ein kräftiger Rumms, der sie bis tief in die Seele traf. Wieder panisches Umdrehen. Also doch. War doch jemand da? Es war die Haustür gewesen. Ins Schloss gefallen. Ohne Durchzug. War da jemand hinter ihrem Rücken ins Haus geschlichen? Nein, nein, nein. Das konnte nicht sein. Das hätte sie bemerkt. Es waren einfach nur chaotische Gedanken, die sich ihrer bemächtigten, mahnte sie sich, aber beruhigend war das nicht. Schon hingen ihre Augen wieder auf dem schwarzen Fell. Langsam wurde ihr bewusst, was sie da sah. Eine Katze. Eine schwarze Katze. Sie war tot.

23

Walter Temming hatte sich fest vorgenommen, sich nicht einschüchtern zu lassen. Es war schließlich helllichter Tag und auch jetzt, an so einem Herbsttag wie heute, war der Turm des Ulmer Münsters ein beliebtes Touristenziel. Da war nichts zu befürchten, denn so dreist konnte niemand sein und ihn dort oben bedrohen.

Er parkte seinen BMW in der Rathaustiefgarage, von wo aus er entschiedenen Schrittes durch den üblichen Passantenstrom in der sogenannten Neuen Mitte, in der Schlucht moderner Hochhäuser, zum Münsterplatz hinüberging. Er wollte, wie von dem anonymen Schreiber gefordert, zuerst in das Kirchenschiff gehen.

Es schadete ja nichts, sich mental auf eine irgendwie geartete Begegnung vorzubereiten. Er war zwar kein überaus christlicher Mensch, aber dass es irgendeine Kraft und Macht gab, die hinter allem steckte, hinter jedem Tier, hinter jeder Pflanze und hinter jedem Menschen, das stand für ihn außer Frage. Nur die Zeremonien, die die Religionsgemeinschaften daraus gemacht hatten, um ihre Schäfchen an sich zu binden, vermochte er nicht nachzuvollziehen. Alles war schließlich von Menschen gemacht – von Menschen, die zwar an etwas Göttliches glaubten, die aber aus ihrer eigenen Vorstellungswelt heraus Bilder und Geschehnisse geformt und gedeutet hatten, die zu ihrer jeweiligen Einstellung passten. Natürlich hatte Gisela recht, wenn sie sich trotz der harten Geschäftswelt, in die sie beide ein Leben lang eingebunden waren, mit Dingen befasste, die möglicherweise viel wichtiger waren als Luxus, Wohlstand und Einfluss. Vielleicht war es sogar das bisherige Leben in relativem Luxus, das sie dazu bewogen hatte, sich nun anderen Themen zuzuwenden. Seine kritische Haltung dazu war nur darauf zurückzuführen, dass sie auch in der Öffentlichkeit zu ihrem neuen Interessengebiet stand. Er hingegen wollte unbedingt vermeiden, dass die Familie ins Gerede kam, sich womöglich mit Spuk und bösen Geistern auseinanderzusetzen. Wenn so etwas in gewissen Kreisen bekannt wurde, bestand schnell die Gefahr, nicht mehr ernst genommen und ausgegrenzt zu werden. Auch wenn Gisela glaubhaft versicherte, ihr Gesprächskreis werde immerhin von einer Sozialpädagogin geführt und einige der Damen gehörten der gehobenen Gesellschaftsschicht an. Temming entsann sich, dass sie erst kürzlich voller Stolz berichtet hatte, dass sogar ein Journalist aufgekreuzt sei, der sich im Ruhestand nun dieser Themen annehme.

Als die Kirchentür, die von einem Vorraum ins Innere führte, hinter ihm sanft zufiel, drang von weit oben, vom mächtigen Turm, dumpf und ein bisschen dröhnend der Viertelstundenschlag herab. Dann war Temming von der Stille und dem gedämpften Licht des riesigen Kirchenschiffs umgeben. Es war ihm, als sei er in eine andere Welt eingetaucht, draußen das grautriste Licht eines Herbsttages, die Hektik auf dem Münsterplatz, der Verkehr auf den nahen Straßen – hier drinnen andächtige Stille, die hoch aufragende Gotik, kunstvoll gestaltete bunte Fenster, ganz weit oben eine Reihe klarer Fenster, durch die das Tageslicht hereinfallen konnte, das heute von starken elektrischen Strahlern verstärkt wurde. In den Bänken verloren sich zwei Dutzend Menschen, überwiegend Touristen, was man an ihren Rucksäcken und dem unablässigen Bedürfnis, nach allen Richtungen ihre Fotohandys auszurichten, unschwer erkennen konnte. Hallende Schritte. Husten, das sich in der akustischen Weite verlor.

Temming ging auf dem Mittelgang ein paar Schritte nach vorne und setzte sich links in eine Bank. Er sah verstohlen auf seine Armbanduhr. Es war kurz vor halb zehn, wie von dem Briefeschreiber vorgegeben.

Temming lehnte sich zurück und ließ diese sakrale Atmosphäre des Friedens und der Ruhe auf sich wirken. Sein Blick klammerte sich an das große Kruzifix, das vor dem Altarraum von der Decke hing und einen leidenden Jesus auf die Menschen blicken ließ.

Von den Tausend Gedanken, die durch Temmings Kopf schossen, empfand er einen als geradezu absurd und völlig unangemessen. Wieso nur hatte ihn dieses Kreuz an die horrende Summe Kirchensteuer erinnert, die er während seines bisherigen Lebens bezahlt hatte? Nicht aus Überzeugung, sondern weil er es einfach nicht übers Herz gebracht hatte, hochoffiziell seine Mitgliedschaft zu kündigen. Auch wenn er nur schweren Herzens die Steuer bezahlte, so war es doch das schlechte Gewissen, das ihn bei einem Kirchenaustritt geplagt hätte. Dabei war diese Steuer nicht gott-, sondern menschengemacht. Andererseits, so argumentierte er in sich hinein, standen die Kirchen auch für Soziales, für Trost und Zuversicht. Allerdings hätte er sich gewünscht, dass sie sich noch mehr in das gesellschaftliche Leben einmischen würden.

Von innerer Unruhe getrieben, brach er nach 15 Minuten auf, um die Kirche zu verlassen und draußen im Vorplatz an einem der beiden Automaten eine Eintrittskarte für die Turmbesteigung zu lösen. Er entschied sich für das linke Gerät, warf nacheinander zwei Zwei-Euro- und eine Ein-Euro-Münze ein, ohne dass sich etwas tat. Er drückte noch einmal die Taste für die Einzelkarte, überflog die Hinweise – und sah sich hektisch um, doch da war niemand, der ihn hätte drängen, beobachten oder vielleicht ihm helfen können. Er drückte die Taste, mit der der Vorgang abgebrochen werden konnte. Wieder nichts. Noch einmal ein kräftiger Druck auf ›Abbruch‹ – dann endlich schepperten Münzen in den Ausgabeschacht. Er griff danach, aber es waren nur die beiden Zwei-Euro-Münzen. Während er vergeblich den ganzen Ausgabeschacht noch einmal mit den Fingern absuchte, verfluchte er insgeheim die Automatenwelt, die alles kompliziert gemacht hatte und die die meiste Zeit ohnehin nicht funktionierte. Er verdammte die Schwachköpfe, die die Welt automatisiert hatten. Unbändiger Zorn stieg in ihm auf, während er durch wütendes Drücken der Abbruchtaste die fehlende Ein-Euro-Münze herauszubekommen hoffte. Vergeblich. Am liebsten hätte er mit dem Fuß dagegengetreten, doch dann besann er sich des sakralen Orts und bemerkte, dass ihn andere Besucher durch eine Glasscheibe beobachten konnten. Er wandte sich deshalb dem rechten Automaten zu, ließ dort die zwei Zwei-Euro-Münzen und eine neue Ein-Euro-Münze im Eingabeschlitz verschwinden – und erhielt endlich die gewünschte Zutrittskarte, mit der er das Drehkreuz zur Turmbesteigung öffnen konnte, während sich hinter ihm zwei Männer am defekten Automaten zu schaffen machten. »Ist kaputt«, rief er ihnen über die Schulter hinweg zu. »Nehmen Sie den anderen.« Kaum hatte er es gesagt, drehte er sich ganz zu ihnen um. Waren sie es, die ihn dort oben treffen wollten? Es handelte sich augenscheinlich um Touristen. Beide waren mittleren Alters und trugen kleine Rucksäcke. Sie lächelten ihm zu, worauf er in Richtung Turmaufgang verschwand.

Die Steinstufen führten in engen Windungen empor. Für einen Moment überlegte Temming, wie es sein würde, falls jemand ihm entgegenkäme. Doch dann entsann er sich, dass es bis zur Ebene vor dem Turmhelm getrennte Auf- und Abstiege gab. Den obersten Bereich, der erst 1890 exakt 513 Jahre nach der Grundsteinlegung fertiggestellt worden war, konnte er sich glücklicherweise ersparen. Treffpunkt war schließlich der Raum vor dem Büro des Turmwarts. Was es jedoch mit dem ›Münster von Bern‹ auf sich hatte, vermochte er immer noch nicht nachzuvollziehen. Er war etwa 50 Stufen hochgestiegen, als er zum ersten Mal verweilte, um durchzuatmen. Aus einer mit Drahtgitter gesicherten Maueröffnung sah er auf den Münsterplatz hinunter. Gerade erst hatte er maximal die Höhe des benachbarten Stadthauses erreicht, jenes schneeweißen Kolosses, den nicht nur er, sondern viele Ulmer einst bei der Planung als völlig unpassend angesehen hatten.

Jetzt aber drehten sich seine Gedanken um das, was auf ihn zukommen würde. Ein Blick auf seine Armbanduhr zeigte ihm, dass er viel zu früh war. Zehn Uhr war angegeben gewesen. Jetzt war es erst 9.44 Uhr. Er hatte wohl den Halbstundenschlag überhört, stellte er fest. Dabei müsste er doch der Glockenstube schon ziemlich nahe sein. Jeden Moment müsste es dreimal schlagen.

Die Wendeltreppe ging in einen schmalen finstren Gang über, an dessen Wänden Schmierfinken irgendetwas hingeschrieben hatten. Mit wenigen Schritten erreichte Temming die weiterführende Wendeltreppe und blieb nach einigen Umdrehungen in dieser steinernen Spirale erneut an einer Maueröffnung stehen. Schwer atmend und trotz der kühlen Temperaturen schwitzend, ging sein Blick über die Dächer der umliegenden Geschäftshäuser hinweg. Von Sekunde zu Sekunde stieg seine Nervosität und Anspannung. Schritte, die aus der Tiefe der Wendeltreppe am kahlen Mauerwerk zu ihm heraufhallten, rissen ihn aus den Gedanken, die ihm einen bitteren Mix aus Angst, Zorn und Verunsicherung bescherten.

Wurde er verfolgt?, jagte ihm ein neuerlicher Adrenalinstoß durch den Körper.

Die Schritte kamen näher.

Er wischte sich mit dem Handrücken Schweiß von der Stirn und zwang seine müden Beine weiterzugehen. Gleichzeitig mied er es, durch die Mauerluken zu schauen, die sich mit jeder Umdrehung in der engen und steilen Wendeltreppe wiederholten und einen Blick über den belebten Münsterplatz hinweg ermöglicht hätten.

Wo waren eigentlich die Glocken?, durchzuckte es ihn. Konnte man sie nicht sehen? Oder gar hören? Hatte er auch die drei Schläge des dritten Viertels überhört? War er so tief in Gedanken und Ängsten versunken, dass er die Glockenschläge nicht registrierte?

Noch während er darüber nachdachte, ging die steile Treppendrehung vor ihm in helleres Licht über. Er hatte jene Ebene erreicht, auf der sich die Turmstube befand. Sein Ziel.

Kaum hatte er die Wendeltreppe verlassen, begegnete er einigen anderen Besuchern, die ihn aber gar nicht zur Kenntnis nahmen. Es schienen Chinesen oder Japaner zu sein, die es ziemlich eilig hatten, den weiteren Aufstieg zu suchen.

Temming fand sich schnell zurecht und entdeckte zwischen den mächtigen, reichlich verzierten Sandsteinpfeilern den Eingang zu einer Art Aufenthaltsraum, der mit seiner dunklen Holzvertäfelung eine bedrückende Atmosphäre verbreitete. Temmings Augen waren noch von der Helligkeit geblendet, sodass er beim Betreten des Raumes zunächst nur die Silhouetten einiger Personen erkannte und feststellte, dass es gegenüber ebenfalls einen Zu- oder Ausgang gab. Entlang der beiden Seitenwände war eine durchgehende Holzbank angebracht, die Mitte des länglichen Raumes wurde von einem klobigen Holzkasten dominiert, der wie eine überdimensionale Truhe wirkte, deren Sinn Temming nicht auf Anhieb feststellen konnte. Zwei Männer bückten sich darüber und schauten konzentriert durch schmale rechteckige Schlitze auf etwas hinab.

Temming stand regungslos in dem diffus beleuchteten Raum, in dem seine Augen endlich Details erkannten: die Tür mit der Aufschrift ›Turmwart‹ – und über den Holzbänken akkurat aufgehängte Bilder und Fotos. Prüfend ließ er seinen unsteten Blick von einer zur anderen Person wandern. Ein knappes Dutzend waren's nur, stellte er fest. Darunter eine junge Mutter mit einem quengelnden Buben, ein Stück weiter vermutlich ein Rentnerehepaar und inzwischen die beiden Rucksack tragenden Männer, denen er am Eingang den richtigen Ticketautomaten gezeigt hatte.

Temming sah auf die Uhr. 9.58 Uhr. Er entschied, sich unter die Touristen zu mischen. Hier oben konnte ihm garantiert nichts passieren. Und doch musste etwas geschehen – etwas, das in irgendeiner Weise mit dem ›Münster von Bern‹ zu tun hatte. Worauf musste er achten? Er trat an den klobigen Holzkasten heran, um sich über eines der freien Gucklöcher zu bücken. Zuvor entdeckte er jedoch eine ziemlich kontrastarme Skizze, die auf der hölzernen Vorrichtung angebracht war. Es handelte sich eindeutig um die Anordnung und Bezeichnung der Glocken. Temming überflog deren Namen: Kreuzglocke, Taufglocke, kleine Betglocke, Schiedglocke, Landfeuerglocke, Schwörglocke, Leichenglocke, große Betglocke, Dominica und Gloriosa.

Er bückte sich nach vorne, um mit den Augen ganz dicht an das Guckloch heranzukommen. Tatsächlich war von hier aus der gesamte Glockenstuhl zu überblicken. Temming schielte auf seine Armbanduhr. Sie ging ganz genau – und stand jetzt auf zehn Uhr. Gleich würde sich da unten etwas bewegen. Ein Drahtseil oder eine andere Vorrichtung, die ein großes Spektakel auslösen würde. Viermal die volle Stunde, zehnmal die Anzahl der Stunden. Temming starrte wie gebannt hinab, neben ihm offenbar ebenso neugierig einer der Rucksackträger.

Temming hörte Stimmen um sich herum, das quengelnde Kind, zwei Frauen, die sich unterhielten, und eine Männerstimme, die auf Sächsisch leicht verärgert brummte: »Eigentlich müsste das Ding doch schon geschlagen hab'n.«

Temming schielte wieder auf seine Armbanduhr: 10.02 Uhr.

Sein Puls beschleunigte sich. Was war da geschehen? Er sah auf und drehte seinen Kopf vorsichtig nach allen Seiten. Nur noch drei Personen im Raum. Die beiden Rucksackträger und ein neu hinzugekommener Mann mit auffallend hellen Haaren, der sich ans Ende einer der beiden langen Holzbänke gesetzt hatte. Direkt unter einem dieser Bilder, die Temming erst jetzt zu interessieren begannen.

Er erhob sich aus der leicht gebückten Haltung, sah zu dem Mann hinüber, der etwa vier Meter von ihm entfernt saß. Gleichzeitig ließ Temming seinen Blick über die Bilder streifen, die er bislang nicht wirklich zur Kenntnis genommen hatte. Doch jetzt fühlte er sich wie elektrisiert: Das waren alles Darstellungen von anderen Kirchenbauten. Und plötzlich durchzuckte es ihn: Das Münster von Bern? Das war ganz sicher auch irgendwo abgebildet. Womöglich auf dem Bild da drüben, unter dem dieser Mann saß?

24

Eigentlich kam ihr der Besuch ziemlich ungelegen. Aber nachdem sie dieser junge Schnösel, wie sie den Chef der Firma Temming insgeheim bezeichnete, vorgestern so brüsk abserviert hatte, war sie gegenüber dem Ansinnen des Mannes, der unbedingt mit ihr reden wollte, nicht mehr ganz so abgetan. Ein Schriftsteller hatte sich vorgestern bei ihr gemeldet und erklärt, er sei mit einer Dokumentation über die Industrialisierung im Filstal beauftragt worden – also für die Gegend zwischen Geislingen an der Steige und Plochingen, wo die Fils in den Neckar mündete. Er wolle nicht nur über das bekannteste Unternehmen in diesem Landstrich, nämlich die WMF, berichten, sondern natürlich auch über Temmings Chemieimperium, das seine familiären Wurzeln hier hatte. Und weil eine solche Dokumentation keinesfalls nur die Sicht des Betriebes widerspiegeln solle, sondern auch einer sozialen Komponente bedürfe, seien die Meinungen ehemaliger Betriebsräte oder noch besser von Betriebsratsvorsitzenden gefragt. Im Rahmen seiner aufwendigen Recherche sei auch ihr Name gefallen, zumal sie schon mit knapp über 20 dieses Amt bei Temming innegehabt habe.

Ursula Fuchs hatte sich am Telefon zunächst geschmeichelt gefühlt, war dann aber zurückhaltend gewesen, zumal sich der Betrieb doch in Ulm befinde. Erst nach mehreren kritischen Rückfragen und dem überzeugenden Hinweis des Anrufers namens Ulrich Stanek, sie dürfe sich gerne bei einem bestimmten Verlag erkundigen, dass er tatsächlich an historischen Veröffentlichungen arbeite, hatte sie sich umstimmen lassen. Sie verzichtete sogar darauf, solche Erkundigungen einzuziehen, zumal sie davon ausging, dass ihr der Mann für seine Referenzen keine falsche Adresse genannt hätte, weil ansonsten der Schwindel noch lange vor dem auf heute ausgemachten Termin aufgeflogen wäre.

Jetzt saß er vor ihr in ihrem Wohnzimmer: braun gebranntes Gesicht, Schnauzbart, schlecht rasiert, ungepflegtes schwarzes Haar, rahmenlose Brille, groß und sehr schlank, fahrige Bewegungen. Als sie ihm ein Glas Wasser anbot, überlegte sie, ob dieser Mann ihren Vorstellungen von einem seriösen, fundiert recherchierenden Schriftsteller entsprach. Immerhin hatte er sich beim Betreten des Hauses artig für ihre Bereitschaft bedankt, ihm ein paar Fragen zu beantworten. »Ich weiß nicht, ob ich Ihnen allzu viel berichten kann«, hatte sie erwidert.

Jetzt zückte er einen zerknitterten Notizblock und erklärte, dass es ihm insbesondere um den alten Georg, also den Gründer des Unternehmens, gehe – aber auch um dessen beiden Söhne Walter und Siegfried.

Ursula Fuchs, die sich für den Besuch besonders fein gemacht hatte, um die 76 Jahre, die sie zählte, so gut es ging zu kaschieren, wurde hellhörig. Man hatte dem Schriftsteller also offenbar geflüstert, dass sie als couragierte Frau mit der Nachfolgeregelung im Betrieb nicht einverstanden gewesen war. Und was wusste er sonst noch? »Ich geh mal davon aus, dass Sie wissen, dass der Übergang von Vater auf Sohn nicht ganz unumstritten war«, begann sie vorsichtig und wartete auf eine Reaktion ihres Gegenübers. Doch der Autor nickte nur stumm.

»Ich weiß nicht, ob Sie das interessiert«, blieb Ursula Fuchs distanziert.

»In der Tat ist es diese Zeit, die mich interessiert. Es war ja ein Generationenwechsel – sozusagen vom Firmengründer auf die nächste Generation. Immer ein schwieriges Kapitel, wie man weiß.« Er runzelte die braun gebrannte Stirn und rückte die Brille zurecht.

»Der ›alte Georg‹ – man hat auf schwäbisch immer nur Schorsch gesagt –, der war halt einer der alten Sorte«, lächelte sie und nahm einen Schluck Wasser. »Ein jähzorniger Bruddler, wie sie damals alle waren. Gepoltert hat er und ständig in der Angst gelebt, man nehme ihm sein Geld weg. Ich kann mich gut entsinnen, wie er einmal durchs Büro gebrüllt hat: ›Ihr nehmt mir nur mein Geld weg.‹ Das sollte wohl heißen, dass die Büroangestellten in seinen Augen völlig überflüssig und nur unproduktiv waren.«

»Aber trotzdem musste er schließlich das Zepter aus der Hand geben – wie man so schön sagt«, resümierte Stanek.

»Na ja, er war 65 – im Jahre 1987. Zeit war's, auch wenn die kantigen Seniorchefs damals allgemein nur ungern von Bord gegangen sind. Heute ist das anders. Da wird das Familienerbe in vielen Betrieben schnell mal versilbert – nach China verscherbelt oder sonstwohin –, um sich ein Leben in Reichtum und Luxus zu gönnen. Glauben Sie mir, mancher Unternehmer, der sich nach dem Krieg abgerackert hat, würde sich im Grabe rumdrehen, wüsste er, was die heutige Generation mit all dem Erbe macht.«

»Sie haben dem Sohn Walter nicht viel zugetraut?«, hakte Stanek unerwartet schnell nach.

»Sie haben sich informiert«, grinste sie. »Wenn Sie mich nirgendwo zitieren, verrat' ich Ihnen ein paar Dinge, die aber keinesfalls ein Geheimnis sind. Oder sagen wir mal: die ein offenes Geheimnis sind.«

Der Schriftsteller legte demonstrativ seinen Block auf den Tisch, um damit zu signalisieren, dass er das Vertrauliche nicht notieren wolle.

»Walter hatte von der Materie keine Ahnung«, entschied sich Ursula Fuchs zu einer klaren Aussage. »Er hat, wie man das leider oftmals erlebt, fehlende Kompetenz durch Arroganz ersetzt.« Sie zögerte. »Und wie man so hört, hat sich diese Eigenschaft auf seinen Sohn Sven vererbt, der jetzt am Ruder sitzt. Wie sagt man so schön? Sie sind alle von Beruf Sohn.«

Über Staneks ernstes Gesicht huschte ein Lächeln. »Das heißt, die Belegschaft war nie davon angetan, dass Walter Chef wird?«

»So kann man das sagen, ja. Ich hab das ja mitgekriegt, damals Anfang 1969, als Schorsch den Walter – damals glaub ich gerade mal 22 Jahre alt – als seinen künftigen Nachfolger ins Geschäft geholt hat. Vom ersten Tag an hat der Lausbub dem Alten nachgeeifert – in allen negativen Eigenschaften. Auch was Frauen anbelangt.«

Stanek nahm's zur Kenntnis, ohne darauf einzugehen. »Was hat der denn gelernt?«

»Nichts wirklich Gescheites«, kam es prompt von Frau Fuchs zurück. »Philosophie hat er studieren wollen – oder es angefangen. Genau weiß ich es nicht. Er ist damals der 68er-Bewegung nachgehangen, wenn Sie verstehen, was ich meine. Ho-Chi-Minh-Rufe und kommunistische Parolen. Kapitalisten waren die Erzfeinde. Rumlungern in Kommunen war angesagt.«

Stanek wollte auch dies nicht kommentieren. »Das hat dem Alten aber gar nicht gefallen, nehm' ich an.«

»Natürlich nicht. Da war der andere Sohn, der ein Jahr ältere Siegfried, ein ganz anderer Kerl. Ehrgeizig, hat Naturwissenschaften studiert und war fachlich in vielem besser drauf als der Schorsch, sein Vater.«

»Aber dann gab es wohl diesen Unfall«, lenkte Stanek das Gespräch auf jenes Thema, das ihn am meisten interessierte.

»Unfall, ja«, echote die Frau. »Ich will dazu eigentlich gar nichts sagen.«

»Eigentlich?«

Ursula Fuchs trank einen Schluck Wasser, als wolle sie Zeit zum Nachdenken finden. Ihre Augen funkelten, als sie sagte: »Wenn Sie recherchiert haben, wird man Ihnen gesagt haben, dass es damals viele Gerüchte gab.«

Stanek legte wieder die Stirn in Falten. »Gerüchte gibt es überall – und bei jedem.« Er entschied, sich unwissend zu geben.

»Es war ein Unfall, ja«, machte sie weiter. »Siegfried hat an diesem alten Haus irgendetwas am Rollladen repariert. Dass er es war, der auf die Leiter gestiegen ist und nicht sein Bruder Walter, zeigt ja schon, dass der Siegfried viel praktischer veranlagt war.«

»Und dabei kam es zu dem Unfall?«

»Ja, so heißt es. Siegfried hat am offenen Fenster auf der Leiter gestanden, hat das Übergewicht gekriegt und ist rausgefallen.«

Stanek schob erneut seine Brille zurecht. »Zeugen dazu gibt es keine?«

»Seinen Bruder, natürlich. Und dessen damalige Verlobte – und jetzige Frau. Und …« Sie stockte und zuckte mit den Schultern.

»Und – was?«, hakte Stanek nach.

»Na ja, es gab damals das Gerücht, die Haushälterin sei zufällig ins Zimmer gekommen.«

»Gerücht oder Wahrheit?«

»Keine Ahnung. Angeblich hatte das Mädel an dem Tag frei und hätte gar nicht da sein können.«

»Das Gerücht besagt dazu was?« Stanek verbarg sein gesteigertes Interesse.

»Wie das bei Gerüchten so ist«, wich die Frau aus und hob eine Augenbraue. »Die Polizei hat das Ganze als Unfall betrachtet.«

»Aber die Haushälterin? Wenn sie denn da war, hätte doch etwas zur Aufklärung beitragen können«, wandte der Autor ein.

»Hätte, ja. Aber ein, zwei Wochen später ist sie bei einem Unfall ums Leben gekommen. Hochschwanger übrigens. Glücklicherweise hat man in der Klinik das ungeborene Kind retten können.«

»Ach«, staunte Stanek. »Was war das für ein Unfall?«

»Mit dem Fahrrad. Ein Auto hat sie erfasst – und der Fahrer ist geflüchtet.«

»Wie? Unfallflucht?«

»Ja, bis heute – soweit ich das wenigstens weiß – hat man den Fahrer nicht ermitteln können.«

»Na ja, das ist jetzt 49 Jahre her.«

»Eben. Deshalb ist es müßig, in alten Geschichten zu kramen«, wiegelte Frau Fuchs ab.

»Aber danach hat der Firmenchef seinen Sohn Walter ins Unternehmen geholt«, fasste Stanek zusammen.

»Ja, gleich zu Beginn des folgenden Jahres, 1969.«

»Aber wenn ich mich in der Firmengeschichte richtig auskenne, stand er dabei lange im Schatten des Alten?«

»Ja, wie gesagt, bis 1987. Da war Schorsch 65 und sein Sohn Walter 40.« Sie lehnte sich in den abgegriffenen Polstersessel zurück. »Eine Fehlentscheidung, wenn Sie mich fragen. Aber damit hatte Walter sein Ziel erreicht, das er bereits im jugendlichen Alter angestrebt hat, als er noch im Schatten von Siegfried stand.«

Stanek glaubte zwischen den Zeilen etwas zu hören, das ihn hellhörig machte. »Sie mögen nicht so recht an einen Unfall glauben?«

Ursula Fuchs holte tief Luft, überlegte kurz und seufzte: »Was ich glaube oder nicht, das spielt keine Rolle mehr, Herr Stanek. Beschränken Sie sich besser auf die Firmenhistorie und lassen Sie das, was einmal war. Oder nicht war.« Sie sah ihn eindringlich an: »Erwähnen Sie dann aber bitte auch, unter welch widrigen Umständen die Belegschaft gearbeitet hat – in dieser Zeit, in der sich keine Behörde ernsthaft darum gekümmert hat, wie viel Schadstoffe das Personal einatmen musste. Ich könnte Ihnen einige schlimme Krankheitsfälle aufzählen, die noch Jahre danach aufgetreten sind.«

25

Sylvia war völlig aufgelöst. Der Anblick der toten schwarzen Katze hatte sie geschockt. Sie war schnell ins Haus zurückgeeilt und hatte Sven angerufen. Der war nur auf ihre inständige Bitte hin aus einem wichtigen Gespräch heraus ans Telefon geholt worden und hatte ziemlich nervös geklungen, jedoch trotzdem versprochen, so schnell wie möglich heimzukommen.

Laupheim war schließlich nicht um die Ecke, sondern rund 25 Kilometer von Ulm entfernt. Bereits beim Näherkommen an die Haustür entdeckte er das tote Tier, um das einige fette Mücken kreisten. Sylvia hatte ihn bemerkt und kam ihm entgegen. »Sieh dir das an«, entfuhr es ihr. »Das ist doch kein Zufall. Da hat doch jemand …«

»Beruhig dich«, besänftigte er sie. Er hatte sich auf der Fahrt auf eine ähnliche Reaktion von ihr eingestellt. Unter keinen

Umständen durfte er sich anmerken lassen, dass auch ihn dieses Ereignis bewegte. »Ich schaff sie nachher weg«, sagte er und deutete auf das tote Tier. »Und was ist im Keller?«

Sie hatte ihm am Telefon aufgeregt geschildert, dass der Strom ausgefallen war.

»Sei bitte vorsichtig«, mahnte sie. »Aber die Gitter über den Lichtschächten sind okay.«

»Also kann auch niemand da unten sein«, konstatierte er und eilte vor ihr die Kellertreppe hinab, um ruckartig die Metalltür zu öffnen. Sein Versuch, das Licht anzuknipsen, war nichts weiter als die Bestätigung dessen, was Sylvia gesagt hatte.

Sylvia hatte eine Taschenlampe mit heruntergebracht und sie ihm gereicht. Er knipste den LED-Strahl an, und augenblicklich war der weiß getünchte Kellerflur in helles Licht gehüllt. »Wahrscheinlich eine Sicherung«, stellte er fest, um sich selbst Mut zu machen. Er öffnete eine Tür, die links in das Bügelzimmer führte. Es roch nach Waschpulver. Frisch gewaschene Wäsche, die Olivia gestern Abend aus dem Trockner genommen hatte, hing über einem Plastikständer.

Sylvia folgte ihrem Mann ein paar Schritte zu einem tresorartigen Kästchen, das abseits des Lichtschachts in die Wand eingelassen war. Er reichte ihr die Taschenlampe, damit er mit beiden Händen die Klapptürchen öffnen konnte, hinter denen sich Zähler und Sicherungsautomaten befanden. »Na klar«, stellte er fest. »Die Sicherung fürs Untergeschoss und den Garten ist rausgeflogen. Er drückte den runden Knopf fest hinein – und sofort flammte die Leuchtstoffröhre im Kellerflur auf.

Sylvia knipste nun auch das Licht im Bügelzimmer an. »Das Gewitter von gestern?«, fragte sie zweifelnd nach.

»Kann sein, ja«, erwiderte Sven und schloss das Kästchen. »Oder mit der Gartenbeleuchtung ist etwas nicht in Ordnung.«

»Aber die hat doch gestern gar nicht gebrannt«, wandte Sylvia auf dem Weg zur Treppe ein.

»Mein Gott«, erwiderte Sven genervt, »was weiß ich? Irgendetwas wird schon gewesen sein.«

Sylvia war von seiner Reaktion enttäuscht. »Kannst du eigentlich nicht verstehen, dass mich das alles sehr mitnimmt? Steckst du alles so weg, was gerade passiert?«

»Jetzt hör mal zu«, er drehte sich auf der Treppe zu ihr um, »du solltest nicht überall irgendwelche Verbrecher lauern sehen – oder gar Gespenster, wie meine Mutter.« Er stieg ins Erdgeschoss hinauf, um dann das kurze Schweigen zu durchbrechen: »Hat eigentlich mein Vater was von sich hören lassen? Ist er tatsächlich aufs Münster rauf?«

Dass er sich nach ihm erkundigte, war für Sylvia ein Zeichen dafür, dass er die Geschehnisse doch nicht so locker weggesteckt hatte, wie er tat. Sie sollte aber nicht darauf eingehen, sondern etwas anbringen, was sie seit heute Vormittag beschäftigte: »Willst du nicht endlich eine Alarmanlage installieren lassen?«

»Ich werd darüber nachdenken«, gab er zynisch zurück. »Aber ob die auf Spuk und böse Geister reagiert, wage ich zu bezweifeln.«

26

Es waren tatsächlich alles Kirchen, Kathedralen, Dome und Münster. Walter Temmings Augen wanderten schnell über die gerahmten Bilder, die über den beidseits angebrachten langen Holzbänken hingen. Unter einem davon saß dieser Mann, der wie aus dem Nirgendwo plötzlich aufgetaucht zu sein schien. Temming stand wie angewurzelt und musterte ihn. Mittleres Alter, Dreitagebart, kantiges Gesicht, fülliges Haar, lockig, hellblond. Temming versuchte, sich dies alles einzuprägen, während sie sich anstarrten. Der Fremde verzog sein Gesicht zu einem Lächeln, Temming erwiderte es nicht. Er war unschlüssig, blieb stehen wie ein schüchterner Schuljunge. Doch allein der Gedanke daran, im entscheidenden Moment Schwäche zu zeigen, spornte ihn dazu an, energisch vorzugehen. Er vergewisserte sich, dass sich zu diesem Zeitpunkt niemand in dem Raum aufhielt, und schritt auf den Fremden zu. »Das Münster von Bern?«, fragte er mit gedämpfter Stimme, um gleichzeitig die Bildunterschrift über dem Kopf des Mannes zu lesen.

»Münster von Bern«, erwiderte der Angesprochene, als sei dies eine Losung, und erhob sich. Seine Augen verrieten Unsicherheit, seine Gesten wirkten einstudiert. Er deutete mit dem Daumen nach hinten auf das Bild: »Sie sind richtig, wenn Sie der Herr Temming sind. Walter Temming.«

Die beiden Männer sahen sich fest in die Augen, während gerade ein junges Paar mit einem Kind hereinkam.

»Und?«, zischte Temming leise. »Ich glaube, Sie sind mir eine Antwort schuldig.«

»Das glaube ich nicht. Eher umgekehrt dürfte es sein«, kam es unerwartet streng zurück. Das Paar mit dem Kind hatte schnell die Gucklöcher entdeckt und begann, sich intensiv mit den Glocken und deren Namen zu beschäftigen.

»Was soll das Theater mit den anonymen Schreiben?«, herrschte ihn Temming an und forderte ihn mit einer Handbewegung auf, den Raum zu verlassen, um das Gespräch im Freien fortzusetzen, wo sie sich in eine der vielen Nischen verdrücken konnten.

Der Fremde folgte ihm und erwiderte: »Theater nennen Sie das? Ich dachte, Ihnen wäre daran gelegen, die Angelegenheit ein für allemal zu klären.«

»Angelegenheit?«, drehte sich Temming beim Hinausgehen in die kühle Höhenluft um. »Sie unterliegen doch hoffentlich nicht dem Irrtum, dass ich glaube, Sie seien Siegfried«, riskierte er einen Frontalangriff. Sie wichen einigen japanischen Touristen aus und blieben abseits anderer Turmbesucher in einer Ecke stehen, von der aus der Blick übers Kirchenschiff und den beiden kleineren Türmen hinweg zur Donau ging.

»Jetzt hören Sie mal gut zu«, fauchte der Fremde gefährlich leise. »Sie werden keine Ruhe kriegen, solange Siegfried Sie nicht findet. Und Sie wissen genau, was ich meine.«

»Was wollen Sie von mir?« Temmings Stimme zitterte. Er hatte Mühe, sich nicht einschüchtern zu lassen.

»Das werden Sie früh genug erfahren«, bläffte der Mann. »Früh genug. Wenn Siegfried es will.«

»Reden Sie doch keinen Unfug«, unterbrach ihn Temming. »Siegfried ist tot. Tot seit 49 Jahren. Das wissen Sie sehr wohl. Und es grenzt an Totenschändung, wenn Sie mit solchen Geschichten daherkommen.«

»Tot?«, kam es spöttisch zurück. »Tot ist man erst wirklich, wenn man vergessen ist. Und manche Tote hängen so an ihrem Leben, dass sie im Gedächtnis der anderen tatsächlich noch leben.«

Temming musste diese Worte zuerst verdauen, weshalb sein Gegenüber fortfuhr.

»Hier«, er zog ein Kuvert aus der Tasche seiner Freizeitjacke, »das soll ich Ihnen von Siegfried übergeben. Er will Sie sehen und mit Ihnen über den 5. Oktober 1968 reden.«

»Er will was?« Walter Temming griff mit zitternder Hand nach dem Kuvert und sah in das finstre Gesicht des Mannes.

»Er will Sie sehen. Sie, seinen Bruder.«

In diesem Moment wurden sie von einer jungen Frau beäugt, die an der äußeren Balustrade an ihnen vorbeiging und ihnen einen verstohlenen Blick zuwarf.

»Sind Sie sich bewusst, was Sie da sagen?«, flüsterte Temming nun sichtlich geschockt.

»Ich mache keine Späße«, erwiderte der Mann. »Hier steht

alles drin. Treffpunkt Friedhof Geislingen. Morgen Abend, 23 Uhr. Genaue Ortsangabe entnehmen Sie dem Schreiben. Ich hoffe, Sie haben mich verstanden.« Er wandte sich ab und verschwand um die nächste Ecke.

Temming hielt wie erstarrt das Kuvert in der Hand, sekundenlang nicht in der Lage, etwas zu unternehmen. Als er wieder zu sich fand und dem Fremden hinterhereilte, war dieser längst verschwunden. Entweder weiter auf den Turm raufgestiegen oder über die abwärtsführende Wendeltreppe. Oder er hatte irgendein Versteck gefunden.

Temming sah sich um, ließ mehrere Touristen an sich vorbeigehen und entschied, in den Raum zurückzugehen und sich auf die Bank zu setzen. Unter ihm dröhnte der Viertelstundenschlag, den er erst nach einigen Sekunden wahrzunehmen glaubte. Hatte es nun doch geschlagen? In eine der Ecken gekauert, riss er das Kuvert auf, dessen zusammengefaltetes Schreiben aus wenigen gedruckten Sätzen bestand:

»Mein lieber Bruder Walter, der Überbringer dieser Nachricht wird Dir gesagt haben, dass ich Dich sehen will, um all unsere Probleme ein für alle Mal aus der Welt zu schaffen. Wo könnten wir uns besser treffen als an meinem Grab? Ich erwarte Dich morgen um 23 Uhr. Du brauchst keine Angst zu haben. Ich werde Dich nur um Reue und Sühne bitten. Aber komm allein, denn es ist mir nur möglich, mich Dir allein zu zeigen.«

Temmings Herz pochte bis zum Hals. Er las den Text ein zweites Mal, ohne zu bemerken, dass sich der Raum inzwischen mit einer mehrköpfigen Reisegruppe gefüllt hatte. Darüber erschrocken, faltete er das Papier zusammen und steckte es zitternd in das Kuvert zurück. Auf seiner Stirn hatten sich Schweißtropfen gebildet.

27

Sven Temming, der aus der Firma herbeigeeilt war und Anzug und Krawatte trug, hatte mit einer Schaufel die tote Katze beseitigt und sie hinter einer Hecke im Garten hastig begraben. Wahrscheinlich war sie vergangene Nacht vor dem Haus überfahren worden, dachte er, obwohl er in der Nachbarschaft nie zuvor ein solches Tier beobachtet hatte. Für einen kurzen Moment zögerte er beim Zurückgehen ins Haus, als er im Blumenbeet vor der Terrasse einen Fußabdruck zu sehen glaubte. Er zeichnete sich im humusartigen Erdreich ab, das seine Frau erst vor einigen Tagen dort frisch hergerichtet hatte. Aber vermutlich war sie dabei selbst hineingetreten. Oder doch nicht? Er wollte gerade weitergehen, da fiel ihm etwas auf, das ihm normalerweise egal gewesen wäre, doch an einem Tag wie heute, an dem alles von Bedeutung zu sein schien, war auch er sensibilisiert: Die Abdeckung einer Außensteckdose abseits der Terrassentür klaffte ein paar Millimeter auf. Nicht richtig zugeklappt und deshalb nicht eingerastet, überlegte er und hakte die Beobachtung ab. Allerdings nahm er sich vor, Sylvias Bitte nach einer Einbruchsicherung nun endlich ernsthaft zu verfolgen.

Er wusch die Hände und verabschiedete sich, um in die Firma nach Ulm zurückzufahren. Seine junge Sekretärin sah ihm offenbar an, dass er Probleme hatte. »Alles in Ordnung?«, fragte sie mit erotischem Augenaufschlag, als er an ihr vorbei in seinem Büro verschwand.

»Alles bestens«, brummte er, während er hörte, wie sie ihm beim Schließen seiner Tür nachrief: »Ich hab Ihnen die Akte, die Sie gesucht haben, auf den Schreibtisch gelegt.«

Akte, durchzuckte es Sven. Er hatte schon gar nicht mehr daran gedacht. Er ließ sich in den gepolsterten Bürosessel fallen und blickte auf eine vergilbte grau-braune Akte, die offenbar aus den tiefsten Tiefen des Archivs herausgesucht worden war. Eine alte Personalakte, wie er unschwer erkannte. Erstaunlich, dass es sie noch gab. Aber sein Großvater und sein Vater waren beide pingelige Aktensammler gewesen – als hätten sie alles für die Familienchronik aufbewahren wollen. Dabei hatte heutzutage doch kein Firmenchef mehr Zeit für nostalgische Anwandlungen, dachte Sven. Ein Geschäftsführer musste entschlossen in die Zukunft schauen, damit auch die von morgen eines Tages stolz auf die von heute zurückblicken konnten, auch wenn denen das Gestern genau so egal war wie den Heutigen das Vergangene. Wirre Gedanken, riet er sich selbst zur Mäßigung und führte seine innere Unruhe auf die familiäre Belastung zurück.

Er nahm einen Schluck Wasser und schlug den kartonierten Aktendeckel wie ein wertvolles Artefakt aus historischen Zeiten auf. Es war eine Art Schnellhefter, der die mit Schreibmaschine verfassten Dokumente mit angerosteter Klammer zusammenhielt. Die Buchstaben waren offenbar mit unterschiedlicher Intensität angeschlagen worden. Zumindest deuteten die verschiedenen Schwarz- und Grauschattierungen der Schrift darauf hin. Oder das Farbband hätte längst ausgetauscht werden müssen, was Sven Temming eher für möglich hielt, weil unter seinem sparsamen Großvater solche Anschaffungen – und mochten sie noch so wenig gekostet haben – so weit wie möglich hinausgezögert wurden. So jedenfalls wurde noch heute kolportiert.

Sven überflog einige Zeilen, blätterte weiter, stieß auf dünne, pergamentartige Blätter, die offenbar Kopien von Originalen waren. Dunkel konnte er sich entsinnen, dass auf diese Weise einst mit den Schreibmaschinen mühsam Durchschläge von Briefen angefertigt wurden, indem man zwischen die einzelnen Papierschichten Kohlepapier legte.

Er überflog die wenigen Zeilen, bei denen es sich um Regelungen von Überstunden und Urlaub handelte. Schließlich entdeckte Sven Temming, was er suchte: die Einstellung von Barbara

Kauler, geboren am 27. Februar 1943 in Göppingen, wohnhaft in Süßen, einer Kleinstadt nur fünf Kilometer vom Wohnort seines Großvaters entfernt. Dazu ein vergilbtes Schwarz-Weiß-Passfoto, das eine junge Frau mit hellen Lockenhaaren und einem freundlichen Lächeln zeigte. Sie – so konnte es der Personalakte entnommen werden – war am 1. Juli 1965 als Haushaltshilfe eingestellt und am 18. Oktober 1968 bei der Sozialversicherung abgemeldet worden. Sven überlegte: Das war 13 Tage nach dem tödlichen Unfall von Siegfried. Temming blätterte vor und zurück. Aber eine Kündigung, von der seine Mutter gesprochen hatte, fand sich nicht.

Er machte sich Notizen und blätterte aufgeregt und neugierig weiter, doch es gab keine weiteren Einträge mehr. Dann schloss er die verstaubte Akte sorgfältig und legte sie in seinen Ablagekorb. Gleichzeitig drückte er eine Taste am Telefon, um direkt mit seiner Sekretärin im Vorzimmer verbunden zu werden. »Frau Yilmaz, könnten Sie bitte bei den beiden Tageszeitungen in Geislingen und Göppingen nachfragen, ob sie im Archiv etwas über einen tödlichen Verkehrsunfall mit Fahrerflucht im Oktober 1968 herausfinden?« Er lauschte kurz und beantwortete eine Frage seiner Sekretärin: »Ja, ich kann es eingrenzen. Zwischen dem 6. und 17. Oktober.« Wieder eine kurze Pause, dann fügte er an: »Sagen Sie denen, dass wir sämtliche Unkosten erstatten. Es sollte aber in den nächsten Tagen sein.« Er beendete das Gespräch und lehnte sich zurück. Jetzt wollte er alles ganz genau wissen.

28

Die beiden Männer, die in einem alten Haus in dem Filstal-Städtchen Süßen zusammensaßen, kannten sich seit zwei Jahren. Es war eine geschäftsmäßige Beziehung gewesen, durch die sie sich gefunden hatten. Der Ältere der beiden hatte nach langem Zögern das Haus, in dem er aufgewachsen war, zum Verkauf angeboten. Eine Zeitungsanzeige im Lokalblatt hatte ausgereicht – und schnell war ein Interessent gefunden. Obwohl sie vom Alter her immerhin mehr als zehn Jahre trennten, schienen sie auf derselben Wellenlänge zu liegen. Der bisherige Hausbesitzer, der lange Zeit allein gelebt hatte und sich als freischaffender Computerexperte ausgab, fühlte sich ebenso unabhängig wie der jüngere Käufer, der sich von dem alten und ziemlich windschiefen Fachwerkhaus in seinem künstlerischen Wirken inspirieren ließ.

Zwar hatte sich der Ältere nur schweren Herzens von dem Gebäude trennen können, doch ihm war mit Mitte 40 bei einer Gebirgswanderung eine geschiedene 33-jährige Tirolerin ins Auge gestochen: eine Lehrerin aus dem österreichischen Reutte, in die er sich Hals über Kopf verliebt hatte. Und weil das Mädel, wie er sie stolz und liebevoll zu nennen pflegte, im ehemaligen landwirtschaftlichen Anwesen der Eltern eine große Wohnung besaß, waren die beiden ziemlich schnell zusammengezogen. Der Mann hatte sein soziales Umfeld in der Heimat aufgegeben und sich völlig neu orientiert. Beruflich war dies relativ einfach gewesen, weil er als Informatiker seine Aufträge in der Fernwartung von Computersystemen ohnehin meist von daheim aus erledigen konnte. Außerdem umfasste sein Zuständigkeitsbereich den süddeutschen Raum und das angrenzende Ausland. Da bot es sich geradezu an, sich weiter südlich niederzulassen – knapp zwei Autostunden von seiner bisherigen Heimat entfernt.

Der Käufer seines Hauses behielt hingegen sein Dasein als Eigenbrötler und etwas schrulliger Schriftsteller bei. Was er genau schrieb und wovon er lebte, hatte der bisherige Besitzer des Hauses nicht in Erfahrung bringen können. Der Mann redete zwar gerne und viel, sagte dabei aber wenig Konkretes. Sie fanden sich jedoch sympathisch, weshalb sie sich nun alle paar Monate mal auf halber Wegstrecke – in Kempten oder Memmingen, aber auch wie heute in dem Fachwerkhaus in Süßen – auf ein Bier trafen und über Gott und die Welt plauderten, vorzugsweise über Sonja, die Lehrerin, auch wenn diese noch nie mitgekommen war. Seit einigen Wochen allerdings hatten sie ein weiteres Thema, das mittlerweile sämtliche Frauengeschichten in den Hintergrund rücken ließ.

»Mensch, Martin, du bist schon da! Und, wie war's«, hatte der neue Hausbesitzer seinen Gast gleich an der Haustür staunend und neugierig empfangen und ihn über die rahmenlose Brille hinweg gemustert. »Du siehst ja ziemlich unverbeult aus.«

»Das wär auch schlimm, wenn's nicht so wär«, hatte Martin entgegnet und war mit ins Wohnzimmer gegangen, in dem er sich jedes Mal sofort wieder heimisch fühlte. Irgendwie beschlich ihn hier das Gefühl, noch immer dazuzugehören, obwohl nun altes abgegriffenes Mobiliar die Räume beherrschte, ungebügelte Kleider herumlagen und auf Regalen diverse, meist alte elektronische Geräte standen. Durch die offen stehende Tür sah er, dass auch Stanek – wie er früher – in diesem Nebenraum Computer stehen hatte.

Der Gastgeber entkorkte zwei Flaschen Weizenbier und mühte sich damit ab, das wild schäumende Getränk in die Gläser zu gießen.

»Es war völlig unspektakulär, mein lieber Uli«, berichtete Martin weiter, strich die wild auf die Stirn hängenden blonden Haare beiseite und warf seine Freizeitjacke auf einen speckigen Ledersessel. »Ob er sich in die Hose gemacht hat, weiß ich natürlich nicht.«

Uli, der jetzt dort wohnte, wo Martin nahezu sein ganzes bisheriges Leben verbracht hatte, stellte die leeren Bierflaschen beiseite und prostete seinem Kumpel zu. »Auf uns und auf alles, was die Menschheit bewegt.«

Sie nahmen einen erfrischenden Schluck, obwohl das trübe nasskalte Herbstwetter keinen Anlass dafür gegeben hätte.

Uli wischte sich den Schaum mit dem Handrücken vom Mund: »Hast du schon darüber nachgedacht, wie man die Story sonst noch ›versilbern‹ könnte?«

Martin fuhr mit der flachen Hand über seinen Dreitagebart, als müsse er sein Gesicht massieren. »Mit dir geht der Schriftsteller durch. Du witterst eine große Story.«

»Quatsch«, wiegelte der Künstler ab. »Doch keine Story für irgendein Sensationsblatt. Wenn, dann ein großes Drehbuch für einen Anderthalbstundenfilm im Kino.« Er strich nachdenklich über seinen Schnauzbart, rückte die rahmenlose Brille zurecht und fügte mit einer weit ausholenden Handbewegung hinzu: »Ganz großes Kino, wenn du verstehst, was ich meine.«

Martin vermied es, seinen Kumpel auf den Boden der Realität zurückzuholen. Viel zu oft schon hatte Uli geglaubt, mit irgendeiner verrückten Idee endlich populär und vor allem reich zu werden.

»Wir müssen nur dranbleiben. Und ich sag dir, der Adam ist Gold wert«, schwärmte der Schriftsteller.

»Ich weiß nicht, ob ich das alles so will, Uli. Versteh mich bitte nicht falsch, aber mir kommt das alles so langsam ziemlich unheimlich vor.«

»Das ist es auch, Martin, das ist es. Deshalb sollten wir kühlen Kopf bewahren und eine klare Strategie entwickeln.«

Martin griff zu seinem Glas. »Irgendwann werden wir die Geister, die wir riefen, nicht mehr los.« Er nahm einen kräftigen Schluck Bier.

Uli grinste überheblich. »Aber ein paar von denen könnten wir schon noch rufen, was meinst du?«

29

Walter Temming war mit zitternden Knien vom Münsterturm gestiegen und wie in Trance zum Parkhaus gegangen. Für einen Moment hatte er mit sich gerungen, ob er gleich nach Hause fahren oder zur Beruhigung eine Stunde an der Donau spazieren gehen sollte. Dann aber rief er vom Smartphone aus seine Frau an, beruhigte sie, dass alles in Ordnung sei, und entschied, gleich heimzufahren, um ihr ausführlich zu berichten, was genau geschehen war. Denn natürlich war gar nichts in Ordnung. Von dem Schriftstück, das neben ihm auf dem Beifahrersitz lag, hatte sich jedes einzelne Wort tief in seine Seele gegraben. Morgen Abend auf dem Friedhof, am Grab von Siegfried. Er schielte auf das Schreiben und erfasste die letzte Zeile: »*… es ist mir nur möglich, mich Dir allein zu zeigen.*«

Was für eine seltsame Formulierung, schoss es Temming durch den Kopf. Dieser Irre, der dies geschrieben hatte, glaubte doch wohl nicht im Ernst, ihn mit Spuk- und Gespenstergeschichten beeindrucken zu können. Allerdings, so mahnte ihn seine innere Stimme, während er den Wagen auf der B 10 Richtung Albhochfläche beschleunigte, würde Gisela die Sache vermutlich anders sehen. Sie würde ihn an das seltsame Foto von gestern Abend erinnern.

Tatsächlich lag er mit dieser Einschätzung richtig. Gisela ließ sich bei einer Tasse Kaffee das Geschehen auf dem Münsterturm in allen Details schildern, las das Schreiben mehrere Male und sagte mit leiser Stimme: »Du wirst aber nicht auf den Friedhof gehen?« Es klang wie eine Frage, sollte aber eine inständige Bitte sein.

»Doch, ich werde hingehen«, gab er sich entschlossen. »Wir müssen dieses verdammte Katz-und-Maus-Spiel ein für allemal beenden.«

»Aber du gehst nicht allein«, erwiderte Gisela bestimmend. »Er könnte dich umbringen.«

»Wieso sollte er?«, zeigte sich Walter entrüstet. »Was hätte er davon? Im Übrigen«, er rang sich ein Lächeln ab, »können Gespenster niemanden töten.«

»Du solltest damit nicht spaßen«, mahnte Gisela, worauf er befürchtete, sie würde sofort mit ihren parapsychologischen Themen anfangen. »Wenn du willst, kann ich morgen Abend die anderen fragen, ob sie von Briefen aus dem Jenseits gehört haben.«

»Den Teufel wirst du tun«, fuhr Walter ihr über den Mund, um sich gleichzeitig insgeheim einzugestehen, dass der Teufel in diesem Fall vielleicht nicht der richtige Ansprechpartner sein würde. »Häng das bloß nicht an die große Glocke, worum ich dich bitte! Wir würden uns zum Gespött der ganzen Umgebung machen. Außerdem«, er nippte an der Kaffeetasse, »würden wir womöglich schlafende Hunde wecken. Sven hat mir gesagt, dass diese alte Betriebsratsvorsitzende hinter mir her ist.« Er versuchte, sich an ihren Namen zu erinnern. »Diese Fuchs, die schon meinen Vater drangsaliert hat.«

»Die Fuchs?« Gisela war der Name ein Begriff. »Was will die Alte denn?«

»Sie war wohl bei der Betriebsbesichtigung vorgestern dabei und hat gegenüber Sven kritisiert, dass ich nicht auch gekommen bin.«

»Hat sie gesagt, was sie von dir will?«

»Mit mir reden.« Walter legte die Stirn in Falten. »Angedeutet hat sie, dass ihr die Nachfolgeregelungen nie gepasst hätten.«

»Und damit kommt sie jetzt? Sag mal, das klingt doch alles sehr merkwürdig.«

Walter sah sie über seine Brille fragend an: »Wenn es stimmt, was du immer sagst, dass es gar keine Zufälle gibt, sondern dass alles seinen Sinn hat und seinen vorbestimmten Weg geht, dann ist dies in der Tat merkwürdig.«

»Aus diesem Grund darfst du morgen Abend nicht allein zum Friedhof gehen«, gab sich Gisela energisch.

»Ach hör doch auf«, wiegelte er ab. »Ich geh hin und bring die Sache in Ordnung. Und zwar allein.«

»Dann lass wenigstens Sven mitgehen.«

»Nein, lass ich nicht. Das alles ist allein meine Angelegenheit. Sven hat damit überhaupt nichts zu tun«, wurde er emotional. »Das geht ihn auch nichts an.«

»Aber Sven ist in die Sache involviert«, beharrte sie und berichtete von der toten schwarzen Katze und dem Kurzschluss im Keller. »Wieso sonst hat man ihm den Schlüsselanhänger geschickt und diese Botschaft, die auf Barbara bezogen ist?«

»Wir haben's mit einem Irren zu tun«, konstatierte Walter. »Einer, der mal obstruse Sachen über uns gelesen hat – was weiß ich, wo. Wahrscheinlich kursieren sogar im Internet irgendwelche abartigen Storys.«

»Nach 49 Jahren«, zweifelte Gisela. »Nach 49 Jahren eine obskure Geschichte im Internet! Das glaubst du ja selbst nicht.«

»Aber du glaubst, dass sich Gespenster des Internets bedienen«, hielt er ihr gereizt vor. »Komm doch bitte auf den Boden der Realität zurück.«

Nachdem Gisela nichts erwiderte, fügte er an: »Du wirst aber Sven nichts erzählen – von heute?«

Sie zögerte. »Warum denn nicht? Die Sache geht auch ihn an.«

»Sag mal, bist du wahnsinnig?«, zischte er und bekam einen hochroten Kopf. »Das ist einzig und allein meine Sache, verstehst du? Nur meine. Wir halten Sven absolut raus.«

Gisela hatte mit einer solchen Reaktion nicht gerechnet. Trotzdem riskierte sie eine vorsichtige Bemerkung: »Entschuldige, aber ein bisschen habe ich auch mitzureden. Denn ganz so allein deine Sache ist das auch nicht. Vergiss das nicht.«

30

Der vierjährige Felix spielte auf dem Boden des Wohnzimmers mit Lego-Bausteinen. Vermutlich sollte es ein Turm werden, dachte Vater Sven, während Sylvia sorgenvoll ihren Mann anblickte. »Und was haben die bei der Zeitung rausgefunden?«, wollte sie wissen, nachdem Sven von seinen Recherchen über Barbara berichtet hatte.

»Das ging unerwartet schnell«, erklärte er und nahm einen Schluck Rotwein, den er sich nach dem Nachtessen gönnte. »Wahrscheinlich hat meine Sekretärin mit dem Versprechen von ein paar Euros für die Kaffeekasse nachgeholfen«, grinste er und musste an die attraktive, junge türkischstämmige Sekretärin Nurcan Yilmaz denken, während er gleichzeitig das Gesicht von Haushälterin Olivia vor Augen hatte, deren heutige Abwesenheit ihm schmerzlich aufgefallen war. Für den Bruchteil einer Sekunde durchzuckte ihn die Angst, Sylvia könnte seine Gedanken erraten. Ohne sich etwas anmerken zu lassen, berichtete er, was er zu dem Unfall herausgefunden hatte: »Na ja, die Göppinger NWZ hat tatsächlich im Oktober 1968 über einen tödlichen Unfall berichtet, genauer gesagt am Mittwoch, den 16. Oktober. Der Unfall hatte sich zwei Tage zuvor, am späten Abend des 14. Oktobers ereignet, einem Montag.«

»Und das Opfer war die Barbara?«

»Steht natürlich so nicht in der Meldung. Aber es ist der einzige tödliche Unfall mit Fahrerflucht im besagten Zeitraum«, erklärte Sven. Weil er bemerkte, dass sich Felix offenbar für ihr Gespräch zu interessieren begann, riet er Sylvia: »Ich finde, es wird Zeit, dass du ihn ins Bett bringst.«

»Ich will aber noch nicht schlafen«, quengelte Felix und warf zornig einen Lego-Baustein im hohen Bogen durchs Zimmer.

»Jetzt reicht's«, fuhr Sylvia hoch. »Abmarsch, jetzt geht's ins Bett.«

Nach einigem Hin und Her und herzzerfetzendem Betteln für weitere fünf Minuten Lego-Spielen hatte es Sylvia endlich geschafft, den Bub in Richtung Badezimmer zu bugsieren. Sven bekam einen flüchtigen Gute-Nacht-Kuss, und sein Sohn entschwand säuerlich, gefolgt von Sylvia.

Eine halbe Stunde und ein Rotwein-Viertele später hörte Sven ihre Schritte in der Diele näherkommen. Müdigkeit und Alkohol hatten in seinem Kopf inzwischen ein wildes Gefühlskarussell verursacht. Eigentlich war es für einen Mann ein gutes Gefühl, gleich von zwei jungen Frauen umworben zu werden. Nurcan Yilmaz geizte, was die Kleidung anbelangte, nicht mit ihren weiblichen Reizen – ohne sie jedoch allzu aufdringlich zur Schau zu stellen. Ihr erotischer Blick freilich und ihr charmanter Tonfall waren durchaus dazu angetan, ihn bisweilen emotional aufzuwühlen. Allerdings war er darauf bedacht, ihr dies nicht zu zeigen. Anders war dies bei Olivia, die schon damals, vor zwei Jahren, von seinem Vater als Haushaltshilfe für die Schwiegertochter eingestellt worden war. Die junge Polin war schließlich keine Sekretärin, die in einem Vorzimmer saß, sondern hatte einen gewissen Familienanschluss. Auch gab es hier im Haus nicht die vornehme Distanz, wie sie in Firmen zwischen Chef und Untergebenen zumindest vordergründig gepflegt wurde.

Olivia, so resümierte Sven in diesem Augenblick, war ganz anders als Nurcan. Im Gegensatz zu dem oft extravaganten Auftreten der 23-jährigen Türkin, die ihre schwarzen Haare lang trug und hochhackige Schuhe bevorzugte, war die gleichaltrige Polin Olivia viel herzlicher und wirkte weniger distanziert. Hier, daheim, spürte er eine angenehme Nähe zu dieser jungen Frau, die ihn von Anfang an auf unerklärliche Weise verzauberte und neuerdings sogar atemlos machte. Allerdings achteten sie beide darauf, dass Sylvia nichts davon mitbekam.

Die Türkin in seinem Büro-Vorzimmer konnte mit ihrer aufreizenden Kleidung seinen Hormonhaushalt zwar auch ganz schön durcheinanderwirbeln – aber Olivia schaffte es, ihn zusätzlich mental in ihren Bann zu ziehen. Zur täglichen Hausarbeit und zur Beaufsichtigung des kleinen Felix konnte sie sich nicht so verführerisch herrichten wie seine Chefsekretärin. Ihre blonden Haare waren meist zu einem Pferdeschwanz gebunden – und gleich in den ersten Wochen hatte Sven darüber gestaunt, wie unbefangen diese junge Frau es trotz der Hausarbeit verstand, ihr Äußeres hervorzuheben. So sehr sogar, dass sie im Sommer meist mit kurzen Jeans zur Arbeit erschien.

Sylvia war diese Anmache, wie sie es einmal gegenüber Sven abschätzig ausgedrückt hatte, zuwider gewesen. Nur mit Mühe konnte er seine Frau davon abhalten, der Hausangestellten eine Kleidervorschrift zu machen. Sylvia neigte zu einer notorischen Eifersucht und war stets angesäuert, wenn sie auch nur den Verdacht witterte, eine besser aussehende Konkurrentin könnte im Spiel sein.

Sven wusste dies nur allzu gut. Deshalb musste er vorsichtig sein.

Als sie sich zu ihm setzte, riss ihn deshalb ihre Frage aus all diesen Gedanken: »Und was sagt uns das nun alles?«, wollte sie wissen. Er war kurz abwesend gewesen, wusste jedoch sofort wieder, dass seine Frau nur an das vorausgegangene Gespräch über den Zeitungsbericht zu dem Unfall anknüpfte.

»Nicht viel mehr, als dass wir schwarz auf weiß haben, was damals geschehen ist. Und die Personalakten von uns belegen, dass Barbara bei meinem Großvater als Haushaltshilfe angestellt war und am 18. Oktober, also vier Tage nach dem Unfall, wegen Todes von der Sozialversicherung abgemeldet wurde.« Dass es in den Akten keine Kündigung gab, verschwieg er.

»Mein Gott, das ist ewig her. Wer soll das alles noch so genau wissen?« Sylvia hatte sich in einen Sessel gesetzt.

»Das ist der Knackpunkt, Sylvia. Aber nicht nur das. Die weitaus wichtigere Frage ist doch, was da jemand mit diesem Wissen bezwecken will.«

»Und vor allem: mit welchem Wissen?«, hakte Sylvia nach.

»Na ja«, überlegte Sven, »mit dem Wissen, was an jenem 5. Oktober 1968 tatsächlich geschehen ist.«

»Tatsächlich geschehen ist?«

»Na ja, um es unter uns zu sagen«, er hatte lange überlegt, ob er es aussprechen sollte, aber Sylvia durfte ruhig wissen, was er darüber dachte, »Mord verjährt nicht.«

Sylvia stockte der Atem. Die eingetretene Stille währte nur einen Wimpernschlag lang. Kaum hatte Sven ausgesprochen, krachte irgendwo etwas gegen Holz. Draußen in der Diele oder irgendwo anders. Nur kurz, aber so laut, dass sie beide aufschreckten und sich im abgedimmten Licht der Wohnzimmerlampe angsterfüllt anstarrten. »Felix?«, entfuhr es Sylvia nach dieser kurzen Schrecksekunde. Sie sprang aus ihrem Sessel, eilte in die Diele, knipste das Licht an und rief die Treppe nach oben: »Felix? Felix?« Der Bub stand im Schlafanzug am oberen Ende der Treppe und sah panisch zu ihnen herab.

»Was ist passiert?«, wollte er mit schwacher Stimme wissen. Sylvia eilte zu ihm hoch, um ihn zu beruhigen. Unterdessen hatte Sven den Hausschlüssel geholt, um die massive hölzerne Haustür vorsichtig zu öffnen. Ihm war es, als sei der Schlag von außen gegen sie gerichtet gewesen. Er knipste das Hoflicht an und ließ die Tür zentimeterweise nach innen schwenken. Dabei gab es kratzende Gräusche, die sich so anhörten, als rutsche etwas an dem Holz entlang. Deshalb hielt er kurz inne, riskierte einen Blick durch den schmalen Spalt, den die Tür geöffnet hielt – und war geschockt: Was da ins Innere des Hauses zu fallen drohte, war ein Gegenstand aus Metall.

Inzwischen war Sylvia mit Felix vorsichtig nähergekommen. »Ist da was?«

Sven, dessen ganze Konzentration dem Gesehenen galt, deutete mit einer nach hinten gerichteten Handbewegung an, dass sie fernbleiben solle. Dann ließ er langsam die Tür weiter aufschwenken, worauf der Gegenstand klappernd und scheppernd auf den gefliesten Vorplatz fiel – ein altes Fahrrad.

31

Walter Temming hatte sich genervt in sein Büro zurückgezogen. Gisela war äußerst aufgekratzt und entschlossen, Sven um Hilfe zu bitten. Doch Walter hatte ihr dies strikt untersagt.

Als Temming nach dem ziemlich schweigsamen Abendessen neben seiner Frau im Bett lag – und eigentlich gar nicht müde war –, hing er seinen Gedanken nach. Viel zu sehr hatte ihn der heutige Tag mitgenommen, und viel zu sehr beschäftigten ihn die Zweifel und Argumente von Gisela. Nur zugeben wollte er es nicht.

»Vielleicht wäre es besser, du nimmst morgen Abend einen Securitydienst in Anspruch«, sagte sie plötzlich in die Nacht hinein. Er hatte das Licht längst gelöscht.

»Securitydienst? Einen Personenschützer?«, erwiderte er mit einem Unterton, der ahnen ließ, wie abwegig er diesen Vorschlag hielt.

»Ja, die werden dich unauffällig beschützen.«

»Beschützen! Ich brauch keinen Beschützer. Außerdem behauptet der Schreiber, er könne sich nur zeigen, wenn ich allein bin.«

»Aha«, keifte Gisela. »Jetzt glaubst du also auch an Spuk!«

»Quatsch doch nicht rum«, fuhr er ihr über den Mund. »Ich will das nur nicht vermasseln. Ich will endlich wissen, was hinter dem ganzen Theater steckt.«

»Und wenn er doch auftaucht?«

»Siegfried?«, fragte er hämisch. »Natürlich Siegfried. Mein Bruder. Er wird zwischen den Grabsteinen stehen und mit mir reden wollen. Auferstanden von den Toten. Sag mal, für wie dumm hältst du mich eigentlich? Oder sind das die Auswüchse deines Gespenster-Gesprächskreises?«

»Also bitte, Walter!« Sie war hörbar beleidigt. »Wie oft soll ich dir noch sagen, dass wir uns ernsthaft mit unerklärlichen Phänomenen beschäftigen. Das hat mit Gespensterjagd aber auch gar nichts zu tun.«

Er räusperte sich. Eine Antwort ging im schrillen Ton des Telefons unter, das in der Ladeschale in der Diele steckte.

Temming brummte etwas Unverständliches, um sich seine Verwunderung über den späten Anruf nicht anmerken zu lassen, und knipste die Nachttischlampe an. Sein Blick fiel auf die Uhr: 23.47 Uhr. »Was soll das denn?«, entfuhr es ihm, während sich der Ton unablässig wiederholte.

Giselas Stimme bebte: »Es wird doch nichts passiert sein.«

Walter ging barfuß zur Diele, nahm das lärmende Mobilteil aus der Schale und blickte aufs Display. 040 – eine Hamburger Nummer.

Zögernd drückte er die grüne Taste und führte das Gerät ans Ohr, um das Gespräch anzunehmen. Doch sein kurzes »Hallo« wurde von einer unpersönlichen Frauenstimme unterbrochen: »Beim nächsten Ton ist es 23.48 Uhr und zehn Sekunden.« Piep.

Walter lauschte verblüfft dem nächsten Ansage-Intervall. Die automatische Zeitansage? Über eine Hamburger Nummer?

»Wer ist denn dran?«, hörte er die aufgeregte Stimme seiner Frau aus dem Schlafzimmer.

Er drückte das Gespräch weg und erwiderte mit trockener Kehle: »Die Zeitansage.« Seine Hand zitterte, als er das Gerät in die Ladeschale zurücksteckte.

»Zeitansage?«, wiederholte seine Frau ungläubig.

»Ja, Zeitansage. Automatisch.« Er legte sich wieder ins Bett.

»Uns ruft die Zeitansage an?«, konnte Gisela das Gesagte nicht glauben.

»Wie ich sagte, ja. Zeitansage. Aus Hamburg.«

»Aus Hamburg? Zeitansage?«

»Ich versteh das auch nicht«, erwiderte er und knipste das Licht aus. An Schlafen war aber nicht zu denken, hatte er doch geglaubt, die telefonische Zeitansage sei längst überflüssig geworden. Außerdem war das doch früher eine ganz andere Nummer gewesen, keine mit einer Ortsvorwahl. Er hatte sich diese eingeprägt: Hamburg 42 89 90 …

32

Sven Temming kämpfte mit Kopfschmerzen. Er war müde und konnte sich trotz des starken Kaffees, den ihm Sekretärin Nurcan Yilmaz gebracht hatte, auf überhaupt nichts konzentrieren. Natürlich hatte seine Mutter mittlerweile heimlich bei Sylvia angerufen und ihr berichtet, was Walter heute Abend auf dem Friedhof vorhatte.

Der Versuch, seinen Vater während eines kurzen Telefonats

davon zu überzeugen, ihn heute Abend dorthin begleiten zu dürfen, war in einen heftigen Wortwechsel gemündet. Der alte Herr hatte eben einen Dickschädel und sich gleich lautstark darüber aufgeregt, dass Gisela hinter seinem Rücken die Schwiegertochter informiert hatte. Nein, er wolle das Problem alleine lösen, hatte er losgepoltert.

Aber ganz so einfach war die Angelegenheit nicht, grübelte Temming schon seit gestern über das bisher Geschehene nach. Schließlich konnte im schlimmsten Fall das Ansehen der Firma auf dem Spiel stehen. Außerdem brachte sich sein Vater möglicherweise in Lebensgefahr. Kaum hatte er dies gedacht, durchzuckte ihn ein Gedanke. Wie hatte sein Vater den Mann beschrieben, der auf dem Münsterturm gewesen war? Mittleres Alter, ein bisschen ungepflegt, blond. Es traf ihn wie ein Blitz aus heiterem Himmel. Ihn überkam ein Gefühl, das ihn erschaudern ließ. Sein Puls stieg ins Unermessliche, es war ihm, als schnüre ihm etwas den Hals zu.

Ausgerechnet jetzt, wenn jeden Moment Mulzenbach auftauchen würde, der Leiter jenes Teams, in dem Adam Jarowski seit Monaten für Unruhe sorgte. Und dieses Problem war noch lange nicht ausgestanden, stellte Temming bei einem flüchtigen Blick auf die Personalakte fest, die ihm seine flotte Sekretärin Nurcan Yilmaz mit vielsagendem Augenaufschlag bereitgelegt hatte.

Wie sollte er sich aber auf Personalgezerfe konzentrieren? Doch trotz der inneren Unruhe wollte er den Gesprächstermin nicht platzen lassen. Er versuchte, das eine Problem gedanklich zu verdrängen, um sich dem anstehenden Termin zu widmen. Dabei spürte er wieder einmal, dass er nicht der abgebrühte Manager war, der völlig emotionslos einen Sachverhalt nach dem anderen würde abhaken können. Dazu war er einfach nicht der Typ. Auch wenn er dies nach außen nicht zeigen durfte. Bloß keine Schwäche erkennen lassen, hämmerte ihm sein Gehirn in solchen Fällen ein. Kante zeigen – egal, welche Folgen dies nach sich zog. Er war hier der Chef. Und solange ihm sein übermächtiger Vater im Nacken saß, blieb ihm nichts anderes übrig, als eine klare Linie durchzuziehen. Und genau so würde er mit diesem Adam Jarowski verfahren. Sollten sich doch die Juristen mit der Angelegenheit befassen. Störenfriede konnte er nicht gebrauchen. Und außerdem wollte er einen Präzedenzfall schaffen: Wer nicht spurt, fliegt raus. So wurde landauf, landab in den Betrieben vorgegangen. Warum sollte er sich diesem Trend nicht anschließen? Solange er nach außen den erfolgreichen Unternehmer mimen konnte, der reichlich Arbeitsplätze bot und bisweilen sogar nach den geschickt kleingerechneten Gewinnen der Kommune ein paar Euro Gewerbesteuer bescherte, würde es kaum jemand wagen, ihn ernsthaft anzugreifen. Natürlich gab es den Betriebsrat und ein paar übereifrige Gewerkschaftsfunktionäre. Denen aber hatte die Politik in den vergangenen beiden Jahrzehnten ohnehin die Flügel gestutzt, zumal die kernigen Typen fehlten, vor denen sich sein Vater manchmal tatsächlich gefürchtet hatte. Wortgewaltige Gewerkschafter hatten einstens die Massen mobilisiert, ohne vor der Regierung einzuknicken, wie es dann aber glücklicherweise die rot-grüne Schröder-Ära radikal geändert hatte, dachte Temming. Als Unternehmer konnte er sich darüber freuen, dass die Gewerkschaften plötzlich kampflos aufgegeben hatten, wofür ganze Arbeitergenerationen zuvor auf die Barrikaden gegangen waren. Aber ob dies langfristig gesellschaftspolitisch ohne Folgen blieb, wagte Temming angesichts der Wahlergebnisse der jüngsten Zeit zu bezweifeln.

Tief in solche Gedanken versunken, meldete sich im Lautsprecher seiner digitalen Telefonanlage die Stimme der Sekretärin und kündigte den Besucher an. Augenblicke später stand Marcel Mulzenbach vor ihm, ein stattlicher Mann, Mitte 40, Krawattenträger, gegeltes Haar, vor Selbstbewusstsein strotzend. Temming bot ihm nach der Begrüßung einen Platz am Besprechungstisch an und legte die Personalakte von Adam Jarowski auf den Tisch. »Ich denke, wir können's kurz machen«, ließ Temming sofort erkennen, dass er nicht gewillt sein würde, viel Zeit zu opfern.

Mulzenbach umklammerte mit beiden Händen die Armlehne des gepolsterten Stuhles. »Die Kollegen sind auch der Auffassung, dass es im Interesse des Betriebsklimas unumgänglich ist, eine Lösung zu finden«, sagte er ruhig.

Temming nickte zufrieden. »Ein gewisser Grad an Loyalität gegenüber dem Unternehmen darf erwartet werden. Jeder kann seine eigenen politischen Ansichten haben, das ist völlig legitim, aber bei allem, was wir über Herrn Jarowski in Erfahrung gebracht haben, kann von geschäftsschädigendem Verhalten ausgegangen werden.« Temming hatte sich diese Formulierung wohl überlegt, denn allzu leicht könnten gewiefte Juristen ihm Verstöße gegen datenschutzrechtliche Bestimmungen vorwerfen. Niemand brauchte deshalb zu wissen, dass die IT-Abteilung seit Monaten den E-Mail-Verkehr von Jarowski überwachte. Der war allerdings auch so unvorsichtig gewesen und hatte sich private Mails ins Büro schicken lassen, in denen klar seine geradezu militante ablehnende Haltung gegenüber den umstrittenen Handelsabkommen TTIP mit den USA und Ceta mit Kanada zum Ausdruck gekommen war. Von beiden freilich erwarteten die Unternehmen landauf, landab positive Auswirkungen.

»Wenn Sie als Teamleiter auch zu der Einschätzung stehen, dass Herr Jarowski ein – sagen wir mal – Unruhestifter ist und für innerbetrieblichen Unfrieden sorgt, also ein Risikofaktor ist, wird dies unsere Argumentation gegenüber dem Betriebsrat bekräftigen«, erklärte Temming langsam und blätterte beiläufig in der Akte.

»Man darf ihn nur nicht unterschätzen«, dämpfte Mulzenbach den Optimismus seines Chefs, mit dem sich seit Langem ein distanziertes Vertrauensverhältnis anbahnte. »Er ist keiner von der Sorte, der nur herumproletet. Meiner Meinung nach ist er persönlich sehr gut vernetzt.«

»Vernetzt?«, zuckte Temming zusammen und schob den Aktenordner beiseite. »Sie meinen, er könnte uns Schaden zufügen?«

»Das ist schwer zu sagen«, erwiderte Mulzenbach ruhig. »Es kommt darauf an, was er weiß.«

Temming schluckte. »Wie … wie darf ich das verstehen?«

»Nun ja, er ist zwar nur ein Mitarbeiter im zweiten und dritten Glied, wenn ich das mal so bezeichnen darf. Mit sensiblen Daten kommt er ganz sicher nicht in Berührung. Aber es müssen ja nicht unbedingt die großen Betriebsgeheimnisse sein, die Schaden anrichten können. Manchmal leidet der Ruf eines Unternehmens unter banalen Dingen.«

Temming wollte nicht weiter nachhaken. Nicht heute – und schon gar nicht in seinem momentanen psychischen Zustand. Er würde Mulzenbach zu einem vertraulichen Gespräch außerhalb der Firma bitten.

33

Walter Temming war wütend. Dass seine Frau hinter seinem Rücken der Schwiegertochter von dem Treffen auf dem Friedhof erzählt hatte, empfand er als Vertrauensbruch. Und nun hatte ihn Sven sogar dazu überreden wollen, ihn zu begleiten. Das kam überhaupt nicht infrage. Das Telefonat hatte ihn gleich nach dem Frühstück tief getroffen. Und dies nach einer Nacht, in der er kaum ein Auge zugetan hatte. Und wenn er dann doch für kurze Zeit eingeschlafen war, hatten ihn Albträume geplagt.

Nur beiläufig und mürrisch nahm er Giselas Hinweis zur Kenntnis, dass heute im Dachgeschoss ein neues Fenster eingebaut werde. Seine Gedanken drehten sich um etwas ganz anderes – um den alten Revolver, der ihm seit der gestrigen Nacht nicht mehr aus dem Sinn gehen wollte. Aber ohne ihn jemals ausprobiert zu haben, würde er ihn heute Abend nicht mitnehmen können. Ganz abgesehen davon, dass der Revolver viel zu klobig und schwer war. Möglicherweise wäre es viel zu gefährlich, damit einen Schuss abzufeuern. Er kannte sich zwar mit Waffen aus und wusste, dass sich der Revolver mit dem kleinen aufgesetzten Zielfernrohr für die Jagd eignete. Im schlimmsten Fall würde es aber den Revolver, weil er alt und vielleicht eingerostet war, mit der alten Munition in Tausend Stücke zerfetzen, mahnte ihn seine innere Stimme. Wie sollte er aber heimlich diesen Revolver aus dem Kellerversteck holen? Gisela wäre sofort misstrauisch, wenn er erneut in den geheimen Räumen im Untergeschoss etwas suchen würde.

»Hast du dir's überlegt wegen heute Abend?«, holte ihn ihre Stimme in die Realität zurück.

»Überlegt?«, echote er verlegen. »Was soll ich mir da überlegt haben? Ich geh hin und fertig.« Er tat so, als würde ihn der Termin überhaupt nicht beschäftigen.

»Sven würde sicher mitgehen.«

»Hör doch auf, Gisela«, wurde er laut und ärgerlich. »Ich brauch da niemanden. Wenn mich einer umbringen will, hätt's der längst getan. Dazu muss man kein solches Affentheater veranstalten.«

»Affentheater nennst du das?« Gisela sah ihn über den Tisch hinweg verständnislos an. »Affentheater«, wiederholte sie. »Wie oft soll ich dir noch sagen, dass da jemand ganz genau über sehr vieles Bescheid weiß.«

»Von Gerüchten und dummem Geschwätz, das fast ein halbes Jahrhundert zurückliegt«, gab er angewidert zurück.

»Dann geh ich mit«, entschied sie energisch.

»Du? Du willst – was?«

»Mitgehen. Zumindest bleib ich in deiner Nähe.«

»Kommt gar nicht infrage«, gab er sich kompromisslos. »Du gehst zu deiner Gespensterstunde mit deinen Frauen – und ich erledige das. Allein und ohne Aufsehen. Hast du mich verstanden?« Weil sie beleidigt schwieg, stellte er unmissverständlich klar: »Und dass du mir denen ja nichts von dieser Sache erzählst. Haben wir uns verstanden? Keine Spukgeschichten!« Er erhob sich vom Tisch und bekräftigte: »Das ist allein meine ureigenste Angelegenheit. Das geht niemanden etwas an. Niemanden. Auch Sven nicht«, wetterte er und verließ den Raum in Richtung seines Büros. Dort ließ er sich in den Schreibtischsessel fallen und schloss für einen Moment die Augen. Der Revolver. Wieder jagte dieser Gedanke durch seinen Kopf. Wenn's doch gefährlich wird? Wenn Gisela recht hatte? War es ein Hinterhalt, in den er auf dem Friedhof gelockt werden sollte? Oder gab es doch etwas Parapsychologisches, das nicht wirklich existierte, sondern sich seiner Seele bemächtigte? Quatsch, stemmte er sich mit der ganzen Gewalt seiner Vernunft dagegen. Ich brauch keine Hilfe, nein, das war doch sicher irgendein Unsinn, den da irgendein Irrer eingefädelt hatte. Ein Irrer? Aber waren nicht gerade Irre gefährlich? Traumatisierte Psychos? Oder doch ein unerklärliches Phänomen? Dann würde auch kein Revolver helfen. Gespenster ließen sich nicht erschießen. Quatsch, Quatsch, Quatsch – er wehrte sich gegen die wilden Gedanken, die in seinem Kopf ein Chaos anrichteten. Wenn er nicht aufpasste, würde dieser Irre doch sein Ziel erreichen – ihn psychisch mürbe zu machen. Nein, das durfte er nicht zulassen, mahnte Walters innere Stimme, während er seine Augen öffnete und mit der Computermaus sein E-Mail-Programm anklickte. Auf dem Monitor erschien eine lange Auflistung, auf der die halbfett hervorgehobenen Absender auf viel Spam schließen ließen. Der Schrott, der sich jeden Tag im Postfach anhäufte, nahm ständig zu. Walter Temming überflog die Mails flüchtig, klickte die meisten sofort in den Papierkorb – bis ihn ein Absender alarmierte: ›Post mortem‹. Wie vorgestern. Für zwei, drei Sekunden blieben seine Augen an diesem Wort hängen. Er spürte, wie sein Blutdruck förmlich in die Höhe schnellte. Dann ein kurzer Blick zur Tür, ob sie eingerastet war und ihm seine Frau nicht unbemerkt über die Schultern sehen konnte. Sein Zeigefinger zitterte, als er mit der linken Maustaste die E-Mail anklickte. Sofort öffnete sich das Dokument, das nur aus ein paar Zeilen bestand: *»Guten Tag, mein lieber Bruder Walter. Sei nicht beunruhigt. Es wird dir heute Abend nichts geschehen – vorausgesetzt, du kommst alleine. Ich möchte nur mit dir reden, an meinem Grab. Um 23 Uhr, vergiss es nicht.«*

Temming überflog die Zeilen ein weiteres Mal, um auch wirklich zu begreifen, was da stand. »Es wird dir heute Abend nichts geschehen«, erschien ihm als die wichtigste Aussage. »Nichts geschehen«, hämmerte es in seinem Kopf. »Heute Abend wird dir nichts geschehen«, mahnte seine innere Stimme. Heute Abend – und dann? Konnte er dem anonymen E-Mail-Schreiber trauen? Er lehnte sich zurück und atmete tief durch. Die Schrift auf dem Monitor begann vor den dicken Brillengläsern zu flimmern. Seine Fantasie spulte innerhalb von Sekunden ein wildes Szenario ab: stockfinstre Nacht auf dem Friedhof, zwischen den Grabsteinen eine dunkle Gestalt. Siegfried? Quatsch, verdrängte er solche Gedanken. Natürlich nicht. Und der Revolver? Verdammt, warum dachte er immer an diese verdammte Waffe? War es ein Warnsignal des Unterbewusstseins? Wie in Trance drückte er die E-Mail weg, atmete noch einmal tief durch und fasste einen Entschluss.

Er musste sich die Situation auf dem Friedhof bei Tageslicht anschauen. Vielleicht gab es doch eine Möglichkeit, sich in irgendeiner Weise abzusichern. Dazu brauchte er aber weder seinen Sohn Sven noch jemand anderes. Er musste die Angelegenheit ganz alleine regeln. Ohne Aufsehen.

Temming erhob sich, verließ sein Büro und erklärte seiner Frau, dass er im benachbarten Geislingen etwas erledigen müsse. Auf ihre Nachfrage, worum es sich handle, murmelte er etwas Unverständliches, schnappte seine Jacke und verschwand aus dem Haus.

20 Minuten später hatte er das alltägliche Verkehrsgewühl in der reichlich ampelbestückten Kleinstadt Geislingen hinter sich gebracht und den Friedhof am Stadtrand, direkt an der stark befahrenen B 10, erreicht. Er stellte den schwarzen BMW X3 auf dem Parkplatz zwischen den beiden Friedhofsteilen ab und behielt beim Aussteigen die sonnenbeschienene Umgebung im Auge. Ein schöner Herbsttag, feucht und kühl. An den Hängen mit den bunt verfärbten Laubbäumen waberte noch der Morgennebel. Es roch nach abgestorbenen Blättern, vermischt mit Autoabgasen.

Temming ging durch das Tor des ersten Friedhofbereichs und kämpfte gegen das Gefühl, beobachtet zu werden. Auch das war Unsinn, versuchte er sich selbst zu beruhigen. Es ist helllichter Tag. Er sah rechts zwischen den Grabsteinen einen Gärtner, weiter vorne waren offenbar Mitarbeiter des städtischen Bauhofs damit beschäftigt, Laub zusammenzukehren. Bald war Allerheiligen, und die Angehörigen würden zum Gedenken an die Verstorbenen zu den Gräbern kommen.

Die Straub'sche Grabkapelle, auch Mausoleum genannt, erhob sich mit ihrer markanten Architektur über den inzwischen nahezu kahlen Bäumen.

Temming näherte sich bewusst langsam dem Familiengrab und ließ seinen Blick unauffällig über die Grabsteine streifen, auf denen der nächtliche Tau kleine Rinnsale gebildet hatte, die wie Tränen aufs Erdreich tropften. Hier gab es genügend Verstecke, besonders in der Nacht. Und Lampen? Gab es hier eigentlich Lampen?, überlegte Temming und sah sich um. Nein, ein Friedhof war nachts unbeleuchtet. Allenfalls von einer kleinen Straße her, die hinter Mauer und Heckenbewuchs durch den kleinen Stadtteil Rorgensteig führte, würde es vermutlich diffuses Licht geben. Temming entschied deshalb, heute Abend eine starke Taschenlampe mitzunehmen. Das Familiengrab, das als Treffpunkt angegeben war, grenzte direkt an die Umgebungsmauer, sodass er zumindest eine gewisse Rückendeckung haben würde, wenn er auf den Unbekannten wartete. Dennoch, so schien es Temming, konnte der Fluchtweg abgeschnitten sein. Er prägte sich die Umgebung ein, deren Details er nie zuvor so genau wahrgenommen hatte. Für einen Moment spielte er mit dem Gedanken, eine kleine Nachtsicht-Videokamera zu verstecken, wie es sie in den Elektronikmärkten günstig zu kaufen gab. Er könnte sie heimlich auf einem der benachbarten Grabsteine anbringen. Was aber, wenn der Unbekannte schon jetzt den Friedhof beobachtete?

Temmings Blick traf auf einen dieser Bauhofmitarbeiter, der ihn aus der Entfernung von fünf Grabreihen anstarrte. Oder hatte der Mann nur eine kurze Pause eingelegt und rein zufällig in diese Richtung geschaut? Und der Gärtner? Auch der hatte den Kopf gehoben. Alles Unsinn, redete sich Temming ein, alles Quatsch. Er hatte jedoch ein paar Sekunden zu lange nur in diese eine Richtung geblickt, denn eine dröhnende Männerstimme hinter ihm hätte ihm beinahe einen Herzstillstand beschert. »Der Herr Temming schon wieder auf dem Friedhof«, es klang hämisch und ironisch gleichermaßen.

Temming fuhr herum und fühlte sich im Schatten einer mächtigen schwarz gekleideten Männergestalt. Dem Schock folgte Erleichterung, als er realisierte, um wen es sich handelte: um seinen Jugendfreund Peter Leichtle, dem er erst vorgestern begegnet war. Natürlich kein Zufall, schließlich war Leichtle oft genug berufsmäßig als Bestatter hier. »Jetzt hätt' dich beinahe der Schlag getroffen«, grinste Leichtle. »Aber bei mir wärst du ja in guten Händen.« Es war Leichtles ureigenster Humor, den Temming zur Genüge kannte.

»So kann man sich seine Kundschaft natürlich auch besorgen«, gab er deshalb genauso spontan zurück und schüttelte seinem alten Freund die wulstige Hand.

Leichtle hatte mit einem kurzen Blick auf den Grabstein das Todesdatum von Walters Bruder Siegfried erfasst. »Wird nächstes

Jahr auch schon 50 Jahre«, gab er sich einfühlsam. »Mein Gott, Walter, sind wir schon so alt?« Leichtle hatte den damals gestorbenen Siegfried auch gekannt. »Der wär' sicher ein ganz großer Naturwissenschaftler geworden«, sinnierte er weiter.

»Talent dafür hatte er, ja«, erwiderte Walter schmallippig und sah ebenfalls auf die schmiedeeiserne Inschrift des Grabsteins.

»Aber du hast das mit der Firma auch ganz gut hingekriegt«, bekräftigte Leichtle. »Und dein Sohnemann hat wohl mittlerweile alles im Griff.«

»Ich kann nicht klagen«, sagte Temming, sah zu dem wohlbeleibten Leichtle auf und hatte dessen markantes Doppelkinn direkt vor Augen.

»Was treibt dich eigentlich alle paar Tage hierher?«, ließ Leichtle seiner Neugier freien Lauf. »Manchmal seh ich dich hier jahrelang nicht – und jetzt innerhalb von zwei Tagen schon wieder.«

Temming hatte mit dieser Frage nicht gerechnet. Sein kurzes Zögern verriet Unsicherheit. »Ich komm öfters mal vorbei«, sagte er verlegen, weil ihm keine Ausrede einfiel. »Aber du wirst auch nicht alle Tage hier sein.«

»Ich kann mir's nicht raussuchen«, meinte Leichtle und grinste übers ganze Gesicht. »Unser Geschäft ist nie kalkulierbar. Dafür sind wir nicht konjunkturabhängig.«

Temming war es jetzt nicht nach ironischen Bemerkungen, weshalb er sich bückte und zwischen der Herbstbepflanzung des Grabes Unkraut zupfte.

»Sag mal, Walter«, hörte er hinter sich Leichtle spotten, »glaubst du, dass du deinem Bruder noch etwas Gutes tust, wenn du diesen Löwenzahn rausreißt?«

Temming hielt kurz inne und drehte sich in der Hocke zu Leichtle, dessen stattlicher Bauch aus dieser Perspektive irgendwie drohend wirkte. »Warum soll ich Siegfried nichts Gutes tun? Ich ehre sein Andenken.«

Leichtle trat einen Schritt zurück, während sich Temming erhob, um wenigstens einigermaßen auf Augenhöhe zu bleiben. »Er war mein Bruder, vergiss das nicht. Erinnerst du dich? Damals, als wir zu dritt mit deinem Leichenwagen, dem alten VW-Bus, nach Süditalien gefahren sind, um einen toten Italiener in sein Bergdorf zu überführen?«

»Ja klar, natürlich.« Sie waren junge Kerle gewesen und hatten sich beim Fahren abgewechselt. Leichtle, der damals bereits ins Bestattungsgeschäft seines Vaters eingestiegen war, hatte hin und wieder Helfer gesucht, wenn lange Fahrten anstanden. Es war die Zeit der vielen Gastarbeiter aus Italien, Spanien und Jugoslawien gewesen, später auch aus der Türkei. Kam es zu einem Todesfall, wurden die Verstorbenen meist in ihre Heimatorte überführt.

»Ja«, sinnierte Leichtle mit einem Anflug von Melancholie. »Das waren verrückte Zeiten. Leider merkt man erst hinterher, wie schön etwas war.«

»Unbeschwert und jugendlich halt«, stimmte Temming zu. »Und Zeit hat irgendwie keine Rolle gespielt.«

»Die Zeit, mein lieber Freund, vergeht immer schneller, je älter man wird. Ich hab manchmal den Eindruck, sie rennt mir davon.«

»Hat mein Vater auch immer gesagt – und ich hab ihn belächelt. Aber es ist wirklich so. Irgendwann kriegt man Angst, etwas zu versäumen.«

Leichtle nickte. »Und manche rennen ein Leben lang dem Geld hinterher und merken gar nicht, wie die Zeit verrinnt.«

»Oder sie wollen prominent und berühmt werden.«

»Weil dir die Medien heutzutage vorgaukeln, dass nur zählt, wer's zu gesellschaftlichem Ansehen gebracht hat«, stimmte Leichtle mit seinem Jugendfreund überein.

Temming überlegte, ob Leichtle damit auch ihn meinte. Andererseits war auch der Bestatter zu gewissen Ehren gekommen – allerdings nicht durch rücksichtsloses Einsetzen von Ellbogen und großspurigem Gerede, sondern durch seine Bodenständigkeit, die in der ganzen Stadt geschätzt wurde.

»Manchen«, so fuhr Leichtle fort, »bleibt nur die Hoffnung, wenigstens post mortem berühmt zu werden.« Er lachte schallend, sodass es über das ganze Gräberfeld schallte und die Bauhofmitarbeiter verwundert aufsahen.

Temming war eine Antwort im trockenen Hals steckengeblieben. Was hatte sein Freund Leichtle da soeben gesagt? »Post mortem?«, echote er vorsichtig und spürte weiche Knie.

»Ja, post mortem«, wiederholte Leichtle weiterhin grinsend. »Hat mal der inzwischen verstorbene Graf von Ackerstein einem Schriftsteller-Neuling bei dessen erster Buchpräsentation mit auf den Weg gegeben. Fand ich originell. Er hat den Autor getröstet: ›Wenn es Ihnen nicht gelingt, zu Lebzeiten berühmt zu werden, dann trösten Sie sich damit, dass mancher Künstler auch erst post mortem berühmt geworden ist‹, hat er gesagt. Ich werd's nie vergessen.«

Temming war es nicht mehr zum Lachen.

34

Sie hatten das alte Fahrrad, das gestern Abend gegen die Haustür gekracht war, vorsichtig in den Garten geschoben. Denn von einem Fahrer war in der Nacht weit und breit nichts zu sehen gewesen. Der Verdacht lag nahe, dass jemand das Gefährt absichtlich gegen die Tür geschubst oder gar mit ziemlicher Wucht geworfen hatte. Sylvia Temming beäugte es in der Vormittagssonne kritisch: Es schien ein ziemlich altes Modell zu sein, ohne Gangschaltung und mit abgefahrenen Reifen. So, als habe es jemand vom Schrottplatz geholt. Was dies bedeutete, hatten sie sich nicht erklären können. Einen Zusammenhang mit ihrem zuvor geführten Gespräch über den tödlichen Fahrradunfall von Barbara wagte keiner von beiden anzusprechen. Und doch, so war es Sylvia erschienen, stand diese Frage drohend im Raum. Sollte das Fahrrad ein Zeichen sein, das auf Barbara hindeutete? Auf Barbara, die jenen Vorfall von 1968 gesehen haben könnte?

Auch beim Frühstück hatte Sylvia es vermieden, diesen Gedanken, der ihr die Gänsehaut über den Rücken jagte, anzusprechen. Sven hatte behauptet, es müsse ein Betrunkener gewesen sein, der mit diesem alten Fahrrad gegen die Haustür gekracht sei. Dass dies ziemlich unwahrscheinlich war, weil der Unbekannte das Gartentürchen öffnen und dann mehr als zehn Meter über den Zugangsweg hätte fahren müssen, ließ er unausgesprochen. Sylvias Einwand, sie halte dies für eine wenig plausible Erklärung, hatte Sven widerwillig abgetan: »Besoffene verlieren die Orientierung.«

Sven war unkonzentriert und in sich gekehrt gewesen, aber trotz heftiger Nachfrage, ob ihn der Vorfall nicht doch nachdenklich stimme, hatte er nichts Konkretes sagen wollen. Sylvia war jetzt, nachdem er das Haus verlassen hatte, ruhelos und verängstigt. Viel zu viel hatte sich in den vergangenen Tagen ereignet, als dass dies alles nur Zufälle sein konnten. Um jedoch ihre Schwiegermutter nicht zu ängstigen, war sie auf Svens Bitte eingegangen, die Angelegenheit vorläufig für sich zu behalten.

Auch wenn Sven so tat, als nehme er dies auf die leichte Schulter, spürte Sylvia, dass etwas Drohendes, etwas Unheilvolles über sie gekommen war. Sie hatte plötzlich Angst um Felix, den sie nicht mehr draußen im Garten alleine spielen lassen wollte. Außerdem beschloss sie, ihn vorläufig nicht mehr in den Kindergarten zu bringen. Sie mussten endlich reagieren, schoss es ihr durch den Kopf, als sie gedankenversunken am Fenster stand und in den Herbstmorgen hinausschaute, dessen sanftes Sonnenlicht sich in den letzten Nebelschwaden der vergangenen Nacht verlor. Vom oberen Stockwerk drang das heulende Geräusch des Staubsaugers herab, den Olivia gerade eingeschaltet hatte. Felix war nur widerwillig davon zu überzeugen gewesen, heute daheim bleiben zu müssen, obwohl doch seine Freunde im Kindergarten bunte Laternen für den bevorstehenden Martinsumzug basteln durften. Er beschäftigte sich oben in seinem Zimmer mit Lego-Bausteinen.

Noch einmal kämpfte Sylvia mit dem Gedanken, ihren Schwiegervater anzurufen, um ihn davon abzuhalten, heute Abend alleine auf den Friedhof zu gehen. Auch dieses Thema hatte sie gewagt, beim Frühstück mit Sven erneut anzusprechen, als Felix aus dem Raum gegangen war.

»Mein Vater ist ein alter Dickschädel«, hatte Sven nur wortkarg und genervt geantwortet. Ihr Vorschlag, heimlich einen Privatdetektiv zu beauftragen, der seinen Vater vorsorglich observieren und notfalls schützend eingreifen könnte, hatte Sven mit energischem Kopfschütteln und einer ärgerlichen Bemerkung abgetan: »Wenn er das erfahren würde, wär' der Krach perfekt. Du kennst ihn doch zur Genüge: Er würde sich bevormundet und überwacht fühlen. Das lässt er nicht mit sich machen. Der nicht.«

Sylvia vollzog das morgendliche Gespräch noch einmal in Gedanken nach, während sie, am Fenster stehend, über die bunt gefärbten Sträucher des Gartens hinweg einen imaginären Punkt in der Landschaft am Laupheimer Stadtrand anstarrte.

Das Heulen des Staubsaugers hatte sie ausgeblendet, weil sie sich den Geislinger Friedhof bei Nacht vorzustellen begann. Sie kannte die dortige Umgebung, die ihr allein schon bei Tage eine depressive Verstimmung bescherte: die steilen Hänge drumherum, das unablässige Dröhnen von Lkw-Motoren auf der nahen Straße – und gerade jetzt im Herbst ganz häufig tiefhängende Wolken. Dass unweit davon entfernt in einem alten Sägewerk ein Musical-Theater entstanden war, empfand sie zwar bei ihren wenigen Besuchen auf dem Friedhof anfangs als harten Kontrast, doch mittlerweile sah sie es anders und erfreute sich daran, dass aus der alten hölzernen Maschinenhalle eine attraktive Kulturstätte entstanden war. Allein das Hinweisschild war jedes Mal dazu angetan, Sylvias gedämpftes Stimmungsbild aufzuheitern.

Aber nachts auf dem Friedhof? Wieder versuchte sie, einen Sinn hinter dem Ansinnen des Unbekannten zu finden. Sollte ihr Schwiegervater in einen Hinterhalt gelockt werden? Nein, beruhigte sie sich wieder, es gäbe sicher jede Menge andere Örtlichkeiten, an denen Walter auf eine weitaus unauffälligere Weise etwas zustoßen könnte. Außerdem ließen die seltsamen Botschaften und der ungewöhnliche Treffpunkt auf dem Ulmer Münster durchaus den Schluss zu, dass es um psychischen Terror ging – und nicht einmal um Geld. Ob dies nun eine beruhigende Vorstellung war oder die Angelegenheit gefährlicher machte, war ihr unklar. Natürlich – und daran bestand für sie nun gar kein Zweifel mehr – hing dies alles mit diesem Vorfall von 1968 zusammen. Aber wieso ließ sich ihr Schwiegervater nach all der Zeit auf so etwas ein? Gab es da etwas, von dem sie nichts wussten und nichts ahnten? Was sollte der Versuch, den toten Siegfried quasi als Gespenst ins Spiel zu bringen? Bestand ein Zusammenhang mit dem Faible ihrer Schwiegermutter für parapsychologische Phänomene? Und was sollte das Fahrrad gestern Abend? Fahrrad, durchzuckte es Sylvia, als habe sie an ein blankes Starkstromkabel gegriffen. Fahrrad! Altes Fahrrad! Obwohl Sven beim Frühstück abgewiegelt und von einem Besoffenen gesprochen hatte, gab es für sie bei genauerem Nachdenken keine andere Erklärung mehr: Das alte Fahrrad war garantiert eine Anspielung auf Barbara.

Sylvia hatte eiskalte Hände bekommen. Sie fror, obwohl der Heizkörper unterm Fenster behagliche Wärme verbreitete. Im Obergeschoss war das Heulen des Staubsaugers verstummt. Eine bedrückende Stille hatte sich breitgemacht. So sehr sie auch dagegen ankämpfte, sie konnte das unbestimmte Gefühl, etwas braue sich zusammen, wie ein Unwetter nach hitzigen Sommertagen, nicht abschütteln. Und dann traf es sie plötzlich gnadenlos. Unbarmherzig und so heftig, dass ihr der Atem stockte, gleichzeitig aber ihre Herzfrequenz ins Unermessliche stieg. Ein Schuss? Das Geräusch war kurz und beinahe ohrenbetäubend, aber irgendwie unbestimmt. Metall? Glas? Porzellan? Ganz in der Nähe, durchzuckte es Sylvia, die sich reflexartig umgedreht hatte. Aber hier im Esszimmer war nichts – nichts, das diesen Schlag verursacht haben könnte. Nichts war zu Boden gefallen. Ein paar Sekunden lang jagte ihr aufgeregter Blick durch Regale und über Ablagen. Nein, da war nichts. Es musste von draußen gekommen sein. Von der Diele oder dem Treppenaufgang. Schritte. Hastige Schritte kamen von oben, dann die Stimme von Felix: »Mama, was war das?«

Sylvia hatte sich von der Schockstarre gelöst, war über Felix' Stimme erleichtert und gleichermaßen verwirrt. In der Diele kam ihr Olivia entgegen, Felix war auf der Hälfte der Treppe stehen gebieben.

»Mein Gott, Frau Temming«, blieb Olivia vor ihrer Chefin zwischen Treppenabgang und der offenen Wohnungstür sichtlich entgeistert stehen. »Ist Ihnen etwas passiert?«

»Nein«, brachte Sylvia mit zitternder Stimme hervor. »Ich dachte schon, es sei hier etwas …« Sie sah sich um, ohne Ungewöhnliches wahrzunehmen. Doch die Aufregung lähmte ihre Vernunft. »Es muss aber hier gewesen sein.«

»Ja, es kam von unten«, bekräftigte Olivia, während Felix blass und stumm auf einer Stufe saß. »Es hat sich angehört, als sei etwas großes Schweres auseinandergebrochen.«

Felix sah es als Erster. Er war aufgestanden, hatte sich mit einer Hand am Geländer festgehalten und deutete mit der anderen durch die seitliche Verstrebung zu einem Schränkchen, das abseits der Haustür stand. »Da – kaputt«, schrie er triumphierend, weil er offenbar stolz war, die Ursache entdeckt zu haben.

Die beiden Frauen richteten ihre Blicke ungläubig in die besagte Richtung und erkannten fassungslos, was sich vor wenigen Sekunden abgespielt haben musste: Eine dicke orangefarbene Glasschale war ziemlich exakt in der Mitte zersprungen, sodass die beiden ovalen Teile nun nebeneinander auf dem Schränkchen lagen. Ohne auch nur einen einzigen Splitter hinterlassen zu haben.

»Ich fass es nicht«, entfuhr es Sylvia, während Felix zu ihnen kam.

»Einfach so zerbrochen«, kommentierte Olivia und deutete mit dem Zeigefinger auf die nahezu gradlinig verlaufende Bruchkante.

Sylvia jagten in diesem Augenblick Tausend finstre Gedanken durch den Kopf. Zerbrochen? Ohne irgendwo heruntergefallen zu sein? Ohne dass jemand daran gestoßen wäre? Einfach so, aus heiterem Himmel?

»Ein Materialfehler«, meinte Olivia, die nicht ahnen konnte, dass ihre Chefin daran zuallerletzt glauben wollte – obwohl sie es gerne getan hätte. Sie rief sich in Erinnerung, wie lange diese Zierschale mit der positiven Farbe schon hier stand. Sicher seit fünf Jahren. Ein Geschenk von ihrem Schwiegervater war es gewesen. Er hatte die Schale von einer Glasmanufaktur mitgebracht. Garantiert kein billiges Stück und nicht industriell gefertigt, sondern in Handarbeit. Das Glas zwei bis drei Zentimeter dick.

Sylvia nahm eines der ovalen Teile vorsichtig in die Hand, um den glatten Bruch näher betrachten zu können. »Guck dir das an«, staunte sie mit bebender Stimme und hielt es Olivia vor: »Kann solch dickes Glas einfach mit einem Knall so sauber zerbrechen?«

Olivia sah ihre Chefin ungläubig an: »Wie soll es sonst gewesen sein?«

35

Auch Georg Sander war wieder gekommen. Allein schon seine journalistische Neugier, die er im Ruhestand nicht einfach abgestreift hatte, zog ihn nach wie vor zu außergewöhnlichen Veranstaltungen hin. Einmal erst war er bei diesem überwiegend von Damen besuchten Gesprächskreis über unerklärliche Phänomene gewesen, doch sein Eindruck, den er dabei gewonnen hatte, war von Interesse geprägt. Den Teilnehmern schien es ernsthaft darum zu gehen, über grenzwissenschaftliche Themen zu diskutieren, ohne vom eisernen Glauben an Spuk und Gespenster beseelt zu sein.

Im Saal des Mehrgenerationenhauses zählte Sander 14 ältere Damen und jenen pensionierten evangelischen Theologen, der ihn beim ersten Besuch sofort freudig als Journalist erkannt hatte. Sander war dies peinlich gewesen, weil er allein mit seiner Anwesenheit offenbar die Bedeutung des Gesprächskreises unterstrich. Er hatte deshalb alle Mühe, den Anwesenden klarzumachen, dass er nicht gekommen sei, einen Artikel für die Zeitung zu schreiben.

Heute war er darauf bedacht gewesen, erst kurz nach dem offiziellen Beginn der Veranstaltung aufzutauchen, um mit niemandem einen Small Talk führen zu müssen. Während am Rednerpult bereits die ergraute Sozialpädagogin die Anwesenden begrüßte, waren kurz sämtliche Augen auf ihn gerichtet. Er winkte der Zuhörerschaft mit einer knappen Handbewegung zu und nahm hinter den drei dünn besetzten Stuhlreihen Platz. Weil ihm dabei zunächst der stattliche Pfarrer vor ihm die Sicht versperrte, rückte er zwei Stühle weiter.

Beim Betreten des Raumes war Sander sofort Gisela Temming aufgefallen, mit der er bei seinem ersten Besuch ins Gespräch gekommen war. Allerdings hatte sie keine übersinnlichen Themen angesprochen, sondern sich für seine frühere Tätigkeit als Journalist interessiert.

Sander lehnte sich zurück und war froh, als die Rednerin endlich mit ihren Begrüßungsfloskeln und der Freude über die zunehmende Resonanz, auf die ihr Gesprächskreis angeblich in der Öffentlichkeit stieß, fertig war. Er kannte diesen Typ Frau aus seiner beruflichen Laufbahn zur Genüge: Reden, reden, reden – vor allem aber sich selbst beweihräuchern und dezent durchblicken lassen, wie aufwendig und schwer die eigene Arbeit doch sei. Dazu jede Menge Phrasen und Fachbegriffe aus dem sozialpädagogischen Jargon, Hinweise auf Netzwerke und Fachliteratur. Alles ohne Punkt und Komma, dachte Sander und war davon überzeugt, dass sie diese Art des selbstgefälligen Redens gewiss in vielen Wochenendseminaren gelernt hatte. Fast schien es ihm so, als müsse sie zwischendurch gar keine Luft holen. Jedenfalls würde sie in jede Talkshow passen, weil niemand – nicht mal der Moderator – eine Chance hätte, ihr ins Wort zu fallen.

Wie voriges Mal angekündigt, sollte sich der heutige Abend um das Thema Reinkarnation drehen. Dass Wiedergeburt in fernöstlichen Kulturen als Selbstverständlichkeit betrachtet werde, während die sogenannte westliche Zivilisation darüber nur verständnislos den Kopf schüttele, hob die Rednerin gleich zu Beginn ihres Sachvortrags hervor, zu dem sie nach zehnminütiger Einleitung endlich gekommen war, um dann aber gleich wieder weit auszuholen und zu beweisen, wie sehr sie sich mit Fachliteratur eingedeckt hatte. Sie zitierte den aus Kanada stammenden Psychiater Ian Stevenson, der bis zu seinem Tode im Februar 2007 in Charlottesville im US-Bundesstaat Virginia Reinkarnationsforschung betrieben habe und sogar als deren Begründer gelte. Aufsehen habe er durch seine Berichte über Kinder erlangt, die sich angeblich ganz ohne Hypnose an frühere Leben erinnern konnten.

Ein Raunen ging durch die Schar der Zuhörerinnen, von denen einige eifrig mit dem Kopf nickten, um anzudeuten, dass ihnen der Name Stevenson ein Begriff war.

»Er hat so etwas wie Grundlagenforschung betrieben«, fuhr die Referentin mit schriller Stimme fort. »Sein Nachfolger ist Dr. Jim Tucker, der als Dozent an der Universität von Virginia die Arbeit seines Vorgängers fortführt. Er gilt als weltweit einziger akademischer Wissenschaftler, der sich dieses Themenbereichs annimmt.«

Sie räusperte sich und blätterte in ihrem Manuskript weiter. »Es gibt auch in Deutschland sehr engagierte Forscher. Allen voran Dieter Hassler aus der Gegend von Erlangen. Ich hab ihn kürzlich bei einer Buchpräsentation persönlich kennengelernt. Seine kritische und akribisch genaue Vorgehensweise hat mich sehr beeindruckt. Auch er hat Berichte über Kinder zusammengetragen, die Dinge erzählen, die allem Anschein nach aus einem früheren Leben stammen. Und jetzt nimmt er sich sogar eines Falles aus unserer Gegend an.« Die Rednerin legte eine rhetorische Pause ein, um das Gesagte auf ihre Zuhörer wirken zu lassen. Der erwartete Effekt ließ nicht auf sich warten; durch das Publikum ging erneut ein erstauntes Raunen. »Ja«, fuhr sie dann fort, »er hat die Schilderungen eines heute 46-jährigen Mannes aus dem Raum Ulm nachrecherchiert, der bereits ein Buch dazu veröffentlicht hat, weil er möglicherweise die Wiedergeburt eines Soldaten ist, der im Ersten Weltkrieg in den Dolomiten getötet wurde. ›Seelenvermächtnis‹ heißt das Werk, das jedoch in der Flut der deutschen Literaturszene nicht wahrgenommen wurde.«

Kopfnickende Zuhörerinnen ließen mit ihrer Reaktion erkennen, dass sie diese Einschätzung auf alle Veröffentlichungen zu diesem Themenbereich bezogen sehen wollten.

»Ja«, fuhr die Rednerin fort und fühlte sich bestätigt, »es ist schade, dass solchen Themen hierzulande in den Medien keine Chance eingeräumt wird. Alles, was sich nicht schulmeisterlich erklären lässt, wird als Humbug abgetan. Da mag jemand noch so ernsthaft recherchieren. Außerdem wollen Forscher wie dieser Hassler auch niemanden überzeugen oder ihnen gar irgendeine Weltanschauung aufzwingen, sondern lediglich sagen: ›Hey, liebe Leute, da gibt es vielleicht etwas, das man einfach nicht erklären kann.‹«

»Genau so ist es«, ließ sich eine der Damen zu einem spontanen Zwischenruf hinreißen.

Die Rednerin fühlte sich geschmeichelt und blätterte weiter. »Wahrscheinlich gibt es unzählige Kinder, die irgendetwas daherplappern oder nachts heulend und schreiend aufwachen, weil sie ständig unter ein und demselben Albtraum leiden. Anstatt sich den Schilderungen der Kinder anzunehmen, tun es die meisten Eltern als Unsinn ab. Der Literatur ist zu entnehmen, dass meist mit dem Eintritt in die Grundschule die Erinnerungen an mögliche frühere Leben verblassen.«

Sander hatte aufmerksam zugehört, obwohl ihm das Gesagte nicht fremd war. Er hatte bereits mehrere Bücher zu diesem Thema gelesen, unter anderem von dem zitierten Hassler.

Als die eifrige Referentin nach einer Dreiviertelstunde ihren Vortrag beendet hatte und eine Frau, die Sander von schräg hinten im Blickfeld hatte, mit schweren Augenlidern zu kämpfen begann, meldete sich Frau Temming zu Wort: »Was Sie uns berichtet haben, ist sehr interessant. Mich würde aber interessieren, inwieweit Erwachsene Erinnerungen an frühere Leben haben.«

Die Angesprochene hatte offenbar mit dieser Frage gerechnet und antwortete sofort: »Soweit ich es überblicke, konzentriert sich die Forschung auf Kinder. Wie gesagt, das Erinnerungsvermögen verblasst mit dem Eintritt in die Schule. Allerdings scheinen in jenem von mir zitierten Fall aus dem Raum Ulm die Erinnerungen über Albträume und Rückblenden bis ins Erwachsenenalter angehalten zu haben. Demnach handelt es sich um einen ziemlich einmaligen Fall.«

»Und was halten Sie von einer Rückführungstherapie?«, hakte Gisela Temming schnell nach.

Zum ersten Mal ließ die Rednerin Unsicherheit erkennen. »Nun ja«, begann sie nachdenklich, »ich bin keine Expertin und habe mich in diese Materie nicht eingelesen. Aber falls Ihre Frage darauf abzielt, inwieweit mit Hilfe einer Rückführungstherapie Erkenntnisse über ein früheres Leben gewonnen werden können, muss ich passen.« Sie wandte sich an die übrigen Zuhörer: »Oder hat schon jemand Erfahrungen damit gemacht?«

Allgemeines Kopfschütteln.

»Wenn ich dazu was sagen darf«, meldete sich der hünenhafte Theologe zu Wort und kam sogleich zur Sache: »Die Reinkarnation hat sogar in der Bibel, in den Evangelien, Spuren hinterlassen und ist darum theologisch durchaus denkbar. Erwähnt sei Johannes 9, Vers 2, wo – so ist es zu interpretieren – ernsthaft die Frage gestellt wird, ob der darin erwähnte Blindgeborene so behindert reinkarniert sei, um für eine Sünde aus einem früheren Leben zu büßen. Zudem gibt es bei Origenes, einem bedeutenden Theologen des zweiten beziehungsweise dritten Jahrhunderts, dafür Argumente. Ich will jetzt nicht darauf eingehen, aber wer sich darin vertiefen möchte, dem bin ich gerne behilflich.«

Die Referentin hakte gleich nach: »Wir können das gerne an einem unserer nächsten Themenabende erörtern. Dann dürfen Sie uns einen kleinen Vortrag darüber halten.«

Der Theologe nickte: »Das tue ich gerne, wenn das gewünscht wird.«

Die Damen bekundeten Interesse, weshalb er anfügte: »Es dürfte nur wenigen bekannt sein, dass auch bei Matthäus 16, Vers 14, sogar Jesus als wiedergekommener Elia, Jermia, beziehungsweise Johannes der Täufer angesehen wird. Ähnliches ist bei Lukas 9, Vers 8, nachzulesen, wo Johannes der Täufer als der wiedergekommene Elia vermutet wird.« Der bibelfeste Theologe sah in die Runde: »Sie merken, das Thema Reinkarnation lässt sich sehr wohl auch in der Bibel finden.«

Gisela Temming, die auf Sander einen nervösen und fahrigen Eindruck machte, zeigte sich interessiert, wollte aber mehr wissen: »Glauben Sie denn, dass man bei so einer Rückführung auch Kontakt zu Verstorbenen aufnehmen kann?«

Die Referentin zuckte mit den Schultern und suchte Blickkontakt zu dem Theologen, der sich sofort angesprochen fühlte: »Sie dürfen da nichts durcheinanderbringen. Rückführung bedeutet den Versuch, sein eigenes früheres Leben zu erkunden. Das hat nichts mit Toten zu tun. Das, was Sie meinen«, er überlegte, »geht eher ins Okkulte. Dazu möchte ich mich hier nicht äußern.«

»Sie möchten es nicht – oder Sie können es nicht?«, drängte Frau Temming auf eine klare Antwort.

»Ob die Seele Verstorbener durch eine Rückführung erreicht werden kann, vermag gewiss niemand zu sagen«, ergriff die Referentin schnell das Wort. »Rückführung bedeutet ja nur, dass Sie in Ihre eigene Seelenvergangenheit blicken können und nicht in die eines anderen.« An ihrem Tonfall war zu merken, dass sie keinesfalls gewillt sein würde, den Dialog in diese Richtung fortzuführen. »Ist Ihre Frage damit erschöpfend beantwortet?«

Frau Temming gab sich wortlos zufrieden, sah demonstrativ auf ihre Armbanduhr und erhob sich. »Ich muss ohnehin heut' früher weg.« Sie verließ den Raum mit beleidigter Miene.

Sander sah ebenfalls auf seine Uhr. Lang hatte es Frau Temming nicht ausgehalten, dachte er, während sich nun eine andere Dame zu Wort meldete: »Wenn es also eine Verbindung zu früheren Leben gibt, dann wäre dies doch ein Beweis dafür, dass es irgendwo etwas gibt, das die materielle mit der feinstofflichen Welt verbindet.«

Das klang sehr nach Esoterik, überkam es Sander, der nicht genau einzuschätzen vermochte, inwieweit sich dieser Gesprächskreis derlei Themen tatsächlich kritisch näherte.

Eine andere Frauenstimme riss ihn aus seinen Gedanken. »Man erlebt es doch immer wieder, dass man von irgendwoher Zeichen kriegt. Oder dass sich Tote bemerkbar machen.«

Jetzt war der Zeitpunkt gekommen, an dem die Referentin die Gespräche nicht ausufern lassen wollte. »Man darf so etwas nicht überbewerten. Natürlich gibt es merkwürdige Zufälle. Aber wenn Ihre Sinne auf solche Dinge ausgerichtet sind, werden Sie hellhörig. Man nennt dies ›selektive Wahrnehmung‹: Sie ordnen plötzlich bestimmte Beobachtungen oder Geschehnisse dem zu, was Sie davon erwartet hatten. Das ist etwa so, als wenn Sie heute ein Auto einer bestimmten Marke und Farbe bestellen, dann sehen Sie ab sofort auf der Straße viele solche Autos herumfahren. Aber eben nur, weil Sie auf diese Fahrzeuge fixiert sind.«

Sander hatte dieses Argument schon oft gehört. Und doch musste er insgeheim einräumen, dass auch er schon Zufälle erlebt hatte, die unwahrscheinlicher waren, als vom Blitz getroffen zu werden.

Dann dröhnte die kräftige Stimme des Theologen vor ihm durch den Raum. »Ich bin davon überzeugt, dass wesentlich mehr Menschen über merkwürdige Zeichen und Signale berichten können als über frühere Leben.«

Die Referentin hakte sofort ein: »Auch das kann ein Thema für einen der nächsten Abende sein. Ich schlage vor, jeder von uns hört sich einmal in seinem Bekanntenkreis um, ob es dort Menschen gibt, die davon berichten können.«

Der Theologe nickte zufrieden. »Ich bin davon überzeugt, dass das jeder kann – wenn er ehrlich zu sich selbst ist und den Mut hat, öffentlich darüber zu reden.«

36

Walter Temming war froh gewesen, als seine Frau endlich das Haus verlassen hatte. Ihre mehrfache Bitte, Sven mit zum Friedhof zu nehmen oder einen privaten Sicherheitsdienst zu engagieren, war ihm auf den Nerv gegangen. In der Hoffnung, dass sie nicht verfrüht von ihrem Gesprächskreis zurückkommen würde, hatte er sich an diesem Herbstabend um halb elf auf den Weg gemacht. Die Fahrt dauerte um diese Zeit allenfalls eine Viertelstunde. Der Verkehr war längst abgeflaut, nur die Ampeln auf der B 10-Ortsdurchfahrt in Geislingen standen notorisch auf Rot, obwohl es weit und breit weder Fußgänger noch querende Fahrzeuge gab. Temming ärgerte sich heute nicht darüber – viel zu sehr war er gedanklich mit dem beschäftigt, was ihn erwarten konnte. Zwar hatte er jedes Szenario tausendmal durchgespielt, doch was blieb, war die Angst. Nicht, dass er an Siegfrieds Erscheinen geglaubt hätte, aber allein schon der Gedanke, jemand habe sich als sein Bruder ausgegeben, jagte ihm immer wieder aufs Neue einen Schauer über den Rücken.

Trotz der roten Ampeln schien ihm die Fahrt zum Friedhof viel zu schnell zu gehen. Er stellte seinen BMW nicht auf dem offiziellen Parkplatz ab, sondern ein ganzes Stück weit davon entfernt in einer Seitengasse. Er zitterte, als er ausstieg, das Schloss des großen Wagens sanft einrasten ließ und ihm feucht-kühle Luft entgegenschlug. Er sah sich prüfend um, ohne etwas Verdächtiges wahrzunehmen. Keine Bewegungen, keine verräterischen Lichter. Alles war still.

Zu Fuß ging er zwischen den Häusern auf einem steilen, nur spärlich beleuchteten Straßenstück aufwärts, hörte rechts den Wasserfall des Flüsschens Rohrach rauschen und orientierte sich an der langen Mauer, die am Zufahrtsweg zwischen den beiden Friedhofsteilen endete. Auf den dortigen Parkstreifen stand kein einziges Fahrzeug. Das Licht schwacher Straßenlampen wurde von dunklem Asphalt eliminiert, auf dem sich ein Fleckenteppich aus welkem Laub gebildet hatte. Sträucher hoben sich nachtschwarz von der spärlich beleuchteten Umgebung ab. Nur das Motorengeräusch einiger Autos störte die friedliche Stille. Auch vom nahen Musicaltheater drang kein Ton herüber. Vermutlich gab es um diese Jahreszeit in der ehemaligen Sägewerkshalle gar keine Aufführungen.

Er spürte, wie sein Selbstbewusstsein, das er so gerne zur Schau trug, mit jedem Schritt deutlich schwand. Nie zuvor war er nachts auf einem Friedhof gewesen. Nicht einmal als Mutprobe im Jugendalter. Jetzt erschreckte ihn schon das sanft quietschende Tor, das er vorsichtig öffnete. Feiner Kies knirschte unter seinen Sohlen, die Grabsteine erhoben sich tiefschwarz vor ihm, als wollten sie links und rechts des Wegs eine drohende Barriere bilden. Oder sie standen Spalier, als wollten sie ihn auffordern, zwischen ihnen hindurchzuschreiten. Die Grabkapelle markierte vor dem streulichterhellten Hintergrund wie eine schaurige Scherenschnittkulisse das Ende des Friedhofs.

Temmings Augen hatten sich inzwischen an die Dunkelheit gewöhnt, sodass er mühelos links hinüber zu dem Familiengrab gehen konnte, obwohl es von undurchdringlicher Finsternis verschlungen war, den der Schatten der Begrenzungsmauer im diffusen Licht einer Straßenlampe warf.

Temming befolgte, was er sich bei der Besichtigung heute Vormittag selbst auferlegt hatte: mit dem Rücken zur Mauer stehen und den Überblick bewahren. Dass ihm der stockfinstre Schatten zusätzliche Deckung bot und er mit dunkler Jacke und schwarzer Hose bestens getarnt war, nahm er zufrieden zur Kenntnis.

Er blieb regungslos stehen und atmete flach, um keine verräterischen Geräusche zu verursachen. Aber eigentlich war es sinnlos, sich so zu verhalten. Er wollte doch ganz bewusst jemanden treffen. Somit machte es keinen Sinn, ›Verstecke‹ zu spielen.

Nun aber erschreckte ihn sogar der Motor eines Autos, das draußen hinter der Mauer vorbeifuhr und dessen Scheinwerfer für einen Augenblick gespenstisch über die Hecken strichen.

Dann wieder diese Stille. Friedhofsstille, meldete sich seine innere Stimme. Von der Ferne drangen über die Dächer der Stadt die vier doppelten Glockenschläge herauf, mit denen die historische Stadtkirche die volle Stunde ankündigte. Die elf folgenden Schläge hatten einen tieferen Klang. Es war so weit. 23 Uhr.

Als die Glocke verklungen war, lauschte Temming noch konzentrierter in die Dunkelheit. Ein Lkw quälte sich drüben am Fuße der Geislinger Steige hörbar die Anhöhe hinauf. Dazwischen ein Knacken, knirschende Kiesel – oder doch nicht? Bildete er sich das nur ein? Das quietschende Tor? Hatte irgendjemand nur darauf gewartet, bis Schritte im Lärm eines Lastzuges untergehen würden?

Temming wagte es nicht, den Kopf zu bewegen. Er ließ seine Augen von links nach rechts und wieder zurück rollen, um jegliche Veränderung in dem grau-schwarzen Bild vor ihm erfassen zu können. Da, die Zweige eines Busches: Sie bewegten sich, obwohl es überhaupt keinen Wind gab. Einbildung? Pure Fantasie? Instinktiv duckte er sich, zog den Kopf ein – als ob dies etwas helfen würde, falls jemand von irgendwoher auf ihn zielte. Allerdings, so beruhigte er sich, gab er in dieser schwarzen Deckung eine schlechte Zielscheibe ab. Es sei denn, man visierte ihn mit einem Nachtsichtgerät an. Eine Schreckensvision, aus der er abrupt gerissen und in die genauso schlimme Realität zurückgerissen wurde. Von einer gedämpften Männerstimme. Sie kam von rechts, aus der Finsternis: »Na, geliebter Bruder Walter.« Mehr nicht. Aber wie aus einer anderen Welt. Temming war bis ins Innerste zusammengezuckt. Gänsehaut jagte über seinen Rücken. Obwohl er doch darauf gefasst war, jemanden zu treffen, so saß der Schock nun trotzdem tief. Für zwei, drei Sekunden schienen ihm alle Glieder abgestorben zu sein, dann erst drehte er den Kopf langsam nach rechts – doch konnte er die Richtung, aus der die Stimme kam, nicht eindeutig feststellen. »Keine Sorge, mein lieber Walter. Du wirst es überleben.« Die Stimme klang seltsam verstellt und das Gesagte viel zu langsam. Er glaubte, sie links und rechts nahezu gleichzeitig zu hören. Wie aus einem Horrorfilm, schauderte es ihn. Er versuchte jetzt, zwischen den tausendfachen Dunkelschattierungen, in denen sich Sträucher, Hecken, Grabsteine, Kreuze und Bäume wie in einem surrealen Gemälde vermischten, jemanden zu erkennen. Aber seine Augen trafen auf nichts, was auf eine Person hindeuten konnte. Allerdings war er viel zu aufgeregt, um in dieser verdammten Finsternis etwas erkennen zu können. Für einen kurzen Moment glaubte er sogar, zwei Grabreihen weiter tatsächlich die Silhouette eines Menschen erspäht zu haben. Doch dies war gar nicht die Richtung, aus der die Stimme kam. Oder waren mehrere Personen hier? War er doch in einen Hinterhalt gelockt worden?

Dann wieder diese unheimliche Stimme: »Auch wenn du es nicht glaubst, mein lieber Bruder Walter, aber ich bin gekommen, zu rächen die Taten der Lebenden und nicht der Toten.«

Temming entfuhr es unkontrolliert und leise: »Was willst du? Wer bist du? Können wir in Ruhe miteinander reden?«

Stille. Vom nahen Steilhang drang das schaurige Heulen eines Nachtvogels herab. Temmings Unsicherheit stieg von Sekunde zu Sekunde. Etwas lauter presste er hervor: »Bist du noch da?«

»Natürlich bin ich noch da. Ich bin immer da. Überall. Wo immer du bist, bin auch ich. Vergiss nicht: Ich bin dein Bruder.«

Temming spürte das Herz bis in den Hals hämmern, der Puls raste wie wild, das Zittern hatte seinen ganzen Körper ergriffen. Die Stimme schien tatsächlich aus allen Richtungen an seine Ohren zu dringen. Keine Chance, sie zu orten.

Eine einzige Bewegung überm Gräberfeld verschlimmerte seinen Zustand ums Vielfache. Gleich war er einer Ohnmacht nahe.

War da noch jemand? Hatten sich die Äste eines Strauches in einem Hauch von Wind bewegt? Lange hielt er diesen Zustand nicht mehr aus. Seine Stimme drohte zu versagen, als er in die Nacht flüsterte: »Was willst du von mir?«

»Reue und Buße«, kam es zurück, wieder langsam und betont, von links und rechts – oder auch von vorne? »Ich will kein Geld. Denn dort, wo ich bin, braucht man keines.«

Temming verdrängte die Schreckensvision, in der er mittendrin zu sein schien und die ihn umgab, als sei sie Realität und er die Hauptfigur. Nein, es gab keinen Spuk und Gespenster. Alles nur Show, Einschüchterung, inszenierte Geisterstunde. Psychoterror. Er versuchte, klaren Menschenverstand zu bewahren, auch wenn dies kaum möglich war.

»Lebende können nichts ungeschehen machen«, kam es aus seinem Mund, und er wunderte sich über diese Formulierung, die ihm gerade eingefallen war, sogar selbst. Kaum hatte er es gesagt, traf ihn der nächste Schock: Es war ein schwarzer Schatten, der von einem großen Grabstein zum anderen huschte. Zwei Reihen entfernt. Zweifellos eine menschliche Gestalt. Sie war aber viel zu weit weg und in einer anderen Richtung, als dass von ihr die Stimme hätte kommen können. Also doch zwei Personen?

Die allgegenwärtige Stimme, die mit ihm sprach, weiterhin langsam, ja fast verzerrt klingend, schien dies nicht zu beeindrucken. »Jetzt pass mal auf, mein lieber Bruder Walter. Tote finden keine Ruhe, wenn Unrecht zu Lebzeiten ungesühnt bleibt.«

Vor Temmings Augen begann es zu flimmern. Grau-weiße Nebelschleier tanzten über die Gräber, das Schwarz vermischte sich mit wild umherschwirrenden Ornamenten. Gespenster?, schoss ihm durch den Kopf. Also doch. Quatsch. Noch behielt die Vernunft die Oberhand. Er musste sich konzentrieren – auf das Wesentliche, auf die Realität. Seine Kehle war ausgetrocknet, die Stimme heiser und zitternd, als er in die Dunkelheit fragte: »Du willst, dass etwas gesühnt wird?« Weil keine Antwort kam, riskierte Temming einen Tonfall kräftiger eine Forderung: »Dann komm endlich raus aus deinem Versteck. Dass du Siegfried bist, brauchst du mir nicht vorzumachen.«

Eine Antwort ließ weiterhin auf sich warten. Temmings Augen suchten in der Schwärze etwas Reales, an das sie sich hätten klammern können. Aber dort, von wo die Stimme an sein rechtes Ohr drang, gab es nur konturenlose Nacht. Die Atmosphäre erschien ihm von Sekunde zu Sekunde bedrohlicher. Denn vorne links, schätzungsweise ein halbes Dutzend Grabsteine entfernt, näherte sich etwas. Er hatte es im Augenwinkel wahrgenommen: Eine Silhouette, die in die Hocke ging und mit dem tiefen Schwarz der Grabsteine verschmolz. Oder war es doch nur ein Gebilde, das sein angespanntes und rebellierendes Gehirn aus Zweigen, Stauden und hohem Grabschmuck zusammenfantasierte?

»Pass auf«, zischte die Stimme von allen Seiten nun so gefährlich, als sei sie ihm ganz nahe. »Du wirst bei jenem Reue zeigen, der dir so nahesteht wie kein anderer.«

Temming fühlte sich zum wiederholten Male in Schockstarre versetzt. Die Worte hatten ihn getroffen wie ein Hammerschlag auf den Kopf. Er wollte etwas erwidern, doch seine Kehle war wie zugeschnürt. Der Unbekannte fuhr mit der gleichen Monotonie leise, aber drohend fort: »Ich hab dich hierher bestellt an mein Grab. Hier wirst auch du jämmerlich enden – versinken in Asche und Staub, ohne deinen Reichtum und Luxus, der dir gar nicht gehört.«

Temming verspürte plötzlich heftigen Harndrang. Schweiß rann ihm von der Stirn und brennend in die Augen, sein Darm rebellierte. Und wieder war dort drüben bei den Gräbern etwas, das sich lautlos bewegte, jetzt eher kriechend oder tief gebückt. Vielleicht auch nur ein größeres Tier. Sicher keine Rettung, quälte ihn sein Gehirn. Allenfalls etwas noch Schlimmeres. Er musste an seinen Revolver denken, an irgendeine Waffe. Mehr als ein flüchtiger Moment blieb ihm nicht, um einen Ausweg zu finden.

Dazu fehlte ihm ohnehin die Konzentration, denn die Stimme aus dem Nichts ließ nicht locker: »Asche zu Asche, Staub zu Staub – vergiss das nicht«, höhnte es an sein Ohr. »Jetzt pass auf, mein lieber Bruder: Du gehst zu jenem Mann, der dir nähersteht als jeder andere. Du wirst Reue zeigen und Buße tun. Und ihm Schmerzensgeld bezahlen.«

Jedes einzelne Wort traf Temming wie ein Schlag ins Gesicht. Jetzt kam also die Forderung. Erpressung. Natürlich. Also doch eine Geldforderung. Zum ersten Mal, seit er die Stimme des Unbekannten gehört hatte, drehte er sich vorsichtig in dessen Richtung. Aber da war nichts zu sehen. Die Stimme hatte keinen Körper. Also doch …? Er ließ diese absurden Gedanken gleich gar nicht aufkommen. Womöglich hatte der Kerl einen drahtlosen Lautsprecher ins Gebüsch gestellt und sprach, versteckt hinter den Gräbern, von ganz woanders her über ein Mikrofon zu ihm. Oder war es gar jene Person, die dort drüben zwischen den Grabsteinen in Deckung gegangen war – sofern es überhaupt ein Mensch war und kein Trugbild seines Gehirns.

»Jetzt hör mir gut zu«, blaffte die Stimme eine Spur unfreundlicher. »Du richtest für diesen Mann in einem passenden Land ein Konto ein, auf das er alleiniges Zugriffsrecht hat. Ich wiederhole: in einem passenden Land – wenn du verstehst, was ich meine – ein Bankkonto, auf das dieser Mann alleiniges und unbeschränktes Zugriffsrecht hat. Das Guthaben …« Die Stimme verlor ihren seltsam verzerrten Klang, als habe der Mann vergessen, dass er sich verstellen wollte. »Das Guthaben beträgt eine Million Euro. Eine Million. Habe ich mich klar und deutlich ausgedrückt?«

In Temming hatten sich panische Angst, Zorn und eine unbändige Wut aufgestaut. Er spürte seine eiskalten Hände, die er in der Jackentasche stecken hatte, und war überhaupt nicht in der Lage, etwas über die Lippen zu bringen. Außerdem versuchte er, sich die klare Stimme einzuprägen. Oder hatte er sie schon einmal gehört?

»Falls das nicht innerhalb von einem Monat geschieht«, drohte der Unbekannte weiter, »werde ich als dein Bruder wiederkommen und für Gerechtigkeit sorgen. Das darfst du mir glauben.«

Stille. Totenstille. Nirgendwo eine Bewegung. Temming atmete schnell, wollte etwas sagen, etwas Versöhnliches, etwas, womit die Situation vielleicht entschärft werden könnte. Aber seine Stimme versagte ihm den Dienst, er umklammerte in der rechten Jackentasche einen Gegenstand, den er vorsorglich eingesteckt hatte. Die Worte, die er nicht fand, wären ihm ohnehin im trockenen Halse stecken geblieben.

Und jetzt?, dachte er. Flucht? War's das? Aber der Weg zum Ausgang war ihm in zweierlei Hinsicht versperrt: Von der Schwärze, aus der die Stimme gedrungen war, und von der Person, die er zwischen den Gräbern zu sehen geglaubt hatte.

Gerade, als seine Lippen Worte formen wollten und er den Gegenstand in seiner Jackentasche umklammerte, als verspreche er sich davon eine Lösung, war im Bruchteil einer Sekunde alles anders: ein dumpfer Knall zerriss die aufgekommene Stille.

Das Ende? Temmings Gehirn rebellierte. Ein Schuss? Es schien ihm, als sei die Zeit stehen geblieben, als spüre er seinen Körper nicht mehr. Ist es so, wenn man tot ist?, jagte ein wilder Gedanke durch seinen Kopf.

37

»Schauriger geht's wohl nicht mehr«, kommentierte Kriminalhauptkommissar August Häberle, was ihm an diesem Freitagvormittag, ausgerechnet kurz vor dem Wochenende, mitgeteilt wurde. Er lehnte sich in seinem Bürosessel zurück, der ob des enormen Körpergewichts bei jeder Bewegung bedrohlich ächzte. Häberle, der als einer der erfahrensten Kriminalisten des Ulmer Polizeipräsidiums galt, verschränkte die Arme vor dem viel zu engen Jeanshemd und lauschte aufmerksam, wie sein ins Büro gestürmter junger Kollege Mike Linkohr das Geschilderte kommentierte: »Mord auf dem Friedhof. Schaurig, aber nicht besonders originell.«

Dass ausgerechnet der örtliche Leichenbestatter den Toten gefunden hatte, verlieh dem Verbrechen in dieser Kleinstadt Geislingen an der Steige eine besondere Note. Gesprächsstoff würde es jedenfalls genügend geben – nur keine verlässlichen Zeugen, dachte Häberle. Der altgediente Kriminalist, der längst hätte in den Ruhestand gehen können, galt als profunder Kenner von Land und Leuten und war noch immer mit Leib und Seele Polizist. Obwohl ihn vieles ärgerte, was die Jungspunde neuerdings einführten, hatte er mit 60 nicht in Pension gehen wollen. Seither hatte er aber den Eindruck, dass die großen Verbrechen regelmäßig vor einem Wochenende verübt wurden – mit der Folge, dass mancher geplante Ausflug mit seiner Frau Susanne ausfallen musste.

»Erschossen«, antwortete Linkohr auf die Frage, wie es denn geschehen sei. »Voll ins Herz, sagt der Medizinmann. Vermutlich aus drei bis vier Metern Entfernung.«

»Und wie heißt der Unglückliche?« Häberle war auf den Namen gespannt, zumal er während seines Berufslebens, das er größtenteils am Fuße der Schwäbischen Alb, aber auch in der Landeshauptstadt Stuttgart verbracht hatte, jede Menge Leute kannte. Insbesondere jene aus einschlägigen Kreisen.

»Wissen wir noch nicht«, erwiderte Linkohr und lehnte sich locker an die Kante des Besuchertisches. »Ein Mann, vermutlich um die 50 oder auch 50 plus. Hatte keine Papiere bei sich, dürfte aber Mitteleuropäer sein. Die Kollegen sagen, er habe fast so wilde Haare wie Donald Trump.«

»Und wann ist's passiert?«

»Der Medizinmann schätzt vor zehn, zwölf Stunden.«

»Rechtzeitig zur Geisterstunde«, frotzelte der Chefermittler und musste für einen Moment an den einstigen Lokaljournalisten Georg Sander denken, dem sicher eine reißerische Überschrift eingefallen wäre. Denn die Kombination Friedhof und Geisterstunde bot sich geradezu an. »Spuren?«, wurde Häberle wieder ernst.

»Bisher keine. Und mit Zeugen wird's nicht weit her sein.«

»Auch kein herrenloses Auto, das irgendwo rumsteht und dem Opfer gehören könnte? Ich denke, dass der Mann zum Friedhof gelockt wurde. Es wird sich wohl kaum um ein zufälliges Zusammentreffen bei Nacht gehandelt haben.«

»Na ja«, entgegnete Linkohr. »Herrenlose Autos wird man nicht auf die Schnelle von den vielen normal geparkten Fahrzeugen unterscheiden können. Alle, die heute früh auf dem offiziellen Parkplatz standen, konnten morgendlichen Friedhofsbesuchern zugeordnet werden. Aber auf den Gassen drum herum parken Dutzende Autos von Anwohnern.«

Häberle nickte. Er kannte die Situation in dem abgeschiedenen kleinen Siedlungsbereich Rorgensteig: eigentlich ein Idyll am Rande der Stadt, dominiert von einem beeindruckenden Wasserfall, den die Rohrach dort bildete. »In diesem Musicaltheater war gestern Abend aber keine Aufführung?«, hakte er nach und bewies damit wieder einmal seine Ortskenntnis. »Offenbar nicht. Ich wusste gar nicht, dass es dort so etwas gibt«, musste Linkohr einräumen.

Häberle verzichtete auf den Hinweis, dass es diese Kulturstätte schon seit zwei Jahren gab. Dann entschied er, sich den Tatort gemeinsam mit seinem jungen Kollegen anzuschauen. Kaum hatten sie das Gebäude der Göppinger Kripodienststelle verlassen, die seit der jüngsten Polizeireform dem neuen Präsidium in Ulm zugeordnet war, da summte Häberles Handy. Er blieb stehen, meldete sich knapp und lauschte angestrengt, während Linkohr bereits auf dem Beifahrersitz des weißen Audis Platz nahm.

Das Gespräch dauerte nur zehn Sekunden, dann zwängte sich Häberle hinters Steuer und erklärte, was er soeben mitgeteilt bekommen hatte: »Sie haben auf dem Friedhof einen Lautsprecher gefunden.«

»Einen was, bitte?« Linkohr konnte das Gesagte nicht mit einem Friedhof in Einklang bringen.

»Einen Lautsprecher. Sie haben richtig gehört, Herr Kollege«, runzelte Häberle die Stirn und legte den Rückwärtsgang ein, um den Dienstwagen aus der Parklücke herauszurangieren. »So einen funkgesteuerten. Wie ihn manchmal die Stadtführer mit sich herumtragen.«

Linkohr kapierte sofort: »Mit Mikrofon und so.«

»Ja, aber das Mikrofon ist noch nicht aufgetaucht.«

38

Sven Temming war unausgeschlafen gewesen – und unausgeglichen, wie Sylvia es empfand. Sie selbst fühlte sich ebenfalls wie gerädert, denn nachdem Sven vom Büro aus angerufen hatte, dass ein angekündigter chinesischer Geschäftspartner erst spätabends eintreffen werde, war sie noch furchtsamer geworden, als sie es ohnehin war. Ihre Stimmungslage schien auch Felix ergriffen zu haben, der sich nur mühsam nach der Tagesschau ins Bett hatte bringen lassen.

Dann hatte sie dagesessen, seltsame Geräusche im Haus gehört und an die merkwürdigen Ereignisse der vergangenen Stunden und Tage denken müssen: an das mysteriöse Foto, das Fahrrad und die plötzlich zersprungene Glasschale. Die Minuten schienen sich in Ewigkeiten auszudehnen. Als es 23 Uhr gewesen war, hatte sich ihre innere Anspannung ins Unermessliche gesteigert. Ihr Kopf formte die schrecklichsten Szenen, die ihrem Schwiegervater auf dem Friedhof drohen würden. Für einen Moment hatte sie nach der Tagesschau überlegt, ob sie ins Auto steigen und nach Geislingen fahren sollte. Aber die Vernunft hatte obsiegt: Walter hätte ihr es nie verziehen, ihm in dieser Situation nachspioniert zu haben – und außerdem würde sie als ängstliche Frau ohnehin nichts verhindern können.

Weil sie so schnell wie möglich informiert sein wollte, hatte sie ihre Schwiegermutter Gisela gebeten, sofort anzurufen, wenn Walter zurück sein würde.

Gegen Mitternacht war es endlich so weit gewesen. Doch mehr, als dass er ziemlich verstört und ohne Ergebnis zurückgekommen sei, hatte sie nicht berichtet. Es habe keinen Kontakt zu dem Unbekannten gegeben. Nur ein Zettel sei auf dem Familiengrab gelegen – mit der Aufschrift, dass es bald neue Informationen gebe.

Sylvia hatte allerdings Zweifel, ob dies die ganze Wahrheit war. Ihr Gefühl sagte ihr, dass die Schwiegereltern entweder eingeschüchtert worden waren oder etwas verheimlichen wollten.

Mit Sven, der erst gegen ein Uhr ziemlich genervt heimgekommen war, hatte sie noch in der Nacht darüber gesprochen. Aber ihn schien das geplatzte Treffen mit dem chinesischen Geschäftsfreund mehr zu bewegen als die Probleme seines Vaters. »Ich hätte den Chinesen auf den Mond schießen können«, meckerte Sven zum wiederholten Male beim Frühstück und versuchte, sich in sein Tablet zu vertiefen, mit dem er die neuesten Börsennachrichten zu lesen pflegte. Sylvia hörte ihn von der Küche aus schimpfen.

»Hast du ihn denn nicht angerufen?«, fragte sie zurück.

»Natürlich hab ich das. Sogar im Konzern in Shanghai hab ich's versucht. Aber da hat natürlich niemand gewusst, wo er sich genau aufhält«, brummte Sven, ohne aufzusehen. »Mir hatte er aber angekündigt, dass er gegen 19 Uhr mit der Bahn in Ulm eintreffen und sich ein Taxi nehmen werde. Spätestens um 20 Uhr hätte er bei mir sein können.«

»Und du hast bis Mitternacht auf ihn gewartet?«, vergewisserte sich Sylvia.

»Was hätte ich denn tun sollen? Dieser Chin San oder so ähnlich hatte es gestern Vormittag ganz eilig gehabt und hat den Termin sogar über seine Zentrale in Shanghai vereinbaren lassen. Wenn's so eilig erscheint, geh ich doch davon aus, dass es um wichtige Aufträge geht«, brummte Sven vor sich hin.

»Du solltest dir aber den Abend heute freihalten, damit wir zu deinen Eltern fahren können.«

Sven schaute auf. »Entschuldige, Sylvia, aber ich muss mich heute um die Chinesen kümmern.«

»Und dein Vater?«, fuhr ihm Sylvia unfreundlich über den Mund und kam an den Tisch zurück. »Das kümmert dich wohl nicht? Wie lange willst du noch untätig zusehen?«

Sven sprang auf. »Lass mich mit dieser Geschichte in Ruhe. Ich hab genügend andere Dinge am Hals. Wenn er sich nicht helfen lassen will, soll er noch zehnmal aufs Ulmer Münster raufrennen oder meinetwegen auf dem Friedhof übernachten.«

Sylvia war empört. »Wieso reagierst du so gereizt? Ich will euch doch nur helfen. Dir und deinen Eltern.«

Sven holte tief Luft. Sein kurzer emotionaler Ausbruch tat ihm bereits leid, weshalb er ruhiger anfügte: »Okay, ich werd' ihm vorschlagen, einen Anwalt zu Rate zu ziehen.« Sie sahen sich für einen Moment schweigend an. Eine spannungsgeladene Stille erfüllte den Raum. Sylvia wollte etwas sagen, doch im selben Moment hielt sie ein leises, hell klirrendes Geräusch davon ab. Ein, zwei Sekunden lang hörte es sich so an, als ob jemand mit einem kleinen Löffel in einem dünnen Glas rührte, das dann in sich zusammenfiel. Auch Sven hatte es deutlich vernommen und blickte zu dem halbhohen Schrank hinüber, in dem er die Ursache vermutete.

Sylvia starrte auf den verglasten Teil der Vorderfront. Dahinter standen dekorativ aneinandergereiht langstielige Wein- und dickbauchige Cognacgläser. Dem Anschein nach waren sie alle unversehrt. »Was war denn das?«, entfuhr es ihr, während Sven seine Schrecksekunde überwunden hatte und eines der beidseits angebrachten hölzernen Türchen öffnete. Auf Regalbrettern waren dort jeweils zwei dünne Trinkgläser ineinandergestellt. Sven brauchte einen Augenblick, bis er erkannte, dass mit einem dieser kleinen Stapel etwas nicht stimmte.

»Da«, sagte er und deutete auf eines der oberen Gläser: »Das hat's zerlegt.« Tatsächlich war es in mehrere Teile zersprungen, die nun im unteren lagen. Er ließ sich nicht anmerken, dass er in diesem Moment an den Vorfall mit der Glasschale denken musste, von dem Sylvia ihm gestern berichtet hatte.

Sie war kreidebleich geworden und fasste zögernd nach den kleinen Scherben. »Sven«, flüsterte sie, »wie ist das möglich?« Ihre Stimme zitterte.

»Spannung im Glas«, behauptete er mit gespielter Gelassenheit und verzog sein Gesicht zu einem verkrampften Lächeln. »Vielleicht bin ich etwas zu heftig aufgesprungen.«

»Glaubst du das im Ernst?«, zweifelte sie. »Der Schrank hat ganz bestimmt nicht gewackelt. Sie hielt sich eines dieser kaum einen Zentimeter großen Glasteile vor die Augen. »Sauber zersprungen«, stellte sie fest. »Warum dann das obendrauf stehende Glas und nicht das untere?«

Sven zuckte mit den Schultern.

»Ich hab Angst, Sven«, sagte sie leise, als sie die Scherbe neben die Gläser ins Regal zurücklegte. »Das bedeutet doch etwas. Das kann doch kein Zufall sein.«

Sven spürte, dass sie die Geschehnisse der vergangenen Tage als unheilvolle Zeichen deutete. Genau wie seine Mutter. Natürlich musste dies alles zu denken geben. Aber er war viel zu sehr Realist, um derlei Ängste an sich heranzulassen. »Manchmal überschlagen sich eben die Ereignisse«, wiegelte er deshalb ab, ließ das Türchen von einem sanften Mechanismus schließen und nahm seine Frau beschützend in den Arm. »Mach dir keine Sorgen.« Kaum hatte er es gesagt, ertönte der dezente Gong, der einen Hausbesucher ankündigte.

Sylvia befreite sich von Svens Umarmung und sah auf die Uhr. »Um diese Zeit?« Es war erst kurz nach halb acht.

Sie ließ Sven stehen, zupfte ihre Haare zurecht und nahm in der Diele den Hörer der Sprechanlage ab. »Ja, bitte?«

»Ich bin's, die Olivia«, hörte sie die wohlvertraute Stimme ihrer Haushälterin.

»Jetzt schon?«, staunte Sylvia, drückte aber ohne eine Antwort abzuwarten, den elektrischen Türöffner und ging der jungen Frau entgegen.

»Entschuldigen Sie, wenn ich jetzt schon komme«, sagte Olivia mit ihrem unüberhörbar polnischen Akzent. Ihre helle Gesichtshaut erschien blasser als sonst. »Aber ich bin heut so bald wach geworden, dass ich dachte, ich komme früher zu Ihnen. Störe ich?«

Sylvia musterte die knapp über 20-Jährige kritisch. »Liebeskummer?«

»Nein, nein«, beeilte sich Olivia zu erwidern. »Hab nur schlecht geschlafen. Musste immer an die Glasschale denken.«

Sven war in die Diele gekommen und lächelte, wie er dies immer tat, wenn diese groß gewachsene junge Frau vor ihm stand, die ihre weiblichen Formen mit einer engen Jeans betonte. »Scherben bringen Glück«, sagte er und bemerkte, dass Sylvia ihm einen strengen Seitenblick zuwarf.

Olivia runzelte ihre glatte Stirn. »Ich weiß nicht, habe schlecht geträumt heute.«

»So?«, zeigte sich Sylvia interessiert, während Olivia ihre Jacke auszog und ihr eng anliegender Pulli zum Vorschein kam. »War's denn so schlimm?«

»Ach, nichts weiter«, gab sich die junge Frau zurückhaltend. Ihre müden Augen hingen an Sven, der sich einfühlsam ihrer annahm.

»In Träumen kommen manches Mal versteckte Ängste zum Ausdruck.«

Sylvia hatte den verstohlenen Blickkontakt der beiden sehr wohl registriert – wieder einmal. Sie drehte sich beiseite und ging in die Küche zurück, als wolle sie Olivias Erwiderung nicht hören, doch von Weitem drangen die Worte trotzdem an ihr Ohr: »Es war ein schrecklicher Traum. Ein Fahrradunfall«, schilderte sie, was ihr angeblich den Schlaf geraubt hatte. »Ich bin gegen eine große Leiter gestoßen, dann ist oben am Haus eine Scheibe zerbrochen und ein Mensch auf die Straße gefallen.«

Sven schluckte und quälte sich ein Lächeln ab. »Ein böser Traum, Olivia. Du wirst ihn wieder vergessen.«

Sylvia war in der Küche wie angewurzelt stehen geblieben.

39

Eigentlich hatte Ulrich Stanek überhaupt keine Zeit. Bereits vorige Woche hätte er das Manuskript für einen Beitrag in einer Firmenzeitschrift abgeben sollen – dem einzigen journalistischen Auftrag, der ihm momentan ein paar Euros einbrachte. Die Zeiten waren schlecht. Seit es genügend selbst ernannte Journalisten gab, die sich nur der eigenen Eitelkeit wegen für einen Appel und ein Ei zu freien Mitarbeitern von Medien machen oder ausbeuten ließen, konnte man in der schreibenden Zunft kaum noch seine Brötchen verdienen. Aber auch die fest angestellten Redakteure fühlten sich angesichts des ständig steigenden Drucks längst unterbezahlt. Zählten sie noch vor drei, vier Jahrzehnten zu den nicht gerade schlecht honorierten Berufsgruppen, so hatte sich dies mit sinkenden Auflagezahlen und rückläufigen Anzeigenerlösen dramatisch verändert. Allerdings nutzten manche Verlage diesen Trend auch schamlos aus, um ihre kostenträchtigen Redaktionen einzudampfen. Dass sie dabei den Qualitätsjournalismus über Bord warfen und eine nach unten gerichtete Spirale in Gang setzten, war den betriebswirtschaftlich studierten Herrschaften in den Geschäftsleitungen egal.

Stanek hatte schon oft darüber nachgegrübelt, wie kräftig die Geldquelle in den Verlagen zu den allerbesten Zeiten einst gesprudelt haben musste, als in den Druckhäusern ganze Stäbe von technischen Angestellten beschäftigt waren – während nun, wie es oftmals hieß, der Computer deren Arbeit übernahm. In Wirklichkeit freilich hatte man die gesamte Technik in die Redaktionen verlagert, wo Journalisten nun einen Großteil ihrer Zeit mit angeblich so modernen Layouts und Bildbearbeitungen verbrachten, anstatt ihrer ureigensten Tätigkeit nachzugehen. Heute schien das Motto zu lauten: Hauptsache, es sieht gut aus.

Obwohl er sich als Schriftsteller und freier Journalist in der Provinz nur mühsam über Wasser halten konnte, weil er nicht bereit war, zu Hungerlöhnen zu arbeiten, war er mit sich und der Welt zufrieden. Und wenn er Stress fühlte, konnte er sich selbst beruhigen: Es saß ihm kein besserwissender Chef im Nacken, sondern allenfalls ein Auftraggeber, für den er als eigenständiger Unternehmer arbeitete – und somit auch Herr seiner eigenen Zeit war. Und er konnte sich eigenen literarischen Projekten widmen. Nichts hätte er schlimmer empfunden, als in ein enges Arbeitszeitkorsett gezwungen zu sein. Dabei ließen sich journalistische und schriftstellerische Tätigkeiten nicht mit einem

Arbeitstakt messen. Sie waren – auch wenn dies weder Verleger noch Finanzamt einsehen wollten – eine künstlerische Aufgabe, die man nicht einfach aus dem Ärmel schütteln konnte. Artikel und Bücher konnte man nicht auf Knopfdruck im Acht-Stunden-Rhythmus schreiben, sondern dann, wenn man persönlich seine physische und psychische Hochform hatte.

Stanek hatte die Nummer schon viele Male gewählt. Sowohl jene vom Festnetz als auch jene des Handys. Aber es meldete sich überall nur die Mailbox, auf die er zum dritten Male gesprochen und um einen dringenden Rückruf gebeten hatte. Mit einem Schlag wurde ihm bewusst, dass es vielleicht gar nicht so schlau gewesen war, eine Rückrufbitte hinterlassen zu haben.

Hatte er einen Fehler gemacht? Sein Blutdruck schoss augenblicklich in die Höhe. Seine innere Stimme verlangte nach einer Reaktion. Und zwar so schnell wie möglich. Er entschied trotz seiner momentan eng bemessenen Zeit, selbst nach dem Rechten zu sehen. Auch wenn dies aufwendig sein würde, aber er brauchte Gewissheit, denn wenn etwas schiefgelaufen war, konnte dies verheerende Auswirkungen haben. Er sah auf seine Armbanduhr. Wenn's auf der Autobahn A 7 Richtung Füssen gut lief, war er in zwei Stunden am Ziel. Er konnte also bis zum Spätnachmittag längst zurück sein.

40

Der Friedhof war mit rot-weißen Flatterbändern abgesperrt. Spurensicherer des Ulmer Polizeipräsidiums wirkten mit ihrer hellgrauen Schutzkleidung zwischen den Grabsteinen wie Gespenster, dachte Häberle, als er sich mit Linkohr den Kollegen näherte und sie per Handschlag begrüßte. Sogar der Ulmer Präsident höchstpersönlich hatte sich nach Geislingen bemüht, obwohl der Fall nicht gerade nach einem sensiblen, ja womöglich politischen oder terroristischen Hintergrund aussah. Häberle ließ sich den Fundort der inzwischen weggebrachten Leiche zeigen und interessierte sich für den aufgefundenen Lautsprecher. Das silberfarbene Gerät, das kaum größer als eine Handtasche war, steckte in einer Klarsichthülle, damit mögliche Spuren nicht verwischt werden konnten. Häberle besah es kurz und bedankte sich bei dem Kollegen, der es ihm gezeigt hatte.

»Muss nicht unbedingt etwas damit zu tun haben«, meinte der Polizeipräsident, der dicht herangetreten war. »Kann irgendjemand ins Gebüsch geworfen haben.«

Häberle nickte wortlos, während sich Linkohr respektvoll im Hintergrund aufhielt, denn als Angehöriger niederer Dienstränge geziemte es sich im streng hierarchisch geordneten Polizeiapparat nicht, sich ins Gespräch der Vorgesetzten zu mischen. Das Verhältnis zu Häberle war da ganz anders: Der legte keinen Wert auf solcherlei Standesdünkel, mit dem der gesunde Menschenverstand und damit die Kombinationsgabe gelähmt wurden.

Linkohr ließ seinen Blick über die Grabsteine schweifen, die aus glänzendem Marmor, rostbraun oder schneeweiß, geschlagen waren und wohl an erst in jüngster Zeit Verstorbene erinnerten. Daneben gab es eine Reihe mächtiger Natursteine, gewiss aus heimischer Erde, die stark verwittert und mit Efeu bewachsen waren. Die mit Metallbuchstaben angebrachten Namen und Jahreszahlen ließen auf Familiengräber schließen, in denen ganze Generationen ihre letzte Ruhe gefunden hatten – vermutlich meist angesehene und betuchte Familien. Linkohr konnte allerdings keinen einzigen Nachnamen jemandem zuordnen, der ihn an jemanden erinnert hätte. Müller, Gabler, dreimal Schmied, Temming, zweimal Müller und Horger stachen ihm ins Auge.

Doch dann lenkte ihn ein leibhaftiger Mann ab, der ein paar

Schritte von ihm entfernt ob seiner körperlichen Fülle nicht zu übersehen war und dessen sonore Stimme über das Gräberfeld hallte. Die Anwesenheit hochrangiger Polizeibeamten schien ihn nicht zu scheren. »Die hohen Herren aus Ulm kommen nur, wenn's eine Leiche gibt«, frotzelte er und klopfte jedem auf die Schulter. Dass ein blassgesichtiger und fröstelnder Anzugträger ein Staatsanwalt war, nahm er nur beiläufig zur Kenntnis. Dieser nämlich hatte sich zunächst geziert, die wulstige und kräftig zudrückende Hand des Mannes zu schütteln, den hier alle zu kennen schienen. »Leichtle mein Name«, stellte er sich ihm deshalb vor. »Normalerweise bin ich es, der zu den Leichen gerufen wird – jetzt hab ich endlich mal selbst eine gefunden«, erklärte der örtliche Bestatter auf seine ihm eigene Art und grinste übers ganze Doppelkinn-Gesicht. Der junge Staatsanwalt wusste nicht so recht, wie er diese Äußerung deuten sollte – hingegen war den anderen Leichtles bisweilen ironisch-sarkastischer Umgangston geläufig, der ihn, den furchtlosen Schwaben, auf liebenswerte Weise sympathisch machte.

»Wie kam es, dass Sie den Toten gefunden haben?«, wollte der Staatsanwalt mit amtlich strengem Ton wissen.

Leichtle grinste wieder. »Ich hab halt ein Gespür für Leichen.«

Der Polizeipräsident sah sich bemüßigt, das Gespräch in die richtige Richtung zu lenken. »Herr Leichtle ist der Bestatter. Er war heute früh beruflich hier.«

Der verunsicherte Staatsanwalt ging nicht darauf ein und versuchte, mangelnde Orts- und Personenkenntnis durch energisches Auftreten zu kompensieren: »Ist die Identität des Toten bekannt?«

Ein hinzugerufener Kriminalist verneinte und riskierte einen Vorschlag: »Vielleicht sollten wir an die Medien gehen, um Hinweise aus der Bevölkerung zu kriegen.«

Der Polizeipräsident legte seine Stirn in Falten. Eine offensive Öffentlichkeitsarbeit war nie so sein Ding gewesen. »Das soll die

Staatsanwaltschaft entscheiden«, gab er den Ball weiter und sah den Vertreter der Ermittlungsbehörde abwartend an. Der aber murmelte etwas, das sich so anhörte, als müsse er zuerst seinen Chef fragen.

Häberle bekräftigte den Vorschlag seines Kollegen und musste an den einstigen Lokaljournalisten Georg Sander denken, der während seiner aktiven Zeit längst hier aufgetaucht wäre und sich mit neugierigen Fragen beim Polizeipräsidenten unbeliebt gemacht hätte. »Wir sollten alle Hebel in Bewegung setzen, um so schnell wie möglich die Identität des Toten herauszufinden«, betonte Häberle. »Radio 7 und auch die Regionalnachrichten des Südwestrundfunks wären sinnvoll. Ebenso die Filstalwelle und natürlich die sozialen Netzwerke.« Häberle kannte sich zwar mit den digitalen Medien nicht sonderlich gut aus, doch inzwischen wusste er, dass mit ihnen sehr schnell viele Menschen erreicht werden konnten.

Der Staatsanwalt hatte das Handy am Ohr, um offenbar bei seiner Dienststelle in Ulm eine entsprechende Pressemitteilung anzuregen. Leichtle, dem dazu eine Bemerkung sichtlich auf der Zunge lag, hielt sich zurück, als Geislingens Polizeirevierleiter Rieger auftauchte, der vor zwei Jahren dem inzwischen pensionierten Watzlaff gefolgt war und sich als Beamter des sogenannten höheren Dienstes eher der geschmeidigen Wortwahl des Präsidenten anpasste. »Entschuldigen Sie«, gesellte er sich vorsichtig zu der Personengruppe. »Kurze Frage: Die Zufahrt bleibt vorläufig abgesperrt?«

Häberle nickte. »Ja, bis auf Weiteres, wieso?«

Rieger, dessen Schulterklappen ihn als Polizeirat auswiesen, hatte Mühe, seine Verärgerung zu unterdrücken. »Da draußen an der B 10 steht einer, der unbedingt zum Musicaltheater rüberfahren will.«

»Kann er jetzt nicht«, mischte sich ein älterer Kriminalist ein. »Wir haben auch die Zufahrt von der anderen Seite her abgesperrt. Das muss noch ein, zwei Stunden so bleiben.«

Der Polizeipräsident stellte unmissverständlich klar, wer hier das Sagen hatte, und wandte sich mit energischen Worten an den Revierführer: »Dann schicken Sie den Kerl weg.«

Rieger verschwand kommentarlos, nahm sich aber vor, das Kennzeichen des Uneinsichtigen zu notieren.

41

Walter Temming hatte keine Sekunde geschlafen. Die bohrenden Fragen seiner Frau, was auf dem Friedhof geschehen sei, waren entnervend gewesen. »Nichts ist passiert«, hatte er bei seiner Rückkehr mit belegter Stimme gesagt. »Gar nichts. Ich hab gewartet und gewartet – bis mir dann ein Zettel aufgefallen ist, der auf dem Grab lag.«

Darauf habe gestanden, dass er auf weitere Informationen warten solle. Zunächst habe er aber diese Aufschrift nicht deuten können und gerätselt, ob mit dem Warten gemeint sei, er werde noch an Ort und Stelle weitere Instruktionen erhalten. Doch obwohl er mehr als eine Stunde dort gestanden habe, habe sich nichts gerührt. Daraufhin habe er den Zettel wütend zerrissen und in die nahe Rohrach geworfen.

»Und da war niemand? Kein Mensch?«, hatte Gisela mehrfach nachgefragt.

»Nein, zum Donnerwetter«, war er schließlich zornig geworden. »Wie oft soll ich dir das noch sagen? Glaubst du denn, da treffen sich nachts auf dem Friedhof Heerscharen von Leuten?«

Auch beim Frühstück dieselben Fragen, nur in leicht abgewandelte Formulierungen gepackt. Temming hatte nur ein paar Bissen Brot gegessen und den Kaffee stehen lassen. »Um zehn kommt diese alte Betriebsratstussi«, brummte er und griff zu einer Aspirin, die er mit einem Glas Wasser schluckte.

»Ach, Gott, ja«, gab sich Gisela wissend. »Gehst du mit ihr ins untere Zimmer?« Gemeint war ein als Besprechungszimmer eingerichteter Raum in der nicht genutzten Einliegerwohnung.

»Ja. Aber ich mach's kurz, darauf kannst du dich verlassen.«

Wenig später saß er der älteren Dame gegenüber. Er hatte Ursula Fuchs schon viele Jahre nicht mehr gesehen. Sie war deutlich gealtert, schien aber nichts von ihrem Elan und ihrem Selbstbewusstsein verloren zu haben, das ihm damals, als sie Betriebsratsvorsitzende und sozusagen seine Widersacherin gewesen war, oftmals schwer zu schaffen gemacht hatte. Vielleicht war es eine gewisse Altersmilde gewesen, die ihn dazu bewogen hatte, ihrem Ansinnen auf ein Gespräch nachzugeben. An jedem anderen Tag wäre er sogar darauf gespannt gewesen zu sehen, was aus dieser couragierten Frau geworden war. Doch heute, nach dieser Nacht des Grauens, stand ihm der Kopf nicht danach. Natürlich hätte er sie anrufen und sagen können, er sei heute unpässlich. Aber er durfte sich gegenüber niemandem anmerken lassen, dass er unter dem Eindruck eines schrecklichen Geschehens stand. Inzwischen allerdings hegte er Zweifel, ob es sinnvoll gewesen war, Gisela zu belügen. Ihr Schock war gewiss umso größer, wenn sie erfuhr, was vergangene Nacht auf dem Friedhof tatsächlich geschehen ist. Und sie würde es natürlich erfahren. Die Medien würden groß darüber berichten. Es war also kompletter Schwachsinn gewesen, ihr ein Märchen aufzutischen.

Aber er wollte nichts damit zu tun haben. Er wollte alles aus dem Gedächtnis löschen, dem Schrecklichen davonlaufen, es ungeschehen machen. Hatte jemand sein Auto stehen sehen?, schoss es ihm zum wiederholten Mal durch den Kopf. Auch wenn er den Wagen nicht direkt vor dem Friedhof abgestellt hatte, so konnte doch nächtlichen Spaziergängern der große BMW aufgefallen sein. Und sein Handy? Er hatte es glücklicherweise daheim vergessen.

Aber sie würden ihm irgendwann auf die Spur kommen. Bei dem Gedanken, von der Kripo zu einem Verhör eingeladen zu werden, fröstelte es ihn. Wie sollte er erklären, alles verschwiegen zu haben? Was würde seine Frau denken?

Dann wieder dieser unheilvolle Gedanke an den Revolver, der irgendwo in den Tiefen des finsteren Kellers versteckt war, eine Etage weiter unten als in jener, in die er gerade die äußerst gepflegt wirkende Mittsiebzigerin führte. Sie wirkte agil und sportlich, als sie ihm die Stufen hinab in das Besprechungszimmer folgte und in einem der Ledersessel Platz nahm. »Es freut mich, dass wir uns nach so langer Zeit wiedersehen können«, sagte sie und ließ sich von Temming aus einer Thermosflasche eine Tasse Kaffee einschenken.

»Um ehrlich zu sein, war ich ziemlich überrascht, von Ihnen zu hören«, sagte er, während er sich mit zitternder Hand auch eine Tasse eingoss und lächelte. »Die Zeit heilt bekanntlich alle Wunden.«

»Ich hätte Sie am Montagabend gerne getroffen, aber weil Sie nicht da waren, hab ich den Mut gefasst, Sie anzurufen.«

»Da gehört nicht viel Mut dazu«, entgegnete er charmant und fügte milde lächelnd an: »Eigentlich bräuchte eher ich den Mut, wenn man bedenkt, was wir uns zu unseren besten Zeiten alles an den Kopf geworfen haben.«

»Jeder macht halt seinen Job, so gut er kann«, entgegnete sie forsch. »Mit dem Abstand von Jahrzehnten sieht man vieles in einem anderen Lichte, finden Sie nicht auch?«

Temming überlegte, worauf sie hinauswollte, musste dabei aber aufpassen, dass er die Konzentration nicht verlor, zumal ihn der Gedanke an vergangene Nacht in seiner Wahrnehmung lähmte. Wieso kam die Frau eigentlich ausgerechnet in dieser Woche? Okay, beruhigte er sich, sie war am Montag bei der Betriebsbesichtigung gewesen und hatte wohl gehofft, ihm zu begegnen. Was aber trieb sie jetzt, gemeinsame alte Zeiten anzusprechen?

Als ob sie seine Gedanken erraten hätte, begann sie zu schildern, was sie angeblich bewegte: »Irgendwann muss man damit anfangen, seinen inneren Frieden zu finden.«

Inneren Frieden, durchzuckte es Temming. Die beiden Worte hatten ihn zutiefst getroffen. Hatte die Frau sie nur so dahingesprochen oder stand Kalkül dahinter?

»Wenn man älter wird, werden viele Erinnerungen lebendig«, fuhr sie fort. »Ich weiß nicht, wie es Ihnen ergeht, aber Sie sind ja auch ein paar Jährchen jünger als ich.« Sie lächelte. »Wir haben uns beide nichts vorzuwerfen, und wir brauchen uns auch nicht zu entschuldigen, Herr Temming.«

Ihm kamen einige heftige Auseinandersetzungen in den Sinn. Lebhaft konnte er sich daran entsinnen, wie sie ihm als damals junge Frau sogar vorgeworfen hatte, für die Nachfolge seines Vaters Georg völlig ungeeignet zu sein. Das hatte ihn tief getroffen – und eigentlich hatte er es ihr auch nie verziehen. Stand ihr Kommen in einem Zusammenhang mit diesem Streit, der immerhin 30 Jahre zurücklag?

Die Bilder, als er wenige Monate nach dem tragischen Tod seines Bruders Siegfried an der Seite seines Vaters in den Betrieb aufgenommen wurde, liefen wie im Zeitraffer vor seinem geistigen Auge ab. Damals gerade 22 Jahre alt, war er von allen Seiten kritisch beäugt worden: von der Belegschaft, die nichts von dem jungen Schnösel hielt, und von seinem gestrengen Vater, der alle Hoffnung auf ihn gesetzt hatte. Der Druck lastete schwer auf seinen Schultern. Noch heute überkam ihn ein ungutes Gefühl, wenn er daran dachte. Auch der Tag, als er 1987 endlich an der Spitze stand, vor inzwischen genau 30 Jahren, hatte in ihm keinesfalls ein Glücksgefühl ausgelöst. Immerhin hatte er bis dahin 18 Jahre lang im Schatten seines übermächtigen Vaters gestanden. Von Beruf Sohn, hatte man im Betrieb geunkt.

Und diese Frau, die vor ihm saß, hatte dies alles mitbekommen. Sie wusste mehr über ihn als alle anderen. Sie kannte all die Gerüchte und Intrigen, die es in so einem aufstrebenden Unternehmen gegeben hatte. Und ihr war sicher auch der Vorfall von 1968 in Erinnerung. War sie gekommen, dies anzusprechen?, dröhnte es in seinem Kopf, während er es sich äußerlich nicht anmerken lassen durfte. »Ja«, murmelte er deshalb, »vielleicht könnten wir beide ganz interessante Memoiren schreiben.«

»In der Tat. Sie aus kapitalistischer Sicht, ich aus der sozialen. Keine schlechte Idee«, grinste sie. »Aber Spaß beiseite. Als ich am Montag bei der Veranstaltung Ihres Herrn Sohnes war, musste ich spontan an diese Sache denken, die damals, als Sie noch – verzeihen Sie den Ausdruck – ein junger Springinsfeld waren, für Furore gesorgt hat.«

Temming zuckte zusammen. Was zum Teufel ging ihn dies heute an? Er schluckte, und die Lidschläge seiner Augen verrieten Nervosität.

»Man hat damals viel geredet«, machte Frau Fuchs weiter. »Es waren einige Schicksalsschläge damals. Zuerst Ihr Bruder und dann die schreckliche Sache mit Barbara, dem Mädchen, das bei Ihren Eltern gearbeitet hat. Mir ist am Montagabend eingefallen, dass man nie wieder etwas darüber gehört hat, ob man den schuldigen Autofahrer jemals gefunden hat. Haben Sie davon gehört?«

Temming war innerlich erleichtert, dass sie sich offenbar nicht wirklich für den Vorfall mit Siegfried interessierte. Er umklammerte beim Trinken mit beiden Händen die Kaffeetasse, um sein Zittern zu verbergen. Dann sagte er betont ruhig: »Nein, da ist nie was rausgekommen. Jedenfalls ist nichts bis zu mir gedrungen. Wir waren damals viel zu sehr mit uns selbst beschäftigt, als dass wir dies hätten verfolgen können.«

»Damals hieß es, die Barbara sei hochschwanger gewesen. Stimmt es, dass das Kind gerettet werden konnte?« Ursula Fuchs sprach in einem Tonfall, wie ihn Temming nicht leiden konnte, irgendwie bestimmend und besserwisserisch, ebenso, wie Frauen beim Kaffeeklatsch zu reden pflegten.

»Was damals geredet wurde, Frau Fuchs, das dürfen Sie mich nicht fragen. Ich war zu diesem Zeitpunkt 21 Jahre alt, hab gerade meinen Bruder verloren. Da interessiert es einen nicht so, was bei einem tödlichen Fahrradunfall geschehen ist.«

»Immerhin war es das Hausmädchen Ihrer Eltern«, warf Frau Fuchs vorwurfsvoll ein. »Und attraktiv war sie auch.«

»Ach hören Sie doch auf«, wurde Temming säuerlich. »Ich war 21 und die war über 25.«

»Und deshalb zu alt für Sie?«, staunte Frau Fuchs. »Jetzt sagen Sie bloß nicht, Sie hätten kein Auge auf sie geworfen.«

»Also, Frau Fuchs, ich muss doch sehr bitten«, gab sich Temming energischer. »Was soll das eigentlich? Sind Sie gekommen, um sich mit mir über Barbara zu unterhalten?« Nach kurzer Überlegung fuhr er fort: »Barbara hat mich damals überhaupt nicht interessiert. Damals war sie aus meiner Sicht viel zu alt. Außerdem war ich wohl für sie ebenso uninteressant.«

»Meinen Sie? Als Hausmädchen hätte sie sich doch an den Sohn des Chefs heranmachen können.«

»Bitte, Frau Fuchs! Was hat das mit allem zu tun? Sie haben mich gefragt, ob ich wisse, dass Barbara schwanger war – und ich sage Ihnen, dass mich das gar nicht interessiert hat.«

»Dann wissen Sie also auch nicht, ob das ungeborene Kind gerettet werden konnte?« Frau Fuchs blieb hartnäckig.

»Ich kann das gerne zehnmal wiederholen: Nein, das weiß ich nicht. Und das ist mir auch egal. Und wir hatten als Arbeitgeber dieser Barbara keinerlei Veranlassung, den Fall zu verfolgen. Es war kein Arbeitsunfall, und sie ist nicht mal auf dem Weg von oder zur Arbeit verunglückt.« Temmings Kaffeetasse vibrierte, als er sie zum Mund führte.

Frau Fuchs blieb gelassen und registrierte, dass gerade dies ihren ehemaligen Chef in Rage brachte. Genau wie einstens, als sie mit derselben Gelassenheit in den Betriebsratssitzungen gegen ihn argumentiert hatte. »Wenn das Kind gerettet wurde«, fuhr sie ungerührt fort, »müsste der Bub oder das Mädchen heute 49 Jahre alt sein, sofern nicht verstorben.«

»Ja und? Soll ich mich um ihn kümmern? Frau Fuchs, das ist doch Schnee von vorgestern. Wenn die Familie Hilfe gebraucht hätte, wäre mein Vater gewiss bereit gewesen, ihr finanziell unter die Arme zu greifen.«

Frau Fuchs runzelte die faltige Stirn. »Glauben Sie das im Ernst? Dann kenne ich Ihren verehrten Herrn Vater aber besser als Sie. Freiwillig hat der nie etwas rausgerückt. Oder hat er Ihnen ein üppiges Taschengeld zugestanden? Doch wohl kaum.« Sie sah ihrem Gegenüber scharf in die glasigen Augen. »Ihre Begeisterung an den 68er-Protesten gegen den Kapitalismus dürfte Ihrem alten Herrn nicht entgangen sein. Es ist kaum anzunehmen, dass er Sie darin finanziell unterstützt hat.«

»Sind Sie gekommen, mir das zu sagen?« Temming hatte Mühe, nicht die Beherrschung zu verlieren.

»Nein, bin ich nicht, lieber Herr Temming«, wurde Frau Fuchs versöhnlicher und lächelte. »Mich interessiert wirklich nur das Schicksal des Kindes von damals. Damals hieß es nämlich, es gebe gar keinen Vater.« Sie fügte erklärend hinzu: »Also keinen offiziellen. Demnach muss das Kind vater- und mutterlos aufgewachsen sein. Vielleicht bei den Großeltern oder Tante und Onkel, falls es so etwas gab.«

Temming zeigte sich unterkühlt. »Keine Ahnung. In unserer Familie wurde nie darüber geredet. Da hätten Sie drei Jahre früher kommen müssen. Da hat mein Vater noch gelebt. Der wäre der bessere Ansprechpartner gewesen.«

»Aber vielleicht können Sie mir trotzdem weiterhelfen. Wie hat die Barbara mit Nachnamen geheißen? Vielleicht finde ich ihr Kind auf diese Weise.«

»Wie die …« Temming schien das Ansinnen der Frau völlig abwegig zu sein. »Sie wollen …«

»Ja, warum nicht? Ich hab die Barbara noch lebhaft vor Augen.

Sie ist oft in die Firma gekommen, um Ihrem verehrten Herrn Vater Unterlagen zu bringen. Sie war wirklich ein sehr attraktives Mädel, die Barbara. Hat sich für damalige Verhältnisse ziemlich aufreizend gekleidet«, lächelte Frau Fuchs vielsagend. »Es war ja auch die Zeit, als der Minirock salonfähig geworden war. Ich weiß noch genau, wann das war: 1962 durch die britische Modeschöpferin Mary Quant. Aber damals waren Sie erst 15 und hatten noch kein Auge dafür.« Es klang wieder überheblich. Und sie ließ nicht locker: »Wie hieß sie nun mit Nachnamen?«

Temming wollte sich auf keine weitere Diskussion einlassen. »Woher soll ich denn das wissen? Sie war halt die Barbara«, entgegnete er unwirsch. »Außerdem interessiert mich das alles nicht, Frau Fuchs. Und auch Sie sollten sich nicht mit Dingen belasten, die nicht mehr zu ändern sind. Schauen Sie lieber nach vorne. Sie sind doch fit und geistig rege. Was schert Sie die Vergangenheit?«

Er stand auf und signalisierte damit, dass er das Gespräch für beendet ansah, schob aber eine Frage nach: »Und dass Sie hinter Siegfried her waren, das spielt wohl keine Rolle? Glauben Sie doch nicht, das sei mir entgangen!«

42

Ulrich Stanek war länger unterwegs gewesen als gedacht. Obwohl die A 7 zwischen Ulm und Füssen normalerweise bei Weitem weniger stark befahren war als andere deutsche Autobahnen, hatte es um Kempten herum wegen eines Unfalls gestaut. Stanek war wie in Trance den jeweiligen Kolonnen gefolgt, denn was er heute gesehen hatte, lag bleiern und dumpf auf seinem Gemüt. Es lähmte seine Gedanken und raubte ihm jegliche Aufmerksamkeit.

Und nun eine halbe Stunde Schrittgeschwindigkeit vor dem Grenztunnel zu Österreich. Er versuchte, sich abzulenken und überlegte, ob die Verantwortlichen in Reutte wieder vor der Auffahrt in Richtung Fernpass zu ihrer berühmt-berüchtigten Dosier-Abfertigung gegriffen hatten. Zu Spitzenzeiten stellten diese nämlich eine mobile Ampel auf, um den südwärts heranflutenden Verkehr auszubremsen, damit es auf den einheimischen Straßen wieder einige Lücken gab. Weil die Ampel meist nur für zwei, drei Sekunden auf Grün geschaltet wurde, waren die Folgen fatal: Meist staute es sich weit in Richtung Füssen zurück, und mancher Autofahrer rieb sich ob des scheinbar sinnlosen Treibens verwundert die Augen. Denn es schien, als ob die Österreicher mutwillig einen Stau verursachten. Stanek war sogar felsenfest davon überzeugt, dass dies so war. Denn als er einmal nicht nur seinen Freund in Reutte besuchen wollte, sondern weiter in Richtung Imst, Landeck und Reschenpass fuhr, war von der angeblich gewollten Lücke im Verkehr nichts zu sehen. Nach der Dosier-Ampel hatten die Autofahrer nämlich innerhalb kürzester Strecke auf die vor ihnen abgeflossenen Fahrzeuge aufgeschlossen und somit den Kolonnenverkehr fortgesetzt. Als Stanek mit seinem alten roten VW-Passat im Tunnel die nur symbolisch angeschriebene Grenzlinie zu Österreich überquert hatte, stellte er zufrieden fest, dass heute nicht dosiert wurde. Aber das wäre ihm egal gewesen. Es war alles so unbedeutend und sinnlos. Denn wenn sich Martin nicht meldete, gab es einen triftigen Grund dafür. Und dieser konnte sogar ganz schrecklich sein. Den Gedanken daran wurde er nicht los. Denn im Moment deutete alles drauf hin, dass es so war, wie es ihm sein rebellierendes Gehirn seit zwei Stunden einhämmerte.

Mehrfach hatte er von unterwegs vergeblich versucht, Martin zu erreichen. Dass Sonja, seine Partnerin, ebenfalls nicht ans Telefon gegangen war, lag an ihrem Job als Lehrerin, den sie ganztägig in einer Nachbargemeinde ausübte. Ihm fiel ein, dass er die Frau bislang nie persönlich zu Gesicht bekommen hatte. Dafür war sie ihm auf einem Foto, das ihm sein Kumpel gezeigt hatte, äußerst attraktiv erschienen. Kein Wunder, dass Martin gar nicht mehr aufhören konnte, von ihr zu schwärmen. Stanek bedauerte es deshalb, dass sie während seiner beiden bisherigen Besuche immer im Unterricht gewesen war.

Den Weg zu dem großen landwirtschaftlichen Anwesen am Ortsrand von Reutte wies ihm das Navi. Auf den ersten Blick lag es verlassen, obwohl Sonjas betagte Eltern den vorderen Teil des Gebäudekomplexes bewohnten. Stanek parkte den Passat im weitläufigen Hof und stieg aus. Die Luft war feucht und ruppig und roch nach Landwirtschaft, obwohl der Betrieb vor über fünf Jahren aufgegeben worden war.

Stanek sah am zweistöckigen Gebäude hinauf und stellte fest, dass alle Fenster geschlossen und die Vorhänge zugezogen waren. Er entschied, nicht gleich an der vorderen Haustür bei Sonjas Eltern zu klingeln, sondern dies zuerst zehn Meter weiter am Eingang zu der direkt angrenzenden Wohnung zu tun. ›Sonja & Martin‹, stand am Klingelknopf. Als er drückte, drang von innen ein nervtötender Klingelton heraus. Auch beim dritten Versuch rührte sich nichts. Stattdessen ging links oben ein Fenster auf, und eine ältere Dame reckte ihren Kopf heraus. »Ja, bitte?«, fragte sie mit unüberhörbarem Tiroler Dialekt.

Stanek stellte sich als Freund von Martin vor und behauptete, er sei zufällig auf dem Weg von Südtirol hier vorbeigekommen. »Ist er denn nicht da?«

»Nein. Er ist gestern Nachmittag wegg'fahr'n, um einen Bekannten in Deutschland zu besuchen.«

Stanek rückte seine Brille zurecht, um die Dame besser sehen zu können. Er ging davon aus, dass es sich um Sonjas Mutter handelte. »Wo kann ich ihn denn erreichen, wann kommt er zurück?«, fragte er und vergrub seine Hände in der Freizeitjacke.

»Er wollte heute Mittag wieder hier sein. Haben Sie denn seine Handynummer nicht?«

»Nein, leider nicht«, log Stanek. Er wollte die Dame nicht in Schrecken versetzen.

»Er ist in letzter Zeit öfters unterwegs«, erklärte sie. »Aber er stammt ja auch aus Deutschland.«

»Wann kommt Sonja?«

»Immer zwischen zwei und drei. Sie hat noch Unterricht, drüben in Weißenbach.«

»Okay, dann kann man nichts machen«, gab sich Stanek enttäuscht.

»Kann ich ihm denn etwas ausrichten?«, fragte die Frau.

»Oh ja, sagen Sie Martin bitte, er soll mich anrufen. Den Ulrich. Auf dem Handy.«

»Das tu ich gerne.«

Stanek nickte ihr zum Abschied freundlich zu und stieg in seinen Passat. Als er hinterm Steuer saß, verfolgte er im Augenwinkel, wie die Frau das Fenster schloss und den Vorhang zuzog. Er sah auf die Uhr – es war 13.35 Uhr – und entschied, auf Sonja zu warten. Nicht hier vor dem Haus, weshalb er sich einen Bummel durch das kleine Städtchen vornahm. Mit seinem Passat war er innerhalb von wenigen Minuten dort, wo er das Zentrum vermutete, stellte den Wagen in der Nähe der Gemeindebücherei ab und spazierte, vorbei am Feuerwehrhaus, die Straße entlang.

Zuvor hatte er sich vom Navi den Ort Weißenbach zeigen lassen, in dem Sonja Lehrerin war. Er lag nur etwa zehn Autominuten entfernt, doch hätte es keinen Sinn gemacht, vor der dortigen Schule zu warten, zumal er die Frau bisher nur auf einem Foto gesehen hatte.

Als er auf das Tourismusbüro der Naturparkregion Reutte stieß, trat er dort ein und wurde von einer freundlichen Frau begrüßt. »Kann ich Ihnen helfen?«

Er lächelte zurück und deutete auf einige Prospekte und Broschüren. »Ich möcht' mich nur informieren, was es in Ihrer schönen Stadt so alles gibt.« Er blätterte in einer kleinformatigen Zeitung.

»Waren S' denn schon auf unserer Hängebrücke?«, hörte er die Stimme hinter sich.

»Nein, aber gehört hab ich davon«, erwiderte er, sah auf und drehte sich zu der Frau, die von dem kühnen Bauwerk zu schwärmen begann.

»Drüben an der Burg Ehrenberg. 110 Meter hoch. Überspannt ein ganzes Tal.«

Stanek hielt beim flüchtigen Durchblättern der Zeitung inne und faltete sie wieder zusammen. Martin hatte ihm von dieser atemberaubenden Konstruktion bereits erzählt. Beim nächsten Besuch wollten sie gemeinsam über sie spazieren. Beim nächsten Besuch, echote es in Staneks Kopf, und ihn befiel sofort eine tiefe Trauer – auch wenn er sie zu verdrängen versuchte. Nein, er durfte solche depressiven Gedanken gleich gar nicht aufkommen lassen, gegen die er schon den ganzen Tag ankämpfte.

»Sind S' zum ersten Mal hier?«, fragte die Frau, die jetzt an den Tresen gekommen war.

»Nein, nicht das erste Mal. Ich hab einen Freund hier. Der ist vor einem Jahr von Deutschland hierhergezogen.«

»Na, dann kann er Ihnen ja erzählen, was das Lechtal zu bieten hat. Nicht nur Skifahren.«

Stanek grinste. »Und sicher auch nicht nur Staus auf der Straße.«

»Das sind ja meist nur die Deutschen«, erwiderte sie prompt. »Weil man hier ohne Pickerl runter in den Süden kommt.«

Stanek gab sich informiert. »Ja, sofern man in Imst die Landstraße nach Landeck nimmt und sich dort durch die winklige Durchfahrt zwängt.«

Die Frau nickte, wandte sich ihrem Computer zu und ließ den Besucher die Prospekte studieren.

Gerne hätte Stanek die Frau über Sonjas Eltern ausgefragt, aber er kannte nicht einmal deren Familiennamen. Dann verließ er das Büro und steuerte das Café Valier an, in dem er der einzige Gast war. Er bestellte eine heiße Schokolade und eine Käsesahnetorte. Seit dem Vormittag hatte er nichts mehr gegessen, aber irgendetwas schnürte ihm den Magen zu. Trotzdem musste er etwas zu sich nehmen, um die möglicherweise schrecklichen Nachrichten bewältigen zu können, die auf ihn zukommen würden.

Noch einmal versuchte er von seinem Handy aus, Martin anzurufen, während die Bedienung das Bestellte servierte. Zum wiederholten Mal drang der automatische Hinweis an sein Ohr, wonach der angerufene Teilnehmer sich nicht melde.

Stanek hoffte den ganzen Tag über schon, dass nur der Akku leer war oder Martin wie so oft sein Handy abgeschaltet und vergessen hatte, es einzuloggen. Allerdings hatte Martin auch mal gesagt, nicht ständig online sein zu wollen, weil es niemanden etwas angehe, wo er sich aufhalte. Ganz sicher war das auch heute so. Ganz sicher. Doch im selben Moment befürchtete Stanek, dass dies alles nur ein schöner Wunschtraum war, weil die Realität eine ganz andere Sprache gesprochen hatte.

Gedankenversunken trank er die heiße Schokolade und stocherte in der Torte, die zwar lecker war, er aber nicht genießen konnte. Sein Magen rebellierte, der Bauch schmerzte. Während er aß, konfrontierte ihn sein Unterbewusstsein mit einer Nachlässigkeit, die ihm widerfahren war. Gerade hatte er doch überlegt, dass Martin oftmals vorsichtshalber sein Handy abgeschaltet ließ. Doch er selbst war nicht auf diese Idee gekommen. Falls es irgendwann notwendig sein würde, seinen heutigen Tagesablauf zu rekonstruieren, war es natürlich ein Leichtes, ihm die Fahrt von Süßen hierher nach Reutte nachzuweisen. Verdammt. Er legte die Kuchengabel auf den Teller, fingerte nach seinem Handy und loggte es aus. Natürlich war dies Unsinn. In panischer Angst um Martin hatte er überhaupt nicht daran gedacht, keine verräterischen Spuren im digitalen Netz zu hinterlassen. Außerdem war seine Reaktion heute Vormittag völlig idiotisch gewesen, Hals über Kopf wissen zu wollen, was mit Martin geschehen sein konnte. Er schaltete sein Gerät wieder ein, zumal er ja auf einen Anruf von Martin hoffte. Mach dich nicht wahnsinnig, mahnte ihn seine innere Stimme, doch schon eine halbe Sekunde später packte ihn erneut die Furcht, in ein schlimmes Szenario hineingezogen zu werden. Nein, nein, nein – ich bin kein Verbrecher. Ich hab im Prinzip nichts Unrechtes getan, beruhigte er sich. Was heißt im Prinzip? Er war doch nur eine Randerscheinung, völlig unbedeutend, niemand konnte ihm verbieten, nach Reutte zu fahren.

Er rief die Bedienung, um zu bezahlen, verließ das gemütliche Lokal und schlenderte zu seinem Auto, ohne die Schaufenster und die wenigen Passanten zur Kenntnis zu nehmen. Er würde in respektablem Abstand zu Sonjas Gehöft im Wagen warten, bis eine einzelne Frau dahergefahren kam und das große landwirtschaftliche Anwesen ansteuerte.

Es verging eine Dreiviertelstunde, die er im unbeheizten Auto verbringen musste, bis endlich einer dieser neuen Fiat 500er-Nachbauten der 60er Jahre an ihm vorbeirollte und auf jenen weitläufigen Platz einbog, den das Gehöft u-förmig umgab und den er von seinem Fahrersitz aus gut im Blickfeld hatte.

Der cremefarbene Kleinwagen blieb nahe der Tür stehen, an der er vor über einer Stunde gewesen war. Eine schlanke Frau stieg aus, holte von der Rückbank einen Aktenkoffer und verschloss das Fahrzeug. Stanek hatte den Motor gestartet und hielt eine halbe Minute später hinter dem Fiat. Allerdings war die Frau schneller gewesen und bereits ins Haus gegangen, sodass er sich mit Klingeln bemerkbar machen musste. Sofort schwenkte die verwitterte Tür nach innen auf, und ein misstrauisches Gesicht sah ihn an. Blonde, schulterlange Haare, blaue Augen, helle Haut, die Freizeit-Jeansjacke noch an. Eine sympathische Erscheinung, aber angesichts des unverhofften Besuchers leicht genervt.

Stanek war einen Schritt zurückgegangen und lächelte. »Entschuldigen Sie, ich bin Ulrich Stanek, ein Freund von Martin.«

Weil er viel zu schnell und aufgeregt redete, hörte es sich wie atemloses Stammeln an. »Ich bin derjenige, der sein Haus gekauft hat. Und ich nehme an, Sie sind Sonja.«

Die junge Frau sah ihn für zwei Sekunden sprachlos an. »Sie sind Ulrich?«, fragte sie ungläubig, als habe sie sich ihn völlig anders vorgestellt. »Martin hat gar nicht gesagt, dass Sie kommen.«

»Konnte er auch nicht«, sagte er, ohne es dramatisch klingen zu lassen, obwohl die Befürchtung in ihm wütete, Martin würde gar nicht mehr kommen können. »Ich bin spontan hergefahren. Entschuldigen Sie bitte, wenn ich Sie überrumple. Ist Martin denn nicht da?«

Sie spürte sofort, dass etwas nicht stimmte. »Martin ist doch gestern nach Deutschland gefahren und wollte auch Sie besuchen.« Ihre Augenbrauen verengten sich. »Ich warte schon auf einen Anruf von ihm.«

Stanek rang nach Worten und ärgerte sich, dass er diese Situation nicht im Vorfeld durchgespielt hatte. Was sollte er sagen? In Sonjas Gesicht stand Verwunderung.

»Und wo ist er nun?«, fragte sie zögernd, als ob sie von Stanek eine plausible, vor allem aber beruhigende Antwort erwarte.

»Ich kann ihn nicht erreichen«, war alles, was Stanek in diesem Moment einfiel.

»Und deshalb fahren Sie gleich hierher?« Die junge Frau kämpfte gerade mit sich, ob sie den Mann, der sich als Martins Freund ausgab, ins Haus lassen sollte. Sie kannte ihn schließlich nicht. Und Martin hatte auch niemals ein Bild von ihm gezeigt. Stanek bemerkte ihre Unsicherheit. »Ich kann Ihnen gerne meinen Ausweis zeigen. Ich bin Ulrich Stanek«, wiederholte er, griff nach seinem Geldbeutel und zog den Ausweis heraus, um ihn ihr zu reichen. Sie nahm das Dokument tonlos entgegen, überflog den Namen und verglich das Passbild. »Schon gut«, sagte sie und gab ihm den Ausweis zurück.

»Ist etwas passiert?«, kam es aus ihrer trocken gewordenen Kehle.

Stanek zuckte mit den Schultern. »Darf ich für einen Moment hereinkommen?«

Sie wich zögernd zurück und gewährte dem Mann Zutritt in die rustikal eingerichtete Wohnung. Holzdielen knarzten unter seinen Schritten, auf einer Kommode war ein herbstlicher Strauß geschmackvoll drapiert.

»Kommen Sie«, sagte Sonja und führte ihn in das Esszimmer, das als Tiroler Bauernstube eingerichtet war: viel Holz, Kerzenhalter und ein Kruzifix in der Ecke. »Nehmen Sie Platz«, deutete Sonja auf einen gepolsterten Stuhl. »Sie suchen Martin«, stellte sie leise fest, als sie beide an dem wuchtigen Tisch saßen.

Er nickte zaghaft und knöpfte sich die Jacke auf. »Er wollte zu mir kommen, ja, das stimmt. Aber er ist nicht gekommen, und ich kann ihn nicht erreichen. Und nachdem ich auch Sie nicht erreichen konnte, bin ich losgefahren.«

»Aber wie können Sie ihn hier vermuten, wenn er gestern zu Ihnen gefahren ist?« Sonja war bemüht, eine Logik in seinem Verhalten zu finden. Alles erschien ihr surreal und verworren. Oder verheimlichte ihr dieser Mann etwas?

Stanek war sich inzwischen gar nicht mehr so sicher, ob es sinnvoll gewesen war, Sonja zu beunruhigen. Er hatte keine Ahnung, inwieweit Martin sie in alles eingeweiht hatte. Er durfte unter keinen Umständen die Beziehung der beiden gefährden. Aber andererseits, so überlegte er, könnte er es nicht verantworten, untätig zu sein, während Martin in Schwierigkeiten geraten war. Aber wahrscheinlich waren es nicht nur Schwierigkeiten, mahnte ihn diese verdammte innere Stimme, die er zunehmend als bedrohend empfand. Fast schien es ihm so, als habe sich ein böser Geist seiner Sinne bemächtigt, der ihn heute Vormittag dazu verleitet hatte, etwas Schwachsinniges zu tun.

»Mir geht es darum«, räusperte er sich und formulierte den Satz neu, »ich möchte verhindern, dass Martin in Schwierigkeiten gerät.«

»In Schwierigkeiten?«, wiederholte Sonja ungläubig, woraus Stanek schloss, dass sie offenbar völlig unwissend und ahnungslos war. Aber er musste handeln. Vorsorglich. Denn es gab in diesem Haus ganz sicher Dinge, die nicht in falsche Hände geraten durften.

43

Walter Temming war mit den Nerven am Ende. Als Ursula Fuchs gegangen war, hatte er sich im Besucherzimmer in den Sessel gelehnt und tief Luft geholt. Er würde diese Frau nie mehr wiedersehen wollen. Warum zum Teufel hatte sie ausgerechnet in dieser Woche so großen Wert darauf gelegt, mit ihm sprechen zu dürfen? Mühsam schleppte er sich die Treppen hoch in die Wohnung, wo Gisela gespannt und sorgenvoll darauf wartete, was er ihr zu berichten hatte. »Du siehst ziemlich mitgenommen aus«, meinte sie, als er sich im Esszimmer niederließ, wo sie ihm eine Tasse Kaffee brachte, die er sofort zum Mund führte. Seine Hand zitterte, und er brauchte ein paar Sekunden, bis er sich zu einer Antwort durchringen konnte. »Alles alte Kamellen, was die Frau jetzt im Alter beschäftigt. Wahrscheinlich senil geworden.«

»Alte Kamellen? Von der Firma?« Auch Gisela hatte sich gesetzt.

»Wahrscheinlich lebt man mit zunehmendem Alter immer stärker in der Vergangenheit.«

»Und? Was hat sie gesagt?«

»Ich hab den Eindruck, sie kommt über ihre lange Tätigkeit als Betriebsratsvorsitzende nicht hinweg. Sie muss wohl einiges verarbeiten.« Er runzelte die Stirn. »Am liebsten hätt' ich ihr geraten, sie soll mal einen Psychiater aufsuchen.«

»So schlimm?«

»Weißt du, wem nützt es denn, wenn wir über Dinge reden, die 30, 40 Jahre zurückliegen. Außer ihr weiß das doch kein Mensch mehr. Das interessiert auch niemanden.«

»Die 40 Jahre zurückliegen?«, echote Gisela vorsichtig.

»Ja, sie hat es wohl nie überwunden, dass ich Vaters Nachfolger wurde«, erwiderte er genervt.

»Sie hat auch von Siegfried gesprochen?«, hakte Gisela nach.

»Ach, hör mir doch auf mit Siegfried!« Er nahm wieder einen Schluck Kaffee, der ihm viel zu heiß erschien. »Das hat mit dem überhaupt nichts zu tun.« Er wusste natürlich, dass nach allem, was in den vergangenen Tagen geschehen war, Gisela dies nicht glauben wollte. Und wenn er ehrlich war, erging es ihm genauso. Am liebsten wäre er aufgesprungen und hätte laut in die Welt hinausgebrüllt, dass man ihn in Ruhe lassen solle. Sein Innerstes bewahrte ihn aber vor einem solchen emotionalen Ausbruch, denn dann hätte ja der, der ihn seit Tagen attackierte und plagte, sein Ziel erreicht.

Sie schwiegen sich eine halbe Minute lang an, bis seine Frau die plötzliche Stille brach: »Und du bist dir sicher, dass du mir nicht sagen willst, was vergangene Nacht wirklich geschehen ist?«

Sein Blutdruck schnellte in die Höhe, den Herzschlag spürte er bis zum Hals. »Sag mal im Ernst, Gisela«, entgegnete er zwar ruhig, aber innerlich bebend, »was glaubst du, was da gewesen sein soll?« Im selben Moment überkam ihn das dumpfe Gefühl, irgendein Radiosender könnte bereits von der Sache auf dem Friedhof berichtet haben. Er fühlte sich in die Enge getrieben, denn er wusste genau, dass eine Menge unangenehmer Fragen auf ihn zukommen würden. Aber jetzt, in diesem Moment, war er überhaupt nicht in der Lage, darüber zu reden. Er brauchte Ruhe, um all die ungeklärten Dinge einordnen zu können.

Gisela wollte nicht tiefer in ihn eindringen. Doch nachdem sie in der vergangenen Stunde ausführlich mit ihrer Schwiegertochter Sylvia telefoniert hatte, stand für sie zweifelsfrei fest, dass Walter etwas verheimlichte. »Falls ich dir in irgendeiner Weise helfen kann«, fuhr sie fort, »sag mir das bitte. Wenn du willst, kann ich deine Probleme heute Abend ansprechen.«

»Heute Abend?«, Walter war so tief in Gedanken versunken gewesen, dass er ihr hatte nicht folgen können.

»Ja, heute Abend«, erwiderte sie vorwurfsvoll, weil er den Termin, der ihr so wichtig erschien, offenbar schon wieder vergessen hatte. »Ich hab dir doch gesagt, heut Abend kommt Timberli nach Reutlingen.«

»Timber…«, entfuhr es Walter, und dann brach er ab, denn im selben Moment fiel ihm ein, dass es sich um diesen angeblichen Reinkarnationsexperten handelte. Gisela hatte sich schon vor Monaten um einen Termin bemüht. Der in parapsychologisch angehauchten Kreisen weithin bekannte Mann reiste regelmäßig durch die Republik und bot in Hotels seine Therapien an – oder besser gesagt: seine Rückführungen in ein früheres Leben. Gisela war brennend daran interessiert zu erfahren, ob sie schon einmal gelebt hatte und wenn ja, wo dies gewesen sein könnte und was sie davon mit in ihr jetziges Dasein herübergebracht hat. Sie wäre sogar wild entschlossen, den Ort ihres früheren Lebens aufzusuchen.

Er befürchtete, dass sie den Versuch unternehmen wollte, bei dieser Gelegenheit Kontakt zu Siegfried aufzunehmen. Purer Schwachsinn natürlich, jagte es ihm durch den Kopf, obwohl er just in diesem Moment an das dubiose Foto von Dienstagabend denken musste – und natürlich an das zersprungene Fenster. Und plötzlich befiel ihn ein grausiger Gedanke: Konnte man Tote eigentlich erschießen?

44

Häberle und Linkohr hatten sich den ganzen Vormittag auf dem Friedhof aufgehalten und ausgiebig mit den Kollegen der Spurensicherung diskutiert und selbst die Umgebung erkundet. Linkohr hatte dabei über den prächtigen Wasserfall gestaunt, den die Rohrach zwischen den Häusern dieser kleinen Stadtrandsiedlung bildete. Ein paar Meter oberhalb davon umströmte der Fluss ein Haus, das nur über Stege zu erreichen war – »Geislingens einziges Haus auf einer Insel«, meinte der junge Kriminalist, worauf sein Chef etwas knurrte, das im Rauschen des Wassers unterging.

Häberle musste an einen früheren Fall denken, bei dem ganz in der Nähe eine damals beteiligte Person gewohnt hatte. Deren Namen fiel ihm allerdings nicht mehr ein. Damals war in einem kleinen See, etwa einen Kilometer flussaufwärts in dem engen Tal, eine Leiche versenkt worden.

»Ziemlich dubiose Sache«, holte ihn Linkohrs Stimme in die Gegenwart zurück.

Häberle sah nachdenklich über die Dächer Geislingens hinweg zur Burgruine Helfenstein, die auf einem Bergvorsprung thronte, umgeben von herbstlich verfärbten Laubwäldern. Und er empfand es wieder einmal als schwere Last, als erfolgreicher Ermittler zu gelten, von dem man zwangsläufig erwartete, dass er die kniffligen Fälle lösen konnte. Tatsächlich war ihm dies bisher auch immer gelungen. Fast jedenfalls. Nur einmal war er einem Trugschluss erlegen, der ihn bis heute nicht losließ. »Sobald wir wissen, wer der Tote ist«, gab er sich energisch, »werden Sie sehen, dass wir auch dieses Ding hier aufdröseln.«

»Falls uns nicht jemand die Story von der Geisterstunde vorspielen will«, entgegnete Linkohr.

Kaum hatte er es gesagt, meldete sich Häberles Handy. Es war einer der Kollegen von der Spurensicherung. »Könnten Sie noch mal schnell?«, fragte eine Männerstimme. »Wir haben etwas gefunden.«

Häberle murmelte ein »Ja, sofort«, ohne zu fragen, worum es sich handelte, und ermunterte Linkohr: »Vielleicht geht's jetzt los.« Er zupfte an dessen Jackenärmel und zog ihn mit in Richtung Friedhofsmauer, um die herum großräumig ein rot-weißes Absperrband flatterte. Auf dem Parkplatz standen seit Stunden die weißen Kastenwagen der Spurensicherung und drei blau-weiße Streifenwagen.

Den beiden Kriminalisten kam zwischen den Grabreihen ein Kollege entgegen und hob etwas in die Höhe, das wie ein kleiner weißer Stoffsack mit schwarzer Beschriftung aussah. Erst als der Mann es mit beiden behandschuhten Händen auseinanderfaltete, wurde ihnen klar, was da aufgemalt war. Sie erstarrten in der Bewegung. Denn auf dem weißen Stoff glotzte ihnen etwas Schauriges entgegen: ein Totenkopf.

Der Chefermittler hatte sich als Erster gefangen: »Halloween ist doch erst nächste Woche.«

Linkohr war nicht nach Lachen zumute.

45

Adam Jarowski hatte sich krankgemeldet. Sein Kampf gegen die drohende Entlassung galt nur dem Versuch, eine möglichst hohe Abfindung herauszuschinden. Dass er gehen wollte und musste, war ihm klar, denn unter den gegebenen Umständen gab es weder mit seinem direkten Vorgesetzten noch mit Sven Temming eine Aussicht auf friedliche Einigung. Er war leichtsinnig gewesen, seine Mails vom Büro aus zu verschicken. Es waren nur drei oder vier gewesen, aber der Inhalt dessen, was der Systemadministrator entdeckt hatte, war ausreichend gewesen, ihm betriebsschädigendes Verhalten anzuhängen. Denn wo die Unternehmen ihre Interessen gefährdet sahen, hörte das demokratisch verbriefte Recht auf freie Meinungsäußerung auf. Dies – so hatte er in den vergangenen Monaten schmerzlich feststellen müssen – hatte beim Betreten des Firmengeländes seine Gültigkeit verloren. Er hatte dies mehrfach gegenüber einem Vertreter der Gewerkschaft beklagt, doch waren dieser Arbeitnehmervertretung deutliche Grenzen gesetzt. In den vergangenen Jahren war eben viel über Bord geworfen worden, was die Altvorderen mit Streiks und vieltausendköpfigen Kundgebungen erstritten hatten. Allen voran durch die Hilfe von markanten Gewerkschaftsfunktionären, die in den Verhandlungen mit den Bossen Kante zeigen konnten. Jarowski hatte dies zwar selbst nicht erlebt – dazu war er viel zu jung –, aber sein Vater hatte davon immer mit Begeisterung erzählen können.

Nun würde er dem Job bei Temming nicht nachtrauern, zumal es ohnehin heutzutage Sinn machte, öfters mal den Arbeitgeber zu wechseln. Früher waren solche Wechsel stets negativ belegt, weil man daraus zu schließen glaubte, man habe es mit einem unzuverlässigen Bewerber zu tun. Wurden jedoch heute im Lebenslauf nicht wenigstens ein halbes Dutzend Arbeitsstellen genannt, dann tauchte schnell der Verdacht auf, die Person sei nicht flexibel genug und nicht bereit, sich immer mal wieder auf Neues einzustellen.

Jarowski hatte sich vorgenommen, seine kritische Einstellung gegenüber den Chemie- und Pharmakonzernen beruflich zu nutzen. Bei Greenpeace gab es gewiss interessante Jobs, ebenso im Bereich des Verbraucherschutzes. Er wollte sich dem Schutze des Planeten widmen, der auf schändliche Weise durch das ungezügelte Streben nach immer mehr Wirtschaftswachstum ruiniert wurde. Dabei war dieser rotierende Felsklotz, wie Jarowski zu sagen pflegte, die einzige Lebensgrundlage, die es im Umkreis vieler Lichtjahre in der Schwärze und Eiseskälte des Universums gab. Dass die Erde der einzige bewohnbare Planet in diesem unendlich erscheinenden Raum sein würde, glaubte Jarowski zwar nicht. Aber noch gab es keinerlei Beweise dafür, dass da draußen noch jemand sein würde. Jedenfalls war der Planet Erde mit seinem Durchmesser von geradezu läppischen 12.700 Kilometern das Einzige, was die Menschheit zum Leben hatte. Statt einmal darüber nachzudenken, dass es sich um eine paradiesische Insel in der Endlosigkeit handelte, wo sich das Wunder des Lebens entwickelt hat – warum und wodurch auch immer –, ließen sich die Menschen von Politikern und Wirtschaftsführern blenden und knechten. Der Blick auf das Wesentliche und Wunderbare war längst verloren gegangen. Die Schöpfung wurde missachtet, ja bewusst zerstört. Wenn in Jarowski solche pessimistischen Gedanken aufkamen, fühlte er sich geradezu erleichtert, dass sich der Planet bereits zu wehren begonnen hatte. Die Klimaveränderung war für den jungen Mann ein Zeichen dafür, dass das Universum zurückschlug. Die Schöpfung würde es richten und alles beseitigen, was ihr schadete. Da konnte dieser Trump in Amerika den Klimawandel bestreiten so lange er wollte. Ein paar Jahrmillionen ohne Menschen, und es bliebe Zeit genug für eine ausgiebige Regeneration. Dann wäre der Nährboden für neue Lebensformen geschaffen. Wie es zuvor vielleicht schon viele Hunderttausend Male geschehen war.

Jarowski fühlte sich schlapp und müde. Seine psychische Verfassung hatte auf seinen Körper übergegriffen. Er lag auf dem abgewetzten Sofa und starrte zur weiß getünchten Decke, während ihm sein Unterbewusstsein die Konfrontation mit Teamleiter Mulzenbach und das Gespräch mit Geschäftsführer Sven Temming vor seinem geistigen Auge wie einen Film ablaufen ließ. Und mit jeder Formulierung, die ihm dabei in Erinnerung gerufen wurde, steigerte sich sein Hass. Man wollte ihn nur seiner persönlichen Gesinnung wegen loswerden. Oder hatte man ihn weitaus stärker bespitzelt, als er bisher gedacht hatte? Er spürte, dass sich seine Verbitterung weniger auf die Tatsache bezog, den vermeintlich sicheren Job zu verlieren, als vielmehr auf die ungerechte Behandlung, die er als besonders erniedrigend empfand. Von Stunde zu Stunde hatte er sich sogar mehr damit abgefunden, sich sehr schnell nach einer neuen Arbeitsstelle umsehen zu müssen. Aber in gleicher Weise, wie er dies akzeptierte, steigerte sich der Zorn auf Temming ins Unermessliche. Sven Temming war ein Ausbeuter, ein Kapitalist reinsten Blutes, einer, der über Leichen gehen konnte, dachte Jarowski. Einer, der weder eine Ahnung von Menschenführung noch von der Materie hatte, von der das Unternehmen lebte. Anstatt innovative Mitarbeiter zu fördern und ihnen produktive Freiräume zu lassen, wurden sie gegängelt. Und dies doch nur, wie Jarowski es empfand, damit der Herr Geschäftsführer, der diesen Posten lediglich kraft seines Daseins als Sohn erhalten hatte, sein eigenes Ego zur Schau tragen konnte. Wer von nichts eine Ahnung hatte, musste sich auf andere Weise Autorität verschaffen. Beispielsweise durch Arroganz und forsch-freches Auftreten. Solche Leute waren auch nicht in der Lage, falsche Entscheidungen einzuräumen oder sich gar dafür zu entschuldigen. Sie neigten dazu, eine einmal gefasste Entscheidung bis zur bitteren Neige durchzuziehen und zu verteidigen. Und wenn es sein musste, bis zum Niedergang des Betriebes. Der war unaufhaltsam eingeläutet, seit Senior Temming nicht mehr am Ruder war. Mit dem Alten hatte man offenbar noch vernünftig reden können.

Nein, beschloss Jarowski mit sich, in solch einem Räderwerk wollte er nicht arbeiten und schon gar nicht alt werden. Er musste sich freischwimmen, frei von jeglicher Abhängigkeit, frei von der Einengung durch verwirrte Kleingeister.

Für einen Augenblick musste er an seinen Freund Ulrich Stanek denken, der als Freiberufler keinen solchen Repressalien ausgesetzt war. Die Zeit wäre also reif, sich den gleichen Wunsch zu erfüllen. Natürlich konnte man nicht davon ausgehen, auf diese Weise reich zu werden. Aber die persönliche Freiheit war durch kein noch so hohes Einkommen zu ersetzen. Ulrich, so schien es Jarowski, war mit seinen 35 Jahren mit sich und der Welt zufrieden, vor allem aber auch Herr seines eigenen Terminkalenders. Seit er ihn kannte, und das waren elf Jahre, hatte er stets den Eindruck, dass Ulrich eigentlich den Prototyp eines Lebenskünstlers verkörperte. Er bezeichnete sich als Journalist und Schriftsteller und lebte finanziell gewiss nicht gerade auf großem Fuße.

Es war eine Zufallsbegegnung gewesen, 2006 in Göppingen, während eines Public Viewings der Fußballweltmeisterschaft. Beim Schicksalsspiel Deutschland gegen Italien. 4. Juli, als in den letzten Minuten der Verlängerung Italien zwei Tore schoss und Deutschland das Finale verpasste. Die Fans, die sich auf dem Kornhausplatz versammelt hatten, waren den Tränen nahe gewesen, dann aber trotzdem noch die halbe Nacht zusammengeblieben, um sich gegenseitig zu trösten. Jarowski war mit einigen früheren Kommilitonen dort gewesen und hatte nette Freundschaften geschlossen – unter anderem auch mit Ulrich, der im Auftrag einer Sportzeitung über die Fanmeile in Göppingen hatte berichten müssen. Seither war es zur Tradition geworden, dass sich einige aus der damaligen Fangemeinschaft bei jedem großen Fußballturnier zum gemeinsamen Fernsehgucken trafen. Entsprechend ausgelassen hatten sie deshalb vor drei Jahren gefeiert, als Deutschland in Brasilien Weltmeister geworden war.

Für ein paar Minuten genoss Jarowski die Bilder und Erinnerungen aus diesen Zeiten und verspürte ein Wohlgefühl, das er festhalten wollte. Doch es überdauerte schon den nächsten Gedanken nicht mehr und ging unter. Es ließ sich auch nicht greifen oder speichern – es war einfach weg, erloschen, wie ein flüchtiger Funke, der aus der Vergangenheit herübergeblitzt war. Und gleichzeitig zerriss der unangenehm laute Summton der Türsprechanlage die unheimliche Stille, die ihm erst jetzt bewusst geworden war.

Er sah auf die Armbanduhr. Kurz vor 15 Uhr. Er erwartete niemanden, und es fiel ihm spontan niemand ein, der ihn um diese Zeit besuchen könnte. Üblicherweise war er Freitagnachmittags um diese Zeit bei der Arbeit.

Jarowski blieb reglos auf dem Sofa liegen, als befürchte er, verräterische Geräusche zu verursachen. Das war eine völlig überflüssige Reaktion, denn seine Wohnung befand sich in einem der oberen Etagen des Panoramahochhauses, das am Stadtrand von Göppingen stand. Wer ins Gebäude wollte, musste ganz unten am Haupteingang klingeln. Jarowski war sich dessen bewusst, wenngleich ihn der Gedanke befiel, jemand könnte sich ins Treppenhaus gemogelt haben, während ein Bewohner herein- oder hinausgegangen war. In diesem Fall konnte es durchaus sein, dass Fremde direkt an der Wohnungstür klingelten. Der Summer erfüllte ein zweites und drittes Mal den Raum. Allein dieses nervtötende Geräusch verhieß nichts Gutes. Jarowski versuchte sich einzureden, dass die Häufigkeit, mit der irgendjemand den Klingelknopf betätigte, zwar auf einen hartnäckigen Besucher schließen ließ, es aber keinesfalls bedrohlich sein musste – auch wenn es in seinen Ohren so klang. Beim vierten Summton entschied er, den Hörer der Sprechanlage abzunehmen und ein energisches »Ja, bitte?« von sich zu geben.

»Herr Jarowski?«, kam eine Männerstimme zurück, die sich bekannt anhörte.

Er zögerte, denn er ahnte, mit wem er es zu tun haben würde, und hätte deshalb am liebsten aufgelegt. Aber dazu war es zu spät. »Mit wem sprech ich, und was wollen Sie?«, wollte er ohne zu antworten wissen.

»Ich bin's, Mulzenbach. Haben Sie einen Moment Zeit für mich? Nur für ein kurzes persönliches Gespräch.«

Jarowski war zusammengezuckt. Also hatte er doch richtig vermutet. Mulzenbach, sein Teamleiter. Was, verdammt noch mal, wollte der von ihm? Er war doch offiziell krankgemeldet. Da durfte man ihm doch nicht hinterherspionieren? Oder vielleicht doch?

»Ich bin krank«, blieb Jarowski standhaft. »Wollen Sie mich kontrollieren?«

Mulzenbach schien überlegen zu müssen. »Verstehen Sie mich bitte nicht falsch«, antwortete er mit gedämpfter Stimme. »Ich komm nicht offiziell. Wir sollten etwas bereden. Das ist auch in Ihrem Sinne.«

»Überbringen Sie mir die Kündigung persönlich?«, konterte Jarowski unfreundlich.

»Ich sag doch, wir sollten etwas bereden.« Mulzenbach blieb hartnäckig, bemühte sich aber, nicht aufdringlich zu wirken.

»Worüber und was?«

»Ich kann Sie nicht zwingen, Herr Jarowski. Wenn Sie nicht wollen, dann lassen wir's. Vergessen Sie einfach, dass ich hier war.«

»Moment, Moment«, beeilte sich Jarowski, das Gespräch nicht abbrechen zu lassen. Seine Neugierde war geweckt – und Mulzenbach hatte erreicht, was er wollte. »Dann kommen Sie halt rauf«, presste Jarowski hervor und drückte auf den Türöffner.

Oder hatte er einen Fehler begangen?, schoss es ihm durch den Kopf.

46

Gisela Temming war wie gelähmt im Esszimmer stehen geblieben, als sie um 11.30 Uhr die Radio-Stuttgart-Regionalnachrichten des Südwestrundfunks hörte. »Ein Toter gibt der Polizei in Geislingen an der Steige Rätsel auf«, war der Satz, der sie aufhorchen ließ. Und weiter: »In der vergangenen Nacht wurde auf dem Friedhof am Stadtrand ein bislang unbekannter Mann erschossen. Über die Hintergründe der Tat ist nichts bekannt. Eine mehrköpfige Sonderkommission des zuständigen Polizeipräsidiums Ulm hat die Ermittlungen aufgenommen. Gesucht sind Zeugen, die gestern am späten Abend im Bereich des Wohngebiets Rorgensteig verdächtige Wahrnehmungen gemacht haben.«

Kurzmeldung beendet. Das Wetter.

Gisela war kreidebleich geworden. Was sie gehört hatte, musste sie zunächst ein paar Sekunden lang verdauen. Gestern Abend? Friedhof Geislingen? Erschossen?

Ein wildes Gedankenkarussell nahm in ihrem Kopf eine rasante Fahrt auf: Walter, Friedhof, Siegfried, Revolver …

Die Nachricht schien ihr den Boden unter den Füßen wegzuziehen. War alles viel schlimmer gewesen, als sie es seit vergangener Nacht befürchtet hatte? Sie lehnte sich mit dem Gesäß an die Arbeitsplatte der Küche und verschloss die Augen. Nein, bitte nicht, flehte sie. Lieber Gott, lass es nicht wahr sein.

Schritte in der Diele. Walter war aus seinem Büro gekommen und stand plötzlich an der offenen Küchentür. »Was ist denn mit dir los?«, brach es aus ihm heraus. Sein Gesicht fahl, die wässrigen Augen nervös hinter der Brille.

»Hast du …«, begann Gisela, nach Worten ringend. »Hast du Nachrichten gehört?«

»Nachrichten. Wieso?« Walters Stimme hatte einen seltsamen Klang. Denn mit einem Schlag wurde ihm bewusst, was geschehen war. Er hätte es ihr längst sagen sollen. Nun stand er da wie ein begossener Pudel. Oder wie ein Schuljunge, dem man nichts mehr glauben würde.

»Es hat einen Toten gegeben – auf dem Friedhof«, flüsterte Gisela.

Ihr Mann kam schweigend auf sie zu, um einen Arm um ihre Schulter zu legen. Er atmete schwer, schloss die Augen und nickte. »Ja, es hat einen Toten gegeben«, erwiderte er ebenfalls flüsternd.

Zehn Sekunden bitteres Schweigen. Gisela begann still in sich hineinzuschluchzen. »Und warum verschweigst du mir das?«

Er zuckte mit den Schultern und umarmte seine Frau.

»Sag doch was, Walter«, forderte sie mit schwacher, tränenerstickter Stimme. »Warum verschweigst du mir das?«

»Ich wollte es dir sagen. Aber ich wollte dich auch nicht beunruhigen«, erwiderte er, ohne dass es überzeugend klang.

»Hast du etwas damit zu tun?« Sie befreite sich aus seiner Umarmung und sah ihm fest in die Augen. »Bitte, Walter, ich will es wissen. Ich will alles wissen. Hast du etwas damit zu tun?«

Er hielt sie an den Schultern. »Gisela, bitte! Es war nicht so, wie du denkst. Ganz sicher nicht.«

»Wie war es dann?«

Er ging einen Schritt zur Seite. »Jemand hat geschossen.«

»Jemand hat geschossen? Wer ›jemand‹?« Gisela zitterte. Sie hatte diese Worte kaum über die Lippen gebracht.

»Jemand«, erwiderte Walter und zuckte mit den Schultern. Seine Lippen bebten ebenfalls. »Da war noch jemand. Ein Schuss – und dann bin ich weg.«

»Walter!« Ihr rann eine Träne über die Wange. »Wer hat geschossen?« Sie wagte es kaum auszusprechen, aber sie musste es sagen, wenigstens in eine Frage packen: »Doch nicht du?« Eigentlich wünschte sie sich nur eine einzige Antwort. Eine erlösende, aber eine ehrliche. Aber konnte die ehrliche Antwort auch eine erlösende sein?

»Nein, natürlich nicht. Das Einzige, was ich in der Jackentasche hatte, war ein Pfefferspray«, entgegnete Walter und bekräftigte: »Ich war es jedenfalls nicht, falls du das glaubst. Da war jemand auf dem Friedhof, vielleicht auch mehrere.«

»Und dann bist du einfach weggerannt?« Gisela sprach wieder lauter. Sie fühlte sich für einen Augenblick erleichtert. Wenigstens schien das Entsetzlichste, das sie befürchtet hatte, nicht zuzutreffen. Falls Walter nicht log. »Hat dich jemand gesehen?«

»Keine Ahnung. Es war ziemlich dunkel.«

»Und es hat sich niemand bemerkbar gemacht? Hat da niemand etwas gesagt?«

»Nein«, blieb er dabei. »Niemand.«

»Und du bist einfach davongerannt? Er hätte dich doch erschießen können.«

»Ja, hätte er«, sagte er und bemerkte, dass er wie seine Frau von einem männlichen Täter ausging.

»Aber, Walter«, wurde Gisela geradezu panisch. »Wenn dich jemand gesehen hat. Du warst ganz nah dran.«

Walter nahm sie wieder in die Arme. »Mich hat niemand gesehen«, sagte er, als müsse er sich selbst beruhigen.

»Und wenn die Polizei kommt?«

Er starrte seine Frau mit versteinerten Gesichtszügen an. »Dann müssen wir ganz stark sein, Gisela.«

»Was soll das heißen, Walter?«

»Dass wir uns in nichts hineinziehen lassen dürfen.«

»Du meinst Siegfried?«, flüsterte sie. »Er war aber nicht dort?«

Walter verzog sein schlecht rasiertes Gesicht zu einem gequälten Lächeln. »Also, bitte, Gisela. Hör auf mit diesem Quatsch.«

47

Mulzenbach hatte meist ruhig und gelassen gesprochen und es vermieden, überheblich zu wirken. Ganz anders, als Jarowski es vom Betrieb her gewohnt war. Mulzenbach, der rein äußerlich geradezu bilderbuchmäßig den Typ des jung-dynamischen Emporkömmlings verkörperte – gegelte kurze Haare, kantiges Gesicht, legere Freizeitjacke, sportlich –, schien wie umgewandelt zu sein. Trotzdem verstärkte sich von Minute zu Minute Jarowskis Eindruck, auf geschickte Weise in die Defensive gedrückt zu werden. Er bemühte sich, seine Nervosität zu verbergen und verfluchte den Augenblick, als er den Türöffner gedrückt hatte, um den Leiter seines Arbeitsteams einzulassen. Aber was hätte es geholfen, ihn nicht zu empfangen? Besser ein klares Gespräch unter vier Augen als ein Katz- und Mausspiel. Er fühlte sich ertappt, ja auch gedemütigt, aber so einer wie Temming gab sich nicht einfach mit Worten zufrieden, sondern er handelte. Gefährlich wurde es, wenn man solche Menschen in die Enge trieb. Temming war nicht auf Kompromiss und Diplomatie ausgerichtet, sondern auf Konfrontation gebürstet. Er war wohl zu feige zu einem persönlichen Gespräch und hatte deshalb Mulzenbach vorgeschickt.

»Ja, so ist die Lage«, resümierte der Teamchef. »Manchmal ist es halt erstaunlich, was alles zutage tritt, wenn man ein bisschen nachforscht. Und deshalb glauben wir«, er lehnte sich lässig zurück, »Sie haben sich geschickt in das Vertrauen von uns allen geschlichen und die Sache mit dem Mädchen ziemlich raffiniert eingefädelt. Das muss man Ihnen lassen.«

»Ach, lassen Sie sie doch aus dem Spiel. Die hat damit überhaupt nichts zu tun.«

»Aber ein seltsamer Zufall wäre es allemal. Das müssen Sie mir zugestehen«, konterte Mulzenbach und nahm einen Schluck Wasser.

»Und nun?«, fragte Jarowski unsicher.

»Wie ich Ihnen schon vorgeschlagen habe. Abfindung von sechs Monatsgehältern, sofortige Beurlaubung und Stillschweigen über alles, was Sie über Firma und Personen wissen.«

Jarowski atmete schwer. »Ein Maulkorb also.«

»Wenn Sie es so sehen – ja. Bedenken Sie aber, dass vieles, von dem Sie ausgehen und was Sie zu wissen glauben, nichts weiter als Gerüchte und Spekulationen sind, die jeglicher Grundlage entbehren. Auch ohne unseren Vorschlag zur Güte müssten Sie sich in Acht nehmen, falls Sie falsche Behauptungen in die Welt setzen. Herr Temming ist bereit, strafrechtlich gegen Sie vorzugehen.«

»Strafrechtlich«, entfuhr es Jarowski.

»Ja, Verleumdung, üble Nachrede, Geschäftsschädigung – um nur ein paar Möglichkeiten zu nennen.«

»Entschuldigen Sie«, brauste Jarowski auf, »ich glaube, der ist wahnsinnig! Wissen Sie überhaupt, was Sie da sagen?«

Mulzenbach blieb weiterhin gelassen. »Das weiß ich, aber ich bin gekommen, Sie vor alldem zu bewahren.«

»Sie wollen doch nicht etwa damit sagen, dass Sie *mich* vor etwas bewahren wollen? Es geht doch wohl nur um Temming und seinen Vater – damit man die vor etwas bewahren kann.« Jarowski kam in Fahrt. »Sie brauchen sich doch nur mal in der Firma umzuhören. Nicht nur die Alten, die Rentner, die Ehemaligen – sie alle wissen ganz genau, worum es geht. Reden Sie doch mit Frau Fuchs, der Exbetriebsratschefin. Wollen Sie die alle mundtot machen?«

Mulzenbachs Augen blitzten gefährlich. »Ich kann nur wiederholen und raten, was ich schon gesagt habe: Es gibt für das alles keinerlei – ich wiederhole: keinerlei Beweise. Es sind nur Gerüchte, Spekulationen und bösartige Behauptungen, die möglicherweise sogar von Konkurrenten gestreut werden. Von Konkurrenten, von denen Sie, Herr Jarowski – das behaupte ich ebenfalls einmal so –, ermuntert werden.«

Jarowski konnte sich nicht mehr zurückhalten. Er schlug mit der flachen Hand so stark er konnte auf den Tisch. »Jetzt reicht's mir aber, Herr Mulzenbach. Ich bin loyal zu der Firma – und was ich privat mache, was ich denke, wie ich politisch eingestellt bin, das geht niemanden etwas an. Und Sie dürfen mir glauben, mein Fachwissen könnte auch anderswo von Interesse sein.«

»Das brauchen Sie mir nicht zu sagen. Niemand hält Sie davon ab, einen anderen Job zu suchen. Wir schon gar nicht. Das hab ich Ihnen hoffentlich in aller Deutlichkeit unterbreitet.«

»Das haben Sie. Und ich werde mein Fachwissen anderswo anbringen. Darauf können Sie sich verlassen.«

»Also«, kam Mulzenbach ungerührt zur Sache. »Sechs Monatsgehälter, Verschwiegenheitspflicht und die Sache ist für Sie ausgestanden. Und für uns.«

»Für Sie und für uns«, wiederholte Jarowski zornig. »Ein Jahr Monatsgehälter, inklusive Weihnachts- und Urlaubsgeld«, beharrte er auf seine Forderung.

Mulzenbach ließ ein paar Sekunden verstreichen. »Ich glaube kaum, dass Herr Temming darauf eingeht.«

»Das ist mir scheißegal. Wenn ihm etwas daran gelegen ist, dann wird er ernsthaft darüber nachdenken. Sagen Sie ihm einen schönen Gruß von mir, und sein verehrter Großvater sei mit schwerer Schuld in die Grube gesprungen. Für manches gibt es vielleicht doch Sippenhaftung.«

Mulzenbach zog es vor, die angespannte Situation nicht weiter eskalieren zu lassen, worauf Jarowski nachhakte: »Und was ist mit Olivia?«

»Das ist ein anderes Thema, das wir auch noch zu lösen wissen«, winkte Mulzenbach ab.

48

»Schuss ins Herz«, konstatierte Linkohr, nachdem er den Bericht des Gerichtsmediziners Kräutter gelesen hatte. »Unser medizinischer Freund hat das Projektil sichergestellt. Die Technik hat bereits herausgefunden, dass es mit hoher Wahrscheinlichkeit von einem Colt Python mit Mündungsstrahlreduzierer stammt.«

»Hochgestochener kann man's wohl nicht ausdrücken«, knurrte Häberle, dem bürokratische Formulierungen zuwider waren. »Sagen wir doch einfach Schalldämpfer dazu.«

Linkohr nahm am Besprechungstisch Platz. »Jedenfalls sauber getroffen. Da muss einer wirklich gut gezielt haben. Der Schuss muss nach Meinung von Kräutter aus allernächster Nähe abgefeuert worden sein.«

»Über die Herkunft der Waffe was bekannt?«

»Das wird dauern. Bisher liegen keine Vergleichsdaten vor.«

»Dafür hab ich etwas gekriegt«, zeigte sich Häberle erfreut und blätterte in seinen handschriftlichen Aufzeichnungen. Er hielt nichts von endlosen Protokollen, die er im Zwei-Finger-System mühsam in den Computer tippen musste. Außerdem hatten die Räumlichkeiten im Gebäude des Geislinger Polizeireviers auf die Schnelle nicht mit allem ausgestattet werden können, was eine Sonderkommission brauchte. Häberle war jedoch mit dieser provisorischen Unterkunft zufrieden, zumal er in den letzten Jahren schon einige Male mit seinem Team hier, 20 Kilometer von seinem eigentlichen Dienstsitz entfernt, gearbeitet hatte.

»Da draußen am Stadtrand stehen eine Menge Autos rum«, brummte er. »Ein Großteil konnte inzwischen Bewohnern zugeordnet werden, aber auffällig erscheint ein silberfarbener Golf älteren Baujahrs mit einem österreichischen Kennzeichen. Reutte, Tirol.«

Linkohrs Interesse stieg. »Ach. Könnte aber auch nur ein Besucher sein.«

»Natürlich. Das Fahrzeug steht allerdings auf dem Parkplatz des Musicaltheaters. Der dortige Chef«, Häberle blätterte wieder, »Torsten Moll, der kennt den Wagen nicht. Er weiß auch nicht, wie lange der Golf schon da draußen steht.«

»Auffälliges?«, fragte Linkohr schnell.

»Soweit man es von außen sehen kann, liegt nichts drinnen rum, was von Bedeutung sein könnte. Aber etwas anderes ist interessant, Herr Linkohr.« Häberle strahlte wieder. »Das Polizeikommando in Reutte ist sehr kooperativ. Man hat uns bereits mitgeteilt, auf wen das Auto zugelassen ist. Und jetzt kommt's: auf einen Deutschen, der erst seit einem Jahr in Reutte wohnt. Und dreimal dürfen Sie raten, woher er kommt.«

Linkohrs Antwort kam spontan: »Von hier.«

»Ja. Ganz genau. Aus Süßen. Dort hat er vor seinem Umzug nach Tirol gewohnt. Er heißt Kauler. Martin Kauler.«

»Kauler«, echote Linkohr. »Liegt etwas gegen ihn vor?«

»Soweit wir bisher wissen nicht. Aber die Kollegen aus Reutte suchen im Moment die Adresse auf, an der er gemeldet ist.«

»Das bringt uns ein Stück weiter«, meinte Linkohr.

»Zumindest haben wir einen ersten Ansatzpunkt, ja«, nickte der Chefermittler. »Außerdem sind IT-Spezialisten aus Ulm dabei, Überwachungskameras auszuwerten, an den Tankstellen entlang der B 10 – eine Jet und eine Aral –, aber auch an einigen Kleinbetrieben gibt's Kameras, die nicht nur Hofeinfahrten, sondern am Rande auch noch den vorbeifließenden Verkehr aufnehmen. Vielleicht ergibt sich daraus ein Hinweis, wer sich vergangene Nacht großräumig um den Friedhof herumgetrieben hat.«

Linkohr nickte. Er wollte nichts dazu sagen, denn er kannte die Problematik, die hierzulande mit privaten Videokameras zusammenhing. Denn selbst wer einen Einbrecher auf diese Weise dingfest machen konnte, lief Gefahr, dass er sich eines Verstoßes gegen den Datenschutz schuldig machte, falls die Kamera den Täter auf öffentlichem Grund, also Gehweg oder Straße, erfasst hatte. Da hatte es vor einigen Jahren ein skurriles Urteil gegen einen Hausbesitzer gegeben. Linkohr hatte sich schon oft mit Häberle darüber unterhalten, und sie waren jedes Mal zu der frustrierenden Auffassung gelangt, dass nicht Daten, sondern Täter geschützt wurden. Dass gerade jetzt Häberles Telefon anschlug, verhinderte eine weitere Diskussion zu diesem Thema. Der Chefermittler meldete sich, lauschte und machte Notizen. Dann zeigte er sich zufrieden, dankte dem Anrufer und legte auf. Strahlend teilte er seinem jungen Kollegen den Inhalt des Gesprächs mit. »Unser Revierleiter hat etwas beobachtet – heute Vormittag. Sie entsinnen sich, dass er mein Gespräch mit dem Präsidenten gestört hat, weil er mit irgend so einem irren respektlosen Typ nicht zurechtgekommen ist, der unbedingt auf den Parkplatz des Friedhofs fahren wollte.«

»Ja, weiß ich.«

»Er hat sich vorsorglich das Kennzeichen notiert und den Halter ermittelt. Und als unser Revierleiter erfahren hat, dass das Tiroler Auto einem Mann gehört, der früher in Süßen gewohnt hat, haben bei unserem Kollegen die Alarmglocken geschrillt.«

»Und?«, zeigte sich Linkohr ungeduldig.

»Dieser Kerl wohnt auch in Süßen.«

Häberle ahnte bereits, was sein junger Kollege sagen würde. Es war seit Jahr und Tag derselbe Spruch, der ihm im Zustand allerhöchsten Erstaunens entfuhr: »Da haut's dir's Blech weg.« Er wollte sofort mehr wissen: »Name?«

»Stanek. Ulrich Stanek.«

»Und auch aus Süßen«, wiederholte Linkohr ungläubig. »Ein Zufall dürfte das wohl kaum sein.«

»Na ja, sind Sie mal vorsichtig«, wiegelte Häberle ab. »Süßen ist groß. Hat mehr als 10.000 Einwohner. Und ist nur etwa zehn Kilometer von hier. Es dürfte also genügend Leute geben, die an einem Freitagvormittag auch bei uns herumfahren.«

49

Auch Georg Sander hatte in seinem heimischen Büro die Radionachrichten verfolgt und eine sogenannte Push-Meldung von der Filstalwelle erhalten, deren App auf seinem Smartphone gespeichert war. Der lokale Fernsehsender, der im Übrigen weltweit im Internet empfangbar war, kündigte für seinen abendlichen Nachrichtenblock eine ausführliche Berichterstattung über den Mord auf dem Friedhof an.

Sander, seit zwei Jahren im vorgezogenen Ruhestand, verfolgte mit Interesse, wie seine früheren Kollegen über ein solches Verbrechen berichteten. Deren Arbeit war seit der baden-württembergischen Polizeireform deutlich erschwert worden, weil die Pressesprecher in den großen Präsidien saßen und kein Gespür für die Befindlichkeit der Landbevölkerung hatten – so jedenfalls hatte es Sander während seiner letzten aktiven Monate als Lokaljournalist empfunden. Inzwischen jedoch hatte er so viel Abstand zu seiner früheren Tätigkeit als Polizei- und Gerichtsreporter gewonnen, dass ihm die Sirenen von Einsatzfahrzeugen den Blutdruck nicht mehr in die Höhe schnellen ließen. Er schrieb einen Kriminalroman und stellte sich vor, wie er spätestens bei der nächsten Frankfurter Buchmesse als sensationelle Autorenentdeckung des Jahres gefeiert würde. Was natürlich nur ein verrückter Traum war. Abrupt riss ihn der elektronische Ton des Telefon-Mobilteils aus diesem Tagestraum. Er meldete sich und hörte eine vertraute Männerstimme. Es war Niwre Knif, ein älterer Herr, der nicht wirklich so hieß, sich aber selbst so nannte, wenn er auf gespielt schüchterne Weise im Hintergrund bleiben wollte, obwohl ihm dies bisweilen schwerfiel. Immerhin war er vor über 20 Jahren mit seinem Wunderhuhn Luggel zu weltweiten Fernsehehren gekommen. Die Henne hatte ihm täglich ein Ei in den Papierkorb seines Lebensmittelgeschäfts gelegt – offenbar aus Dankbarkeit dafür, dass er sie vor dem Ertrinken im nahen Quelltopf der Lone gerettet hatte. Diese Geschichte, wie sie das Nachrichtenmagazin ›Der Spiegel‹ in der Ausgabe Nummer 21 des Jahres 1995 ausführlich dargestellt hatte, war es vermutlich, mit der Knifs Begeisterung für die Medien entfacht wurde.

Längst wurde ihm nachgesagt, in der Stadt und darüber hinaus das Gras wachsen zu hören. Als Sander aktiver Journalist war, hatte er von Knif oftmals vertrauliche Hinweise erhalten, wenngleich diese manchmal einer gründlichen Recherche nicht standhielten. Seit Monaten hatte er von ihm nichts mehr gehört, aber die Stimme war unverkennbar – und sie verriet Knifs Bedürfnis, mal wieder etwas ganz Wichtiges loszuwerden. »Ich weiß nicht, ob Sie's schon wissen«, begann er. »Aber der Mord auf dem Friedhof wird Sie interessieren. Oder haben Sie sich ganz aufs Altenteil zurückgezogen?« Er lachte hämisch.

Es war eine provokante Frage, mit der Knif das Interesse seines Gesprächspartners wecken wollte.

»Von wegen Altenteil!«, konterte Sander. »Aber ich les' morgens als Außenstehender gerne, was meine Exkollegen schreiben.«

Sander war es nicht entgangen, dass Knifs Kontakte zur örtlichen Presse in jüngster Zeit gelitten hatten. Aber einer wie Knif, der offenbar vielfältige Beziehungen und Informanten in allen gesellschaftlichen und politischen Gruppen hatte, konnte es natürlich nicht lassen, Sensationelles für sich zu behalten. Dabei war er keinesfalls darauf aus, sich seine Tipps honorieren zu lassen. Ihm schien es einzig und allein darum zu gehen, als exklusiver Informant zu gelten, mochte er dabei auch gelegentlich einen gewissen Übereifer an den Tag legen.

»Ich weiß ja nicht, ob Sie's interessiert«, nahm er erneut einen Anlauf, Sanders Neugier zu wecken, der diese Vorgehensweise zur Genüge kannte: Gleich würde Knif sagen, er habe etwas erfahren, dürfe es aber unter keinen Umständen ausplaudern, weil es so furchtbar geheim sei. Um sich im nächsten Augenblick geehrt zu fühlen, wenn er sich dieses Geheimnis auf mehrfache Bitte doch entlocken ließ.

»Wollen Sie wissen, wer der Tote ist?«, kam Knif endlich auf den Punkt.

»Wissen Sie's denn?«, staunte der Journalist.

»Ja. Aber Sie dürfen niemandem sagen, von wem Sie's wissen.«

»Versprochen.« Sander sah auf den verfärbten Hangwald vor seinem Bürofenster.

»Sagt Ihnen der Name Kauler was?«

»Kauler?« Sander musste scharf nachdenken, doch es gab für ihn keinen Vorfall, der sich mit diesem Namen verband.

»Das wird Ihnen auch nichts sagen. Dazu sind Sie zu jung«, konstatierte der über Achtzigjährige und versuchte, seinem Gesprächspartner auf die Sprünge zu helfen: »Aber die ›Alb-Donau-Chemie‹ kennen Sie doch?«

»Ja, natürlich«, erklärte Sander.

»Da war ich als junger Ingenieur tätig und hab die ganze Elektroinstallation geplant. Ein Riesenauftrag damals«, schwärmte Knif, und Sander ahnte, worauf es hinauslief. Der Mann schien ein seltsames Talent oder Schicksal zu haben, dass er häufig – wenngleich auf sehr verschlungenen Wegen – in ein großes Ereignis verstrickt war; sei es über verwandtschaftliche Verflechtungen oder über seinen beruflichen Werdegang, der als Ingenieur begonnen und als Lebensmittelhändler geendet hatte.

»Und was hat ›Alb-Donau-Chemie‹ mit dem Toten zu tun?«, gab sich Sander ungeduldig.

»Die Firma nichts, aber der Seniorchef vielleicht.«

Sander wurde hellhörig. Der Seniorchef? Temming? Temming, dessen Frau er bei den abendlichen Gesprächen zu grenzwissenschaftlichen Themen kennengelernt hatte. Seine Pulsfrequenz erhöhte sich. »Temming? Der Unternehmer, der in Kuchen wohnt?«, vergewisserte er sich.

»Ja, genau der«, bestätige Knif. »Da hat's in den 60er-Jahren«, er überlegte und fuhr fort: »gegen Ende der 60er eine Sache gegeben, über die man besser nicht sprechen sollte.«

Wieder diese Andeutungen, um beehrt zu werden, dachte Sander. Wenn Knif es nicht sagen wollte, dann hätte er doch nicht anzurufen brauchen.

»Ich könnte Ihnen Storys erzählen«, hörte er eine von Knifs Lieblingsformulierungen.

»Dann tun Sie's in diesem Fall mal«, wurde Sander deutlich.

»Ich will in nichts reinkommen«, schwächte der Anrufer sein Vorpreschen ab. »Wenn Sie wollen, kann ich Ihnen die Story bei einer Tasse Kaffee erzählen. Sie werden Augen machen.«

Sander stimmte einem Treffen zu.

50

Auch Sylvia hatte inzwischen über die Medien von dem Mordfall in Geislingen gehört. Und weil dabei der Friedhof als Tatort genannt worden war, hatte sie ein ähnlicher Schock befallen wie ihre Schwiegermutter. Während Sylvia die Kurzwahltaste für die Telefonnummer ihrer Schwiegereltern drückte, hatte sie gehofft, dass ein anderer der insgesamt drei Friedhöfe dieser Stadt gemeint gewesen sein könnte – und nicht ausgerechnet jener, zu dem Walter gegangen war. Oder vielleicht hatte sich auch alles auf einem Friedhof der sechs eingemeindeten Stadtbezirke zugetragen.

Aber Gisela war mit den Örtlichkeiten so gut vertraut, dass allein der im Radio erwähnte Hinweis auf die Ansiedlung Rorgensteig ausgereicht hatte, ihr Gewissheit über den Tatort zu verschaffen. Sie schilderte anschließend mit schwacher Stimme, was Walter gesagt beziehungsweise zunächst verschwiegen hatte: dass noch eine weitere Person dort gewesen und er nach dem Schuss Hals über Kopf davongerannt sei.

»Und er hat nichts unternommen?«, zweifelte Sylvia an dieser Version.

»Nein, anscheinend nicht«, ließ Gisela ihre Zweifel durchklingen. »Es hat ihn alles ziemlich mitgenommen.«

»Und jetzt?«, wollte Sylvia wissen »Weißt du, wer der Tote ist?«

»Nein, leider nicht. Vielleicht steht es morgen in der Zeitung.« Gisela ließ sich in einen Sessel fallen, atmete tief durch und flüsterte ins Telefon, was sie seit Stunden bedrückte: »Es wollte doch Siegfried kommen. Siegfried war doch der Grund, dass Walter zum Friedhof gegangen ist.«

Sylvia, die plötzlich das Bild von Dienstagabend vor Augen hatte, wusste, worauf ihre Schwiegermutter abzielte. »Bitte, Gisela«, sagte sie deshalb eindringlich. »Da war natürlich nicht Siegfried. Red' dir das bitte nicht ein.«

Kaum waren diese Worte an Giselas Ohr gedrungen, schreckte sie ein undefinierbares Geräusch auf. Es war in der Stille des Raumes nur den Bruchteil einer Sekunde lang zu hören, nicht laut, sondern so, als streife etwas an einem Karton entlang. Gisela blieb keine Zeit, sich in die Richtung, von der es zu kommen schien, zu orientieren. Denn ein sanfter, dumpfer Schlag, vermutlich auf Holz, hatte es verstummen lassen.

»Hallo?«, hörte sie Sylvias fragende Stimme aus dem Hörer. Die Schwiegertochter hatte sich über die kurze Unterbrechung des Gesprächs gewundert.

»Ja, ja, ich bin noch da«, beeilte sich Gisela zu sagen.

»Ist was?«

»Nein, was soll denn sein?« Gisela sah sich um, ließ ihre Augen an dem großen Einbauschrank und der noch immer nicht wieder tickenden Standuhr vorbeistreichen, ebenso an den großen Zimmerpflanzen und den Bücherregalen. Von irgendwoher musste das Geräusch gekommen sein. Es war hier im Raum gewesen, sogar ganz nah. Doch da bewegte sich nichts. Und einen Luftzug hatte es bei geschlossenen Türen und Fenstern nicht gegeben.

»Wir sollten uns so schnell wie möglich sehen«, meinte Sylvia.

Gisela antwortete abwesend: »Vielleicht hast du recht. Doch Walter braucht erst mal Ruhe.«

»Ihr müsst damit rechnen, dass die Polizei auftaucht«, zeigte sich Sylvia verängstigt.

»Die Polizei?« Gisela wollte das gar nicht hören. Sie erhob sich und ging an den Bücherregalen entlang, die in Dreierreihe übereinander an der Wand angebracht waren. Ganz oben standen die älteren Exemplare dicht gepresst, weiter unten gab es in den langen Reihen Lücken. Die Bücher lehnten mal links, mal rechts aneinander – ziemlich unordentlich, wie Gisela es oftmals bemängelt hatte.

»Ja, die Polizei«, nahm sie Sylvias Stimme wie aus weiter Ferne wahr, obwohl sie den Hörer dicht ans Ohr gedrückt hielt. In Wirklichkeit war ihr Interesse auf das merkwürdige Geräusch ausgerichtet, dessen Ursache sie ergründen wollte. Falls es überhaupt eine gab.

Aber Sylvia bohrte weiter: »Irgendwann werden sie rauskriegen, dass Walter auf dem Friedhof war. Dann braucht er eine Erklärung.«

»Erklärung?«, Gisela klang noch eine Nuance abwesender, denn etwas, das sie in diesem Augenblick gesehen hatte, lähmte sie förmlich: im untersten Regal, das besonders unaufgeräumt wirkte, waren die Bücher in lockerer Weise schräg aneinandergelehnt – bis auf ein besonders dickes: es stand nicht, sondern lag. Und es war nicht irgendeines, sondern Siegfrieds einstiges Lieblingsbuch über naturwissenschaftliche Phänomene. Er hatte es kurz vor seinem Tod von seinem Vater Georg erhalten, mit

Widmung. Deshalb war es wie ein wertvolles Familienerbstück aufbewahrt worden.

Gisela ging in die Hocke, um es genauer sehen zu können. Das dicke Buch musste links an das andere gelehnt gewesen sein, war offenbar vorhin weggerutscht und hatte beim Umfallen auf dem hölzernen Regal den dumpfen Schlag verursacht.

»Sag mal, hörst du mir überhaupt zu?«, beschwerte sich Sylvia. »Was ist denn los?«

»Nichts, nein, gar nichts«, kam es zaghaft über Giselas Lippen.

51

Adam Jarowski hatte das Gespräch mit Mulzenbach noch nicht verdaut. Auch nicht nach dem zweiten Glas Bier. Dass Olivia nicht an ihr Handy ging, war seltsam, musste aber nichts bedeuten, denn sie pflegte es abzuschalten, wenn sie aus verständlichen Gründen nicht gestört werden wollte. Tausendmal hatte er ihr schon gesagt, dann wenigstens die Mailbox zu aktivieren, damit er eine Nachricht hätte hinterlassen können. Er verfluchte die junge Frau, die sich an keinerlei Abmachungen hielt. Dass bei Martin Kauler den ganzen Tag über die Ansage kam, er sei »vorübergehend nicht erreichbar«, machte ihn von Minute zu Minute nervöser. Mehrmals hatte er auch Ulrich Stanek anzurufen versucht, doch hatte der entweder den Anruf überhört oder absichtlich nicht angenommen. Umso schreckhafter reagierte Jarowski jetzt, als das Gerät anschlug, das auf dem Couchtisch zwischen Bierglas und zwei leeren Flaschen lag. Er bückte sich von seinem Sessel nach vorne, um auf dem Display eine Nummer abzulesen. Sie war ihm wohlvertraut. Nicht Olivia war's, die ihn anrief, sondern Ulrich. Der hatte wohl inzwischen die ›Anrufe in Abwesenheit‹ auf dem Display gesehen. »Na endlich«, fuhr er ihn unfreundlich an.

»Jetzt mach mal halblang«, kam es ebenso barsch zurück. »Hast du schon gehört, was passiert ist?«

»Nein.« Jarowski wurde unsicher. »Nein. Was soll passiert sein?« Er war auf das Schlimmste gefasst.

»Martin ist tot.«

»Wie … Martin? Das …« Er fand keine Worte.

»Ja, Martin. Kauler. Erschossen. Auf dem Friedhof. Vergangene Nacht.«

Jarowski spürte, wie sich der Schock seines ganzen Körpers bemächtigte. Vergangene Nacht. Und er hatte nichts mitbekommen. Wie auch? Er hatte kein Radio gehört, war nicht aus dem Haus gewesen – und dieser Mulzenbach hatte auch nichts gesagt. Mulzenbach?, schoss es ihm durch den Kopf. Hatte Mulzenbachs plötzliches Auftauchen und schnelles Verschwinden damit zu tun gehabt?

»He, bist du noch dran?«, meckerte Ulrich Stanek durch die Leitung. »Jetzt pass mal gut auf, mein Freund. Ich befürchte, das kann ziemlich unangenehm werden.«

»Unangenehm?«, unterbrach ihn Jarowski, der in diesem Moment gar nicht realisieren konnte, was da auf ihn hereinstürzte.

»Ja, unangenehm«, wiederholte Stanek schroff. »Ich bin heut früh zu Sonja gefahren, damit da nichts in die falschen Hände fällt.«

»Was haben wir denn damit zu tun?« Kaum hatte Jarowski es gesagt, kam es ihm selbst ziemlich naiv vor.

»Was wir damit zu tun haben? Mein Gott!«, entfuhr es Stanek. »Wie bescheuert bist du eigentlich? Dort sind die Bullen aufgetaucht. Wenn die jetzt schon wissen, wer Kaulers Freundin war, dann rühren die bereits kräftig in der Scheiße rum. Falls du irgendetwas rumliegen hast, was uns gefährlich werden könnte, verbrenn es. Und denk an das Zeug im Computer, falls da auch etwas drinsteckt.«

Jarowski musste an Olivia denken. Doch er entschied, sie nicht zu erwähnen. Stanek war aufgeregt genug. Er brauchte nicht auch noch zu wissen, dass Sven Temming alles durchschaut hatte. Aber das war schließlich ein anderes Problem und hatte ganz sicher nichts mit Kaulers Tod zu tun. Oder vielleicht doch?, mahnte ihn sein Gewissen. Staneks Befehlston holte ihn aus diesen Gedanken zurück: »Nicht nur alles auf dem Computer löschen«, drang es an sein Ohr. »Verstehst du? Wenn irgendetwas auf deiner Festplatte ist, schraub sie raus, meinetwegen gewaltsam, und zerschlag sie mit dem Hammer in Tausend Stücke. Und denk an die Cloud und die Dropbox und was weiß ich. Alles weg. Hast du das kapiert?«

»Bin ja nicht blöd«, zischte Jarowski und flüsterte: »Und was soll ich sagen, wenn die Bullen hier anrücken?«

»Dass wir uns kennen. Flüchtig. Vom Fußball her, so, wie es ist. Und dass du den Martin von daher gekannt hast.«

»Und was ist mit dem …«

»Nichts ist mehr. Gar nichts.«

Jarowski hatte sich vom ersten Schock erholt. »Aber mit dem Jung-Temming hab ich persönlich noch ein Hühnchen zu rupfen, das darfst du mir glauben.«

»Nichts wirst du. Nicht zum jetzigen Zeitpunkt«, konterte Stanek. »Oder willst du uns vor die Hunde gehen lassen?«

Jarowski sprang von seinem Sessel hoch. Ihm war schlagartig ein Gedanke gekommen. »Keine Sorge, Ulrich, der hält seine Klappe, das darfst du mir glauben.«

Kaum hatte er aufgelegt, summte das Gerät wieder.

Es war Olivia. Und ihre Stimme klang aufgeregt.

52

Häberle war zufrieden. Die Kollegen in Tirol hatten gute Arbeit geleistet. »Die sind kooperativ wie damals«, stellte er im Gespräch mit Mike Linkohr fest und spielte damit auf einen Fall an, den sie einstens im Tannheimer Tal hatten bearbeiten müssen, als es um eine dubiose Gesellschaft auf einer Berghütte gegangen war. Häberle erinnerte sich gerne an einen aus Wien stammenden Inspektor, der beim Landeskriminalamt Innsbruck tätig gewesen war. Das lag fünf Jahre zurück. Häberle verdrängte die Gedanken und kam zur Sache: »Dieser Kauler, dem der Golf mit dem Reutter Kennzeichen gehört, ist tatsächlich spurlos verschwunden«, berichtete er von dem, was er vom Polizeikommando Reutte mitgeteilt bekommen hatte. »Kauler ist dort zu seiner Lebensgefährtin gezogen«, berichtete er, was ein österreichischer Inspektor ihm mitgeteilt hatte. »Sonja Tablander heißt sie, ist Lehrerin.«

»Alter?«, hakte Linkohr etwas zu schnell nach, was die umstehenden Kollegen mit lautstarkem Lachen quittierten.

»Damit kann ich Ihnen leider nicht dienen«, entgegnete Häberle süffisant. »Aber vielleicht könnte eine Dienstreise dorthin Ihre Neugier befriedigen.«

»Sie halten es für sinnvoll, da runterzufahren?«, fragte einer aus der Kollegenrunde nach, weil Linkohr es vorzog zu schweigen.

»Nicht wegen dieser Dame allein«, klärte Häberle auf, »sondern wegen einer anderen Erkenntnis, die unsere dortigen Kollegen gewonnen haben.« Er blätterte in seinen Notizen. »Bei dieser Sonja Tablander wurde nämlich ein Mann angetroffen, dessen Name uns dank der Aufmerksamkeit unseres Revierleiters ein Begriff ist. Nämlich Stanek. Ulrich Stanek.«

Linkohr konnte sich nicht mehr zurückhalten: »Da haut's dir's Blech weg.«

53

Sven Temming hatte sich den ganzen Tag über kaum auf seine Arbeit konzentrieren können. Er war müde und abgeschlafft, nervös und fahrig und entschied, wieder einmal einen geschäftlichen Abendtermin vorzutäuschen, um nicht so früh nach Hause kommen zu müssen. Dort wäre er nur bohrenden Fragen und nervender Fürsorge seiner Frau ausgesetzt, die viel zu eng mit seiner Mutter in Verbindung stand. Manchmal hatte er den Eindruck, keine Entscheidung ohne Zustimmung dieser beiden treffen zu können. Er fühlte sich bemuttert und eingeengt – etwas, das er im harten Geschäftsleben überhaupt nicht brauchen konnte. Natürlich war Sylvia eine ideale Ehefrau, die ihm den Rücken freihielt, sich um Haus, Hof und Kind kümmerte. Und er war auch froh, ein Zuhause und ein Rückzugsgebiet zu haben. Aber bisweilen fühlte er sich bevormundet und behütet wie ein kleines Kind. Gerade heute Abend würde er wieder Rede und Antwort stehen müssen – zu einer Sache, mit der er nichts zu tun haben wollte. Sylvia hatte ihn im Laufe des Tages angerufen und gefragt, ob er Nachrichten gehört habe und was auf dem Friedhof geschehen sei. Sie war zurecht darüber erschüttert gewesen, dass sein Vater nicht die Wahrheit gesagt hatte. Sylvia war ein abendliches Treffen mit ihren Schwiegereltern vorgeschwebt. Dies hatte er nur unter dem Vorwand, er habe einen wichtigen Termin, abbiegen können.

Und gelogen war dies nur zur Hälfte. Denn als die Sekretärin längst weg war und auch die anderen Mitarbeiter in der Chefetage Feierabend gemacht hatten, tauchte, wie verabredet, Marcel Mulzenbach auf, um über sein Gespräch mit Adam Jarowski zu berichten.

Temming hatte selbst Kaffee aus dem Automaten gelassen und zwei Tassen auf den massiven Besprechungstisch gestellt. Nachdem Mulzenbach mit seinen Ausführungen fertig war, schloss Temming für einen Moment die Augen und sagte: »Der kann von mir aus diese Abfindung haben, die er will. Aber es muss sichergestellt sein, dass er sein Maul hält. Und zwar für immer.«

»Für immer?«, echote Mulzenbach und nippte an seiner Tasse. »Wie wollen Sie das bewerkstelligen? Einen notariellen Vertrag mit ihm abschließen über Schweigegeld? Das dürfte nicht funktionieren.«

»Wie schätzen Sie ihn ein? Kann man ihm trauen?«

»Schwer zu sagen. Ein Ökofreak. Typ Weltverbesserer. Persönlichkeitsveränderung.«

»Hm«, machte Temming. »Ich bin mir ziemlich sicher, dass er außer dummem Geschwätz kaum etwas auf der Pfanne hat. Er plappert irgendwelche Gerüchte nach und glaubt, uns damit in Bedrängnis bringen zu können.«

»Das ist schwer einzuschätzen, Herr Temming. Er scheint ziemlich viel über Ihre Familie zu wissen.« Mulzenbach rang nach Worten. »Aber das scheint mir ein anderes Thema zu sein.«

Temming hob eine Augenbraue. »Olivia?«

»Natürlich Olivia«, erwiderte Mulzenbach. »Er hat gefragt, was aus ihr werden soll.«

Temming schwieg und spielte mit seiner leeren Kaffeetasse, um kühl festzustellen. »Ich muss sie neutralisieren.«

»Wie bitte?« Mulzenbach erschauderte.

»Ich werd' mich um sie kümmern«, lächelte Temming verlegen.

Mulzenbach verkniff sich eine Bemerkung, die Temming vermutlich als Anmaßung empfunden hätte.

54

Gisela Temming hatte sich seit Monaten auf diesen Termin gefreut. Oder, wenn sie ehrlich war, ihn mit einer Mischung aus Neugier, Abenteuer und Skepsis auf sich zukommen sehen. Natürlich war es seit Langem ihr Wunsch gewesen, in ein mögliches früheres Leben zurückversetzt zu werden. Berichte darüber gab es viele, und das Internet war voll von Storys über Menschen, die schon einmal gelebt haben wollen. Aber zu differenzieren, was reine Fantasiegespinste waren und was sich tatsächlich zugetragen hatte, war schwierig. Gisela hatte bei den regelmäßigen Treffen ihrer parapsychologischen Gesprächsgruppe gelernt, solche Dinge skeptisch und kritisch anzugehen. Im Internet, wo jeder so ziemlich alles schreiben und behaupten konnte, ohne dass ein seriöser Verlag dahinterstand, durften vielfach Zweifel angebracht sein. Außerdem wimmelte es nur so von Verschwörungstheoretikern, die behaupteten, beim Zusammenstellen der Bibel sei alles weggelassen worden, was explizit auf eine Wiedergeburt hingedeutet hätte. Damit hätten die Glaubenshüter moralischen Verfall verhindern wollen, der zu befürchten gewesen wäre, falls die Gewissheit bestünde, alles noch einmal von vorne beginnen zu können. Wie verblendet Menschen in dieser Hinsicht heute noch sein konnten, zeigte sich nach Überzeugung Giselas am eindrucksvollsten bei den selbsternannten Gotteskriegern der Islamisten, die allen Ernstes glaubten, sie wären nach einem Märtyrertod, wenn sie mit einem Selbstmord andere Menschen mit in den Tod rissen, ruckzuck im Paradies und würden von Dutzenden von Jungfrauen in Empfang genommen. Gisela hoffte inständig, dass es so eine Institution wie den Teufel gab, bei dem diese Verblendeten ihr böses jenseitiges Erwachen auf dem glühenden Rost fänden.

Gab es jedoch eine echte Wiedergeburt, mussten solche Menschen eine schreckliche Seelenlast mitbringen. Daran dachte sie, als sie an diesem Freitagabend in ein Hotel nach Reutlingen fuhr, wo Timberli um 20 Uhr auf sie wartete.

Timberli, das wusste sie, war ein Mann Mitte 70, studiert und weitgereist und im Laufe seines Lebens mit vielen Reinkarnationsspezialisten zusammengekommen. Er hatte Kontakt zu echten Medizinmännern und sich in die Geisterkunde vertieft. Alles, was Gisela über ihn im Internet gelesen und von seinen Kunden erfahren hatte, war ihr höchst interessant erschienen. Und nach den Geschehnissen der vergangenen Tage spürte sie sogar ein noch stärkeres Verlangen, dem Mann endlich persönlich gegenüberzusitzen. Sie hegte die Hoffnung, nicht nur etwas über ihr früheres Leben und bedrückende Träume zu erfahren, sondern auch über Siegfrieds Schicksal – und ob es tatsächlich so etwas gab, wie Tote, die keine Ruhe fanden. Timberli, dessen bürgerlichen Namen sie kannte, empfing sie mit einem strahlenden Lächeln in der Lobby des Hotels und führte sie zu einer ledernen Couchgarnitur, auf deren Tisch zwei Gläser und eine Flasche Mineralwasser standen. Mit ein paar wenigen Worten und freundlichen Gesten hatte er Giselas anfängliche Berührungsängste beseitigt. Sie spürte, wie die Spannung von ihr wich. »Schön, dass wir uns treffen«, sagte er und goss das Wasser ein. Er war von großer Gestalt, wie ein Fels in der Brandung des Lebens, dachte Gisela. Braun gebrannt, das Gesicht von markanten Falten geprägt, schneeweiße Haare. Er sprach langsam und betont, erzählte von seinen Begegnungen mit Menschen, die die Ursache ihrer gegenwärtigen Probleme in einem früheren Leben vermutet hätten – und dann kam er behutsam auf das Anliegen von Gisela zu sprechen. Sie wiederholte, was sie ihm per E-Mail mitgeteilt hatte: dass sie sich mit allem, was mit Parapsychologie zusammenhing, ernsthaft befasse und deshalb auch Reinkarnation kennenlernen und wissen wolle, was es mit Träumen zu tun habe, von denen sie im Jugendalter immer wieder, oft in Jahresabständen, geplagt worden sei. Darin waren riesige, furchterregende Räder gewesen, auch Dampfmaschinen, die über Transmissionsbänder irgendwelche Maschinen antrieben – und gleichzeitig brach über ihr die Decke des Raumes ein. Sie war schreiend aus diesen Albträumen erwacht und von ihren Eltern nicht zu beruhigen gewesen. Sogar im Wachzustand hatte sie minutenlang geglaubt, alles sei Realität.

Gisela schilderte diese Szene ausführlich, was Timberli mit verständnisvollem Nicken quittierte. Sie erklärte, dass sie sich von einer Reinkarnationstherapie Rückschlüsse auf die Ursache dieser Träume erhoffe, die ihre Eltern mit den Worten ›jetzt fantasiert sie wieder‹ abgetan hätten.

Von einigen fürsorglichen Bemerkungen Timberlis angetan, gab sie ihm zu verstehen, dass sie bei der Suche nach einem geeigneten Reinkarnationsexperten ihn als den Richtigen auserwählt habe, weil er solche Rückführungen nicht in Hypnose vornehme, sondern in einem Zustand leichten Schlafes.

Als sich auf der Sitzgruppe nebenan ein junges Pärchen niederließ, sprach sie mit gedämpfter Stimme weiter: »Und dann hätte ich gerne gewusst, ob der verstorbene Bruder meines Mannes reinkarniert wurde.«

Timberli legte die hohe Stirn in Falten und nahm einen Schluck Wasser. »Wie ist er denn gestorben?«

Gisela war auf diese direkte Frage nicht gefasst, weshalb sie kurz überlegte. »Unfall. Es war ein Unfall. Aus dem Fenster gestürzt.«

Timberli sah ihr fest in die Augen, sodass sie seinem scharfen Blick auswich. »Einfach so aus dem Fenster gefallen?«, fragte er zweifelnd. »Einfach so?«

Gisela war innerlich zusammengezuckt. Hatte er sie durchschaut?

»Bei Handwerksarbeiten, ja«, antwortete sie knapp.

»Das ist aber lange her?«

Wieder eine Frage, die in Gisela den Verdacht aufkommen ließ, Timberli wisse mehr, als er zuzugeben bereit war. Hatte er recherchiert? Schließlich wusste er ja, wer da kommen würde.

»Ja, lange ist das her. Ziemlich lange. Fast 50 Jahre«, antwortete sie, während ihr Blutdruck stieg.

»Sie haben ihn gekannt?«

Frage oder Feststellung?, schoss es Gisela durch den Kopf. »Ja.«

»Sie waren dabei, als es geschehen ist?«

»Ja. Es war schlimm.«

»Wie hat er denn geheißen?«

»Siegfried.«

»Siegfried«, wiederholte Timberli. »Und der findet keine Ruhe?«

Gisela griff mit zitternder Hand zum Wasserglas und trank. »Ich weiß es nicht.«

»Doch, Sie wissen es«, entgegnete Timberli entschieden, aber weiterhin mit sanfter Stimme. »Sie sind das nie losgeworden.«

Gisela nickte zaghaft. Obwohl ihre Nervosität stieg, begann sie Vertrauen zu ihm zu gewinnen. Sie fasste deshalb den Entschluss, ihm zu erzählen, was in den vergangenen Tagen geschehen war: bei ihr daheim das mysteriöse Foto während des Gewitters, die defekte Standuhr, der mysteriöse Anruf von der Zeitansage und heute Nachmittag das umgefallene Buch; in der Wohnung ihres Sohnes der Kurzschluss im Keller, die tote Katze und das demolierte Fahrrad vor der Haustür, zersprungene Gläser. Timberli hatte regungslos zugehört, ließ ein paar Sekunden verstreichen und fragte: »Kennen Sie den Rosenheimer Spukfall?«

»Rosenheimer?« Gisela hatte nie davon gehört.

»1967 im Herbst, vor genau 50 Jahren«, erklärte Timberli und bemerkte, dass die Frau bei diesen Daten zusammengezuckt war. »In einer Anwaltskanzlei. Sollten Sie mal googeln. Der Fall gilt als einer der am besten untersuchten und dokumentierten Fälle der Parapsychologie – oder besser gesagt: der Telekinese. Die Medien haben zwar versucht, das Ganze als Schwindel hinzustellen, aber wie sich vor laufenden Kameras Bilder an der Wand um den Nagel drehen konnten, Lampen pendelten und sich Leuchtstoffröhren selbst aus der Halterung drehen konnten, das muss mir erst einmal einer vernünftig erklären.«

»Und das hat sich tatsächlich so zugetragen?«, staunte Gisela.

»Hat sich, ja. Über Tage hinweg. Man hat Stromschwankungen und alles Mögliche vermutet und entsprechende Experten hinzugezogen. Außerdem blieb ungeklärt, und deshalb ist mir dieser Rosenheimer Fall eingefallen, warum damals von der Kanzlei aus mehrfach die Zeitansage angerufen wurde, ohne dass jemand die Telefonapparate berührt hatte.«

»Ach«, entfuhr es Gisela. »Zeitansage? Und wie hat das alles geendet?«

»Wissenschaftlich ungeklärt. Man hat schließlich festgestellt, dass die Phänomene nur in Anwesenheit eines 19-jährigen Lehrmädchens auftraten. Man hat die junge Frau medizinisch untersucht und etwas festgestellt, was auch bei Personen, die in andere Spukfälle involviert waren, zutage getreten ist: Sie wies eine psychische Labilität und eine geringe Frustrationstoleranz auf, hieß es. Bemerkenswert war, dass der Spuk verschwand, als sie im Januar 1968 ihr Arbeitsverhältnis aufgab.«

»Sie meinen, das hing mit diesem Mädchen zusammen?« Gisela wiederholte wie in Trance die Jahreszahl: »1968?«

»Zumindest könnte man es so deuten«, zuckte Timberli mit den breiten Schultern. »Gibt's denn in Ihrem Haushalt auch junge Leute?«

»Nein, bei uns nicht, aber in der Familie meines Sohnes. Ein vierjähriger Bub und eine Hausangestellte.«

»Eine junge Frau?«, hakte Timberli schnell nach.

»Ja, Olivia«, erwiderte Gisela tonlos. »So ein junges Ding. Mein Mann hat sie vor zwei Jahren, als er noch unseren Betrieb geleitet hat, für meinen Sohn und unsere Schwiegertochter eingestellt, weil ein Mitarbeiter sie ihm empfohlen hat.«

»Sie mögen sie nicht?«

»Was heißt ›mögen‹?« Gisela machte eine abschätzige Handbewegung. »Ich hab keine Berührungsängste mit ihr. Manchmal hab ich den Eindruck, sie will sich an meinen Sohn Sven heranmachen. Wie halt die jungen Dinger so sind!«

»Man hat sie Ihrem Mann empfohlen, sagen Sie?«

»Ja, ein Mitarbeiter hat für seine Schwester oder Halbschwester, so genau weiß ich das gar nicht, eine Stelle gesucht.« Gisela beäugte ihr Gegenüber aufmerksam. Wollte er sie auf geschickte Weise ausfragen, um an Informationen zu gelangen, mit denen er anschließend seine angeblichen Fähigkeiten ausschmücken konnte? »Sie glauben doch nicht, dass Olivia hinter den Merkwürdigkeiten steckt – wie diese 19-Jährige damals in Rosenheim?«

»Auszuschließen ist das nicht«, meinte Timberli. »Aber nicht, dass Sie denken, das Mädchen würde dies alles inszenieren. Nein, wenn sie etwas damit zu tun hat, dann unbewusst. Auf unerklärliche Weise.« Er lächelte milde. »Aber jetzt lassen Sie uns zur Sache kommen. Wir gehen hoch in mein Zimmer.«

Gisela erschrak bei dem Gedanken, mit diesem Mann in ein Hotelzimmer zu gehen. Ihr war bislang gar nicht bewusst gewesen, dass eine Reinkarnationstherapie nicht in der Lobby des Hotels stattfinden konnte. Timberli hatte ihre Verunsicherung bemerkt und lächelte wieder. »Keine Sorge, Frau Temming, Sie brauchen sich nur hinzulegen, weiter nichts. Nur Schuhe ausziehen, sonst nichts.« Er stand auf. »Außerdem weiß die Hotelleitung, wer ich bin und was ich tue. Ich komme regelmäßig hierher.«

Auch Gisela erhob sich, spürte aber weiche Knie. So fühlte man sich also, wenn man Angst vor der eigenen Courage hatte.

55

Torsten Moll war ein großer schlanker Mann, die Haare korrekt geschnitten, ein Lächeln im Gesicht, schwarzes Hemd, dunkle Hose. Eine elegante Erscheinung, wie Häberle es auf den ersten Blick empfand. Er schätzte den Inhaber einer Ballett- und Musicalschule auf Ende 30. Gleichermaßen Künstler und innovativer Unternehmer. Moll, dem das Polizeiaufgebot auf dem nahen Friedhof nicht entgangen war, führte den Chefermittler in das gemütlich eingerichtete Kaminzimmer, das sich im einstigen Verkaufsraum eines früheren Sägewerks befand, und bot seinem Gast Fruchtsaft an. Häberle staunte über die gelungene Innenarchitektur, zumal er das Areal von außen aus der Zeit kannte, als dort Holz gesägt und verkauft worden war. An einer der Wände hing ein großformatiges Plakat, das auf eine Aufführung des Musicals ›Hair‹ vor einem Jahr hinwies. Häberle konnte sich entsinnen, davon gelesen zu haben, dass es mehrere Vorstellungen mit großem Erfolg gegeben hatte. Einen kurzen Moment in die 60er versunken, in denen das Musical spielte, kam er dann zur Sache und wollte wissen, ob Moll oder einer seiner Angestellten vergangene Nacht etwas Verdächtiges beobachtet hätten und wann der silberfarbene Golf mit dem österreichischen Kennzeichen abgestellt worden sei.

Moll zuckte mit den Schultern. »Tut mir leid, aber da kann ich Ihnen nicht weiterhelfen. Wir hatten um halb elf Schluss gemacht. Und soweit ich mich bei meinem Personal umgehört habe, ist niemandem etwas aufgefallen. Dass hier manchmal ein Auto rumsteht, ist nichts Außergewöhnliches.«

»Sie sind dann gegangen?«, fragte Häberle nach.

»Ja. Als ich wegging – es war wohl kurz vor elf, denke ich –, war alles ruhig. Wie immer.«

»Sind Sie über die Straße zwischen den beiden Friedhofsteilen zur Bundesstraße vorgefahren?«

»Nein«, entgegnete Moll, während er zwei jungen Mitarbeiterinnen zur Begrüßung winkte, die in Nebenräumen verschwanden. »Das Einbiegen dort ist gefährlich. Ich fahr' meist durch den Rorgensteig runter, an der Friedhofsmauer entlang.«

»Richtung Wasserfall«, stellte Häberle klar.

»Ja, richtig.«

»Ziemlich enge Angelegenheit dort. Sie haben nichts Außergewöhnliches bemerkt? Personen, geparkte Fahrzeuge?«

Moll überlegte und verschränkte die Arme vor der Brust. »Personen sicher nicht. Das wäre mir aufgefallen. Um diese Zeit ist dort niemand mehr unterwegs.«

»Und Fahrzeuge?«

»Auch nicht.« Moll überlegte kurz. »Bis auf eines.«

»Ach?« Häberle bückte sich vor und stützte seine Arme auf der Tischplatte ab.

»Ist mir nur aufgefallen, weil ich mir vielleicht auch so einen SUV zulegen möchte. Geländewagen. Ein BMW war's, ein X3.«

»Und wo war der geparkt?«

»Nach dem Wasserfall, da unten. Bei der ehemaligen Gaststätte ›Blumenstock‹, falls Ihnen das etwas sagt.«

Häberle konnte sich lebhaft an dieses Lokal entsinnen, das direkt am Stadteingang stand und heute ein Wohnhaus war. »Und dieser BMW ist Ihnen also aufgefallen?«

»Ja, wie gesagt, wenn man mit dem Gedanken spielt, ein bestimmtes Auto zu kaufen, fallen einem genau diese Modelle auf. Selektive Wahrnehmung, sagt man dazu wohl.«

»Ein X3«, wiederholte Häberle. »Von der Größe her eine Art Geländewagen.«

»Ja, SUV, wie sie genannt werden.«

»Sie haben ihn sich genauer angeschaut?«

»Wie das beim langsamen Vorbeifahren halt so geht. Ich dachte mir noch, dass mir der neue Mercedes GLC besser zusagt.« Moll lächelte.

»Und das Kennzeichen? Haben Sie es sich gemerkt?«

»Das ist ein bisschen zu viel verlangt, Herr Häberle«, entgegnete Moll. »Aber es war ein GP für Göppingen, da bin ich mir ziemlich sicher. Und dunkel war er. Dunkelblau oder schwarz.«

Häberle machte sich Notizen. »Und in den vergangenen Tagen? Gab's da etwas Außergewöhnliches?«

Moll trank einen Schluck Saft. »Ich hab mir das auch schon überlegt, nachdem ich heut' früh von dem Verbrechen gehört hab. Aber da gibt es nichts, was ungewöhnlich gewesen wäre.«

Häberles Blicke streiften wieder das ›Hair‹-Plakat, das in ihm nicht nur den bekannten Song ›Aquarius‹ wachwerden ließ, sondern auch all die anderen Hits aus den 60ern. Und diese Aufbruchsstimmung in den Weltraum, an die ihn ein gerahmtes Bildchen erinnerte, das abseits des Plakats hing. Ein kreisrundes Abzeichen war mit ›Apollo 11‹ überschrieben. Zu sehen darauf ein Weißkopfseeadler, der einen Olivenzweig in den Klauen hielt. Unter ihm die kraterreiche Mondoberfläche, dahinter im Schwarz des Weltalls der blaue Planet Erde.

»Hat mir eine ältere Dame mitgebracht, von einer Florida-Reise. Unser Musical hat sie an die Zeit von damals erinnert«, erklärte Moll, der Häberles Interesse an dem ungewöhnlichen Objekt bemerkt hatte. »Das Abzeichen von der ersten Mondlandung«, ergänzte er stolz. »Die Zeit, in der das Musical entstanden ist. Neun Monate vor der Mondlandung wurde es in München uraufgeführt. Oktober 1968.«

Häberle nickte interessiert. Wenn er von der Polizei Abschied nahm, würde er sich viel mehr ums kulturelle Leben kümmern. Ganz sicher zur Freude von Susanne.

Er bewunderte Menschen wie diesen Moll, der sein Talent dazu einsetzte, mit den Mitteln der Kunst Werte zu vermitteln, die im zunehmenden Alltagstrott verschüttet zu werden drohten. Es kam nicht oft vor, aber neuerdings immer häufiger, dass er es bedauerte, sich ein Berufsleben lang nur mit den Abgründen der Menschheit befasst zu haben. Aber immerhin, so besänftigte er sich dann selbst, trug er dazu bei, dass das Böse nicht allzu sehr überhandnahm.

Er stand auf und bedankte sich für das Gespräch. »Ihnen weiterhin viel Erfolg, Herr Moll. Vielleicht sehen wir uns bald wieder.«

Molls Gesichtszüge versteinerten sich. »Äh, wie soll ich das verstehen?« Er erhob sich ebenfalls und sah den Kriminalisten verwundert an.

»Bei einer Veranstaltung. Bei Ihnen«, erwiderte Häberle süffisant und schüttelte ihm zum Abschied die Hand.

56

Sven Temming hatte sich nach dem Gespräch mit Mulzenbach einen halben Cognac gegönnt. Er sah auf die digitale Schreibtischuhr: 20.03 Uhr. Es wurde allerhöchste Zeit, dass er sich auf den Weg machte. Er fuhr den Computer herunter, löschte das Licht und eilte durch den langen Flur, in dem die nächtliche Notbeleuchtung brannte. Nachdem er im weitläufigen Treppenhaus zwei codierte Türschlösser geöffnet hatte, gelangte er in die Tiefgarage. Wenig später ließ er die Geländewagen-Limousine vorsichtig über den Hof rollen, wo sich das Ausfahrtstor zur Seite schob. Für einen Moment musste Temming an den Radfahrer denken, den er am Dienstagabend übersehen hatte. »Wollen Sie mich umbringen?«, hörte er den aufgebrachten Mann innerlich schreien. Temming tastete sich seither bei der Ausfahrt aus dem Firmenareal nur schrittweise vorwärts, bis er den vorbeiführenden Radweg überblicken konnte.

Fahrrad. Da war wieder dieses Stichwort. Fahrrad. Quatsch, mahnte er sich. Der Vorfall hier hatte nichts mit dem alten Fahrrad zu tun, das am Mittwochabend gegen die Haustür gekracht war.

So sehr er gegenüber Sylvia und seinen Eltern alles, was diese Woche geschehen war, als reinen Zufall abtat – es beschäftigte ihn trotzdem unablässig. Und was war das für ein seltsamer Traum, von dem Olivia befallen worden sein wollte? War sie völlig durchgeknallt? Am liebsten hätte er sie geohrfeigt.

Doch es war an der Zeit zu retten, was noch zu retten war. Rückblickend betrachtet, war es von seinem Vater idiotisch gewesen, diese Olivia jemals als Haushälterin eingestellt zu haben. Er hatte diesem Jarowski vertraut, der gewiss ein hohes Maß an Fachwissen besaß und ein findiger Kopf war, und sich – was gar nicht die Art seines Vaters war – zu einer von Mitleid getragenen Entscheidung hinreißen lassen. Die junge Frau, eine gelernte Erzieherin, sei plötzlich arbeitslos geworden und suche einen Job als private Kinderbetreuerin – so hatte Jarowski gegenüber seinem Vater damals argumentiert, entsann sich Temming.

Jarowski hatte nämlich mitbekommen, dass für den damals zweijährigen Sohn des Juniorchefs eine Betreuung inklusive Haushaltshilfe gesucht worden war. Als sich Olivia eines Abends im Beisein seines Vaters bei ihnen daheim vorgestellt hatte, war dem Juniorchef der Atem gestockt, was er sich gegenüber Sylvia nicht anmerken lassen durfte. Das selbstbewusste Auftreten, das charmante Lächeln und die Art, wie sie Fragen beantwortete, hatten ihn auf Anhieb verzaubert. Außerdem hatte sie zwar nicht mit ihren äußerlichen Reizen gegeizt, sie aber dezent in modische Kleidung gehüllt. Eine enge Jeanshose, ein figurbetontes Jäckchen. Er sah das Bild noch vor seinen Augen.

Sylvia war eher skeptisch gewesen, möglicherweise, weil sie sich keine Konkurrentin ins Haus holen wollte. Aber nach zweitägigem Überlegen und Diskutieren hatte auch sie sich dazu durchgerungen, die junge Frau stundenweise anzustellen, zumal es sich beim ersten Vorstellungsgespräch bereits gezeigt hatte, wie einfühlsam sie mit dem kleinen Buben umgehen konnte.

Während Sven Temming seinen Mercedes GLC am Ulmer Stadtrand auf die bayrische Seite der Donau und dort in den Neu-Ulmer Stadtteil Ludwigsfeld steuerte, lief in seinem Kopf noch einmal alles ab, was mit ihm geschehen war. Auf irgendeine geheimnisvolle Weise schienen Olivia und er ganz ohne Worte dieselben Gefühle zu haben. Und es schien ihm, als ob sie sich mit jedem Tag, an dem sie da war, ein Stück näherten. Als es Frühjahr geworden war, hatte sie sich modisch den höheren Temperaturen angeglichen. Dass sie sich damit nicht allein nur der Jahreszeit anpassen wollte, sondern auf diese Weise seine verstohlenen Blicke genießen konnte, war ihm schnell klar geworden. Und als sie ihm eines Tages ein Dokument, das er zu Hause vergessen hatte, ins Büro nach Ulm bringen musste, hatte er dezent die Tür zum Vorzimmer zugedrückt und ihr ein Glas Wasser angeboten. Sie war nicht abgeneigt gewesen, und so hatte sich ihm zum ersten Mal die Gelegenheit geboten, ganz ungezwungen unter vier Augen mit dieser jungen Frau zu reden. Die Folge waren mehrere heimliche Treffen – meist in abgelegenen Cafés. Dann war es im Wonnemonat Mai geschehen, dass sie ihn plötzlich zu sich in ihre kleine Wohnung in Biberach einlud. Mindestens ein halbes Dutzend Mal war er seither dort gewesen. Kein einziges Mal aber mit seinem auffälligen Auto. Meist hatte er es in einer der umliegenden Orte abgestellt und sich von Olivia mit ihrem kleinen Opel abholen lassen. Oder er hatte ein Taxi genommen. Sein Handy war abgeschaltet geblieben. Und wenn er an dem Zweifamilienhaus klingelte, hatte er meist einen modischen Hut tief ins Gesicht gezogen.

Er hatte auf Olivia vertraut, glaubte, alles von ihr zu wissen, vor allem auch ihre Neigungen zu kennen, die darin bestanden, lustvoll ein – wie sie es nannte – ungezogenes Hausmädchen spielen zu dürfen. Gerade das war der Grund für ihre inständige Bitte gewesen, sie daheim aufzusuchen. Aber auch er genoss es, auf diese Weise den Herrn zu spielen. Etwas, das er daheim nicht konnte.

Wie in Trance war er auf einer hell beleuchteten, breiten Straße aus Neu-Ulm hinausgefahren und dabei nur dank des elektronischen Abstandshalters nicht auf das Heck eines Renaults geprallt. Nein, nie im Leben hätte er daran gedacht, dass Olivias sexuelle Neigungen nur vorgetäuscht waren oder dass sie diese gezielt einsetzte. Sie hatte ihn in eine Falle gelockt. Und eingefädelt hatte alles einzig und allein dieser Jarowski, der seinen Vater auf die mitleidige Tour dazu überredet hatte, ihnen dieses raffinierte Luder als Kindermädchen vorzuschlagen. Natürlich war alles geplant und eingefädelt worden. Da gab es nicht den geringsten Zweifel. Spätestens nachdem er heute Vormittag herausgefunden hatte, dass Olivia eine Halbschwester dieses Jarowskis war, schwante Temming Böses.

Mulzenbach jedenfalls hatte recherchiert, dass Jarowskis Mutter nach ihrer Scheidung noch einmal geheiratet und mit dem neuen Mann ein Mädchen bekommen hatte – eben diese Olivia. Mutter und Vater waren allerdings bereits verstorben.

Ein einziges Komplott, durchzuckte es Temming, als er durch den Ort Senden fuhr und in Richtung des finstren Illerwaldes abbog. Dort, irgendwo abseits von Altwasser und Kanal, gab es eine ehemalige Jagdhütte, die Temmings Großvater Georg einstens erworben hatte und die rein äußerlich dem Verfall preisgegeben zu sein schien. Das war bewusst so gewollt, damit niemand auf den Gedanken kam, dass sich ein Einbruch lohnen würde.

Der Innenraum hingegen war rustikal und sehr gemütlich eingerichtet. Es gab eine kleine Küche, deren Wasservorräte jedoch mit Kanistern aufgefüllt werden mussten. Ein kleiner Kocher wurde ebenso mit einer Gasflasche betrieben, wie die Heizung. In einem Anbau hatte Temmings Vater Walter vor einigen Jahren eine Art Campingtoilette eingerichtet.

Es gab eine Sitzgruppe und ein zur Schlafstätte ausziehbares Sofa. Wenn überhaupt, dann wurde die Hütte nur noch drei-, viermal von der Familie im Sommer genutzt, während Sven mehrmals im Monat hier herausfuhr, um nach dem Rechten zu sehen. Seit die Hütte zu einem Rückzugsgebiet für Olivia und ihn geworden war – zumindest diesen Sommer lang –, hatten sich diese Kontrollfahrten erübrigt. Manchmal freilich hatte ihn die Angst beschlichen, sein Vater – oder noch schlimmer, seine Frau – würden unerwartet vorbeikommen. Allerdings war dies ziemlich unwahrscheinlich, da Walter schon vor langer Zeit erklärt hatte, er wolle diese Hütte nicht mehr nutzen. Und Sylvia, die stets auf dem Beifahrersitz gesessen hatte, als sie hierhergefahren waren, hätte vermutlich Probleme, diesen abgelegenen Ort im Walde zu finden.

Wenn er mit Olivia gekommen war, waren sie bisher stets mit ihrem kleinen Opel hergefahren und hatten ihn ein paar Hundert Meter entfernt an einer Weggabelung stehen lassen. Meist hatte er dafür eine Geschäftsreise vorgetäuscht, sich im Büro davongestohlen und irgendeinen wichtigen, aber geheimen Termin erfunden. Dass er ausgerechnet immer dann auf Geschäftsreise ging, wenn Olivia ihren freien Tag hatte, konnte natürlich riskant sein, überlegte Temming, als er sich der Weggabelung näherte, wo die Scheinwerfer seines Mercedes die Rückstrahler des abgestellten Opel-Kleinwagens zum Leuchten brachten. Aber das alles würde jetzt ein Ende haben. Ein Ende?, hörte er seine innere Stimme. Was denn für ein Ende? Und was wusste Olivia überhaupt?

Er drückte den Geländewagen seitlich in ein dünnes Gebüsch und stieg aus. Kalte feuchte Luft schlug ihm entgegen, während in dem 20 Meter entfernten Opel vom Typ Adam die Fahrertür aufschwang und im diffusen Licht nackte Frauenbeine nach dem Boden tasteten. Sie hatte sich wieder aufreizend gekleidet: trotz herbstlicher Kühle ein kurzes Kleidchen, über das sie jetzt einen langen Mantel warf, die Tür verriegelte und ihm entgegenstöckelte.

Auch jetzt im Streulicht, das am nebligen Nachthimmel reflektierte, kam ihre weibliche Silhouette atemberaubend zur Geltung. Heute allerdings wehrte er ihre Umarmung ab, legte nur einen Arm um ihre schmalen Schultern und führt sie in die Dunkelheit des Illerwaldes hinein. »Olivia«, seufzte er gespielt. »Wir müssen etwas bereden.«

Sie blieb abrupt stehen und drehte den Kopf zu ihm. Er spürte ihren warmen Atem, der bei diesen herbstlich-kühlen Außentemperaturen kondensierte. »Es ist etwas passiert, das wir regeln müssen«, betonte er und versuchte, sie sanft mitzuziehen in Richtung der Hütte. Doch sie blieb störrisch stehen.

»Sag mal, was soll das? Ich hab mich für dich schick gemacht – und du bist gerade dabei, alles kaputtzumachen.« Auch Olivias Worte klangen anders, als er es gewohnt war. Für einen Moment zweifelte er, ob sie bereits wusste, dass sich alles verändert hatte. Natürlich, sie musste es wissen. Ihr Halbbruder Jarowski hatte sie ganz bestimmt über alles informiert.

Temming musste also vorsichtig sein. So leidenschaftlich sie sein konnte, wenn sie seine devoten Spiele genoss, so energisch und emotionaler konnte sie reagieren, wenn ihr etwas nicht passte. Das hier war kein Spiel mehr, bei dem er ihr Befehle erteilen durfte und sie bisweilen sogar züchtigen durfte, weil sie dies in ihrer Rolle als ungehorsames Hausmädchen so wollte und dies als besonders an- und aufregend empfand – nein, bitterer Ernst war angesagt, etwas, das ihm Haus und Hof, Familie und Karriere kosten konnte. »Ich möchte dir alles erklären«, sagte er deshalb ruhig.

»Und dazu bestellst du mich in deine Hütte?«, zischte sie und knüpfte ihren Mantel zu, als wolle sie sich seinen Blicken entziehen. Gleichzeitig befreite sie sich von Temmings Arm. »Was hast du vor?«, fuhr sie ihn an. »Hab ich ausgedient, oder was?

Hast du deine masochistischen Neigungen ausgelebt? Werd' ich einfach so weggeworfen?«

»Ich bitte dich, Olivia, davon kann überhaupt nicht die Rede sein. Wir haben immer gesagt, es bleibt alles unter uns, was wir gemacht haben.«

»Ach, daher weht der Wind!«, flüsterte sie, weil sie ein Geräusch vernommen hatte, das sich so anhörte, als näherten sich Schritte.

Temming lauschte angestrengt in die Nacht. Möglicherweise war jemand hier. Er wagte nicht mehr sich zu bewegen.

»Du hast Schiss. Du bist ein verdammter Angsthase. Sobald's irgendwo knackt, raschelt – pisst sich der große Herr und Meister in die Hose. Weißt du was: Du musst dein verlorenes Selbstwertgefühl an so Frauen austoben wie an mir.«

»Also bitte, meine liebe Olivia! Mach mal halblang. Du hast es doch auch gewollt oder willst du behaupten, ich hätte dich missbraucht und dich geschlagen, obwohl du es nicht gewollt hast?«

Sie ging zwei Schritte voraus und erwiderte: »Vielleich war's doch so, oder?«

Er erschrak, als sie energisch weitersprach.

»Vielleicht hab ich alles, was du mir zugefügt hast, meinen Arzt attestieren lassen.«

Temmings Puls raste. Er musste Ruhe behalten und einen Weg finden, die verworrene Situation einzudämmen und in den Griff zu bekommen.

57

Gisela war dem Mann mit gemischten Gefühlen in den ersten Stock des Hotels gefolgt, wo er ein großzügiges Zimmer gemietet hatte. Die Decken des Doppelbetts waren in einen danebenstehenden Sessel geknüllt worden. Zwei gepolsterte Stühle standen um einen Glastisch herum, auf ihm zwei Gläser und eine verschlossene Wasserflasche. Timberli bot Gisela einen Platz an und öffnete mit einem hörbaren Klicken vor ihren Augen die Flasche.

»Original verschlossen – nicht dass Sie meinen, ich würde Sie betäuben«, grinste er und füllte die Gläser. »Also ganz entspannt bleiben, Gisela.« Er duzte sie bewusst. »Es ist keine Hypnose, sondern nur ein flacher Schlaf, in den ich dich versetzen werde. Du wirst zu jedem Zeitpunkt wissen, was geschieht. Du legst dich auf das Bett – wie gesagt, nur Schuhe ausziehen. Und dann schließt du die Augen und denkst nur an das, was ich dir sage.«

Gisela kämpfte gegen die Aufregung und trank das Glas halb leer.

»Nicht an anderes denken als an das, was ich sage«, wiederholte er.

Eine halbe Minute später lag sie mit dem Rücken auf einer der Doppelbetthälften, unterm Kopf ein weiches Kissen. Timberli rückte einen Stuhl zu ihr, setzte sich und hielt ihr den Kronenkorken einer Getränkeflasche dicht vor die Augen. »Konzentrier dich darauf, ganz fest«, sagte er mit ruhiger und sonorer Stimme. »Du wirst müde, deine Augenlider sind schwer, schließe sie.«

Gisela befolgte seine Bitte, obwohl sie viel zu unruhig war, als dass sie sich in einen Schlaf hätte sinken lassen können. Aber Timberli hatte doch gesagt, dass sie jederzeit Herr ihrer Sinne sein würde. Also einerseits in Schlaf versinken – und andererseits verfolgen, was um sie herum geschah. Zumindest mit dem

Gehörsinn. Doch ihre Gedanken verselbstständigten sich, so sehr sie sich auch auf Timberlis Stimme konzentrierte.

Timberli wartete ein paar Sekunden.

Dann sprach er mit ruhiger und sonorer Stimme auf sie ein: »Gisela, du fühlst dich gut. Du bist an einem wunderschönen Ort. Auf einer Wiese. Viele bunte Blumen um dich herum.« Seine Stimme war so ruhig und einschläfernd, dass sie trotz ihres Unbehagens ein Müdigkeitsgefühl überkam. Timberli sprach mit monotoner Stimme weiter. »Du sitzt in der Blumenwiese, an einem kleinen Bach mit kristallklarem Wasser, das an dir vorbeifließt, ganz ruhig, ganz langsam. Du fühlst dich gut. Und neben dir steht eine goldene Schale, eine goldene Schale. In ihr glitzert das Sonnenlicht. Aus ihr gebe ich dir zu trinken. Du wirst einen kleinen Schluck von diesem kristallklaren Wasser nehmen.«

Trinken?, durchzuckte es Gisela. Sie versuchte krampfhaft, die Augen geschlossen zu halten. Hatte er gesagt, sie solle etwas trinken?

»Ich reiche dir die Schale, die goldene Schale – und du trinkst daraus.«

Wollte er ihr tatsächlich etwas zu trinken geben? Musste sie mit geschlossenen Augen eine unbekannte Flüssigkeit trinken? Die Müdigkeit war mit einem Schlag verschwunden, sie fühlte sich ihm plötzlich hilflos ausgeliefert. Nein, sie würde nichts trinken, wehrte sich ihr Unterbewusstes, während ihr die Vernunft sagte, dass sie sich dies doch nur vorstellen sollte.

»Du trinkst das köstliche Wasser.« Timberli gab sich große Mühe, in ihr Unterbewustsein zu reden. Gisela kämpfte mit sich, ob sie zugeben sollte, dass sie gar nicht in der Lage war, völlig entspannt und locker seinen Anweisungen zu folgen. Dabei hatte sie sich seit Monaten auf diesen Augenblick gefreut. Und nun wachte der Verstand über das Unterbewusstsein und ließ nichts eindringen, was ihr suspekt erschien. Außerdem war sie ohnehin viel zu schreckhaft hierhergekommen. Es war wohl der denkbar schlechteste Tag überhaupt für so etwas.

»Wir sind an dem Tag, bevor es geschehen ist«, hörte sie die ruhig-sanfte Männerstimme dicht neben ihrem rechten Ohr. »Was siehst du?«

Gisela fühlte sich verpflichtet, etwas zu murmeln, etwas, das ihr spontan in den Sinn kam. War es Fantasie, Eingebung oder das Bemühen, wenigstens so zu tun, als ob sie in diesen schlafähnlichen Zustand verfallen war? »Ich sehe große Räder an der Decke«, brachte sie langsam über die Lippen. »Transmissionsbänder.«

»Transmissionsbänder«, wiederholte Timberli verständnisvoll. »Ist das eine Fabrikhalle oder was ist das?«

»Ja, Fabrikhalle, große Maschinen, Schmutz, viele Räder. Sie drehen sich.« Natürlich entsprach dies den Bildern aus ihren kindlichen Albträumen. Erzählte sie nicht etwas, das zu diesen Szenen passte?

»Weißt du denn, in welchem Jahr wir sind?«

»Nein.«

»Wie sind die Leute angezogen? Weißt du, wo wir sind?«

»Angezogen«, wiederholte Gisela. »Einfach angezogen. Und es sind alte Maschinen.«

Timberli ließ einige Zeit verstreichen, während Gisela das Gefühl überkam, nun doch ein bisschen zu schlafen, so wie das war, wenn sie vor dem Fernseher lag und gerade einschlummerte, aber trotzdem noch den Gesprächen folgen konnte.

»Und jetzt kommen wir zum nächsten Tag, an dem es geschehen ist«, machte Timberli weiter.

Der nächste Tag, an dem es geschehen ist, hallte es in Giselas Kopf nach. Sie holte tief Luft. Und wieder waren es die Bilder ihres Traumes, die sie sich in Erinnerung rief und kurz mit leicht verwaschener Sprache schilderte. »Von der Decke fällt ein Rad. Transmissionsriemen schleudern. Lärm, Krach, Geschrei, Schmerzen. Hilfe.« Sie wollte nicht weiterreden, denn die Bilder, die sie zu sehen glaubte, glichen jenen aus dem Traum. Täuschte ihre Fantasie ihr das alles vor? Oder war es tatsächlich geschehen?

Timberlis Stimme drang tief in ihr Unterbewusstsein.

»Bist du verletzt?«

»Ja, schwer«, presste sie hervor. »Etwas ist herabgefallen.«

»Wirst du sterben?«

Sie überlegte. War das ein rationales Nachdenken oder die Angst, das Unumkehrbare auszusprechen?

»Ja«, sagte sie schließlich. »Sterben.«

Wieder war sie sich nicht im Klaren, ob sie dies nur sagte, um Timberli zufriedenzustellen und sich nicht die Blöße zu geben, kein geeignetes Medium für eine Reinkarnation zu sein.

Timberli versuchte weitere Hinweise auf den Ort und Zeitpunkt des Geschehens zu ergründen, doch Gisela konnte sich an nichts erinnern. Nur die alte Fabrik, die großen Antriebsräder, die Transmissionen ließen auf die sogenannte Gründerzeit schließen, als die Maschinen in den Fabriken mit solchen Energie- und Kraftübertragungen vollgestopft waren. Also irgendwann Ende des 19. Jahrhunderts. In einem Land, in dem die Industrie gerade in den Kinderschuhen steckte.

Timberli wollte nicht darauf eingehen und ließ, wie es Gisela erschien, eine halbe Ewigkeit vergehen, während der sie sich fest darauf konzentrierte, die Augen nicht zu öffnen, obgleich sie den Eindruck hatte, er habe sich heimlich entfernt und würde die Jalousien schließen. Nein, sie durfte die Augen nicht öffnen. Nein, nein, nein. Dann blinzelte sie doch mit dem linken Auge kurz und stellte zufrieden fest, dass sich im Zimmer nichts verändert hatte und Timberli noch immer rechts neben dem Bett saß.

»Du denkst an Siegfried«, fuhr er unerwarteterweise fort. »Siegfried. Du möchtest mit ihm Kontakt aufnehmen. Er ist tot, aber du möchtest mit ihm Kontakt aufnehmen.«

Giselas Puls begann zu rasen. Ein Zustand, in dem sie nie und nimmer ein gutes Medium sein würde.

»Siegfried ist verunglückt. Im jugendlichen Alter«, fuhr Timberli mit seiner monotonen sonoren Stimme fort. »Er ist früh aus dem Leben gerissen worden. Du denkst an ihn, ganz fest. Ganz fest. Du bittest ihn und die Kraft und Energie, die dadurch entsteht, dir zu zeigen, wo er ist.«

Stille. Gisela hatte sich so gut es ging auf seine Worte konzentriert, sich die Kraft und Energie vorgestellt, die ihr die Antwort geben könnte.

»Lass es geschehen«, sagte er. »Lass es über dich kommen. Du wirst nun wissen, wo Siegfried ist. Ob er sich reinkarniert hat.« Sie sah sein Bild in dem Wassertropfen. Nahezu gleichzeitig drängte sich ein Satz in ihren Kopf, den sie erst vor wenigen Tagen gehört hatte: ›Er ist seit 49 Jahren tot und als solcher nicht mehr hier.‹ Als solcher nicht mehr hier, hämmerte es in ihrem Kopf. Sven hatte dies am Dienstagabend beim Blick auf das Smartphonefoto gesagt.

58

Walter Temming hatte nahezu den ganzen Tag in seinem privaten Büro verbracht, Geschäftspost gelesen und sich mit Fachliteratur aus der Chemiebranche befasst. Darin waren auch die vielen kritischen Kommentare über die Pharmaindustrie aufgegriffen worden, die in jüngster Zeit in den Medien überhandzunehmen schienen. Temming bereitete dies große Sorge.

Ungläubig hatte er einen ausführlichen Artikel über die sogenannten Chemtrails gelesen, mit denen die Chemieindustrie in Misskredit gebracht werden sollte. Der Chefredakteur eines Branchenblatts ließ sich darüber in einem Kommentar aus und verwies die in Internetforen kursierende Behauptung, die Bevölkerung würde aus den Flugzeugen heraus mit aluminiumhaltigen Substanzen besprüht, um sie nervlich und somit psychisch zu beeinflussen, ins Reich der böswilligen Verschwörungstheoretiker. Große Aufregung habe ein Wetterbericht des ZDF-heute-journals vom 14. Januar 2009 ausgelöst, der noch immer im Internet zu sehen sei, las Temming. Der damalige Wetter-Moderator Dr. Gunther Tiersch hatte dabei auf eine seltsame Wolkenformation im Nordwesten hingewiesen. Wörtlich: »Und dann haben wir hier noch etwas, das wir nicht als Regen oder Schnee identifizieren können. Im Westen diese Schlangenlinien, das haben wahrscheinlich am Nachmittag über der Nordsee ein paar Flugzeuge, Militärflugzeuge, rausgebracht, und in etwa fünf bis sechs Kilometer Höhe, hat mit Wetter so nichts zu tun.«

Vermutlich, so erfuhr Temming beim Weiterlesen, habe es sich um sogenannten Düppel gehandelt – so benannt, weil es erstmals während des Zweiten Weltkriegs in Berlin-Düppel getestet worden sei: Stanniolstreifen, die abgeworfen worden seien, um gegnerisches Radar zu stören. Heutzutage benutze man »metallbedampfte, hauchdünne Kunstfasern oder leitfähige Kohlenstofffasern.« Temming las hastig weiter. Nie zuvor hatte er etwas davon gehört. Er drückte seine Brille auf die Nase und scrollte nach oben. 1998, so erfuhr er, sei der Ausstoß von Düppel zwar verboten worden, doch gebe es unter strengen Auflagen trotzdem Ausnahmen bei Militärübungen. Der Kommentator kam jedoch zu dem Schluss, dass die heutigen aluminiumbeschichteten Glasfasern nicht lungengängig und demnach ungefährlich seien.

Temming seufzte in sich hinein. Sein Berufsleben lang hatte es immer wieder Angriffe gegen die Chemieindustrie gegeben. Man spielte mit den diffusen Ängsten der Menschen, die beim Anblick eines jeden Schornsteins oder Entlüftungsrohres gleich die allerschlimmsten Stoffe vermuteten. Das Wort ›Fakenews‹ machte die Runde, seit der neue egozentrische US-Präsident seine eigenen Wahrheiten für sich reklamierte. Natürlich trugen die Schönredner in der Politik und die Blender aus der Wirtschaft dazu bei, dass sich allerorts Verschwörungstheoretiker breitmachten.

Zunehmend fühlten sich die Menschen hintergangen, betrogen und belogen. Und sie waren gerade dabei, sich gegen die weitere Zerstörung des Planeten zu wehren. Insbesondere die junge Generation schien aufzuwachen und nicht mehr bereit zu sein, dem Geschwätz der Alten und Verkrusteten zu folgen, die ihre Ansichten und ihre Schulweisheiten mit Zähnen und Klauen verteidigten. Auch wider besseren Wissens, weil jeder, der von dem wissenschaftlichen Mainstream abwich, noch immer fürchten musste, sein Ansehen zu verlieren.

Irgendwie erinnerte Temming dies an die 60er-Jahre. Und mit einem Schlag war alles wieder da, was ihn belastete. Denn es war doch nur eine Frage der Zeit, vielleicht von wenigen Stunden, bis sie ihn ausfindig machen und fragen würden. Sie – die Kriminalisten und Juristen. Sie hatten ganz bestimmt Spuren gesichert. Spuren, durchzuckte es ihn. Hatte er denn welche hinterlassen? Schuhabdrücke? Oder gar Schmutz an den Schuhen? Er musste sie dringend putzen. Denn die Kriminaltechniker würden ganz sicher Kiesel oder Schmutz vom Friedhof im Profil der Sohlen finden. Und sein Auto? War es jemandem aufgefallen? Er hatte zwar weit genug davon entfernt geparkt, aber nachts in dieser Stadtrandsiedlung konnte es durchaus sein, dass sein Wagen jemandem ins Auge gestochen war. Temming schwitzte, obwohl es in seinem Büro gar nicht warm war.

Dass Gisela zu ihrer Reinkarnationstherapie gegangen war, hatte er nur am Rande zur Kenntnis genommen. Vermutlich würde sie erst gegen Mitternacht zurück sein. Er sah auf die Uhr: 20.57 Uhr. Er hatte also genügend Zeit, das zu tun, was ihn seit vergangener Nacht zutiefst bewegte.

Dass er so schnell wieder das Bedürfnis haben würde, in den geheimen Kellerraum hinabzusteigen, hätte er am Montagabend nicht für möglich gehalten. Da hatte er sich nur vergewissern wollen, dass die alten Akten noch da waren. Doch seit gestern brauchte er eine andere Gewissheit. Über etwas, an das er am Montagabend nicht im Entferntesten gedacht hatte. Doch nun, da er mit dem Schlimmsten rechnen musste, war äußerste Vorsicht angebracht. Als ob er befürchten musste, von jemandem beobachtet oder gehört zu werden, ging er langsam die Steinstufen ins Untergeschoss hinab, ließ die nüchternen Leuchtstoffröhren aufblitzen und gelangte, vorbei an Waschmaschine und Trockner zu einer Metalltür, hinter der sich die offiziell archivierten Aktenordner aneinanderreihten. Wieder spürte er die trocken-staubige Luft, die solchen Räumen anhaftete. Am Ende einer Regalgasse traf er auf jenen hölzernen Aktenschrank, dessen Rückseite er umklammerte und mit einigen ruckenden Bewegungen nach vorne zog, um an die dahinterliegende Geheimtür gelangen zu können. Er schloss sie auf und ließ in dem finsteren Raum die Leuchtstoffröhren aufflackern. Jahrelang war er nicht dagewesen – und nun innerhalb einer Woche zweimal.

Jetzt allerdings brauchte er nicht bis zum Tresor vorzudringen, was ihm das Wegschieben eines weiteren Schrankes ersparte. Die Luft in dem kleinen fensterlosen Raum war kühl, und es roch nach altem Papier. Auf den Metallregalen boten mehrere Ordner ein chaotisches Bild. Einige waren nach links oder rechts umgekippt oder lehnten windschief an anderen. Zwischen zusammengeschnürten Aktenpaketen standen Schachteln und kleine Plastikboxen.

Was er suchte, vermutete er ganz hinten an der Wand, verdeckt von Büchern, die aus Vaters Besitz stammten und die man vermutlich nur des möglichen antiquarischen Werts wegen hier unten aufbewahrt hatte. Temming nahm eines davon in die Hand:

›Praktische Chemie für Feld, Garten und Haus‹. Herausgegeben 1912. Er legte es auf einen freien Platz im Regal und griff nach dem zweiten, einem ›Lehrbuch der Gährungschemie‹ aus dem Jahre 1876. Dies alles nahm er nur beiläufig zur Kenntnis. Erst als er die in Kartonschubern verwahrte Loseblatt-Sammlung über ›Pflanzenschutz und Schädlingsbekämpfung‹ von 1953 herausgenommen hatte, war das Versteck zwischen Akten und Büchern freigeräumt, das rechts und hinten von der betongrauen Wand des Raumes begrenzt wurde. Hier musste es sein. Temmings Blutdruck schoss in die Höhe, als er nun seinen rechten Arm weiter hineinsteckte, um ganz nach links hinter die Reihe der dort stehenden Bücher greifen zu können. In Panik geraten, stieß er sie alle aus dem Regal, sodass sie dumpf auf dem Boden aufschlugen.

Nichts. Da war nichts mehr. Hatte er sich geirrt? Hatte er vergessen, wo er suchen musste? Er sah sich um, begann zu zittern. Für eine halbe Sekunde herrschte bedrohliche Stille. Nur das monotone Brummen einer alten Leuchtstoffröhre erfüllte den Raum. Auf Temmings Stirn bildeten sich Schweißperlen, während er das Dutzend Bücher, das um seine Füße herumlag, zornig und achtlos wegkickte. Die Bücher schmetterten gegen die Metallstützen des Regals, dessen Vibration ein schepperndes Geräusch verursachte. Dann wieder diese Stille, die keine war, weil der raumfüllende Brummton der Lampe aus allen Richtungen an Temmings Ohr drang. Lauter, immer lauter, wie er es empfand.

Wieder stand er regungslos vor der Unordnung, die er angerichtet hatte. Verzweifelt, zornig, nervös. Ratlos. Panisch.

Dann ein Klickern. Oder Rollen. Metall auf Metall. Kaum wahrnehmbar. Temming zuckte zusammen. Es war ganz dicht bei ihm. Direkt am Regal. Nur für einen Augenblick. Schon hatte es abrupt aufgehört – aber nur für den Bruchteil einer Sekunde, denn etwas schlug hart und dumpf auf einem der Bücher auf, die neben seinen Füßen lagen. Im Augenwinkel hatte er eine Bewegung wahrgenommen. Etwas Kleines, etwas aus Metall. Es war in einer der Lücken zwischen den Büchern verschwunden.

Temmings Blick hing an dieser Stelle. Er fühlte sich wie gelähmt – so, als sei etwas ganz Schreckliches in den Schatten der Bücher abgetaucht. Nur langsam konnte er sich von der Schockstarre befreien. Er hob den linken Fuß aus dem Berg der alten Schinken und griff nach dem obersten Buch, unter dem er das seltsame Objekt vermutete. Als er den Band beiseitelegte, versetzte ihm der Titel einen neuerlichen Stich: ›Gifte, Hexensalben, Liebestränke‹. Als ob allein das Papier Gifte enthielte, warf er es verächtlich von sich. Dort, wo das Buch gelegen hatte, funkelte etwas metallisch-bräunlich. Temming hielt den Atem an. Ein kleiner, pyramidenförmig zulaufender Zylinder. Maximal zwei Zentimeter lang.

Temming schluckte. Er brauchte sich nicht zu bücken, um zu erkennen, was es war: eine Patrone.

59

Häberle hatte nur ein paar Stunden geschlafen. Während des Frühstücks war Susanne wie immer an seiner Ermittlungsarbeit interessiert gewesen. »Du solltest dich aber nicht übernehmen«, hatte sie ihn ermahnt und ihm zu bedenken gegeben, dass er längst hätte im Ruhestand sein können.

Er drückte ihr einen Kuss auf die Wange und verschwand mit dem Hinweis, dass er sich im Laufe des Tages melden werde. Allerdings sah es ganz nach einem arbeitsreichen Wochenende aus.

Eine halbe Stunde später saß er in seinem Büro bei der Sonderkommission, die inzwischen weitere Räume im Gebäude des Geislinger Polizeireviers in Beschlag genommen hatte. Sogar Linkohr war an diesem Samstagmorgen um 8.30 Uhr bereits da. Das konnte nur bedeuten, dass er mal wieder solo war. Hätte er nämlich eine neue Flamme, wäre er erfahrungsgemäß nicht so pünktlich eingetroffen.

Er bat die Sekretärin um zwei Tassen Kaffee. Linkohr nahm am Besprechungstisch Platz und fasste zusammen, was von den acht Kollegen, die in der vergangenen Nacht weitergearbeitet hatten, in Erfahrung gebracht worden war. »Wir wissen mit hoher Sicherheit, dass Kauler unser Toter ist«, konstatierte er. »Die Kollegen haben den Golf öffnen lassen. Im Handschuhfach fand sich eine Briefmappe mit Führerschein und Fahrzeugpapieren. Ausgestellt auf Martin Kauler in Reutte. Dem Passbild im Führerschein nach zu urteilen, dürfte es sich zweifelsfrei um unseren Toten handeln. Markante Erscheinung, erinnert mich an Donald Trump.«

Häberle grinste. »Und was ist über ›unseren‹ Donald bekannt?«

»Nichts Negatives. Keine schillernde Gestalt. In dieser Hinsicht passt er nicht zu Trump. Er ist weder in Österreich noch bei uns in Erscheinung getreten. Hat nicht mal Punkte in Flensburg«, erklärte Linkohr voller Tatendrang.

»Was ist er von Beruf?«

»IT-Experte. Computer und so.«

»Alle klicken nur noch mit der Maus rum. Ich möchte wissen, wer künftig Wasserhähne repariert und auf dem Bau schafft«, bruddelte Häberle vor sich hin, um dann zur Sache zu kommen: »Und dieser andere – dieser …« Häberle war der Name jenes Mannes entfallen, den die Tiroler Kollegen bei Sonja vorgefunden hatten.

»Stanek«, ergänzte Linkohr. »Ulrich Stanek. Scheint ein Schriftsteller zu sein. Oder freier Journalist. Wohnt in Süßen, ziemlich im Ortskern.«

»Mhm«, machte der Chefermittler, dem man die Örtlichkeiten meist nicht zu beschreiben brauchte, weil er sich in seinem Zuständigkeitsgebiet auskannte. »Journalist?«, hakte er nach. »Nie etwas von ihm gehört.«

Linkohr zuckte mit den Schultern. »Nicht alle sind so bekannt wie der Sander.«

»Ich staun' schon lange nicht mehr, wer sich alles Journalist schimpft«, brummte Häberle. »Aber vielleicht könnten Sie sich dort umschauen – an diesem Haus.«

Linkohr runzelte die Stirn. »Aber Stanek dürfte wohl noch in Reutte sein.«

»Aber vielleicht gibt es geschwätzige Nachbarn, die etwas über ihn erzählen können«, erwiderte Häberle. »Oder vielleicht eine Freundin. Der Kerl ist momentan der Einzige, der uns weiterbringen könnte.«

»Der Kauler hat früher auch in Süßen gewohnt«, warf Linkohr ein. »Bis vor zwei Jahren wohl, haben die Tiroler Kollegen gesagt – ohne eine genaue Adresse zu kennen.«

»Wochenende«, stellte Häberle seufzend fest. »Ob sich jemand findet, der im Einwohnermeldeamt von Süßen nachschauen könnte?« Wenn sie Glück hatten, erreichten sie den Bürgermeister, der möglicherweise weiterhelfen konnte. Häberle hatte jedoch eine Idee: »Fragen Sie den Polizeiposten dort. Die Kollegen auf'm Land kennen ihre Pappenheimer.« Häberle war immer ein Verfechter dieser kleinen Polizeidienststellen gewesen. Aber anstatt die Präsenz von Beamten mit Kenntnis von Land und Leuten zu stärken, zog sich die Polizei immer weiter in ihre Präsidiumsburgen zurück.

»Ich werd' mich mal um die Dame in Tirol kümmern«, schmunzelte Häberle und sah es dem Gesicht seines Kollegen an, dass viel lieber er diesen Part übernommen hätte.

»Sie wollen nach Reutte fahren?«, staunte Linkohr. »Aber um diese Jahreszeit doch nicht wieder mit Ihrem Wohnmobil?« Er spielte auf den einstigen Fall im Tannheimer Tal an, wo Häberle inkognito als Camper mit seinem privaten Wohnmobil unterwegs gewesen war.

»Nicht zum Campen«, grinste er deshalb. »Vielleicht nur einen Tag. Vielleicht ist ja dieser Schriftsteller dort.«

»Rufen Sie doch bei dieser Sonja an.«

»Nein, das tue ich nicht. Ich setze lieber auf den Überraschungseffekt.«

60

»Wo ist eigentlich Olivia?«, fragte Sylvia Temming während des Frühstücks, bei dem Sven ziemlich wortkarg gewesen war. Dass Felix umso mehr plapperte, kam ihm entgegen, denn er war erst spät nach Hause gekommen – wegen eines angeblichen Gesprächs mit jenem chinesischen Geschäftspartner, der ihn am Abend zuvor im Stich gelassen habe, wie er missmutig erzählte.

Sylvia hatte sich bereits mehrfach berichten lassen, wie wichtig die Beziehungen zu diesem Unternehmen seien. Obwohl sie davon nichts verstand, mahnte sie jedes Mal, auf gar keinen Fall das Know-how aufs Spiel zu setzen. In ihren Augen waren die Chinesen nur darauf aus, an Fachwissen zu gelangen, um anschließend den deutschen Partner auszubooten. Sie konnte nicht verstehen, dass die kapitalistische Welt sich auf Geschäfte mit einem politisch unsicheren Kandidaten wie China einließ. Es war ihr zuwider, mit ansehen zu müssen, wie sich deutsche Politiker unterm Druck der Wirtschaft verrenkten, um dort ja keine Verletzungen der Menschenrechte oder der Ausbeutung von Arbeitern anprangern zu müssen. Inzwischen war ›Alb-Donau-Chemie‹ zwar kein kleiner Familienbetrieb mehr, sondern längst als Global Player in die höheren Sphären aufgestiegen, aber ob sich Sven damit einen Gefallen tat oder letztendlich aus einer gewissen Großmannssucht heraus das Erbe seiner Väter riskierte, konnte Sylvia nicht abschätzen. Ihre Versuche, Sven auszubremsen, waren allesamt fehlgeschlagen, weshalb sie manchmal den Eindruck hatte, er habe vollständig die Bodenhaftung verloren. Immer öfter kam ihr jener Spruch in den Sinn: Die erste Generation baut's auf, die zweite führt sie zum Erfolg und die dritte fährt das Unternehmen an die Wand. Sven wäre in dieser Reihenfolge der Dritte, dachte Sylvia.

»Olivia?«, echote Sven auf ihre Frage. »Hat sie nicht freigenommen heute?« Es klang abwesend.

»Normalerweise müsste sie diesen Samstag hier sein«, stellte Sylvia fest, während Felix wild zappelnd sein leeres Wasserglas umwarf, ohne dass es in Scherben ging. Sylvia hatte reflexartig danach gegriffen, es aber nicht mehr halten können.

»Sie hat aber freigenommen«, beeilte sich Sven zu sagen. »Sie hat es mir gesagt. Das ganze Wochenende sei sie nicht da.«

»So?«, staunte Sylvia und wischte das ausgeschüttete Mineralwasser auf.

»Das sagt sie dir – und nicht mir?«

Sven machte sich über die frischen Brötchen her. »Ist doch egal. Wir werden auch ohne sie zurechtkommen.« Er ließ es so klingen, als ob ihm Olivia gleichgültig wäre.

»Ich brauch sie nicht«, entgegnete Sylvia mit einem Unterton, der Sven aufhorchen ließ. »Wir sollten ohnehin überlegen, ob wir nicht ganz ohne sie auskommen.«

Sven fühlte sich ertappt, ließ sich aber nichts anmerken. »Das musst *du* wissen, Sylvia. Wir können aber Felix noch nicht allein lassen, wenn wir weggehen.«

Sylvia sagte nichts. Sie hatte diese junge Frau von Anfang an nicht haben wollen. So, wie die daherkam, oft genug aufreizend gekleidet und in letzter Zeit sogar mit einem Gehabe, als sei sie hier die Chefin! Sylvia hatte in den vergangenen Monaten ein zunehmend wachsames Auge auf Olivia geworfen und bemerkt, wie herausfordernd sie Sven anstarren konnte.

»Traust du ihr eigentlich?«, fragte Sylvia plötzlich, worauf Sven überrascht den Kopf hob.

»Trauen?«, wiederholte er, als habe er Sylvias Worte nicht verstanden.

»Ja, trauen«, gab sie schnippisch zurück. »Vorgestern hab ich sie dabei ertappt, wie sie droben auf deinem Schreibtisch ein Kuvert in der Hand gehalten hat, das in deinen Ablagefächern lag. Ich hab sie dann energisch zur Rede gestellt.«

»So?« Sven schien dies nicht sonderlich zu interessieren. »Ein Kuvert, sagst du?«

»Ja, sie hat gesagt, sie habe nur deinen Schreibtisch abgestaubt.«

»Was war es denn für ein Kuvert?« Er strich gelassen Butter auf ein zweigeteiltes Brötchen.

»Eines von der Berufsgenossenschaft, das ich dir hingelegt habe. Ungeöffnet.«

»Na, wenn es ungeöffnet war, hat sie doch nichts Schlimmes lesen können.«

»Sag mal«, empörte sich Sylvia, was sogar Felix aufhorchen ließ, »tust du nur so, oder lässt dich das völlig kalt?«

»Du darfst mir glauben, Sylvia.« Er sah sie von der Seite an. »Wenn du willst, dass wir Olivia entlassen, werde ich das in die Wege leiten.«

»Falls sich das nicht schon erledigt hat«, giftete Sylvia.

Sven blieb beinahe ein Bissen im Halse stecken. Er hörte auf zu kauen und fragte mit finstrer Miene: »Erledigt? Was soll das heißen?«

»Wie ich es gesagt habe. Ich hab es satt, dieses Luder um mich herum zu haben.«

61

Walter Temming war beim Frühstück mit Gisela ebenfalls nicht sehr gesprächig gewesen. Dabei hatte sie gehofft, dass ihn ihre Reinkarnationstherapie interessieren würde. Sie war erst gegen ein Uhr in der Nacht heimgekommen, als Walter bereits geschlafen hatte.

Jetzt, am Frühstückstisch, quittierte er ihre Erzählungen meist nur mit einem lustlosen »mhm« oder einer knappen Bemerkung wie: »Interessant, aber so richtig Hieb- und Stichfestes hast du wohl nicht gekriegt.«

Sie wollte nicht widersprechen. Sie war trotz ihrer Begeisterung für parapsychologische Themen Realistin genug, um die Dinge mit kritischer Distanz zu beobachten. Wahrscheinlich war genau dies der Fehler gewesen, weshalb Timberli sie nicht in den Halbschlaf hatte versetzen können. Sie hatte sich während der Rückfahrt von Reutlingen die Stunden mit dem Reinkarnationsexperten mehrfach durch den Kopf gehen lassen. Und auch daheim, als sie lange wach lag, ging ihr das, was sie bei Timberli gesagt hatte, nicht mehr aus dem Kopf. Hatte sie nur geantwortet, was sie aus ihren früheren Träumen ohnehin schon wusste? Oder war es einfach so über sie gekommen, weil es ohnehin tief in ihr drin war – die Szene mit den Rädern und Transmissionsbändern, die herabbrechende Decke und dann das Chaos? Hatte ihr Timberli auf geschickte Weise suggerierend eine selbstbestätigende Antwort entlockt, ja, ihr gleich gar keine Chance gegeben, etwas anderes zu sagen? Natürlich hätte sie abbrechen und erklären können, sie sei hellwach und bei klarem Verstande. Aber irgendetwas in ihr hatte sich dagegen gesträubt, so zu reagieren. Also dann doch eine echte Rückführung? Je länger sie darüber nachdachte, umso verunsicherter fühlte sie sich. Sie war sogar froh, dass Walter keine konkreten Fragen stellte und wortlos zum Ausdruck brachte, was er von solchen Dingen hielt – nämlich gar nichts.

Sie spürte, dass ihn etwas bedrückte. Zwischen ihnen schien vieles zu stehen, das unausgesprochen blieb. Sie wollte nicht länger über ihren gestrigen Abend reden – und er schien mit den Gedanken ganz woanders zu sein. Ihn danach zu fragen, empfand sie als sinnlos. Sie kannte ihn gut genug, um zu wissen, dass er in solchen Momenten verschlossen blieb. Mit dem Hinweis, er habe einiges zu erledigen, erhob er sich und wollte in Richtung seines Büros verschwinden, da hielt ihn Giselas Stimme zurück. »Ich hab Timberli auch nach Siegfried gefragt.«

Walter blieb abrupt stehen und drehte sich um: »Du hast was?«

»Ich wollte wissen, ob Siegfried wieder irgendwo lebt.« Sie sah ihn mit ernster Miene an.

»Glaubst du vollends an diesen Unsinn?«, bläffte er. »Erzähl das bloß nicht rum. Wir machen uns zum Gespött der ganzen Gegend.«

»Ich dachte, es würde dich interessieren …«

»Gisela«, unterbrach er sie giftig, »uns sollten momentan ganz andere Dinge interessieren. Ganz andere.«

»Mir ist da ein Satz eingefallen, den Sven erst kürzlich über Siegfried gesagt hat: ›Er ist seit 49 Jahren tot und als solcher nicht mehr hier.‹«

»Und was will uns das sagen?«

»Als ›solcher‹ sei er nicht mehr hier. Aber vielleicht als jemand anderes?«

»Also bitte, Gisela, hör mit dem Unsinn auf«, erwiderte Walter frostig.

62

Häberle hatte das Städtchen Reutte bereits kurz vor zehn Uhr erreicht. Wenn nicht gerade Ferien oder ein Brückentag anstanden, war auf der A 7 Ulm-Füssen am Samstagvormittag nicht viel los. Das Navi führte ihn zielgenau zu der Adresse, die er von den Tiroler Kollegen erhalten hatte. Der Bauernhof, in dem Sonja Tablander wohnte, lag im Schatten der hohen Berge. Zufrieden stellte der Ermittler fest, dass auf dem großen Vorplatz nicht nur ein Fiat-Kleinwagen stand, sondern auch ein alter roter VW-Passat mit Göppinger Kennzeichen. Dieser Ulrich Stanek, den die Kollegen bei Sonja Tablander angetroffen hatten, war demnach hier.

Häberle stieg aus und sog die frische Herbstluft in sich hinein, die mit landwirtschaftlichen Düften gewürzt war. Er wandte sich jener Haustür zu, die dem Fiat am nächsten war. Tatsächlich ließ die Aufschrift am Klingelknopf erkennen, dass er richtig entschieden hatte. Nach dem zweiten Klingeln näherten sich drinnen hörbar Schritte, die Tür wurde aufgeschlossen, und eine junge Frau sah ihn verstört an. »Ja, bitte?«, fragte sie mit Tiroler Akzent.

Häberle entschuldigte sich für die morgendliche Störung und stellte sich vor.

»Kriminalpolizei aus Deutschland?«, wiederholte Sonja Tablander ungläubig, worauf Häberle seinen Dienstausweis zückte. »Ich hätte gerne kurz mit Ihnen gesprochen – und auch mit Herrn Stanek, falls er da ist.«

»Herr Stanek?«

»Ja, sein Wagen steht drüben. Ich nehme an, dass Herr Stanek hier ist«, lächelte Häberle charmant. »Ist er schon wach?«

Die junge Frau schien ob dieser Frage etwas verlegen zu sein. »Ich hab ihn oben im Gästezimmer schon gehört«, beeilte sie sich zu sagen, um gleich gar keine falschen Mutmaßungen aufkommen zu lassen. »Es geht um Martin?«

»Ja, um Herrn Kauler. Es tut mir leid, was mit ihm geschehen ist.«

Sonja Tablander schloss für einen Moment die Augen und holte tief Luft. »Kommen Sie herein.« Sie führte ihn in das rustikal eingerichete Esszimmer und bot ihm einen Platz an. Auf dem Holztisch stand ihr Frühstücksgeschirr. »Ich kann das alles noch gar nicht fassen.« Sie setzte sich neben Häberle und kämpfte mit den Tränen. »Weiß man schon Näheres?« Sie warf ihre schulterlangen Haare nach hinten.

»Leider nein. Unsere Kollegen von Reutte haben uns unterrichtet, dass sich bei Ihnen wohl ein guter Bekannter von Herrn Kauler aufhalte.«

»Ja, der Ulrich«, erwiderte sie. »Es war gut, dass er hiergeblieben ist.«

Wie aufs Stichwort erschien Ulrich Stanek an der Tür. Eine etwas ungepflegte Erscheinung, war Häberles erster Eindruck. Aber vermutlich war der Mann, den er auf Mitte 30 schätzte, gerade erst aufgestanden, schnauzbärtig und noch nicht rasiert. Seine ungekämmten Haare hingen bis zur rahmenlosen Brille in die braun gebrannte, aber faltenreiche Stirn.

Häberle erhob sich und begrüßte ihn mit Handschlag. »Sind Sie extra wegen mir hierhergefahren?«, staunte Stanek, nachdem Häberle seinen Dienstausweis gezeigt hatte und sich beide setzten.

»Nicht nur, nein«, erklärte der Ermittler. »Ich wollte auch mit Frau Tablander sprechen.«

»Mit mir?«, fragte die junge Frau verunsichert. »Ich kann Ihnen nicht viel sagen.«

Häberle erwiderte nichts, sondern wandte sich an Stanek: »Wie muss ich Ihr Verhältnis zu dem verstorbenen Herrn Kauler deuten?«

»Freundschaftlich«, antwortete Stanek.

Vermutlich hatte ihn der Tod seines Freundes tief getroffen, dachte Häberle und wollte wissen: »Können Sie mir das näher erklären?«

»Es hat sich so entwickelt. Im Laufe der Zeit«, brummte der Angesprochene mit belegter Stimme.

»Waren Sie Schulfreunde?« Häberle ahnte, dass Stanek jünger war als Kauler, wollte aber seinen wortkargen Gesprächspartner auf diese Weise aus der Reserve locken.

»Nein, keine Schulfreunde«, presste Stanek hervor. Häberle spürte sofort, dass es dem Mann unangenehm war, über Kauler zu reden. Die Trauer über dessen Tod allein würde das nicht sein.

»Herr Stanek«, wurde Häberle deshalb deutlich und verschränkte die Arme vor der Freizeitjacke, »Sie würden uns sehr weiterhelfen, wenn Sie mir etwas über Ihren Freund erzählen könnten.«

»Was soll ich da Großartiges erzählen? Er hat seinen Job, ich hab meinen – und gelegentlich trifft man sich zu einem Bier.«

»Was hat Herr Kauler denn gemacht?«

»IT-Mensch, wenn Sie wissen was das ist. Computer, Software, Fernwartungen und so ein Zeug.« Stanek fingerte nervös an einer Kerze herum, die neben Sonjas leer getrunkener Kaffeetasse stand.

»Er hat dann entschieden, nach Österreich zu ziehen«, stellte der Ermittler ruhig fest und wandte sich an die junge Frau: »Ihretwegen?«

»Ja, meinetwegen«, bestätigte sie. »Wir sind im Mai 2015 zusammengezogen, also vor drei Jahren.«

»Hatte Herr Kauler denn Familie? Frau, Kinder?«

»Nein. Er war ein uneheliches Kind. Seine Mutter ist tödlich verunglückt, als sie hochschwanger war. Man hat aber das Kind, also ihn, retten können. Dann ist er bei den Eltern von Barbara aufgewachsen – sozusagen bei seinen Großeltern. Die sind aber längst tot.«

»Und gibt es einen Vater?«, hakte Häberle nach.

»Angeblich nicht«, erklärte Sonja Tablander. »Seine Mutter habe gegenüber ihren Eltern behauptet, dass sie den Vater nicht kenne.«

»Hm«, machte Häberle und sah in Staneks nervöse Augen. »Und Sie? Was wissen Sie von seinen persönlichen Verhältnissen?«

»So gut wie gar nichts.«

»Wie? Sie bezeichnen sich als guten Freund, gehen gelegentlich ein Bier trinken und reden über Politik, Wetter, Frauen und Fußball«, wurde Häberle leicht ärgerlich.

»Na ja«, beeilte sich Sonja anzufügen, »sie waren hin und wieder wandern, hier im Lechtal.«

»Und dann haben Sie hier auf dem Hof übernachtet?«, wollte Häberle von Stanek wissen, der heftig mit dem Kopf schüttelte: »Nein. Ich hab Sonja gestern zum ersten Mal gesehen.«

»Wie?«, entfuhr es Häberle. »Sie kommen hierher und gehen gleich wandern?«

»Ich war meist in der Schule, wenn er gekommen ist«, ersparte Sonja ihm die Antwort und fügte erklärend hinzu: »Ich bin Lehrerin. Drüben in Weißenbach. Das ist der übernächste Ort im Lechtal.«

Häberle nickte und sah Stanek mit leicht erhobenen Augenbrauen an: »Sie haben also Frau Tablander nie zuvor gesehen, sind aber gleich zu ihr gefahren, nachdem sich Martin Kauler nicht mehr gemeldet hat? So haben Sie's gestern der hiesigen Polizei erzählt.«

»Ja, so war es.«

»Sie haben geahnt, dass ihm etwas zugestoßen sein könnte«, blieb Häberle weiterhin gelassen.

»Was heißt ›zugestoßen‹? Ich hab gedacht, dass ich ihn suchen muss.« Staneks gespielte Gleichgültigkeit wirkte auf Häberle unglaubhaft.

»Haben Sie denn gewusst, dass er in Deutschland sein würde?«

»Ja«, Stanek zögerte. »Er wollte mich besuchen.«

»Wann?«

»Am Mittwoch oder Donnerstag – so hat er es angekündigt.«

»Ist aber nicht angekommen«, versuchte Häberle das Gespräch nun flüssiger zu machen.

»Nein. Er war auch auf dem Handy nicht zu erreichen.«

»Sie haben ihn mehrfach versucht anzurufen?«

»Ja.«

»Morgens, mittags, abends?« Häberle wollte es genau wissen.

»Mein Gott, Herr Kommissar«, wurde Stanek mürrisch. »Was weiß ich! Wohl am Nachmittag und am Abend wird's gewesen sein. Ist das denn so wichtig?«

Häberle ging nicht darauf ein, sondern fragte: »Und Sie haben nicht versucht, Frau Tablander anzurufen?«

»Wie denn? Ich hab keine Telefonnummer von ihr – und ich wusste bis vorhin nicht einmal, wie sie mit Nachnamen heißt.«

Der Ermittler nahm's zur Kenntnis. »Was hatten Sie und Herr Kauler gemeinsam vorgehabt?«

Stanek zögerte erneut und zuckte mit den Schultern. »Nichts Besonderes. Nur mal wieder Schwätzen, Spaziergänge machen. Und er wollte ein paar Dinge erledigen. Finanzamt, Bausparkasse und so.«

»Und Herr Kauler wäre am gleichen Tag zurückgefahren?«

»Nein, erst am heutigen Samstagnachmittag.«

»Er hätte bei Ihnen ein- oder zweimal übernachtet?«

Über Staneks Gesicht huschte ein Lächeln. »Ja, das hätte er.«

Der Kriminalist wurde deutlicher: »Sie bewohnen das Haus in Süßen allein?«

Staneks Gesichtszüge versteinerten sich. »Sie … woher …?« Seine Augen wanderten zu Sonja und zurück zu Häberle. »Sie wissen, wo ich wohne?«

»Ja, das weiß ich«, trumpfte Häberle auf.

»Haben die Polizisten meine Adresse gleich an Sie weitergegeben?«

»Manchmal funktioniert der Datenaustausch über EU-Grenzen hinweg tatsächlich«, grinste Häberle und fügte süffisant an: »Bei EU-Staatsbürgern besser als bei Flüchtlingen.«

»Und was soll das jetzt? Weshalb bin ich für Sie so interessant?«

»Sie sind es nicht mehr und nicht weniger als Frau Tablander oder viele andere, die mit Herrn Kauler in Kontakt standen.«

»Aber ich kann Ihnen beim besten Willen nicht mehr sagen«, bekräftigte Stanek und fügte an: »Entschuldigen Sie bitte, aber Martins Tod geht nicht ganz spurlos an mir vorüber.« Er kratzte verlegen im Oberlippenbart.

»Hatten Sie Grund zur Annahme, Ihrem Freund könnte etwas zugestoßen sein?«, machte Häberle weiter.

»Man macht sich halt so seine Gedanken«, wurde Stanek wortkarger.

Häberle wartete ein paar Sekunden, um dann seinen Joker zu ziehen: »Mhm. Man macht sich halt so seine Gedanken«, zitierte er Stanek und meinte: »Insbesondere bei der Vorbeifahrt an einem Friedhof macht man sich so seine Gedanken.«

»Friedhof?« Staneks gesunde Gesichsfarbe veränderte sich.

»Ja, Friedhof. Gestern Vormittag. Geislingen. Keine Erinnerung?«

Stanek sah Hilfe suchend zu Sonja, die dem Dialog wortlos gefolgt war. »Ich … ja … ich bin auf der Fahrt hierher da kurz abgebogen.«

»Abgebogen – wieso?« Häberle wurde energisch, hatte er doch genau die Worte des Geislinger Polizeirevierleiters im Ohr, der ziemlich knurrig gemeldet hatte, dass draußen an der B 10 einer stehe, der unbedingt zum Musicaltheater rüberfahren wolle. »Dass Sie dort waren, da besteht keinerlei Zweifel«, betonte Häberle, während Stanek nach Worten rang.

»Da war ein riesiger Menschenauflauf«, stammelte er. »Da ist man halt neugierig. Sie müssen wissen, ich bin Journalist.«

»Journalist?« Häberle legte die Stirn in Falten.

»Ja, ich hab 'nen offiziellen Presseausweis – wollen Sie sehen?« Häberle winkte ab: »Davon war aber nicht die Rede, als Sie unbedingt durchfahren wollten zum Musicaltheater. Sie hätten sich doch als Journalist ausweisen können. Dann hätte man Sie zwar auch nicht vorgelassen, aber es hätte doch nahegelegen, dem Polizisten Ihren Presseausweis zu zeigen.«

Stanek presste die Lippen zusammen und überlegte. »Na ja«, sagte er schließlich, »ich wollte kein Aufsehen machen.«

»Das hätte kein Aufsehen gegeben«, erwiderte der Kriminalist. »War es nicht eher so, dass sich Ihre journalistische Tätigkeit nicht unbedingt auf das aktuelle Tagesgeschehen bezieht?« Häberle verkniff es sich zu sagen, dass er von Stanek noch nie irgendwo etwas gelesen hatte. »Vielleicht«, so kombinierte er mit ruhiger Stimme, »vielleicht hatten Sie allen Grund, nicht als Journalist aufzutreten.«

Weil Stanek schwieg, machte Häberle weiter: »Das eher dilettantische Vorgehen lässt nicht gerade auf eine schlaue journalistische Arbeitsweise schließen. Ihnen hätte doch klar sein müssen, dass sich irgendein Polizist Ihr Autokennzeichen merken würde.«

»Ich hatte ja nichts zu verbergen«, gab sich Stanek selbstbewusst. »Hätte ich etwas zu verbergen gehabt, wäre ich wohl nicht so blauäugig in diesen gesperrten Parkplatz eingebogen.«

Häberle sah ihn mitleidig ein. »Mag man's Ihnen glauben.« Er beließ es dabei, denn es gab noch eine Frage, die bisher nicht beantwortet war: »Sie haben mir noch nicht geschildert, wie Sie Herrn Kauler kennengelernt haben.«

»Das wissen Sie nicht?«, wunderte sich Stanek. »Ich dachte, das haben Sie auch schon recherchiert. Ist ja auch kein Geheimnis.« Er holte tief Luft.

»Und? Wie war's?«, drängte Häberle ungeduldig.

»Ich hab sein Haus gekauft«, erklärte Stanek. »Vor zwei Jahren, als er nach Reutte gezogen ist.«

»Ach«, machte Häberle und wiederholte: »Sie haben Kaulers Haus gekauft.«

»So kann man das sagen. Ja, deshalb hat Martin, wenn er zu Besuch kam, auch gerne in seinem alten Haus übernachtet.«

»Im Haus«, überlegt Häberle.

»Ja, im Haus von den Eltern seiner Mutter Barbara. Die hat dort ihre Kindheit und Jugendzeit verbracht.«

63

Warum sich Niwre Knif diesen seltsamen Alias zugelegt hatte, wollte der ehemalige Lokaljournalist Georg Sander auch heute nicht hinterfragen. Es hätte gewiss zu einer ausschweifenden Antwort geführt. Nein, Sander hatte sich nur aus reiner Neugier zu einem Treffen mit dem 80-jährigen Schnell- und Querdenker, bisweilen auch Schnellredner, breitschlagen lassen. Knif, den er seit weit mehr als 20 Jahren kannte, mochte zwar gelegentlich ein übersteigertes Selbstbewusstsein an den Tag legen, war aber oftmals ein Garant dafür, dass der Journalist schnell erfuhr, wenn irgendwo eine Gerüchteküche brodelte. Jetzt saß er dem Mann mit dem dünnen weißen Haar in einem Bistro-Café gegenüber, gleich neben dem Geislinger Rathaus. Von einem konspirativen Treffen konnte also keine Rede sein, zumal Knif und Sander in dieser Kleinstadt bekannt waren wie bunte Hunde.

Der Journalist war bei Knifs gestrigem Anruf nur wegen des Namens Temming hellhörig geworden. Zwar kannte er die

Unternehmerfamilie bis vor Kurzem nur aufgrund ihres Betriebes, doch seit Sander diesen grenzwissenschaftlichen Diskussionskreis besucht hatte, war er mit Gisela Temming ins Gespräch gekommen. Aber dies brauchte Knif nicht gleich zu wissen. Zu dem Namen Kauler, der am Telefon auch gefallen war, hatte Sander überhaupt nichts gefunden – weder in seinem privaten Archiv noch etwas bei Google, das auf den ersten Blick etwas mit Temming oder der näheren Umgebung zu tun gehabt hätte.

»Was ich Ihnen sage, sage ich nur Ihnen«, begann Knif mit gedämpfter Stimme, nachdem der Kaffee serviert war und er sich vergewissert hatte, dass sie weit genug von anderen Gästen entfernt saßen. »Sie sind nach wie vor der einzige Journalist, zu dem ich Vertrauen habe.«

Sander hörte es zwar gerne, vermutete aber, dass Knif sich auf diese Weise ein Hintertürchen zur Redaktion offenhalten wollte.

»Dieser Kauler, der auf dem Friedhof erschossen wurde – den haben Sie nicht gekannt?«

Sander verneinte. »Müsste ich den denn kennen?«

Knif rechnete nach. »Kauler war 49 – und wie alt sind Sie?«

Sander zögerte. Er tat sich mit der Nennung seines Alters schwer. »66.«

»Dann sind Sie nicht sein Jahrgang«, konstatierte Knif. »Kauler hatte beruflich mit Computern zu tun, hat sich aber vor drei Jahren eine blutjunge Tirolerin angelacht, eine Lehrerin, wie es heißt.« Knif grinste schelmisch. »Wie Männer halt so sind.«

»In Tirol?«, versuchte Sander am Thema zu bleiben.

»Reutte«, erwiderte Knif schnell. »Kennen Sie doch, oder? Eingang ins Lechtal, gleich hinterm Tannheimer Tal.«

Sander war schon oft in dieser Gegend gewesen. »Dieser Kauler hat dort gewohnt?«

»Ja, so heißt es. Er hat ursprünglich in Süßen gewohnt und sein Haus verkauft.« Knif nahm einen Schluck Kaffee. »Hals über Kopf weg. Was muss das für ein rassiges Weib dort sein?«

»Aber jetzt war er hier«, blieb Sander hartnäckig, um das Gespräch nicht abschweifen zu lassen. Vor der großen Fensterfront waren soeben zwei Bekannte vorbeigegangen, die ihm zugewunken hatten.

»Er muss hier gewesen sein, sonst hätte man ihn nicht erschossen«, kommentierte Knif trocken. »Und wissen Sie, wo man ihn erschossen hat?«

»Auf dem Friedhof doch wohl.«

»Ich meine, an welchem Grab?«

»Keine Ahnung.« Wäre er noch Zeitungsreporter, hätte er dies längst recherchiert.

»Am Familiengrab der Familie Temming«, wusste Knif stolz zu vermelden.

»Und was hat das mit Kauler zu tun?« Sander versuchte, in Knifs Schilderungen einen logischen Ablauf zu finden.

»Kauler und Temming«, flüsterte der Informant, als gehe es um ein Staatsgeheimnis. »Das ist eine lange Geschichte.«

»Dann erzählen Sie's mir kurz.«

Wieder grinste Knif. Er schien diesen informellen Vorsprung auszukosten. »Wie alt waren Sie 1968?«

Sander hielt diese Frage für völlig überflüssig, rechnete aber schnell nach: »Da war ich 17.«

»Und die beiden Temming-Brüder Walter und Siegfried waren nur ein bisschen älter. Der Walter 21, der Siegfried 22.«

»Temming-Brüder?« Sander musste sich zunächst in die Familienverhältnisse eindenken.

»Der Walter ist der, der den Betrieb bis vor einem Jahr geführt hat, als sein Sohn Sven sein Nachfolger wurde.« Knif winkte einer attraktiven Frau zu, die ihn beim Vorbeigehen an der Fensterfront erkannt hatte. »2014«, fuhr er fort, »das war auch das Todesjahr vom alten Georg, dem Vater von Walter. Es war sicher nicht einfach, so lange im Schatten des Alten zu stehen. Walter, so heißt es, hat sich nie wirklich freischwimmen können.«

Sander hatte Mühe, diese Verhältnisse zu überblicken. »Und was ist aus diesem Siegfried geworden?«

»Bingo«, entfuhr es Knif. »Sie sind halt doch ein alter Fuchs.« Er nickte dem Journalisten anerkennend zu. »Siegfried ist gestorben, als er gerade 22 war – an einem Oktobertag 1968.«

»Woran?«

»Auf diese Frage hab ich gewartet, Herr Sander. Woran, ja. Unfall. Bei der Reparatur eines Rollladens im Obergeschoss von der Bockleiter gestürzt und aus dem Fenster gefallen. Runter in ein leeres Wasserbecken. Tot.«

»Tragisch«, kommentierte Sander. »Und wann kommt Kauler ins Spiel?« Er rief sich die Zahlen in Erinnerung, die Knif genannt hatte. »Das ist 49 Jahre her, da war dieser Kauler wenn überhaupt, doch erst ein Baby.«

»Richtig erkannt, Herr Sander«, lobte Knif, dessen Lippen vor lauter Eifer zu zittern begannen. »Einige Tage nach diesem Unglück ist die Haushälterin der Temmings mit ihrem Fahrrad schwer verunglückt. In Süßen, soweit ich es weiß. Von einem Auto von hinten angefahren, überrollt. Unfallflucht.«

»Unfallflucht? Und?«

»Bis heute ungeklärt. Aber jetzt dürfen Sie raten, wie die Frau hieß?«

Sander glaubte, es zu erahnen: »Kauler.«

»Richtig. Barbara Kauler. Hochschwanger war sie. Deshalb ist es fraglich, ob sie in ihrem Zustand Fahrrad fahren konnte oder ob sie das Rad geschoben hat.«

»Sie war schwanger? Und dann?«

»Die Ärzte in der Klinik konnten zwar die Frau nicht mehr retten, aber das Baby.«

»Und das ist Kauler«, konstatierte Sander, der dies alles zuerst geistig verdauen musste, und überlegte, welche sensationellen Schlüsse Knif nun daraus zog.

Der hielt damit nicht lange hinterm Berg: »Was ich jetzt sage«, flüsterte er, »haben Sie nicht von mir. Sie sollten aber wissen, dass es damals wilde Gerüchte und Spekulationen gegeben hat.«

»Über den Unfall?«

»Über den Unfall und den Tod des Siegfrieds. Es hieß, die Barbara habe gesehen, wie Walter den Siegfried von der Leiter gestoßen hat.«

»Mord?«, kam es aus Sanders Kehle.

Knif zuckte mit den Schultern und runzelte die Stirn. »Ich will nichts dazu sagen.«

»Und Barbara hat man als Zeugin beseitigt«, schlussfolgerte Sander leise.

Wieder schwieg Knif, was so selten vorkam, dass es als Zeichen vorsichtiger Zurückhaltung gedeutet werden musste.

»Wer soll die Frau überfahren haben?«, bohrte Sander nach.

»Da gibt es viele Spekulationen. Walter, sein Vater Georg.«

Sander nickte. »Und die Polizei? Gab's keine Ermittlungen?«

»Gab es, natürlich. Aber das ist im Sande verlaufen.« Knif trank seine Tasse leer. »Wie es heißt, haben die Temmings ein renommiertes Anwaltsbüro aus München eingeschaltet. Geld spielt in diesen Kreisen ja keine Rolle.«

64

»Du interessierst dich gar nicht, was Timberli über Siegfried gesagt hat«, kam Gisela Temming enttäuscht in das Büro ihres Mannes, der nervös die neuesten E-Mails überflog.

»Du hast mir auch nichts dazu gesagt«, erwiderte er abwesend, um gleichzeitig festzustellen, dass von ›Postmortem‹ nichts Neues eingetroffen war. Vielleicht war der Spuk vorbei. Er drehte sich mit dem Bürostuhl um, während sich Gisela auf einen Polsterhocker setzte.

»Du verschweigst mir was«, sagte sie unvermittelt.

Walter erschrak über den ernsten Klang ihrer Stimme und rang sich ein Lächeln ab. »Gisela, bitte. Wir sollten uns nicht an Dingen aufhalten, an die außer uns kein Mensch mehr denkt.«

»Da wär ich mir nicht so sicher. Es muss zumindest eine Person geben, die auch darüber nachdenkt. Hast du denn keine Angst?«

»Angst? Vor wem denn?«, gab er sich selbstbewusst.

»Na, hör mal, du wirst auf dem Friedhof beinahe erschossen und steckst das locker weg – zumindest tust du so.«

»Und was hat er nun gesagt, dein Wahrsager?«, höhnte Walter, um abzulenken.

»Wahrsager«, empörte sie sich. »Timberli ist einer der angesehensten Reinkarnationsspezialisten des Landes. Das hat doch mit Wahrsagerei nichts zu tun.«

»Ja, ja«, gab er entnervt zurück. Gleich würde sie wieder mit dem rätselhaften Bild anfangen, das angeblich ein Porträt Siegfrieds zeigte. Er konnte dies alles langsam nicht mehr hören. Er hatte ein ganz anderes Problem, das ihn seit gestern Abend beschäftigte und ihm eine schlaflose Nacht bereitet hatte.

»Timberli kann zu Siegfried nichts rausfinden«, erklärte Gisela. »Er meint aber, dass Siegfried so schnell wie möglich in ein anderes Leben zurückkehren wollte. Er beruft sich dabei auf verschiedene seriöse Quellen. Demnach hat man bei Kindern, deren Schilderungen auf ein früheres Leben schließen lassen, mehrfach festgestellt, dass sie ziemlich schnell, wohl innerhalb weniger Jahre, reinkarniert worden sind. Insbesondere, wenn sie eines gewaltsamen Todes gestorben sind.«

»Und jetzt glaubst du, Siegfried sei unter den Lebenden?« Walter wollte nicht den Eindruck erwecken, er mache sich über seine Frau lustig.

»Das Ganze ist 49 Jahre her, Walter«, sagte sie mit schwacher Stimme. »Wenn es etwas wie Reinkarnation gibt, dann ist er ganz sicher schon wiedergekommen. Vielleicht sogar in unsere Familie.«

»Wie bitte?« Walter schoss etwas durch den Kopf, was er sofort als krassen Unsinn weit von sich schob. Und doch hämmerte es in seinem Gehirn: Sven ist 42 Jahre alt. Quatsch. Purer Schwachsinn, mahnte er sich und versuchte so sachlich wie möglich zu klingen: »Gisela, du solltest dich nicht so tief in diese Dinge hineinziehen lassen.«

»Du darfst mir glauben, dass ich sehr genau weiß, wo die Grenze zum Schwachsinn liegt. Nur darf man diese Grenze eben nicht sofort dort ziehen, wo unsere herkömmliche Wissenschaft am Ende ihrer Weisheit angelangt ist.«

»Wir müssen keine Grundsatzdebatte darüber führen«, wiegelte er ab.

»Wir haben am Donnerstag bei unserem Treffen auch über Einstein gesprochen und dass es nichts schnelleres als das Licht geben kann. Natürlich ist es nach heutigen Erkenntnissen die gängige Lehrmeinung. Wenn's aber so wäre, bräuchten wir keine Anstrengungen zu unternehmen, außerirdische Intelligenz zu suchen. Denn falls es sowas gibt, ist das viele Lichtjahre, wahrscheinlich Hunderte oder gar Tausende, von uns entfernt. Eine Kontaktaufnahme per Funk wäre eine ziemlich eintönige Sache. Bis auf eine Frage – falls sie überhaupt verstanden würde – eine Antwort käme, wüsste auf der Erde kein Mensch mehr, was überhaupt gefragt wurde.«

Walter hatte die letzten Worte gar nicht mehr wahrgenommen, weil aus dem Computerlautsprecher ein metallisches Floppen zu hören war, das akutische Signal für eine ankommende E-Mail. Obwohl er sich zum Monitor drehte, sprach Gisela weiter: »Wenn es sein soll, dass wir mit Außerirdischen, sofern es sie gibt, Kontakt aufnehmen können, muss es außerhalb der Lichtgeschwindigkeit noch etwas geben. Außerirdische Intelligenz wird wohl kaum nach unsereren Radiosignalen suchen, sondern ganz sicher auf Frequenzen, die Raum und Zeit anders überwinden als unser lichtstrahlähnlicher Funk.« Gisela bemerkte, dass Walter gar nicht mehr zuhörte. Er war völlig entgeistert, als er den Absender der eingegangenen Mail sah: ›Postmortem‹.

»Was hast du denn da?«, hörte er hinter sich Giselas Stimme, worauf er die Mail ungelesen wegklickte.

»Nur Spam, nur Schrott, den ganzen Tag«, log er und drehte sich mit dem Stuhl zu ihr.

»Keine neue Botschaft?«, hakte Gisela zweifelnd nach.

»Gott sei Dank nicht«, fasste er sich und entschied, endgültig anzusprechen, was ihn seit gestern plagte: »Entsinnst du dich an den Revolver, den mir mal dieser Jäger aus München geschenkt hat?«

»Den Revolver? Walter, was soll diese Frage?« Gisela wurde blass.

»Vor zehn Jahren oder so. Der Huber-Fonse. Der mit dem pharmazeutischen Betrieb. Er hat doch gemeint, es könne nicht schaden, wenn man heutzutag eine Kanone im Haus hätte.«

»Natürlich erinnere ich mich. Einer, der's mit dem Waffengesetz nicht so genau genommen hat.« Gisela ahnte, worauf ihr Mann hinauswollte.

»Ich hab den Revolver damals unten im Keller versteckt«, erklärte er mit innerer Unruhe.

»Und jetzt hättest du ihn gebraucht?«, fragte Gisela vorsichtig zurück.

»Nicht wie du denkst. Ich wollte nur mal schau'n, ob er noch da ist. Vorsichtshalber.«

»Vorsichtshalber?«, echote Gisela. »Du willst …?«

»Nein«, unterbrach er sie ungeduldig. »Man sollte vielleicht nicht unbedingt so etwas im Hause haben …«

»Das dachte ich auch«, wurde Gisela energisch. »Deshalb hab

ich das Ding weggebracht und es Sven gegeben – zur sicheren Aufbewahrung.«

»Du hast – was?« Walter war empört.

»Ich hab den Revolver Sven gebracht. Voriges Jahr schon.«

»Und das machst du hinter meinem Rücken?«, fuhr er hoch. »Sag mal, wie kommt du auf so was?«

»Ich …«, sie rang nach Worten, »ich wollte nicht, dass wir so ein Ding in unserem Haus haben. Du weißt genau, dass das verboten ist.«

Er wurde aggressiv: »Du weißt aber auch, dass der Huber die Waffe illegal weitergegeben hat. Wenn die irgendwo auftauchen sollte, wird man zuallererst ihn am Wickel haben.«

»Sven hat versprochen, sie absolut sicher aufzubewahren.«

»Das wär' sie bei uns auch gewesen«, zischte er wütend und nahm im Augenwinkel, schräg hinter sich, ein zuckendes Licht wahr. Instinktiv drehte er sich zum Monitor, während seine Frau erkannte, was geschehen war: Mit einem kurzen Zucken hatte sich der Bildschirm schwarz verfärbt. Walter rüttelte an der Maus, tippte nervös auf die Tastatur, doch der Rechner schien plötzlich tot zu sein.

65

Mike Linkohr war an diesem späten Samstagvormittag von der Dienststelle aus nur etwa zehn Kilometer weit in das kleine Filstal-Städtchen Süßen zu Staneks Häuschen gefahren, das sich unweit des Ortskerns in eine Reihe gleichartiger Gebäude schmiegte. Der Vorgarten herbstlich und ziemlich naturbelassen, einige der sanierungsbedürftigen Fensterläden geschlossen, im verrosteten Briefkasten neben der verwitterten Haustür steckte die heutige Ausgabe der NWZ Göppingen. Obwohl Linkohr nach einem kurzen Telefonat mit Häberle wusste, dass Stanek in Reutte sein würde, klingelte er. Es bestand immerhin die Möglichkeit, dass noch jemand anderes hier wohnte. Als er den Klingelknopf zum dritten Mal drückte und sich nichts rührte, erschreckte ihn eine Frauenstimme, die von hinten an sein Ohr drang: »Da werdet Sie kein Glück haben«, schwäbelte eine junge Frau aus dem Erdgeschossfenster des benachbarten Hauses. »Herr Stanek isch gestern wegg'fahre.«

Linkohr sah in ein freundliches Gesicht und lächelte. »Oh, danke. Wohnt noch jemand in dem Haus?«

Die junge Frau wurde vorsichtig: »Was wollet Sie denn von ihm?«

Linkohr überlegte kurz, ob es ratsam war, sich als Kriminalist zu erkennen zu geben. Dies konnte sehr schnell allerlei unliebsame Gerüchte auslösen. Aber, so ließ er seinen Gefühlen freien Lauf, wäre es immerhin eine Gelegenheit, mit dieser aufgeweckten Frau ins Gespräch zu kommen. Er trat näher an die Grundstücksgrenze heran und sagte mit gedämpfter Stimme: »Kriminalpolizei. Kann ich Sie einen Moment sprechen?«

»Wie bitte?«, entfuhr es ihr. Nachdem Linkohr seine Dienstmarke hochgehoben hatte, womit die Frau aus dieser Distanz nichts anfangen konnte, erschien sie eine halbe Minute später an ihrer Haustür. Linkohr war inzwischen auf das Grundstück rübergekommen, hatte beim flüchtigen Blick auf den Briefkasten den Namen ›Claudia Herold‹ gelesen und war sogleich vom Anblick seiner Gesprächspartnerin hin- und hergerissen: sympathisch auf den ersten Blick, lange schwarze Haare, groß und von einer positiven Austrahlung umgeben. Um die 30 vermutlich. »Danke, dass Sie sich Zeit nehmen«, sagte er mit pochendem Herzen.

Auch sie schien von diesem jungen Kriminalisten angetan zu ein. »Wollet Sie kurz reinkommen?«, fragte sie ganz ohne Scheu.

»Wenn ich nicht störe«, gab Linkohr zögernd zurück, wohl wissend, dass es nicht ganz unproblematisch war, als Mann allein eine weibliche Person aufzusuchen und zu vernehmen. Mindestens einmal schon war er auf diese Weise in eine Situation geraten, die ihm beinahe den Job gekostet hätte.

»Sie sind die Frau Herold«, fragte er.

»Ja, bin ich«, erwiderte sie und ging voraus durch die dunkle Diele in ein kleines, aber helles Wohnzimmer, wo sie beide in abgegriffenen Polstersesseln Platz nahmen. Offenbar war sonst niemand im Haus, dachte Linkohr, zumal seine kritischen Blicke nichts entdeckten, was auf einen Mitbewohner hingedeutet hätte. Auch an der Garderobe nicht. Außerdem stand ja nur ihr Name am Briefkasten.

»Ist denn etwas mit Herrn Stanek passiert?«, riss ihn Claudia Herold aus seinen kurzen Überlegungen. Linkohr entschied, sein Anliegen offenzulegen, behauptete aber, es sei alles reine Routine, weil man in einem anderen Zusammenhang befürchtet habe, Stanek sei etwas zugestoßen.

Claudia hörte aufmerksam zu und fragte zwischendurch, ob er einen Kaffee wolle, was er aber dankend ablehnte. »Stimmt es, dass Herr Kauler in Österreich eine Freundin hat?«, fragte sie unvermittelt, obwohl der Name Kauler bisher gar nicht gefallen war.

»Kauler?«, hakte Linkohr deshalb interessiert nach.

»Ja, Kauler, Martin Kauler. Ihm hat das Haus nebenan gehört. Bis vor zwei Jahren.«

Linkohr hatte mit diesem Volltreffer nicht gerechnet. Sie wussten zwar, dass Kauler ursprünglich in Süßen gewohnt haben musste, aber diese Zusammenhänge waren zumindest ihm noch nicht bekannt. Vielleicht hatte Häberle in Reutte Ähnliches in Erfahrung gebracht. Sie hatten zwar heute schon miteinander telefoniert, aber da hatte der Chef vor dem Haus von Sonja Tablander gestanden und lediglich angesichts des dort geparkten roten VW-Passats gemutmaßt, dass Stanek dort sein würde.

»Wussten Sie das nicht?«, fragte Claudia, nachdem sie den Hausverkauf angesprochen hatte und nun Hochdeutsch zu reden versuchte.

»Nein, das war uns nicht geläufig«, wiegelte Linkohr ab.

»Herr Kauler wurde in der Nacht zum Freitag erschossen«, stellte Claudia leise fest. »Sind Sie deshalb gekommen?«

Linkohr war überrascht. Bisher hatten sie den Namen des Opfers nirgendwo veröffentlicht, trotzdem war er bis zu dieser Frau durchgedrungen. Es war blauäugig von der Staatsanwaltschaft zu glauben, man könne in diesem ländlichen Bereich den Namen eines Ermordeten geheim halten. Hier gab es jede Menge Klatsch und Tratsch. Vielleicht wäre es sinnvoll gewesen, Häberles Vorschlag zu befolgen und zunächst den örtlichen Polizeiposten zu kontaktieren, dem möglicherweise diese Beziehung zwischen dem Toten und dem heutigen Hausbesitzer geläufig war. Aber jetzt am Wochenende hatte Linkohr möglichst schnell die Örtlichkeiten sehen wollen, zumal auch die Kollegen der hastig zusammengestellten Sonderkommission darauf gedrängt hatten.

»Sie wissen, was mit Herrn Kauler geschehen ist?«, fragte Linkohr, ohne auf ihre vorausgegangene Frage einzugehen.

Claudia Herold fühlte sich überrumpelt »Stimmt das etwa nicht? Man hat das heut früh beim Bäcker gesprochen und mich gefragt, ob ich etwas davon wüsste.«

So schnell also spricht sich herum, was nirgendwo offiziell gesagt wurde, dachte Linkohr.

»Ja, ich bin in dieser Sache unterwegs, weil mich Herr Stanek interessiert. Aber wenn Sie Herrn Kauler auch gekannt haben …«

»Fragen Sie!«, forderte ihn die Frau schnell auf. »Ich werde Ihnen alles erzählen, was Ihnen helfen könnte, Martins Mörder zu finden.«

»Sie kannten ihn gut?«, schloss Linkohr aus der Art und Weise, wie sie Kaulers Vornamen benutzte.

»Wir waren Nachbarn. Ich bin vor acht Jahren mit meinem Ex hierhergezogen.«

Sie hatte also einen Ex, nahm Linkohr zur Kenntnis. Dann wohnte sie wohl tatsächlich allein hier. Einen Ring trug sie im Übrigen auch nicht, hatte er bereits beiläufig festgestellt. Jetzt schlug sie ihre Beine, die in engen Jeans steckten, lässig übereinander.

»Herr Kauler hat auch allein gelebt?«, hakte er nach und betonte dabei das ›auch‹, als wolle er eine Bestätigung dessen, was er hoffte.

»Er hat allein gewohnt, ich ja noch nicht«, lächelte sie charmant. Sie hatte offenbar bemerkt, was er zwischen seinen Worten versteckt hatte.

»Wissen Sie etwas über ihn privat? Gibt es Familie?«, wurde er wieder dienstlich.

»Nicht, dass ich wüsste. Wir haben uns oft übern Zaun hinweg über Gott und die Welt unterhalten. Ansonsten war er eher zugeknöpft, introvertiert, würd ich sagen. Vielleicht hat ihn sein Job dazu gemacht. Nur Computer und so. Mal war er tagelang geschäftlich unterwegs, dann hat er von zu Hause gearbeitet. So jedenfalls hat er es mir oft erzählt.«

»Seit wann wohnte Kauler da drüben?«

»Seit Kindheitstagen. Seine Eltern hat er nie gekannt, eigentlich eine traurige Geschichte.« Claudia zupfte an der Tischdecke. »Beinahe wäre er im Mutterleib gestorben. Es hat einen Verkehrsunfall gegeben. Seine Mutter war hochschwanger, ist an den Verletzungen gestorben, aber das Baby – also er – konnte gerettet werden. Dann ist er hier drüben bei den Eltern von ihr aufgewachsen. Die sind vor längerer Zeit gestorben, ziemlich schnell hintereinander. Und dann hat er alleine hier gewohnt. Bis er vor ungefähr zwei Jahren nach Österreich gezogen ist.«

»Einen Vater gab es nicht?«, wollte Linkohr wissen.

»Den wird's schon gegeben haben«, meinte Claudia spitzbübisch, während ein Lächeln über ihr Gesicht huschte. »Aber angeblich hat sie sich während der Schwangerschaft hartnäckig geweigert, seinen Namen zu nennen. So jedenfalls hat mir Martin das erzählt.«

»Hört sich sehr tragisch an«, kommentierte Linkohr.

»Würde sich auch für einen Liebesroman eignen, hab ich oft schon gedacht. Witzigerweise ist ja der, der jetzt da drüben wohnt, sogar ein Schriftsteller. Angeblich jedenfalls. Vielleicht ist ja ein Roman am Entstehen.«

»Stanek? Der schreibt Romane?«, wunderte sich Linkohr.

»Na ja, so genau weiß ich es nicht. Ein Künstlertyp, macht wohl alles Mögliche. Ich bin bisher nicht dahintergestiegen. Irgendwann hat er großspurig behauptet, Journalist zu sein. Aber fragen Sie mich bitte nicht, wofür er schreibt.«

»Ist er gelegentlich zu Besuch gekommen, der Herr Kauler?«

»Oh ja, mir ist sein silberfarbener Golf mit dem österreichischen Nummernschild in der Straße immer wieder aufgefallen.«

»Wann denn zuletzt?«

»Am Mittwoch und am Donnerstag.«

Linkohr musste sich in Erinnerung rufen, dass der Mord auf dem Friedhof am späten Donnerstagabend verübt wurde. »Da sind Sie sich ganz sicher?«, vergewisserte er sich.

»Am Mittwochabend hab ich den Golf gesehen, und er stand auch noch am Donnerstagnachmittag hier.«

»Wann am Donnerstagnachmittag?«

»So gegen drei etwa. Wann er weggefahren ist, weiß ich nicht.«

»Das sieht so aus, als habe Kauler da drüben übernachtet.«

»Natürlich. Aber das war nicht ungewöhnlich. Der Martin ist oft hier aufgetaucht. In jüngster Zeit sogar öfters.«

»Mhm«, nickte Linkohr. »Mit oder ohne Freundin?«

»Immer ohne. Die war, glaub ich, nie hier. Dabei hätt' ich sie gern mal gesehen«, grinste Claudia.

»Und seine Mutter? Was hat er Ihnen von ihr erzählt?«

»Nicht viel. Er hat sie doch nicht gekannt«, erklärte Claudia. »Sie war wohl ein armes Mädel, hat als Hausangestellte gearbeitet. Soweit ich weiß bei diesem Chemiefabrikanten, der droben in Kuchen wohnt. In so einer alten Villa. Aber ich weiß nicht, wie er heißt. Temming oder Flemming oder so ähnlich.«

Temming, durchzuckte es Linkohr. Dieser Name war ihm erst jüngst begegnet. Temming. Ja, natürlich, an einem der Grabsteine, gestern Vormittag auf dem Friedhof.

Er ließ sich sein Erstaunen nicht anmerken, sondern hätte das Gespräch mit Claudia am liebsten mit privaten Themen fortgesetzt. Schweren Herzens entschied er aber, sich zurückzuhalten. Er erhob sich langsam: »Danke, Frau Herold, Sie haben mir sehr weitergeholfen.« Er hatte den Eindruck, ihr käme sein Aufbruch viel zu schnell.

»Kein Problem«, erwiderte sie und begleitete ihn durch die Diele. »Wenn Sie noch Fragen haben, dürfen Sie gerne anrufen«, sagte sie. »Wir können unser Gespräch auch bei einem Kaffee fortsetzen.« An der Haustür drückte sie fest seine Hand. »Sie wissen ja, wo Sie mich finden und wie ich heiße.« Während er hinausging, hob sie eine Augenbraue und meinte süffisant: »Als Kriminalist wissen Sie wahrscheinlich sowieso schon alles über mich.«

Linkohr hielt inne und drehte sich um: »Um ehrlich zu sein, gäbe es noch viel mehr, das ich gern wüsste.«

Dann ging er an den abgestorbenen Sommerblumen vorbei zu seinem Dienstwagen. Als er wegfuhr, lächelte ihm Claudia nach.

Solche Termine beflügelten ihn.

66

Die Feuerwehr von Senden, einer aufstrebenden Stadt im Illertal, südlich von Neu-Ulm, war seit Mitternacht im Einsatz gewesen. Etwa einen Kilometer außerhalb, dort, wo sich die Iller durch ihr beidseits bewaldetes Flussbett der Donau näherte, hatte eine alte Jagdhütte in hellen Flammen gestanden. Zu retten hatte es nichts mehr gegeben. Die Holzkonstruktion brannte lichterloh, sodass das Feuer auf den trockenen Wald überzugreifen drohte, der hier das Ufer des breiten Flusses säumte.

Weil die Hütte abseits der üblichen Forst- und Wirtschaftswege stand, war es für die Fahrer der großen Feuerwehrautos ziemlich schwierig gewesen, den Brandherd anzusteuern. Zwar konnte man die meterhoch in den Nachthimmel lodernden Flammen und den Funkenflug von Weitem sehen, aber das dichte Gestrüpp links und rechts der Wege verhinderte ein schnelles Vorwärtskommen. Unterdessen war eine Pumpe am Flussufer positioniert worden, mit der über eine lange Schlauchleitung, quer durchs dürre Unterholz, Löschwasser herangeschafft wurde.

Verblüfft waren die Einsatzkräfte, als sie zwischen dem Inferno aus Flammen und Qualm erkannten, dass sie es nicht wie vermutet mit einer alten, längst aufgegebenen Hütte zu tun hatten – obwohl sie rein äußerlich so aussah. Sie schien seit Jahren unbenutzt zu sein und vor sich hinzugammeln. So jedenfalls war sie den meisten Feuerwehrleuten, die sich rund um ihre Stadt auskannten, in Erinnerung gewesen. Doch dann, als sich ein Blick in das brennende Innere auftat, wurde deutlich, dass sich dort eine komplette Wohnung verbarg: Aus einer Couchgarnitur loderten Flammen, und nachdem eine rotglühende Holzzwischenwand zerbarst, kamen ein Schlafzimmer und eine Küchenzeile zum Vorschein. Sofort verbreitete sich die Befürchtung, es könnten sich in der Hütte Menschen aufgehalten haben. Doch angesichts des Höllenfeuers war es zunächst unmöglich, die Innenräume zu durchsuchen.

Einsatzkräfte zielten mit dem Wasser aus sechs C-Rohren, wie im Feuerwehr-Fachjargon ihre Schläuche genannt wurden, auf die wild lodernden Flammen, während andere wiederum zum Schutz des trockenen Waldes nach allen Seiten hin eine wolkenbruchartige Wasserwand aufbauten, die im grellen Scheinwerferlicht mit dem rötlichen Feuerschein und dem dicken Qualm in der Schwärze der Nacht verschmolz. Vorsorglich waren die Feuerwehren der umliegenden Gemeinden angefordert worden. Sogar aus Neu-Ulm hatte der hinzugerufene Kreisbrandmeister Unterstützung erbeten. Per Funk sorgte die Polizei für eine geordnete Zu- und Abfahrt der Einsatzfahrzeuge, unter denen sich auch drei des Roten Kreuzes befanden.

Trotz aller Anstrengungen war es nicht zu verhindern gewesen, dass das einst stattliche Holzgebäude in sich zusammenfiel und letztlich einem qualmenden Schutthaufen glich. Erst dann konnten Einsatzkräfte mit Schutzkleidung und Atemschutz das noch glosende Trümmerfeld einigermaßen überblicken. Es dauerte bis ins Morgengrauen hinein, bis mithilfe einer kleinen Raupe die Reste der angekohlten Balken beseitigt werden konnten und endlich Klarheit darüber bestand, dass offenbar keine Menschen ums Leben gekommen waren. Lange Zeit herrschte Rätselraten darüber, wem die Hütte gehörte. Auch der herbeigeeilte Bürgermeister konnte auf Anhieb dazu nichts sagen, obwohl er in der Nacht von der Brandstelle aus mehrere Handygespräche führte.

Erst als gegen sieben Uhr, während sich die Einsatzkräfte zurückzogen, ein Brandsachverständiger und mehrere Spezialisten der Kriminalpolizei ihre Ermittlungen aufnahmen, meldete der übernächtigte Bürgermeister dem Einsatzleiter der Polizei, wer der geschädigte Hüttenbesitzer war: Walter Temming, wohnhaft in Kuchen bei Geislingen an der Steige. Großes Staunen machte sich breit. Der Name war in der Region natürlich ein Begriff. »Senior von ›Alb-Donau-Chemie‹«, fügte der Bürgermeister an. »Wohnt im Kreis Göppingen. Hab bereits einen meiner Amtsvorgänger angerufen, der bis 1989 dort stellvertretender Landrat gewesen ist. Der Seniorchef gilt in der Region als angesehener Bürger.«

»Entschuldigen Sie«, unterbrach einer der Brandermittler das Gespräch und deutete auf eine durchsichtige Plastiktüte. »Das haben wir soeben gefunden.«

Der Einsatzleiter nahm die Tüte entgegen und erkannte sofort, was sich darin verbarg: ein schwerer Revolver mit aufgesetztem kleinen Zielfernrohr.

67

Linkohr hatte sich nur ungern von Claudia Herold verabschiedet. Sie war wirklich eine sehr sympathische Frau, dachte er, als er mit dem Dienstwagen ein paar Querstraßen weiter anhielt. Es fiel ihm schwer, sich auf die Arbeit zu konzentrieren, aber er musste dringend den Chef anrufen. Er drückte auf seinem Smartphone die Kurzwahltaste für Häberle, den er innerhalb weniger Sekunden erreichte: »Chef, kann ich mit Ihnen reden?«

»Na klar, immer. Ich bin auf der Rückfahrt. Was gibt's?«

»Ich war gerade bei der Nachbarin von Stanek. Die hat mir eine tolle Geschichte erzählt.« Linkohr schilderte die Zusammenhänge zwischen Stanek und Kauler, was das Haus in Süßen anbelangte, doch Häberle enttäuschte ihn: »Weiß ich inzwischen auch, Herr Kollege. Ich hab dem Stanek einiges aus der Nase gezogen.«

Linkohrs Freude über den eigenen Ermittlungserfolg schwand. »Hat er Ihnen auch gesagt, dass Kauler ihn am Mittwoch und Donnerstag besucht hat?«

Häberle überlegte. »Nein, hat er nicht. Er behauptet, Kauler habe ihn besuchen wollen, sei dann aber nicht gekommen. Warum fragen Sie?«

»Weil die Nachbarin Kaulers Auto mit dem auffälligen österreichischen Kennzeichen von Mittwoch bis Donnerstagnachmittag vor Staneks Haus gesehen haben will«, trumpfte Linkohr auf, während die Mobilfunkverbindung schlechter zu werden drohte. »Hallo, hören Sie mich noch?«

»Jaja, ich hör Sie noch, aber ich verschwinde gleich im Grenztunnel nach Füssen.«

»Okay, ich ruf Sie in ein paar Minuten wieder an.« Linkohr drückte die Austaste.

68

Walter Temmings Zorn über Giselas Verhalten hatte sich ins Unermessliche gesteigert. Er empfand es als eine Unverschämtheit, dass sie hinter seinem Rücken die Waffe aus dem Haus geschafft hatte. Und dass sein Rechner abgestürzt war, wo er doch dringend die neueste ›Postmortem‹-Mail lesen wollte, trieb ihm die Zornesröte vollends ins Gesicht. Er hackte wie wild auf die Tasten ein – doch der Bildschirm blieb schwarz. Der Computer ließ sich weder ordentlich abschalten noch erneut starten. Er war einfach tot. Hatte ihm der Unbekannte einen Virus geschickt? Einen Trojaner oder was es heutzutage sonst noch alles gab? Hatte man ihn vom Netz aus gehackt?

Er entsann sich, dass es manchmal half, den Rechner kurz vom Stromnetz zu nehmen, dann würde er sich vielleicht von selbst erholen. Temming verstand nicht sehr viel von dieser modernen Technik. Wenn etwas nicht funktionierte – und dies geschah sehr häufig, wenn er in Hektik war –, konnte er seine Wut bis zum Jähzorn steigern und war schon mehrere Male drauf und dran gewesen, die ganze Apparatur im hohen Bogen durchs geschlossene Fenster in den Garten zu werfen. Eines Tages, das nahm er sich vor, würde er dies gewiss tun. Allerdings würde ihn im letzten Moment seine schwäbische Sparsamkeit davor bewahren, derlei Sachschaden anzurichten.

Er bückte sich unter den Schreibtisch, zog den Stromstecker kurz aus der Dose, um ihn mit viel Gefummel wieder richtig einzustecken. Er unterdrückte einen Fluch, spürte Rückenschmerzen und ließ sich in seinen gepolsterten Bürostuhl fallen.

Und jetzt summte auch noch das Telefon. Er nahm das Mobilteil und meldete sich mit einem knappen, ärgerlichen »Ja, hallo?«

»Herr Temming? Spreche ich mit Herrn Temming?«, fragte eine unfreundliche Männerstimme.

»Ja – und?«

»Kriminalpolizei Neu-Ulm«, ließ ihn die Stimme zusammenzucken. Kriminalpolizei? Sein ganzer Körper schien mit einem Schlag energielos zu werden. »Ich weiß nicht, ob ich richtig bin«, fuhr der Mann fort. »Sind Sie jener Walter Temming, der im Besitz einer Jagdhütte in Senden ist?«

Temming schluckte und wurde vom unerwarteten Aufblitzen des Computermonitors zusätzlich erschreckt. »Jagdhütte?«, wiederholte er, während ihm tausend wilde Gedanken gleichzeitig durch den Kopf schossen. Zu leugnen, war sinnlos, mahnte ihn eine innere Stimme. »Jagdhütte? Ja, bin ich. Warum fragen Sie?«

»Ich muss Ihnen leider mitteilen, dass die Hütte vergangene Nacht abgebrannt ist.« Der Kriminalist in der Leitung hatte es ohne Umschweife gesagt.

»Abgebrannt?«, wiederholte Temming ungläubig. Ihm hatte es die Sprache verschlagen. »Abgebrannt?«, echote er noch einmal.

»Ja – und wir möchten Sie bitten, unverzüglich hierherzukommen. Geht das?«

»Ob das geht?« Temming war zusammengezuckt. »Ja, ja, natürlich geht das. Was ist denn genau passiert? Und wann?« Er rang nach Worten. »Ist jemand …?« Er wollte das Entsetzliche gleich gar nicht aussprechen.

»Nein«, beruhigte der Anrufer, »zu Schaden gekommen ist

niemand, soweit wir dies momentan überblicken können. Alles andere erfahren Sie vor Ort. Mein Name ist Leopold Kaiser, ich bin der Einsatzleiter hier. Fragen Sie nach mir.«

»Kaiser«, wiederholte Temming wie in Trance. »Ist denn was Schlimmes …« Wieder der Versuch, wenigstens ein paar Details zu erfahren.

»Erklären wir Ihnen, sobald Sie hier sind«, unterbrach ihn Kaiser erneut und schob eine Frage nach: »Nur kurz zu unserem Verständnis: Hatten Sie in Ihrer Hütte eine Waffe aufbewahrt?«

Temming spürte, wie er am ganzen Körper zu zittern begann. »Eine Waffe?«

»Also«, hörte er Kaisers energische Stimme wie aus weiter Ferne: »Wir erwarten Sie so bald wie möglich. Am besten innerhalb der nächsten Stunde.«

69

Linkohr hatte seinen Chef wieder an der Strippe. Inzwischen war die Handyverbindung besser. »Aber eines wissen Sie vielleicht noch nicht, Chef«, fuhr der junge Kriminalist abgehetzt fort: »Die Mutter von Kauler, Barbara hieß sie, war Hausangestellte bei einem Chemiefabrikanten.«

Häberle antwortete erst nach zwei Sekunden des Nachdenkens: »Ja, und? Glauben Sie denn, dass die vor fast 50 Jahren verstorbene Mutter mit unserem Fall etwas zu tun hat?«

»Das will ich nicht behaupten. Vielleicht ist alles nur ein merkwürdiger Zufall. Aber Kauler wurde ziemlich nah am Familiengrab dieser Fabrikanten erschossen.«

»Oh«, staunte Häberle nun zu Linkohrs Freude doch noch. »Woher wissen Sie das so genau?«

»Als Sie sich gestern mit diesem Leichenbestatter und dem Präsidenten unterhalten haben, hab ich mir die Gräber angeschaut, und da ist mir der Name Temming in Erinnerung geblieben, wegen der beiden ›m‹ im Namen. Und Kaulers Nachbarin, mit der ich mich lange unterhalten habe, kann sich erinnern, dass Kauler einmal im Zusammenhang mit seiner Mutter einen so ähnlich klingenden Namen erwähnt hat.«

»Ist sie denn nett?«, fragte Häberle plötzlich.

Linkohr wusste nicht so recht, worauf sein Chef hinauswollte und wen er meinte. »Wer – nett?«

»Na ja, diese Nachbarin«, spöttelte Häberle.

Linkohr hatte sich längst damit abgefunden, dass im gesamten Kollegenkreis über seine jahrelang anhaltende vergebliche Suche nach einer Traumfrau gewitzelt wurde. Er blieb deshalb bewusst sachlich und tat so, als ob er Häberles Anspielung nicht bemerkt hätte: »Frau Herold ist sehr aufgeschlossen, was unsere Anliegen betrifft.«

»Na, dann bleiben Sie an ihr dran«, empfahl Häberle hörbar belustigt, um dann ernst zu werden: »Ich hab übrigens veranlasst, dass sich die Tiroler Kollegen möglichst rasch um Kaulers Habseligkeiten in der Wohnung von Frau Tablander kümmern. Computer und so weiter, halt das Übliche.«

»Als Computerexperte wird er wohl einiges rumstehen haben, nehm ich an«, meinte Linkohr und malte sich bereits aus, wie aufwendig es sein würde, all die Datenträger zu durchforsten – und dies bei einem Mann, der es gewiss berufsmäßig mit Verschlüsselungen zu tun hatte.

»Vielleicht können wir einen Richter davon übrzeugen, dass wir uns die Wohnung des Herrn Stanek näher anschauen sollten«, meinte Häberle. »Ich hab den Eindruck, dass der uns etwas verbergen möchte.«

»Dann viel Erfolg«, gab Linkohr zurück. »Welcher Richter hat Bereitschaftsdienst?«

»Ich hoffe einer, der von der praktischen Polizeiarbeit eine Ahnung hat«, seufzte Häberle, der schon oft von der Laschheit manches Richters frustriert worden war. Es gab Fälle, da hatten sich die Ermittler nachts und am Wochenende schwer damit getan, überhaupt einen Richter zu finden, der Festnahmen oder Durchsuchungen anordnete. Er fügte deshalb an: »Die Politik hat nach den Terroranschlägen nach einer funktionstüchtigen Justiz gerufen – aber, na ja …« Er behielt seine Kritik für sich. Sie beide würden das bürokratisch-verkrustete System ohnehin nicht ändern.

70

Sven Temming war nach dem unerfreulichen Gespräch mit seiner Frau ins Arbeitszimmer gegangen. Am liebsten wäre er in die Firma nach Ulm gefahren, doch ihm fiel keine plausible Ausrede ein, weshalb er nach der angeblich langen Nacht mit dem Chinesen nun ausgerechnet am Samstag wieder in den Betrieb hätte gehen wollen.

Dass Sylvia die Hausangestellte als Luder bezeichnet hatte, hallte in seinem Kopf nach. Etwas Gravierendes muss ihren plötzlichen Stimmungswandel gegenüber dieser jungen Frau ausgelöst haben. Je mehr er über alles nachdachte, desto mieser fühlte er sich. Dass er ausgerechnet jetzt mit den idiotischen Ereignissen in Zusammenhang mit seinem Vater konfrontiert wurde, belastete ihn zusätzlich. Bleischwer lagen die Probleme auf seiner Seele. Er fühlte sich in die Enge getrieben und hatte das Gefühl, irgendetwas wolle ihm die Luft zum Atmen abschnüren. Etwas, das drohend über die ganze Familie gekommen war.

Warum hatte er sich da auch hineinreißen lassen? Das ging ihn doch alles gar nichts an. Es war doch sicher reiner Zufall, dass sich beides nun auf dramatische Weise kreuzte – seine eigenen Probleme und die seines Vaters. Oder doch nicht, begannen Zweifel an ihm zu nagen, während er an seinem Computermonitor auf die neuesten Börsenkurse starrte, die er aber gar nicht wahrnahm. Er war froh, in aller Ruhe über die schrecklichen Ereignisse der vergangenen Tage nachdenken zu können. An die Hysterie, die seine Mutter an den Tag legte, bloß, weil sie sich mit irgendwelchen Spukgeschichten befasste und nun alles, was um sie herum geschah, gleich in diese Richtung deutete. Aber was hatte es dann mit diesem Fahrrad auf sich, das am Mittwochabend gegen die Haustür geworfen worden war? War es Zufall, dass er tags zuvor bei der Ausfahrt aus dem Firmenhof beinahe einen Fahrradfahrer verletzt hätte? Sein Gesicht hatte er lebhaft vor Augen. Hellblond. Irgendwie ein verwegener Typ. Und was hatte der dubiose Brief zu bedeuten – mit dieser kleinen Apollokapsel als Schlüsselanhänger, der wohl dem Bruder seines Vaters gehört hatte? Er rief sich den Text in Erinnerung: ›Barbara hat's gefunden – W. wird sich freuen.‹ Wenn sich das auf seinen Vater bezog, warum, zum Teufel, wurde er da reingezogen?

Alles im Leben wiederholt sich, hämmerte es in seinem Gehirn. Ob das ein dummes Sprichwort oder ein schlaues Zitat eines Literaten war, wusste er nicht. Aber es hatte sich in seinem Kopf festgesetzt – so, als wolle es ihn quälen. Barbara war die Hausangestellte seines Großvaters gewesen – und Olivia war's heute. Nein, entschied Sven Temming, das waren andere Zeiten gewesen. Längst vorbei. Ein halbes Jahrhundert schon. Das ging ihn überhaupt nichts an. Und er wollte es auch gar nicht an sich herankommen lassen. Er selbst war ja dumm genug gewesen, sich von Olivias erotischer Ausstrahlung blenden zu lassen. Temming musste sich eingestehen, dass er seinem leitenden Angestellten Mulzenbach sehr viel zu verdanken hatte. Der Mann stand loyal zu ihm, war inzwischen in alles eingeweiht – und hatte mutig und entschlossen dafür gesorgt, dass vorläufig nicht noch alles viel schlimmer kam. Aber das brauchte außer ihnen beiden niemand zu wissen. Noch war nichts ausgestanden. Gar nichts. Auch wenn Olivia nie wieder hier auftauchen würde.

Der elektronische Ton des Telefons schreckte ihn auf. Noch bevor Sylvia an einem anderen Apparat das Gespräch abnehmen konnte, entschied er sich beim Blick auf die übertragene Rufnummer, es selbst entgegenzunehmen. Es war sein Vater. Die Stimme leise und beinahe gebrechlich. »Sven, ich muss mit dir reden.«

Sven schloss die Augen. Alles, bloß das nicht, dachte er. »Okay«, sagte er ebenso leise.

»Warst du in letzter Zeit in unserem Jagdhaus?« Die Frage traf Sven wie ein Donnerschlag. Und doch hatte er damit gerechnet.

»Das Jagdhaus? Wieso fragst du danach?«, versuchte er ruhig zu bleiben.

»Ich will von dir wissen, ob du dort warst«, wurde Walter Temming eine Spur energischer.

»Ich versteh deine Frage nicht.«

»Stell dich doch nicht so dumm an, verdammt noch mal«, hörte sich Walters Stimme überhaupt nicht mehr gebrechlich an. »Warst du dort. Ja oder nein?«

»Ich hab mal vorbeigeschaut – nach dem Rechten gesehen«, stammelte Sven und ärgerte sich über seinen verängstigten Ton. Er vergewisserte sich, dass die Tür zu seinem Arbeitszimmer eingerastet war.

»Wann war das?«

»Vor zwei oder drei Tagen.«

»Und? War da alles in Ordnung? Oder ist dir was aufgefallen?«

»Alles okay. Aber sag bitte, was ist eigentlich los?«

»Die Bude ist abgebrannt, radikal.«

Sven holte tief Luft. »Abgebrannt? Total? Wann?«

»Letzte Nacht. Alles weg«, tobte sein Vater. »Alles fort.«

»Brandstiftung?« Sven spürte einen Kloß im Hals.

»Was weiß ich. Die Kripo hat gerade angerufen. Ich soll kommen.« Weil Sven nichts sagte, zischte sein Vater gefährlich leise ins Telefon: »Und sie haben mir noch etwas gesagt: Dass sie eine Waffe gefunden haben. Eine Waffe, verstehst du?«

Svens Pulsfrequenz stieg ins Unermessliche. »Eine Waffe?«

»Ja. Und ich will wissen, was du mit dem Revolver gemacht hast, den dir deine Mutter überlassen hat.«

»Du weißt …« Sven schloss die Augen und versuchte, seine wilden Gedanken zu ordnen.

»Ja, ich weiß«, brüllte sein Vater. »Und ich will wissen, ob du in letzter Zeit damit geschossen hast.«

»Geschossen?«

»Ja, geschossen. Hast du das?«

»Wie kommst du denn drauf, dass ich geschossen haben könnte?«

»Hast du?«

»Nein, natürlich nicht.« Leitung tot. Sein Vater hatte einfach aufgelegt.

71

Häberle hatte gerade die A 7-Anschlussstelle Nesselwang passiert und die Kilometerangabe Richtung Ulm gelesen, als sich sein Smartphone meldete. Er drückte die Taste der Freisprechanlage und erfuhr von einer Kollegin aus Göppingen, dass unweit der A 7 bei Senden – noch rund 100 Kilometer entfernt – eine Jagdhütte abgebrannt sei, die einem Unternehmer aus Kuchen gehöre, Häberles Zuständigkeitsgebiet also. »Die Kollegen dort haben uns verständigt, weil man eine Waffe gefunden hat. Vielleicht könnten Sie, wenn Sie auf der Rückfahrt sind, dort mal vorbeischauen.«

Häberle brummte etwas Unverständliches, zumal er jetzt eigentlich keinen Kopf für zusätzliche Ermittlungsarbeit hatte – vor allen Dingen nicht für einen neuen Fall. Er versuchte, sich die Schilderungen des etwas kompliziert erscheinenden Anfahrtsweges zu merken. Zwar kannte er sich entlang der Iller aus, wo er schon viele Male mit Susanne gewandert war, aber so abseits gelegene Hütten hatten meist private, unscheinbare Zufahrten.

Knapp eine Dreiviertelstunde später hatte ihn die Navi-Stimme von der A 7 weg nach Senden gelotst. Ab dort musste er über Wohn- und Nebenstraßen und eine Brücke den weiteren Weg suchen – hinein in das Waldgebiet, wo es an manchen Stellen Nebenarme der Iller und Kanäle gab. Der Fluss, der in Oberstdorf entspringt und einen Teil des Voralpengebiets zur Donau hin entwässert, war zwar in den letzten Jahren mit naturnahen Verbauungen etwas gebändigt worden, konnte aber nach heftigen Regenfällen oder bei Schneeschmelze bedrohlich anschwellen und den schmalen Waldstreifen beidseits der Ufer überschwemmen. Auch an sommerheißen Tagen gab es entlang der Iller an manchen Stellen Altwasser, das Häberle jedes Mal an einen Mini-Amazonas erinnerte.

Der Kriminalist hatte zwar die Koordinaten des Einsatzortes übermittelt bekommen, sie sich aber nicht merken können, zumal er gar nicht wusste, ob und wie sich diese Zahlen in das Navi programmieren ließen. Er folgte deshalb dem geschilderten Wegeverlauf, sah mal irgendwo ein Hinweisschild auf das Gasthaus mit dem wohlklingenden Namen ›Silberwald‹, musste dann mehrmals abbiegen, während verwelkte Stauden am Fahrzeuglack entlangstreiften. Nach einigen Minuten tauchten zwischen dem herbstlich verfärbten Blätterwerk der Bäume abgestellte

Einsatzfahrzeuge auf. Hinter dem ersten drückte Häberle seinen Dienstwagen sanft in den dünnen Heckenbewuchs, stieg aus und ging auf dem unebenen Weg etwa 50 Meter weiter. Es roch nach kaltem Qualm, von irgendwoher röhrte eine Maschine, vermutlich ein Stromaggregat. Beim Näherkommen sah er bereits mehrere Personen, einige Feuerwehrschläuche schlängelten sich quer über den Weg. Dann tauchte hinter angesengten Laubbäumen das gesamte Ausmaß des nächtlichen Chaos auf: ein völlig in sich zusammengefallenes Holzgebäude, dicke Balken schwarz und glosend, zerplatzte Dachziegel, die graue Asche verbrannten Holzes, zerschmolzene Plastikfensterrahmen, überall Glassplitter. Weiß-bläulicher Qualm stieg aus den Trümmern, Feuerwehrleute löschten vereinzelte Glutnester. Der Boden überall völlig durchnässt. »Da ist nicht mehr viel übrig«, meinte Einsatzleiter Leopold Kaiser, ein Mann mittleren Alters in weißer Schutzkleidung, zu dem sich Häberle durchgefragt hatte.

»Aber keine Personen zu Schaden gekommen?«, wollte Häberle sofort wissen.

»Soweit wir es bisher überblicken können, keine«, erklärte Kaiser, dessen Dialekt aus Bayrisch-Schwaben nicht zu überhören war.

»Wenn man das so sieht, dürfte der Ausdruck ›Jagdhütte‹ wohl ein bisschen untertrieben sein. Das war wohl was Größeres«, konstatierte Häberle.

»Etwa zehn auf sechs Meter Grundfläche, Satteldach. Hat nach außen hin ziemlich vergammelt ausg'schaut. Der Bürgermeister meint, das Haus sei seit längerer Zeit nicht mehr benutzt worden. Aber wenn man genau hinschaut …«, Kaiser deutete auf einen Teil, der die Überreste einer Küche erkennen ließ, »war das gar nicht mal so spartanisch eingerichtet. Es kommt schon vor, dass im Außenbereich so Hütten rumstehen, die bewusst den Eindruck erwecken sollen, dass da nichts zu holen ist. Wegen der Einbrecher.«

Häberle nickte. Nur dumme Neureiche hatten's nötig, mit ihrem Reichtum anzugeben. »Wann wurde die Feuerwehr alarmiert?«

»1.17 Uhr. Der Wirt vom ›Silberwald‹ hat von Weitem den Funkenflug über dem Wald gesehen.«

Häberle beobachtete, wie Feuerwehrleute mit Kollegen der Spurensicherung und einem Brandsachverständigen durch die Asche stapften. Kaiser kommentierte: »Dort haben sie einen Revolver gefunden. Muss wohl im Bereich von einer Art Wohnzimmer gewesen sein.«

»Typ?«

»Colt Python, für Jagdzwecke gedacht, sogar mit Zielfernrohr drauf.«

Häberle überlegte: »Was wissen wir über den Besitzer der Hütte? Ein Jäger?«

»Ob Jäger, weiß ich nicht. Aber der Name ist hier bekannt. Temming. Walter Temming. Seniorchef von ›Alb-Donau-Chemie‹, falls Ihnen das was sagt. Er wohnt sogar in Ihrem Bereich. Deshalb haben wir euch Bescheid geben lassen.«

Die Nennung des Namens hatte Häberle aufhorchen lassen. »Temming?«, wiederholte er. »Sagten Sie Temming?« Im Zusammenhang mit ›Alb-Donau-Chemie‹ war ihm der Name zwar nicht geläufig, aber er hatte sich an Linkohrs Hinweis erinnert.

Kaiser stutzte über das plötzliche Interesse Häberles. »Ja, es war nicht einfach, den Besitzer ausfindig zu machen. Wieso? Sagt Ihnen das etwas?«

Häberle hatte bereits sein Smartphone aus der Freizeitjacke geholt und Linkohr angerufen, der sich sofort meldete. »Herr Kollege, eine Frage. Sie sagten doch bei unserem Telefonat etwas von einem Temming mit zwei m. Hab ich das richtig in Erinnerung?«

»Ja, klar. Der Name auf dem Grab. Warum fragen Sie?«

Häberle verzichtete auf eine Antwort, sondern entschied: »Kümmern Sie sich um ihn. Prüfen Sie, ob wir etwas über ihn haben. Danke.«

Dann beendete er das Gespräch ungewöhnlich schnell, denn inzwischen näherte sich ein uniformierter Polizeibeamter, dem ein in zivil gekleideter Mann folgte, den Häberle auf etwa 70 schätzte. Dicke Brillengläser, faltige Stirn, schwarzer Mantel. Der Mann blieb fassungslos stehen, den Blick starr auf die qualmenden Überreste seiner Hütte gerichtet. »Der Herr Temming«, erklärte der Beamte kurz und knapp und verschwand. Kaiser ging die paar Schritte auf den betreten dreinblickenden Temming zu und stellte sich vor. Häberle blieb auf Distanz. Er überlegte, wie er dem Mann seine Anwesenheit erklären sollte.

»Das ist ja schrecklich«, entfuhr es Temming. »Entsetzlich. Eine einzige Katastrophe.«

Kaiser versuchte ihn zu beruhigen, nahm ihn beiseite und stellte ihn Häberle vor.

»Ein Kommissar aus Göppingen?«, fragte Temming daraufhin argwöhnisch.

»Ja, aus Göppingen«, bestätigte Kaiser und erklärte wahrheitsgemäß, dass Häberle gerade zufällig auf dem Rückweg von Ermittlungen in Österreich gewesen sei und man ihn unterwegs verständigt habe, hier vorbeizuschauen, weil der Hüttenbesitzer ja aus dem Landkreis Göppingen stamme.

Temming bruddelte in sich hinein: »Und ich dachte immer, die Baden-Württemberger dürften nicht über die bayrische Grenze hinweg ermitteln.«

Die Kriminalisten taten so, als hätten sie diese Bemerkung überhört. Kaiser nahm ihn sanft am Arm und sagte: »Kommen Sie doch bitte mit zu unserem Fahrzeug.« Er warnte ihn vor einem quer zum Weg liegenden Feuerwehrschlauch und ging mit Temming und Häberle im Schlepptau zu einem Kleinbus, in dem sie zu dritt an einem Klapptisch Platz nahmen. Als die

Schiebetür lautstark zugestoßen war, verbarg Temming seine zitternden Hände, indem er die Arme vor der Brust verschränkte.

»Danke, dass Sie so schnell gekommen sind«, setzte Kaiser das Gespräch fort, während Häberle die beiden Männer scharf beobachtete.

Temming schien in die Offensive gehen zu wollen und fragte mit schwacher Stimme: »Sie haben am Telefon von einer Waffe gesprochen. Darf ich fragen, worum es sich dabei handelt?«

»Einen Colt Python, Revolver. Kaliber 357 Magnum. Man kann aber auch die schwächere 38-Special-Patrone verwenden«, erklärte Kaiser, der sich mit Waffen auskannte. »War als Schützenwaffe gedacht. Die, die wir hier gefunden haben, wurde offenbar mit längerem Lauf hergestellt, sodass sie fabrikmäßig mit Zielfernrohr ausgeliefert wurde.«

Temming wich den Blicken seines Gegenübers aus. Natürlich kannte er diese Waffe. In ihm machte sich ein ungeheurer Zorn auf Gisela breit. Verdammt noch mal, warum hatte sie das Ding heimlich weggeschafft? Zu Sven. Temming hatte Mühe, seine Aufregung zu verbergen: »Und Sie wollen von mir wissen, wie die Waffe in meine Jagdhütte kommt?«

Häberle sah ihn von der Seite aufmunternd an: »Ja, eine Antwort darauf würde uns sehr weiterhelfen.«

»Ich hab aber keine«, erwiderte Temming und mied den Blickkontakt zu den beiden Kriminalisten. »Ich bin genauso baff, wie Sie es vermutlich sind.«

Häberle versuchte zu beruhigen: »Ungewöhnlich wäre es ja nicht – eine Waffe in einem Jagdhaus! Auch wenn ein Revolver mit Zielfernrohr nicht gerade zur normalen waidmännischen Ausstattung gehört.«

Temming hatte sich auf solche Fragen vorbereitet und während der Fahrt nach Senden mit seinem Sohn Sven telefoniert, um eine gemeinsame Vorgehensweise abzusprechen. Sven hatte ihm dabei erklärt, die Waffe gleich nach dem Erhalt von seiner

Mutter in die Jagdhütte verfrachtet zu haben, weil es ihm viel zu heiß erschienen sei, sie daheim aufzubewahren.

»Sie haben einen solchen Revolver also nie gesehen?«, bohrte Kaiser nach.

»Ob ich jemals so einen gesehen habe, kann ich nicht beschwören. Aber hier oder bei mir daheim garantiert nicht.«

»Sind Sie denn Jäger?«, wollte Häberle wissen.

»War ich mal, hab es aber aufgegeben. Vor 20 Jahren schon. Deshalb wurde das Haus nur noch selten genutzt. Für gelegentliche Familienfeste.«

»Und wer außer Ihnen hatte Zugang zu der Hütte?«, hakte Kaiser nach.

»Zugang?« Temming schien für einen Moment sprachlos zu sein. »Sie dürfen sich das nicht so vorstellen, dass man oft hier war. Das kam nur selten vor. Zwei-, dreimal im Jahr vielleicht.«

»Aber irgendjemand wird doch gelegentlich nach dem Rechten gesehen haben«, mischte sich Häberle ein.

»Ja, natürlich. Mein Sohn macht das.«

»Wie heißt Ihr Sohn, und wo wohnt er?« Kaiser wurde amtlich und griff zu einem Notizblatt.

»Sven heißt er, Sven Temming. Er leitet meine Firma.«

Häberle zeigte sich informiert: »›Alb-Donau-Chemie‹ in Ulm, seh ich das richtig?«

»Ja. Er führt sie schon in dritter Generation. Sven wohnt in Laupheim.«

Kaiser ließ sich die genaue Anschrift und Telefonnummer geben, während Häberle an das Gesagte anknüpfte: »Schon in dritter Generation. Mein Respekt!« Er ließ ein paar Sekunden verstreichen, um dann ruhig anzumerken: »Das ist heutzutage keinesfalls mehr eine Selbstverständlichkeit. Aber bei Ihnen ist alles glatt gelaufen – beim Generationenwechsel?«

Temmings Gesichtszüge verfinsterten sich, was Häberle keinesfalls entging. Der Angesprochene brauchte nach Einschätzung des Kriminalisten eine Spur zu lange, um zu antworten: »Natürlich, ja. Wieso fragen Sie? Haben Sie etwas anderes gehört?«

»Sollte ich?«, fragte Häberle direkt und schnell zurück.

Temming schwieg.

72

Der ehemalige Lokaljournalist Georg Sander hatte beim Nachmittagskaffee im heimischen Wintergarten seiner Partnerin Doris das Gespräch mit dem Informanten Niwre Knif in aller Ausführlichkeit geschildert – bisweilen sogar derart emotional, dass er sich selbst zurücknehmen musste. Wäre er noch aktiv journalistisch tätig, hätte er eine tolle Story. Doch Knif hatte ihm dies sozusagen in alter Verbundenheit anvertraut, sodass sich Sander verpflichtet fühlte, mit diesen Informationen sorgfältig umzugehen. Außerdem hatten sich in den Jahren, seit er im Ruhestand war, auch im Lokaljournalismus die Zeiten geändert – hin zur neuen digitalisierten Welt mit all ihren undurchsichtigen Netzwerken.

Sander hatte den Kontakt zu den wenigen Kollegen, die er von seiner beruflichen Tätigkeit her kannte, ziemlich verloren. Außerdem wusste er aus eigener Anschauung, wie lästig er immer die Ruheständler empfunden hatte, die meist in Stunden allergrößter Hektik in die Redaktion hereingeschneit waren, um ihre besserwisserischen Ratschläge loszuwerden. Und heutzutage waren Rat und Erfahrung der Alten weitaus weniger gefragt. Mehr denn je waren die Jüngeren, die die Nachfolge angetreten hatten, felsenfest davon überzeugt, alles besser zu wissen und zu können. Mit Genugtuung hatte Sander während seiner beruflichen Laufbahn einige Male erfahren, dass solche Überheblichkeiten ganz schnell in den Abgrund geführt hatten. Viele von denen, die aus Arroganz geglaubt hatten, gut funktionierende Strukturen zerschlagen und die Teams aufmischen zu müssen, waren schneller in der Versenke verschwunden, als sie gekommen waren.

»Und was fängst du mit Knifs Informationen an?«, wollte Doris wissen.

Er zuckte mit den Schultern. »Ich werde mal versuchen, den Häberle zu kriegen.«

»Wie? Du willst keine Geschichte draus machen?«, staunte Doris, die davon ausgegangen war, dass er wie zu seinen besten Zeiten das Thema journalistisch aufbereiten wollte.

»Ich hatte den Eindruck, dass Knif die Infos lieber der Polizei geben würde, sich aber offenbar nicht traute, sein Wissen offiziell protokollieren zu lassen. Er hat vielleicht bewusst den Umweg über mich gewählt, weil ich als Journalist meinen Informanten nicht preisgeben muss.« Sander wusste, dass es dafür gewisse Grenzen gab.

»Und woher bezieht dieser Knif seine Weisheit?« Doris kannte den Mann natürlich auch.

»Na ja, du weißt doch, wie er ist. Aber auch wenn sich's oft um Gerüchte handelt, steckt immer zumindest ein Fünkchen Wahrheit dahinter.« Sander entschied, Häberle einzuschalten, mit dem er während seiner beruflichen Tätigkeit stets vertrauensvoll zusammengearbeitet hatte. Er trank seinen Kaffee aus und zog sich in sein Arbeitszimmer zurück. Schon zwei Telefonrufzeichen später meldete sich eine genervte Männerstimme, die ihm bekannt erschien. Es war Linkohr, der an Häberles Apparat abgenommen hatte und erklärte, dass der Chef gerade nicht da sei.

Sander machte es kurz und schilderte in wenigen Sätzen, was er erfahren hatte – ohne natürlich Knifs Namen zu erwähnen. Linkohrs Interesse schien anfangs nicht sonderlich groß zu sein, zumal er vieles davon bereits wusste. Erst als Sander den Namen Temming und den Bruderzwist ansprach, wurde er hörbar aufgeschlossener. »Temming sagen Sie?«

»Ja, Temming.« Sander stutzte. Er hatte ein Gespür dafür, wenn ein Gesprächspartner neugierig wurde.

»Von dieser Chemiefirma?«, hakte Linkohr nach.

»Ja, der Senior wohnt in Kuchen.«

»1968 sagten Sie?«, kam Linkohr auf die bereits von Sander erwähnten Fakten zurück, als würde er sich diese Daten notieren wollen.

»Ja, 1968.«

»Und der Bruder hieß Siegfried?«

»Ja«, bestätigte Sander.

»Ein genaues Datum wissen Sie aber nicht?«

Sander musste scharf nachdenken. Dann fiel es ihm ein: »An einem Oktobertag soll's gewesen sein.«

»Und woher wissen Sie das alles, wenn ich fragen darf?«, bohrte Linkohr weiter.

»Fragen dürfen Sie, aber eine Antwort geb' ich Ihnen keine.«

»Hm«, machte Linkohr leicht verstimmt. »Ist Ihre Quelle wenigstens vertrauenserweckend?«

»In der Regel, ja«, gab sich Sander zurückhaltend. »Aber ich denke, es müsste für Sie ein Leichtes sein, den Fall von damals ausfindig zu machen.«

»1968?«, entfuhr es Linkohr. »Das ist fast 50 Jahre her. »Ich weiß nicht, ob sich dazu was findet.«

73

Felix kurvte mit einem Spielzeugauto unterm Esszimmertisch herum und tat so, als interessiere ihn nicht, worüber seine Eltern sprachen. Seine Mutter Sylvia wollte zum wiederholten Male von seinem Vater wissen, wann er zuletzt in der Hütte gewesen sei.

»Entschuldige, Sylvia«, sagte er bewusst leise, um den kleinen Buben nicht zu verängstigen. »Ich bin da vorige Woche mal rausgefahren, wie ich das immer tue, wenn ich vom Büro mal wegkomme oder zufällig in Richtung Augsburg oder Kempten fahre, aber da war nichts. Nichts Auffälliges.«

»Und du warst wirklich nie öfters dort?« Sylvia sah ihn zweifelnd an.

»Was hätte ich da tun sollen? Ich hab geschaut, ob um die Hütte rum alles in Ordnung ist, hab mal ein paar Minuten lang die Fenster aufgemacht und gelüftet.« Er spürte, wie ihm Sylvia misstraute. Hatte sie etwas bemerkt? Noch schlimmer: Hatte sie ihn observieren lassen?

»Sven«, wurde sie nun energisch, um sogleich abzubrechen. Ihr fiel Felix ein, der nicht mitbekommen sollte, wenn sie sich stritten. Sie packte ihn an einem Arm und zog ihn vom Tisch hervor. »Willst du nicht in deinem Zimmer spielen?«

»Och, Mama, geh'n wir nicht noch raus?«, fragte der Bub betrübt.

Sein Vater versprach: »Tun wir nachher noch. Versprochen.«

Felix nahm sein Spielzeugauto und verschwand in sein Zimmer.

»Jetzt pass mal auf, Sven«, machte Sylvia unmissverständlich weiter. Ihre Augen blitzten, und ihr Gesicht hatte all die feinen Züge, die er an ihr so sehr mochte, mit einem Schlag verloren. »Du willst mir also sagen, du seist nur sporadisch in dieser Hütte gewesen?«

Er zuckte zusammen. »Ja, natürlich«, versuchte er, gelassen zu wirken.

»Wie erklärt sich dann, dass deine Kleider, immer dann, wenn du die letzten Wochen spätabends heimgekommen bist, so ganz typisch nach dieser modrigen Hütte gerochen haben?«

Sven fühlte sich innerlich ins Bodenlose stürzen. Alles Blut schien aus seinem Körper zu weichen. Er verengte seine Augenbrauen, quälte sich ein gekünsteltes Lachen auf die Wangen und wurde blass. »Wie bitte? Sylvia, was redest du dir da ein?«

Sie fingerte nervös an ihrer leer getrunkenen Kaffeetasse herum und lehnte sich zurück. »Ich glaube kaum, dass ich mir das einrede«, erwiderte sie kühl. »Hast du nicht immer selbst gesagt, der modrige Geruch dieser Hütte gehe nur schwer aus den Kleidern raus?«

Sven konnte sich natürlich daran entsinnen. Es war der Geruch irgendeines Holzschutzmittels, das gewiss nicht mehr den heutigen Standards entsprach. Bis in die 70er-Jahre hinein hatte ›Alb-Donau-Chemie‹ auch so etwas im Angebot, dann aber die Produktion eingestellt, nachdem der Verdacht aufgekommen war, das Produkt könnte gesundheitsschädlich sein.

»Das setzt sich gleich an die Kleider, wenn man in die Hütte reingeht«, argumentierte Temming, doch es klang wenig überzeugend.

»Red doch keinen Unsinn«, unterbrach ihn Sylvia. »Das hab ich mir auch eingeredet – die letzten Wochen und Monate. Aber hast du heute schon mal an deiner Jacke gerochen, die du gestern Abend getragen hast?«

Sven wusste sofort, worauf sie anspielte. Ihm war es heiß und kalt geworden. Er schwieg.

»Das riecht alles nach Rauch. Aber nicht nach Rauch von Zigaretten.« Sylvias leiser gewordener Stimme war anzumerken, dass der Zorn ihre ganze Kraft verschlungen hatte und sie sich ihren Emotionen ergeben musste. Ihre Augen wurden glasig.

»Bitte, Sylvia«, beschwichtigte Sven, aber es war nur der untaugliche Versuch, seine Frau umzustimmen.

»Hör doch auf, Sven«, unterbrach sie ihn. Eine Träne rann über ihre rechte Wange. »Natürlich warst du in der Hütte. Und soll ich dir sagen, mit wem?«

Sven war wie vom Blitz getroffen. Jetzt würde sie es aussprechen. Gleich würde er erfahren, was sie wusste. Dass alles aufgeflogen war.

»Mit Olivia.« Sie hatte es hinausschreien wollen, doch ihre tränenerstickte Stimme versagte ihren Dienst.

Sven holte tief Luft. Er sah in Sylvias rot gewordenes Gesicht, ihre Tränen, wie sie eine Serviette nahm und sie auf die Augen presste.

Durch Svens Kopf rasten Tausend Gedanken gleichzeitig. Was jetzt? Wie sollte er Sylvia trösten? Anlügen? Unschuld beteuern? Das mit Olivia war doch nur eine Vermutung, reine Eifersucht, mahnte ihn die innere Stimme. Oder wusste sie viel mehr?

»Sag doch, wo ist sie denn, deine Olivia?«, flüsterte Sylvia, während sie hemmungslos zu schluchzen begann und sich schnäuzte. »Warum ist sie heute nicht zur Arbeit erschienen? Ich hab ihr kein freies Wochenende zugestanden.«

Sven verkrampfte sich auf seinem Stuhl. »Ich hab ihr freigegeben, das hab ich dir doch gesagt. Du wolltest doch, dass wir sie entlassen.«

»Freigegeben«, schluchzte Sylvia, ohne ihn anzuschauen. »Vielleicht ist sie in der Hütte verbrannt, heute Nacht.«

Sven umklammerte die Armlehnen seines Stuhles. »Also, Sylvia.«

»Halt den Mund. Natürlich warst du dort. Man riecht es doch. Dieser Rauch.«

»Du redest dir was ein.«

»Halt doch den Mund«, zischte sie erneut, ganz leise und verbittert. »Und was ihr am Donnerstag auf dem Friedhof getan habt – dein Vater und du –, ich will es gar nicht wissen.«

»Sylvia, bitte.« Sven wurde die ganze Aussichtslosigkeit seiner Lage bewusst.

»Wer von euch beiden hat geschossen?« Sylvias Worte gingen im Schluchzen unter. Sie presste mit den Handballen die Serviette auf ihre Augen.

Weil Sven schwieg, flüsterte Sylvia: »Ich will es auch gar nicht wissen. Und deine Mutter will es auch nicht wissen.«

Sie hatte also schon mit ihr telefoniert, durchzuckte es Sven. Er blieb zwei, drei Minuten stumm neben seiner tief in sich hineinschluchzenden Frau sitzen. Geschockt und ratlos, den Boden unter den Füßen verloren, versuchte er, seine Gedanken zu ordnen. Mit einem Schlag hatte sich alles verändert – und er fühlte, dass er alles verlieren würde: seine Familie, den Luxus, den guten Ruf. Ihn überkam das dumpfe Gefühl, nicht mehr weiterzuwissen. Keine Lösung, kein Kompromiss. Nur Leere. Nach allen Seiten.

Diese verdammte Olivia, hallte es durch seinen Kopf.

74

Häberle hatte genug gesehen. Alles Weitere würde den Berichten der Spurensicherung und des Brandsachverständigen zu entnehmen sein. Zwar waren die Experten oftmals in der Lage gewesen, aus einem Aschehaufen Hinweise auf die Brandursache zu finden, aber ob dies hier möglich sein würde, da hatte der Chefermittler ziemliche Zweifel. Womöglich brachten erst chemische Analysen endgültigen Aufschluss darüber, ob ein sogenannter Brandbeschleuniger, also etwa Benzin, benutzt worden war.

Einen Stromanschluss gab es hier nicht, dafür aber eine beim Brand zerborstene Gasflasche für Herd, Heizung und Licht. Natürlich konnte eine vergessene Kerze das Feuer ausgelöst haben, falls sich kurz zuvor jemand in der Hütte aufgehalten hatte. Vielleicht war eingebrochen worden – oder jemand hatte absichtich die Holzkonstruktion von außen angezündet. Oder gar von innen. Jedenfalls gab die aufgefundene Waffe Rätsel auf. Die Neu-Ulmer Kollegen bemühten sich bereits, mithilfe des Landeskriminalamts München festzustellen, ob und auf wen dieser Revolver angemeldet war. Jetzt am Wochenende war dies allerdings nicht ganz einfach.

Häberle empfahl dem Einsatzleiter, so schnell wie möglich den Sohn des Besitzers in Laupheim zu vernehmen. Gerade, als er dies gesagt hatte, meldete sich Linkohr per Handy, um ihm das Neueste von Georg Sander mitzuteilen. Der Chefermittler lauschte konzentriert, weil um ihn herum lautstark diskutiert wurde und ein Motorengeräusch aus dem Wald drang. Linkohr ließ viele Details, die bekannt waren, unerwähnt und hob deshalb den Vorfall von 1968 hervor. Allerdings löste dieser bei Häberle keine allzu große Begeisterung aus. »Wissen Sie auch, wie lange das her ist?«, brummte er.

»Aber verstehen Sie doch, Chef: Es geht um die Temmings, mit denen die Mutter unseres Friedhofsopfers zu tun hatte!«, wollte Linkohr seinen Chef aufrütteln. »Und Sie haben selbst gesagt, dass dieser Stanek, der Kaulers Haus gekauft hat, eine dubiose Rolle spielt. Da stimmt doch etwas nicht.«

Häberle drehte sich beiseite, hielt ein Ohr zu und blickte in den herbstlich verfärbten Wald. Stanek hatte gelogen, das stimmte. Er hatte gewiss etwas zu verbergen, was im Zusammenhang mit dem erschossenen Kauler stand. Aber ob alles stimmte, was Sander von seinem Informanten erfahren hatte, war fraglich. Außerdem konnte es reiner Zufall sein, dass Kauler in der Nähe von Temmings Familiengrab ermordet worden war. Oder wäre das alles viel zu viel Zufall im Zusammenhang mit diesem Namen?

»Okay, Herr Kollege«, rang sich Häberle zu einer Entscheidung durch. »Ich werd noch kurz den bayrischen Kollegen unter die Arme greifen.«

Er beendete das Gespräch und wandte sich Leopold Kaiser zu. »Es sieht ganz danach aus, als hätte die Sache mit einem Mordfall zu tun, der uns seit gestern beschäftigt.«

Kaiser stutzte. »Und das sagen Sie mir erst jetzt?«

Häberle grinste. »Sie sind sogar der Erste, dem ich's sage. Noch ist nichts erwiesen, aber wir haben ein Opfer, das in irgendeiner Weise in eine Sache verwickelt war, die vor seiner Geburt gelaufen ist.« Häberle verfolgte gespannt, wie sich Kaisers Gesichtsausdruck veränderte. Der Kollege konnte dem Gesagten nicht folgen, worauf der Göppinger Kommissar meinte: »Ich denke, es spricht nichts dagegen, wenn ich mir den Sohn des Hüttenbesitzers vorknöpfe. Am Samstagnachmittag dürfte er ja daheim anzutreffen sein. Und Laupheim ist sowieso Baden-Württemberg und nicht weit von hier.«

Kaiser gab sein Okay, und Häberle verzichtete darauf, einen Alleingang beim Präsidium anzumelden. Es war besser, diese länderübergreifenden Ermittlungen selbst zu organisieren, als den bürokratischen Weg zu beschreiten. Wie fatal dieser sein konnte, hatte sich in jüngster Zeit bei der ziemlich dilletantischen Terrorismusbekämpfung gezeigt. Dabei hatte sich Häberle in seinem persönlichen Kampf gegen den Verwaltungsdschungel bestätigt gefühlt, deren Hüter er despektierlich, aber jederzeit öffentlich als Sesselfurzer bezeichnete. Je mehr es von dieser Sorte gab, desto mehr Sand wurde ins Getriebe gestreut. »Irgendwann verwalten die sich nur noch selbst – und merken gar nicht mehr, dass es nichts zu verwalten gibt«, hatte er einmal im Kollegenkreis geschimpft. Deshalb machte er sich ohne Rücksprache mit den Vorgesetzten auf den Weg nach Laupheim.

75

Schneller als erwartet, hatten die Telekommunikationsanbieter der Sonderkommission die Daten übermittelt, die sich auf Handyverbindungen im Bereich des Geislinger Friedhofs bezogen. Für den Zeitraum vom späten Donnerstagabend auf den frühen Freitagvormittag waren dies allerdings einige Hundert. Kein Wunder, schließlich führten die Eisenbahnlinie und die stark befahrene B 10 daran vorbei. Keiner der aufgelisteten Namen kam Linkohr beim flüchtigen Überfliegen der langen Datenreihen bekannt vor – zumindest war keiner jener Personen darunter, die bei den bisherigen Ermittlungen eine Rolle spielten. Weder Kauler noch Stanek, und schon gar kein Temming, stellte der junge Kriminalist einigermaßen enttäuscht fest. »Muss nicht unbedingt was heißen«, meinte er im Kreis einiger Kollegen, als wolle er sich selbst ermuntern, doch auf der richtigen Spur zu sein. Ohnehin war er auf keine große Begeisterung gestoßen, als er von Sanders Anruf und dessen Hinweisen von einem Informanten berichtet hatte.

»Überleg doch mal«, hatte eine junge Beamtin zu bedenken gegeben, »wieso soll eine Sache von vor 50 Jahren damit zu tun haben? Ich glaube, du verrennst dich da in etwas.«

Ein anderer aus der Runde fügte an: »Nach allem, was du und der Chef über den Stanek erfahren haben, wird der ganz dick drinhängen.«

Die weitere Diskussion scheiterte am Zwischenruf eines älteren Ermittlers, der an der offenen Tür erschien und auf den Ausdruck einer Mail verwies: »Fehlanzeige in Reutte. In der Wohnung von Kaulers Freundin wurde nichts Habhaftes entdeckt.«

»Was heißt das?«, sah Linkohr zu ihm hinüber.

»Da gibt's keinen Computer und keinen Laptop. Auch keine Speichermedien.«

»Nein, das gibt's nicht«, entfuhr es Linkohr. »Kauler war IT-Experte, hat angeblich Fernwartungen gemacht. Das kann er ohne Computer nicht.«

»Wenn ich dir's aber sage. Hier hast du's von den Kollegen aus Reutte schwarz auf weiß.« Der Kriminalist legte den Mail-Ausdruck auf den Tisch. Die Augen aller Anwesenden waren darauf gerichtet. Linkohr überflog die wenigen Textzeilen nur flüchtig.

»Dann hat das Zeug jemand weggeräumt«, konstatierte er. »Was die Frau Tablander dazu sagt, wird hier verschwiegen.«

»In der Mail ja«, antwortete der Überbringer. »Aber ich hab schon angerufen. Zwar ist der Verantwortliche am Samstagnachmittag nicht mehr zu erreichen, aber einer, der bei der Durchsuchung dabei war, hat mir erklärt, die Frau Tablander habe gesagt, ihr Freund Kauler habe die gesamten Gerätschaften bei seiner Fahrt nach Deutschland mitgenommen – angeblich, um irgendwelche Fehler beheben oder Viren beseitigen zu lassen.«

»Oh«, machte Linkohr. »Das ist doch auch was. Der Kerl hat abhauen wollen.«

»Und seine attraktive Freundin allein lassen wollen?«, zweifelte jemand aus der Runde. »Es könnte doch eher so sein, dass die Gerätschaften erst nach seinem Tod beseitigt wurden. Sozusagen post mortem.«

Linkohr nickte, wurde jedoch in seinen Überlegungen von einem Kollegen unterbrochen, der zwei Schreibtische weiter bisher konzentriert telefoniert hatte. »Bevor du bei der Suche nach deinem Temming weitermachst, Mike, ich hab was Spannendes, das wird dir gefallen.«

Das knappe Dutzend Kriminalisten drehte sich zu ihm.

»Der Moll, ihr erinnert euch«, fuhr der Ermittler fort, »das ist der mit dem Musicaltheater, der hat dem Chef doch gesagt, am späten Donnerstagabend ganz in der Nähe des Friedhofs im Rorgensteig einen geparkten dunklen BMW X3 gesehen zu haben. Mit Göppinger Kennzeichen.«

»Ja«, bestätigte Linkohr, und die meisten um ihn herum nickten.

»Ich hab mir mal den Spaß gemacht – um den Kollegen Linkohr nicht im Regen stehen zu lassen – und recherchiert, was auf die Temmings in Kuchen für Fahrzeuge zugelassen sind.« Er legte eine Kunstpause ein. »Und ihr werdet's nicht glauben: Der alte Temming fährt einen dunklen BMW X3.«

Linkohr konnte seinen Lieblingsspruch nicht unterdrücken: »Da haut's dir's Blech weg.«

76

Häberle versuchte gerade mühsam, den Dienstwagen zu wenden, was auf dem engen, stark verwachsenen Waldweg ein vor- und rückwärtiges Fahrmanöver erforderlich machte, als Linkohr anrief und höchst erfreut und voller Stolz von einem weiteren Bezug zu den Temmings berichtete. Der Chefermittler brach seine Wendeversuche kurz ab, um sich auf das Gespräch konzentrieren zu können. »Sie mögen recht haben«, musste er seine bisher mögliche Falscheinschätzung eingestehen. »Aber vergessen Sie nicht, wie viel dunkelfarbene BMW-SUVs es gibt.«

»Aber dass ausgerechnet der von Alt-Temming dort parkt, wo knapp 100 Meter Luftlinie entfernt gerade jemand umgebracht wird, der in irgendeiner Weise etwas mit dieser Familie zu tun hat, das muss doch zu denken geben.«

»Die Mutter des Opfers war Hausangestellte beim alten Temming, lieber Herr Kollege. Die Mutter!«, gab der Chef mit deutlich hörbarer Skepsis zu bedenken. Weil Linkohr nichts erwiderte, lenkte Häberle ein, um die Enttäuschung seines engsten

Mitarbeiters etwas zu mildern: »Ist trotzdem interessant. Ich kümmere mich jetzt um den jungen Temming.« Als das Gespräch beendet war, rangierte Häberle den Dienstwagen vollends in Fahrtrichtung, um sich langsam auf dem stark verwachsenen Weg von dem Brandort zu entfernen. An zwei Verzweigungen inmitten des Waldes fiel ihm die Orientierung schwer, sodass er nur gefühlsmäßig abbog und hoffte, irgendwann auf einen breiteren Forstweg zu stoßen.

Noch aber führte ihn die enge Schneise im herbstlichen Bewuchs um mehrere Biegungen, an die er sich von der Herfahrt gar nicht mehr entsinnen konnte. Tief in Gedanken versunken, folgte er dem Weg – bis plötzlich nach einer Linkskurve das Heck eines Auto vor ihm auftauchte, dem ein anderes Fahrzeug genau entgegen stand. Sie parkten auf einem schmalen Grasstreifen, der den Weg weitete und offenbar als Ausweichfläche diente. Häberle, der mit nur knapp 20 km/h unterwegs war, nahm den Fuß vom Gaspedal, zumal zwischen den Autos zwei Männer wild gestikulierend aufeinander einredeten. Beim Näherkommen erkannte Häberle, dass es sich bei dem Auto, das in seiner Fahrtrichtung stand, um einen silberfarbenen japanischen Mittelklassewagen mit GZ-Kennzeichen fürs nahe Günzburg handelte. Das andere Auto war ein größerer dunkelblauer Ford, vermutlich Typ Galaxy, mit UL-Kennzeichen.

Als Häberle auf Höhe der beiden Personen angekommen war, hielt er an und ließ das rechte Seitenfenster nach unten gleiten. »Guten Tag, die Herren«, rief er den Männern zu, die altersmäßig gut 20 Jahre voneinander trennten. Sie hatten ihre Diskussion, die Häberle wie ein heftiger Streit erschienen war, abrupt abgebrochen. »Kann ich irgendwie weiterhelfen?«

»Das kommt drauf an«, antwortete der Ältere der beiden, ein kräftiger Kerl vom Typ eines Naturburschens mit Schnauzbart und dünnem Haar. »Und wer sind Sie?«, wollte er wissen.

Häberle grinste: »Auch einer, der hier verboten rumfährt.«

Der Mann trat näher an Häberles Seitenscheibe heran und ließ ein Lächeln über sein braun gebranntes Gesicht huschen. »Ich fahr nicht verboten hier rum. Aber der da«, er deutete auf den Jüngeren, der sich offenbar nicht einmischen wollte, »und womöglich Sie auch, oder?«

Häberle stellte den Motor ab und stieg aus. »Ich ganz bestimmt nicht«, sagte er dabei und stellte sich vor: »Kriminalpolizei. Häberle mein Name.«

Der Jüngere schaute ihn perplex an und steckte die Hände in die Jacke, als wolle er mit dieser Situation nichts zu tun haben. Häberle befand, dass sich dieser Mann nicht nur altersmäßig vom anderen unterschied, sondern auch rein äußerlich ein starkes Kontrastprogramm bot: zwar auch groß, aber die gegelt-glänzenden Haare und die wohl bisher kaum getragenen Outdoor-Markenklamotten kontrastierten erheblich zum Äußeren des Älteren.

»Kann ich irgendwie behilflich sein?«, wiederholte Häberle sein Angebot. »Darf ich fragen, wer Sie sind?«

Der Ältere gab sich kooperativ. »Ender. Alfred Ender.« Er schüttelte dem Kommissar die Hand. »Naturschutzbeauftragter. Ich fahr hier gelegentlich Streife, um das Fahrverbot zu überwachen.«

Häberle hatte kapiert. Der andere, der betreten schwieg, war beim verbotenen Fahren durch das Schutzgebiet ertappt worden. Deshalb also der Streit.

»Der Herr hat wohl eine Ordnungswidrigkeit begangen«, konstatierte Häberle und wandte sich an den Jüngeren, den er auf knapp 40 schätzte. »Darf ich fragen, was Sie hier gesucht haben?«

»Ich hab mich verfahren«, lautete die Antwort. »Ich wollte zu diesem Lokal, dem Gasthaus ›Silberwald‹, und bin wohl irgendwo falsch abgebogen.«

»So«, staunte Häberle, »aber eigentlich sind die Hinweise zu der Gaststätte doch nicht zu übersehen. Darf ich fragen, wer Sie sind?«

Ender schaltete sich ein: »Der Herr weigert sich beharrlich, seine Personalien anzugeben. Vielleicht haben Sie mehr Glück, Herr Kommissar.« Er betonte die Berufsbezeichnung, obwohl Häberle sie nicht erwähnt hatte. Aber schaden konnte Enders Hinweis in dieser Situation nicht.

»Also?«, ging Häberle auf den anderen zu. »Sie werden doch ein Ausweispapier dabeihaben. Zumindest Führerschein und Kfz-Schein, oder?«

Der Mann war kreidebleich geworden. »Ich versteh nicht ganz, warum sich die Kriminalpolizei für mich interessiert.«

»Tut sie nicht wirklich«, erwiderte Häberle schnell. »Betrachten Sie's als eine Art Amtshilfe für den Herrn Naturschützer.« Er grinste. »Da geht's mit ein paar Euro Bußgeld ab. Wenn Sie's mit der Kripo zu tun bekämen, stehen andere Sanktionen im Raum.«

Dieser Hinweis hatte Wirkung gezeigt. Der Mann griff zu seinem Geldbeutel und zog wortlos seinen Personalausweis heraus. Häberle überflog die Daten und prägte sie sich ein: Marcel Mulzenbach, geboren am 29. Oktober 1979. Dann drehte er das Dokument um, sodass er die Wohnanschrift lesen konnte – eine Adresse in Ulm.

Mit den Worten »schreiben Sie's auf« gab er den Ausweis an Ender weiter, der Notizblock und Bleistift aus der Jacke holte und die Daten festhielt.

»Ich werd Sie als Zeugen benennen«, sagte er, an Häberle gewandt.

Mulzenbach wagte einen kleinlauten Einwand: »Jetzt machen Sie doch bitte kein so großes Aufsehen. Wir können doch den bürokratischen Aufwand umgehen. Was kostet das? 40 Euro? Soll ich's Ihnen gleich geben?«

»So ein plötzlicher Gesinnungswandel?«, staunte Ender und reichte ihm den Ausweis. »Vorhin hat das ganz anders geklungen. Aber tut mir leid. Ich darf keine Bußgelder einziehen. Das nimmt seinen normalen Gang übers Landratsamt.«

Mulzenbach nahm's zähneknirschend zur Kenntnis.

»Aber jetzt drehen Sie um und verschwinden so schnell wie möglich«, knurrte Ender, worauf der Angesprochene wortlos in seinen großen Ford stieg und umständlich wendete. Häberle unterstützte ihn bei diesem Rangiermanöver auf engem Weg mit weit ausholenden Handzeichen.

»Seltsamer Typ«, meinte Ender. »Will zum ›Silberwald‹ und fährt ins Dickicht rein.«

»Er war wohl nicht sehr kooperativ«, resümierte Häberle gelassen.

»Rumgetobt hat er, bis Sie aufgetaucht sind. Haben Sie gemerkt, wie kleinlaut der geworden ist, als das Stichwort Kripo gefallen ist? Aber wenn er mir seine Adresse nicht gegeben hätte, hätte ich ja sein Autokennzeichen gehabt.« Ender hatte es sich zusätzlich notiert.

»Ach ja«, fiel Häberle etwas ein, »sind Sie öfters unterwegs, auf Streife sozusagen?«

»Immer mal wieder, ja. Meist aber im Sommer und an den Wochenenden, wenn manche ihre Boote bis zum Fluss transportieren wollen.«

»Die letzten Tage waren Sie nicht hier?«

Ender wusste sofort, worauf der Kriminalist hinauswollte. »Sie meinen wegen des Brandes letzte Nacht? Am Abend bin ich bis zu der Weggabelung da vorne gefahren.« Er deutete in den Wald hinein. »Aber um diese Jahreszeit ist kaum was los. Ich bin von der Geburtstagsfeier meines Sohnes gekommen, von Illertissen. Da hab ich einen Schlenker hier durchgemacht.«

»Ach«, staunte Häberle. »Um wie viel Uhr war das?«

»Gegen 23 Uhr. Ja, ich entsinne mich, auf Bayern 1 sind gerade Nachrichten gekommen.«

»Ist Ihnen etwas Besonderes aufgefallen?«

»Außer, dass da mal wieder dieser kleine Opel stand, aber noch außerhalb der Fahrverbotszone.«

»Ein kleiner Opel? Der ist Ihnen schon öfters aufgefallen?«

»Einmal, vor drei, vier Wochen vielleicht. Da stand der an der gleichen Stelle wie vergangene Nacht.«

Häberles Interesse stieg. »Kommt es öfters vor, dass da nachts Autos parken?«

»Ja, schon«, nickte Ender. »Besonders in lauen Sommernächten. Jetzt im Herbst eher seltener.«

»Können Sie sich an das Kennzeichen erinnern?«

Ender runzelte triumphierend die Stirn. »Ich hab mir längst angewöhnt, Kennzeichen von Autos zu notieren, die mir nachts seltsam vorkommen.«

»Sie haben es auch in diesem Fall getan?«

Ender blätterte in seinem Notizblock. »Ein Biberacher Kennzeichen war's.«

Häberle ließ sich die Zahlen- und Buchstabenkombination geben.

Wenig später wusste er mithilfe der Ulmer Leitstelle, auf wen der Opel Adam zugelassen war: Olivia Baran. Wohnhaft in Biberach. Das war nicht weit von Laupheim entfernt, überlegte Häberle, bedankte sich und stieg in seinen Dienstwagen.

77

Walter Temming hatte den Ort des schrecklichen Geschehens schnell verlassen. Er konnte nicht mit ansehen, wie das Erbe seines Vaters Georg in Schutt und Asche versunken war. Und er war innerlich viel zu sehr entkräftet, um – wie er es zunächst vorgehabt hatte – zu Sohn und Schwiegertochter nach Laupheim zu fahren. Er brauchte Ruhe. Und musste nachdenken.

Vor allem aber musste er daheim seinen Computer in Gang setzen, um die Mail des mysteriösen ›Postmortem‹-Absenders lesen zu können. Trotzdem fuhr er einige Zeit kreuz und quer über die Albhochfläche, wurde zum Verkehrshindernis nachfolgender Autos und setzte oft den rechten Blinker, um sie überholen zu lassen. Er musste an den Revolver denken, über dessen Herkunft er mit Sven absolutes Stillschweigen vereinbart hatte. Wer konnte ihnen nachweisen, dass er ihnen gehörte? Vielleicht war es sogar vorteilhaft, dass diese Waffe aufgefunden wurde, zumal sie auf einen Einbruch hindeuten konnte.

Aber gab es womöglich einen Zusammenhang mit den anonymen Mails? Mit all dem, was in den vergangenen Tagen geschehen war? Der Schlüsselanhänger in Form einer Apollo-Kapsel schoss ihm durch den Kopf, dazu das Schreiben, in dem Barbara erwähnt wurde. Und wer war der Tote vom Friedhof? Noch war der Name des Opfers nirgendwo öffentlich erwähnt worden. Wenn eine neue Mail eingegangen war, konnte dieser Tote nicht der Absender sein. Oder schrieb dieser Mails aus dem angeblichen Jenseits? Quatsch. Unfug. Temming ließ solchen Gedanken keinen Raum mehr in seinem Kopf.

Endlich zu Hause in Kuchen angekommen, empfing ihn Gisela mit geröteten Augen und schneeweißem Gesicht. Temming erschrak, als er sie in diesem jämmerlichen Zustand sah. »Um Gottes willen, Gisela, was ist denn passiert?« Er befürchtete, sie könnte die E-Mail gelesen haben.

Seine Frau sank auf einen Stuhl am Esszimmertisch, während er seine nach Qualm riechende Jacke an die Garderobe hängte und die schmutzigen Schuhe gegen seine Filzpantoffeln tauschte. »Gisela, was ist passiert?«

»Sylvia will sich von Sven trennen«, heulte sie in ihr Papiertaschentuch.

Walter blieb wie angewurzelt zwischen Diele und Esszimmer stehen. »Wie bitte?«

Gisela war nicht zu beruhigen. »Sylvia hat angerufen und will noch heute mit Felix ausziehen.«

»Aber …« Temming war zum zweiten Mal an diesem Tag geschockt.

»Sie sagt, Sven habe sie betrogen. Mit Olivia. In unserer Hütte.«

Temming fühlte eine Welt in sich zusammenbrechen. Sein Puls raste, alles Blut schoss gefährlich in seinen Kopf. »Das hat sie gesagt?«, war alles, was er über die Lippen brachte.

Gisela nickte und schlug die Hände vors Gesicht. »Sie behauptet, dass er vielleicht die Hütte angezündet hat, um Olivia zu verbrennen.«

Temming trafen die Worte wie ein Stromschlag. »Sven? Wieso sollte er … ich meine, wenn er etwas mit ihr hatte, warum soll er sie dann …?«

»Vielleicht erschossen mit deinem Revolver.«

»Ja, aber warum sollte er …«

»Walter«, unterbrach sie ihn lautstark. »Was weiß ich denn? Vielleicht hat er Schluss machen wollen.«

»Mal bitte den Teufel nicht an die Wand.« Er legte einen Arm um ihre Schulter und kniete sich neben ihren Stuhl. Für einen Moment tauchte Olivias Gesicht in seinen Gedanken auf. Sie war tatsächlich eine aufregende Person. Vielleicht hatte ihr Äußeres dazu beigetragen, dass er sie damals seinem Sohn und der Schwiegertochter als Hausangestellte vorgeschlagen hatte. Auf Empfehlung dieses engagierten Mitarbeiters, dessen Name ihm nicht mehr einfiel. Der Mann hatte sie ihm als eine gute Bekannte vorgestellt, eine gelernte Erzieherin, die kurz zuvor arbeitslos geworden war. »Wo ist Olivia jetzt?«, fragte Temming leise und einfühlsam.

»Verschwunden. Weg. Seit gestern«, schluchzte Gisela. »Sven sagt, er habe ihr übers Wochenende freigegeben, weil er sie sowieso entlassen wollte.«

In Temmings Kopf war ein Gedankeninferno ausgebrochen. Von Sekunde zu Sekunde fiel es ihm schwerer, nach außen hin die Ruhe zu bewahren. Ein Schicksalsschlag nach dem anderen schien auf ihn einzuhämmern. Und noch wusste er nicht, was in der neuerlichen E-Mail stand.

»Es ist alles über uns gekommen«, flüsterte seine Frau und wischte sich mit den Händen Tränen aus den Augen. »Etwas aus der Vergangenheit hat uns eingeholt.«

Temming kam ganz dicht an sie heran. »Wir sollten beide zusammenstehen und versuchen, erst einmal alles zu ordnen.« Obwohl er wusste, dass sich ein Berg ungelöster Probleme vor ihnen auftat, versuchte er, wie einst im Geschäftsleben einen kühlen Kopf zu bewahren, auch wenn er gegen einen ganzen Orkan negativer Einflüsse ankämpfen musste.

»Es waren so viele schlechte Zeichen«, klagte Gisela hemmungslos schluchzend. »So viele schlechte Zeichen. Siegfried ist es, der uns bestraft.«

Walter erwiderte nichts. Es war nicht die Zeit, über so etwas zu reden.

78

Häberle hatte auf der Fahrt nach Laupheim mit den Kollegen der Sonderkommission telefonisch die gegenseitigen Erkenntnisse ausgetauscht. Dabei gab er die Personalien von Marcel Mulzenbach und Olivia Baran durch, um prüfen zu lassen, ob gegen die beiden etwas vorliege, und herauszufinden, welcher Tätigkeit die beiden nachgingen.

Häberle, dessen Navi ihm in der einsetzenden Abenddämmerung den Weg zum Haus von Temming junior gewiesen hatte, beauftragte seinen jungen Kollegen Linkohr, die Rückkehr Ulrich Staneks aus Österreich im Auge zu behalten. »Aber jetzt fahren Sie bitte sofort zu dem alten Temming nach Kuchen«, ordnete er an, »der müsste längst daheim sein. Und fragen Sie ihn, ob die Familie diese Olivia Baran kennt und falls ja, was es mit der auf sich hat. Ich werde seinem Junior gleich dieselbe Frage stellen. Dann können die beiden sich nicht mehr absprechen.« Er knüpfte an die vorausgegangenen Berichte seiner Kollegen an und fügte hinzu: »Fragen Sie den Alten ganz direkt, warum sein BMW am Donnerstagabend beim Friedhof stand. Ganz direkt. Einfach mal einen Luftballon steigen lassen.«

79

Jarowski hatte den halben Samstag über in seiner Hochhauswohnung am Göppinger Stadtrand gepennt. Allerdings war er auch erst in den frühen Morgenstunden nach einigen Gläsern Whisky eingeschlafen. Viel zu turbulent war alles gewesen. Und wenn er darüber nachdachte, mit Schädelweh und flauem Magen, dann erschien ihm alles wie ein böser Film. Aber es war real gewesen. Und ziemlich gefährlich. Nie hätte er gedacht, in den Strudel einer Sache zu geraten, die offenbar völlig aus dem Ruder lief. Nun war er aber mittendrin. Als das Telefon anschlug, hatte er für einen kurzen Moment überlegt, ob er rangehen sollte. Jetzt, im Nachhinein, war ihm nicht mehr wohl dabei, dem Vorschlag des Anrufers gefolgt zu sein. Es war Mulzenbach gewesen, eigentlich sein Intimfeind, der ihm zuletzt in der Firma das Leben zur Hölle gemacht hatte – auf Geheiß des Juniorchefs. Die beiden hatten ihn mit allen Tricks loswerden wollen. Mit Intrigen und Gerüchten, die sie geschickt streuten. Natürlich war letztlich sein eigener Leichtsinn daran schuld gewesen. Sie mussten ihn schon länger bespitzelt haben, denn es wurde gewiss nicht der gesamte E-Mail-Verkehr des Unternehmens überwacht. Jarowski war deshalb felsenfest davon überzeugt, dass man gezielt nur ihn oberviert hatte. Dass es nur noch eine Frage der Zeit sein konnte, bis sie hinter seine verwandtschaftliche Beziehung zu Olivia kommen würden, war ihm klar gewesen. Nun drohte der raffinierte Plan ein abruptes Ende zu nehmen. Nur Stanek wollte dies offenbar nicht einsehen. Wie besessen fühlte der sich, wie ein Rächer der Schutzlosen.

Jarowski überlegte, was Mulzenbach nun noch von ihm wollte. Nach allem, was vergangene Nacht geschehen war. Und doch hatte er eingewilligt, ihn heute Abend um 22 Uhr konspirativ zu treffen – und zwar auf halber Strecke, wie Mulzenbach es vorgeschlagen hatte – zwischen Göppingen und Ulm: am Autobahn-Rasthaus Gruibingen, das auch von der vorbeiführenden Landstraße anfahrbar war. »Dort gibt's separate Parkplätze«, hatte Mulzenbach erklärt. Auf Jarowskis Frage, was es denn zu bereden gebe, hatte er nur erwidert: »Das werden Sie schon sehen. Es ist wichtig.«

Jarowski kannte die Umgebung des belebten Rasthauses und hatte deshalb keine Scheu, sich dort mit Mulzenbach zu treffen. Der kleine Parkplatz, der von der Landstraße her zu erreichen war, bot allerdings keine Durchfahrt auf das großflächige Areal, auf dem in den Nachtstunden meist Dutzende von Lastwagen standen.

Nun war er pünktlich angekommen und blieb in seinem alten Modell eines Audi A 1 sitzen, von wo aus er über den Randbewuchs hinweg das Rasthausgelände überblicken konnte. Starke Strahler erhellten das Areal, von dem die rot-gelbe Lichtreklame der Tankstelle zu ihm herüberstrahlte.

SWR 1 sendete die 22-Uhr-Nachrichten, als Jarowski hinter sich von der Landstraße her Scheinwerfer einbiegen sah. Im Rückspiegel zeichnete sich der Umriss einer größeren Limousine ab, die einen der beiden freien Plätze rechts neben ihm ansteuerte. Jarowski war für einen Moment verunsichert, ob es Mulzenbach war, doch als der Wagen zum Stillstand gekommen war, hatte er Gewissheit: Der Mann hinterm Steuer konnte nur Mulzenbach sein. Sie stiegen nahezu gleichzeitig aus und sahen sich über Jarowskis Autodach hinweg an.

»Gut, dass Sie gekommen sind«, lobte Mulzenbach, doch es klang nicht gerade freundlich, sondern eher aggressiv. Trotz des Lärms, der von der nahen Autobahn herüberdrang, war dieser Unterton nicht zu überhören.

Jarowski ging langsam ums Heck seines Audis und näherte sich Mulzenbach über den freigelassenen Stellplatz hinweg. »Ich denke, es ist alles gesagt«, hielt er seinem Kontrahenten entgegen und blieb knapp zwei Meter vor ihm stehen, die Hände in der Jacke. Gespielte Lässigkeit. »Und Ihr schöner Herr Temming scheint auf einmal mächtig Schiss gekriegt zu haben.«

»Sie sollten nicht vergessen, dass ich Ihnen vergangene Nacht das Leben gerettet habe«, hielt ihm Mulzenbach triumphierend vor und kam einen Schritt näher, ebenfalls die Hände in den Jackentaschen tief vergraben. »Hätt ich ihm nicht die Kanone aus der Hand geschlagen, wären Sie inzwischen bei den Englein. Oder besser gesagt: beim Teufel.«

»Was wollen Sie von mir?«, giftete Jarowski und sah sich um. Aber da war niemand. Um diese Zeit lag diese Seite des Rasthausgeländes im Verkehrsschatten. Vielleicht war es doch keine so gute Idee gewesen, auf Mulzenbachs Treffen einzugehen, dachte er, wurde aber jäh in die Realität zurückgeholt. »Steigen Sie bei mir ein, dann können wir alles in Ruhe bequatschen«, forderte ihn Mulzenbach auf.

Jarowski sah in ein Gesicht, das in diesem fahlen Licht kaum Konturen erkennen ließ.

»Ich glaube, es wäre in unser beider Interesse, wenn wir uns in

Ruhe unterhalten würden«, blieb Mulzenbach hartnäckig, ohne jedoch bedrohlich zu wirken. »Kommen Sie.« Er ging zu seinem Ford Galaxy zurück und deutete Jarowski mit einer Handbewegung an, auf der Beifahrerseite einzusteigen.

»Also?«, wurde Jarowski forsch, nachdem er zunächst nur zögernd der Aufforderung gefolgt war.

»Was glauben Sie, wer die Bude abgefackelt hat?« Mulzenbachs Stimme klang gefährlich leise.

»Wie bitte?«, erschrak Jarowski.

»Jetzt tun Sie doch nicht so, als ob Sie nicht wüssten, dass die Bude letzte Nacht abgebrannt ist.«

»Nein ... ich ... ich hab keine Ahnung. Woher sollte ich auch?« Jarowski umklammerte seitlich die Sitzpolster. Dass er Mulzenbach, der hinterm Steuer saß, in der Dunkelheit nur schemenhaft sehen konnte, beunruhigte ihn.

»Haben Sie den ganzen Tag verpennt, oder was?«, fuhr ihn Mulzenbach an.

»Ich war ziemlich fertig.«

»Das kann ich mir vorstellen.«

»Sie sagen, die Hütte ist abgebrannt? Ganz abgebrannt?« Jarowskis Verwunderung war nicht zu überhören.

»Ja, total. Da dürfte nichts mehr ganz geblieben sein.«

»Brandstiftung?«

»Keine Ahnung. Woher soll ich das wissen? Vielleicht war eine von den Kerzen noch an, als Herr Temming abgeschlossen hat.« Mulzenbachs Tonfall wurde unsympathischer. »Oder jemand hat irgendwo absichtlich eine brennende Kerze abgestellt, im Küchenschrank vielleicht, in einem Plastikgefäß, das heiß wurde, geschmolzen ist und weshalb die Flamme auf eine brennbare Flüssigkeit übergreifen konnte.«

»Auf eine brennbare Flüssigkeit – wie sich das anhört!«

»Ja, ein paar Spritzer Spiritus, wie man ihn für die Partylampen braucht, die an der Decke hingen.«

»Sie wollen damit sagen, jemand hat nachgeholfen?«, brauste Jarowski auf.

»Ich will gar nichts sagen, aber irgendjemand muss die Bude ja abgefackelt haben, verstehen Sie?«

»Und das wollen Sie mir in die Schuhe schieben? Stimmt's? Darauf läuft's hinaus! Geben Sie's doch zu: Sie brauchen einen Sündenbock. Dabei sind Sie doch viel länger geblieben als ich. Sie und Temming – oder sehe ich das falsch? Wenn da jemand was abgestellt hat, dann doch einer von euch beiden.«

Mulzenbach hielt sich am Lenkrad fest und drückte seinen Rücken fest in den Sitz. »Das sollten Sie mir nicht unterstellen«, sprach er ruhig. »Denn ich denke, wir können uns nach allem, was vergangene Nacht war, auf ein Gentlemen's Agreement einigen. Wenn Sie verstehen, was ich meine.«

Jarowski schluckte. »Das bedeutet eine vertrauliche Abmachung, wenn Sie das damit meinen.«

»So ist es. Damit wir alle gemeinsam, na, sagen wir mal, nichts zu befürchten haben – weder Sie noch ich. Wegen der Brandstiftung. Denn ich glaube, es gibt ein beiderseitiges Interesse, das wir vielleicht auf diplomatischem Wege lösen könnten.«

»Auch auf finanziellem«, warf Jarowski schlagfertig ein. Er musste aufpassen, dass er nicht über den Tisch gezogen wurde.

»Das mit Ihrer Abfindung geht klar. Ein Jahresgehalt, Weihnachts- und Urlaubsgeld«, erwiderte Mulzenbach.

Jarowski überlegte für einen Moment, ob nicht sogar die Gelegenheit günstig wäre, das Doppelte zu verlangen. Er entschied, vorläufig abzuwarten. »Und was hat den plötzlichen Sinneswandel Ihres verehrten Chefs ausgelöst?«

Mulzenbach ging nicht darauf ein, sondern erklärte kühl und sachlich: »Sie vergessen ab sofort alles, was Sie von Ihrer Halbschwester Olivia über Herrn Temming junior erfahren haben.«

»Was hat Olivia damit zu tun?«, fragte Jarowski schnell dazwischen.

»Tun Sie doch nicht so, als ob es nicht reine Berechnung von Ihnen gewesen wäre, sie dem alten Temming als Kindermädchen für die Familie seines Juniors vorzuschlagen. Ich geh davon aus, dass da mehr dahintergesteckt hat als nur Ihre Fürsorge, dem arbeitslos gewesenen Mädel einen Job zu vermitteln. Jetzt sorgen Sie aber auch dafür, dass sie ihren Mund hält.« Die unterschwellige Drohung war nicht zu überhören.

Jarowski brauchte ein paar Sekunden, um das Gehörte zu verdauen. Er sah durch die verschmierte Windschutzscheibe zu den Lichtern des Rasthausparkplatzes hinüber, den gerade ein Sattelschlepper ziemlich zügig durchquerte.

Mulzenbach drehte den Kopf zu seinem Nebensitzer. »Zugegeben, Herr Temming hat es Olivia auch sehr leicht gemacht. Aber sie war wohl lernfähig und hat schnell seine, na ja, sagen wir mal, seine Vorlieben erkannt.«

»Und nun?«, fragte Jarowski, »sollen Olivia und ich schweigen, damit Temmings sagenhafter Ruf als Unternehmer nicht den Bach runtergeht, oder was?«

»Es geht«, erklärte Mulzenbach noch leiser, wartete einen Moment und begann seinen Satz noch einmal, als wolle er damit die besondere Bedeutung hervorheben. »Es geht zunächst um etwas ganz anderes – nämlich darum, dass Herr Temming und seine Familie in Ruhe gelassen werden.«

Jarowski zuckte innerlich zusammen und war froh, dass ihm dies in der Dunkelheit nicht anzumerken war. »Darf ich fragen, worum es …«

Mulzenbach unterbrach ihn abrupt: »Ersparen Sie es mir, dass ich das Thema vertiefe. Ich geh' mal davon aus, dass wir uns verstehen. Ich erwarte auch gar nicht, dass Sie etwas dazu sagen.«

Jarowski ordnete seine Gedanken, um der verworrenen Situation Herr zu werden. Temming war doch eindeutig in der schlechteren Ausgangslage. Und zwar in jeder Hinsicht, wie es

Jarowski durch den Kopf schoss. Olivia konnte auspacken und die ganze Familie Temming hops gehen lassen – und außerdem war da noch Stanek, sozusagen der Joker. Die Frage war aber, so dämpfte eine innere Stimme seinen aufkommenden Optimismus: Wer konnte wissen, wer auf dem Friedhof geschossen hatte?

»Wie gesagt«, holte ihn Mulzenbachs Stimme in die Realität zurück, »wir könnten die Angelegenheit und alles, was damit zusammenhängt, in gegenseitigem Einvernehmen sozusagen geräuschlos abschließen.«

Geräuschlos, hallte es in Jarowskis Kopf nach. Hatte er ›geräuschlos‹ gesagt? Er riskierte einen Vorstoß, obwohl er einen Kloß in der Kehle verspürte: »Und … und was wäre dies Ihrem Chef wert?«

Mulzenbach räusperte sich und drehte den Kopf von Jarowski weg. »Nun ja, ich sagte doch schon: für Sie ein komplettes Jahresgehalt, Weihnachts- und Urlaubsgeld.«

Jarowski entschied, seine Zurückhaltung aufzugeben, blieb aber ruhig: »Finden Sie nicht, dass das ein bisschen wenig ist? Herr Temming hat sicher Interesse daran, die Affäre mit Olivia geräuschlos aus der Welt zu schaffen. Ich meine ohne großes Aufsehen, ohne den Staatsanwalt.«

»Staatsanwalt?« Mulzenbach drehte sich ruckartig zu seinem Nebensitzer. »Staatsanwalt? Wieso Staatsanwalt?«

Jarowski holte tief Luft und versuchte, seine Stimme so selbstbewusst wie möglich klingen zu lassen. »Ich geh davon aus, dass er mein Halbschwesterchen nicht gerade zärtlich behandelt hat.«

Mulzenbach schwieg.

»Ihr Chef«, fuhr Jarowski fort, »hat gewisse Vorlieben – für Spielchen, die sich auch von einem Arzt attestieren lassen.«

Mulzenbach verkrampfte seine Hände am Lenkrad. Natürlich hatte er mit so etwas gerechnet – nach allem, was man sich während der hitzigen Diskussion vergangene Nacht an den Kopf geworfen hatte. Wäre Sven Temming einigermaßen kooperativ gewesen, hätte sich das Problem gleich vor Ort lösen lassen. So aber waren sie zerstritten auseinandergegangen – und Temming hatte sogar mit Konsequenzen für Olivia gedroht, was in Mulzenbachs Augen völliger Schwachsinn gewesen war. Die Situation war eskaliert, und nun war er in die Rolle des Vermittlers gedrängt worden, um festzustellen, dass Jarowski zugegebenermaßen die besseren Karten hatte. Vorausgesetzt, es gelang nicht, Olivia zu stoppen.

80

Sven Temming wirkte nervös und ziemlich erschöpft, als Häberle am späten Abend an der Tür stand und sich auswies. »Wieso Kriminalpolizei?«, war alles, was der Juniorchef des Chemieunternehmens hervorpresste.

»Reine Routine«, pflegte Häberle in solchen Fällen standardmäßig zu sagen. »Sie wissen ja, was mit der Jagdhütte Ihrer Familie vergangene Nacht geschehen ist.«

»Oh ja, ja, natürlich«, beeilte sich Temming betroffen zu sagen und führte den Kriminalisten in das Wohnzimmer, wo Spielzeug auf dem Boden lag. Ein Kind war jedoch nicht zu sehen.

»War's denn Brandstiftung?«, fragte Temming, während er Häberle an der Couchgarnitur einen Platz anbot. Auf dem Tisch standen leer getrunkene Gläser, auch eine Kaffeetasse, an der angetrocknete Tropfen klebten.

»Entschuldigen Sie, dass ich Sie heute Abend belästigen muss«, begann Häberle, ohne auf die Frage Temmings einzugehen. »Aber nachdem Sie offenbar gelegentlich nach der Hütte gesehen haben, würde uns interessieren, wann Sie zuletzt dort waren?«

»Zuletzt?« Temming wich den Blicken Häberles aus. »Zuletzt. Na ja, vor einigen Tagen. Am Dienstag. Ja, am Dienstag muss es gewesen sein.«

»Wie muss ich mir das vorstellen? Ein flüchtiger Blick von außen, oder gehen Sie auch rein?«

»Sowohl als auch. Wenn ich in Eile bin, gehe ich einmal außen rum – und wenn ich Zeit habe, schau ich auch mal rein.«

»Und wie war es am Dienstag?«

»Ich bin nur außen rum. Aber alles verriegelt und verschlossen. Na ja«, fügte er an, »rein äußerlich hat die Hütte auch nicht so ausgesehen, als würde sich ein Einbruch lohnen.«

»Hätte sich denn ein Einbruch gelohnt?«

Temming lächelte verlegen. »Nein, natürlich nicht. Es war nur schön eingerichtet. Mehr nicht.«

»Es gab einen Gasherd und eine Gasheizung?«

»Ja, über eine Flasche.«

»Und sonst? Keinen Strom fürs Licht?«

»Nein. Es gab Kerzen und Lampen, die man mit Spiritus betrieben hat – oder Lampenöl, je nachdem, ich kenn mich da nicht so aus.« Temming wurde misstrauisch: »Wieso fragen Sie? Hat sich etwas entzündet?«

»Noch können wir dazu nichts sagen«, erwiderte Häberle und wechselte das Thema: »Im Brandschutt wurde eine Waffe gefunden. Ein Colt Python.« Häberle nahm in Temmings Augen ein leichtes Zucken war. »Können Sie uns zu dieser Waffe etwas sagen?«

Temming schüttelte nachdenklich den Kopf. »Nein, keine Ahnung. In unserer Familie wird schon lange nicht mehr gejagt. Die Hütte hat mein Großvater Georg errichtet, als das mit dem Naturschutz noch nicht so streng war. Vielleicht hat er sie in der Hütte aufbewahrt.«

»Denkbar, ja«, meinte Häberle.

»Kann man denn nicht feststellen, ob in letzter Zeit damit geschossen wurde?«, wollte Temming wissen.

»Unsere Techniker sind dran«, erklärte der Kriminalist. »Mal sehen, was das Höllenfeuer an verwertbaren Spuren belassen hat.« Häberle überlegte und fragte nach: »Wie sollte damit geschossen worden sein, wenn Ihr Großvater Georg die Waffe versteckt haben könnte?«

»War nur so eine Idee. Vielleicht hat jemand eingebrochen und die Waffe dabei verloren.«

Häberle verkniff sich eine Bemerkung und wechselte erneut das Thema: »Sagt Ihnen der Name Olivia Baran etwas?«

»Olivia.« Temming schien das Wort im Halse stecken geblieben zu sein. »Olivia – ja, natürlich. Wie … wie kommen Sie auf sie?«

Häberle blieb hartnäckig. »Wer ist Olivia?«

»Unsere … unsere Hausangestellte.« Temming erbleichte. »Was ist mit ihr?«

Der Kriminalist ließ demonstrativ seinen Blick durchs Wohnimmer streifen, dessen moderne Einrichtung nicht zu der Unordnung passen mochte, die sich breitgemacht hatte: Spielzeug auf dem Boden verstreut, Kleidungsstücke, die kreuz und quer über einem Sessel und den Stühlen im angrenzenden Esszimmer hingen, ungespültes Geschirr und eine leere Reisetasche, die wie weggeworfen vor der Schrankwand lag. Weil Temming nicht antwortete, konstatierte Häberle: »Die Haushälterin ist wohl gerade nicht da?«

»Nein, ist sie nicht. Sie hat ein freies Wochenende«, erklärte Temming schnell. »Warum fragen Sie nach ihr?«

»Nun«, begann Häberle ruhig und legte seine Arme lässig auf die seitlichen Lehnen des Sessels, »das Auto von Olivia Baran war vergangene Nacht in der Nähe dieser Jagdhütte abgestellt gewesen.«

»Bitte?«, entfuhr es Temming. »Ihr Auto?«

»Ja, ihr Opel-Kleinwagen.« Häberles Gelassenheit schien Temming zu verunsichern.

»Und was wollen Sie damit sagen?«

»Sagen gar nichts. Sondern nur fragen: Könnte es sein, dass Frau Olivia Baran etwas mit dem Brand zu tun hat?«

Temming schüttelte energisch den Kopf. »Woher soll ich das wissen?«

Häberle antwortete nichts, sondern riskierte einen Frontalangriff: »Darf ich fragen, wo Ihre Frau ist?«

»Wie bitte?« Temming hatte Mühe, sich zurückzuhalten. »Was hat die momentane Abwesenheit meiner Frau mit Olivia – ich meine mit Frau Baran – zu tun?«

Häberle zuckte mit den Schultern. »War nur so eine Frage – ohne jeglichen Zusammenhang.«

Temming holte tief Luft. Häberle stand auf, wandte sich zur Tür, wobei sein Blick auf ein kleines Objekt fiel, das wie ein Schlüsselanhänger aussah und auf einem Brett des Schrankes lag. Es erinnerte ihn an das Minimodell einer Raumkapsel, mit der einst zum Mond geflogen wurde. Er wollte etwas sagen, verkniff es sich aber, um noch eine kurze Frage nachzuschieben: »Kauler – sagt Ihnen der Name Kauler etwas?«

Die beiden Männer sahen sich für einen Moment schweigend und regungslos an.

»Kauler?«, wiederholte Temming sichtlich durcheinander.

»Ja, Kauler, Martin Kauler.«

»Da … da fällt mir im Moment nichts dazu ein.«

»Dann strengen Sie sich mal an und rufen Sie mich an, wenn Ihnen etwas dazu eingefallen ist«, erwiderte Häberle süffisant und ließ einen verdatterten Temming zurück.

81

Walter Temming hatte sich in sein Büro zurückgezogen. Vor einer Stunde war Schwiegertochter Sylvia mit Enkel Felix eingetroffen – völlig aufgelöst, heulend und zornig gleichermaßen. Ausgezogen sei sie, hatte sie gesagt, während der Bub traurig die Gespräche der Erwachsenen verfolgte. Erst nachdem er in das Gästezimmer gebracht und reichlich mit Lego-Bausteinen eingedeckt war, hatte Sylvia von ihrem Verdacht berichtet, dass Sven sie mit der Hausangestellten betrüge. Und dass wohl weitaus mehr dahinterstecke. Walter Temming hatte gleich gar nicht versucht, seinen Sohn in Schutz zu nehmen, sondern nur seine Frau angefaucht: »Hättest du nicht hinter meinem Rücken den Revolver aus dem Haus geschafft, wär uns manches erspart geblieben.«

Er hatte die Tür zugeworfen und war in sein Büro gegangen. Sollten doch die beiden Frauen miteinander über Sven schimpfen. Jetzt aber musste er, Walter, endlich herausfinden, was in der jüngsten ›Postmortem‹-E-Mail stand. Aber sein verdammter Computer war trotz zweier Versuche, ihn durch kurzes Trennen vom Stromnetz zurückzusetzen, nicht wieder hochgefahren. Auf dem Bildschirm erschienen lange Kolonnen mit Zahlen und Buchstaben, die für ihn als Computerlaien keinerlei Sinn ergaben. War die Festplatte defekt?, fragte er sich. Oder hatten sich Viren, Würmer, Trojaner oder sonstige digitale Schädlinge eingeschlichen? Er musste unbedingt wissen, welche neuerliche Botschaft der Unbekannte geschickt hatte. Er versuchte noch einmal einen Neustart, doch war das Ergebnis kein anderes: nur weiße Zahlen und Buchstaben auf schwarzem Grund. Er prüfte Steckverbindungen, hämmerte mehrmals auf die Escape-Taste – aber es tat sich nichts. Dann der erlösende Gedanke: Er konnte doch seine E-Mails auch über das Smartphone abrufen. Warum war er eigentlich nicht gleich darauf gekommen?

Temming schlich aus seinem Büro, hörte aus dem Wohnzimmer das Klagen seiner Schwiegertochter und die mitleidigen Worte seiner Frau, ohne jedoch ein zusammenhängendes Gespräch zu verstehen, und fingerte sein Smartphone aus der Jacke, die an der Garderobe hing. Zurück an seinem Schreibtisch tippte er an dem kleinen Gerät seinen Code ein und rief den E-Mail-Account auf. Augenblicke später hatte er den Posteingang geöffnet, drückte seine dicke Brille gegen die Nasenwurzel und entdeckte unter zahlreichen ungelesenen Mails das Gesuchte. Gerade, als er mit zitterndem Zeigefinger auf den Touchscreen-Monitor des Smartphones tippte, um die Mail zu öffnen, hörte er durch die geschlossene Bürotür hindurch die Haustürklingel. Er hielt deshalb inne und schaute auf die Uhrzeit, die auf dem Smartphone angezeigt wurde: 20.23 Uhr. Für einen unangekündigten Besuch am Samstagabend eine ungewöhnliche Zeit. Temming legte das Gerät beiseite und öffnete vorsichtig einen Spalt weit die Tür, um zu lauschen, wer gekommen war. Eine unbekannte Männerstimme drang von der weitläufigen Diele an sein Ohr, doch zu verstehen war nichts. Dafür hörte er seine Frau umso deutlicher staunend sagen: »Wieso denn Kriminalpolizei?«

Walter Temmings Puls begann zu rasen, er ging zum Schreibtisch zurück, schnappte das Smartphone, schaltete es ab und warf es in eine Schublade. Kriminalpolizei? Er hatte doch erst heute Mittag mit diesem Häberle an der Brandstelle gesprochen, zuckte es durch seinen Kopf. Was gab es so Wichtiges, dass man sogar am Samstagabend Hausbesuche machte?

Temming strich über sein dünnes Haar, zupfte den Hemdkragen zurecht und machte sich auf den Weg ins Wohnzimmer, wo Sylvia mit geröteten Augen in einen Sessel versunken war. Noch ehe er etwas sagen konnte, tauchte Gisela mit einem jungen Mann auf, der sich als Linkohr von der Kriminalpolizei vorstellte und sowohl ihm als auch Sylvia die Hand schüttelte. »Ich hoffe, ich störe nicht«, entschuldigte sich Linkohr und setzte sich in einen Sessel neben Temming, der ziemlich genervt meinte: »Man könnte sich telefonisch anmelden.«

»Tut mir leid«, entgegnete Linkohr, »aber manchmal reicht dazu die Zeit nicht. Ich bin auch nicht nur wegen Ihnen unterwegs, sondern auf der Durchfahrt.«

»Ist Häberle Ihr Chef?«, fragte Temming dazwischen, um deutlich zu machen, mit wem er bereits gesprochen hatte.

»Ja, ist er. Ich weiß, Sie haben ihn heute schon getroffen«, gab sich Linkohr informiert und sah zu Sylvia hinüber, deren schlechte psychische Verfassung ihm nicht entgangen war. Doch er wollte so schnell wie möglich Temming mit einer Feststellung konfrontieren: »Herr Temming, Sie fahren einen dunklen BMW, so eine Art Geländewagen.«

»Ja, und?«, zuckte der Seniorunternehmer zusammen. Seine Frau sah ihn ratlos an.

Linkohr entschied sich zu einer Methode, die er von Häberle gelernt hatte, nämlich den Gesprächspartner mit einer Behauptung zu schocken: »Wie erklären Sie sich, dass Ihr Wagen am Donnerstagabend in der Nähe des Geislinger Friedhofs geparkt war?«

»Wie bitte?« Temmings Augenbrauen verengten sich, er umklammerte die Armlehnen seines Sessels, suchte Blickkontakt mit seiner Frau, die kreidebleich geworden war, und rang nach Worten. »Mein Wagen?«

»Beim Friedhof in Geislingen«, behauptete Linkohr, obwohl er dafür keine hieb-und stichfesten Beweise hatte.

»Am Donnerstagabend, sagten Sie?« Temming schien Zeit zum Nachdenken gewinnen zu wollen. Dann gab er sich plötzlich entschlossen: »Das kann nur ein Irrtum sein. Wer behauptet so etwas?«

Linkohr musste sich eingestehen, dass sein Frontalangriff die Wirkung verfehlt hatte. »Wir haben gewisse Erkenntnisse.«

»Gewisse Erkenntnisse«, äffte Temming nach, weil er offenbar den Schwachpunkt von Linkohrs Argumentation erkannt hatte.

»Was heißt das? Wollen Sie mir etwas in die Schuhe schieben? Hat jemand das Kennzeichen abgelesen – und wenn ja, kann es in der Dunkelheit auch einen Irrtum gegeben haben.«

»Wieso Dunkelheit?«, griff Linkohr das Gesagte auf.

»Ja.« Temming war für einen Moment verunsichert. »Sie sagten doch: am Donnerstagabend, oder? Um diese Jahreszeit wird's doch bald dunkel.«

Gisela Temming mischte sich nun ein: »Sie wollen doch nicht etwa meinen Mann in die Nähe dieses Mordfalles rücken?«

Sylvia saß gehemmt und stocksteif in ihrem Sessel.

»Will ich nicht«, beteuerte Linkohr. »Eine letzte Frage: Kennen Sie eine Olivia Baran?«

Die drei Personen vor ihm suchten gegenseitig Blickkontakt. Linkohr spürte förmlich die Spannung, die sich mit einem Schlag im Zimmer aufgebaut hatte. Als sei die Luft elektrisch geladen.

»Olivia?«, brummte Temming und rückte seine dicke Brille zurecht. »Was hat Olivia mit allem zu tun?«

Sylvia sah zu Boden, ihre Schwiegermutter schloss für einen Moment die Augen.

Linkohr beobachtete die Szenerie, die von eisernem Schweigen umgeben war. Walter Temming sah sich nach zwei, drei Sekunden bemüßigt, etwas zu sagen: »Das Kindermädchen unseres Sohnes.« Er deutete auf Sylvia, um klarzustellen: »Von ihr und unserem Sohn.«

Gisela fuhr dazwischen: »Was hat die denn damit zu tun? Hat die unsere Hütte angezündet?«

Linkohr bemerkte, dass allein schon die Nennung des Namens all die anderen im Raum hellhörig gemacht hatte. Er überlegte, ob er erwähnen sollte, dass Olivias Auto vergangene Nacht unweit der Hütte gesehen worden war, entschied sich aber dagegen und beantwortete Giselas Fragen nicht. Stattdessen sah er in die Runde: »Gibt es irgendwelche Probleme mit Olivia?«

Sylvia wich seinem Blick aus. Instinktiv überkam ihn der Gedanke, Eifersucht könnte eine Rolle spielen. Auch ihr eisiger Gesichtsausdruck nährte diese Vermutung. Schließlich sah sich der Herr des Hauses zu einer energischen Erklärung genötigt: »Ob sie unsere Hütte angezündet hat, kann ich nicht beurteilen. Aber sie hat ziemlichen Unfrieden in unsere Familie gebracht.«

Linkohr nickte vorsichtig. »Und wie muss ich mir dies vorstellen, diesen Unfrieden?«

Über Sylvias Wange rann eine Träne, worauf ihre Schwiegermutter mit zaghafter Stimme sagte: »Es sind ganz persönliche Dinge, Herr Kommissar. Nichts, was an die Öffentlichkeit muss.«

Linkohr blieb ruhig. »An die Öffentlichkeit muss gar nichts.« Wie er es von Häberle gelernt hatte, vermied er bisweilen direkte Fragen und zeigte sich stattdessen an scheinbar Belanglosem interessiert. »Wie lange ist diese Olivia im Haushalt Ihres Sohnes beschäftigt?«

»Zwei Jahre«, erwiderte Temming unerwartet schnell und verärgert, »ziemlich genau zwei Jahre. Ich könnte mich ohrfeigen, auf sie reingefallen zu sein.«

»Walter«, fuhr seine Frau dazwischen. »Das tut doch hier nichts zur Sache.«

»Und ob. Vielleicht tut das sogar sehr viel zur Sache«, ließ er sich nicht zurückhalten. »Ein Mitarbeiter, von dem ich mal sehr viel gehalten habe, hat sie mir empfohlen, als wir ein Kindermädchen für Felix gesucht haben, für Felix, meinen Enkel. Und jetzt sieht es ganz danach aus, als habe sie sich nur an Sven heranmachen wollen.«

Also doch, dachte Linkohr. Eifersucht. Deshalb hielt sich die Schwiegertochter hier auf, kombinierte er und entdeckte erst jetzt die Lego-Bausteine, die auf dem Boden verstreut lagen. Felix musste also hier sein.

Linkohr ließ sich diese Beobachtung nicht anmerken, sondern

knüpfte an Temmings Erläuterungen an: »Wie war das Verhältnis zu diesem Mitarbeiter? Wie kam der dazu, Ihnen die Frau Baran zu empfehlen?«

»Ich hab damals ein Kindermädchen gesucht – per Zeitungsanzeige und mit einem Anschlag am Schwarzen Brett in der Firma. Da hat er mir dann die Frau Baran empfohlen.«

»Und in welchem Verhältnis stand dieser Mitarbeiter zu ihr?«

Temming rang sich ein gequältes Lächeln ab, während seine Schwiegertochter schnäuzte. »Damals haben wir das alles nicht gewusst, aber jetzt wissen wir, dass es seine Halbschwester ist. Aus der zweiten Ehe seiner Mutter.«

»Und das alles haben Sie erst jetzt herausbekommen?«

Temming runzelte die Stirn, seine Frau sah ihn von der Seite ratlos an. »Ja«, gestand er, »wir haben gewisse Nachforschungen angestellt.«

»Und dafür gab es einen Grund?«

Gisela Temming ergriff das Wort: »Das ist eine reine Familienangelegenheit. Wir wollen uns von Olivia trennen.«

Linkohr nickte. Es bedurfte wohl keiner weiteren Nachfragen. Stattdessen richtete er sein Interesse auf etwas anderes: »Um wen handelt es sich bei diesem Mitarbeiter?«

Temming kniff die Augen zusammen. »Er ist zwar ein fähiger Mann, aber berechnend, wie das heutzutage viele junge Leute sind.«

»Verraten Sie mir seinen Namen?«

Temming zögerte kurz. »Kann ich. Jarowski.«

»Vorname?«

»Adam Jarowski, wohnt in Göppingen in diesem Panoramahochhaus am Stadtrand.«

Linkohr prägte sich die Angaben ein, denn er wollte nicht so offiziell erscheinen und seinen Notizblock herausziehen. Wie er es von Häberle in der jahrelangen Zusammenarbeit gelernt hatte, hob er sich die wichtigste Frage bis zum Schluss auf. Er stand auf, als wolle er gleich gehen, und sagte eher beiläufig: »Einen Martin Kauler kennen Sie aber nicht? Oder vielleicht die Barbara?« Den dreien schienen die Worte im Halse stecken geblieben zu sein. Linkohr tat so, als werte er dies als eine Verneinung. Er sagte »okay«, bedankte sich und merkte an: »Sollte Ihnen dazu etwas einfallen, dann rufen Sie mich bitte an.« Er ging allein durch die Diele zur Tür, gefolgt von einem völlig konsternierten Temming, der sich kurz räusperte und leise sagte: »Ich werd' drüber nachdenken.«

82

Häberle hatte gewisse Zweifel, ob er Olivia am Samstagabend antreffen würde. Aber anrufen wollte er nicht, falls sie überhaupt im Telefonbuch stand. Ihm kam es, wie so oft, auf den Überraschungseffekt an. Wurden Besuche nämlich telefonisch angekündigt, konnten sich die Betroffenen auf das Gespräch vorbereiten. Während der Fahrt hatte er das Polizeirevier Biberach angerufen und um eine Streife gebeten, die ihn beim Hausbesuch einer Dame begleiten könne. Er wollte sich schließlich nicht in eine ähnliche Situation bringen lassen, die Linkohr schon einige Male bei der Vernehmung in Bedrängnis gebracht hatte. Es wäre ziemlich leichtsinnig, allein in die Wohnung einer jungen Frau zu gehen, vor allem am Abend und wenn diese möglicherweise direkt in den Fall verwickelt war.

Er traf die Streife an der Adresse, an der Olivias grüner Opel-Kleinwagen parkte. Es war eine Wohngegend, deren uniformen Gebäude an den Baustil der 60er Jahre erinnerten: gleiche Dachform, gleiche Giebel, um den Vorgarten ein Mäuerchen, die Straße gerade und von schwachen Straßenlampen spärlich beleuchtet. Häberle stellte sein Auto hinter dem Streifenwagen ab und stieg gleichzeitig mit den beiden uniformierten Kollegen aus. Sie begrüßten sich kurz, und der Kriminalist bedankte sich für die prompte Amtshilfe. Während der jüngere der beiden Streifenbeamten sich wieder hinters Steuer setzte, begleitete der ältere den Ermittler zur Haustür eines mehrstöckigen Gebäudes, an dem es zehn Klingelknöpfe gab, deren Aufschriften in der Dunkelheit nur schwer zu entziffern waren. Der Uniformierte leuchtete mit einer Taschenlampe. Der gesuchte Name ›Olivia Baran‹ war nicht zu finden, dafür die Abkürzung ›O.B.‹ Häberle entschied, dort zu klingeln. Tatsächlich meldete sich nach dem dritten Drücken eine zaghafte Frauenstimme mit einem kurzen »Ja, bitte?«.

Häberle stellte sich vor und bat um Einlass, worauf die Stimme zögerte und nachfragte: »Worum geht's denn?«

»Nur eine Routinesache. Falls Sie Zweifel haben, wer hier ist, schauen Sie kurz auf die Straße runter. Hier steht ein Streifenwagen der Polizei.«

»Ich soll …« Die junge Frau wirkte verängstigt.

»Es geht um Ihr Auto. Ein Kollege und ich hätten gern kurz mit Ihnen gesprochen«, versuchte Häberle das Gespräch abzukürzen.

Der Türsummer ertönte, und die beiden Beamten standen in einem mit grauen Fliesen ausgelegten Treppenhaus. Von einem der oberen Stockwerke hallten die Geräusche einer sich öffnenden Tür zu ihnen herab, dann eine Frauenstimme: »Sind Sie da?«

»Ja«, brummte Häberle und eilte die beiden Etagen so schnell nach oben, dass sein uniformierter Kollege außer Atem kam.

Olivia wartete vor ihrer Wohnungstür: schwarze enge Leggins, ein weißes, enges T-Shirt mit aufgedrucktem Totenkopf, der einen harten Kontrast zu ihren halblangen hellblonden Haaren bildete. Mit ausdruckslosem aschfahlem Gesicht presste sie ein »Hallo« hervor und sah die beiden Männer entgeistert an. »Dann kommen Sie halt kurz herein.«

Sie führte ihre Besucher durch eine dunkle Diele in ein schummrig beleuchtetes Wohnzimmer, in dem etwas aus Lautsprecherboxen dröhnte, das nur in jungen Ohren Musik sein konnte, dachte Häberle. Während Olivia den CD-Player leise drehte, ließen sich die Beamten in abgegriffenen Polstersesseln nieder. Die Luft war verbraucht, auf dem Glastisch stand ein leeres Cognacglas, und auf dem Sofa lagen Kleidungsstücke. Olivia lümmelte sich lässig in einen Sessel, zog ihre Beine hoch und umklammerte sie unterhalb der Knie. »Sie dürfen jetzt nicht erschreckt sein, weil wir zu zweit kommen«, begann Häberle und grinste, »aber wir Polizisten haben immer einen Aufpasser dabei.«

Olivia empfand dies gar nicht als lustig. »Wegen meines Autos kommen Sie zu zweit. Und das so spät abends?«

»Reine Routine«, beteuerte Häberle und lehnte sich zurück.

»Ihr Auto stand vergangene Nacht beziehungsweise am späten Abend auf einem Waldweg an der Iller bei Senden«, stellte Häberle sachlich fest.

»Ja und?«, fragte Olivia ziemlich keck zurück. »War das verboten?«

»Das würde überhaupt keine Rolle spielen«, entgegnete Häberle leicht verstimmt. »Sie wissen nicht, was vergangene Nacht dort passiert ist?«

Sie strich die Leggins an ihren Waden glatt, als ob sie Häberles Bemerkung überhaupt nicht sonderlich interessiere. »Nein, sollte ich das wissen?«

Häberle ließ ein paar Sekunden vergehen, wurde dann aber energisch: »Klare Frage, klare Antwort bitte: Haben Sie sich gestern Abend mit Sven Temming getroffen?«

»Wenn ja, wäre das verboten?«

Häberle musste sich zügeln, nicht noch deutlicher zu werden. Sie legte genau jenes Verhalten an den Tag, das er an der heutigen Jugend hasste: gekünsteltes Selbstbewusstsein, freche

Antworten, Respektlosigkeit. »Hab ich das behauptet?«, fragte er schnell zurück. »Sie dürfen sich treffen, mit wem Sie wollen, zu jeder Tages- und Nachtzeit und wo auch immer. Nur wenn dann zufällig in der Nähe eine Hütte abbrennt, müssen Sie sich leider ein paar Fragen gefallen lassen.«

Olivia wurde eine Spur patziger: »Wenn Sie mich nach Herrn Temming fragen, muss ich Ihnen leider sagen, dass ich dazu keine Antwort gebe. Ich werde mich am Montag zuerst mit meinem Anwalt beraten. Denn es geht ...«, sie überlegte, »um intime Dinge, über die ich heute nicht sprechen möchte.«

Häberle kniff die Augen zusammen, während sein uniformierter Kollege die Szene aufmerksam verfolgte, obwohl er gar nicht so recht wissen konnte, worum es im Detail ging. Schließlich war er mitten aus dem abendlichen Streifendienst herausgerissen worden.

»Verstehe ich das richtig, dass Sie in Temmings Jagdhütte waren?«, blieb Häberle hartnäckig.

Sie schloss die Augen kurz. »Reicht es Ihnen nicht, wenn ich bestätige, dass mein Auto dort gestanden hat? Das will ich gar nicht bestreiten.«

Der Ermittler nickte und lächelte väterlich. Er wollte vorläufig nicht weiter bohren, sondern das Gespräch auf ein anderes Thema lenken: »Jarowski«, sagte er und bemerkte ein Zucken in Olivias blauen Augen. »Adam Jarowski«, wiederholte er. »Der dürfte Ihnen aber bekannt sein.«

»Was soll diese Frage?«, wurde Olivia plötzlich nervös. »Wenn Sie schon alles wissen, brauchen Sie mich doch nicht zu fragen.«

»Was wir wissen, muss nicht unbedingt der Wahrheit entsprechen«, blieb Häberle gelassen. »Jarowski ist Ihr Halbbruder, sehe ich das richtig?«

Olivia nahm die Füße vom Sessel und richtete sich auf. »Was hat das mit der Frage zu tun, ob ich in der Hütte war?«

»Das muss gar nichts damit zu tun haben. Dies zu klären, sind wir hier.« Er sah zu dem Streifenbeamten, der mit verschränkten Armen das Gespräch verfolgte.

»Jarowski hat Sie Temming als Kindermädchen vermittelt«, erklärte Häberle weiter.

»Ja und? Ich hab einen Job gesucht und hab ihn gekriegt. Vor zwei Jahren.«

»Aber nun ist das Betriebsklima innerhalb der Familie gestört?«

»Was soll diese Frage?« Olivias Gesichtszüge versteinerten sich. »Ich will dazu nichts sagen. Gar nichts. Das muss ich doch wohl auch nicht, oder?«

Häberle zuckte mit den Schultern: »Wenn Sie Beschuldigte sind, brauchen Sie gar nichts zu sagen, das stimmt. Dann wäre es tatsächlich besser, zunächst einen Anwalt zu konsultieren.« Häberle erhob sich, was sein Kollege als Zeichen für den Aufbruch deutete und ebenfalls aufstand.

Olivia sprang auf. »Und jetzt?«

»Das war's vorläufig«, stellte Häberle klar und verließ, gefolgt von seinem Kollegen, grußlos die Wohnung. Als sie im Treppenhaus abwärts gingen, meinte der uniformierte Biberacher Streifenbeamte mit gedämpfter Stimme: »Der haben Sie aber schön eingeheizt.«

»Jetzt wird's richtig spannend«, kommentierte Häberle, während sie das Haus verließen und die Tür hinter sich zuzogen.

Der Fahrer des Streifenwagens hatte sie bereits kommen sehen, stieg aus und ging ihnen entgegen und flüsterte Häberle zu: »Ich weiß nicht, ob Sie's interessiert, aber vor zehn Minuten etwa ist ein Pkw hierher gefahren, der parkt schräg hinter uns.« Er deutete mit dem Kopf unauffällig in die entsprechende Richtung. »Etwa 50 Meter von hier entfernt. Soweit ich das im Rückspiegel beobachten konnte, ist dort niemand ausgestiegen. Da müsste jemand drinsitzen.«

Häberle drehte sich nur wenig um, sodass er aber aus den Augenwinkeln die dunkle Straße überblicken konnte, auf der hinter dem Streifenwagen nur dieses besagte Fahrzeug stand. Bei der schlechten Beleuchtung jedoch waren weder Kennzeichen, noch Farbe oder Typ zu erkennen. Allerdings schien es ein größerer Wagen zu sein.

In diesem Moment flammte das Tagfahrlicht des Wagens auf, der mit der Vorderseite zu den Beamten stand. Augenblicklich wurde mit einem zügigen Wendemanöver begonnen, das den Wagen in Sekundenschnelle mit nur einer einzigen Rückwärtsbewegung in die andere Richtung brachte. Noch während die Uniformierten die Türen ihres Streifenwagens aufrissen, jagte der Pkw ohne Rücklichtbeleuchtung davon. Offenbar hatte der Fahrer die Lichtautomatik, sofern es eine gab, auf manuell gestellt, sodass er sich nach vorne nur mit dem Tagfahrlicht orientierte.

Innerhalb weniger Sekunden war das davonpreschende Auto um die nächste Kurve dieser Wohnstraße verschwunden, während sich Häberle auf den Rücksitz des Streifenwagens zwängte und der Beamte hinterm Steuer ebenfalls wendete und in Richtung des geflüchteten Autos beschleunigte. Doch an der nächsten Kurve war von dem Unbekannten nichts mehr zu sehen. Dort zweigten außerdem mehrere Straßen ab. In eine davon bog der Fahrer des Streifenwagens ein, um mit weit überhöhter Geschwindigkeit durch das nächtliche Wohngebiet zu jagen, über Bodenwellen hinwegzuschanzen und sich mit waghalsigen Slalommanövern an geparkten Autos vorbeizuschlängeln. Doch nirgendwo waren Personen oder ein Fahrzeug zu erspähen, das den Anschein erweckte, gerade erst abgestellt worden zu sein.

Weitere Versuche, den Flüchtenden aufzuspüren, waren sinnlos. Sie kannten weder das Kennzeichen noch den Fahrzeugtyp und schon gar nicht die Farbe. Häberle musste sich eingestehen, dass eine Fahndung keinen Erfolg haben würde. Er ließ sich zu seinem Dienstwagen zurückbringen und bat die Kollegen, während ihrer nächtlichen Streife einige Male hier vorbeizukommen, falls es jemand auf Olivia abgesehen hatte.

Dann ging er zur Haustür und klingelte bei ihr. Er wollte ihr raten, heute Nacht niemanden mehr ins Haus zu lassen. Doch sie meldete sich an der Sprechanlage nicht mehr.

83

Der Besuch Linkohrs hatte sie alle drei geschockt. »Der hat wirklich nach Kauler gefragt«, stellte Gisela Temming fassungslos fest. Sylvia war gerade ins Gästezmmer gegangen, um nach Felix zu schauen.

»Ja, verdammt noch mal, nach ihm und nach Barbara«, brauste Walter Temming los und sprang zum wiederholten Male von seinem Sessel hoch. »Das brauchst du nicht ständig zu wiederholen. Natürlich hat der gemerkt, wie wir reagiert haben. Der ist ja nicht blöd.« Er drückte seine Brille fest gegen die Nasenwurzel.

»Das bedeutet, dass da etwas im Gange ist, das wir nicht wissen«, flüsterte Gisela und starrte auf die Standuhr, deren Zeiger noch immer auf 5.10 Uhr verharrten. »Ich hab Angst, Walter, ich hab Angst.«

»Hättest du nicht diesen verdammten Revolver«, entfuhr es ihm schon wieder, als wolle er alle Schuld auf seine Frau abwälzen.

»Wieso ich? Wer hat ihn denn damals hocherfreut entgegengenommen – von diesem zwielichtigen Kerl in München?«

»Ach, hör doch damit auf«, giftete Walter zurück und rannte zum Fenster, um in die Schwärze der Samstagnacht hinauszuschauen. Es war höchste Zeit, dass er sich in sein Büro zurückzog. Er musste endlich die Mail von ›Postmortem‹ lesen, ohne seine Frau zusätzlich zu ängstigen.

»Und jetzt, Walter, und jetzt?«, murmelte sie mit weinerlicher Stimme.

»Wir müssen das mit Sven in Ordnung bringen. Hast du ihn schon angerufen?«, drehte sich Walter abrupt um.

»Wann hätte ich das denn tun sollen?«

»Der soll hierherkommen. So schnell wie möglich«, entschied er.

»Sylvia ist völlig mit den Nerven fertig – und ich auch«, entgegnete Gisela.

»Jetzt, wo es ernst wird, haut sie einfach ab«, zischte er leise, damit Sylvia es in dem Gästezimmer bei Felix nicht hören konnte.

Gisela wischte sich eine Träne ab. »Sven ist zwar unser Sohn, aber in diesem Fall verstehe ich Sylvia.«

»Falls das alles so stimmt, was sie vermutet«, gab Walter gereizt zu bedenken. »Und im Übrigen bin auch ich mit den Nerven am Ende, falls das überhaupt jemanden interessiert.« Er ließ sich in den Sessel fallen. Was ihn noch mehr bedrückte als der Ehestreit zwischen Sohn und Schwiegertochter, war die E-Mail.

»Ich glaube wirklich, dass ein böser Geist über uns gekommen ist«, seufzte Gisela in ihr Papiertaschentuch hinein.

»Hör bloß auf mit diesem Hokuspokus. Ich kann das nicht mehr hören.« Wieder sprang er auf und nahm erleichtert zur Kenntnis, dass Sylvia zurückkam. Er war es satt, seine Frau länger zu beruhigen, wo er selbst jemanden bräuchte, der ihn aufrichtete. »Ich bin in meinem Büro«, sagte er und ging an Sylvia vorbei aus dem Wohnzimmer.

Die Tür seines Büros ließ er hinter sich sanft einrasten und griff nach seinem Handy, das er in eine Schublade geworfen hatte. Er wollte gleich gar keinen Versuch mehr unternehmen, den Computer zu starten, und loggte sich stattdessen mit dem Smartphone in seinen E-Mail-Account ein. Nach einigen Touchscreen-Klicks tauchte tatsächlich die mysteriöse Absenderadresse auf – und dann ein kurzer Text. Um ihn lesen zu können, musste er seine

Brille anheben und an der faltigen Stirn festklemmen. Die Gleitsichtgläser waren für den Nahbereich längst nicht mehr passend.

»Mein lieber Bruder Walter«, begann der Text, der auf dem Display ziemlich klein erschienen war, *»du hast in den vergangenen Tagen erleben müssen, wie eng Vergangenheit und Gegenwart miteinander verflochten sind. Aber erst wenn du einmal dort bist, wohin du mich geschickt hast, wirst du die ganze Wahrheit erkennen.«*

Temmings Blut pulste mit Hochgeschwindigkeit durch seinen Körper. Sein Atem beschleunigte sich, Schweiß trat auf seine Stirn.

»Nun hast du wieder gesündigt, wie damals, im Oktober 1968. Feige und heimtückisch, an unserem Familiengrab, das auch dich einmal verschlingen wird. Aber hab keine Sorge, lieber Bruder Walter, ich möchte nicht Gleiches mit Gleichem vergelten und dich auch nicht zu mir und Barbara holen. Wie ich dir schon einmal sagte, möchte ich nur, dass du noch in der irdischen Welt dafür büßt. Die Anweisung, auf das Ulmer Münster zu kommen, hast du brav befolgt. Betrachte diesen Ausflug als Test, mit dem ich wissen wollte, ob du bereit bist, Reue zu zeigen. Deshalb werden wir uns nun zwischen Himmel und Erde begegnen. Ich melde mich wieder. Morgen Früh.«

Temming überflog den Text noch einmal, zitternd, frierend und schwitzend gleichermaßen. Seine Augen hingen an vier Worten: Zwischen Himmel und Erde. Plötzlich war es ihm, als gäbe es eine Brücke, die aus dem finstren Nebel der Vergangenheit in die Jetztzeit führte.

Für einen kurzen Augenblick schwirrten Giselas Bemerkungen über jenseitige Botschaften durch seinen Kopf. Nein, das war doch alles nur Schwachsinn, versuchte er, solche Gedanken zu vertreiben. Oder hatte gerade sie mit ihrem Faible für Übersinnliches diese Kette unglücklicher Ereignisse hervorgerufen? Doch auch dies wollte er nicht gelten lassen; da war er viel zu sehr Realist. Es musste für alles eine ganz normale Erklärung geben. Und vieles, was geschehen war, konnte nichts weiter als eine seltsame Verkettung von Zufällen sein. Das heftige Gewitter, die stehen gebliebene Standuhr, zersprungene Gläser – aber die Botschaft, die Sven erhalten hatte? Der Schlüsselanhänger mit dieser Weltraumkapsel? Seit Tagen zermarterte er sich das Gehirn, rief sich das Gespräch mit Ursula Fuchs in Erinnerung und versuchte verzweifelt, eine Logik zu finden. Dazu gehörte das seltsame Regentropfenbild mit dem angeblichen Abbild seines Bruders Siegfried. Und immer wieder tauchte vor seinem geistigen Auge Olivia auf. Olivia, mit der sein Sohn Sven ein heimliches Verhältnis haben sollte. Verdammt, verdammt, dröhnte es in seinem Kopf. Konnte es sein, dass sich alles im Leben wiederholte? Dass Vergangenheit und Gegenwart eng miteinander verbunden waren? Dass womöglich alles gleichzeitig geschah, wie ihm Gisela einmal hatte weismachen wollen. Jede Zeit sei immerwährend da, sie werde nur von den Menschen als ein Fluss der Ereignisse wahrgenommen. Esoterisches Geschwätz, mäßigte er sich, während seine Augen an der E-Mail klebten. Aber Gisela war in solchen Dingen gedanklich meilenweit von der Realität entfernt. Sie hatte mal behauptet, im ewigen Weltall gäbe es gar keine Zeit, weil der Raum endlos sei. Die Suche des Menschen nach einem Anfang und einem Ende von Raum und Zeit übersteige das Vortellungsvermögen eines dreidimensionalen Wesens, hörte er sie sagen. Das Universum sei halt da – und es gebe nichts davor und danach und auch nichts dahinter. Gisela wollte nicht an die Theorie des Urknalls glauben. Ihr Argument, wie es Temming durch den Kopf hallte: Wenn vorher nichts da war, wer oder was soll dann diesen Urknall ausgelöst haben? Diese Theorie sei doch nur der Versuch der herkömmlichen Wissenschaft, nicht eingestehen zu wollen, dass man eigentlich nichts wisse – oder dass gar ein Gott dahinterstecke. Temming hatte bei solchen Diskussionen stets einen Kompromiss gesucht und eingeräumt, dass es ehrlicher wäre, würde man sowohl bei Urknall als auch bei der Darwin'schen Evolutionslehre von Theorien sprechen. Dies würde die Möglichkeit offenhalten, dass vielleicht alles anders war.

War auch er inzwischen bereit, Unmögliches für möglich zu halten? Nein, bot er sich Einhalt. Und trotzdem mahnte ihn sein Innerstes, dass sich in den vergangenen Tagen so vieles ereignet hatte, das er bis dahin für unmöglich gehalten hätte.

Oder nutzte jemand Giselas Hang zum Übersinnlichen auf schamlose Weise aus, ihnen allen Angst zu machen? Woher aber kam das detaillierte Wissen um das Schreckliche vom Oktober 1968? Das ließ sich nicht so einfach erklären.

Und Kauler?, jagte ihm ein Gedankenblitz durch den Kopf. Innerlich aufgewühlt, loggte er das Smartphone aus. Kauler. Natürlich Kauler. Aber auch der konnte doch nichts davon wissen. Woher auch? Ursula Fuchs, die penetrant auftretende Alte? Und wer war eigentlich der Tote vom Friedhof? Temming hatte gehofft, in der heutigen Samstagsausgabe der Zeitung etwas darüber zu erfahren. Doch der Artikel war eher im Stil einer Presseverlautbarung der Polizei gehalten. Über das Opfer hatte es nur geheißen, es handle sich um einen 49-jährigen Mann, der bis vor wenigen Jahren im Kreis Göppingen gewohnt habe. Nicht einmal sein neuer Wohnort war erwähnt worden. Temming hatte sich über die Allerweltsformulierungen geärgert: Der Tatort sei von der Kripo hermetisch abgeriegelt worden, es werde in alle Richtungen ermittelt, und am gestrigen Freitag sei auch von der Staatsanwaltschaft nichts Näheres zu erfahren gewesen.

Temming fühlte sich plötzlich schlechter. Erst jetzt war ihm das Alter des Mannes aufgefallen. 49 Jahre. Er rechnete zurück. Jetzt schrieb man 2017 – dann war 1968 das Geburtsjahr. Er sank in sich zusammen.

84

Ulrich Stanek war in der Nacht von Reutte heimgefahren. Gerne wäre er für ein paar Tage bei Sonja Tablander geblieben, aber nach allem, was sein Freund Adam Jarowski telefonisch berichtet hatte, erschien es ihm angebracht, sich mit ihm zu treffen. Stanek war gegen ein Uhr in seinem Haus in Süßen angekommen, doch an schlafen war nicht zu denken. Er hatte ein Glas Whisky in sich hineingegossen und in der örtlichen Tageszeitung hastig nach dem Artikel über das Geschehen auf dem Friedhof geblättert. Er überflog den Artikel, besah sich das Foto, auf dem im Vordergrund das rotweiße Absperrband der Polizei und dahinter die Friedhofsmauer zu sehen waren. Dass er sich selbst auf idiotische Weise verdächtig gemacht hatte, plagte ihn seit dem Besuch dieses Kommissars.

Stanek hatte den Rest der Nacht schlecht geschlafen und sich immer wieder die Szene vor Augen geführt, als er in den Friedhofsparkplatz eingebogen war. Getrieben von einer inneren Unruhe, von schlimmsten Befürchtungen und finstren Gedanken, war er der Polizei sozusagen in die Arme gefahren. Kein Mensch würde ihm seine dümmliche Ausrede glauben, am Freitagmorgen zu dem Musicaltheater gehen zu wollen. Er musste also mit weiteren unangenehmen Fragen rechnen. Aber die Aussicht auf eine tolle Story, die das Ganze einmal hergeben würde, wog weitaus schwerer als die aufkommenden Ängste. Wenn er dies alles, was er wusste, erst einmal aufdeckte, würden sich die großen Zeitungen und Magazine um ihn reißen. Vielleicht würde er sogar zu einer Talkshow ins Fernsehen eingeladen werden. Die Moderatoren waren doch geradezu heiß auf solche Geschichten. Erst vor einigen Monaten hatte man sogar im seriösen öffentlich-rechtlichen Fernsehen einem rechtskräftig verurteilten Mörder, der seine Jugendstrafe abgesessen hatte, ein Forum geboten, über seine Gewalttaten zu reden. Mochte der Mann auch inzwischen resozialisiert sein, so war es nach Meinung Staneks doch ziemlich grenzwertig gewesen, ihn ins Fernsehen zu holen. Er aber würde sich nicht beirren lassen, die Geschichte um die Temmings ans Tageslicht zu bringen.

85

Walter Temming hatte seiner Frau und seiner Schwiegertochter von der neuerlichen E-Mail nichts gesagt. Allerdings war er ziemlich bleich und kleinlaut aus seinem Büro zurückgekommen. Seine zitternden Knie hatte er nur mühsam verbergen können.

Schwiegertochter Sylvia und Enkel Felix hatten sich nach dem Nachtessen in das Gästezimmer zurückgezogen. Gisela war jedoch nicht davon abzuhalten gewesen, zu später Stunde Sven anzurufen. Der aber meldete sich weder auf dem Festnetz noch auf dem Handy. Die ursprüngliche Wut und Enttäuschung über sein mögliches Verhältnis mit Olivia war plötzlich in tiefe Sorge umgeschlagen, ihm könnte etwas zugetoßen sein oder, noch schlimmer, er könnte sich etwas angetan haben. Aber wahrscheinlich, so mutmaßte Walter Temming, wollte der Sohn einfach seine Ruhe haben. Er selbst konnte dies am besten nachvollziehen, wenngleich momentan aus ganz anderen Gründen. Diese Nacht war glücklicherweise mit dem Ende der Sommerzeit eine Stunde länger.

Temming war froh, als er endlich im Bett lag. Er konnte genauso wenig einschlafen wie Gisela, die inzwischen davon überzeugt war, dass Siegfrieds Seele keine Ruhe fand und deshalb das ganze Unheil über die Familie gekommen sei.

Jedes Mal, wenn sie damit anfing, hätte Walter am liebsten laut hinausgeschrien, sie solle nicht an einen solchen Unfug glauben.

Aber er hielt es für sinnvoller, Ruhe zu bewahren. Seine Frau ließ sich ohnehin nicht umstimmen.

»Weißt du, Walter«, begann sie, nachdem das Licht lange gelöscht war, »es muss eine Verbindung zwischen Lebenden und Toten geben. Ich hab inzwischen viele Berichte gehört.«

Walter antwortete nichts. Seine Gedanken drehten sich um die E-Mail und den seltsamen Hinweis, dass sich der Unbekannte zwischen Himmel und Erde mit ihm treffen wolle.

»Meist sind es Kontakte, wenn Menschen sterben«, fuhr Gisela fort. »Eine Frau hat kürzlich bei unserem Gesprächskreis davon berichtet, dass sie in den frühen Morgenstunden mit heftiger Übelkeit aufgewacht sei. Es sei ihr so schlecht gewesen wie nie zuvor. Wenig später war alles vorbei – doch dann bekam sie den Anruf, ihre Mutter sei gestorben. Genau zu diesem Zeitpunkt.«

Walter holte tief Luft. »Du solltest nicht alles für bare Münze nehmen, was bei euren Treffen geredet wird. Du machst dich nur verrückt.«

Er wusste, dass sich Gisela nicht so einfach zum Schweigen bringen ließ. Schon gar nicht bei diesen Themen und in dieser Situation, in der sie offenbar Halt und Zuversicht suchte. Walter schien es so, als wolle sie sich an etwas klammern, das in seinen Augen zwar ausgemachter Humbug war, ihr aber in diesen schweren Tagen hilfreich sein konnte.

»Die Frau Reinthaler, eine von den anderen Frauen, hat erzählt«, fuhr sie fort, »dass sie und ihr Mann mitten in der Nacht angerufen worden seien, und sie hätten nur ein fürchterliches Stöhnen gehört – gerade so, wie der schwerkranke Vater ihres Mannes immer geatmet habe. Gesprochen wurde kein einziges Wort.«

Walter musste sofort an den dubiosen Anruf von der Hamburger Zeitansage denken, von dem sie in der Nacht zum Donnerstag aufgeschreckt worden waren. Er entschied, Gisela weiterreden zu lassen.

»Die Frau hat geglaubt, es sei ihr Schwiegervater, der vom Krankenhaus angerufen habe und etwas sagen wollte – aber er ist genau zu diesem Zeitpunkt gestorben.«

Walter war es satt, noch länger Spukgeschichten anhören zu müssen. »Wahrscheinlich hat er angerufen, aber nicht mehr reden können«, wandte er genervt ein.

»Wie denn? Er hatte kein Telefon am Bett und wäre viel zu schwach gewesen, an irgendein Telefon zu gehen.«

»Dann hat sich jemand anderes einen makabren Scherz erlaubt.«

»Die Reinthalers haben eine Geheimnummer. Sie stehen gar nicht im Telefonbuch«, entgegnete Gisela schnell.

Walter befürchtete, dass seine Frau Siegfried für den seltsamen Kontakt mit der Zeitansage verantwortlich machen würde. Doch er hielt es für angeraten, dies nicht anzusprechen. Nachdem er nichts mehr sagte, versanken sie beide in ein tiefes Schweigen, umgeben von der Schwärze der Nacht und einer geradezu unheimlichen Stille. Erst nach und nach zeichnete sich ein schwarz-grauer Streifen entlang des Fenstersims ab. Der Rollladen war, wie üblich, nur zur Hälfte nach unten gelassen, sodass Streulicht der Umgebung hereinschimmerte. Seit einigen Monaten konnten sie beide eine stockfinstre Dunkelheit nicht mehr ertragen. Sie empfanden es als beruhigend, beim nächtlichen Erwachen Konturen wahrzunehmen. Insbesondere, wenn der Mond am Himmel stand. Heute Nacht jedoch war er bereits untergegangen. Wie lange sie beide über die schrecklichen Ereignisse der vergangenen Tage gegrübelt hatten, bis der Schlaf sie übermannte, hätten sie nicht sagen können. Jedenfalls wurden sie jäh hochgerissen, als ein kurzes, aber lautes Scheppern den Raum erfüllte.

Sie waren mit einem Schlag hellwach. »Was war das?«, entfuhr es Gisela, während sie nahezu gleichzeitig ihre Bettdecken beiseitewarfen, Temming panisch nach dem Schalter für die Nachttischbeleuchtung fingerte und vor Aufregung beinahe die Lampe auf den Boden gestoßen hätte. Noch bevor er das Licht anknipsen konnte, durchbrach unterhalb des nur halb geschlossenen Rollladens etwas Grünes den Vorhang. Temming verharrte in der Bewegung – und auch Gisela hatte aufgehört, nach dem Schalter ihrer Lampe zu tasten.

»Siehst du das auch?«, flüsterte sie.

Es war ein grüner Punkt, der an den hellen Gardinen entlangstrich, waagerecht zum Fenstersims.

Temming schwieg und bewegte sich nicht. Ohne seine Brille, die auf dem Nachttisch lag, konnte er nur unscharf sehen.

»Was ist das?«, fragte Gisela verstört und flüsternd.

Ihr Mann griff dorthin, wo er seine Brille vermutete, bekam sie zu fassen und setzte sie auf. Jetzt erst hatte er es deutlich vor Augen: ein kreisrundes Objekt, so groß wie ein Hühnerei, das am Vorhang hin- und herwanderte. Ein Lichtstrahl, natürlich, ein Laser, schätzte er. Von draußen durch das Fenster auf den Vorhang gerichtet.

»Walter.« Die Stimme seiner Frau zitterte.

»Nicht hingehen«, bestimmte er. Sich einem Laserlicht zu nähern, konnte gefährlich sein, falls es direkt ins Auge traf.

»Woher kommt das?« Gisela suchte mit einem Arm die Nähe zu ihrem Mann.

»Von draußen«, erklärte Walter so selbstbewusst, wie es ihm in diesem Moment möglich war. Er überlegte, ob er aufstehen und den Rollladen vollends nach unten fahren lassen sollte. Andererseits verspürte er einen unbändigen Zorn auf diesen Verrückten, der da draußen sein Unwesen trieb. Aber heimlich hinauszuschauen, erschien ihm nicht ratsam zu sein. Womöglich benutzte der Kerl einen so starken Laser, dass das Augenlicht dauerhaft geschädigt werden könnte.

Temming stieg vorsichtig aus dem Bett, während seine Frau wie gebannt auf den tanzenden grünen Punkt starrte. »Wo willst du hin?«

»Ich will versuchen, von einem anderen Fenster rauszuschauen«, brummte Walter und tastete sich im Dunkeln zur Tür, um in die Küche zu gehen, deren Fenster zur selben Seite in den parkähnlichen Garten hinausging. Er hoffte, dass Sylvia und Felix droben im Gästezimmer nicht wach geworden waren.

Kaum hatte er sich in die stockfinstre Diele vorgewagt, sich an Türrahmen orientiert und mit weit ausgestreckten Armen Richtung Küche bewegt, schreckte ihn der elektronische Ton des Festnetztelefons auf. Eines der Mobilteile, die im ganzen Haus verstreut lagen, blinkte ihm aus der Finsternis mit dem Display von einem Schränkchen entgegen. Blitzartig griff er danach und sah, dass keine Rufnummer übertragen wurde. Er zögerte für einen Moment, drückte dann aber entschlossen die grüne Taste »Ja«, knurrte er unwirsch.

»Mein lieber Bruder Walter. Du bist sicher unsanft aufgewacht. Ich habe dir ein Licht geschickt. Grün ist die Hoffnung, stimmt's?«

»Wer sind Sie? Verdammt noch mal, wer sind Sie?«, zischte Temming.

»Du darfst mich ruhig duzen. Ich bin's, Siegfried, dein Bruderherz. Ich wollte dir nur sagen, dass du deinem Sohn Sven, meinem Neffen, nicht böse sein solltest. Denk immer daran, wie das mit Barbara war.«

»Verdammt noch mal«, wiederholte Temming eine Spur schärfer, »lassen wir das Versteckspiel. Geben Sie sich zu erkennen, sagen Sie endlich, was Sie wollen.«

»Das sagte ich doch schon«, machte die Männerstimme weiter, die verstellt und gekünstelt klang, wie Temming es empfand. »Ich will nur Buße. Auch kein Geld mehr. Damit kann man dort, wo ich bin, nichts anfangen. Mach dir gleich gar nicht die Mühe, mich irgendwo zu suchen. Ich bin da, wohin ihr mich geschickt habt, du und deine Gisela.«

Temming fühlte sich plötzlich elend. Jedes Wort des Fremden schien ihm Energie zu entziehen. Außerdem wollte er in Hörweite zu Gisela mit seinen Äußerungen nicht zu weit gehen. Kein Geld mehr, hatte er gesagt. War nicht auf dem Friedhof von einer Million Euro auf irgendein Konto die Rede gewesen?, jagte es Temming durch den Kopf. Er wollte nicht nachfragen.

Der Fremde fuhr fort: »Wir werden nur in Frieden leben können, wenn du vor deinem seligen Ende Buße tust. Wie das vonstatten geht, erfährst du am heutigen Sonntag. Wir werden uns am Tag der bösen Geister treffen.« Die Stimme hatte einen hämischen Klang angenommen. »Schon mal was von Halloween gehört? Noch vor der Nacht zum nächsten Mittwoch wirst du alles erfahren.«

Aus. Leitung tot. »Hallo«, vergewisserte sich Temming, dass der andere tatsächlich das Gespräch beendet hatte.

Mittlerweile waren seine Augen an die Dunkelheit gewöhnt, sodass er Giselas Silhouette aus dem Schlafzimmer kommen sah. »Wer hat denn angerufen?«

»Er«, sagte Walter wie selbstverständlich, bemerkte aber sofort, dass er dies eigentlich gar nicht hatte sagen wollen. Natürlich war es nicht er, der Siegfried, sondern ein Unbekannter, der sie eine Woche lang tyrannisierte. Es war völlig rätselhaft, was damit bezweckt werden sollte. Nicht mal Geld wurde verlangt. Temming empfand keine Erleichterung darüber. Denn mit Geld hätte man vieles vielleicht aus der Welt schaffen können.

Das aufflammende Licht von der Treppe nach oben riss ihn und Gisela aus ihren Gedanken. Schnelle Frauenschritte eilten abwärts. Zuerst tauchten an der Deckenkante Sylvias nackte Beine, dann ihre Shorts und schließlich ihr hellblaues Shorty und dann ihr Blondschopf auf. Auf halber Höhe blieb sie abrupt stehen. »Sagt mal, was ist eigentlich los? Da hat's geknallt, und dann schellt das Telefon. Und draußen im Garten liegt eine Leiter.«

»Was?«, zeigte sich Temming ungehalten. »Eine …«

»Ja, eine Leiter.«

»Wo hast du sie gesehen?«

»Ich hab oben im Bad das Fenster aufgemacht und rausgeschaut.« Sylvias Stimme verriet innere Aufregung. »Im Licht der Straßenlampe von da drüben sieht man sie im Gras liegen. Bockleiter sagt man wohl. Oder lag die gestern schon da?«

Gisela kam auf ihre Schwiegertochter zu, um sie in den Arm zu nehmen. »Beruhig dich. Es ist alles in Ordnung. Geh wieder zu Felix.«

»Vielleicht darf ich trotzdem erfahren, was mitten in der Nacht abgeht«, beharrte sie auf eine klare Antwort.

Walter Temming schlug mit der flachen Hand auf das Schränkchen in der Diele und brüllte los: »Lass uns in Ruhe.« Während seine Stimme verhallte, zerrte er eine Lederjacke von der Garderobe, zog sie an und eilte in seinen Boxershorts zur Haustür, um sie aufzuschließen und gleichzeitig die Gartenlichter anzuknipsen, die das Gebäude rundum erhellten. Nasskalte Herbstluft schlug ihm entgegen, als er vorsichtig dem gekiesten Weg ein paar Schritte folgte, um dann um die nächste Ecke zu sehen – hinüber in die parkähnliche Anlage, woher der Laserstrahl gekommen sein musste. Jetzt war er nicht mehr zu sehen. Temming machte sich darauf gefasst, womöglich geblendet zu werden. Doch im Licht der Strahler, die an der Hausfassade montiert waren, konnte er nirgendwo eine Bewegung erkennen. Das welke Laub der Sträucher hing regungslos an den Ästen, auch die abgestorbenen Stauden standen starr. Da war tatsächlich eine Leiter, nur etwa vier Meter vom Schlafzimmer im Erdgeschoss weg.

Temming blieb wie angewurzelt stehen. Es war eine Haushaltsleiter, die man auseinanderklappen konnte. Eine aus Holz, wie damals. Ihm stockte der Atem.

86

»Damit hab ich gar nicht gerechnet«, hatte Ursula Fuchs mehrfach wiederholt, als Olivia Baran plötzlich bei ihr aufgetaucht war. »Mein Kind«, sagte die ältere Dame geradezu mütterlich, »da haben Sie sich aber auf eine böse Sache eingelassen.«

»Mittlerweile ist mir das auch klar geworden«, erwiderte die junge Frau, die bleich und übernächtigt wirkte. »Aber Adam, also mein Halbbruder, war total begeistert gewesen, als es geklappt hat, mir diesen zugegebenermaßen gut bezahlten Job bei den Temmings zu vermitteln.«

»Sie haben aber von vornherein gewusst, was er damit bezwecken wollte?« Ursula Fuchs nippte an ihrer Tasse Tee, den sie auch für ihre Besucherin aufgebrüht hatte. Die beiden Frauen saßen sich im Wohnzimmer gegenüber, dessen Stil die späten 60er-Jahre konserviert hatte: großer schwerer Wandschrank, wulstige Ledercouch, überm Tisch eine dreikugelige Hängelampe.

»So genau war mir das anfangs nicht klar«, erklärte Olivia und schug ihre Beine übereinander. »Erst später hat er mich eingeweiht.«

Frau Fuchs nickte.

»Und hetzt mir dann diesen … diesen …« Ihr fiel der Name nicht ein, doch Olivia wusste, wen sie meinte: »Stanek meinen Sie, den Ulrich Stanek.«

»Ja, über diesen Stanek hat er mich aushorchen lassen wollen.«

»Ja, wegen der Sache von vor 50 Jahren«, erwiderte Olivia und überlegte, ob sie es aussprechen sollte. »Diese Geschichte, die angeblich die ganze Familie Temming belastet.«

»Oh, mein Kind«, seufzte die ältere Dame. »Ich hab's Ihnen doch schon gesagt: Man sollte die Vergangenheit ruhen lassen, denn«, sie zögerte, »manchmal ist es so, dass man die Geister, die man rief, nicht mehr los wird.«

Olivia fühlte sich schlecht. Sie nahm einen Schluck Tee und sagte: »Sie glauben, da seien irgendwelche Geister gerufen worden?«

»Mein Kind«, Frau Fuchs sah ihre junge Besucherin mitleidig an, »lass die Finger davon. Hör auf, solange es noch geht.«

»Wahrscheinlich würde Adam gerne aufhören. Zumindest habe ich diesen Eindruck. Aber sein Freund Ulrich, dieser Stanek, will es durchziehen, weil er darin so etwas wie ein Vermächtnis von diesem Kauler sieht.«

Frau Fuchs nickte. »Was aus dem geworden ist, wo er sich aufhält – das weiß man wohl nicht?«

Olivia war verlegen. In der Tat war in den Medien bisher nirgendwo der Name des Toten vom Friedhof aufgetaucht. Andererseits konnte sich gerüchteweise längst verbreitet haben, wer erschossen worden war. Sie zog es trotzdem vor, mit ihren schmalen Schultern zu zucken. »Keine Ahnung«, log sie. Der Blick von Frau Fuchs verriet ihr jedoch, dass sie ihr nicht glaubte.

87

Jarowski war ziemlich aufgebracht. »Findest du nicht, dass wir inzwischen tief in die Scheiße reingerutscht sind?«, herrschte er seinen Freund Ulrich Stanek an, der mit der Müdigkeit kämpfte. Ungekämmt und mit einem Dreitagebart saß er auf dem Esszimmerstuhl und strich mit den Fingern über seinen Schnauzbart. Jarowski hatte ihn an diesem Sonntagmorgen zunächst telefonisch aus dem Bett geklingelt und war eine Stunde später bei ihm aufgetaucht. »Du vergnügst dich mit Sonja, und dir ist scheißegal, was hier abgeht«, meckerte Jarowski weiter und nippte an der Tasse Kaffee, die ihm Stanek hingestellt hatte. »Seit Stunden versuch ich Olivia anzurufen, aber sie meldet sich nicht. Verstehst du, was das bedeuten kann?« Jarowski war nah dran, seinen verschlafenen Kumpel Ulrich am Kragen zu packen und wachzurütteln.

»Sie wird bei irgendeinem Kerl pennen«, erwiderte Stanek gelangweilt.

Jarowski sprang auf: »Jetzt pass mal auf, mein lieber Freund. Olivia weiß sehr wohl, was auf dem Spiel steht. Das ist ihr spätestens vorletzte Nacht bewusst geworden, als diese Hütte von den Temmings abgefackelt ist.«

Stanek blieb gelassen und gab seinem Kumpel mit Armbewegungen zu verstehen, dass er sich setzen solle. »Wird sie ihn anzeigen?«

»Ich hab ihr abgeraten. Mir ist die Sache zu heiß geworden, verstehst du? Mit einem Mord ist nicht zu spaßen. Ich hab das Spielchen mitgemacht, aber nun wird es Zeit, dass es zum Ende kommt.«

»Das wird es auch«, lächelte Stanek und trank die Tasse leer. »Ist alles vorbereitet. Ich hab das ganze Zeug wie besprochen kopiert und das Original tief im Keller versteckt.« Er lehnte sich selbstzufrieden zurück. Es bedurfte keiner weiteren Worte mehr, denn er hatte getan, was seit Monaten geplant war. »Nur sollte deine hübsche Olivia keine Dummheiten machen und mal wieder auftauchen«, mahnte er.

»Eben genau das ist der Punkt, Ulrich. Genau das. Am besten, wir fahren zu ihr nach Biberach und schauen nach dem Rechten. Inzwischen trau ich dem jungen Temming alles zu.«

»Du meinst …?« Staneks Müdigkeit war wie weggeflogen.

»Die ganze Großfamilie Temming läuft doch Amok. Kannst du dir das nicht vorstellen? Ich hab dir doch gesagt, die Alte vom Sven hat Lunte gerochen. Er hat sich zwar von Olivia inzwischen getrennt – und das Mädel hat ihre Rolle bravourös gespielt, ihn nach Strich und Faden beschimpft und ihm sogar mit Anzeige gedroht – wegen Vergewaltigung. Kannst du dir vorstellen, in welchem Zustand die Temmings sind?«

»In einem optimalen«, entgegnete Stanek sarkastisch.

»Mensch, Ulrich, versteh' doch. Die sind unberechenbar geworden. Und ich will nicht wegen dir und dem seligen Martin in den Knast – nur weil du dir in den Kopf gesetzt hast, die Temmings niederzumachen.« Er entschied, ihm vorläufig von der Begegnung mit Mulzenbach nichts zu sagen. Aber insgeheim wollte er es auf keine Eskalation ankommen lassen.

»Wenn ich mich richtig entsinne, waren wir uns bisher in allem einig«, blieb Stanek ruhig. »Du weißt genauso gut wie ich, warum die Temmings so groß geworden sind: Denen war bis vor 30 Jahren scheißegal, welchen chemischen Substanzen ihre Mitarbeiter ausgesetzt waren. Keine Absauganlagen, kein Mundschutz. Mir graust es, wenn ich mir vorstelle, wie insbesondere die Arbeiterinnen unter allerschlimmsten Bedingungen Putz- und Reinigungsmittel hergestellt und abgefüllt haben. Du hast es doch selbst gelesen.«

Jarowski nickte. »Die Fuchs, diese Betriebsrätin, hat es auch erwähnt, ja.«

Stanek sah gedankenversunken in seine leere Tasse. »Was hast du eigentlich der Olivia alles erzählt?«

Jarowski stutzte: »Was soll das jetzt? Traust du ihr nicht?«

»Doch, doch. Das soll kein Misstrauen sein. Hat sie das Zeug auch alles gelesen?«

Jarowski nickte. »Wie hätte sie denn für uns arbeiten können, wenn sie nicht gewusst hätte, worum es geht?«

»Und sie weiß über alles Bescheid – über alles?«

»Nein, nicht über alles. Nur über das, was wir schriftlich haben«, wiegelte Jarowski ab. Kaum hatte er es ausgesprochen, schug sein Handy an. Er zog es aus der Innentasche seiner dünnen Jacke und sah auf dem Display nach der übertragenen Nummer. »Olivia«, sagte er und nickte erleichtert Stanek zu.

»Na endlich«, meldete er sich vorwurfsvoll und erleichtert gleichermaßen. »Wo bist du? Was ist mir dir los?«

Jarowski lauschte konzentriert. Stanek konnte aus der Distanz zwar eine aufgeregte Frauenstimme erahnen, zu verstehen war aber nichts.

»Wie bitte?«, hakte Jarowski zweifelnd nach. »Sag das noch mal!« Kurze Pause, dann sein wütender Kommentar: »Du bist wahnsinnig. Komm sofort zu mir. Ulrich und ich brauchen dich. Das weißt du.«

88

Häberle war hundemüde. Mehr als 16 Stunden Arbeit hatte er sich zugemutet – von der Abfahrt nach Reutte bis zur Rückkehr aus Biberach. Er war in einen traumlosen Schlaf gefallen. Seine Frau Susanne hatte darauf verzichtet, ihn erneut zu ermahnen, es mit dem Dienst nicht zu übertreiben. Natürlich wusste sie, dass ihr August nicht zu bremsen war, wenn er sich in einen Fall wie diesen hineinkniete.

»Inzwischen bin ich mir ziemlich sicher, dass dieser Knif bei all dem, was er dem Sander zugeflüstert hat, gar nicht so falsch liegt«, sagte er beim Frühstück, bei dem er sich zügeln musste, um nicht den Eindruck zu erwecken, er wolle es hastig verschlingen, um gleich wieder zur Sonderkommission nach Geislingen zu fahren. Susanne hatte bereits versucht, ihn auszubremsen, zumal es Sonntagvormittag und erst sieben Uhr war – nach der Sommerzeit. Häberle hatte sich noch nicht nach der seit vergangener Nacht gültigen Winterzeit richten wollen und sich deshalb keine zusätzliche Stunde Schlaf gegönnt – obwohl er dies dringend nötig gehabt hätte.

»Du meinst, der tote Kauler hat doch etwas mit den Temmings zu tun?«, zeigte sich Susanne interessiert und schob ihrem August den Teller mit dem Rührei zu.

»Meinem Kollegen Linkohr ist aufgefallen, dass sich der Mord am Familiengrab der Temmings zugetragen hat. Und nun brennt deren Jagdhütte ab, in der sich wohl die Haushälterin der Jung-Temmings herumgetrieben hat. Und dieses Mädel wiederum hat dank ihres Halbbruders diesen Job bei denen gekriegt«, konstatierte Häberle, um auch Susanne an seinen Überlegungen teilhaben zu lassen. Oft schon hatte sie als Außenstehende einen plötzlichen Geistesblitz gehabt, der ihm dienlich war.

»Aber warum soll einer von denen diesen Kauler umgebracht haben?«

»Weil die Waffe, die in der abgebrannten Hütte lag, das gleiche Kaliber aufweist wie jene, die bei dem Mord verwendet wurde.«

»Das kann Zufall sein. Oder habt ihr bereits Klarheit?«

»Noch nicht, nein. Aber ein Motiv könnten die Temmings haben: Kauler hat vielleicht zu viel über den angeblichen tödlichen Fahrradunfall seiner Mutter gewusst«, sinnierte Häberle, während er insgeheim die gute Marmelade genoss, die Susanne alljährlich mit großer Hingabe aus frischen Erdbeeren machte.

»Du meinst, die Gerüchte, die dieser Knif verbreitet hat, könnten zutreffen?«

»Ich neige dazu, aber noch fehlt mir ein greifbarer Beweis.«

Er musste an die seltsame Begegnung im Illerwald denken. Mulzenbach oder so ähnlich hatte der Typ geheißen. Linkohr sollte sich doch um ihn kümmern. Und dann fiel ihm plötzlich etwas ein, das ihm gestern Abend bei Olivia entgangen war. Sie trug doch ein T-Shirt mit Totenkopf. Und einen Totenkopf hatte er erst jüngst gesehen – eine Totenkopfmaske auf dem Friedhof, ein Stück weit von der Leiche entfernt.

89

Sie hatten die ganze restliche Nacht nicht mehr geschlafen. Nur Felix schien von all dem, was geschehen war, nichts mitbekommen zu haben. Walter Temming hatte sich in sein Arbeitszimmer zurückgezogen und seiner Frau Gisela deutlich zu verstehen gegeben, dass er allein sein wolle. Als der Morgen graute, was, der mitteleuropäischen Normalzeit zufolge, kurz vor sieben Uhr war, schlich er sich aus dem Haus, um übers taunasse Gras zu der Leiter zu gehen, die vergangene Nacht irgendjemand hier abgelegt haben musste. Dass sie über den Zaun geworfen wurde, der immerhin etwa vier Meter entfernt war, erschien Temming als unwahrscheinlich, zumal sie nicht aus leichtem Alu, sondern aus schwerem Holz gefertigt war. Beim Näherkommen erkannte er daran deutliche Gebrauchsspuren: anhaftender Schmutz, abgesplitterte Kanten. Temming blieb stehen, um Fußspuren ausfindig zu machen, doch das Gras war viel zu kurz, als dass etwas zu erkennen gewesen wäre. Dann aber fiel sein Blick auf die hölzernen Trittstufen – und augenblicklich durchzuckte ihn etwas, das sich wie ein Stromschlag anfühlte. Ihm glotzte ein Rot entgegen. Rot. Wie damals.

Nein, das konnte nicht wahr sein.

90

Die Kollegen der Sonderkommission hatten ihren Schichtwechsel bereits hinter sich, zumal die Nacht für sie eine Stunde länger als üblich gewesen war. Sie hatten aber, so erfuhr Häberle, als er nach dem Frühstück eintraf, einen kleinen Erfolg zu vermelden. Denn trotz des Wochenendes hatte sich jemand gefunden, der bereit gewesen war, ihnen die Ermittlungsakten der Göppinger Kriminalpolizei aus dem Jahre 1968 zu besorgen. Zwar mussten personenbezogene Daten bei Erwachsenen nach zehn Jahren getilgt werden – und bei Personen, die älter als 70 Jahre sind, sogar schon nach fünf –, doch wenn wegen eines schweren Verbrechens ermittelt wurde, durften sie bis zu 20 Jahre aufgehoben werden. Bei einem möglichen Mord wurden sie sogar niemals vernichtet.

Häberle zog sich einen Stuhl zu den aneinandergestellten Schreibtischen der elf Kollegen, die sich in dem engen Raum verteilten. »Und was sagen uns die Akten?«, wollte er sofort wissen, nachdem ihm einer der älteren Kollegen stolz davon berichtet hatte, wie erfolgreich die Beamten der Nachtschicht gewesen waren.

»Im Wesentlichen bestätigt sich die Information durch Sander und diesen Knif. Es gab tatsächlich Ermittlungen gegen Walter Temming wegen des Verdachts auf ein Tötungsdelikt. Es ging wohl um dessen Bruder Siegfried, der am 5. Oktober 1968 aus dem Fenster im Dachgeschoss des elterlichen Hauses in Kuchen gestürzt ist.« Der Beamte blätterte in einem vergilbten Ordner. »Steht alles hier drin, fein säuberlich mit Schreibmaschine getippt«, grinste er und fügte süffisant an: »Künftige Generationen werden sich mit unseren heutigen Fällen erst am Computer abmühen müssen.«

Häberle nickte zustimmend. »Und wie ging's mit dem Temming aus?«

»Meldung hat pflichtgemäß der Arzt erstattet, der bei dem 22-jährigen Siegfried nur noch den Tod feststellen konnte«, las der Kriminalist aus den Akten, während die anderen aufmerksam lauschten. »Man ging damals von folgendem Sachverhalt aus: Dieser Siegfried habe auf einer Haushaltsleiter gestanden, um am offenen Fenster im Obergeschoss einen verklemmten Rollladen zu reparieren. Dabei habe er sich zu weit hinausgelehnt und sei rund neun Meter in das leere Becken eines Springbrunnens gefallen. Die Obduktion ergab Tod durch Genickbruch.«

»Zeugen?«, fragte eine junge Kollegin ungeduldig dazwischen.

»Moment«, blätterte der Vorleser weiter. »Nur die Verlobte von Walter. Beide erklärten, sie seien im Raum anwesend gewesen, um die Leiter zu halten. Den Siegfried hätten sie aber nicht berührt.«

»Und das war's dann?«, hakte ein anderer Kriminalist nach.

»Nicht ganz. Es gab einen Tag später einen anonymen Hinweis, wohl schriftlich, dass es innerhalb von Temmings Betrieb – Chef war ein Georg Temming, wohl der Vater von Walter und Siegfried – ziemliche Reibereien über die mögliche Nachfolge gegeben haben soll. Hier ist sogar das Original des Schreibens.« Er hob den aufgeklappten Ordner kurz in die Höhe, sodass alle den mit Scheibmaschine auf dünnem Papier verfassten Text sehen konnten. Dann zitierte er: »Siegfried war ein feiner Kerl und intelligenzmäßig seinem Bruder Walter weit überlegen, der ein Kommunist ist und nur darauf lauert, sich ins gemachte Nest setzen zu können. Jetzt ist der Weg frei.«

»Hm«, machte Häberle. »Mehr steht da nicht?«

»Doch, jetzt kommt's«, fuhr der Beamte fort. »Ein Tipp, heißt es da, fragen Sie doch mal Barbara.«

»Barbara«, entfuhr es Linkohr. »Womöglich der Schlüssel zu allem.«

»Man hat tatsächlich diese Barbara Kauler befragt«, berichtete der Kriminalist aus der Akte und ergänzte erklärend: »Wie wir ja wissen, die Mutter von unserem Friedhofsopfer.« Er überflog einige Zeilen und las weiter vor: »Barbara Kauler, geboren 27. Februar 1943, gibt an, seit Mitte 1965 Haushaltshilfe bei der Familie Georg Temming zu sein. Zu dem Unglück, bei dem Sohn Siegfried ihres Chefs zu Tode gekommen sei, könne sie keine Angaben machen, da sie an diesem Samstag freigehabt habe. Auch sonst könne sie zum Verhältnis von Georg Temming zu seinen beiden Söhnen nichts sagen. Ihr sei nichts Außergewöhnliches aufgefallen.«

»Aber dann ist sie wohl ziemlich schnell bei einem Verkehrsunfall ums Leben gekommen?«, vergewisserte sich Häberle. »Findet sich dazu etwas in den Akten?«

»Nur noch ein kurzer Vermerk: Barbara Kauler wurde am 14. Oktober 1968 bei einem Verkehrsunfall in Süßen, Landkreis Göppingen, tödlich verletzt. Ihr Fahrrad wurde von einem Pkw erfasst. Der Verursacher beging Unfallflucht.«

»Das war neun Tage nach dem Todessturz von diesem Siegfried«, kommentierte Linkohr und fügte an: »Barbara war hochschwanger und ledig, ihr Kind konnte gerettet werden – wie wir wissen, ist es unser Opfer Martin Kauler. Na, was sagt ihr dazu?«

Häberle brummte: »Über den Vater hat sie gegenüber ihren Eltern, als die noch gelebt haben, beharrlich geschwiegen. Aber vielleicht kriegen wir auch das noch raus.«

91

Walter und Gisela Temming hatten darauf bestanden, dass ihr Sohn Sven an diesem Sonntagmittag ins elterliche Haus nach Kuchen kam. Er war stundenlang nicht am Telefon erreichbar gewesen, dann aber irgendwann doch ans Handy gegangen. Es wäre natürlich keine Lösung, sich aus allem herauszuhalten, dachte er. Denn nun galt es, Schaden vom Ansehen der Familie fernzuhalten beziehungsweise zu minimieren – und vor allem musste er seiner Frau Sylvia Rede und Antwort stehen, was es mit ihm und Olivia auf sich hatte. Seine Mutter hatte darauf verzichtet, von der Haushälterin ein Mittagessen kochen zu lassen, denn allen war der Appetit längst vergangen. Sylvia hatte den kleinen Buben in einem der Obergeschosszimmer reichlich mit Legosteinen eingedeckt, sodass sie nun zu viert im großen Wohnzimmer saßen. Sven war von Eltern und Ehefrau kühl begrüßt worden. Er hatte tiefe Ränder um die Augen, war unrasiert, trug Jeans und einen schlappрigen Pullover. Er war ziemlich wortlos in den Sessel gesunken und wich den Blicken seiner Frau aus.

Sein Vater hatte sich den Ratschlag von Gisela zu Herzen genommen und auf ein sofortiges Lospoltern verzichtet. Sie mussten jetzt alle zusammenstehen. Dass ihre Jagdhütte abgebrannt war, erschien angesichts aller anderen Ereignisse momentan unwichtig zu sein. Gisela, die für reichlich Kaffee gesorgt hatte, ergriff nach einigen Sekunden eisigen Schweigens das Wort: »Seit einer Woche ist wohl nichts mehr so, wie es einmal war. Und mir scheint, als habe irgendjemand Interesse daran, uns alle psychisch fertig zu machen.«

Sven biss sich auf die Unterlippe und starrte in die Kaffeetasse. Sylvia wischte sich verschämt eine Träne aus den Augen. Walter legte die Stirn in Falten und musste sich erkennbar zurückhalten, aber innerlich kochte er vor Wut, Zorn, Enttäuschung und Rachegefühl. Gisela schaute zu Sven: »Nun möchte ich ganz ehrlich von unserem Sohn wissen, ob das, was Sylvia vermutet, zutrifft – oder ob sie sich das alles nur einbildet.«

Wieder erfüllte eisiges Schweigen den Raum. Noch immer tickte auch die große Standuhr nicht. Ihre Zeiger verharrten auf 5.10 Uhr, was Walter Temming jedes Mal, wenn er es sah, einen kalten Schauer über den Rücken jagte.

Sven holte tief Luft und sah nacheinander zu Vater und Mutter. Er wollte etwas sagen, zögerte aber, worauf sich nun Walter Temming nicht mehr länger zurückhalten konnte: »Jetzt sei endlich mal ein Mann«, brüllte er los, sodass seine Adern am

Hals anschwollen. »Ein Mann, der zu dem steht, was er getan hat und der Wahrheit in die Augen schaut. Wir Temmings« – es klang stolz – »wir haben unseren Betrieb immer mit klaren Worten geführt. Und das erwarte ich auch von dir.«

Gisela hätte ihm am liebsten den Mund verboten, denn sowohl er als auch sie wussten, dass man nicht immer der Wahrheit ins Auge geblickt hatte.

»Also entschuldigt«, rang sich Sven schließlich zu einer Antwort durch. »Was geschehen ist, kann ich nicht mehr rückgängig machen. Es tut mir unendlich leid.« Er suchte Blickkontakt zu Sylvia, doch sie starrte aus dem Fenster. »Es war eine dumme Schwäche von mir«, flüsterte Temming, worauf Sylvia leise, aber zornig nachäffte.

»Schwäche.« Um dann aber ebenfalls deutlich zu werden: »Diese Schwäche waren wohl die Chinesen, die du jeden Abend empfangen wolltest, die dann aber nie gekommen sind. Oder was weiß ich. Und die ganzen anderen Abendtermine, die Dienstreisen – ach, Mensch, Sven, hör doch auf. Red doch keinen Unsinn daher. Dieses Polacken-Weib hat dich um den Finger gewickelt. Ich hab's doch geseh'n, wie ihr euch immer angeglotzt habt. Du hast dich ja nicht sattsehen können, wenn sie wie eine Nutte dahergelatscht ist.«

»Bitte, Sylvia«, versuchte ihre Schwiegermutter sie zu mäßigen. »Lass uns sachlich bleiben.«

»Sachlich!«, schrie Sylvia hysterisch. »Sachlich? Sven hat alles kaputt gemacht. Alles. Und ganz sicher wird er eure Firma kaputt machen. Und am meisten wird Felix darunter leiden.«

Sven schloss die Augen und flüsterte: »Ich kann nur sagen, es tut mir unendlich leid. Aber«, er sah seinen Vater Hilfe suchend an, »letztlich bin ich Opfer einer Verschwörung geworden.«

»Opfer«, entfuhr es Sylvia verächtlich. »Jetzt bist du auch noch Opfer! Du treibst dich mit diesem Luder in der Jagdhütte rum – was weiß ich, wie oft schon und wie lange schon –, und jetzt bist du das arme Opfer. Du rührst mich zu Tränen, wirklich.«

Sven verteidigte sich: »Sie hat es von vornherein darauf angelegt, mich anzumachen.«

»Und du lässt dich natürlich sofort anmachen. Mit Freuden. Der große Sven Temming lässt sich von einer dahergelaufenen Putzfrau anmachen, treibt sich wie ein …«, sie rang atemlos nach Worten, »wie ein Teenager nachts in der Gegend herum, völlig charakterlos. Wenn das an die Öffentlichkeit kommt, kannst du deinen Saftladen schließen.«

Jetzt wurde Walter Temming böse: »Das verbitte ich mir«, brüllte er so laut er konnte. »Das Wort ›Saftladen‹ verbitte ich mir. Schließlich lebt ihr ja wohl ziemlich gut von diesem – Saftladen! Den ihr mehr oder weniger schon geerbt habt, weil ich und mein Vater ihn bewahrt haben, diesen Saftladen!«

»Ich will damit nur sagen«, versuchte sich Sven erneut zu verteidigen, »dass hinter allem mehr stecken muss als nur die Anmache von ihr.«

Schweigen im Raum, dann fuhr er fort: »Was hat es denn mit dieser Barbara auf sich, mit Vaters seltsamer Begegnung auf dem Ulmer Münster, auf dem Friedhof – ich sage nur: Stichwort Friedhof.« Er sah in stumme und bleich gewordene Gesichter.

Gisela räusperte sich. Sie sah zu ihrem Mann, der die Augen geschlossen hatte.

Sven machte weiter: »Und was ist mit dem Schlüsselanhänger, der bei uns gelandet ist – oder das Fahrrad, das man uns gegen die Haustür geworfen hat?« Er musste für einen Moment an den Fahrradfahrer denken, den er beim Herausfahren aus dem Firmenareal beinahe gerammt hätte. »Ihr wollt mir doch nicht glauben machen, dass nicht das ganze Elend irgendwie bei euch liegt.«

Gisela unterbrach ihn: »Vielleicht wäre es an der Zeit, ein paar offene Worte zu reden.«

Jetzt waren alle Augen auf sie gerichtet.

92

Linkohr hatte sich telefonisch bei Mulzenbach in Ulm angekündigt. Dass solches Vorgehen meist nicht mit großer Begeisterung aufgenommen wurde, war der junge Kriminalist gewohnt. Er hatte sich aber nicht abwimmeln lassen, sondern sich mit dem Hinweis Gehör verschafft, das gestrige Zusammentreffen mit Häberle im Illerwald bedürfe noch einer routinemäßigen Abklärung. Mulzenbach wirkte unausgeschlafen, hatte sich aber wohl auf den Besuch vorbereitet und offenbar jede Menge Rasierwasser ins Gesicht gerieben, wie Linkohr unschwer riechen konnte.

Mulzenbach führte ihn in einen wintergartenähnlichen Anbau ans Wohnzimmer, durch dessen große Glasflächen die wärmende Herbstsonne hereinschien. Der Blick ging von der südlichen Ulmer Hanglage weit über die Stadt hinweg; der Turm des Ulmer Münsters ragte aus dem Dunst heraus.

»Wenn Kriminalisten von routinemäßigen Befragungen reden, steckt meist mehr dahinter«, begann Mulzenbach leicht nervös. »Schon gar, wenn sie am Sonntag um diese Zeit auftauchen. Ist denn so eine abgefackelte alte Hütte wirklich so einen Aufwand wert?«

Linkohr entschied sich für klare Worte: »Damit Sie keinem Irrtum unterliegen, Herr Mulzenbach, es geht um Mord.«

»Um was bitte?« Mulzenbach wartete keine Antwort ab, sondern fuhr fort: »Ist denn jemand in dieser Hütte umgekommen?«

»Würden Sie das vermuten?«, konterte Linkohr geschickt.

»Nein … nein … ich weiß nicht, das könnte doch sein«, stotterte Mulzenbach plötzlich.

»Noch können wir keine klare Antwort darauf geben«, erklärte der Kriminalist, obwohl mittlerweile ziemlich sicher hätte gesagt werden können, dass in dem Schutt- und Aschehaufen keine menschlichen Überreste gefunden wurden.

»Sie meinen wirklich, da ist jemand verbrannt?«, hakte Mulzenbach nach und betonte jedes einzelne Wort, als erhoffe er sich keine schlechte Nachricht.

»Wir müssen das abwarten«, blieb Linkohr zurückhaltend. »Nachdem wir wissen, dass Sie bei der Firma Temming, besser gesagt bei ›Alb-Donau-Chemie‹, beschäftigt sind, drängt sich die Frage auf, was Sie gestern bewogen hat, im Illerwald in der Nähe der Hütte aufzutauchen.«

»Ja, wie Sie doch sagen: Ich bin bei Temming beschäftigt, und da interessiert es mich, was mit seinem Eigentum geschehen ist.«

»Man hat Sie so schnell informiert?« Linkohr sah seinem Gegenüber fest in die Augen.

»Ja, das war doch schon in der Nacht zu gestern. Und ich war erst am Nachmittag dort.« Er schien sich die Aussage genau zu überlegen.

»Na ja, ganz so schnell war's zumindest den Einsatzkräften nicht klar, wem diese Hütte gehört. Wer hat Sie denn angerufen?«

»Angerufen? Ja …«, er zögerte, »Herr Temming hat mich angerufen.«

Linkohr ließ es dabei bewenden und fragte: »Inwieweit sind Sie mit den Gepflogenheiten im Hause Temming vertraut?«

»Ich versteh nicht, was Sie mit dieser Frage bezwecken wollen. Wenn es um die Temmings geht, fragen Sie die doch selbst.«

»Das tun wir selbstverständlich, aber wir hätten gern noch eine andere Seite gehört.«

»Sie ermitteln gegen Herrn Temming, versteh ich das richtig?«

»Wir recherchieren«, blieb Linkohr gelassen und ließ seinen Blick durch den lichtdurchfluteten Raum schweifen. In einer großen Glasvitrine waren silberne und bronzefarbene Pokale aufbewahrt, auf denen Tierskulpturen prangten. Linkohr erkannte aus der Distanz einen Hirsch und ein Wildschwein. Das brachte ihn auf eine Idee, und er fragte: »Waren Sie gelegentlich Gast in dieser Jagdhütte?«

Mulzenbach zuckte nervös mit einer Wange. »Selten, das kam selten vor.«

»Aber«, Linkohr blickte wieder zu der Glasvitrine, »Jäger sind Sie doch auch?«

»Ach, daher weht der Wind«, empörte sich Mulzenbach. »Jeder, der Jäger ist und eine Waffe haben darf, kommt in Generalverdacht.«

Linkohr schüttelte energisch den Kopf. »Bitte nehmen Sie doch nicht gleich alles so persönlich. Aber die Frage drängt sich auf, wenn es um eine Jagdhütte geht.«

»Es war nicht wirklich eine Jagdhütte. Viel mehr war es nur so etwas wie ein Wochenendhaus der Temmings – vor allem vom Seniorchef. Aber soweit ich es überblicke, hat man es meist nur an Sonntagnachmittagen im Sommer zum Grillen genutzt.«

»Und sonst nicht?«

»Da müssen Sie ihn schon selbst fragen«, giftete Mulzenbach.

Linkohr wollte das Thema nicht vertiefen, sondern interessierte sich für etwas anderes: »Sagt Ihnen der Name Kauler etwas?«

Mulzenbach nestelte an den Ärmeln seines Pullovers. »Kauler?«, echote er verlegen.

Linkohr ließ ein paar Sekunden verstreichen. »Ja, Kauler. Martin Kauler.«

Mulzenbach schien sich unwohl zu fühlen. Er verengte die Augenbrauen und tat so, als müsse er scharf nachdenken. »Kauler – ich meine, mich dunkel zu entsinnen, dass Herr Temming den Namen mal erwähnt hat.«

»In welchem Zusammenhang hat er das getan?«

»Es gab mal eine Haushälterin beim Vater des Seniorchefs, mit der es irgendwelchen Trouble gegeben hat.«

»Und welcher Art war dieser Trouble?«

»Da müssen Sie den Junior selbst fragen, den Sven, also den Enkel vom Alten.«

»Und was war der Anlass, dass Herr Temming diesen Namen erwähnt hat?«

»Ich bitte Sie, Herr Kommissar, das weiß ich beim besten Willen nicht mehr.«

»Aber an den Namen Kauler können Sie sich erinnern«, staunte Linkohr.

»Ich meine, ja.«

»Ging es bei der Erwähnung um geschäftliche Dinge oder um etwas Privates?«

»Ich weiß es nicht«, blieb Mulzenbach hartnäckig. »Irgendwie ist wohl im Zusammenhang mit Haushaltshilfen dieser Name gefallen.«

Linkohr hakte sofort nach: »Im Zusammenhang auch mit Olivia Baran?«

Mulzenbach zögerte erneut. »Das kann sein, ja.«

»Und«, Linkohr suchte nach einer vorsichtigen Formulierung, »wie ist das Verhältnis zwischen Herrn Temming und Frau Baran?«

Mulzenbach holte tief Luft und presste sie pausbackig durch die Lippen. »Verhältnis! Wie das klingt! Herr Temming ist verheiratet, hat ein Kind. Sie werden ihm doch nicht ein Verhältnis andichten?«

»So war das nicht gemeint«, relativierte Linkohr seine Frage. »Ich meine nur: Gibt's keine Spannungen?«

»Fragen Sie ihn doch selbst. Ich möchte zu der Privatsphäre meines Chefs keine Angaben machen.«

Linkohr gab mit einem kurzen Nicken zu verstehen, dass er damit einverstanden war, und erhob sich, um gleichzeitig eine Frage zu stellen: »Sie haben mir vorhin keine Antwort gegeben. Sie sind doch Jäger, oder?« Er ging die paar Schritte zu der Glasvitrine, in der auf drei Glasböden kleinere und größere Pokale standen sowie einige Tierfiguren. »Das Wildschwein hier sieht lustig aus«, sagte er und deutete auf eine entsprechende bronzene Skulptur, die ihm bereits aus der Distanz aufgefallen war.

Mulzenbach kam näher. »Das ist eine Bache. Kein Eber, um es genau zu sagen. Wir Jäger haben unsere eigene Sprache.«

Linkohr sah ihm fest in die Augen: »Sie sind also Jäger und haben demnach einen Waffenschein?«

Mulzenbachs Gesichtszüge versteinerten sich: »Geht's schon wieder los? Ich hab den Schein rechtmäßig erworben, und all meine Waffen sind angemeldet und verschlossen in einem Waffenschrank im Keller, getrennt von der Munition – genau so, wie es vorgeschrieben ist.«

»Dann ist ja alles bestens in Ordnung«, sagte Linkohr emotionslos und wandte sich dem Ausgang zu.

93

Sie hätten das Klingeln beinahe überhört, so sehr waren Jarowski und Stanek in ihr Gespräch versunken. Als der unerwartete Besucher vor der Tür stand und um Einlass bat, machte sich eine Mischung aus Verwunderung und Misstrauen breit. »Herr Häberle, Sie?«, entfuhr es Stanek. Er konnte sich sofort an das Gesicht erinnern, das er gestern Mittag in Reutte gesehen hatte.

»Darf ich kurz reinkommen, oder stör ich?«, fragte Häberle und blickte auf eine weitere Person, die hinter Stanek im Halbdunkel des Flurs stand.

Stanek wich zurück, deutete Häberle an, dass er eintreten dürfe und stellte ihm den anderen, offenbar etwa gleichaltrigen Mann vor: »Das ist Adam Jarowski, ein guter Freund von mir.« Der gab Häberle die eiskalte Hand, worauf sie zu dritt in das stickige Wohnzimmer gingen.

»Ich will die Herren nicht lange beim Frühschoppen stören«, grinste der Ermittler beim Blick auf zwei Bierdosen. »Aber es gibt noch ein paar Kleinigkeiten zu bereden.«

Die Unordnung im Raum war nicht zu übersehen: diverse Kleidungsstücke lagen verstreut auf Stühlen, dabei ein weißes T-Shirt, das Häberle sofort ins Auge stach, weil es die Hälfte eines aufgedruckten schwarzen Totenkopfes erkennen ließ. Auf mehreren Regalen waren unzählige Geräte mit einem Kabelgewirr verbunden, darunter Lautsprecher verschiedener Größen. Durch die offen stehende Tür sah Häberle einen Schreibtisch mit zwei großen Computermonitoren.

»Darf ich Ihnen etwas anbieten?«, holte ihn Staneks Stimme aus den kurzen Gedanken zurück.

»Oh, nein, danke«, erwiderte Häberle schnell und deutete auf die Geräte. »Sie haben ja jede Menge Unterhaltungselektronik.«

»Ja, ist eine Schwäche von mir«, erwiderte Stanek.

»Auch jede Menge Lautsprecher«, gab sich Häberle interessiert. »Auch solche, die drahtlos funktionieren?«

Stanek stutzte. »Bluetooth meinen Sie?«

Häberle musste sich eingestehen, dass er sich auf dünnes Eis wagte. Von derlei Dingen verstand er nämlich nichts. »Ja«, sagte er trotzdem. »Solche, bei denen man keine Kabel braucht.«

»Interessieren Sie sich dafür?«, fuhr Jarowski dazwischen.

Häberle drehte sich zu ihm: »Ja, eigentlich schon – das heißt: Ich hab einen Neffen, der sich da besser auskennt als ich.«

Stanek bot dem Kriminalisten einen Platz an. »Und womit können wir Ihnen weiterhelfen?«

Häberle ließ sich in einen Sessel sinken. »Mir geht's nur um einen einzigen Punkt, den wir ganz schnell abhandeln können.«

Jarowskis blasses Gesicht war noch bleicher geworden. Er lehnte sich in seinem Sessel zurück und verschränkte die Arme, als ginge ihn dies alles gar nichts an.

»Dann versuchen wir die Sache schnell zu klären«, sagte Stanek.

»Wie Sie wissen, geht's uns um Herrn Kauler, mit dem Sie ja eng befreundet waren«, kam Häberle zur Sache.

»Was heißt ›befreundet‹?«, entgegnete Stanek. »Ich hab damals dieses Haus hier von ihm gekauft, und daraus hat sich eine Art Freundschaft entwickelt, ja.«

»Er hat Sie aber, nachdem er nach Reutte gezogen ist, immer mal wieder hier besucht?« Stanek warf einen schnellen Blick zu Jarowski, der keinerlei Regung erkennen ließ.

»Natürlich war er gelegentlich hier«, antwortete Stanek. »Aber darüber haben wir doch schon gestern gesprochen.«

»Sie haben aber auch gesagt, er sei in der vergangenen Woche nicht hier gewesen. Sie hätten ihn zwar erwartet, aber er sei nicht gekommen, weshalb Sie mehrfach versucht hätten, ihn am Donnerstag anzurufen. So hab ich das in Erinnerung.«

Stanek schluckte, holte tief Luft und sah zu Jarowski, der teilnahmslos mit den Schultern zuckte. Dann entschied sich Stanek für eine Gegenfrage: »Darf ich erfahren, worum es eigentlich geht?«

»Na ja«, entgegnete Häberle und musterte die beiden Männer nacheinander. »Wir haben inzwischen Kenntnisse, wonach Herr Kauler möglicherweise von Mittwoch auf Donnerstag bei Ihnen übernachtet hat.«

»Wer sagt das?«, wollte Stanek wissen.

»Das spielt überhaupt keine Rolle. Die Frage ist, ob es so war oder nicht.«

Ein paar Sekunden Stille und Ratlosigkeit.

Häberle legte die Stirn in Falten. »Ich kann diese Frage nicht beantworten, das müssen Sie selbst tun.«

»Spielt das eine große Rolle?«, wich Stanek aus.

»Wenn Sie es mir nicht sagen wollen, wird es wohl eine große Rolle spielen«, grinste Häberle. »Oder kann uns vielleicht Herr Jarowski weiterhelfen?«

Der plötzlich Angesprochene erschrak. »Wieso sollte ich etwas dazu sagen können?«

»Es könnte doch sein, dass man sich hier zu dritt getroffen hat.« Häberle entschied, die beiden zunächst abzulenken. »Darf ich Sie fragen, in welchem Verhältnis Sie zu Herrn Stanek stehen?«

Jarowski strich verlegen über seine kurzen Haare. »Na ja, wir sind so etwas wie Jugendfreunde«, er sah zu Stanek, »wir haben uns beim Fußball kennengelernt«, sprudelte es viel zu schnell heraus, wie Häberle es empfand. »2006 war's, bei der WM in Deutschland, da haben wir uns beim Public Viewing getroffen.«

»Schön, dann sind Sie beide große Fußballfans.«

»Jaja«, beeilte sich Jarowski zu sagen.

Häberle sah den günstigen Zeitpunkt für eine weitere Frage gekommen: »Dann ist einer von Ihnen wohl St.-Pauli-Fan?«

»St. Pauli?«, entfuhr es Stanek verwundert.

»Hat nicht der Fußballclub St. Pauli einen Totenkopf im Wappen?«

»Einen Totenkopf?«, fragte Jarowski überrascht.

»Ist mir nur gerade so eingefallen«, wiegelte Häberle ab. »In letzter Zeit fallen mir immer wieder Totenköpfe auf, muss wohl mit meinem Job zusammenhängen, hat nichts zu bedeuten.«

Stanek und Jarowski schauten sich ratlos an, während Häberle aufs eigentliche Thema zurückkam: »Hat nun Herr Kauler von Mittwoch auf Donnerstag hier genächtigt oder irre ich mich?«

»Gibt es Anhaltspunkte dafür?«, mischte sich Jarowski ein.

»Nun ja«, murmelte Häberle, als interessiere er sich gar nicht mehr so sehr dafür. »Das zu beurteilen wird irgendwann in den Händen der Justiz liegen.«

Er erhob sich und ließ die beiden sprachlos gewordenen Männer zurück. »Danke, meine Herren, für das Gespräch. Es war sehr aufschlussreich.« Dann ging er allein zur Haustür. Seine Strategie schien aufgegangen zu sein.

94

»Wenn davon auch nur ein einziges Wort an die Öffentlichkeit kommt, sind wir erledigt«, hatte Walter Temming erschöpft gemurmelt, als alles gesagt war. Sylvia war in ihren Sessel gesunken und nahezu die ganze Zeit über still gewesen. Derweil hatte sich ihr Schwiegervater Walter wie ein Patriarch gebärdet und versucht, bei ihr und Sohn Sven Verständnis für weit zurückliegende Ereignisse zu wecken. Er hatte lange mit sich gerungen, ob er dies tun sollte, aber war letztlich davon überzeugt gewesen, das Stillschweigen zu brechen, zumindest teilweise. Abschließend hatte er sich an seinen auffallend still gewordenen Sohn gewandt: »Nun liegt es allein an dir«, und er hatte sich auch an Sylvia gewandt, »ebenso natürlich an dir, Sylvia, die Gräben zu überwinden. Denkt an Felix und an eure Zukunft.«

Eine Antwort darauf hatte er nicht erwartet. Außerdem beschlich ihn das ungute Gefühl, dass sie sich zwar vorgenommen hatten, schonungslos die Wahrheit zu erzählen, jedoch trotzdem einiges unausgesprochen geblieben war. Vor allem die seltsame Zurückhaltung Svens war ihm merkwürdig erschienen.

Und bevor seine Frau Gisela damit hatte beginnen wollen, Zeichen des Himmels oder gar Botschaften aus dem Jenseits anzusprechen, war er in sein Arbeitszimmer gegangen.

Er hatte im Laufe der letzten beiden Stunden auch die dubiosen Mails erwähnt. Aber alle, außer Gisela, waren davon überzeugt gewesen, dass sie nicht von dem toten Siegfried stammen konnten.

Walter Temming hatte davor gewarnt, jegliche Ereignisse der letzten Tage als Jenseitsboschaften zu deuten. »Das ist nichts weiter als selektive Wahrnehmung«, hatte er sich überzeugt gezeigt. »Dann sieht man nur, was man gerne sehen möchte – und blendet alles andere aus.«

»Und das Foto von Dienstagabend?«, hatte Gisela gefragt.

Temming war nicht mehr bereit gewesen, darüber zu diskutieren. Und dennoch lastete etwas Ungewisses über ihnen: Wer konnte so genau über alles Bescheid wissen? Was sollte eigentlich bezweckt werden? Üblicherweise wurden in solchen Fällen Geldforderungen gestellt. Doch hier ging es nur um Buße und Reue. Temming überlegte, inwieweit so etwas überhaupt strafrechtlich relevant sein würde. Aber die Polizei einzuschalten, kam gleich gar nicht infrage.

Jetzt saß er vor seinem Computer, den er bereits am Vormittag nach zwei neuerlichen Startversuchen tatsächlich zum Laufen gebracht hatte. Einem inneren Zwang folgend, rief er seinen E-Mail-Account auf. Zwischen Hoffen und Bangen, Angst und Ungewissheit, klickte er sich mit zitterndem Zeigefinger zum Posteingang. Er hob seine Brille auf die Stirn, rückte mit dem Kopf näher an den Monitor und zuckte zusammen. Die Liste der eingegangenen Mails umfasste annähernd 20 Namen, aber da war sie wieder, diese mysteriöse Absenderadresse: ›Postmortem‹. Für ein paar Sekunden wagte er sich nicht zu rühren, als ob er mit einem weiteren Klick Schlimmeres auslösen würde. Dann klickte er – und die E-Mail war geöffnet. Wieder dieselbe Schrift.

»Lieber Bruder Walter«, las er, während die Buchstaben vor seinen Augen zu tanzen begannen, *»nun ist es bald so weit. Am Tag vor der Halloween-Nacht (Dienstag, 31. Oktober 2017) werden wir uns begegnen. Zwischen Himmel und Erde, wie ich Dir versprochen habe. Am 500. Jahrestag der Reformation, der ausnahmsweise sogar in ganz Deutschland ein gesetzlicher Feiertag ist. Du wirst nicht allein kommen, sondern Dich von meinem Neffen Sven und dessen Frau Sylvia begleiten lassen.«* Temming spürte, wie sein Puls beschleunigte. Sven und Sylvia! Das war unmöglich. In der jetzigen Situation schon gar nicht. Außerdem war das viel zu gefährlich. Er kniff die Augen zusammen und las weiter: »Ihr braucht keine Angst zu haben. Es geht nur um

Buße und Reue. Ich habe den Ort ausgewählt, damit Ihr auch ein Stück dem Himmel nahe seid.«

Temming überflog die Sätze ein zweites Mal, ehe er atemlos den Rest las: »Am Dienstag um zehn Uhr auf der Highline 179, Ruine Ehrenberg bei Reutte/Tirol. Pünktliches Erscheinen ist notwendig. Ihr kommt aus Richtung Ruine und geht bis zur Mitte der Brücke. Danach werde ich verschwinden, und der Spuk ist vorbei.«

Auf Temmings Stirn bildeten sich Schweißperlen. »Spuk vorbei«, las er immer und immer wieder. Sein Kreislauf war in die Höhe geschnellt. Er schloss die Augen, öffnete sie nach einigen Sekunden wieder, um die Mail erneut zu überfliegen. Er musste sich vergewissern, dass es kein böser Albtraum war.

95

Häberle war nach dem Besuch in Staneks Haus nach Geislingen zurückgefahren. Der Blick auf das Totenkopf-T-Shirt hatte in ihm den Gedanken an weitere Zusammenhänge geweckt. Er musste unbedingt noch einmal bei Torsten Moll vorbeischauen, dem aufstrebenden und erfolgreichen Musicaltheaterbetreiber. Eine Viertelstunde und unzählige rote Ampeln später hatte er den Geislinger Friedhof erreicht, wo er in die Seitenstraße einbog, die auf das Areal des Musicaltheaters führte. Häberles Hoffnung, den Inhaber am Sonntagmittag anzutreffen, erfüllte sich. Die Tür zum Empfangsgebäude war offen, klassische Musik erfüllte den Raum – und Moll tauchte aus einem der hinteren Räume auf. Häberle entschuldigte sich für die sonntägliche Störung.

»Kein Problem«, erwiderte Moll, der wieder ganz in Schwarz gekleidet war, freundlich und charmant auftrat und dem Kriminalisten einen Platz anbot. »Sind Sie schon weitergekommen?«

»Mühsam nährt sich das Eichhörnchen«, brummte Häberle, der gegen Müdigkeit und Hunger ankämpfte. »Ihr Hinweis auf den BMW, der da drüben geparkt war, hat uns nur bedingt weitergeholfen.«

»Aber mehr kann ich Ihnen leider nicht sagen. Ich hab inzwischen mein Personal und einige Ballettschülerinnen gefragt, aber auch ihnen ist am Donnerstagabend nichts aufgefallen.«

Während Moll sprach, sah sich Häberle in dem geschmackvoll eingerichteten Raum um und entdeckte, was er suchte: das Plakat mit dem Hinweis auf das Musical ›Hair‹ – und daneben ein kreisrundes Abzeichen von Apollo 11. Der Kriminalist erhob sich, um es genauer betrachten zu können. »Das Ding hier«, sagte er dabei, »hab ich vorgestern schon bewundert.«

Moll war über das plötzliche Interesse Häberles an dem NASA-Wimpel erstaunt, stand ebenfalls auf und sah ihm über die Schultern. »Erinnerung an die erste Mondlandung in der Zeit, als das Musical neun Monate zuvor in München uraufgeführt wurde.«

»Ja, haben Sie vorgestern gesagt.« Häberle wandte sich seinem Gesprächspartner zu. »Und Sie haben gesagt, es von einer älteren Dame bekommen zu haben, die es von einer Florida-Reise mitgebracht hat.«

Sie setzten sich wieder. »Hat das mit Ihrem Fall zu tun?«, wurde Moll zurückhaltend.

Häberle zuckte mit den kräftigen Schultern. »Wann war denn die Dame in Florida?«

»Keine Ahnung. Muss wohl schon ein paar Jahre her sein. Sie hat's mir vor einigen Wochen gebracht, weil sie von dem Musical so begeistert war. Und dieses Abzeichen, so hat sie gemeint, passe in diese Zeit.« Er quälte sich ein Lächeln ab. »Da war ich noch gar nicht auf der Welt.«

»Darf ich fragen, wie die Dame heißt?«

Jetzt wurde Molls jugendhaft-faltenloses Gesicht ernst. »Wie die heißt? Hat die womöglich …«

»Nein«, unterbrach Häberle, »keine Sorge, es ist reine Routine. Die Frau hat mit unserer Sache ganz bestimmt nichts zu tun.« Er suchte für einen Moment nach einer plausiblen Erklärung. »Mich würde nur interessieren, ob sie noch mehr solche Abzeichen mitgebacht hat.«

Moll hielt kurz inne. »Na ja, wenn's denn zur Klärung Ihres Falles beiträgt: Es ist Frau Ursula Fuchs. Sie wohnt in Ettlenschieß. Nur ein paar Kilometer droben auf der Alb.«

»Ist bekannt«, grinste Häberle. In seinem Zuständigkeitsbereich brauchte ihm niemand eine Wegbeschreibung zu einem Ort geben. »Geschätztes Alter der Dame?«, wollte er wissen.

»Oh, da fragen Sie mich was! Sicher Ü 70.«

Häberle bedankte sich, stand auf, wurde aber von Moll kurz zurückgehalten: »Falls Sie's interessiert: nachdem wir dieses Jahr ›Anatevka‹ gespielt haben, wird's nächstes Jahr ›Dracula‹ geben.«

Häberle wusste, dass sich seine Frau Susanne für Musicals interessierte. »Es gibt jedes Jahr was Neues?«

Moll nickte stolz. »Ja, der Standort hinterm Friedhof ist genial. Hier stören wir niemanden.«

Häberle meinte süffisant: »Nicht mal einen Mörder.«

96

»Dieser Mulzenbach kommt mir komisch vor«, resümierte Linkohr vor den Kollegen der Sonderkommission. »Wir sollten checken, wie viel Waffen der angemeldet hat.«

Einer aus der Runde versprach, sich am morgigen Montag beim zuständigen Landratsamt kundig zu machen.

»Außerdem sollten wir klären, ob ihn Temming junior tatsächlich von dem Brand in der Hütte informiert hat, gestern Vormittag«, fuhr Linkohr fort.

»Wir haben inzwischen weitere Daten der Telekommunikationsanbieter«, meldete sich ein jüngerer Kollege. »Allerdings hat Kauler sein Handy ausgeloggt, als er am Mittwochmittag den Grenztunnel bei Füssen in Richtung Ulm verlassen hat.«

»Oh«, staunte Linkohr. »Der hat keine Spuren hinterlassen wollen.«

»Dann muss der Chef entscheiden, ob wir uns um die Daten von diesem Stanek und diesem Mulzenbach kümmern sollen«, meinte ein anderer.

»Er wird gleich hier auftauchen«, erwiderte Linkohr, um dessen Schreibtisch sich ein halbes Dutzend Ermittler versammelt hatte. »Ich hab da so eine Idee«, er kramte aus seinem Aktenwust den Ausdruck eines Fotos hervor, das ein Ausweisporträt von Martin Kauler zeigte, »wir mailen das Bild den Temmings, dem Walter und dem Sven, und dann warten wir mal auf ihre Reaktion. Mal sehen, was ihnen dazu einfällt – und ob sie diesen Kerl in letzter Zeit irgendwo gesehen haben. Ist ja mit der auffälligen Donald-Trump-Frisur vielleicht aufgefallen.«

Die Kollegen nickten zustimmend.

»Versucht mal, die E-Mail-Adressen der beiden Temmings rauszukriegen. Wenn der Chef zustimmt, werden wir denen das Foto schicken«, schlug Linkohr vor.

Ein anderer, der am Monitor Protokolle studiert hatte, meinte ruhig: »Wenn ich so lese, was wir bisher zusammengetragen haben, scheinen diese Unternehmerfamilie und ihre Haushälterin eine dubiose Rolle zu spielen. Spätestens morgen Nachmittag werden wir wissen, woher der aufgefundene Revolver stammt.«

Ein altgedienter Beamter meldete sich aus dem Hintergrund: »Das Erste, was wir haben sollten, ist ein Motiv, weshalb irgendjemand den Kauler erschossen hat. Man kann sich zwar verschiedene Theorien zurechtlegen, aber ich wär mir nicht so sicher, ob wir uns nicht in etwas verrennen, bloß weil dem alten Temming diese Bude im Illertal abgebrannt ist.«

97

Walter Temming spürte, wie ihm die letzten Tage psychisch an die Substanz gegangen waren. Allein der Gedanke an den Treffpunkt ließ ihn erschaudern. ›Zwischen Himmel und Erde‹, hatte der Verrückte geschrieben. Temming war diese Hängebrücke zwar ein Begriff, doch vermochte er nicht zu ergründen, weshalb es ausgerechnet dort zu einer Begegnung mit dem angeblichen Siegfried kommen sollte. Nachdem er die Mail viele Male gelesen hatte, hatte er bei Google ›Highline 179‹ eingegeben und gleich jede Menge Treffer angeboten bekommen. Demnach handelte es sich um die längste Fußgängerhängebrücke der Welt im Tibet Style. Ziemlich genau vor drei Jahren war sie eröffnet worden, 406 Meter lang und an der höchsten Stelle fast 115 Meter über dem Talgrund, durch den sich die namensgebende Bundesstraße 179 südwärts dem Fernpass entgegenschlängelte. Zugänge gab's einerseits von der Burgruine Ehrenstein, andererseits vom historischen Fort Claudia aus. Temming rief Google Earth auf, wo er bei genauem Hinschauen die Hängebrücke als schmale schwarz-graue Linie ausmachen konnte, die offenbar über einen Parkplatz und einige Gebäude hinwegführte.

Er klickte das Bild weg und blieb vor dem Monitor sitzen, um zum wiederholten Male darüber nachzugrübeln, was auf dieser Brücke geschehen konnte. Am helllichten Tag sicher nichts Gefährliches, versuchte er sich zu beruhigen. Da gab es bestimmt jede Menge Touristen, die sich den Nervenkitzel leisteten. Vorausgesetzt, es war schönes Wetter. Aber was würde geschehen, wenn es dichten Nebel hatte? Wenn dieses Phantom, das sich anmaßte, Siegfried zu sein, dort oben wie aus dem Nichts auf ihn zukam?

In Temmings Kopf formten sich immer neue Schreckensszenen. Er versuchte, sie mit Vernunft zu bekämpfen. Nein, ganz sicher würde niemand die massive Stahlseilkonstruktion ausgerechnet dann zum Einsturz bringen, wenn er über sie hinwegging. Sie war, so hatte er gerade erst gelesen, für 500 Personen und dazu für eine vieltonnenschwere Schneelast ausgelegt. Aber ein Angriff aus der Luft?, hämmerte es in seinem Kopf. Unfug, kämpfte er dagegen an. Wenn jemand mich, Sven und Sylvia umbringen wollte, hätte es längst viele Möglichkeiten dafür gegeben, die mit weniger Aufwand zu realisieren gewesen wären. Oder wurde bewusst ein Spektakel herbeigeführt? Und wieso war sich der E-Mail-Schreiber so sicher, dass nicht die Polizei vor Ort sein würde? Temming spürte Schweiß auf der Stirn. Aber Polizei? Warum auch? Es ging doch nur um Reue und Buße. Und dies für etwas, das niemanden etwas anging. Oder genauer: angehen durfte.

Temming fuhr aus seinen Gedanken hoch, als hinter ihm die Tür zu seinem Arbeitszimmer geöffnet wurde. Für den Bruchteil einer Sekunde hatte ihm das Unterbewusstsein einen Angriff signalisiert.

»Sven hat angerufen«, hörte er sofort erleichtert Giselas Stimme.

Er drehte sich mit dem Bürostuhl um und gab sich Mühe, seine Anspannung zu verbergen. »Ja – und?«

»Er hat sich's überlegt: er geht mit«, erwiderte Gisela tonlos. »Aber Sylvia weigert sich. Sie hat Angst – wegen Felix.«

Walter sah über die randlose Brille hinweg. »Dann bringen wir das in Ordnung – Sven und ich.«

Gisela blieb zwischen der Tür und ihm stehen. »Und wenn es eine Falle ist? Walter, überlegt euch das bitte ganz genau, ob ihr nicht diesen Kommissar hinzuziehen wollt.«

»Entschuldige bitte, Gisela. Was willst du dem denn erzählen? Dass uns angeblich ein Toter E-Mails schreibt?« Er winkte verächtlich ab und wiederholte, was er in den vergangenen Stunden mehrfach betont hatte: »Wir werden nicht wirklich erpresst, vergiss das nicht. Deshalb werden Sven und ich diesen Burschen treffen und …«

»Das hast du doch schon einmal gewollt – am Mittwoch und am Donnerstag. Und was ist passiert? Siegfried hat sich nicht gezeigt.« Gisela wurde energisch.

»Na ja«, besänftige Walter sie und erhob sich. »Dass uns auf der Brücke nicht ein Toter erscheinen wird, davon können wir ausgehen.«

Gerade als Gisela etwas erwidern wollte, erfüllte der elektronische Ton des Telefons den Raum. Temming griff danach und meldete sich.

Er lauschte auf den Anruf, während er zum Fenster ging und zum Nebel verhangenen Albtrauf blickte.

»Woher soll ich den denn kennen?«, hörte Gisela ihren Mann unwirsch fragen. Er sank auf seinen Bürosessel und wandte sich von Gisela ab. »Ja, meinetwegen tun Sie das. Ich meld mich dann.« Er drückte die rote Austaste und legte das Mobilteil des Telefons neben den Monitor.

»Was war denn das?«, wollte Gisela wissen.

»Dieser Kommissar, von dem wir gerade gesprochen haben. Er will ein Foto von dem Toten mailen – und ich soll sagen, ob ich den in letzter Zeit gesehen hätte.«

»Aber du warst doch auf dem Friedhof.«

»Da hab ich ihn aber nicht gesehen«, beeilte sich Temming zu sagen. »Es war doch stockfinstre Nacht. Wie hätte ich sehen können, wer da alles rumgeistert.«

Kaum hatte er es gesagt, war ihm klar, dass er im Beisein von Gisela Worte wie ›Geist‹ oder ›Spuk‹ möglichst meiden sollte.

Doch wider Erwarten verwendete sie diese Begriffe nicht. »Weißt du, was merkwürdig ist?«, fragte sie stattdessen und gab sich gleich selbst die Antwort: »Ich hab nirgendwo gehört oder gelesen, wer auf dem Friedhof erschossen wurde. Hast du nicht Angst, es könnte eine Verwechslung gewesen sein und du hättest das Opfer sein sollen?«

»Das ist völlig absurd«, fuhr er ihr über den Mund, ohne sich anmerken zu lassen, dass ihn genau dieser Gedanke seit drei Tagen umtrieb.

Während sie über das Verbrechen auf dem Friedhof rätselten und Giselas Zweifel an seiner Darstellung des nächtlichen Geschehens unüberhörbar waren, signalisierte ein dumpfer Ton aus dem Computer, dass eine Mail eingetroffen war.

Sofort klickte Temming auf die entsprechende Stelle des E-Mail-Accounts und bekam ein Schreiben von Kriminalhauptkommisar August Häberle zu Gesicht. Es enthielt einen JPG-Anhang und die Frage, ob er diesen Mann kenne.

Gisela war nähergekommen und sah Walter über die Schulter. Der zögerte für einen kurzen Moment, öffnete dann aber die angehängte Foto-Datei, und sofort tat sich das Bild eines Mannes auf, das ihn gleich beim ersten Blick schockierte.

Weil Temming wie erstarrt auf den Monitor stierte und nichts mehr sagte, schaute ihn Gisela von der Seite an und fragte: »Kennst du diesen Mann?«

Temming schwieg.

98

Zur gleichen Zeit etwa 55 Kilometer südlich, in Laupheim. Auch bei Sven Temming hatte sich die Kriminalpolizei gemeldet und ein Foto angekündigt. Noch mehr verfolgte ihn die Frage Häberles, ob er gestern seinen Mitarbeiter Mulzenbach von dem Brand der Jagdhütte informiert habe. Zwar hatte Temming spontan die passende Antwort geben können, weil er darauf eingestellt war, aber so ganz wohl fühlte er sich nicht mehr. »Natürlich hab ich Mulzenbach davon berichtet«, hatte er selbstbewusst gesagt und dafür von Häberle ein knappes Okay gehört.

Während sich Sylvia, die ihren Schwiegereltern zuliebe mit Felix ins Eigenheim zurückgekehrt war, mit einer eisigen Atmosphäre umgab und im Kinderzimmer mit dem Buben spielte, wartete Sven nervös auf die Mail. Die heftige Auseinandersetzung innerhalb der Familie hatte ihm schwer zugesetzt. Letztlich waren er und seine Eltern nur in einem Punkt einig gewesen: Sie mussten zusammenhalten und dafür sorgen, dass Olivia keinen Schaden anrichtete. Er hatte im Kreise der Angehörigen verschwiegen, dass sie ihn ins Gefängnis bringen konnte – auch wenn alles gar nicht so war, wie sie möglicherweise mit ärztlichen Attesten belegen konnte. Aber wenn es eine Frau darauf abgesehen hatte, einen Mann zu ruinieren, war sie zumindest bei den Gerichten in einer guten Ausgangsposition. Seit Tagen musste er an den Fall jenes populären Wettermoderators denken, der sich durch alle Instanzen hatte durchkämpfen müssen, bis man ihm endlich seine Unschuld glaubte. Sogar die Boulevardpresse hatte sich nicht gescheut, gegen ihn die Kommentare einer Feministin abzudrucken.

Und nun also würde es Schlagzeilen gegen das Familienunternehmen ›Alb-Donau-Chemie‹ und dessen Chef Sven Temming geben. Ganz sicher auch gegen den Senior.

Endlich tauchte die E-Mail auf. Er klickte auf die Bilddatei – und war mindestens genauso betroffen wie sein Vater. Den Typ kannte er. Natürlich. Mit diesen fülligen hellblonden Haaren. Mit der Welle, die sich von der Stirn abhob, ähnlich der Frisur von Donald Trump.

Der Radler von Dienstagabend. Sofort tauchte das Bild vor Temmings Augen auf: wie er ihn beinahe beim Herausfahren aus dem Firmenareal mit dem Auto erfasst hätte. Ganz klar, durchzuckte es ihn. Der Kerl hatte neben der unübersichtlichen Ausfahrt auf ihn gewartet – um einen Unfall zu provozieren. Oder vielleicht nur zu schockieren. Möglich, dass viele Merkwürdigkeiten, die es an seinem Haus in den vergangenen Tagen gegeben hatte, von diesem Blonden inszeniert oder organisiert worden waren: der Kurzschluss im Keller, ausgelöst durch Manipulationen an der Außensteckdose; die tote Katze und ebenso das alte Fahrrad, das gegen die Haustür gestoßen worden war.

Aber jetzt, so zuckte es durch seinen Kopf, war dieser Mann, den er namentlich nicht kannte, ja wohl tot. So jedenfalls hatte es Häberle vorhin gesagt. Der Tote vom Friedhof sei's. Aber was sollte der mit all den Attacken zu tun haben? Oder gar mit dem Brand vorletzte Nacht? Dann tauchte Olivia vor seinen Augen auf. Sie und deren Halbbruder. Was gab das alles für einen Sinn?

Noch während Tausend Gedanken seinen Kopf befielen, meldete sich das Telefon. Auf dem Display sah er die Nummer seiner Eltern. »Ja«, meldete er sich kurz.

»Hast du auch eine Mail gekriegt?«, hörte er die strenge Stimme seines Vaters.

»Du meinst von der Kripo?« Sven entschied sich für vorsichtige Zurückhaltung.

»Woher auch sonst. Hast du also auch?«

»Ja«, erwiderte Sven zaghaft.

»Und? Kennst du den Burschen?« Vaters Stimme verriet Aufregung und Wut.

»Kennst du ihn denn?«, riskierte Sven eine Gegenfrage.

»Ich hab dich was gefragt – und ich erwarte eine Antwort.«

»Ich … ja … ich hab ihn mal flüchtig gesehen.«

»Mal flüchtig gesehen«, äffte Walter Temming seinen Sohn nach. »Wo und wann war das?«

»Vergangenen Dienstag, am frühen Abend, beim Herausfahren aus dem Firmengelände. Da wär er mir mit dem Fahrrad beinahe ins Auto gekracht.«

»Und dann?«

»Kurzes Geschrei und Rumgetobe, dann ist er weitergefahren.«

»Das war alles? Aber du kennst ihn nicht?«

»Nein. Ganz sicher nicht. Und du?«

Walter Temming schnaufte hörbar. »Das … das ist der Typ vom Ulmer Münster.«

99

Häberle war an diesem arbeitsreichen Sonntagabend enttäuscht nach Hause gefahren. Weder Walter, noch Sven Temming hatten angeblich den Toten auf dem Foto erkannt. Allerdings hegte der Chefermittler Zweifel daran, ob sie mit ihren knappen verneinenden Rückantworten per Mail bei der Wahrheit geblieben waren.

Häberles Frau Susanne hatte ihm ein zünftiges Vesper vorbereitet: eine Wurstplatte mit Essiggurken und Tomaten, dazu ein kühles Weizenbier. Sie sorgte sich um die Gesundheit von August, der sich das ganze Wochenende über keine ruhige Minute gegönnt hatte. Wie immer, wenn ein schwieriger Fall anstand, gönnte er sich so gut wie keine Pause. Dann hetzte er von einer Vernehmung zur anderen, kombinierte und grübelte, während er gleichzeitig auf sein Team fähiger Mitarbeiter vertraute, die ihm den Rücken freihielten und sich um den unseligen Papierkram kümmerten. Seit alles und jedes protokolliert werden musste, möglichst sofort juristisch hieb- und stichfest, wurde das Zeitfenster für rasche Ermittlungsarbeit immer kleiner. Wenn die hohen Herren dann vor den Kameras und Mikrofonen verkündeten, dass man Hunderte von Spuren verfolge, musste Häberle oftmals müde lächeln. Was da in Pressekonferenzen und bei Interviews geschwätzt wurde, waren meist nur Phrasen, mit denen der Bevölkerung weisgemacht werden sollte, dass man alles im Griff habe. Angesichts des alles überschwemmenden Bürokratismus kam Häberle oftmals ein Udo Jürgens-Lied in den Sinn, das da hieß: ›Alles im Griff auf dem sinkenden Schiff.‹

»Du tust dich schwer«, holte ihn Susannes ruhige Stimme aus den Tausend Gedanken zurück. Er nahm einen kräftigen Schluck Weizenbier und erwiderte: »Wir haben jede Menge dubiose Personen, und das, was sie tun und wie sie zueinander stehen, ist ebenso merkwürdig. Aber keiner will so recht mit der Sprache heraus.«

»Ach, da fällt mir ein«, stand Susanne auf und holte einen Notizzettel an den Tisch. »Der Sander hat vorhin angerufen. Er hat gesagt, er wolle das nicht so offiziell über deine Kollegen machen – und er hat dich nicht erreicht.«

»Der Sander?«, staunte Häberle. »Der kann's auch im Ruhestand nicht lassen. Hat er wieder das Gras wachsen hören?«

»Er sagt, falls es dich interessiert: Die Frau Gisela Temming sei ein bisschen anfällig für übernatürliche Dinge. Sie besuche regelmäßig einen Gesprächskreis über grenzwissenschaftliche Themen. Neuerdings interessiere sie sich«, Susanne versuchte ihre eigene Handschrift zu entziffern, »für Reinkarnation und ob man mit Verstorbenen Kontakt aufnehmen könne.«

Häberle runzelte die Stirn. »Und? Hat sie sich von den Jenseitigen sagen lassen, wer ihren Schwager Siegfried umgebracht hat?«

Susanne stutzte. Sie legte den Zettel beiseite. »Ihren Schwager Siegfried?«

»Hab ich dir doch schon erzählt«, brummte Häberle und zerlegte eine Tomate, deren Saft auf die Tischdecke spritzte. »Das hat dieser Informant, von dem Sander seine Weisheit bezogen hat, doch schon kolportiert. Schwager Siegfried ist der Bruder vom alten Temming – das war die Sache von 1968, in der die Kripo das Ermittlungsverfahren eingestellt hat.«

»Bei dem der alte Temming im Verdacht stand, den Bruder von der Leiter gestoßen zu haben«, ergänzte Susanne wissend. »Vielleicht war's ja wirklich so.«

»Mein Gott, Susanne, wie sollen wir das jetzt noch rauskriegen? Es hat keine Zeugen gegeben – und die Wichtigste ist längst tot. Sie ist während der Ermittlungen bei einem Verkehrsunfall ums Leben gekommen.«

»Bei einem mit Unfallflucht«, nickte Susanne und reichte ihrem August das Glas mit den Essiggurken.

»Du sagst das so, als würdest du daran zweifeln«, stellte Häberle süffisant fest.

»Du doch auch«, stichelte Susanne. »Ich kenn dich doch.«

»Vielleicht gibt es ja eine Frau, die sich noch entsinnen kann, was damals war«, erwiderte Häberle. Er hatte nämlich eine Idee.

100

Linkohr hatte das ganze Wochenende durchgearbeitet. Für ihn war dies wie eine Therapie, um die Einsamkeit zu überwinden, die ihn seit einigen Monaten plagte. Krampfhaft hatte er einen Vorwand gesucht, noch einmal Claudia Herold aufsuchen zu können, die hübsche schwarzhaarige Nachbarin von Stanek in Süßen. Doch es ergab sich nichts, was einen Grund dafür hergegeben hätte. Während einer Pause hatte er am gestrigen Sonntag kurz mit sich gerungen, ob er sie anrufen sollte. Aber dann verwarf er den Gedanken, weil er ihm allzu aufdringlich erschien. Außerdem machte es sich nicht gut, wenn er als ermittelnder Beamter sie anbaggerte. Das war schließlich schon einige Male gründlich danebengegangen.

Häberle hatte schon kurz vor acht Uhr an diesem Montagvormittag angekündigt, dass er etwas zu erledigen habe. In dem kurzen Telefonat teilte er mit, dass sich die Temmings angeblich nicht entsinnen, den Toten jemals gesehen zu haben – und dass Temming junior bestätigt habe, den Mulzenbach von dem Hüttenbrand informiert zu haben.

»Die halten doch zusammen wie Pech und Schwefel«, kommentierte eine junge Ermittlerin Häberles Bericht, den er natürlich wieder nicht schriftlich festgehalten hatte.

Linkohr blinzelte der Kollegin zu, die erstmals einer Sonderkommission zugeordnet war. Sie hieß Solfi, war Mitte 20 und ziemlich hübsch, wie er seit einigen Tagen feststellte. Leider waren ihre Dienstpläne und ihre Aufgaben bisher so ungünstig gewesen, dass es kaum Zeit zu einem persönlichen Gespräch gab. Linkohr beschloss, dies zu ändern. Und so, wie sie ihn gerade angesehen hatte, schien sie nicht abgeneigt zu sein.

»Ich hab mir die Sache mit den Totenköpfen angeschaut«, begann sie, als wolle sie endlich einmal zeigen, dass auch sie etwas beizutragen hatte. »Totenkopfmaske auf dem Friedhof,

Totenkopf-T-Shirt bei dieser Olivia – und ein ähnliches bei diesem Stanek. So hat es der Chef gesagt. Daraus könnte man doch ableiten, dass die beiden etwas mit der Totenkopfmaske auf dem Friedhof zu tun haben könnten.« Sie war so aufgeregt, dass ihr brünetter Pferdeschwanz munter wippte.

Linkohr lächelte. »Aber vergiss bitte nicht, Solfi, morgen ist Halloween angesagt, da haben Totenköpfe Hochkonjunktur.«

Sie zog eine Schnute, als mimte sie die Beleidigte. »Es war ja nur so eine Idee.«

»Du hast doch recht«, beeilte sich Linkohr, ihre Enttäuschung zu dämpfen. »Manchmal sind es ja wirklich die unscheinbaren Dinge, die uns weiterbringen.«

»Hat jemand die Olivia erreicht?«, fragte Solfi wieder selbstbewusst.

Die meisten der versammelten Kriminalisten sahen sich schulterzuckend an. Einer gab sich jedoch informiert: »Ich hab vorhin versucht sie anzurufen, aber sie meldet sich nicht.«

»Und wenn ihr etwas zugestoßen ist?«, reagierte Solfi schnell. »Der Chef hat doch gestern Abend gemeint, da habe sich jemand um das Haus rumgetrieben, in dem sie wohnt.«

»Eine Streife aus Biberach hat sich anschließend dort aufgehalten«, berichtete Linkohr. »Da war nichts.«

»Die werden wohl kaum die ganze Zeit vor dem Haus gestanden haben«, blieb Solfi hartnäckig.

Linkohr überlegte, ob er vorschlagen sollte, mit Solfi nach Biberach zu fahren. Aber das wäre zu viel Aufwand, zumal Biberach immerhin rund 70 Kilometer von Geislingen entfernt war. »Eine Streife soll heut Vormittag bei ihr vorbeischauen«, entschied er schweren Herzens und lächelte Solfi zu. Zu mehr blieb keine Zeit, denn inzwischen hatte ein Kollege eine E-Mail bekommen, die dem Empfänger hochinteressant erschien.

»Passt mal auf«, rief er, um sich Gehör zu verschaffen. »Wir wissen, woher die Waffe stammt, die in der Hütte aufgefunden wurde.« Sofort verstummten die Gespräche. Die Augen des Ermittlers hingen auf seinem Monitor. »Letzter registrierter Besitzer dieses Colts war ein Alfons Huber in München, ein selbstständiger Unternehmer in der Pharmaziebranche.«

»Pharmazie?«, griff Solfi dieses Stichwort auf. »Das hat doch mit Chemie zu tun, oder?«

»Bingo«, ließ einer der Kollegen triumphierend verlauten. »Dann fragen wir doch den Huber Alfons mal, ob er mit seiner Kanone Freitagnacht im Illertal war.«

»Oder wann er zuletzt damit geschossen hat«, ergänzte Linkohr.

101

Ettlenschieß war ein kleines Bauerndorf auf der Schwäbischen Alb, das sich auch bei den Städtern zunehmender Beliebtheit erfreute. Ihr Drang, in diesem beschaulichen Örtchen ein Häuschen zu bauen, zeichnete sich seit Jahren an den Neubausiedlungen ab. Auch Ursula Fuchs, die aus Ulm stammte und alleinstehend war, hatte sich nach dem aktiven Berufsleben aufs Land zurückgezogen, dort allerdings kein Häusle gebaut, sondern in einem Zweifamilienhaus nahe des Ortskerns eine Mietwohnung bezogen.

Häberle hatte die Adresse schnell gefunden und war an diesem Vormittag unangekündigt bei Frau Fuchs aufgetaucht. Sie war deutlich irritiert, als sich der Kriminalist auswies und erklärte, es gehe um einen winzigen Randaspekt bei den Ermittlungen zum Geislinger Friedhofsmord, wie die Medien inzwischen das Verbrechen bezeichneten.

Häberle versuchte auf seine charmante und einfühlsame Weise die ältere Dame zu beruhigen. Gelingen mochte ihm das aber nicht, wie er an ihrem Gesichtsausdruck und den zitternden Händen erkannte. Vielleicht war es ihr unangenehm, ungeschminkt und mit herumhängenden Haaren Besuch empfangen zu müssen.

Als sie sich im stickigen Wohnzimmer auf Sesseln niederließen, die bessere Zeiten gesehen hatten, erklärte Häberle, dass er nur zu ihr komme, weil er sich an alle Details klammern müsse, die ihm während seiner bisherigen Ermittlungen aufgefallen seien. »Es geht um Souvenirs einer Reise nach Florida, möglicherweise ins Kennedy-Space-Center beziehungsweise Kap Kennedy, zum Weltraumbahnhof der Amerikaner.«

Frau Fuchs verengte ihre Augenbrauen, sodass die Falten über der Nase deutlich zum Vorschein traten. Um das Zittern der Hände zu verbergen, umklammerte sie die Seitenlehnen des Sessels.

Häberle tat so, als fiele ihm dies alles nicht auf. »Sie haben dem Chef des Musicaltheaters in Geislingen von Ihrer Reise in die USA einen NASA-Wimpel mitgebracht.«

»Ja – und? Ich verstehe nicht ganz.«

»Keine Sorge«, hob Häberle beschwichtigend seine Unterarme. »Er hat sich darüber auch sehr gefreut, weil Sie sich durch seine Musicalaufführung von ›Hair‹ an die 60er-Jahre erinnert gefühlt haben. Apollo, Mondflug und so weiter.«

»Ja, so ist es«, bestätigte Frau Fuchs mit leiser Stimme.

»Nun habe ich ein ähnlich ungewöhnliches Relikt aus der Apollo-Zeit bei jemand anderem gesehen«, machte Häberle vorsichtig weiter, ohne eine Reaktion von seiner Gesprächspartnerin erkennen zu können. Entweder, so überlegte er, war die ältere Dame durch sein unverhofftes Erscheinen derart eingeschüchtert, dass sie seinen Schilderungen gar nicht mehr richtig folgen konnte, oder sie ahnte bereits, worauf er hinauswollte. Für einen Moment schoss ihm die Frage durch den Kopf, ob sie wohl den

Namen des Ermordeten vom Friedhof kannte. In den Medien jedenfalls war er bislang nicht genannt worden.

»Um es nochmals zu betonen«, versicherte Häberle, weil er Sorge hatte, die Dame könnte sich allzu sehr aufregen und womöglich kollabieren. »Sie haben mit dem Mörd wirklich nichts zu tun.«

Ursula Fuchs sah ihr Gegenüber mit glasigen Augen an, die von Fältchen ihrer hellen Haut umgeben waren. »Ja … und … ich meine, warum kommen Sie dann überhaupt zu mir?«

Häberle bemerkte, dass nun sehr viel Fingerspitzengefühl vonnöten war, um die Dame nicht zusätzlich zu erschrecken. »Das hat gar nichts direkt mit dem Verbrechen zu tun, Frau Fuchs. Ich würde nur gern wissen, ob Sie aus den USA auch noch etwas mitgebracht haben, das noch heute irgendwo herumliegen könnte.«

Ihre Augen blitzten und wanderten unkontrolliert durch die Wohnung, als suchte sie irgendwo Halt. »Ob ich …« Sie verstummte mitten im Satz.

»Ja, ob Sie nicht nur diesen NASA-Wimpel sondern auch noch ein anderes Souvenir von der Raumfahrt mitgebracht haben«, half ihr Häberle geduldig auf die Sprünge.

Ursula Fuchs rang sich ein gekünsteltes Lächeln ab. »Herr Kommissar, ich war zweimal dort. Vorigen Sommer hab ich mir das noch mal gegönnt. Das erste Mal war ich noch ein junges Mädel. Damals hatte ich gerade ein paar Mark von einer Tante geerbt – und da bin ich rüber in die Staaten, drei Wochen lang. Ich hatte damals das Glück, dass genau an dem Tag, als ich in Kap Kennedy war – am 4.4.1968, ich werd' das Datum nie vergessen – eine Rakete gestartet ist.« Ihre Stimme verriet, dass sie noch heute von diesem Ereignis begeistert war. »Apollo 6 war's und der zweite Start der Saturn-5-Rakete, allerdings unbemannt, nur ein Testflug für den Mond.« Häberle staunte, wie genau sie das in ihrem momentan offenbar etwas angeschlagenen psychischen Zustand aufsagen konnte. Noch während er darüber nachdachte, fügte sie hinzu: »Als Nutzlast war damals eine Apollo-Kapsel und sogar eine Mondlandefähre dabei, wie sie 15 Monate später auf dem Mond benutzt wurde.«

»Sie haben sich für die Raumfahrt begeistert«, stellte Häberle anerkennend fest.

»Das tue ich noch immer. Und ich hatte in der damaligen Euphorie so gehofft, auch eine Marslandung erleben zu dürfen. Aber das ist nun nachfolgenden Generationen vorbehalten.« Es klang ein bisschen traurig.

Häberle wollte zu seinem Anliegen zurückkommen: »Und damals, also 1968, haben Sie ein Souvenir mitgebracht?«

Ursula Fuchs zögerte und zupfte an der Tischdecke. Dann huschte ein Lächeln über ihr Gesicht. »Was spielt das für eine Rolle?«

Häberle spürte, dass er auf dem richtigen Weg war. »Na ja«, brummte er charmant, »es könnte doch beispielsweise ein kleiner Schlüsselanhänger gewesen sein. Mit einer Apollokapsel dran.«

Die Frau war zusammengezuckt, hörte auf, mit der Tischdecke zu spielen und sah ihr Gegenüber entgeistert an. »Wie kommen Sie da drauf?«

Häberle verzichtete auf eine Antwort, weil er zu wissen glaubte, dass diese überflüssig sein würde. »Sie haben Kontakt zu den Temmings? ›Alb-Donau-Chemie‹?« Er hatte diesen Frontalangriff riskiert und wertete ihre geschockte Reaktion als Volltreffer.

Es dauerte ein paar Sekunden, bis sie sich gefangen hatte und tonlos fragte: »Was haben die Temmings mit diesem Friedhofsmord zu tun?«

»Im Moment gar nichts«, entgegnete Häberle gelassen, obwohl ihn das Gespräch innerlich aufwühlte. »Aber bei Temming junior ist mir eine Apollo-Kapsel als Schlüsselanhänger aufgefallen.«

»Und daraus schließen Sie, dass ich …« Sie brach ab, um in Abwehrstellung zu gehen. »Jetzt mal langsam, Herr Kommissar. Ist das nicht ein bisschen weit hergeholt?«

Häberle zuckte mit den Schultern. »Ich sagte doch, wir sind gerade dabei, alle Randbereiche abzuklopfen.«

»Und da meinen Sie, ich hätte etwas mit der Sache vom Friedhof zu tun?« Sie gab sich entrüstet. »Gleich werden Sie sagen, das Musicaltheater sei doch ganz dicht am Friedhof – und sofort bin ich in den Mord verwickelt.« Ihre Stimme klang auf einmal schrill.

»Frau Fuchs«, wurde Häberle deutlicher. »Eine klare Frage und eine klare Antwort – und schon bin ich weg: Haben Sie in irgendeiner Weise Kontakt zu ›Alb-Donau-Chemie‹, also zu den Temmings?«

Jetzt wich vollends jegliche Farbe aus ihrem Gesicht. Sie brauchte einige Sekunden, um sich zu einer Antwort durchzuringen: »Na ja, was soll ich sagen? Wenn Sie sich daran festbeißen, werden Sie's rauskriegen. Ich … ich war dort bis zu meinem Ruhestand beschäftigt.«

»Hm«, machte Häberle, als halte er dies für nebensächlich.

»Ich war dort Betriebsratsvorsitzende«, ergänzte sie mit gewissem Stolz. »Und zwar ziemlich lange.«

Häberle rechnete schnell zurück. Er schätzte Frau Fuchs auf Mitte 70. Dann war sie 1968 zum Zeitpunkt des dubiosen Todesfalls um die 26 Jahre alt gewesen.

»Auch schon 1968?«, fragte er schnell, um sie zu irritieren, schlug aber gleich versöhnlichere Töne an: »Also damals, als Sie dem Start von Apollo 6 beiwohnen konnten.«

Ursula Fuchs wusste nicht, wie sie auf Häberles Vorpreschen reagieren sollte. Ihr schienen für einen Moment die Worte zu fehlen. »Sie versuchen, mich in etwas hineinzuziehen«, sagte sie und verfiel in Misstrauen.

»Ich kann Ihnen versichern, dass ich keinerlei Verdacht gegen Sie hege«, bekräftigte Häberle. »Aber es wäre für uns hilfreich, wenn wir etwas über die Vergangenheit in Erfahrung bringen könnten.«

»Ach, ich verstehe. Sie kramen in diesen alten Sachen rum. Hat denn das mit dem Friedhofsmord zu tun?«

Häberle ging nicht darauf ein, sondern wollte wissen: »Waren Sie damals schon in der Firma?«

»1968? Ja, war ich«, räumte sie freimütig ein. »Ich hab nichts zu verheimlichen. Das lässt sich sicher aus alten Akten von ›Alb-Donau-Chemie‹ herauslesen.«

»Wie ich Ihren Worten zu entnehmen glaube«, formulierte Häberle vorsichtig, »sind Ihnen diese ›alten Sachen‹ geläufig.«

»Sprechen Sie's ruhig aus, Herr Kommissar. Sie müssten dazu etwas in den Aktenschränken der Kripo finden. Wie lange werden solche Akten aufbewahrt?«

»Wenn's um Mord geht, wird nichts vernichtet. Mord verjährt nicht«, erklärte Häberle, lenkte aber sofort ab: »Dann müssten Sie diesen Siegfried gekannt haben?«

Die Gesichtszüge der Dame veränderten sich. Irgendwie, so schien es Häberle, verfiel sie in Trauer.

»Natürlich hab ich den Siegfried gekannt.«

Häberle spürte, dass sie noch mehr dazu sagen wollte. Er gab ihr Zeit, weil sie mit Tränen zu kämpfen begann und deshalb seinen Blicken auswich.

»Er hat Ihnen nahegestanden«, sagte er nach einigen Sekunden des Schweigens.

»Siegfried«, wiederholte sie schwer atmend, »war ein netter Kerl und hätte das Zeug gehabt, die Firma zu führen.«

Häberle erkannte, dass nun einfühlsames Vorgehen geraten war. »Sie haben ihm damals, 1968, von Ihrer ersten USA-Reise diesen Schlüsselanhänger mitgebracht?«

Frau Fuchs blickte nickend auf.

102

»Sag mal, spinnst du?«, herrschte Jarowski seine Halbschwester Olivia an, die blass und ungekämmt bei ihm an der Tür seiner Hochhauswohnung in Göppingen aufgetaucht war. Die junge Frau hatte ihm gebeichtet, wo sie den Sonntag über gewesen war.

»Ich telefonier wie blöd rum, du meldest dich nicht – und verschwindest einfach«, schrie sich Jarowski in Rage. Sie standen sich in der Diele gegenüber. Olivia wich einen Schritt zurück, aus Angst, eine Ohrfeige verpasst zu bekommen.

»Ich hab mich wahnsinnig gefürchtet, allein zu bleiben«, stammelte sie wie ein Schulmädchen.

»Weißt du eigentlich, was gerade abgeht? Da schnüffelt die Kripo in allem rum, und du tust so, als ob dich das alles nichts anginge«, tobte er weiter. »Wie kommst du überhaupt dazu, zu der Alten zu gehen? Was hast du ihr erzählt?«

Er packte Olivia am linken Oberarm, zerrte sie ins Wohnzimmer und schubste sie in einen Sessel. »Jetzt hör mal zu: Wir bringen das alles zu einem Ende, morgen, verstehst du! Und dann hört die Scheiße auf – und wir beide reden mit niemandem mehr darüber. Kein Sterbenswörtchen, verstehst du? Und du solltest es dir reichlich überlegen, ob du dem Temming etwas anhängst.«

Olivia sank in sich zusammen. Es wäre nicht das erste Mal, wenn er sie schlagen würde. Tausendmal hatte sie sich schon geschworen, sich von seinem Einfluss zu lösen. Aber er war als der große Bruder ihre einzige Bezugsperson – und außerdem wollten sie sich beide einer Umweltschutzorganisation anschließen, sobald Jarowski dieses Vermächtnis, von dem er immer sprach und das ihm Uli Stanek schmackhaft gemacht hatte, erfüllt haben würde.

»Du hast doch immer gesagt, die Frau Fuchs sei absolut zuverlässig und auf unserer Seite«, wagte Olivia einen Einwand.

»Quatsch nicht rum«, fuhr ihr Jarowski zornig über den Mund. »Wer, was, wann und wie viel erfährt, entscheide ich. Was hast du der Alten erzählt?«

»Nur, dass ich Angst hätte, allein zu Hause zu sein.«

»Und warum kommst du dann nicht zu mir? Warum vertraust du dich der Alten an?«

Olivia zuckte mit ihren schmalen Schultern. »Ich …«, sie überlegte, »wollte von Frau zu Frau sprechen. Auch wegen Sven.«

»Du hast den Knatsch mit dem jungen Temming auch ausgeplaudert?«

»Bitte, Adam«, flehte Olivia, »verstehst du denn nicht? Ich bin fertig. Total fertig. Ich mach, was du willst – ehrlich. Aber bring es zu einem Ende.« Tränen rannen über ihre Wangen.

»Sag ich doch. Aber was hast du der Alten sonst noch gesagt?«, zischte Jarowski.

»Nichts, wirklich nichts. Nichts. Aber sie will, dass dem Siegfried Gerechtigkeit widerfährt.«

Jarowski lehnte sich selbstgefällig in seinem Sessel zurück. »Morgen noch. Du tust, was ich sage. Haben wir uns verstanden?«

103

Häberle hatte nach der Rückkehr von Ettlenschieß seine Mannschaft im Besprechungsraum des Geislinger Polizeireviers zusammengerufen. Teilweise stehend oder auf Schreibtischen sitzend, an Fenstersimsen lehnend oder auf abgegriffenen Bürostühlen sitzend, scharten sich die 15 Ermittler um ihn, darunter auch Solfi, Linkohrs neuer Schwarm.

»So langsam ergibt sich ein klarer werdendes Bild«, begann Häberle, der sich in den Türrahmen gestellt hatte. »Ich bin mir ziemlich sicher, dass unser Friedhofsopfer, der Martin Kauler, tatsächlich in einem engen Zusammenhang mit den Temmings steht, auch wenn die sich allesamt bedeckt halten. Insofern hat die scharfe Beobachtungsgabe unseres allseits geschätzten Kollegen Linkohr«, er grinste in dessen Richtung, »tatsächlich weitergeholfen. Der Mord in der Nacht zum Freitag wurde bei Temmings Familiengrab verübt, und dann brennt eine Nacht später die Jagdhütte dieser Familie ab. Dort taucht ein Revolver auf, dessen Herkunft wir inzwischen kennen und der wohl gleichen Typs ist wie der, mit dem Kauler niedergeschossen wurde.«

»Da sind wir dran«, meldete sich ein Kriminalist, der vor ihm an einem Computerbildschirm saß. »Die Kollegen in München sind momentan dabei, den letzten registrierten Besitzer zu befragen.«

»Okay«, lobte Häberle. »Wir wissen inzwischen einiges – aber ein Motiv ist nicht erkennbar. Kauler war ein IT-Fachmann, der sich mit Computern und all dem digitalen Zeug auskannte, und er war der Sohn dieser Haushälterin Barbara, die 1968 beim Firmengründer Georg Temming angestellt war. Im Oktober damals kam einer seiner beiden Söhne zu Tode.«

»Fein ausgedrückt, Chef«, kommentierte ein älterer Kollege süffisant diese Formulierung.

»Ich drücke es ganz neutral aus«, runzelte Häberle die Stirn. »Die Altvorderen aus unseren Reihen haben den Fenstersturz von diesem Siegfried als Unfall dargestellt. Wie intensiv gegen den Unternehmer ermittelt wurde, will und kann ich nicht bewerten. Fest steht aber, dass diese Barbara wohl Zeugin des Vorfalls gewesen ist – und es, warum und durch wen auch immer, Gerüchte gab, es könne nicht alles mit rechten Dingen zugegangen sein.«

Häberle räusperte sich. Ein kurzes Murmeln im Raum ließ darauf schließen, dass einige der Kriminalisten sich gegenseitig etwas zu sagen hatten.

»Also«, fuhr der Chef fort, »diese Barbara, damals hochschwanger, kommt wenig später bei einem Verkehrsunfall ums Leben – Verursacher unbekannt, er ist geflüchtet. Sie ist tot, aber ihr ungeborenes Kind wird gerettet. Eben jener Martin Kauler, unser Opfer. Dies alles hat mir Frau Ursula Fuchs bestätigt, von der ich gerade komme. Sie war als junge Frau Betriebsratsvorsitzende bei Temming – und damals wohl in den Siegfried verknallt.«

»Ach«, staunte Linkohr, was den bissigen Kommentar eines der Kriminalisten auslöste: »Du solltest dir ein Beispiel daran nehmen und dich auch mal in Unternehmerkreisen bewegen.«

Linkohr wollte nicht darauf eingehen, schon gar nicht in Anwesenheit von Solfi.

»Die Frau Fuchs – übrigens eine nette vife ältere Dame – hatte in ihrer Eigenschaft als Betriebsratsvorsitzende Temmings anderen Sohn Walter nie als Chef wirklich ernst genommen. Der muss wohl eine Pfeife gewesen sein, sogar ein Revoluzzer, der dann aber dank Papas Moneten sehr schnell zum Kapitalismus konvertiert ist.« Häberle schmunzelte. »Und der Vater, also dieser Georg, sei ein ziemlicher Frauenheld gewesen.«

»Da kennen wir auch einen«, schallte es durch den Raum – mit folgendem Gelächter, dem sich nur Linkohr nicht anschloss, sondern so tat, als vertiefe er sich in einen Text am Bildschirm.

»Wir sollten«, Häberle wartete, bis Ruhe eingekehrt war, »wir sollten uns diesem Kauler zuwenden, der ohne Eltern aufwachsen musste. Mutter Barbara tot, und den Namen des Vaters hat sie mit ins Grab genommen. Aufgewachsen ist er bei Barbaras Eltern, also bei den Großeltern. Als die verstarben, wohnte er eine Zeit lang allein in deren Haus in Süßen, bis er es vor einigen Jahren verkauft hat, um zu seiner geliebten Sonja nach Reutte in Tirol zu ziehen.«

»Und die Temmings haben ihn auf unserem Foto angeblich nicht erkannt«, warf Linkohr ein.

»Müssen sie nicht zwangsläufig«, gab Häberle zu bedenken. »Vermutlich haben sie den Buben nie zu Gesicht bekommen. Schon gar nicht in letzter Zeit, jetzt, wo er 49 Jahre alt war.«

Linkohr musste beim Namen Kauler an die schöne Nachbarin Claudia Herold denken, die neben dessen Haus wohnte. Seit er bei ihr gewesen war, schwirrte sie ihm durch den Kopf, obwohl Solfi ihm seit einigen Tagen emotional näherstand.

»Auch Frau Fuchs hat den Kauler wohl nie zu Gesicht bekommen«, resümierte Häberle. »Rückblickend erscheint ihr allerdings ein Kontakt, der vor einigen Monaten plötzlich zu ihr aufgenommen wurde, für ziemlich merkwürdig. Damals hat sich dieser Adam Jarowski – wie wir wissen, der Halbbruder von Olivia – bei ihr gemeldet.«

»Ach«, tönte es verblüfft aus mehreren Kehlen.

»Ja«, berichtete Häberle ruhig weiter. »Chemielaborant bei Temming. Er gab an, gemobbt zu werden. Und da er davon gehört habe, dass sich Frau Fuchs früher als ehemalige Betriebsratsvorsitzende mit diesem Thema herumgeplagt hat, wollte er offenbar einige Details zur vorherigen Generation der Temmings wissen.«

»Interessant«, verlautbarte eine Männerstimme.

»Na ja«, erwiderte Häberle nickend, »aber jetzt kommt's knüppeldick, liebe Kollegen: Am Mittwoch taucht ein angeblicher Schriftsteller oder Journalist bei Frau Fuchs auf und fragt sie unter dem Vorwand, eine Dokumentation über die Industrialisierung der hiesigen Gegend zu schreiben, über die Temmings aus. Sie hat sich sogar den Namen gemerkt – und jetzt haltet euch fest: Stanek, Ulrich Stanek.«

»Da haut's dir's Blech weg«, entfuhr es Linkohr, der sich eigentlich vorgenommen hatte, diesen beliebten Ausspruch etwas zurückzudrängen. Er fügte gleich an: »Stanek, der das Haus von Kauler gekauft hat.«

»Richtig«, bestätigte Häberle. »Der Kreis scheint sich schließen zu wollen, aber es gibt trotzdem einige Rätsel. Insbesondere, wer Interesse daran gehabt hat, den Kauler zu beseitigen, wer ihn auf den Friedhof gelockt hat, warum ausgerechnet ans Familiengrab der Temmings und weshalb die Jagdhütte niedergebrannt wurde.«

»Vergessen Sie den Mulzenbach nicht«, mahnte Linkohr, »ein etwas komischer Vogel.«

»Der und diese Olivia. Was ist mit der eigentlich?«, hakte Häberle nach.

»Ist nicht zu erreichen«, berichtete einer der Kollegen. »Wir haben eine Streife aus Biberach zu ihrer Wohnung geschickt. Ist nicht daheim, auch ihr Auto steht nicht vor dem Haus.«

Häberle musste an den Wagen denken, der vergangene Nacht vor ihnen geflüchtet war. »Aber keine Einbruchspuren?«, wollte er deshalb wissen.

»Keine, nein«, erwiderte der Angesprochene.

Häberle überlegte, ob ein Antrag auf Durchsuchung ihrer Wohnung Aussicht auf Erfolg hatte. Vermutlich nicht, muste er sich eingestehen. Olivia war eine erwachsene Person, durfte sich aufhalten, wo sie wollte – und ein konkreter Hinweis, es könnte ihr etwas zugestoßen sein, lag nicht vor.

Sein kurzes Nachdenken wurde von Solfis aufgeregter Stimme unterbrochen: »Hört mal her, soeben haben wir was aus München gekriegt.«

Angespannte Stille, während Linkohr die Gelegenheit erkannte, näher an die junge Kollegin heranzutreten und ihr über die Schulter auf den Computerbildschirm zu schauen. Eine E-Mail war eingetroffen. »Sie haben den Besitzer der Waffe vernommen. Alfons Huber«, las sie vor. »Er gibt an, die Waffe an einen Geschäftsfreund weitergegeben zu haben, an einen Jäger namens Walter Temming.«

Linkohr verkniff sich seinen beliebten Ausspruch.

104

Gisela Temming fühlte sich psychisch am Ende. Sie konnte nichts mehr essen, fühlte sich elend und wurde von Kopfschmerzen geplagt. Sie spürte förmlich, wie spannungsgeladen die Atmosphäre war. Walter saß stundenlang am Computer und klickte sich angeblich durch Börsennotierungen und neue Chemieprodukte – doch sie mochte nicht glauben, dass er wirklich las, was auf dem Monitor stand. In Wirklichkeit grübelte er vor sich hin.

»Wir müssen beide da durch«, sagte sie beinahe zärtlich, als sie in sein Arbeitszimmer kam. »Wenn Siegfried wirklich Kontakt zu uns sucht …«

»Also bitte, Gisela«, drehte sich Walter auf dem Stuhl zu ihr um. »Entschuldige, aber dieser Hokuspokus macht mich noch wahnsinnig.«

»Aber du sagst selbst, du wirst auf diese Hängebrücke gehen, um ihn zu treffen.«

»Nicht um *ihn* zu treffen, sondern den Idioten, der sich als Siegfried ausgibt.«

Sie ließ sich auf einem Holzstuhl neben ihrem Mann nieder. »Ich hab Timberli angerufen und mit ihm darüber gesprochen.«

»Du hast – was, bitte?«

»Den Timberli angerufen, bei dem ich am Freitagabend in Reutlingen war.«

Walter holte missmutig tief Luft. »Ja – und?«

»Ich hab ihn auf unser Problem angesprochen. Er ist ein sehr angenehmer Gesprächspartner. Und er hält es durchaus für denkbar, dass es auf Quantenebene eine Reaktion zwischen Vergangenem und Künftigem gibt.«

»Oh, bitte, Gisela«, wehrte Walter ab.

»Er hat gesagt, dass sich alles in kleinste Teile zerlegen lässt, aus denen das ganze Universum aufgebaut sei. Der menschliche Körper und die Planeten. Wir sind sozusagen alle aus Sternenstaub.«

»Bitte Gisela, verschon mich heute von diesem Kram.«

»Er hat auch gesagt, dass sich Quantenteilchen gleichzeitig an verschiedenen Orten aufhalten können«, blieb sie hartnäckig und fasziniert gleichermaßen. »Und er hat gesagt, dass es fraglich sei, ob es etwas wie eine objektive Realität gebe.«

»Komm mir nicht auch noch mit dem Foto von Dienstagabend daher«, drehte sich Temming seinem Computer zu, auf dem Diagramme des DAX-Index zu sehen waren. Seine Gedanken waren aber ganz woanders.

»Timberli meint, es komme bei vielem, was wir sehen, auf den Zeitpunkt der Beobachtung an – und danach richte sich das Verhalten eines Objekts.«

»Du wirst gleich sagen, wir bilden uns alles nur ein«, brummte Walter verärgert. »Ja, ja, und dann hat er dir sicher auch noch von Schrödingers Katze vorgelabert.«

»Hat er«, gab sich Gisela nun so begeistert, als habe sie die Probleme der vergangenen Tage völlig vergessen. »Das war wohl das berühmteste Gedankenmodell dieses begnadeten Quantenphysikers. Also kein Humbug, wie du immer meinst. Ich finde es logisch. Timberli hat mir das so geschildert, man sperrt eine Katze in eine Kiste und setzt sie radioaktiver Strahlung aus. Niemand wisse, wann die Katze tot sei – dieser Zustand entscheide sich erst, wenn man die Kiste aufmache.«

»Keiner hätt's gedacht«, erwiderte Temming und schüttelte ob der Einfachheit, mit der seine Frau die Quantenphysik zu verstehen glaubte, den Kopf. »Ein Glück, dass die Katze nicht gleichzeitig tot und lebendig sein kann«, fügte er ironisch hinzu.

»Alles bestehe aus Wellen, alles schwingt, sagte Timberli. Und somit sei alles miteinander vernetzt und verbunden, Materie und Geist, Vergangenes und Zukünftiges.«

»Also schwebt Siegfrieds Geist hier irgendwo rum – das willst du mir doch einreden, oder?«

»Gar nichts will ich dir einreden, Walter. Aber du solltest endlich damit aufhören, nur an deine Zahlen zu glauben. Es gibt noch mehr auf dieser Welt, viel mehr. Ja, das meiste kann man nicht erklären.«

»Hat Timberli gesagt«, ergänzte Temming den Satz zynisch.

»Bitte, Walter, Quantenphysik ist kein Hokuspokus. Timberli sagt, solche Effekte würden in vielen technischen Apparaturen angewandt und seien nachgewiesen. Und manchmal löse nicht eine Ursache eine Wirkung aus – sondern erst die Wirkung eine vorausgegangene Ursache.«

»Mein Gott, Gisela, haben wir nichts anderes zu tun, als über so'n theoretischen Quatsch zu faseln?«

Kaum hatte er die letzten beiden Worte ausgesprochen, drangen tiefe Gongschläge durch die offen stehende Tür in das Arbeitszimmer.

»Mein Gott«, fuhr Gisela erschrocken zusammen. Es folgten mehrere Schläge, bis ihr und Walter bewusst wurde, was dies zu bedeuten hatte: die Standuhr im Wohnzimmer. Seit Tagen hatten die Zeiger auf 5.10 Uhr gestanden – und jetzt schlug sie plötzlich die siebte Stunde. Walter war gleichermaßen verwundert, wandte sich vom Computer ab und versuchte, seine Frau zu beruhigen: »Ich bin vorhin an sie gestoßen«, sagte er. »Wahrscheinlich hab ich sie zum Leben erweckt.«

Die Töne waren verklungen, als Gisela vor dem antiken Uhrenkasten stand und das geradezu majestätisch hin- und herschwingende Pendel anstarrte. »Sie läuft tatsächlich«, flüsterte sie, während Walter ihr über die Schulter sah. »Na, klar, sonst hätt sie ja nicht geschlagen«, meinte er.

»Dann … dann …« Gisela suchte kreidebleich nach Worten. »Dann ist der Bann gebrochen.«

Walter ging verständnislos und kopfschüttelnd in sein Arbeitszimmer zurück.

105

Die Atmosphäre war frostig wie nie zuvor. Felix hatte bemerkt, dass mit seinen Eltern irgendetwas nicht stimmte. Der Bub wirkte eingeschüchtert, war bei jeder Gelegenheit zornig und verkroch sich in sein Zimmer.

Sven war an diesem Montag nicht ins Büro nach Ulm gefahren, sondern hatte seiner Sekretärin mitgeteilt, dass er eine Magenverstimmung habe, was prinzipiell sogar stimmte, denn die Ereignisse der vergangenen Tage hatten sich bei ihm auch körperlich bemerkbar gemacht.

Sylvia saß ihm mit geröteten Augen im Wohnzimmer gegenüber, zitternd, weinend. Schweigen erfüllte den Raum, als sei er mit einer unsichtbaren negativen Energie aufgepumpt worden, die jeden Augenblick zu explodieren drohte. Eigentlich wollten sie sich so viel sagen, doch inzwischen war alles ausgesprochen, was zu keiner Lösung führte. Sven hatte das Abenteuer mit Olivia eingeräumt, obwohl er sich insgeheim bewusst war, dass er vieles verschwiegen hatte. Am liebsten hätte er alles rückgängig gemacht, doch er war Realist genug, um zu wissen, dass alle Beteuerungen und Schwüre an diesem Geschehen nichts mehr änderten. »Wir müssen nach vorne blicken«, hatte er mehrfach gesagt, doch es schien so, als ob Sylvia an keine gemeinsame Zukunft mehr glauben wollte. All das Schöne, Aufregende und Spannende, das sie erlebt hatten, war in ein tristes Grau versunken. »Lass den morgigen Tag vorübergehen«, murmelte er und sah aufmunternd in ihr blasses Gesicht. »Uns hat die Vergangenheit meiner Eltern und Großeltern eingeholt«, fuhr er fort. »Und ich hab mich da mit reinziehen lassen.«

»Mit reinziehen lassen«, echote sie mit schwacher Stimme. »Ich hör immer nur ›reinziehen lassen‹. Von Charakterstärke hast du wohl nie etwas gehört.«

Es war immer dieselbe Antwort, seit gestern – und immer wieder spürte er dabei die Übermacht seines Vaters und Großvaters, die ihn zu dem gemacht hatten, was er jetzt war. Einer, der alles recht machen wollte und eigentlich im Grunde seines Herzens weder die Fähigkeiten noch das Durchsetzungsvermögen hatte, was man in so einem Job brauchte. Aber wahrscheinlich lag das in den Genen. Seinem Vater war es kaum anders ergangen – immer stand nur die Firma im Vordergrund, der Druck, die Leistung, der Erfolg. Immer nach außen hin den Starken mimen und bei allem, was man tat, die strategischen Ziele des Unternehmens im Auge behalten. Das war nichts für einen wie ihn, der viel lieber etwas Kreatives getan hätte, anstatt sich von den Mühlen des Wirtschaftslebens zwischen Konkurrenz und Betriebsräten zermürben zu lassen. Er musste an diesen verrückten Jarowski denken, der es offenbar mit allem, was er tat, darauf abzielte, die Firma zu schädigen, raffiniert eingefädelt durch Olivia, die ihm, Sven, zum Verhängnis wurde. Wieder raste die Frage durch seinen Kopf, was damit bezweckt werden sollte: die Firma ruinieren, den Ruf schädigen, oder kam es noch ganz dick und es würde eine horrende Geldsumme erpresst, morgen zwischen Himmel und Erde, wie es ihm sein Vater geschildert hatte? Aber warum zwischen Himmel und Erde auf dieser riesigen Hängebrücke? Seit er davon wusste, wurde ihm nicht allein durch die Vorstellung dieser Höhe schwindlig, die ihn dort erwarten würde. Sylvia würde unter keinen Umständen mitgehen.

Er musste an Siegfried denken, von dem er seit dem Gespräch mit den Eltern gestern sehr viel wusste. Es hatte ihn sogar schockiert, was er erfahren hatte. Aber an den Hokuspokus, den seine Mutter dahinter vermutete, wollte er nicht glauben. Andererseits gab es keine vernünftige Erklärung dafür, woher ein Außenstehender so viel Internes, vor allem aber so viele Details aus der Familie wissen konnte. Die Akten lagen unberührt im Keller seiner Eltern in Kuchen – und es würde auch niemand mehr leben, der damals in leitender Position in der Angelegenheit ermittelt und Akteneinsicht gehabt hatte. Oder doch, zuckte es ihm durch den Kopf. Außer natürlich diese damals junge Betriebsratsvorsitzende, die vorige Woche unbedingt seinen Vater hatte sprechen wollen. Ursula Fuchs. War sie der Dreh- und Angelpunkt all dessen, was sich in den vergangenen Tagen abgespielt hatte? Nein, das hatten sie gestern im Familienkreis besprochen – dazu war sie zu alt. Trotzdem war ihr manches zuzutrauen.

Und wieder kam ihm das Foto in den Sinn, das er und sein Vater von der Kripo bekommen hatten. Gegenüber den Ermittlern hatten sie beide erklärt, diesen abgebildeten Mann mit der wilden blonden Donald-Trump-Frisur nicht zu kennen, was letztlich sogar stimmte. Sie kannten ihn nicht, aber beiden war er begegnet, dem Vater im Ulmer Münster, und er selbst hätte ihn beinahe überfahren. Doch auch das hatten sie gegenüber den Beamten verschwiegen.

Plötzlich ein Gedanke, der ihn aufwühlte. Sie wussten bis heute nicht, wer der abgebildete Mann war, der auf dem Friedhof erschossen worden war. Noch immer war der Name nirgendwo in Erscheinung getreten. Auch die Kriminalisten hatten sich bisher geweigert, darüber Auskunft zu geben.

War das womöglich Kauler?, überlegte Sven. Er sprang auf und verschwand wortlos in seinem Arbeitszimmer. Dort klickte er sich am Monitor zu dem Foto, das die Kripo gemailt hatte. Als es formatfüllend auf dem Bildschirm erschien, starrte er es regungslos an. Drei, vier, fünf Sekunden lang. »Oh Gott«, entfuhr es ihm.

Seine Frau, die ihm gefolgt war und ihm über die Schultern blickte, fragte gespannt: »Wer ist das? Kennst du ihn?«

Sven erschrak, weil er nicht damit gerechnet hatte, dass seine Frau hinter ihm stand. Er klickte das Foto wieder weg, schloss die Augen und schüttelte schweigend den Kopf.

106

Häberle war noch einmal zu Walter Temming nach Kuchen gefahren. Denn die wichtige Frage, die nun im Raum stand, wollte er nicht am Telefon geklärt wissen. Unterwegs rief er sich in Erinnerung, was Linkohr nach dem vorgestrigen Besuch bei dieser Unternehmerfamilie berichtet hatte: dass der Senior bestritt, mit seinem BMW in der Mordnacht in der Nähe des Friedhofs gewesen zu sein und dass Olivia aus der zweiten Ehe deren Mutter stammte und Jarowski ihr Halbbruder sei. Linkohr hatte den Senior auch mit der Frage konfrontiert, ob er einen Martin Kauler kenne – doch da sei Walter Temming sprachlos geworden. Häberle entschied sich deshalb für energischeres Auftreten. Das Ehepaar war ob seines plötzlichen Auftauchens sichtlich verstört. Häberle behauptete, es gebe noch einige Dinge zu klären und wurde widerwillig in das Wohnzimmer geführt, wo ihm sofort die antike Standuhr auffiel, die laut vor sich hintickte. »Die hat wohl ihre eigene Zeit«, sagte er beim Blick auf das große Zifferblatt.

»Wie?«, stutzte Walter Temming und bedeutete Häberle, in einem Sessel Platz zu nehmen. »Achso, ja, die ist ein bisschen aus dem Takt geraten, könnte man sagen.« Auch seine Frau setzte sich.

Häberle entschuldigte sich für die unerwartete Störung und entschied sich für eine Notlüge, um seinen Besuch als eher bedeutungslos hinzustellen: »Ich bin gerade auf der Durchfahrt in Kuchen vorbeigekommen.« Dann räusperte er sich und kam zur Sache: »Es geht um die Waffe, die in Ihrer abgebrannten Jagdhütte aufgefunden wurde.«

»Die Waffe?«, wiederholte Temming vorsichtig. »Ich sagte doch bereits …« Seine Frau sah ihn von der Seite an.

»Ja, Sie sagten, Sie kennen die Waffe nicht«, unterbrach ihn Häberle, um das Gespräch abzukürzen.

»Und warum fragen Sie dann noch einmal?«

Häberle runzelte die Stirn. »Damit wir uns richtig verstehen: Es geht um einen Colt Python, Kaliber 357, Magnum.«

»Ja, das haben Sie schon gesagt.« Seine Stimme wurde leiser.

»Und wenn ich Ihnen sage, dass diese Waffe, exakt diese, zuletzt auf einen Unternehmer namens Alfons Huber in München registriert war, und der nun erklärt hat, er habe sie vor geraumer Zeit Ihnen überlassen?«

Temming erbleichte, die Blicke seiner Frau wanderten von ihm zu Häberle.

Nach einem Augenblick frostigen Schweigens hakte Häberle mit sonorer Stimme unaufgeregt nach: »Möglich, dass Ihnen das entgangen ist«, versuchte er, beiden eine goldene Brücke zu bauen. »Jedenfalls müssten Sie sich doch bei genauem Nachdenken daran entsinnen, so eine Waffe mal bekommen zu haben.« Er lächelte charmant. »So was kriegt man ja nicht jeden Tag geschenkt.«

»Es ... es ...« Temming hatte erkannt, dass weiteres Leugnen sinnlos sein würde. »Es muss vorgestern die Aufregung gewesen sein. Ja, ich war bei der Hütte ziemlich durcheinander, als wir darüber gesprochen haben. Natürlich ist mir klar, dass ich diese Waffe nicht besitzen dürfte. Er hat sie mir geschenkt, ein Jagdfreund, der Huber-Fonse, ja. Aber ich hab das Ding in unserer Jagdhütte versteckt. Ungeladen natürlich, ohne Munition. Ich hätte sie längst abgeben sollen.«

Häberle nickte. »Verstoß gegen das Waffengesetz. Für uns ein Nebenkriegsschauplatz«, beruhigte er seine Gesprächspartner.

Doch die Erleichterung des Paares war nur von kurzer Dauer, denn Häberle schob eine Bemerkung nach: »Merkwürdig ist nur, dass mit einer Waffe diesen Typs der Mord auf dem Geislinger Friedhof verübt wurde.«

»Mit dieser Waffe?«, entfuhr es Frau Temming.

»Ob mit dieser, wissen wir noch nicht«, entgegnete Häberle und wurde präziser: »Ich sagte: mit einer Waffe diesen Typs.«

»Und was hat das nun zu bedeuten?«, wollte Frau Temming wissen.

»Ich hab nur die Fakten genannt«, wich Häberle aus. »Wer hätte denn theoretisch Zugang zu dieser Waffe gehabt?«

»Zugang?« Walter Temming schreckte auf. »Niemand. Ich hab sie versteckt, in der Küchenzeile, unten, neben dem Abflussrohr.«

»Aber Ihr Sohn hatte doch Zugang, oder?« Häberle ließ sich nicht anmerken, wie stark ihn dies interessierte.

»Ja, natürlich, Sven hat nach dem Rechten geschaut. Sie wollen damit aber nicht sagen, dass er …«

»Ich will gar nichts sagen und nichts bewerten«, unterbrach ihn Häberle. »Ich trage nur die Fakten zusammen.« Weil keiner der beiden etwas erwiderte, machte er weiter: »Meinem Kollegen Linkohr haben Sie keine klare Antwort dazu gegeben, ob Sie einen Martin Kauler kennen.«

Wieder dieses spannungsgeladene Schweigen, das Häberle aus jahrelanger Berufserfahrung kannte. Es machte sich immer breit, wenn die Lage für jemanden aussichtslos wurde. »Ich nehme an, dass Ihnen der Name Martin Kauler ein Begriff ist«, stellte er deshalb fest. »Um es gleich klar zu sagen: Es ist nicht verboten, diesen Martin Kauler namentlich zu kennen.«

»Kauler, ja, Ihr Kollege hatte ihn erwähnt«, entschloss sich Temming zu einer Antwort, die ihm hörbar schwerfiel. »Es ist wohl der Sohn gewesen – von der Haushälterin meiner Eltern damals.«

»So scheint es zu sein. Und das ist Ihnen nicht eingefallen, als Sie mein Kollege vorgestern danach gefragt hat? Genauso wenig ist Ihnen vormittags, als wir uns an der Brandstelle getroffen haben, die Herkunft der Waffe eingefallen?«

Frau Temming schaltete sich ein: »Mein Mann leidet gerade sehr unter den Ereignissen. Da lässt sich nicht gleich zu allem und jedem eine Antwort finden.«

Temming nickte und warf seiner Frau einen dankbaren Blick zu.

Doch Häberle blieb hartnäckig: »Und dass möglicherweise Ihr BMW am Donnerstagabend unweit des Geislinger Friedhofs stand, das schließen Sie aber trotz … ja, trotz Ihres angeschlagenen Zustands aus?«

»Hören Sie auf, Herr Kommissar«, entrüstete sich Temming, dem Schweißperlen auf der Stirn standen. »Jetzt werden Sie gleich behaupten, ich sei Ihr Mörder.« Seine Augen waren glasig geworden. »Wir haben bis heute nicht einmal eine Ahnung, wer da überhaupt erschossen wurde.«

»Wir haben das aus ermittlungstaktischen Gründen zurückgehalten«, erklärte Häberle. »Aber nun will ich Ihnen sagen, wer erschossen worden ist: Martin Kauler.«

»Kauler«, zuckte Temming zusammen, während seine Frau kreidebleich geworden war und ihn anstarrte. »Kauler«, wiederholt Temming. »Kauler ist tot?«

Häberle blieb weiterhin ruhig und fragte: »Was schockiert Sie denn daran so, wo Sie sich doch nur beiläufig an diesen Namen erinnert haben?«

107

Linkohr war an diesem Montagabend müde. Jetzt aber hatten ihn zwei Nachrichten aufgepuscht. Bereits zum zweiten Mal überflog er die beiden E-Mails, die ihm soeben zugestellt worden waren. Denn es sah ganz danach aus, als kämen sie einen entscheidenden Schritt weiter. Die Computerexperten hatten in ziemlich mühevoller Kleinarbeit die Speicher einer privaten Überwachungskamera ausgewertet, die von einem Firmengelände aus auch die Zu- und Abfahrt zum Wohngebiet Rorgensteig beim Geislinger Friedhof erfasste. Ob dieser Aufnahmewinkel angesichts deutscher Datenschutzbestimmungen überhaupt zulässig war, darüber wollte Linkohr nicht nachdenken. Wenn's dumm lief, würde ein solcherart gewonnenes Beweismittel vor Gericht gar keinen Bestand haben. Fest stand aber, dass der dunkle BMW-Geländewagen, den der Musicaltheaterbetreiber Torsten Moll am späten Donnerstagabend auf einem kleinen Parkplatz vor dem Anstieg zum höher gelegenen Friedhof gesehen hatte, exakt um 22.43 Uhr dort abgestellt wurde. Trotz der Dunkelheit hatte die Videokamera mit ihrer Nachtsichtfunktion brauchbare Bilder geliefert. Allerdings war die Person, die aus dem Wagen stieg und sich dann aus dem Erfassungswinkel Richtung Friedhof entfernte, nicht zu erkennen. Der Statur nach musste es aber ein Mann sein. Linkohr spulte per Mausklick das Video weiter, worauf die Zeitschiene zu rasen begann. Als um 23.17 die Person wieder auftauchte und sich dem Fahrzeug näherte, klickte der Kriminalist auf die Normalgeschwindigkeit. Die Person stieg in den Wagen, parkte ziemlich schnell aus und bog in Richtung der nahen B 10 ab. In diesem Augenblick erfasste die Kamera das Heck des BMW. Linkohr stoppte das Video und konnte sich davon überzeugen, dass das Kennzeichen eindeutig abzulesen war. Wem es gehörte, hatten die Kollegen im Text der E-Mail bereits mitgeteilt: Walter Temming, wohnhaft in Kuchen.

»Da haut's dir's Blech weg«, flüsterte Linkohr leise, um sich nun der anderen Mail zu widmen, die die Chemiker des Landeskriminalamts aus Stuttgart übersandt hatten. Linkohr überflog, was er vorhin bereits flüchtig gelesen hatte. Demnach war im Brandschutt der Jagdhütte tatsächlich ein Brandbeschleuniger entdeckt worden. Die Analyse habe Diethylether ergeben, ein organisches Lösungsmittel mit einem sehr niederen Flammpunkt. Es könne sich allein schon an heißen Gegenständen entzünden. Früher habe man es auch als Narkosemittel eingesetzt. Heute werde der Stoff noch immer in der pharmazeutischen Industrie eingesetzt.

Linkohr überflog die Stichworte und komplexe chemische Erläuterungen und Formeln, mit denen er nichts anzufangen wusste. Dann erhob er sich, um den Kollegen der Sonderkommission diese bemerkenswerten Erkenntnisse mitzuteilen.

»Ich wette, die Temmings haben mächtig Dreck am Stecken«, resümierte einer aus der Runde und argumentierte mit dem Hinweis auf die pharmazeutische Industrie.

Besonders erfreut registrierte Linkohr, dass ihm Solfi anerkennend zuzwinkerte. Seine Müdigkeit war wie weggeflogen.

108

Mulzenbach war zufrieden. Seit der Samstagnacht, als er Olivia in Biberach hatte aufsuchen wollen, dann aber von dem Streifenwagen der Polizei überrascht worden war, schien die junge Frau wie vom Erdboden verschwunden zu sein. Ihr auffälliger grüner Kleinwagen hatte nicht mehr vor ihrer Wohnung gestanden, aber jetzt hatte ihn Mulzenbach wiederentdeckt. Und zwar genau dort, wo er ihn schon gestern vermutet, aber nicht gefunden hatte: bei dem Göppinger Hochhaus, in dem Jarowski wohnte. Trotz der inzwischen hereingebrochenen Dämmerung hatte er am Ende einer ganzen Reihe von geparkten Fahrzeugen das Auto erspäht. Er fuhr langsam daran vorbei und hielt seinen Ford Galaxy auf einer kleinen, nur wenig beleuchteten Freifläche an.

Von hier aus konnte er das gesamte Hochhaus überblicken, das in den bereits dunkel gewordenen Abendhimmel hineinragte.

Hinter einigen der Fenster brannte Licht. Mulzenbach überlegte, welches davon wohl zu Jarowskis Wohnung gehören mochte, in der er am Freitag gewesen war.

Er rief sich das Gespräch beim Rasthaus Gruibingen in Erinnerung. Es blieb aber keine Zeit mehr, auf eine gütliche Einigung zu warten. Viel zu viel war inzwischen geschehen – und alles schien eine Eigendynamik zu entwickeln, die bedrohliche Ausmaße annehmen konnte.

Mulzenbach behielt die Umgebung im Auge. Kein Mensch weit und breit, die Reihe der geparkten Autos war nur von zwei schwachen Straßenlampen beleuchtet. Einige Sträucher am Gehwegrand boten mit ihren dürren Blättern einen gewissen Sichtschutz. Außerdem stand der Kleinwagen, dessen Farbe in der Dunkelheit inzwischen in ein Grau-Schwarz abgeglitten war, so günstig, dass der Auspuff zur Gebäude abgewandten Seite stand, rückwärts eingeparkt, mit dem Heck zu den Sträuchern.

Mulzenbach wartete noch eine Viertelstunde, bis die Nacht vollends hereingebrochen war. Dabei stellte er zufrieden fest, dass es in diesem Bereich, weit abseits der vorbeiführenden Straße, keinen Fußgängerverkehr gab. Er griff in eine Plastiktüte, die auf dem Beifahrersitz lag, und entnahm ihr ein winziges Kunststoffröhrchen, wie es häufig bei Patienten zur Blutentnahme benutzt wurde. Nur wies dieses hier an der äußeren Rundung drei flossenartige kleine Zacken auf, mit denen es sich beim Hineindrücken in eine Öffnung festklemmen ließ. Ein Fließstöpsel verhinderte, dass die enthaltene Flüssigkeit entweichen konnte. Mulzenbach wusste, wie sorgfältig er mit diesem Gefäß umgehen musste. Aber es würde exakt in den Auspuff des Fahrzeugs passen und die Zacken sich darin verkanten.

So einfach hatte er es sich gar nicht vorgestellt.

109

Ursula Fuchs war verunsichert, aber dennoch zum Kampf bereit. Alles, was ihr Olivia gebeichtet hatte, klang ziemlich gefährlich. Und diesem Adam Jarowski traute die ehemalige Betriebsratsvorsitzende von ›Alb-Donau-Chemie‹ inzwischen so ziemlich alles zu. Wie gerissen er vorgehen konnte, hatte sich allein daran gezeigt, dass er sie von dem angeblichen Buchautor Ulrich Stanek hatte ausfragen lassen. Natürlich war es auch in ihrem Interesse, den Temming senior für all das zur Rechenschaft zu ziehen, worin er verstrickt sein musste. Wenn es schon die Juristen nicht schafften, dann sollte es auf andere Weise geschehen. Aber es hatte einen Toten gegeben – viel schlimmer noch: das Opfer war jener Mann, um den sich letztlich alles drehte. Martin Kauler, den 49 Jahre lang so gut wie niemand zur Kenntnis genommen hatte, der jedoch sein Leben allein gemeistert und sich in die Computertechnik geradezu verbissen hatte. Er war derjenige, der alle in Aufruhr brachte. Durch einen unglaublichen Zufall – oder hat das Schicksal nachgeholfen? – war etwas ans Tageslicht gekommen, das längst vergessen geglaubt schien. Sie selbst allerdings hatte es nie vergessen. Und nie überwunden. Deshalb war sie auch bereit gewesen, Jarowski zu unterstützen. Doch jetzt, nachdem er sie über Stanek hat aushorchen lassen, war sie von seinem Misstrauen maßlos enttäuscht.

Dass nun am frühen Sonntagmorgen diese Olivia aufgetaucht war, bestätigte sie in ihrer Meinung, dass Jarowski weit über das Ziel hinausgeschossen war – vermutlich getrieben von diesem Stanek.

Den ganzen Montag über hatte Ursula Fuchs mit sich gerungen, wie sie mit all dem, was ihr Olivia anvertraut hatte, umgehen sollte. Mehr und mehr verstärkte sich die Sorge, der jungen Frau könnte etwas zustoßen. Sie war zwischen die Fronten geraten. Natürlich war Olivia nicht ganz unschuldig dran, hatte sie doch über längere Zeit hinweg ihren Job bei den Temmings genossen und sich auf ein ziemlich gewagtes und abenteuerliches Spiel eingelassen. Einerseits war sie ihrem Halbbruder hörig gewesen, andererseits liebte sie die abenteuerliche Beziehung mit dem Unternehmer, der ihr regelmäßig heimlich einige Hunnis zuschob, wie sie die 100-Euro-Scheine bezeichnet hatte. Nun aber hatte Olivia es wohl übertrieben, grübelte Ursula Fuchs über das Verhalten der jungen Frau nach. In irgendeiner Weise war ihr deren Vorgehen jedoch verständlich, hatte sie doch selbst einst Ähnliches erlebt. Damals, mit Siegfried …

Ursula Fuchs rang sich am späten Abend zu einer Entscheidung durch.

110

»Der Kauler zieht uns in die ganze Schweinerei rein«, brummte Walter Temming, während ihm seine Frau bei einem Glas Wein im Wohnzimmer gegenübersaß. Sie hatten beide den Besuch des Kommissars nicht verdaut. »Und du hast uns mit der Scheißkanone in Bedrängnis gebracht«, warf Temming seiner Frau zum wiederholten Male vor. »Jetzt dauert's nicht mehr lange, und ich soll den Kauler erschossen haben! Ich, ausgerechnet ich«, schrie er zornig.

»Ich hab vor einigen Monaten gelesen, dass die schwedische Königin Silvia behauptet hat, es würde in ihrem Schloss Drottningholm spuken. Von kleinen Freunden und Gespenstern hat sie in einem Fernsehinterview gesprochen. Man spüre, dass man nicht allein sei, ganz besonders nachts.«

»Bitte, Gisela«, entrüstete sich Walter, doch seine Frau ließ sich nicht unterbrechen:

»Sogar im Stockholmer Schloss spuke es, sagte Silvia. Als sie schwanger gewesen sei, sei wohl eine weiße Frau umgegangen.«

»Das ist ja wohl schon eine Weile her«, murmelte Walter genervt. »Die Silvia dürfte auch weit über 70 sein, oder?«

»Ich sag ja nicht, dass es bei uns spukt«, blieb Gisela hartnäckig. »Aber irgendetwas stimmt doch hier nicht. Denk an deinen Computer, der plötzlich nicht mehr gegangen ist.«

»Computer spinnen regelmäßig. Außerdem tummeln sich da unendlich viele Ganoven. Dieses Darknet, also der finstre Teil des Internets, ist voll von Kriminellen, glaub mir. Dabei kann man sich ganz einfach einwählen. Auch der Absender, der sich als Siegfried ausgibt, bedient sich solcher dubiosen Angebote.«

»Das erklärt aber nicht, woher er das alles weiß.«

»Mein Gott, Gisela, im Darknet kursieren die unglaublichsten Sachen. Erst kürzlich wurden Patientendaten aus Krankenhäusern zum Kauf angeboten. Da können auch andere Akten irgendwo und irgendwie durchsickern.«

»Du meinst, auch die mit Siegfried?« Gisela sah fassungslos auf.

»Lass uns das zu einem Ende bringen«, versuchte Walter seine Frau zu beruhigen, wohl wissend, dass dies alles nicht in seinen Händen lag. Deshalb fügte er hinzu: »Wenn es morgen kein Ende nimmt, müssen wir in anderer Weise handeln.«

»Ihr habt euch tatsächlich entschlossen, da hinzugehen?«

»Das weißt du doch. Sven und ich werden uns dem Idioten stellen«, erwiderte Temming mit entschlossener Stimme.

»Sag bitte nicht Idiot zu Siegfried.«

Walter winkte ab. Es hatte keinen Sinn, mit Gisela länger darüber zu reden. Für morgen war mit Sven alles besprochen.

111

»Und was schließen wir da draus?«, fragte Häberle in die Runde seiner Kollegen, denen er gerade von einem Pizzaservice die abendliche Verpflegung besorgt hatte. Entsprechende Düfte zogen durch die Räume des Geislinger Polizeireviers. Häberle war aufmerksamer Zuhörer gewesen, als Linkohr über dieses Lösungsmittel referiert hatte, das die Brandspezialisten im Bauschutt von Temmings Jagdhütte gefunden hatten.

»Na ja«, meinte Linkohr, »entweder das Zeug war dort gelagert und ist rein zufällig mit verbrannt, oder es hat tatsächlich jemand damit das Feuer gelegt.«

»Um Spuren zu verwischen«, argumentierte ein anderer.

»Aber Spuren welcher Art?«, fragte Häberle zurück, der sich an die Wand neben der Tür gelehnt hatte, während sich ein Dutzend Kriminalisten über ihre Pizzen oder Nudelgerichte hermachten.

»Spuren von Olivia«, antwortete Linkohr prompt, was ihm einen Zwischenrufer einbrachte: »Unser Frauenversteher kennt sich aus.«

Kurzes Gelächter ging in Häberles ernster Erklärung unter: »Wenn dieser explosive Stoff, dieses ...«, er hatte sich den Namen nicht merken können, weshalb ihn Linkohr wiederholte.

»Diethylether, organisches Lösungsmittel mit sehr niederem Flammpunkt.«

»Ja, dieses Zeug, das einem schnell um die Ohren fliegt, wenn das also die pharmazeutische Industrie braucht, dann wird so etwas sicher auch bei ›Alb-Donau-Chemie‹ produziert.«

»Das wird man annehmen können«, meinte Linkohr und ergänzte: »Dass die Temmings mit dem Friedhofsmord zu tun haben, davon gehen übrigens auch die bayrischen Kollegen in Neu-Ulm und Kempten aus.«

»Ist ja auch praktisch. Damit drücken sie ihren Fall an uns ab«, grinste ein älterer Kriminalist, der aus Erfahrung wusste, dass viele Dienststellen dazu neigten, unangenehme Fälle an andere weiterzugeben.

»Vielleicht sollten wir tiefer in die Vergangenheit einsteigen«, überlegte Häberle. »Dieser tödliche Unfall, den es im Oktober 1968 gegeben hat – Unfallflucht und so, bei dem die Mutter von Kauler ums Leben gekommen ist.«

»Schon gecheckt«, meldete sich Solfi und zwinkerte Linkohr zu. »Da finden sich keine Akten mehr. Es muss am 14. Oktober passiert sein – eine Woche und zwei Tage nach dem Fenstersturz dieses Siegfried Temmings. Ich hab das bei der Zeitung rausgekriegt. Die Sekretärin war total nett, wusste gleich Bescheid, weil sich vorige Woche, vermutlich am Mittwoch, schon einmal jemand danach erkundigt hat.«

»Ach?«, staunte Häberle.

»Und dreimal dürfen Sie raten, wer sich dafür interessiert hat«, gab sich Solfi selbstbewusst und keck.

»Machen wir's kurz, verehrte Kollegin«, bat Häberle. »Oder soll ich's sagen? Sven Temming junior.«

»Bingo«, kam es von Solfi zurück, was ein allgemeines Raunen auslöste.

»Das passt doch«, meinte Häberle und wollte gerade etwas sagen, als in seinem Büro nebenan das Telefon klingelte. Er verschwand über den Flur, meldete sich und lauschte. »Ja, das dürfen Sie, absolut vertraulich«, sagte er nach wenigen Sekunden und ließ sich in seinen Schreibtischsessel sinken, um schnell einige Notizen auf ein Blatt Papier zu kritzeln.

»Und das ist absolut sicher?«, hakte er nach, kniff die Augen zusammen, holte tief Luft und legte auf. Das Ziel war näher gerückt. Aber es musste schnell gehandelt werden.

112

Walter Temming hatte so gut wie nicht geschlafen. Alles in seinem Kopf drehte sich um Martin Kauler und den ganzen Horror, den der angebliche Siegfried verbreitete. Noch immer wollte er es nicht fassen, dass es tatsächlich Kauler war, der auf dem Friedhof erschossen worden war.

Temming kroch an diesem Dienstag noch lange vor dem Morgengrauen aus dem Bett. Heimlich brauchte er dies nicht zu tun, denn Gisela lag längst wach. Was sich Walter und Sohn Sven in den Kopf gesetzt hatten, erschien ihr als ein sehr waghalsiges Unterfangen, aus dem während der kurzen Schlafphasen gleich mehrere Albträume entstanden waren.

Sie hatte am Abend mit Sylvia telefoniert, die gedroht hatte, Sven endgültig zu verlassen, wenn er sich auf das dubiose Treffen auf der Hängebrücke einlassen würde.

Gisela hatte die Sorgen der Schwiegertochter zwar geteilt, ihr aber andererseits zu verstehen gegeben, dass weder Sven noch Walter davon abzubringen sein würden, den unheimlichen E-Mail-Schreiber zu treffen.

Sylvia hatte dazu geraten, die Polizei einzuschalten, war damit aber bei Gisela nicht auf große Begeisterung gestoßen. »Weißt du, das würde ziemlich große Ermittlungen auslösen, die wir alle so nicht wollen. Außerdem würde uns das in den Friedhofsmord von Geislingen hineinziehen«, hatte sie gegenüber ihrer Schwiegertochter argumentiert und zu bedenken gegeben, dass es sich schließlich um keine echte Erpressung handle.

Sylvia war nicht zu überzeugen gewesen. »Und wenn sie Sven und Walter umbringen?«

Gisela hatte ihre eigenen Ängste unterdrückt. »Das werden sie am helllichten Tag in aller Öffentlichkeit nicht tun.«

»Aber was haben die dann vor?«

»Reue und Buße wollen sie. Von Walter.«

Gisela hatte die ganze Nacht, immer, wenn sie nach einer kurzen Schlafphase wieder wachgeworden war, an dieses Gespräch denken müssen – und dass Sylvia von ihrer Einschätzung und Entscheidung nicht abzubringen gewesen war.

Walter hatte erklärt, er werde Sven gegen 7 Uhr daheim in Laupheim abholen, damit sie rechtzeitig in Reutte sein würden.

Das Frühstück war dem frühen Morgen entsprechend dürftig und das Gespräch mit Gisela unterkühlt. Er versuchte sich gegen die wilden Gedanken zu stemmen, die von Sekunde zu Sekunde mehr Besitz von ihm ergriffen.

Deshalb war er froh, sich endlich von Gisela verabschieden zu können. Dass sie ihn nicht einmal bat, sie anzurufen, sobald alles erledigt sein würde, machte ihn allerdings stutzig. Aber dann gingen seine Gedanken nach vorne. In wenigen Stunden, so hoffte er, würde er alles hinter sich gebracht haben. Er musste stark sein.

Als er kurz nach sechs das Haus verließ, schlugen ihm Nieselregen und die Kühle des frühen Oktobermorgens entgegen. Er ließ seinen BMW aus der Garage in die Dunkelheit hinausrollen, wo nur Straßenlampen ein fahles Licht auf den nassen Asphalt warfen. Und als er nach einigen Hundert Metern in die ansonsten stark befahrene B 10 Richtung Ulm einbog, waren weit und breit keine Scheinwerfer zu sehen.

Ihm fiel ein, dass nicht mit Lkw-Verkehr zu rechnen war, denn die Regierung hatte ja den heutigen Reformationstag ausnahmsweise zu einem bundesweiten Feiertag erkoren – anlässlich des 500. Jahrestags der Reformation.

Hatte der Unbekannte das Treffen bewusst auf diesen Feiertag gelegt oder wollte er auf Halloween anspielen, das in der kommenden Nacht zumindest Kinder und Jugendliche zu allerlei Gespenster- und Spukspektakel aufwiegeln würde? Oder war der Termin reiner Zufall?

Zufrieden stellte er fest, dass heute früh weder die Geislinger Ortsdurchfahrt noch die anschließende Steige zur vernebelten Albhochfläche hinauf ein Hindernis darstellten. Er kam trotz schlechter Sichtverhältnisse zügig voran, während in der Frühsendung eines Radiosenders bereits das Leben und Wirken Luthers dargestellt wurden. In Ulm, wo die Donau für reichlich Luftfeuchte sorgte, verdichtete sich der Nebel. Wie so oft um diese Jahreszeit, litt die Stadt frühmorgens unter dieser rauen Wetterlage, die alles Licht aufzusaugen schien. Straßenlampen verloren sich im Nichts – und auch der üblicherweise angestrahlte Münsterturm war nirgendwo zu sehen.

Temming, den die schlechte Sicht erheblich ausbremste, brauchte heute früh in dem 50-km/h-Abschnitt nicht penibel genau auf die unzähligen Radarsäulen zu achten, die in Ulm dafür sorgten, dass insbesondere ortsfremden Autofahrern auf der vierspurigen Straße eine unfreiwillige Maut in Form eines Bußgeldes abgeknöpft wurde. Er passierte eine lange Unterführung, überquerte die Donau und bog hinter Neu-Ulm auf die B 30 in Richtung Friedrichshafen ab. Weil sie oft genug Sohn und Schwiegertochter in Laupheim besuchten, kannte er die Strecke im Schlaf, was sich heute als vorteilhaft erwies, weil er mit den Gedanken ganz woanders war. Was hatte der Unbekannte vor? Wollte er alte Wunden aufreißen? Wollte er sie alle ins Unglück stürzen? Oder hatte er das gar schon getan? Mit dem Tod von Kauler.

Temming nutzte die freie Piste und den lichter gewordenen Nebel, um im Morgengrauen zu beschleunigen, auch wenn er dadurch die 120-km/h-Beschränkung missachtete. Hier gab es niemanden, den er gefährden würde. Er empfand diese Limits auf freier Strecke und bei null Verkehr ohnehin als eine Schikane – und garantiert gab's an diesem frühen Feiertagsmorgen keine Radarkontrollen.

In Laupheim war es bereits hell. Sven hatte seinen Vater aus dem Nebelschleier heranfahren sehen und das Haus verlassen, um sofort einzusteigen. Er wollte ihm eine Begegnung mit Sylvia ersparen, die keinerlei Verständnis für das eigenmächtige Handeln der beiden Männer aufbrachte. Seit dem Aufstehen hatte sie Sven mehrfach gewarnt, dass sie endgültig mit Felix ausziehen werde, falls in Reutte etwas passieren sollte. Am schlimmsten war für ihn ein Satz gewesen, der in seinem Kopf nachhallte: »Dann kannst du mit deiner kleinen Nutte Olivia zum Teufel gehen.« In ihrer unbändigen Wut hatte Sylvia sogar gedroht, dieses hinterhältige Miststück totzuschlagen. Glücklicherweise war Felix in seinem Zimmer gewesen.

Die Begrüßung von Vater und Sohn verlief sachlich und kühl, wie zwei Geschäftsleute eben miteinander umgingen. Ihre Beziehung bewegte sich seit Jahren auf dieser Ebene. Was zählte, war nur der unternehmerische Erfolg. So hatte es Walter von seinem Vater Georg vorgelebt bekommen – und so gab er es an seinen Sohn Sven weiter. Beiden war der Weg ins Unternehmertum vorgezeichnet gewesen, obwohl sie im Grunde ihres Herzens nicht dafür geboren waren. Dass es trotzdem funktionierte, hatten sie dem allgemeinen Wirtschaftsaufschwung zu verdanken gehabt – und vielleicht einem Quäntchen Glück. Sven musste sich eingestehen, dass er zum denkbar ungünstigsten Zeitpunkt in dritter Generation auf dem Chefsessel saß: Finanzkrise, Brexit, EU-Zerwürfnis, Kriegsherde allerorten – und dann seit einem Dreivierteljahr ein US-Präsident, der alles daransetzte, ›America great again‹ zu machen und sich dafür schlimmer als ein Elefant im Porzellanladen gebärdete.

»Was hast du für ein Gefühl?«, fragte sein Vater plötzlich, nachdem sie viele Kilometer schweigend nebeneinandergesessen und vorbei an Dietenheim die A7-Anschlussstelle Illertissen erreicht hatten, wo sich die Schweinwerfer wieder in dichteren Nebel fraßen.

»Ein beschissenes Gefühl hab ich«, erwiderte Sven. Sein Magen rebellierte, sein Gedärm ebenfalls.

»Wir haben keine andere Wahl, als es durchzustehen«, murmelte Walter. »Wenn er will, dass wir uns demütig zeigen, soll er das haben.«

»Demütig«, wiederholte Sven abschätzig. »Reue und Buße heißt es doch. Zwischen Himmel und Erde. Das hört sich jedenfalls nicht nach einer Erpressung herkömmlicher Art an.«

»Er will ein Geständnis.« Walter atmete schwer und beschleunigte den BMW auf der Autobahn in Richtung Füssen.

»Geständnis – wegen Siegfried, ja«, nickte Sven wissend, denn nach dem ausführlichen Gespräch vorgestern im Familienkreis glaubte er, über alles informiert worden zu sein, obwohl er insgeheim zweifelte, ob ihm seine Eltern die ganze Wahrheit gesagt hatten. Sie waren allzu nervös gewesen, als sie von Siegfrieds Unfalltod sprachen, vor allem aber von den Gerüchten, die damals aufgekommen waren und die offenbar die Betriebsratsvorsitzende Ursula Fuchs heftig geschürt hatte.

»Alles nur böswillige Unterstellungen«, hatte Walter Temming vorgestern mehrfach betont. Auf Svens Frage, was es denn zu büßen gebe und wofür seine Eltern Reue zeigen sollten, hatten er und seine Mutter nur ausweichend geantwortet: »Weil manche meinen, wir seien am Tod von Siegfried mit schuld; bloß, weil wir bei seinem Sturz aus dem Fenster in der Nähe waren, sollen wir Reue zeigen.«

Dass Jarowski dahintersteckte, erschien Sven inzwischen absolut schlüssig zu sein. Der und dessen Halbschwester Olivia hatten etwas angezettelt, das in einem engen Zusammenhang mit Martin Kauler, dem Toten vom Friedhof, stehen musste. Schließlich war Walter dorthin gelockt worden, ohne natürlich zu ahnen, mit wem er es dort hätte zu tun haben sollen – eben mit Kauler, der ihm zuvor auf dem Ulmer Münster begegnet war. Sven hatte dies alles während der vergangenen Nacht gedanklich auf die Reihe bringen wollen. Dieser Kauler war es auch gewesen, der ihm bei der Ausfahrt aus dem Firmenareal in die Quere gekommen war.

Hatte das Fahrrad etwas zu bedeuten? Das Fahrrad! Kauler auf dem Fahrrad – und dann das alte Fahrrad, das gegen die Haustür geknallt war? Eine versteckte Botschaft?

»Und die Barbara, die Haushälterin deines Vaters«, überlegte Sven laut, während der BMW auf der Überholspur an einer von einem Wohnwagengespann angeführten Pkw-Kolonne vorbeizog und das Memminger Autobahnkreuz hinter sich ließ.

»Was ist mit der?«, fragte Walter mürrisch zurück, ohne die Straße aus den Augen zu verlieren.

»Die ist ja Kaulers Mutter. Die ist bei einem Verkehrsunfall mit dem Fahrrad ums Leben gekommen, wenn ich das richtig verstanden habe.« Viel zu viel war am Sonntag über ihn hereingebrochen. Vieles, von dem er nie etwas gehört hatte. Nie hatten sie in der Familie darüber geredet. Ihm war nur bekannt gewesen, dass sein Vater einen Bruder hatte, der bei einem Sturz aus dem Fenster gestorben war. Allerdings hatte er gerüchteweise davon gehört, wie umstritten anschließend der Aufstieg seines Vaters in die Betriebsleitung gewesen war. Viel lieber hätte man wohl diesen Siegfried als Juniorchef gesehen.

»Die Barbara war hochschwanger, als sie ein rowdyhafter Autofahrer über den Haufen gefahren hat«, wiederholte Walter, was er im Familienkreis schon am Sonntag gesagt hatte.

»Und den Schuldigen hat man nie erwischt?«, bohrte Sven weiter.

»Wie ich doch sagte, nein.«

»Sie ist im hochschwangeren Zustand noch Rad gefahren?«

»Ob gefahren oder das Rad geschoben, das hat man, glaub ich, nie rausgekriegt.«

»Dann war es aber ein echtes Wunder, dass die Ärzte das ungeborene Kind retten konnten.«

»So sieht's aus«, meinte Walter.

An der Art und Weise, wie er antwortete und die Worte betonte, glaubte Sven eine gewisse Unsicherheit heraushören zu können, weshalb er vorsichtig nachhakte: »Und da gibt es nun etwas, wofür du Reue zeigen sollst?«

»Ich sag dir doch, Sven, da hat sich ein Irrer in etwas verrannt. Man kennt doch solche Typen. Und wenn dieser Jarowski dahintersteckt, ist doch sonnenklar, was damit bezweckt werden soll: Man will uns mürbe machen, bloß weil wir erfolgreiche Unternehmer sind. Man hackt auf uns rum, verstehst du?« Beinahe hätte er die 68er-Revolte angesprochen, konnte es sich aber verkneifen, zumal Sven vermutlich längst wusste, dass er selbst einst von den Kapitalisten nichts gehalten hatte – zum Leidwesen von Vater Georg.

»Alles recht und schön«, meinte Sven. »Aber mal ehrlich, was erwartest du? Da oben auf dieser Brücke, die heute wohl in dichtem Nebel liegt. Das ist doch kompletter Irrsinn.«

»Daran siehst du ja, dass es ein Irrer ist.«

»Aber sollen wir im Ernst mit einem Irren auf diese Brücke gehen? Weißt du, wie hoch die ist? Über 100 Meter! Wenn da was aus dem Ruder läuft, hilft uns kein Mensch. Schon gar nicht, wenn sie vernebelt ist.«

»Das lass mal meine Sorge sein.« Sein Vater warf ihm einen Blick zu.

»Wie soll ich das verstehen?«

»Genau so, wie ich es sage, Sven. Wir Temmings hätten's nie so weit gebracht, würden wir nicht zwei, drei Schritte vorausdenken. Das Leben ist wie ein Schachspiel. Nur wer die Züge des anderen abschätzt, kann ihn mattsetzen.«

113

Auch Mulzenbach war in aller Frühe aufgebrochen, um einen Auftrag zu erledigen. Er hatte sich vor einigen Tagen dort umgesehen, wo er heute gebraucht wurde. Einfach war die Aufgabe nicht. Dass an diesem Feiertagmorgen auf der A 7 kaum Verkehr herrschte, kam ihm entgegen. Allerdings fühlte auch er sich von den widrigen Wetterbedingungen ausgebremst. Schließlich wollte er zeitig vor Ort sein, viel früher als all die anderen, von denen einige ziemlich geheimnisumwittert zu sein schienen. Allerdings konnte er sich durchaus denken, wen er antreffen würde – aber es blieb die Ungewissheit, wer sonst noch auftauchte.

Als er auf der österreichischen Bundesstraße 179, die hier zur Fernpassstraße wurde, die Marktgemeinde Reutte umging, hatte der Morgen längst zu grauen begonnen. Sonnenaufgang war hier heute um 6.59 Uhr, so jedenfalls hatte er es dem Internet entnommen und darüber gestaunt, dass die knapp 150 Kilometer südlicher gelegene Position im Vergleich zu Ulm eine um zehn Minuten frühere Helligkeit bescherte. Bezogen war dieser Zeitpunkt natürlich auf die Horizontlinie, die weit hinter den hohen Bergen lag. Und ob sich die Sonne überhaupt zeigen würde, war fraglich. Unterwegs hatte sich der Nebel zwar immer mal wieder gelichtet, aber hier reichte die Sicht keine 200 Meter weit. Die majestätischen Ausläufer der Alpen waren nicht einmal zu erahnen.

Am liebsten wäre Mulzenbach weitergefahren – über den Fernpass zum Reschenpass und dann hinab in den Südtiroler Vinschgau, in dem die Herbstmonate meist sehr mild waren. Doch er durfte nicht in solche Gedanken versinken. Nicht jetzt. Nach dem Abzweig, an dem es rechts in die Stadt und weiter ins Lechtal ging, folgte er der Bundesstraße bergaufwärts. Dort lenkte ihn urplötzlich ein Nebelloch ab, das sich völlig unerwartet rechts oberhalb auftat – als ob ihm jemand die mächtige Burgruine

Ehrenberg präsentieren wollte, die auf einem Bergrücken thronte. Mulzenbach nahm den Fuß vom Gas. Tatsächlich – dort hob sich vom Himmelgrau das schmale, gräuliche Band der Hängebrücke ab, das quer über das enge Tal gespannt zu sein schien und sich in einer Nebelschwade verlor.

Mulzenbach folgte dem Schild, das rechts zum Parkplatz der Burg und zur Highline 179 wies.

Er durchquerte eine leergefegte Fläche und passierte einen mächtigen Torbogen, über dem zwei historische Gebäude miteinander verbunden waren. Mulzenbach hatte dies bereits gestern erkundet und wusste, dass sich hinter den dicken Mauern rechts das Erlebnismuseum befand und links die ›Ehrenberg Arena‹, ein ziemlich beeindruckender Veranstaltungsraum.

Als er gleich darauf den freien Platz beim Besucherzentrum erreichte, über dem die waghalsig anmutende Brückenkonstruktion jetzt zwischen zwei Nebelschwaden geradezu gespenstisch zu schweben schien und im grauen Nirgendwo des Himmels verschwand, stellte er zufrieden fest, dass hier unten noch alles friedlich und still war. Kein Auto, kein Mensch weit und breit. Weder vor dem Gasthaus Hotel Klause, noch schräg gegenüber beim großflächigen Restaurant Salzstadel. Der Touristenrummel, sofern es ihn an so einem rauen Spätherbsttag überhaupt gab, würde erst in zwei, drei Stunden einsetzen.

Er fuhr rechts an dem Kirchlein ›Christus am Stein‹ vorbei, dessen Zwiebelturm zusammen mit dem großen Feldkreuz versinnbildlichte, dass der Glaube hierzulande durchaus im Einklang mit den Symbolen einer technologisch aufgerüsteten Gesellschaft stand.

Mulzenbach folgte der langgezogenen Fassade der sogenannten Alten Kaserne, die längst einer friedlichen Nutzung diente. Ein schmaler Asphaltweg führte einige hundert Meter in das enger werdende Wiesental zu den vernebelten Berghängen hinüber – vorbei an einem flachen Gebäude, das die Aufschrift

›Bogenschützen SV Reutte‹ trug. Schon war auch der große Parkplatz in Sichtweite, den Mulzenbach gestern ausgekundschaftet hatte. Hier begann nämlich ein schmaler Bergpfad, der unter der nahen Fernpassstraße hindurch eine strategisch günstige Verbindung zu der jenseitigen Anhöhe bot, hinauf zum Fort Claudia. Abwärts war die Strecke für einen geübten Wanderer in 20 Minuten zu bewältigen.

Mulzenbach erschien der Parkplatz deshalb in doppelter Hinsicht als günstig. Er hatte natürlich seinen Ford Galaxy möglichst weit von der Hängebrücke entfernt abstellen wollen. Schließlich war nicht abzuschätzen gewesen, wie groß der Andrang an diesem deutschen Feiertag sein würde. Ob auch hier in Österreich der Jahrestag der Reformation mit einem Extra-Feiertag begangen wurde, hatte er nicht gehört.

Allerdings wunderte er sich, dass zu dieser frühen Morgenstunde bereits fünf Fahrzeuge auf dem Parkplatz standen, darunter auch zwei mit deutschem Kennzeichen. Möglicherweise Bergwanderer, die irgendwo in einer Hütte übernachteten, vorausgesetzt, es gab noch welche, die um diese Jahreszeit offen hatten. Mulzenbach stieg aus, sog die feucht-kühle Gebirgsluft in sich hinein. Motorengeräusche drangen von der oberhalb vorbeiführenden Fernpassstraße herab, die in Richtung Heiterwang eine scharfe Kurve beschrieb.

Mulzenbach wollte alles vermeiden, was ihn in irgendeiner Weise verdächtig machen würde. Deshalb hatte er sich einen Rucksack dabei, der ihn als Wanderer auswies. Es brauchte ja niemand zu wissen, was sich tatsächlich darin verbarg. Natürlich hatte er sich bei der Vorbereitung überlegt, ob es ratsam war, mit diesem Gepäckstück im Kofferraum die Grenze zu passieren, aber zum einen hatte er noch nie im Bereich des Grenztunnels zwischen Füssen und Reutte eine Zollkontrolle erlebt und zum anderen war seit Monaten nichts mehr von verstärkten Kontrollen wegen der Flüchtlinge zu hören gewesen.

Hier auf österreichischem Territorium wog er sich ohnehin in Sicherheit.

Er blieb noch einige Zeit im Wagen sitzen und behielt die Umgebung im Auge. Kurz vor halb acht stieg er aus. Er wollte vor Öffnung der Brücke oben, am Eingang sein. Dazu musste er auf dem einsamen Sträßchen zurück zum Besucherzentrum gehen, von wo aus der Wanderweg über den bewaldeten Hang zur trutzigen Burgruine Ehrenberg führte.

Er konnte sich Zeit lassen und immer mal wieder einen Blick auf diesen engen, stark vernebelten Geländeeinschnitt werfen, den die kühne Metallkonstruktion in knapp 115 Metern Höhe überspannte. 406 Meter weit, so hatte er es gelesen. Der abenteuerliche Gitterrostweg, durch den man senkrecht nach unten schauen konnte, hing an vier Tragseilen mit einem Durchmesser von sechs Zentimetern. Acht Felsanker waren dazu 17 Meter in den Untergrund gerammt worden. Das bot Sicherheit für immerhin 500 Personen, die gleichzeitig über den Abgrund spazieren konnten. Mulzenbach hatte sich ausgiebig informiert und überlegte, wie viele Besucher wohl schon mit mulmigem Gefühl darübergegangen waren. Es war ungefährlich, aber wenn die Konstruktion durch die Tritte sanft schwankte, konnten gewiss manche diesen Nervenkitzel nicht ertragen. Wie würde es erst bei starkem Wind sein?

Mulzenbach hatte seinen Mut erst gestern getestet. Der Gang über die Brücke kam ihm viel einfacher vor, als er es befürchtet hatte. Sein Vertrauen in die Technik war nahezu grenzenlos – und außerdem konnte ihm die Höhe ohnehin nichts anhaben. Allerdings war es gestern sonnig gewesen. Und so, wie es jetzt aussah, ging man dort oben heute durch die Wolken. Ein sehr ungünstiges Wetter. Wenn sich die Sicht nicht besserte, stand das ganze Vorhaben auf der Kippe. Mulzenbach rief zum wiederholten Mal die Wetter-App seines iPhones auf. Eigentlich wurde für Reutte ab 10 Uhr das Sonnensymbol angezeigt. Das mochte zwar gebietsweise stimmen, aber wenn sich der Nebel in den Tälern hartnäckig hielt, nutzte auch der klare Himmel darüber nichts.

Kurz vor acht hatte Mulzenbach die Anhöhe erreicht. Vor ihm, auf einem Bergsporn, erhob sich die Burgruine Ehrenberg. Ein aufkommender Wind trieb die Nebelschwaden um das Gemäuer. Punkt 8 Uhr fütterte Mulzenbach den Automaten am Drehkreuz mit acht Euro, zog das Ticket und konnte damit in eisiger Kälte die Brücke betreten. Als Erster an diesem Dienstag.

Es war ein eigenartiges Gefühl, in dieses undurchdringliche Weiß hinauszutreten. Maximal 20 Meter weit, so schätzte er, reichte der Blick. Die Stahlseile und der Gitterrostboden schienen sich einfach aufzulösen.

Mulzenbach überlegte, ob es überhaupt Sinn machte, das Vorhaben wie geplant voranzutreiben. Denn der Unbekannte würde wie ein Phantom aus dem Nebel auftauchen können. Doch bis dahin waren es noch zwei Stunden. Vielleicht schaffte es die wärmende Sonne, die Luftfeuchtigkeit aufzusaugen.

Mulzenbach konzentrierte sich auf das schmale Gitterrostband, das beidseits mit hohen Geländern und Maschendrahtzaun gesichert war, sodass eigentlich niemand Angst zu haben brauchte abzustürzen. Dennoch bedurfte es einer gewissen Überwindung, sich der vibrierenden und durchhängenden Konstruktion anzuvertrauen. Zwischen Himmel und Erde fühlte man sich in der Tat, dachte Mulzenbach an die Worte, die ihm Sven Temming übermittelt hatte. Ein kühler Wind rauschte sanft an den Stahlseilen vorbei, von unten drangen die Motorengeräusche der Fahrzeuge von der Fernpassstraße herauf. Auch das Rattern eines Zuges war zu vernehmen.

Von seiner gestrigen Erkundung wusste Mulzenbach, dass das schmale Metallband in etwa 400 Meter Entfernung auf einem kahlen Plateau endete, das jener Anhöhe vorgelagert war, auf dem die ruinenhaften Überreste von Fort Claudia aus dem Wald herausragten.

Bei zügigem Gehen war die andere Seite in rund fünf Minuten zu erreichen. Jetzt brauchte er auch nicht damit zu rechnen, dass ihm jemand entgegenkam und ihn ausbremsen konnte. Noch waren mit Sicherheit keine Touristen da, die sich dem Nervenkitzel hingaben und an der höchsten Stelle verweilten oder gar mit ihren Handys Selfies machten, um ihren mutigen Spaziergang sogleich per WhatsApp in die weite Welt hinauszufunken. Er war ganz allein hier oben. Zumindest, soweit er dies überblicken konnte – und dies war nicht allzu weit. Allerdings zeigte der Nebel inzwischen Lücken. Einige Male blieb Mulzenbach deshalb stehen, umklammerte das kalte Metall, spürte die Vibrationen der Konstruktion in den Knien und konnte tatsächlich kurz unter sich den Zwiebelturm des Kirchleins erkennen. Inzwischen waren offenbar auch einige Autos herangerollt.

Er schritt nun schneller voran, was die Schwingungen verstärkte. Instinktiv folgten seine Hände dem beidseitigen Geländer, das er jedoch nur sanft berührte. Diese Bewegungen waren nichts weiter als ein psychologischer Effekt, der ihm Sicherheit geben sollte, die er eigentlich gar nicht brauchte.

Mittlerweile lockerte sich der Nebel weiter auf. Mulzenbach verharrte einen Moment, um links hinaus in Richtung Reutte zu blicken, wo sich schon einige Gebäude abzeichneten. Nur das Hochtal rechts von ihm, wo sich hinter dem bewaldeten Steilhang das Örtchen Heiterwang verbarg, lag noch in der grau-weißen Soße.

Dem leicht durchhängenden Mittelteil folgte nun der sanfte Anstieg zur anderen Seite. Der höher gezogene Maschendrahtzaun, mit dem die Bundesstraße und Eisenbahn zusätzlich gegen das Hinabwerfen von Gegenständen gesichert wurde, kennzeichnete das letzte Viertel der Strecke. Mulzenbach konnte das nur noch sanft eingenebelte Ziel bereits ausmachen. Dann jedoch bremste ihn eine unerwartete Beobachtung aus: Da drüben auf dem Plateau, wo sich die Brücke an den Berg klammerte, war jemand. Olivgrün bekleidet, kaum erkennbar.

Um diese Zeit, bei diesem Wetter?, schoss es Mulzenbach durch den Kopf. Vor ihm konnte heute noch niemand über die Brücke gegangen sein. Also war diese Person auf einem Wanderweg hochgestiegen. Natürlich, beruhigte er sich. Da waren doch Autos auf dem Parkplatz gestanden. Er kniff die Augen zusammen, um im heller gewordenen Nebelgrau besser sehen zu können. Vermutlich war es ein Mann, der da drüben am Begrenzungszaun lehnte. Mulzenbach schien es so, als warte diese Person auf ihn.

Ihn beschlich plötzlich das fahle Gefühl, in eine Falle zu tappen. Umdrehen? Nein, das kam nicht infrage. Es wäre ein Zeichen der Schwäche und Angst. Außerdem würde der ganze Plan durcheinandergeraten.

Die leichten Schwingungen der Metallkonstruktion bemächtigten sich seiner weich gewordenen Knie. Er hielt sich mit den Händen an den Geländern fest, drehte sich um – doch da war der Nebel noch immer dick. Also weiter. Insgeheim ärgerte er sich über sein unsicheres Verhalten. Dem Kerl da drüben war das trotz einer Distanz von schätzungsweise noch 50 Metern gewiss nicht entgangen.

Nein, ein Zurück gab es nicht, entschied Mulzenbach für sich. Am liebsten hätte er seinen Rucksack abgeschnallt und herausgenommen, was darin versteckt war.

114

Die meisten Kriminalisten der Sonderkommission hatten in der vergangenen Nacht durchgearbeitet. Zwei Hinweise, die am späten Montagabend unabhängig voneinander eingegangen waren, erforderten nicht nur weitere Recherchen, sondern vor allem einen logistisch-bürokratischen Aufwand. Viel Zeit war ihnen nicht geblieben.

Häberle war gegen Mitternacht heimgefahren, um wenigstens ein paar Stunden schlafen zu können. Allerdings wachte er immer wieder auf, weil ihn die Frage plagte, ob alles, was sie in den vergangenen Tagen erfahren hatten, tatsächlich in einem Zusammenhang mit dem Friedhofsmord stand. Vieles deutete zwar darauf hin, aber Konkretes gab es noch immer nicht. Möglicherweise jagten sie einem Phantom nach, und alles war ganz anders. Andererseits bestand keinerlei Zweifel daran, dass es zwischen dem Opfer und den Temmings eine Verbindung gab – zumindest über dessen Mutter, die im Oktober 1968 ziemlich schnell nach dem ominösen Fenstersturz bei einem Unfall ums Leben gekommen war. Häberle hatte sich zwischen Schlaf und Traum dies in Erinnerung gerufen. Glücklicherweise waren auch die ›hohen Herren‹ beim Polizeipräsidium Ulm derselben Meinung. Oft genug hatte er bei denen energisch um Unterstützung gebeten, wenn seine Schlussfolgerungen im krassen Gegensatz zu jenen der Vorgesetzten standen. Allerdings waren ihm solche Querelen mittlerweile ziemlich egal, denn seit er seine Pensionierung freiwillig verschoben hatte, prallten derlei Befindlichkeiten an ihm ab.

Um halb sechs war er aus dem Bett gekrochen – zum Leidwesen seiner Frau Susanne, die sich inzwischen um seinen Gesundheitszustand sorgte. August fühlte sich immer häufiger müde und abgespannt, was ihn aber nicht davon abhielt, nahezu rund um die Uhr im Einsatz zu sein. Wenn er sich in einen komplexen Fall verbissen hatte, war er nicht mehr zu bremsen. Daran hatte sich in all den Jahren nichts geändert.

»Sei aber bitte vorsichtig«, sagte Susanne. Das Frühstück war wieder mal spärlich und Häberle wortkarg. Noch in der Nacht, als er heimgekommen war, hatte er seiner Frau die neueste Entwicklung geschildert und ihr gesagt, dass er früh aufstehen müsse.

Während er ein Marmeladenbrot aß, hakte sie nach: »Und ihr seid euch sicher, dass euch keiner reinlegen will?«

»Absolut sicher kann man sich bei vertraulichen Hinweisen nie sein«, brummte er. »Aber die Hinweise waren ja nicht anonym, sondern kamen von namentlich bekannten Personen. Die haben mächtig Schiss, es könnte etwas Schlimmes passieren.«

»Aber irgendwie klingt das nach dem reinsten Himmelfahrtskommando«, warf Susanne ein.

Häberle grinste. »So hat das Paul Grantner auch formuliert.«

»Paul Grantner?«

»Erinnerst du dich nicht mehr? Grantner, Oberinspektor vom Landeskriminalamt Tirol in Innsbruck. Hat mich gewundert, dass der auch noch nicht in Pension ist. Das war der Fall im Tannheimer Tal, als wir in einem Grauzonenbereich ermitteln mussten.«

Susanne wusste Bescheid. »Damals bist du mit unserem Wohnmobil unterwegs gewesen.«

»Genau, und der Grantner war uns mit seinen Kollegen sehr behilflich. Es war gestern ein echter Glücksfall, dass ich den so schnell an die Strippe gekriegt habe.«

Susanne sah ihren Mann aufmunternd an: »Dann wird's auch diesmal klappen.«

115

Walter Temming war mit seinem BMW von einer Nebelbank in die andere gerast, hatte scharf abgebremst, um dann, wenn die Sicht es zuließ, wieder zu beschleunigen. Sein Sohn Sven hatte seit dem Allgäuer Dreieck nichts mehr gesprochen und sich davor gehütet, die waghalsige Fahrweise seines Vaters zu kritisieren. Sie passierten den Grenztunnel bei Füssen und wurden von einem Hinweisschild in Tirol willkommen geheißen. Nach der Ausfahrt Vils folgte die Bundesstraße 179 dem Lech, der hier ein breites Tal ausgeschwemmt hatte. Temming missachtete die Geschwindigkeitsbeschränkung und jagte den BMW im weiten Bogen an Reutte vorbei, wo in den langsam auflösenden Morgennebeln eine Burgruine auftauchte. »Dort ist es«, brummte Walter Temming. Wenig später zeichnete sich am grauen Himmel die Hängebrücke ab.

»Hat ein privater Investor aus der hiesigen Region aus der eigenen Tasche finanziert«, erklärte Sven, der im Internet über dieses kühne Bauwerk recherchiert hatte. »Am 23. November 2014 wurde sie eingeweiht – also vor fast drei Jahren.«

»Steht wohl im Guinness-Buch der Rekorde«, gab Walter zurück.

»Ja, als längste Fußgängerhängebrücke der Welt im Tibet Style. Da wird ganz fein von der Konstruktion her unterschieden. In Sotschi gibt's was Ähnliches. Die Brücke dort ist um etwa 40 Meter länger, aber da ist der Gehweg unter einem Spannband abgehängt, also bautechnisch was völlig anderes.«

»Und das, was die in Rottweil bauen?«, zeigte sich Walter interessiert, während er sich auf Hinweisschilder konzentrieren musste.

Sven hatte auch dazu im Internet recherchiert: »Die soll zwar 950 Meter lang werden, aber nur 40 Meter hoch sein. Irgendwie mit Tragestützen und begehbaren Gittern, die an Tragseilen aufgehängt werden. Keine Ahnung, ob das auch Tibet Style ist.« Sven zuckte mit den Schultern: »Derzeit scheinen ohnehin die Hängebrücken Hochkonjunktur zu haben. Seit Mai wird behauptet, die Hängeseilbrücke über die Rappbode-Talsperre im Harz sei mit 485 Metern die allerlängste. Dafür ist sie wohl nicht ganz so hoch, wie die in Reutte.«

Walter Temming war inzwischen rechts von der Fernpassstraße abgebogen, um den BMW auf dem ziemlich leeren Parkplatz zu stoppen. »Kurz vor neun«, stellte Temming fest. »Da haben wir genügend Zeit.« Er stieg aus und sah zu dem schmalen Gitterrostband hinauf, das von Nebelschwaden umwabert wurde. Vor dem hellen Grau des Himmels hoben sich wie Schattenrisse die Silhouetten dreier Personen ab, die ziemlich in der Mitte der Brücke standen, also dort, wo sie am weitesten durchhing.

»Wir werden wohl nicht ganz allein sein«, stellte Sven fest und kämpfte beim Aussteigen gegen die innere Unruhe, die von Minute zu Minute größer wurde. »Hoffentlich verflüchtigt sich der Nebel vollends.«

Sie zogen sich ihre Windjacken über, und nachdem Walter den Wagen verriegelt hatte, erkundeten sie die Umgebung. Durch den Torbogen gelangten sie zum Besucherzentrum, vor dem sich einige Personen an Hinweistafeln orientierten.

Unterdessen füllte sich bereits der kleine Parkplatz innerhalb des historischen Bereichs. »Es wird belebter«, meinte Sven. »Da kann uns nicht viel passieren.«

Sein Vater hielt kurz inne und beäugte die Autos, aus denen überwiegend Männer in Wanderkleidung stiegen. »Sicher Deutsche, die den Feiertag für eine kleine Gebirgstour nutzen wollen.«

Sven zuckte mit den Schultern und ging zu dem Kirchlein. »Ich hoffe bloß, dass der ganze Spuk ein Ende nimmt«, murmelte er.

»Hör mir damit auf«, wehrte sein Vater ab. »Ich kann die Wörter Spuk und Geister nicht mehr hören.«

»Und wenn Siegfried doch erscheint«, entgegnete Sven, blieb stehen und drehte sich zu seinem Vater um.

»Mein Gott, Sven, mir ist nicht nach dummen Späßen.«

116

Angesichts der veränderten Lage hatte noch in der Nacht ein Richter einen Durchsuchungsbeschluss von Olivias Wohnung in Biberach ausgestellt. Zwar war es einer erwachsenen Person nicht verboten, spurlos von der Bildfläche zu verschwinden. Doch wenn sie alleinstehend war und der Verdacht bestand, ihr könnte etwas zugestoßen sein, war es geboten, nach ihr zu fahnden – und für weitere Ermittlungen ihre Wohnung zu durchsuchen. Linkohr wäre gerne dabei gewesen, hatte es dann aber vorgezogen, Häberle zu begleiten.

Mithilfe eines Zweitschlüssels, den der Hausverwalter zur Verfügung stellte, gelangten Kollegen der Ulmer Spurensicherung in die Wohnung. Verbrauchte Luft schlug ihnen entgegen, als sie die Rollläden hochzogen und Tageslicht auf die überall verstreuten Kleidungsstücke fiel. Alles sah nach einem übereilten Aufbruch aus. In der Küche stand ein ungespültes Weinglas, auf dem Esszimmertisch war ein zugeklappter Laptop nur auf den Ruhemodus geschaltet. Während vier Spezialisten der Spurensicherung in Schränken, Schubladen und anderen Behältnissen nach Hinweisen auf Olivias Verbleib suchten, machte sich einer der jungen Beamten über den Laptop her, der zum Erwachen kein Passwort anforderte. Auf dem Monitor erschien sofort das E-Mail-Programm, das eine ganze Menge eingehender Mails auflistete. Die erste ungelesene datierte von Sonntag, 2.47 Uhr, und war auf Englisch geschrieben. Irgendein Spam-Absender offenbar, wie der Ermittler mit einem Blick erkannte. Er scrollte die annähernd zwei Dutzend weiteren Mails durch – doch keine davon schien eine interessante Nachricht zu enthalten. Der Beamte ließ die Liste in die entgegengesetzte Richtung rasen, sodass rückwirkend ab Samstagnacht alle gelesenen Mails auftauchten.

Die Absendernamen waren für den Spurensicherer allesamt fremd, weshalb er sich auf die Stichworte hinterm Betreff konzentrierte. Nach einigen unverfänglichen Wörtern wie ›Hallole‹ oder ›Hi‹ tauchte mit Datum Samstag, 13.39 Uhr, der Hinweis ›Achtung Vorsicht‹ auf. Der Beamte stoppte das Scrollen und öffnete die Mail mit einem Klick. Absender war offenbar ein Alias, der ziemlich seltsam klang: ›Post mortem‹. Für einen kurzen Moment fühlte sich der Kriminalist wie elektrisiert, wusste er doch, dass es sich dabei um einen ziemlich makabren Begriff handelte. Wer kam schon auf die völlig irre Idee, sich ›Post mortem‹ zu nennen? ›Hi Mädel‹, stand da zu lesen, ›höchste Vorsicht vor S. Kein Kontakt mehr. Dienstag okay. Sechs Uhr bei mir.‹

Der Beamte las den Text ein zweites Mal und fotografierte ihn dann mit seinem Smartphone vom Monitor ab. Wenige Sekunden später lag das Foto der Sonderkommission vor.

»Post mortem«, wiederholte einer der Ermittler in Geislingen, als er den E-Mail-Text las. »Welcher Irre macht das denn?«

»Und was heißt S-Punkt?«, fragte ein anderer in die Runde.

»S-Punkt«, tat sich Solfi trotz durchwachter Nacht eifrig hervor. »Das heißt Sven. Sven Temming. Da wette ich mit euch. Das Mädel soll sich vor ihm in Acht nehmen.«

»Und wer ist dann ›Post mortem‹?«

»Sicher niemand aus dem Jenseits«, grinste Solfi, »sondern vermutlich ihr Halbbruder, dieser Adam Jarowski.«

»Wir leiten das sofort dem Chef weiter«, meldete sich ein anderer.

117

Mulzenbach war mit zitternden Knien und leichtem Schwindel jenseits des vernebelten Tales angekommen – hoch über der Schlucht, auf dem Plateau unweit des Fort Claudia. Mit jedem Schritt, den er näherkam, hatte sich seine Spannung ins schier Unermessliche gesteigert. Er zwängte sich durch das Drehkreuz, das den Ausgang markierte, und sah den olivgrün gekleideten Unbekannten auf sich zukommen. Ein braun gebranntes Gesicht, das sich zu einem freundlichen Lächeln verzog, sorgte für eine gewisse Beruhigung. Mulzenbach versuchte, das Erscheinungsbild irgendjemandem zuzuordnen, den er kannte. Schnauzbart, schwarze verstrubbelte Haare, rahmenlose Brille. Seit Tagen wohl nicht rasiert. Mittleres Alter.

»Guten Morgen«, presste Mulzenbach hervor und verkrampfte sein Gesicht ebenfalls zu einem Lächeln. »So bald schon hier?« Sein Atem kondensierte in der kalten Luft.

»Sie doch auch«, schallte es ihm entgegen, und zwar unerwartet hart. »Sie sind heut früh der Erste, der sich über das Ding gewagt hat.«

»Und Sie? Schon von unten hier am Berg hochgestiegen?«

»Frühsport«, grinste der Fremde, dessen Aussprache nicht so klang, als stamme er aus Tirol.

Mulzenbach taxierte ihn als Süddeutschen, vermutlich Schwabe. Jedenfalls kein Bayer. »Dann geh'n Sie jetzt hier drüber?«, fragte er.

»Ich überleg's mir gerade. Acht Euro kostet der Spaß wohl.«

»Damit dürfen Sie aber hin und zurück«, beeilte sich Mulzenbach etwas zu sagen.

»Wahrscheinlich reicht's mir einmal, danke«, erwiderte der Fremde, der offenbar unschlüssig war, was er tun sollte. Er tat so, als studiere er die Hinweistafel.

Auch Mulzenbach zögerte. Er hatte nicht damit gerechnet, um diese Zeit jemanden zu treffen. Und dieser Kerl machte nicht gerade Anstalten, als ob er schnell verschwinden wolle.

Mulzenbach ging ein paar Schritte weiter und wandte sich der stabilen Absturzsicherung zu, die das flache Plateau begrenzte. Er täuschte Interesse an dem Abgrund vor und ließ seinen Blick über die Anhöhen schweifen, an denen sich der Nebel nun allmählich aufzulösen schien. Im Augenwinkel versuchte er, den Mann bei der Hinweistafel zu mustern. War es wirklich nur ein Frühaufsteher, der bei diesem ruppigen Wetter einer sportlichen Betätigung nachging? Oder führten sie beide dasselbe im Schilde – nur unter anderen Vorzeichen?

Mulzenbach entschied, sich vorläufig zurückzuziehen und an jenem Pfad zu orientieren, der zur Fernpassstraße hinabführte – abseits vom nahen Fort Claudia. »Dann wünsch' ich noch einen schönen Tag«, rief er dem Unbekannten zu, der etwas Unverständliches murmelte und sich beim Lesen der Hinweise nicht stören ließ.

Als Mulzenbach hinter den nebelfeuchten Sträuchern und Hecken außer Sichtweite war, holte er sein Smartphone aus der Jackentasche und drückte auf der Adressliste auf den Namen ›Sven Temming‹.

Es dauerte einige lange Sekunden, bis das Funksignal über den Umweg nach Deutschland den Empfänger gefunden hatte, der sich eigentlich Luftlinie nur etwa 500 Meter entfernt in Tirol aufhielt.

»Ja«, meldete sich Temming junior.

»Position eingenommen«, teilte Mulzenbach mit gedämpfter Stimme mit und näherte sich dem Fort. »Sicht noch beschissen. Aber da ist ein Mann am Brückenende, den ich nicht kenne. Mittleres Alter, Schnauzer, Brille, braun gebrannt.«

Temming schwieg, worauf Mulzenbach nachhakte. »Sind Sie noch da?«

Endlich eine Reaktion: »Ist er noch da?«

»Ja, ich bin ein Stück weiter und beobachte so gut es geht.«

»Aber entfernen Sie sich nicht zu weit«, mahnte Temming.

»Keine Sorge, ich bleib dran.«

Sie beendeten das Gespräch. Mulzenbach sah sich nach einem Versteck um, von dem aus er die Hängebrücke und den Endpunkt überblicken konnte. Das war nicht einfach. Vor allem musste er in sicherer Deckung bleiben. Niemand durfte ihn sehen, wenn er auspackte, was er im Rucksack mitschleppte. Zufrieden nahm er aber zur Kenntnis, dass irgendwann die Sonne die Oberhand gewinnen würde.

118

Sie waren so rechtzeitig losgefahren, dass sie ein gutes Stück zu Fuß zurücklegen konnten. Jarowski wollte es nicht riskieren, allzu weit über verbotene Forstwege zu fahren. Zwar war es früh am Morgen, aber man konnte nicht wissen, wie streng in Tirol in Wald und Flur kontrolliert wurde. Seinen alten Audi hatte er deshalb unweit der kleinen Ansiedlung Lähn östlich von Reutte abgestellt. »Du wirst es schaffen«, munterte er seine junge Begleiterin auf, der eine ganz besondere Aufgabe zukam. Sie trug eine Jeans, festes Schuhwerk und eine Freizeitjacke – doch in der Plastiktüte, die sie fest umklammert hielt, befand sich ein ganz anderes Outfit, das erst später zum Einsatz kommen würde. Nach einem genau festgelegten Plan.

»Da oben ist's doch arschkalt«, meinte Olivia, als sie schnell atmend ihrem Halbbruder bergaufwärts folgte, während der kühle Morgenwind mit ihren halblangen Haaren spielte.

»Du wirst schon nicht erfrier'n«, bläffte Jarowski. »Mach dir warme Gedanken, dann wirst du's übersteh'n.«

»Das gibt doch ein riesiges Aufsehen, wenn da mehr Leute oben sind.«

»Die werden meinen, du seist ein Model, und da werden Modeaufnahmen im Nebel gemacht. Oder irgendeine Filmszene.« Er grinste in sich hinein. »Vielleicht für den ›Bergdoktor‹.«

»Bergdoktor?«, wiederholte sie ungläubig.

»Nie gesehen? Meist im Winterhalbjahr im ZDF, aber auch in Österreich. Die erfolgreichste Fernsehfilmserie. Spielt am Wilden Kaiser, ein Gebirgszug irgendwo bei Kufstein«, erklärte Jarowski, der Anfang des Jahres alle neuen Folgen in sich aufgesogen hatte. »Doktor Martin Gruber – nie etwas davon gehört?«

»Um ehrlich zu sein, nein. Ich guck mir so was nicht an«, schnaufte Olivia neben ihm.

»Solltest du aber. Einer wie der Martin Gruber wär was für dich.« Jarowski lachte.

»Ich brauch keine Fernsehhelden«, gab Olivia schnippisch zurück.

»Ich weiß, du hast die Affärchen in echt.«

»Quatsch.« Olivia blieb stehen und sah ihn genervt von der Seite an. »Hör damit auf. Das hab ich nur dir zuliebe getan. Dir und deinem Freund Stanek. Und was dabei herausgekommen ist, soll ich jetzt auch noch mit euch zusammen ausbaden.«

»Gemach, gemach«, wiegelte Jarowski ab. »Erstens hast du nicht schlecht verdient, und zweitens hast du dich auch amüsiert und ein gutes Zubrot kassiert, steuerfrei. Cash. Vergiss das nicht.«

»Dafür hab ich einiges durchstehen müssen«, meckerte sie.

»Tu mal nicht so! Du stehst doch auf so was. Hättest du ihn angezeigt, wär es ziemlich hart auf hart gegangen, das darfst du mir glauben. Die hätten dich vor Gericht bloßgestellt. Und die Boulevardblätter hätten tagelang ihre schlüpfrigen Storys gehabt.« Er fasste sie an einer Schulter und zwinkerte ihr zu:

»Wenn du Glück gehabt hättest, hätte dir vielleicht die Alice Schwarzer zur Seite gestanden.«

Sie wusste allerdings mit dieser Bemerkung über die bekannteste deutsche Feministin nichts anzufangen.

Jarowski ging nicht weiter darauf ein, sondern setzte seinen flotten Gang fort.

»Du glaubst, das ist besonders originell, was ihr da vorhabt?«, hörte er Olivias zweifelnde Stimme schräg hinter sich.

»Das wird ein Schock, ja. Vor allem, wenn viele Leute da sind.«

»Aber es springt doch für niemanden was dabei heraus«, motzte Olivia.

»Es muss nicht immer um Geld gehen, meine Liebste. Manchmal geht's einfach um Moral und Gerechtigkeit«, entgegnete Jarowski.

»Moral und Gerechtigkeit!«, echote sie verächtlich. »Dass ich nicht lache! Und ihr wollt dem wirklich euer heiliges Beweismittel einfach so geben?«

»Nicht wirklich, keine Sorge!«

119

Oberinspektor Grantner war an diesem Morgen von Innsbruck hergefahren, um seinen alten Freund August wieder mal zu treffen. Sie umarmten sich herzlich bei der Polizeiinspektion Reutte, wunderten sich über den jeweils anderen, dass er noch immer nicht in Pension war, und waren erfreut darüber, wieder einen grenzüberschreitenden gemeinsamen Fall zu haben. Grantner war noch in der Nacht informiert worden, worum es ging. Er hatte sofort dafür gesorgt, dass die Spezialeinheit ›Cobra‹, die einen ihrer Standorte in Innsbruck hat, nach Reutte entsandt wurde. Zu sehen war von diesen Einsatzkräften jedoch weit und breit nichts. Wie ihre deutschen Kollegen vom SEK, so bedienten auch sie sich perfekter Tarnung und waren auch dann nicht zu bemerken, wenn sie längst ihre Positionen eingenommen hatten.

Grantner hatte einen unauffälligen Kleinbus mit der Aufschrift eines fiktiven Forstbetriebs herbeordert. Ein junger Polizist aus Reutte steuerte den Wagen mit Grantner, Häberle und Linkohr aus der Gemeinde hinaus, vorbei an einer Shell-Tankstelle und unter der Fernpassstraße hindurch, zur Lähner Straße hinüber, die nach einigen Kurven zu einem Forstweg wurde. Holpernd, rumpelnd und in wilder Fahrt ging's aufwärts. Irgendwo entdeckte Häberle in einem Seitenweg einen alten roten Audi, kleineres Modell. Der Pkw und das Göppinger Kennzeichen kamen ihm seltsam vor. Er prägte es sich ein. »Glaubst du denn, dass es brenzlig werden kann?«, drehte sich Grantner, der auf dem Beifahrersitz saß, zu Häberle und Linkohr um.

»Um ehrlich zu sein, Paul, ich hab keine Ahnung«, räumte der deutsche Chefermittler ein. »Ich frag mich die ganze Zeit, was die Aktion da oben soll. Und das bei diesem zweifelhaften Wetter. Wir haben nur den Hinweis, dass sich um zehn Uhr dieser Unternehmer samt Sohn mit jemandem treffen soll.«

»Du hast aber auch g'sagt, dass es um einen Toten gehen soll.« Grantner unterdrückte seinen Dialekt, der trotzdem deutlich seine Wiener Herkunft widerspiegelte. »Sogar von einem Untoten hast du gesprochen.« Grantner grinste.

»Na ja«, lächelte Häberle. »So darfst du das nicht sehen. Das sind die Hirngespinste einer Frau. Aber um ehrlich zu sein, ein bisschen dubios klingt das alles.« Er entschied, dem österreichischen Kollegen von der jüngsten Nachricht aus Geislingen zu berichten, wonach eine junge Frau, die vermutlich heute auch auftauchen würde, E-Mails von einem Absender namens ›Post mortem‹ erhalten habe.« Weil der Fahrer des Kombis viel zu schnell in eine scharfe Kurve raste, musste sich Häberle am Vordersitz festhalten.

»Post mortem«, echote Grantner amüsiert. »Korrespondiert sie denn mit dem Jenseits?«

Häberle seufzte, während Linkohr sich an die Kopfstütze des Fahrers klammerte. »Ich werde dir alles ausführlich erzählen, sobald ich klarer sehe. Jedenfalls ist das, was wie eine Erpressung aussieht, vermutlich überhaupt keine.«

»Wie?« Grantner drehte sich abrupt um. »Du bist dir schon bewusst, was du bei uns in Innsbruck ausgelöst hast? Wir sind davon ausgegangen, dass es um Leib und Leben geht.«

»Das wird auch so sein, Paul. Aber nicht, weil's um Geld geht, sondern um, na ja, sagen wir mal, um die Ehre.«

»Um die Ehre? Habt ihr's mal wieder mit euren Türken zu tun?« Grantners Tonfall wurde ernst.

»Nein«, antwortete Häberle schnell. Er wollte keine politische Grundsatzdiskussion über die Türken entfachen. »Nein«, wiederholte Häberle schnell, »keine gekränkte Ehre eines Türken. Ganz anderes Thema: Ein Unternehmer aus Ulm wird möglicherweise von seiner Vergangenheit eingeholt.«

Grantner konnte sich eine bissige Bemerkung nicht verkneifen: »Egal, was da zwischen Himmel und Erde passiert oder wer da wo immer hereinschwebt – wir haben schon mal trotz des Nebels die Libelle in Alarmbereitschaft versetzt.« Häberle wusste vom letzten Mal: Gemeint war der Polizeihubschrauber.

120

Von hinten näherte sich ein dumpfes Motorengeräusch. Jarowski schnappte den linken Oberarm seiner Halbschwester und zog sie unsanft vom Forstweg zur Hangseite, die dicht mit Sträuchern und Hecken bewachsen war. »Da kommt ein Auto«, flüsterte er, während Olivia mit sich geschehen ließ, was er von ihr erwartete. Dürres Gestrüpp und abgestorbenes Laub strich unsanft über ihr Gesicht, die Plastiktüte verhakte sich irgendwo. Noch bevor ein Kleinbus mit einer Handwerkeraufschrift um die Kurve kam und bergwärts vorbeifuhr, waren sie beide im Unterholz in Deckung gegangen. Sie wären nur zu sehen gewesen, wenn einer der Insassen ganz konzentriert in den Wald hineingeschaut hätte. Aber das war nicht zu erwarten gewesen.

»Wie weit denn noch?«, quengelte Olivia, die ihre Rolle, die sie spielen musste, zwar genau kannte – aber letztlich war es natürlich ein Schmierentheater, das ihr Jarowski und Stanek zugedacht hatten.

»Um die nächste Kurve kommt eine kleine finstre Tannenschonung. Da beginnt dein Part«, grinste Jarowski.

»Meinst du denn, dass sie mitkommt?«, fragte Olivia, während sie schnellen Schrittes weitergingen.

Jarowski wusste natürlich, wen sie meinte: Sylvia Temming. Sie hatten zwar darauf gedrängt, dass sie ebenfalls auf die Brücke kommen solle, aber ernsthaft daran geglaubt hatten sie nicht.

»Es wird auch ohne sie genügend Aufsehen geben«, erwiderte er deshalb.

»Und wenn sie versuchen, uns auszutricksen?«, wollte Olivia schwer atmend wissen. Ihre Kondition war für solche Bergtouren nicht ausreichend.

»Das werden sie sich nicht trauen, mein Schwesterchen. Ich fand die Idee von Uli total geil, das da oben zu machen.«

Sie gingen einige Minuten schweigend nebeneinander her, bis endlich die kleine Tannenschonung links des Wegs auftauchte. »Hier kannst du in dein Outfit schlüpfen.« Er deutete mit dem Kopf in die entsprechende Richtung.

»Ich werde frieren wie ein Hund«, meckerte Olivia, wohl wissend aber, dass es kein Zurück mehr gab. »Hätt ich mir doch eine Strumpfhose angezogen.«

Sie verschwanden im Dunkel des Waldes, wo Jarowski seiner Halbschwester beim Umziehen half. Sie stützte sich auf ihn, um nacheinander die Schuhe abzustreifen und die Jeanshose auszuziehen. »Saukalt ist das«, jammerte sie, als sie nur in Slip und Freizeitjacke vor ihm stand. Er lächelte ihr aufmunternd zu und holte das schwarze, tief ausgeschnittene kurze Kleidchen aus der Plastiktüte, während Olivia Jacke und Pullover auszog und in ebenfalls mitgebrachte Lackschuhe schlüpfte. Ursprünglich sollten sie hochhakig sein, doch war Jarowski davon abgerückt, nachdem er auf Fotos gesehen hatte, dass die Brücke aus Gitterrostboden bestand, in denen sich dünne Absätze hätten verklemmen können.

»Du siehst affenscharf aus«, kommentierte er Olivias aufreizende Kleidung, die zwar in eine abendliche Diskothek gepasst hätte, nicht aber vormittags auf einen vernebelten Berg.

Sie zupfte fröstelnd ihre hellblonden Haare zurecht und zog eine Schnute. »Ganz so originell find ich das nicht. Was glaubst du, was die anderen Leute da oben denken?« Über ihre nackten Beine kroch Gänsehaut.

»So viele Leute werden das schon nicht sein. Tu einfach so, wie ich gesagt habe – als ob du zu einem Fotoshooting als Model hier oben wärst.«

Jarowski verstaute die Tüte mit den anderen Klamotten hinter dichtem Gebüsch und legte an Tempo zu, obwohl sich Olivia mit den feinen Lackschuhen auf dem geschotterten Weg schwertat. Sie hauchte in ihre kalten Hände, strich das dünne Kleidchen über ihren Oberschenkeln platt, wo es fast drei Handbreit über dem Knie endete.

Als sie sich dem Plateau näherten, wo vier Männer in Wanderkluft standen, war ihr deren Aufmerksamkeit sicher. Kaum hatte sie einer von ihnen wahrgenommen, hingen die Blicke aller an ihr. Olivia tat so, als nehme sie das gar nicht zur Kenntnis – und Jarowski mimte den Fotografen, der einen geeigneten Hintergrund für Modefotos suchte: »Wenn du dich nachher da rüberstellst, haben wir mit dem Nebel eine gute Perspektive«, sagte er so laut, dass es die Männergruppe deutlich hören konnte. Gleichzeitig behielt er die Brücke im Auge, über die noch immer Nebelschwaden waberten. Einige wenige Personen kamen vorsichtig auf das Plateau zu.

Dann wandte sich Jarowski den tuschelnden Männern zu: »Guten Morgen, die Herrn, ich kann Ihnen leider den hübschen Anblick der jungen Dame nicht ersparen, aber wir wollen einige Modeaufnahmen machen – fürs nächste Frühjahr. Unser Fotograf kommt noch.«

»Ein bisschen luftig heut'«, erwiderte einer der Männer. »Hoffentlich erkältet sich das Mädel nicht.«

Olivia rang sich ein Lächeln ab und verschränkte die Arme wärmend vor ihrem Oberkörper, dessen Formen das enge Kleidchen besonders hervorhob.

Jarowskis prüfende Blicke hatten inzwischen keine weiteren Personen mehr ausgemacht. Er zog den linken Ärmel seiner Jacke hoch, sodass die Armbanduhr hervorlugte. 9.56 Uhr. Für einen Moment überlegte er, wohin die Handwerker mit dem Kastenwagen wohl gefahren waren. Vermutlich rüber zum Fort Claudia, kam es ihm in den Sinn. Jetzt durfte jedenfalls nichts mehr schiefgehen.

121

Der Weg zur Burgruine war steil und beschwerlich. Sven ließ seinem Vater den Vortritt. Kühle Luft strich um ihre Köpfe. Die Zahl der Wanderer, die zur Brücke hochstrebten, nahm zu. »Wir kriegen einige Zuschauer«, murmelte Walter kurzatmig, als eine Gruppe von vier Personen an ihnen vorbeizog.

»Je mehr, umso ungefährlicher«, kommentierte Sven und rieb sich mit dem Taschentuch einen Tropfen von der Nase. »Egal, was da oben jemand vorhat – es kann nicht stillschweigend stattfinden.« Es klang, als wolle er sich selbst beruhigen. »Außerdem wird das Wetter besser.«

Nach 20 Minuten waren sie am Kassenautomaten angelangt, fütterten ihn zweimal mit je acht Euro und entnahmen die Tickets. Sie waren der noch immer umnebelten Brückenkonstruktion ganz nah: ein schmales Gitterrostband, das von hier oben waghalsiger wirkte als von unten.

Sven sah auf seine Armbanduhr. 9.56 Uhr. Sie hatten vier Minuten Zeit.

Sven zog seinen Vater beiseite, damit das Drehkreuz freiblieb, und flüsterte. »Er wird wohl von der anderen Seite kommen.«

Als sich der Nebel kurz lichtete, versuchten sie, am anderen Ende der leicht durchhängenden Brücke etwas zu erkennen. Doch mehr, als dass dort offenbar einige Personen standen, war über diese Distanz hinweg nicht zu sehen. Vier oder fünf Menschen gingen gemächlich hinüber, zwei kamen zurück. »Da geht's eng her«, stellte Walter mit mulmigem Gefühl fest. »Wenn man sich begegnet, muss man sich beiseiteducken.«

Sven nickte. »Das ist aber völlig ungefährlich.«

Sie warteten schweigend, bis es zehn Uhr war, beobachteten die Brückenbesucher, die sich nur langsam bewegten, und richteten ihre Blicke zum grell-grauen Himmel. Ein Angriff aus der

Luft war zwar nicht gänzlich auszuschließen, jedoch bei dieser Wetterlage eher unwahrscheinlich. Dann entschied Sven: »Ich geh voraus, du folgst mir.«

122

Der Mann, der etwa zur gleichen Zeit ein gutes Stück abseits des Plateaus hinter einem Busch in Deckung gegangen war, trug Handschuhe und schraubte etwas zusammen, das er im Rucksack mitgebracht hatte. Seine Position war ideal. Wären da keine Nebelschwaden, hätte er beinahe die gesamte Hängebrücke überblicken können – abgesehen von etwa zehn Metern, die am diesseitigen Ende von dichtem Gestrüpp verdeckt waren. Er selbst hatte sich eine olivgrüne Wollmütze tief ins Gesicht gezogen und den Kragen seiner Jacke bis zu den Wangen hochgeklappt. Nicht nur der Kälte wegen.

Falls sein Einsatz erforderlich sein sollte, konnte er von hier aus schnell in dem riesigen Waldgebiet verschwinden. Wohin, das hatte er in den letzten Tagen ausgekundschaftet. Er konnte davon ausgehen, dass es zunächst große Irritationen geben würde. Bis dann aber so richtig etwas in Gang käme, wäre er längst verschwunden und als einsamer Wandersmann vermutlich kaum verdächtig. Natürlich musste er vermeiden, dass man ihn kontrollierte und seine Personalien zu Protokoll nahm. Das könnte zu unangenehmen Fragen führen, für die er aber gewappnet wäre. Aber so weit würde es nicht kommen.

Er saß auf dem feuchten bemoosten Boden und hatte das Gewehr, auf das er soeben das Zielfernrohr geschraubt hatte, neben sich im vermoderten Laub liegen.

123

Kurz vor zehn Uhr. Die vier Wanderer, die sich auf dem Plateau an Olivias sexy Auftritt ergötzt hatten, waren auf dem Bergpfad weitergegangen. Olivia und Jarowski standen an die stabile Begrenzung gelehnt. Er legte einen Arm um die nackte Schulter der fröstelnden jungen Frau. Dann tauchte fast auf die Minute genau Uli Stanek auf, der sich im Wald aufgehalten hatte, einen dicken Schal samt Winterjacke trug und ein dickes Kuvert in der rechten Hand hielt. Er begrüßte die beiden mit herzlichen Umarmungen. »Super, wie das klappt«, flüsterte er und wandte sich Olivia zu: »Dir ist wahnsinnig kalt. Tut mir leid, aber es dauert nur noch ein paar Minuten.«

Olivia zitterte, kalter Wind spielte mit ihren Haaren.

»Du gehst voraus«, wiederholte Stanek, was sie mehrere Male theoretisch durchexerziert hatten. Olivia sollte als Erste in Erscheinung treten, um Sven Temming zu schocken – und dies in der Hoffnung, dass seine Frau dabei sein würde. Oder dass sie zumindest von irgendwoher die Szenerie mit einem Fernglas verfolgte. Immerhin gab es jetzt deutliche Nebellöcher.

»Dann komm ich«, betonte Jarowski, um alles, was besprochen worden war, noch einmal anzusprechen. »Als Joker folgt Uli mit dem Kuvert.«

Stanek grinste stirnrunzelnd: »Und wann kommt Siegfried angeflogen? Unser Phantom aus dem Nebel?«

»Lass die Witze«, giftete ihn Jarowski an.

124

Zehn Uhr. »Los jetzt«, befahl Sven Temming wie zu sich selbst. Er hatte die Personen auf der Brücke beobachtet und überlegt, ob einige davon jene waren, auf die sie in der Mitte treffen sollten. Aber falls sich die Unbekannten ebenfalls minutengenau in Bewegung setzten, waren sie über 400 Meter weit weg – ganz auf der anderen Seite. Und wieder blies der Wind einen Nebelschwaden über die Brücke.

Sven zwängte sich durch das Drehkreuz, gefolgt von seinem Vater. Sie mussten sich beide auf ihre ersten Schritte konzentrieren. Der leicht vibrierende Gitterrostweg ließ sie instinktiv beidseits das kalte Metall des Geländers umklammern. Dieses Gefühl der Sicherheit bekam aber nach wenigen Metern schon einen Dämpfer, weil sie eine Hand lösen mussten, um zwei entgegenkommenden Personen Platz zu machen. Sven musterte sie. Es waren zwei ältere Männer, vermutlich Rentner. Keiner von ihnen nahm Notiz von ihm. Trotzdem pochte sein Herz immer schneller. Sein Vater hinter ihm schwieg.

Beide ahnten sie, dass eine schicksalshafte Begegnung bevorstand. Svens Gedanken kreisten in diesem Moment um Sylvia, die gedroht hatte, ihn endgültig zu verlassen, wenn er sich auf dieses gefährliche Abenteuer einlassen würde. Aber was hätte er anderes tun sollen? Er konnte seinen Vater hier unmöglich allein lassen. Außerdem hatte der Unbekannte versprochen, dass mit dem heutigen Tag alles vorbei sein würde. Vorbei? Alles?, dröhnte es in seinem Kopf, während er konzentriert Schritt für Schritt weiterging und es vermied, durch den luftigen Gitterrost senkrecht nach unten zu schauen. Seine Augen suchten das Ende der Brücke, doch sie verlor sich aus seiner Perspektive noch immer im Nebel. Aus ihm tauchten zwei Personen auf, die näherkamen. Waren sie es, die gleich etwas

Schreckliches sagen würden? Nein, noch war die Mitte der Brücke nicht erreicht.

Walter hinter ihm hustete. Sven stoppte und drehte sich vorsichtig um. Ging es ihm schlecht? War das zu viel für ihn?

»Es geht schon«, presste er aus der heiseren Kehle genervt hervor. »Geh weiter, es geht schon.«

Sven hatte beklommen festgestellt, wie blass sein Vater auf einmal geworden war. Was mussten das für Teufel sein, die ihm und der Familie so etwas antaten?, fragte sich Sven. Natürlich steckte der Jarowski dahinter, mahnte seine innere Stimme. Jarowski und die alte Fuchs. Sie hatten das Komplott geschmiedet. Auch Walter war sich am Sonntag ziemlich sicher gewesen. »Die ist damals dem Siegfried hinterhergestiegen«, hatte er gesagt und hinzugefügt: »Die war scharf auf Männer wie keine andere damals. Ihr Rock war so kurz, dass der halbe Hintern rausgeschaut hat – und allein schon der tiefe Ausschnitt war eine Provokation!« Sogar seinem Vater Georg sei sie nachgestiegen. Sven hatte während des sonntäglichen Gesprächs im Kreise der Familie die Zusammenhänge nicht alle erfassen können, viel zu sehr war er in Gedanken mit seinen eigenen verworrenen Verhältnissen befasst gewesen.

Inzwischen hatten sie sich ein ganzes Stück weit vom Einstieg entfernt, und die Vibrationen wurden etwas stärker. Umso fester klammerten sie sich an das Geländer, als sie den beiden Entgegenkommenden – einem jungen Paar – ausweichen mussten. Weil sich die Nebelschwaden langsam verzogen und offenbar die Sonne die Oberhand gewann, hatten sie freie Sicht nach vorne – und dort waren nun drei Personen zu erkennen, die auf sie zukamen und die sie bei gleichbleibendem Tempo tatsächlich in der Mitte treffen würden. Sven behielt die Gruppe fest im Auge. Voraus schien eine große Frau zu gehen, die ein schwarzes, aber ziemlich kurzes Kleid trug. Die helle Haut ihrer nackten Beine hielt Svens angestrengte Blicke gefangen.

Er schluckte, verengte die Augenbrauen, als könne er damit schärfer sehen, doch nun trübte erneut ein dünner Nebelschleier die Sicht. Er verlangsamte seine Schritte. Sein Puls raste. War sie es wirklich? War das Olivia, die auf ihn zukam? Hier, wo er ihrer Nähe kaum entkommen konnte? Hier, mitten auf dieser Brücke?

Er ließ sich seine grenzenlose Aufregung nicht anmerken. Gab es für dies alles überhaupt eine vernünftige Erklärung? Was wurde hier eigentlich gespielt? Und wer folgte hinter Olivia?

Sven ging weiter, spürte Schweiß auf der Stirn, weich gewordene Knie, Frösteln und Hitze gleichermaßen. Schritt für Schritt näherten sie sich, als der Wind den Nebel wieder für ein paar Sekunden kurz verdichtete.

»Ist das die Olivia?«, hörte er plötzlich die Stimme seines Vaters von hinten. Er hatte sie also auch erspäht.

»Sieht so aus«, antwortete Sven, ohne sich umzudrehen. Wieder jagten Tausend Gedanken durch seinen Kopf. Was würde jetzt gleich geschehen? Noch etwa Hundert Meter trennten sie.

Sven spürte, wie es auf der durchhängenden Brücke sanft abwärts ging – zur Mitte und damit dem tiefsten Punkt entgegen. Er musste sich auf jeden Schritt konzentrieren, seine Hände folgten dem Geländer, als wolle er sich daran entlanghangeln.

125

Grantner, Häberle und Linkohr hatten sich in einen Gerätewagen der österreichischen Kollegen zurückgezogen. Das als zivil getarnte Fahrzeug stand neben dem Handwerker-Kleinbus, mit dem sie gekommen waren, hinter der Festungsanlage im Wald.

Die Kollegen der Spezialeinheit ›Cobra‹ hatten wirklich saubere Arbeit geleistet, dachte Häberle, der mit seinem jungen Kollegen auf einer gepolsterten Sitzbank Platz genommen und vier Monitore im Blick hatte, die ein Tiroler Kriminalist per Mausklick bediente. »Da könnt'r schau'n, was sich um uns rum abspielt«, erklärte Grantner stolz und ließ sich neben dem Bediener dieser Gerätschaften nieder. »Das haben's alles noch in der Nacht aufgebaut und installiert – und sogar die Überwachungskameras von der Brücke mit angeschlossen.«

Häberle nickte anerkennend.

»Nur keinen Ton gibt's von der Brücke«, räumte der Tiroler ein. »Hätten wir mehr Zeit gehabt, wär auch das möglich gewesen.« Auf einem der Farbmonitore war eine Totale des nur noch leicht in Nebel gehüllten Plateaus zu sehen, das sich nur etwa 100 Meter von hier entfernt befand. Soeben war dort eine fünfköpfige Wandergruppe eingetroffen, alles Männer, alle mit Rucksack. »Sind auch unsere Jungs«, erklärte der Kriminalist stolz. »Wir haben alles im Griff.«

»Und wenn echte Wanderer auftauchen?«, wollte Linkohr wissen.

Der Angesprochene grinste. »Inzwischen stehen im Umkreis von 200 Metern auf den Forstwegen Verbotsschilder: ›Vorsicht Lebensgefahr, Forstarbeiten‹. Und wenn doch jemand sie ignoriert, werden ein paar freundliche Forstleut' sie zurückweisen.«

»Respekt«, lobte Häberle und betrachtete das Bild auf dem zweiten Monitor. Es zeigte die Situation auf der anderen Seite der Brücke: momentan keine Menschen. »Habt ihr dort auch dichtgemacht?«, erkundigte er sich.

»Unten am Aufgang zur Ruine Ehrenberg steht ein Schild: ›Vorübergehend geschlossen, technische Überprüfung‹.«

Häberle überlegte, ob dies nicht allzu auffällig sein würde. Nein, beruhigte er sich. Die Personen, um die es ging, waren ja bereits auf der Brücke. Zwei Kameras fingen sie aus einer seitlichen Perspektive ein, sodass deutlich zu erkennen war, wie die beiden Gruppen aufeinander zugingen. Und je näher sie sich kamen, desto mehr zoomte das Bild an sie heran. Welch ein Glück, dass die Sicht besser wurde.

Die Kamera, die den vierten Monitor bediente, folgte mit vollem Zoom den drei Personen, die am Plateau losgegangen waren. Linkohrs Blutdruck war für einen Moment in Wallung geraten, als er die luftig gekleidete junge Frau gesehen hatte. »Olivia«, hatte Häberle kommentiert. »Das Kindermädchen der jungen Temmings.«

»Da haut's dir's Blech weg«, entfuhr es Linkohr, der wie gebannt auf das vollformatige Bild starrte. Die Aufnahmeperspektive von schräg hinten rechts ermöglichte einen astreinen Blick auf die Frau, obwohl sie vorausging und ihr die beiden Männer folgten, von denen einer etwas Bräunliches in der Hand hielt. »Wisst ihr, wer die sind?«, fragte Häberle wie zu sich selbst, um gleich die Antwort nachzuschieben: »Jarowski und Ulrich Stanek.«

»Was hat'n der bei sich?«, rätselte Linkohr.

Sofort zoomte der Tiroler Kriminalist die Kamera auf den Mann. »Sieht nach einem Kuvert aus.«

»Hm«, machte Häberle und grinste. »Ein Brief von Siegfried – aus dem Jenseits?« Er erntete damit einen skeptischen Blick des Technikers, der die gesamten Hintergründe des Einsatzes nicht kannte.

In diesem Moment krächzte sein Funkgerät. Er drückte eine Taste und meldete sich. Was aus dem Lautsprecher drang, konnten Häberle und Linkohr nicht vollständig verstehen. Es war jedenfalls eine aufgeregte Männerstimme, die dem Klang nach eine beunruhigende Beobachtung meldete. »Verstanden«, beendete der Tiroler das Gespräch emotionslos.

Häberle bat um eine Erklärung und bekam sie prompt: »Die Kollegen melden eine männliche Person, etwa 50 Meter von der

Brücke entfernt. Mit Gewehr und Zielfernrohr.« Häberle war für einen Augenblick fassungslos.

126

Sven Temmings Herz raste. War das ein böser Traum? Er umklammerte das beidseitige Geländer, glaubte, die ganze Brücke beginne wie wild zu schwanken. Sein Vater hinter ihm brummte etwas, das er nicht verstand. Da war Olivia. So aufregend, wie er sie viele Male erlebt hatte. Heimlich in der Jagdhütte. Sie hatte so getan, als böte nur er ihr, was sie suchte und sich aus tiefstem Herzen wünschte. Nun kam sie mit ernstem Gesicht, fröstelnd, aber so selbstsicher wie immer auf ihn zu. Sein Blick hing an ihr, an ihren weiblichen Reizen, an ihrer Schönheit. Wieso, verdammt noch mal, kam sie in diesem Outfit daher?, durchzuckte es ihn. Und diese Männer dahinter. Jarowski, natürlich, Jarowski. Aber den anderen kannte er nicht. Siegfried? War das Siegfried? Nein, der war tot, schon lange. 49 Jahre schon. Aber wer war es dann?

Der Wind spielte mit Olivias Kleidchen, hob den Saum, den sie mit beiden Händen gegen ihre Oberschenkel drückte. Offenbar hatte sie keine Mühe, auf diesem vibrierenden Untergrund frei zu stehen, ohne sich am Geländer festzuhalten.

»Verdammt, was soll das«, entfuhr es Svens Vater energisch, als sie ziemlich in der Mitte der Brücke aufeinandertrafen. Sven Auge in Auge mit Olivia, die ihn ohne eine Miene zu verziehen anstarrte. Jarowski hinter ihr grinste überlegen, und der Mann, den er halb verdeckte, schien die Situation gespannt zu verfolgen. Im grau-trist verhangenen Himmel deutete sich die Sonne an.

»Nun hast du, was du willst«, zischte Jarowski. Zum ersten Mal duzte er seinen Chef. Und zum ersten Mal erlebte er ihn panisch und ängstlich. »Deine Olivia, deine geliebte Olivia«, fuhr Jarowski fort, während sich Sven Temming an dem Geländer verkrampfte und sein Zittern zu verbergen versuchte. »Du weißt, was du ihr alles angetan hast.«

Sven spürte einen Kloß im Hals. Blitzartig durchzuckten Tausend Bilder seinen Kopf. Sie hatte es doch gewollt, sie hatte förmlich danach gebettelt und gefleht. Was spielte sich hier eigentlich ab?

»Jetzt kommt die Stunde der Reue und Buße über die Familie Temming«, höhnte Jarowski mit kantigen Gesichtszügen. »Mich einfach auszuschalten und loszuwerden, mich mundtot zu machen, das klappt nicht so einfach, wie du es dir vorgestellt hast. Der große Unternehmer und sein Alter zittern wie Espenlaub, weil sie Schiss haben, der Siegfried käme über sie, stimmt's?«

Walter Temmings Hände hatten sich am eiskalten Geländer verkrampft, sein Sohn Sven hielt ebenfalls das Metall umklammert.

»Jetzt habt ihr Schiss«, wiederholte Jarowski zufrieden und ließ ein paar Sekunden verstreichen. Olivia zitterte – aus Angst und vor Kälte.

»Deine geliebte Olivia könnte dich in den Knast bringen. Vergewaltigung, Körperverletzung, Nötigung, sexueller Missbrauch – dem Staatsanwalt würde sicher noch viel, viel mehr einfallen.«

»Was wollen Sie?«, brachte Sven endlich einige Worte aus dem trockenen Mund hervor. Aber sie klangen schwach und zitternd.

»Wir wollen kein Geld, keine Sorge«, grinste Jarowski. »Wir wollen dir nur zeigen, dass der Weg zwischen Himmel und Hölle ein schmaler Grat ist. Genauso wie hier oben.« Er lachte schallend. »Und genau so, wie ihn dein verehrter Senior gegangen ist.« Wieder zog ein dünner Nebelschwaden an ihnen vorbei.

Die Worte dröhnten in Walter Temmings Ohren wie ein Donnerschlag. Sein Blutdruck schien den ganzen Kopf sprengen zu wollen.

»Der verehrte Senior«, höhnte Jarowski weiter, »der hat sich vor Jahr und Tag auch an der Haushälterin vergriffen.« Er sah an Sven vorbei zum kreidebleichen Walter Temming. »Ich sag nur: Barbara lässt grüßen.«

Sven wollte etwas sagen, aber Jarowski ließ ihm keine Zeit: »Post mortem«, sprach er genüsslich aus, was Walter Temming einen neuen Schock versetzte. »Post mortem kommt ans Licht, was nie jemand wissen durfte.«

Die Männer schwiegen sich im eisigen Wind an, während von unten das Motorengeräusch einiger Fahrzeuge von der Fernpassstraße zu ihnen heraufdrang.

Jarowski gefiel sich in seiner Rolle des Anklägers. »Soll ich sagen, dass uns Siegfried alles erzählt hat? Siegfried, der ungeliebte Bruder deines Vaters? Siegfried wäre dein Onkel gewesen«, schleuderte ihm Jarowski die Worte wie Gift entgegen. Sie trafen Sven wie ein Messerstich mitten ins Herz.

Hinter ihm war Walters vergeblicher Versuch zu vernehmen, energisch aufzutreten: »Lassen Sie Siegfried aus dem Spiel.« Der Tonfall verriet aber helles Entsetzen.

»Siegfried wird noch eine wichtige Rolle spielen, warten Sie's ab«, bläffte Jarowski, während vor ihm Olivia ihr Kleidchen wieder an die nackten Beine presste und fror.

127

Der Mann mit dem Gewehr hatte sich flach auf den Bauch gelegt und beobachtete durch das Zielfernrohr, was sich etwa 200 Meter von ihm entfernt abspielte. Zufrieden nahm er zur Kenntnis, dass der Nebel durchlässig geworden war. So konnte er die Personen auf der Brücke nacheinander ins Visier nehmen, sah sie reden, gestikulieren – und das Entsetzen in den Gesichtern der beiden Temmings. Zwischendurch richtete er das Fernrohr auch auf Olivia, die aus seiner Perspektive nur von schräg links hinten zu sehen war, ebenso wie Jarowski und der andere, die beide den Sichtwinkel zu ihr verdeckten. Trotzdem konnte er deutlich sehen, wie der Wind an Olivias Kleidchen zerrte und es das Wenige, was über ihre Oberschenkel reichte, immer mal wieder flattern ließ, sodass sie reflexartig versuchte, es über ihre Pobacken nach unten zu ziehen. Ein wirklich aufreizendes Mädel, das sich bei dieser Kälte einiges zumutete, dachte der Mann und hatte Mühe, sich auf seine Aufgabe zu konzentrieren. Allzu gerne hätte er gewusst, was da draußen auf der Brücke geredet wurde. Noch sah es jedenfalls nicht danach aus, als seien die Personen in Streit geraten. Aber er musste aufpassen, jede Bewegung genau registrieren – und sich nicht ablenken lassen. Auch nicht von Olivia. Im Ernstfall kam es auf den Bruchteil einer Sekunde an. Und danach würde er so schnell wie möglich verschwinden. Zufrieden hatte er in den vergangenen Minuten festgestellt, dass sich offenbar außer ihm hier oben niemand aufhielt. Eigentlich merkwürdig, überkam ihn plötzlich ein ungutes Gefühl. An einem Tag wie heute müssten doch längst einige weitere Besucher hier auftauchen. Sogar auf der gesamten Brücke war außer den anvisierten Personen jetzt niemand mehr. War das ein Zufall – oder ging da etwas vor? Er schaute kurz auf, drehte den Kopf nach allen Seiten und ließ aus seiner liegenden Position heraus den Blick über abgestorbene Gräser und nahezu bräunlich verfärbte Stauden streifen, an denen Tautropfen im matten Morgenlicht glitzerten. Nein, da war niemand. Ganz sicher. Er presste den Gewehrkolben an den Schal, der sein Kinn bedeckte, drückte ein Auge zu und suchte mit dem anderen durchs Fernrohr die Personengruppe, deretwegen er hier war. Bereit, im Bruchteil einer Sekunde abzudrücken. Suspekt erschien ihm der Mann, der ihm den Rücken zudrehte. Der hielt etwas in der Hand – ein Kuvert oder so etwas Ähnliches.

128

»Siegfried«, wiederholte Jarowski langsam. »Einer von euch beiden« – er sah nacheinander auf Sven und dessen Vater dahinter – »weiß sehr genau, was aus ihm geworden ist. Und ein gnädiges Schicksal hat es so gewollt, dass seine Botschaft quasi aus dem Jenseits zu uns gedrungen ist.« Er grinste erneut. »Ein bisschen über Umwege sozusagen.«

»Hören Sie endlich auf«, forderte Walter Temming mit zitternder und schwacher Stimme.

»Ich fange erst richtig an, Herr Senior«, blieb Jarowski selbstbewusst. »Wir wollen kein Geld und Ihnen auch nicht nach dem Leben trachten. Sondern nur Reue und Buße. Denn wenn es schon die Justiz nicht schafft, den Mord an Siegfried zu sühnen, dann soll es nun hier geschehen.«

»Ich will das nicht hören«, drang es aus Walters heiserer Kehle. Sven sah sich zu ihm um, weil er befürchtete, sein Vater könnte zusammenbrechen.

»Sie werden's hören müssen. Sie waren es nämlich, der Ihren Bruder damals von der Leiter gestoßen hat, raus in den Garten. Sie haben nur eines gewollt – Nachfolger Ihres Vaters Georg werden. Dabei war Siegfried viel kompetenter und intelligenter als Sie – und der Liebling von allen. Auch von Ursula Fuchs.«

»Das ... das ...« Walter Temming rang nach Worten. »Halten Sie Ihren Mund«, brüllte er unerwartet los. »Halten Sie Ihren verdammten Mund. Das geht niemanden etwas an.«

Olivia fühlte sich zwischen den Fronten. Wieder hatte eine Böe ihr Kleidchen erfasst. Jedes Mal, wenn es nach oben flatterte, fühlte sie sich nackt, eiskalt und für eine Szenerie benutzt, für die sie sich von Sekunde zu Sekunde mehr zu schämen begann. Sie wollte weg, bevor sie sich den Tod holte. Sie spürte bereits ein Kratzen im Hals und drehte sich zu Jarowski, der aber ihren Hilfe suchenden Blick ignorierte.

»Die Fuchs hat's auf Siegfried abgesehen gehabt«, gab sich Jarowski informiert. »Siegfried und Frau Fuchs wären vielleicht das Traumpaar geworden. Aber das mussten Sie verhindern, Herr Senior. Und Sie haben es geschickt eingefädelt an jenem Samstag, dem 5. Oktober 1968. Rollladen defekt im Obergeschoss. Und Siegfried, der mehr handwerkliches Geschick hatte als Sie, der Revoluzzer und Kapitalistenfeind, der stieg auf die Leiter, und Sie haben ihn rausgestoßen.«

»Das ist doch Wahnsinn, was Sie da sagen«, unterbrach ihn Walter Temming, der sogar das Geländer losließ, um das Gesagte gestikulierend zu bekräftigen.

Sein Sohn Sven hielt sich nur noch mit einer Hand fest und drehte sich zu ihm um.

»Das ist kein Wahnsinn«, redete sich Jarowski in Rage. »Post mortem kommt alles raus.« Er erwähnte das Wort, das sich bei Walter Temming tief in die Seele gebrannt hatte, ein weiteres Mal, um anzudeuten, woher die E-Mails gekommen waren. »Ja, die

Botschaft, die ich euch beiden Temmings zwischen Himmel und Erde überbringe, ist sozusagen die: Siegfried lebt.«

Schweigen. Entsetzen. Der Wind pfiff leise in der Stahlkonstruktion. Nicht einmal Autolärm störte in diesem Moment die bedrohlich wirkende Stille.

129

Häberle hatte die Schrecksekunde überwunden. Jetzt grübelte er darüber nach, um wen es sich bei dem Unbekannten mit Gewehr und Zielfernrohr wohl handeln würde. Sein Vertrauen in die Spezialeinheit ›Cobra‹ war aber grenzenlos. In der Vergangenheit hatte er bisweilen sogar den Eindruck gewonnen, die österreichischen Kollegen seien weniger von politischen Befindlichkeiten unter Druck gesetzt als die deutschen.

Der Tiroler Polizist im Gerätewagen behielt auch während seiner kurzen Funkgespräche die vier Monitore im Auge und übermittelte in kurzen Worten das, was er sah und für wichtig erachtete – wie beispielsweise, dass eine Person ›aus Süd‹, womit die hiesige Seite des Tales gemeint war, ein Kuvert mit sich trage.

Häberle und Linkohr verfolgten den Einsatz, den die Tiroler Kollegen präzise und konsequent durchzuziehen schienen, mit angespannten Gesichtern. Beide hätten sie am liebsten selbst tatkräftig mitgeholfen, aber sie hatten mit den örtlichen Kräften vereinbart, den Zugriff, sofern einer notwendig sein würde, ihnen zu überlassen.

Die beiden Kriminalisten des Ulmer Polizeipräsidiums bereiteten sich stattdessen auf die Vernehmungen vor.

Häberle war für einen Moment tief in Gedanken versunken, als ihn ein neuerlicher Funkspruch in die Realität zurückholte. Offenbar waren Spezialkräfte in die Nähe des Unbekannten vorgerückt, der mit einem Gewehr auf die Personen auf der Brücke zielte.

Der Tiroler Kriminaltechniker drehte sich zu den beiden deutschen Kollegen um. »Sie werden ihn unschädlich machen, darauf können Sie sich verlassen.«

130

Sylvia weinte still in sich hinein. Eine halbe Stunde, nachdem Walter ihren Mann abgeholt hatte, war ihre Schwiegermutter mit ihrem Sommerauto, einem schwarzen Audi Cabrio, eingetroffen, dessen Saisonkennzeichen noch bis morgen galt. Zusammen waren die beiden Frauen nach Reutte gefahren, um heimlich zu verfolgen, worauf ihre Männer dort stoßen würden. Das Gespräch unterwegs hatte sich nur um Sylvias Zukunft gedreht. Am Wochenende noch war sie felsenfest davon überzeugt gewesen, Sven zu verlassen und Felix mitzunehmen. Noch immer hatte sie zwar ihre tiefe Enttäuschung nicht überwunden, aber nach reichlichem Überlegen einen klaren Gedanken fassen können. Nein, nie würde sie Sven dieses Abenteuer mit Olivia verzeihen können, aber was würde dann mit Felix, wenn sie Hals über Kopf davonlief? Felix war bisher wohlbehütet aufgewachsen und hatte eine große Zukunft als Unternehmer vor sich. Sofern er dies wollte und das nötige Zeug dafür hatte. Das konnte bei einem Jungen von vier Jahren noch nicht gesagt werden. Womöglich wollte er sich ganz anders orientieren, vielleicht Wissenschaftler werden oder Arzt. Oder Handwerker. Würde sie aber ausziehen, wäre bereits im Kindesalter seine Zukunft eines Stücks Sicherheit beraubt. Sylvia hatte begonnen, realistisch zu denken, obwohl wilde Gefühle an ihr zerrten. Gefühle, die sie einerseits zu Boden drückten, andererseits ihr sagten, dass Sven ein wunderbarer Mann war. Eigentlich.

Was hatte ihn um alles in der Welt geritten, auf dieses Flittchen hereinzufallen? Was hat sie ihm geboten, was sie als seine Frau ihm nicht bieten konnte? War er zu sehr an Haus und Familie gebunden? Hatte ihm die Freiheit gefehlt, die Männer manchmal brauchen? Ausreißen, neue Menschen kennenlernen? Sich einfach amüsieren, rumalbern, flirten? Aber warum hatte er sich in diesen Schlamassel hineinreißen lassen? In etwas, das Jahrzehnte zurücklag und das er gar nicht zu verantworten hatte. War er doch Opfer geworden? Sylvia kämpfte mit derlei Gedanken seit Tagen. Nein, Opfer wurde man ohne eigenes Zutun – aber in diesem Fall hatte Sven aktiv mitgemacht. Andererseits, so mahnte eine innere Stimme, konnte man auch Opfer werden, wenn man allzu leichtfertig zur falschen Zeit am falschen Ort war.

Sie wollte diese Gedanken loswerden, zumindest verdrängen, jetzt, hier und heute. Eigentlich hatten sie und ihre Schwiegermutter zur Ruine Ehrenberg hochgehen wollen, doch ein Schild, wonach technische Wartungen notwendig seien und die Brücke vorübergehend gesperrt sei, hielt sie davon ab. Allerdings hatten sie mit einem Fernglas vom Parkplatz aus gesehen, dass sich auf der leicht vernebelten Brücke trotzdem einige Personen in schwindelerregender Höhe bewegten. Die beiden Frauen waren erst kurz vor zehn Uhr eingetroffen. Das hatten sie so geplant gehabt, um zu vermeiden, dass ihre Männer sie bemerken würden.

»Ich schätze mal, dass die es sind, da oben«, meinte Gisela und ließ sich von Sylvia das Fernglas geben. Sie standen auf dem Platz vor der Gaststätte ›Klause‹, wo sich mittlerweile eine Gruppe Ausflügler darüber ärgerte, dass der Wanderpfad zur Burgruine und damit auch zur Highline 179 momentan nicht betreten werden konnte.

»Wird da oben etwas repariert?«, fragte einer der Männer, dem die beiden Frauen mit dem Fernglas aufgefallen waren.

»Wie? Ja, sieht so aus«, erwiderte Gisela Temming. »Vielleicht hat sich was gelockert.«

»Gelockert!«, echote der Mann abschätzig. »So schnell löst sich an dem Ding keine Schraube. Das kann ich mir nicht vorstellen. Das Ding hat eines der größten Bauunternehmen Europas gebaut.«

Während sich Sylvia wieder das Fernglas nahm und den Fokus schärfer drehte, weil sie Olivia zu sehen glaubte, belauschte Gisela die Gespräche der Männerrunde und erfuhr, dass ein Transportverpackungsunternehmer aus dem nahen Vils der Gründer und Gesellschafter der Projekt-GmbH für die Brücke sei. Insgesamt steckten außer ihm drei weitere Geldgeber aus dem Bereich Reutte dahinter, die aber offenbar bisher öffentlich nicht namentlich in Erscheinung getreten seien, erklärte der ziemlich wortgewandte Ausflügler.

»Das sind sie«, entfuhr es Sylvia plötzlich, womit sie die Aufmerksamkeit der Umstehenden auf sich zog, die wohl gemeint hatten, diese Aussage beziehe sich auf die unbekannten Investoren.

Doch die Reaktion der beiden Frauen ließ sofort anderes vermuten. Sylvia deutete mit einer Hand schräg hoch zur Brücke. »Das sind …« Ihr stockte der Atem. Der Anblick Olivias hatte sie geschockt.

Gisela versuchte mit dem bloßen Auge etwas Genaues zu erkennen, aber die Entfernung war zu groß und die hellen Nebelschwaden blendeten.

»Das … schau dir das an«, Sylvia reichte das Fernglas weiter. Gisela nahm es mit zitternden Händen, fuchtelte viel zu heftig, bis sie endlich die Personen im Fokus hatte.

»Du musst oben drehen und es scharf stellen«, riet Sylvia hektisch, worauf ihre Schwiegermutter hastig nach dem Rädchen fingerte und es schließlich greifen konnte.

»Das ist …«, stellte sie schließlich fest, als sie zitternd ein verwackeltes Bild vor Augen hatte. »Das ist doch die Olivia.«

Sylvia rann eine Träne über die Wange. Aus Wut, Zorn und maßloser Enttäuschung gleichermaßen. Sie drehte sich beiseite, weil sie sich vor der Wandergruppe ihrer Tränen schämte.

»Die steht ja halb nackt da oben rum – in dieser Kälte«, flüsterte Gisela. »Und ihr gegenüber Sven und Walter.«

Sylvia schnäuzte in ein Papiertaschentuch, während ihre Schwiegermutter das Fernglas nicht mehr ruhig genug halten konnte, um überhaupt noch Details zu erkennen. »Wer sind denn die anderen?«, fragte sie resignierend und wollte das Fernglas an Sylvia weiterreichen. Die aber wehrte ab.

»Ich will das gar nicht sehen«, schluchzte sie. »Warum setzt denn niemand diesem Drama ein Ende? Warum nicht?«

131

»So ein Unsinn«, giftete Walter Temming, nachdem Jarowski gesagt hatte, Siegfried lebe noch.

»Siegfried lebt weiter«, wiederholte Jarowski, der mit der rechten Hand nach hinten fasste, um sich von Stanek das Kuvert reichen zu lassen. »Siegfried lebt – und zwar dank Barbara.«

Sven Temming verfolgte jede Bewegung Jarowskis, der sich an der fröstelnden Olivia vorbeizwängte. Nun stand er breitbeinig, um die leichten Schwingungen der Brücke ausgleichen zu können, direkt vor Sven.

»Diese Barbara«, sagte er langsam und sah an Sven vorbei zu dessen Vater, an den die folgenden Worte gerichtet waren: »Diese hochschwangere Barbara, die entweder Sie, Herr Senior, oder Ihr verehrter Vater Georg kurz nach dem Mord an Siegfried über den Haufen gefahren haben, die war nämlich eine lästige Zeugin dessen, was sich im Obergeschoss des Hauses abgespielt hat. Pech nur, dass ihr ungeborenes Kind in der Klinik gerettet werden konnte. Martin Kauler.«

Sven hatte sich umgedreht und erschrak über das fahl gewordene Gesicht seines Vaters, der etwas stammelte, was sich so anhörte wie: »Halten Sie doch endlich den Mund.«

»Sie sollen endlich Reue dafür zeigen, was Sie Ihrem Bruder angetan haben.«

»Das ist doch alles ein Lügenkonstrukt«, mischte sich Sven ein und wandte sich Jarowski zu, der ihm gefährlich nahe gekommen war.

Stanek, der bislang im Hintergrund geblieben war, zog seine Jacke aus, legte sie über die schmalen Schultern der vor Kälte bibbernden Olivia und flüsterte ihr zu: »Geh zurück und zieh dich um.« Er drückte sich ans Geländer und ließ die junge Frau, die ihm erleichtert zulächelte, nach hinten vorbeigehen.

Unterdessen öffnete Jarowski das Kuvert, das nur zugeklappt war, und zog ein dickes Bündel Papier heraus. »Hier«, er hielt es fest in den Händen. »Siegfried lässt grüßen. Post mortem.«

132

Die Spezialkräfte von ›Cobra‹ hatten die Lage rund um die Brücke fest im Griff – und dies so unauffällig, dass die Hauptakteure völlig ahnungslos waren. Sie hatten nicht bemerkt, wie sich tief unter ihnen auf dem Parkplatz immer mehr Menschen über die angeblich vorübergehende Sperrung der Highline 179 ärgerten. Ein zivil gekleideter Kriminalist, der sich als Mitarbeiter der Betreibergesellschaft ausgab, versuchte unaufgeregt und sachlich die Besucher zu beruhigen. Es werde nicht allzu lange dauern, versicherte er, zumal inzwischen eine Busreisegruppe eingetroffen war. »Reine Routineüberprüfung«, betonte er mehrfach. »Die Sicherheit geht vor.«

»Gibt's schon Probleme? Das Ding ist doch erst drei Jahre alt«, meckerte ein sichtlich verärgerter Rentner, der mit zwei Freunden aus dem süddeutschen Raum angereist war.

»Keine Probleme«, betonte der Angesprochene. »Unsere Leute sind in spätestens einer halben Stunde fertig.«

Einer aus der Gruppe hatte ein Fernglas an den Augen und bruddelte: »Ihre Leute haben aber ein flottes Mädel bei sich.« Er hatte soeben beobachtet, wie Olivia zur anderen Seite zurückgegangen war.

Der als Betriebsmitarbeiter getarnte Kriminalist zuckte mit den Schultern und drückte sich um eine Antwort. Stattdessen erklärte er: »Sobald ich grünes Licht krieg, können Sie hochgehen. Der Tag ist ja noch lang.« Er erntete für diese Aussage jede Menge Unmutsäußerungen.

Auch der Mann mit dem Fernglas wollte diese Begründung nicht akzeptieren: »Da wird an nichts rumgeschraubt«, stellte er fest. »Die tauschen nur Papiere aus.«

»Ich sagte doch, dass ich über die Art und Weise der Inspektion da oben nichts sagen kann. Haben Sie einfach ein paar Minuten Geduld.«

Dass etwa 50 Meter von ihnen entfernt zwei Frauen standen, die ebenfalls gebannt nach oben starrten, nahmen sie nicht zur Kenntnis.

Sylvia hatte inzwischen das Fernglas wieder an sich genommen. »Sie haben Olivia zurückgeschickt«, kommentierte sie das Gesehene mit tränenerstickter Stimme. Die Sonne hatte die Oberhand gewonnen, der Nebel zog sich vollends zurück.

»Und was ist mit Sven und Walter?« Gisela starrte mit bloßen Augen zu der Brücke hoch.

»Sie stehen dicht bei einem der anderen. Sven blättert in irgendetwas«, sagte Sylvia und reichte das Fernglas ihrer Schwiegermutter weiter. Während dieser Bewegung fiel ihr im rechten Augenwinkel eine fremde Frau auf, die drei geparkte Autos entfernt ebenfalls mit einem Fernglas zur Brücke sah: ziemlich jung, auffallend helle, schulterlange Haare.

»Wer ist denn die da?«, stupste Sylvia ihre Schwiegermutter an und deutete in Richtung der Unbekannten.

Gisela hielt beim Ansetzen des Fernglases inne, drehte sich entsprechend um und musterte die Frau. »Keine Ahnung.« Es kam nicht oft vor, dass Frauen mit Fernglas unterwegs waren. Sie selbst hatte bereits befürchtet, mit ihrem eigenen aufzufallen. Deshalb zögerte sie zwar einen Moment, ging dann aber langsam, das Fernglas in der Hand, auf die Unbekannte zu. »Entschuldigen Sie«, sagte sie, worauf die Angesprochene ihren Feldstecher senkte und unsicher wirkte.

»Ja, bitte?«

Gisela entschied sich für ein Lächeln: »Wir beide scheinen dasselbe Interesse zu haben.«

»Ich? Ja, klar.« Die Unbekannte deutete auf ihr Fernglas. »Die Brück'n ist g'schloss'n«, erwiderte sie verlegen mit Tiroler Dialekt.

»Sie wollten auch hochgehen?«

»Ja, natürlich wollt' ich das.« Sie ging einen Schritt zurück, als sei ihr die Konversation unangenehm.

Sylvia hatte sich abgewandt, während ihre Schwiegermutter vorsichtig nachbohrte: »Haben Sie eine Ahnung, was das da oben soll?«

»Woher sollte ich das wiss'n?«, fragte die Frau misstrauisch und schnippisch zurück. »Sie hab'n doch auch 'n Fernglas dabei. Schau'n S'halt hoch.« Sie führte das Glas an die Augen und richtete es nach oben aus. »Oder wissen Sie vielleicht mehr als ich?«

Gisela musterte die Unbekannte von oben bis unten und ging zögernd zu Sylvia zurück.

133

»Schöne Grüße von Siegfried«, höhnte Stanek. »Er wollte selbst kommen, aber es hat dann doch nicht geklappt. Der Himmel hat ihn nicht rausgelassen.«

»Reden Sie keinen Quatsch«, brüllte Walter Temming hinter seinem Sohn. »Sagen Sie endlich, was Sie wollen. Dann erledigen wir das und trennen uns wieder wie anständige Leute.«

»Wir wollen gar nichts«, blieb Jarowski gelassen und genoss es, seinem früheren Chef Angst eingejagt zu haben »Wir wollen nur, dass ihr beide wisst, dass es jemanden gibt, der genau darüber informiert ist, was an diesem 5. Oktober 1968 passiert ist.«

Die beiden Temmings schwiegen. Jarowski streckte den Männern die mehr als ein Dutzend losen Blätter entgegen. Auf dem Querformat waren jeweils zwei Spalten eines handschriftlichen Textes zu sehen. Sven nahm sie zögernd entgegen, konnte aber nichts entziffern. Eine heftige Böe zerrte an den Blättern. Sein Vater Walter zwängte sich neben ihn, um ebenfalls einen Blick darauf werfen zu können. Was er als Erstes erkannte, war eine verschnörkelte Schrift, die auf eine jüngere Frau als Verfasserin schließen ließ. Der Text auf dem obersten Blatt schien zwei Originalseiten eines aufgeklappten Heftes zu zeigen, links beginnend mit dem unterstrichenen Datum ›Samstag, 5. Oktober 1968‹ und den folgenden Worten: ›Ich bin total aufgeregt.‹ Mehr wollte Walter Temming gar nicht lesen, sondern riss seinem Sohn die Papiere aus der Hand.

»Keine Sorge«, blieb Jarowski gelassen. »Das Original ist an einem sicheren Ort und wird niemand zu Gesicht bekommen. Die Kopien sollen lediglich beweisen, dass es dieses Original gibt.«

Jetzt meldete sich Stanek zu Wort: »Wir wollen nicht mehr, als dass Sie, Herr Temming«, er wandte sich an den Senior, »Ihr restliches Leben nicht sicher sein können, dass die Originale vielleicht doch durch einen dummen Zufall irgendwo auftauchen – womöglich beim Staatsanwalt. Diese Ungewissheit ist vielleicht viel schlimmer, als wenn die Kripo ein Ermittlungsverfahren in Gang bringen würde.«

Temmings Zittern übertrug sich auf die Blätter, die nicht mehr nur wegen der Windböen flatterten. Er hielt die Kopien mit der rechten Hand verkrampft fest. Mit der linken umfasste er das Geländer.

Sven spürte den warmen Atem seines Vaters neben sich und hatte sich von dem ersten Schock erholt. »Und was soll nun ich da? Wieso bestellen Sie mich hierher? Und was soll das Theater mit Olivia?«

»Du bist der Nachfolger vom Betrieb«, entgegnete Jarowski mit gefährlich blitzenden Augen. »Ich hab in den letzten Jahren mitgekriegt, wie es in deiner Bude zugeht, wie du die Leute drangsalierst, sie mobbst oder sie anstiftest, andere zu mobben, nur um die letzte Arbeitskraft aus ihnen herauszupressen. Immer diese indirekten Drohungen mit Rauswurf, die angeblich permanent schlechte Wirtschaftslage ausnutzen, Weihnachts- und Urlaubsgelder streichen, Überstunden nicht bezahlen. Ich brauch das doch nicht alles aufzuzählen, da seid ihr kein Einzelfall. Die ganze Unternehmerclique in diesem Land greift immer zu dem Totschlagargument, es würden Arbeitsplätze vernichtet, wenn man dem Arbeiter ein bisschen mehr zugestehen würde, und die ganze schöne Politik jault unisono mit, weil die Lobbyisten der Wirtschaft den Politikern in Berlin die Hölle heißmachen. So läuft's doch in diesem Land. Von den Steuertricks wollen wir mal gar nicht reden. Und wo es hinführt, wenn man den ›kleinen Mann‹ mit seinen Ängsten und Nöten nicht ernst nimmt und alles nur schönredet und unter den Teppich kehrt, das haben wir doch vor einem Monat bei der Bundestagswahl gesehen.« Jarowski hatte sich in Rage geredet. Er musste sogar schreien, weil von der Fernpassstraße lautes Motorengeräusch heraufdröhnte. Außerdem gab er seinem Gegenüber gleich gar keine Chance zu antworten. »Vielleicht erlebst du auch gerade die Rache des ›kleinen Mannes‹. Ich würde mir wünschen, dass mehr Menschen den Mut hätten, einmal richtig aufzustehen und sich gegen diese systematische moderne Methode der Versklavung zu wehren. Wenn's der Wirtschaft noch so gut geht – der Kleine, der, der ganz unten steht, der wirklich sozial Schwache, der bekommt nicht viel davon ab. So ist das System. Der Mensch soll nur gerade so viel haben, dass er sich gelegentlich eine kleine Reise, ein bisschen Luxus und alle paar Jahre ein Auto leisten kann, damit die Wirtschaft floriert. Und weil der Kleine auch ein bisschen davon profitieren möchte, schuftet er immer mehr, nimmt gar zwei Jobs an, aber er wird ein Leben lang der Wurst hinterherhecheln, die man ihm vorhält und immer wieder ein Stück weghält, je näher er ihr zu kommen glaubt.«

»Jetzt halt mal deine verdammte dreckige Fresse«, fauchte ihn Sven an, der auch aufs Du übergegangen war. »Und was soll das Theater mit Olivia?«

»Na ja«, grinste Jarowski, »wir dachten, es wäre doch ein schönes Geschenk, das Mädel noch mal zu sehen, so, wie du sie immer sehen wolltest. Und vielleicht«, höhnte er und ließ seinen Blick rundum nach unten schweifen, »vielleicht ist ja die Sylvia mitgekommen und beobachtet aus sicherer Entfernung, was sich hier oben abspielt. Sie möchte vielleicht die Olivia auch mal so sexy sehen.«

Die Worte hatten Sven tief getroffen, und er hätte nicht zu sagen vermocht, was ihn in diesem Augenblick mehr beschäftigte – diese Kopien, die ihn eigentlich nichts angingen, oder die Affäre mit Olivia.

Sein Vater Walter mischte sich ein und giftete Jarowski an: »Und du Sauhund«, schmetterte er ihm lautstark ins Gesicht: »Du hast mir deine Halbschwester als faules Ei ins Nest gelegt. Und ich Idiot hab mich stark dafür gemacht, dass sie den Job bei Sven kriegt.«

»Ja, das war wirklich genial«, grinste Jarowski. »Und Ihr liebestoller sexsüchtiger Sohn hat gleich die Chance ergriffen. Aber da stand er Ihnen und Ihrem Herrn Vater in nichts nach.«

Walter Temming kochte innerlich vor Wut. »Und das ganze Theater, das die vergangenen Tage veranstaltet wurde – bei mir und bei Sven –, das war alles euer schwachsinniges Werk!« Es war keine Frage, sondern eine zornige Feststellung.

»Natürlich – das war alles inszeniert. Sozusagen als psychologisches Druckmittelchen«, erwiderte Jarowski überlegen und lächelte süffisant.

»Psychoterror«, entfuhr es Sven Temming. Sein Vater hatte inzwischen die erste Seite der Kopien überflogen. Alles sah nach einem Tagebuch aus. Ein Satz hämmerte durch sein Gehirn: Walter hat seinen Bruder Siegfried von der Leiter aus dem Fenster geworfen. Mit einem Schlag wurde ihm bewusst, was er da in Händen hielt: tatsächlich ein Tagebuch, das Tagebuch von Barbara. Mit all dem, was sie gesehen hatte. Damals, als sie völlig unerwartet in das Zimmer gekommen war. Das war es, woraus der angebliche Siegfried seine Informationen bezogen hatte.

»Lies es nach«, meldete sich Stanek zu Wort. »Die Barbara hat alles fein säuberlich aufgeschrieben. Alles, was sie gesehen und gespürt hat. Ihre Angst vor euch, vor dem alten Georg natürlich.

Lest es nach. Man hat sie mundtot machen wollen und ihr Geld geboten. 100.000 D-Mark damals. Sie ist plötzlich im Zimmer gewesen an diesem Samstag, obwohl sie frei hatte. Wirklich ein sehr dummer Zufall.«

»Wo kommt das Zeug her?«, fauchte Walter Temming.

»Aus dem Haus, in dem Barbaras Sohn gewohnt hat, der dieses Unglück mit dem Fahrrad im Mutterleib überlebt hat, Martin Kauler.« Stanek sah die beiden Temmings triumphierend an. Sie waren verstummt. Dann fuhr er fort: »Martin Kauler, ja, der hat das Haus, als er nach Reutte gezogen ist, an mich verkauft. Und wenn man so genau nachschaut in so einem alten Haus, findet man so manches, was die Vorbesitzer versteckt haben. Manchmal wahre Schätze. Wie dieses hübsche kleine spannende Tagebuch, das sich ab dem 5. Oktober 1968 wie ein Kriminalroman liest, das Martin Kaulers Mutter, also die Barbara, geschrieben hat.«

»Ja«, hakte Jarowski ein. »Da steht auch drin, dass Georg Temming ihr gewisse Folgen angedroht hat, falls sie auf die 100.000 Mark Schweigegeld nicht eingehe. Barbara hat wohl sehr mit sich gerungen, sich ein paar Tage Bedenkzeit ausgebeten – tja …«

Er sprach nicht weiter, dafür ergänzte Stanek: »Das hat sie aber auf sehr merkwürdige Weise nicht überlebt. Und nun darf man rätseln, wer dieser unfallflüchtige Verkehrsrowdy war, der sie mit dem Auto über den Haufen gefahren hat. War es Georg – oder war es«, er wartete ein paar Sekunden und sah dem verstörten Walter Temming ins Gesicht, »oder war's der Walter?«

134

Luftlinie keine 200 Meter entfernt lag noch immer der Mann mit dem Gewehr bäuchlings an der Hangkante. Er hatte gesehen, wie Olivia die Brücke verließ und dann rechts hinter dem Bewuchs aus seinem Blickwinkel verschwand. Glücklicherweise löste sich der Nebel nahezu vollständig auf. Die Sicht war endlich perfekt.

Im Fadenkreuz seines Zielfernrohrs hatte er nun jene Person, die aus seiner Perspektive die erste auf der Brücke war. Es handelte sich um einen Mann, dessen Gesicht von links schräg hinten nicht zu erkennen war. Sein Körper verdeckte zur Hälfte den vor ihm stehenden Jarowski. Eine kurze Gewehrbewegung nach links brachte die Temmings ins Visier, die den beiden Männern gegenüberstanden.

Sollten Jarowski oder der andere eine bedrohliche Reaktion zeigen, die den Temmings gefährlich werden könnte, war der getarnt im feuchten Bodenbewuchs liegende maskierte Mann bereit, nacheinander zweimal abzudrücken. Allerdings, so musste er sich eingestehen, würde er Mühe haben, das Gewehr ruhig zu halten, um die Schüsse in rascher Folge aus dieser Distanz zielgenau setzen zu können. Mittlerweile verkrampften sich seine Arme, auf denen er seinen Oberkörper in dieser liegenden Position abstützen musste. Würde er tatsächlich schießen müssen, würde er das Gewehr, das er nur mit feinen Gummihandschuhen berührte, in die Tiefe werfen. Seine feine Wollgesichtsmaske, die er sich übergezogen hatte, verhinderte zudem, dass beim Zielen, wenn er die rechte Wange gegen den Gewehrkolben pressen musste, Hautpartikel und somit DNA-Material zurückblieben.

Entscheidend war, dass er nach den Schüssen sofort verschwinden konnte. Natürlich würde zunächst ein großes Chaos ausbrechen. Bis dann der polizeiliche Einsatz in Gang kam, wäre er als ganz normaler Wandersmann unterwegs. Wichtig war nur, dass er sich nicht gleich verdächtig machte und seine Personalien irgendwo protokolliert wurden. Denn dann würde man irgendwann garantiert Zusammenhänge zwischen ihm und diesen Temmings konstruieren. Bis er sein Auto erreichte, vergingen maximal 20 Minuten. Aber er hatte es wohlweislich weit entfernt von jenem Bereich abgestellt, auf den sich die ersten polizeilichen Maßnahmen konzentrieren würden. Denn zunächst würde es eine lähmende Verwirrung und ein großes Rätselraten geben, was überhaupt auf der Brücke geschehen war. Dieses Augenblickliche musste er zum Verschwinden ausnutzen. Denn es war natürlich mit dem Fahndungsflug eines Helikopters zu rechnen.

Er spürte, dass ihn diese Gedanken gefangen nahmen und ihn von seiner eigentlichen Aufgabe ablenkten. Noch immer waren Jarowski und der andere Mann abwechslungsweise im Fadenkreuz. Sie schienen weiterhin auf die Temmings einzureden, und eine leichte Linksbewegung des Zielfernrohrs ließ erkennen, dass der Senior weiterhin wild fuchtelnd zwischen dem Papierbündel und Jarowski hin- und her starrte. Das Beobachten dieser Szenerie ließ ihn für einige Momente sein Umfeld vergessen, das plötzlich gar nicht mehr so still und tot war, wie in den vergangenen Minuten. Dann jedoch nahm er etwas wahr, das ihn für den Bruchteil einer Sekunde lähmte. Er drehte den Kopf ruckartig nach rechts. Dort stimmte irgendetwas nicht.

135

Walters Stimme zitterte vor Zorn: »Du willst doch nicht etwa behaupten, einer von uns hätte die Barbara über den Haufen gefahren?« Auch er war aufs Du übergegangen. »Sag das noch einmal, du Sauhund, du dreckiger.«

»Doch, genau das will ich sagen«, schrie Stanek zurück. »Genau das. Ihr beide, du und dein allmächtiger Vater Georg, ihr hattet nämlich allen Grund, die Barbara loszuwerden.«

»Das ist doch absurd, was du da sagst«, mischte sich Sven ein und hätte seinem Kontrahenten, der nur eine Armlänge vor ihm stand, am liebsten die Faust ins Gesicht geschlagen.

Jarowski, der sich mit einer Hand am Geländer hielt, mischte sich hitzig ein: »Dann lies doch nach, was in diesen Papieren drinsteht. Lies es. Die Barbara hatte panische Angst, dass ihr etwas zustoßen würde. Und sie war in ihrem hochschwangeren Zustand total verzweifelt.« Weil keiner der beiden Temmings etwas sagte, legte Stanek nach: »Und ihr Bub, der Martin Kauler, musste ohne Eltern aufwachsen. Mutter tot, Vater unbekannt.« Er sah dem völlig panischen Walter fest in die Augen. »Vater unbekannt«, wiederholte er energisch. »Hast du das gehört?«

Sven unterbrach die Hasstirade seines Gegenübers: »Und dann habt ihr meinen Vater und den Kauler auf den Friedhof gelockt, um dieses Schmierentheater vom auferstandenen Siegfried zu veranstalten!«

»Falsch«, unterbrach ihn Jarowski, »nicht wir haben es veranstaltet, sondern Kauler hat das getan, nachdem wir ihm das Tagebuch gezeigt haben und er erfahren hat, was vor seiner Geburt gelaufen ist.« Jarowski grinste und höhnte: »Post mortem – eine schöne nette E-Mail-Adresse! Kauler als Computerexperte hat das mit den E-Mails sauber hingekriegt, und mein Freund Ulrich Stanek hat den Spuk weitergeführt.«

»Ihr seid Bestien«, fauchte Sven den beiden entgegen. Für einen Moment zuckte das Bild jenes Radfahrers durch sein Gehirn, den er vorige Woche beinahe gerammt hätte. Das war Kauler gewesen. Voll berechnend. Sie hatten den Psychoterror systematisch eingefädelt.

»Zuerst«, machte Jarowski unbeirrt weiter, »zuerst haben wir gedacht, uns mit ein bisschen Schweigegeld die Rente aufbessern zu können. Aber euretwegen wollen wir uns nicht die Hände schmutzig machen und als Erpresser in den Knast gehen. Nein, mein Freund Ulrich und ich, wir geben uns damit zufrieden, euer Gewissen zu plagen. Das ist nicht strafbar, sondern moralisch sogar in Ordnung, findet ihr nicht auch?«

Walter hielt noch immer die Papiere krampfhaft umklammert.

»Trotzdem«, blieb Jarowski weiterhin gelassen, »wird sich der Staatsanwalt um einen von euch kümmern müssen. Denn dass du, mein lieber Juniorchef, die Olivia hast beseitigen wollen, das dürfte früher oder später auch ohne unser Zutun auffliegen. Du hast vorgehabt, sie in der Jagdhütte umzubringen – wenn ich dort nicht plötzlich aufgetaucht wäre, um sie zu beschützen, stimmt's?«

»Das ist doch vollkommener Quatsch.« Sven rang sich ein gekünsteltes Lächeln ab.

»Wieso ist dann die Bude abgebrannt? Wäre Olivia nicht vorher abgehauen …«

»Halt doch s' Maul, verdammter Arsch«, entfuhr es Sven. »Meinst du, ich wär so blöd und würd sie in der eigenen Hütte verbrennen wollen?«

»Was denn dann?« Jarowski musste sich für einen Moment eingestehen, dass dies in der Tat unlogisch gewesen wäre, weshalb er anfügte: »Wieso ist die Bude dann hopsgegangen? Und warum hast du mir deinen Aufpasser auf den Hals gejagt, noch am Samstagabend? Mulzenbach hat mir Schweigegeld angeboten, ganz plötzlich. Jetzt wolltest du mich nicht mehr einfach so in die Wüste schicken, sondern mich mit Geld locken. So, wie dein Großvater dies einst mit Barbara versucht hat, stimmt's?«

Stanek schob noch eine Bemerkung nach: »Du solltest eines nicht vergessen: Martin Kauler wollte auch kein Geld. Er wollte nur Buße und Reue. Mehr nicht.«

Sven Temming geriet außer sich vor Wut: »Wenn ihr beide uns durch den Dreck ziehen wollt, dann werdet ihr was erleben. Was mein Großvater getan hat, geht mich überhaupt nichts an – und meinen Vater lasst ihr gefälligst aus dem Spiel.« Er hatte allen Mut zusammengenommen und bedrohlich nah einen Schritt auf Jarowski zugetan. Der jedoch blieb stehen und stieß Temming mit beiden Händen gegen die Schulter. Temming war auf diesen Stoß nicht gefasst, taumelte leicht rückwärts und klammerte sich mit beiden Händen an das Geländer.

Im selben Moment hallte ein Schuss über das Tal.

136

»Verdammt«, kommentierte Häberle, was soeben geschehen war. Sie hatten den Schuss gehört, zwar nur gedämpft, aber er musste in der Nähe gewesen sein. Gemeinsam mit Linkohr und Grantner starrte er schockiert auf die vier Monitore im Gerätewagen der Tiroler Kriminalpolizei. Soeben hatten sie beobachtet, wie einer der Männer, vermutlich Jarowski, den jungen Temming von sich weggestoßen hatte. Nahezu gleichzeitig war dieser Schuss gefallen – aber eine Waffe hatte man nicht sehen können. Nach kurzer Schockstarre sprangen die Kriminalisten auf und blickten dem Computerexperten, der die Geräte bediente, über die Schulter. Er zoomte wortlos eine der Kameras auf die Personengruppe. Sven Temming war offenbar nach hinten gegen seinen Vater getaumelt.

Atemlose Stille. Häberle flüsterte wie zu sich selbst: »Da hat jemand den jungen Temming erschossen.«

Grantner drückte am Funkgerät eine Taste und erbat eine Erklärung. Doch außer einem Krächzen im Lautsprecher war nichts zu vernehmen.

137

Der Schuss war auch im Tal zu hören gewesen. Nicht besonders laut, aber trotzdem alarmierend. Die Menschen, die ungeduldig auf dem Parkplatz herumstanden und verärgert über die merkwürdige Sperrung der Brücke diskutiert hatten, waren zusammengezuckt. Woher der kurze Knall gekommen war und wem ein möglicher Schuss gegolten haben konnte, vermochte niemand zu sagen. Angst, Verunsicherung und ein Hauch von Panik machten sich breit. Einige Männer mutmaßten, es könne mit den Personen auf der Brücke zu tun haben. Sofort richteten sich alle Blicke wieder nach oben zu den vermeintlichen Handwerkern. Aber nur wer ein Fernglas zur Hand hatte, konnte Details erkennen.

»Die streiten miteinander«, behauptete plötzlich jemand, während knapp 50 Meter weiter zwei Frauen kreidebleich ebenfalls nach oben starrten. Gisela Temming hatte, als der Schuss gefallen war, sofort ihr Fernglas nach oben gerichtet und verfolgt, wie ihr Sohn Sven offenbar ins Straucheln geraten war. Sylvia fühlte sich plötzlich schwindlig. Sie suchte Halt am Kotflügel eines geparkten Autos. Ihre Schwiegermutter hielt den kleinen Feldstecher umklammert, war aber nicht mehr in der Lage, das

Geschehen zu verfolgen. Es schien ihr, als werde ihr der Boden unter den Füßen weggezogen.

Der Knall, der zweifellos ein Schuss gewesen war, hatte ihre Gemütslage von einer Sekunde auf die andere vollends ganz verfinstert. Sie lehnte sich gegen das Heck eines Autos, wischte Tränen aus den Augen und legte, am ganzen Körper zitternd, den Haltegurt des Fernglases um den Hals, um es vor der Brust baumeln zu lassen. Sylvia atmete schnell und schwer. »Hast du gesehen …?«, versuchte sie panisch etwas zu erfahren.

»Sie haben geschossen«, brachte Gisela mit gebrochener Stimme hervor. »Geschossen. Sie haben …« Dann wurde sie von einer unbekannten Frauenstimme unterbrochen, die ebenso geschockt klang.

»Was ist da oben passiert? Haben Sie etwas g'seh'n?« Es war die junge Frau, die ebenfalls ein Fernglas um den Hals trug und die vorhin so abweisend gewesen war.

Während Gisela nichts antwortete und sich beiseitedrehte, antwortete Sylvia zaghaft: »Jemand hat geschossen.«

»Haben Sie gesehen, ob das von da oben gekommen ist?« Die Frau war zaghaft nähergetreten.

Sylvia schüttelte den Kopf. Sie dachte an Sven und wusste nicht, ob es die Angst um ihn war, die sie in Schock versetzt hatte, oder der Zorn darüber, dass er selbst mit seinem Verhalten dies alles heraufbeschworen hatte. War er tot? Oder hatten sie Olivia erschossen? Diese kleine Nutte? Sylvia überkam das schaurig-schöne Gefühl, Olivia könnte das Opfer gewesen sein. Aber die war ja gar nicht mehr dort oben, jagte es ihr durch den Kopf.

Auch die Unbekannte neben ihr bangte um einen Mann. Sie hoffte inständig, dass nicht Ulrich Stanek, sondern ein anderer ins Straucheln geraten war.

138

Es waren aufregende und bange Minuten, die Häberle, Linkohr und Grantner im Gerätewagen verbringen mussten. Häberle wäre am liebsten hinausgestürmt – doch die Vernunft hielt ihn zurück. Jetzt war äußerste Vorsicht geboten, die Lage unklar und unübersichtlich. Jedenfalls hatte der Schuss schlagartig alles verändert. Dann aber nahmen die Kriminalisten erleichtert zur Kenntnis, dass alle vier Personen auf der Brücke noch am Leben waren. Zumindest schien niemand schwer verletzt worden zu sein. Sie stoben in Panik davon, allesamt zur anderen Talseite hinüber. Im Fluchtverhalten schienen sie sich plötzlich einig zu sein. Unter ihren schnellen Schritten begann die Brücke deutlich zu schwanken und zu schwingen. »Die Kollegen werden sie drüben in Empfang nehmen«, erklärte der Tiroler Kollege gelassen und verfolgte mit dem Zoom einer der Kameras die Flüchtenden. Eine Stimme im Funkgerät meldete, dass die ›Libelle‹, der Polizeihubschrauber, aufgestiegen sei, damit die Situation aus der Luft überblickt werden könne.

Häberle war sich plötzlich bewusst, welchen Großeinsatz er ausgelöst hatte – und dies nur gestützt auf zwei vage Hinweise und einige merkwürdige Indizien. Noch konnte er nicht einmal sagen, was genau gegen die vier Männer vorlag. Sobald sie auf der anderen Talseite von den österreichischen Kollegen in Empfang genommen wurden, bedurfte es einer hieb- und stichfesten Anschuldigung. Häberle legte sich insgeheim einige Formulierungen und Verdachtsmomente zurecht, die einen österreichischen Richter überzeugen sollten. Psychoterror allein reichte wohl kaum aus, um sie festzusetzen. Es ging um Mord. Aber wer nun den Martin Kauler auf dem Friedhof in Geislingen erschossen hatte, war ebenso wenig klar wie die Brandstiftung im Illertal. Nur ein Rätsel schien gelöst zu sein:

Stanek und Jarowski waren ganz tief in die Angelegenheit verstrickt. Wie auch immer.

Aber selbst dann, wenn es vorläufig bei keinem der vier Beteiligten zu einem Haftbefehl reichte, hatte der heutige Tag genügend Zusammenhänge belegt, auf die nun massive Ermittlungen aufgebaut werden konnten.

Eine Stimme im Lautsprecher holte Häberle aus diesen Gedanken zurück. Der Einsatzleiter von ›Cobra‹ teilte in knappen Worten mit, was geschehen war: »Zielperson neutralisiert.«

Neutralisiert!, durchzuckte es Häberle. Vornehm zurückhaltend ausgedrückt. Beinahe sarkastisch. Also ein tödlicher Schuss.

Häberle und Grantner sahen sich ratlos an, während Linkohr sofort wissen wollte: »Und wer war die Zielperson?«

Der Tiroler Kollege leitete die Frage sachlich und kühl per Funk weiter und erhielt sofort eine Antwort: »Den Papieren nach, die er bei sich getragen hat, heißt er Marcel Mulzenbach, wohnhaft in Ulm, Deutschland.«

Linkohr konnte seinen Spruch, den er im Zustande allergrößten Erstaunens parat hatte, nicht unterdrücken: »Da haut's dir's Blech weg.«

139

Walter Temming war der Erste. Weil er auf dem schwankenden Gitterrost nicht schnell genug in Richtung Burgruine Ehrenberg vorankam, trieb ihn sein Sohn Sven von hinten an: »Mach doch, mach doch. Da ist gleich der Teufel los.«

Jarowski rief nervös: »Aus dem Weg, verdammt noch mal.« Er packte den vor ihm gehenden Sven am linken Arm und zerrte dessen Hand vom Geländer, um sich und Stanek ein hastiges Überholen zu ermöglichen. Dann drängten sie Walter Temming beiseite, der sich nicht mehr am kalten Metall festhielt, sondern zornig und wütend damit begonnen hatte, die Papiere klein zu zerreißen, immer drei oder vier Blätter gleichzeitig, sodass der böige Wind Fetzen von der Größe kleiner Notizzettel davonwehte. Wie Schmetterlinge flatterten sie in die Luft, wurden hochgewirbelt, auseinandergetrieben und entschwanden talaufwärts.

»Feigling«, fauchte ihm Stanek beim Vorbeigehen ins Ohr. »Verdammter Feigling. Aber vergiss nicht, wir haben das Original.«

Die Worte wurden vom herannahenden Knattern eines Helikopters verschluckt, der im Tiefflug aus Richtung Reutte der Fernpassstraße folgte. Panisch rannten Jarowski und Stanek die letzten 50 Meter bis zum Ende der Brücke. Dort hatten sich Einsatzkräfte von ›Cobra‹ postiert, die Waffen im Anschlag. Als die beiden Männer erkannten, von wem sie in Empfang genommen wurden, blieben sie abrupt stehen und gingen langsam und mit erhobenen Armen auf sie zu.

Unterdessen hatte der Helikopter die Hängebrücke erreicht und schwebte nur etwa zehn Meter über ihr. Kein geniales Vorgehen, dachte Häberle, der dies alles auf dem Monitor verfolgte: Der gewaltige Luftwirbel des Rotors verteilte die Papierfetzen, die Walter Temming aus den Blättern riss, in einen weiten Umkreis. Niemand würde mehr in der Lage sein, genug davon wiederzufinden, um sie wie ein Puzzle zusammensetzen zu können.

140

Olivia war außer Atem und fror noch immer. Auf dem Weg von der Brücke zum dichten Wald, wo sie die Tragetüte mit ihren anderen Kleidern deponiert hatte, waren ihr zwei junge Männer begegnet, deren gierige Blicke sie als äußerst unangenehm empfand. Natürlich war sie selbst daran schuld, derart angestarrt zu werden. Ein selten gekanntes Schamgefühl überkam sie. Welche Frau lief schon um diese Jahreszeit so luftig und aufreizend hier oben durch die Gegend wie sie?, hämmerte es in ihrem Kopf. Ein Wunder eigentlich, dass keiner der Männer sie angesprochen hatte. Aber sie war selbstbewusst und entschlossen weitergegangen, um nach zehn Metern in der kleinen Tannenschonung zu verschwinden und sich hastig der freizügigen Kleidung zu entledigen und warm anzuziehen. Ihr kurzes Kleidchen und die Lackschuhe stopfte sie in die Tüte – doch was nun? Der Schuss vorhin hatte sie aufgeschreckt und geradezu in Panik versetzt. Und jetzt erfüllte auch noch das Knattern eines Hubschraubers die Luft. Was war geschehen? Was war schiefgelaufen?

Als sie vorsichtig durch den dichten Bewuchs des Unterholzes zum Forstweg zurückschlüpfte, blieb sie wie angewurzelt stehen. Hinter den Zweigen, die ihr den Blick versperrten, standen die beiden Männer, als hätten sie auf sie gewartet. »Keine Angst, Mädel«, rief ihr einer mit Tiroler Akzent entgegen. »Komm nur raus, wir sind von der Polizei.«

Olivia war beinahe zu Tode erschrocken. Polizei? Hatte man sie beobachtet? Was der zweite Mann ihr zurief, konnte sie nicht mehr verstehen, denn der tieffliegende Helikopter schwebte mit ohrenbetäubendem Getöse drüben bei der Brücke, kaum höher, als das Bergplateau hier.

Olivia zwängte sich vorsichtig durch das Gestrüpp, in dem sich einige Dornen an ihren langen Jeans und der Jacke verhakten. Die Männer waren in Schwarz gekleidet. »Wir müssen Sie leider bitten mitzukommen«, sagte der Wortführer so laut, dass sie es trotz des Hubschrauberlärms verstand. Und der andere ergänzte: »Wir hätten gerne gewusst, was Sie bei den Herrschaften auf der Brücke getan haben.«

Sein Kollege höhnte: »Ein Auftritt für ›Deutschland sucht den Superstar‹ wird's wohl kaum gewesen sein.«

Olivia verzerrte ihr Gesicht. Sie fröstelte noch immer und folgte den beiden Männern widerstandslos in Richtung der Brücke. »Und was soll das jetzt?«, gab sie sich trotzdem energisch.

»Nur ein paar Fragen«, erklärte der Wortführer. »Wenn nichts Weiteres gegen Sie vorliegt, können Sie bald nach Hause gehen.«

»Was soll gegen mich vorliegen?«

Der andere sah sie mit erhobenen Augenbrauen von der Seite an, als mustere er sie abschätzig: »Das wird Ihnen der Kommissar aus Deutschland sagen.«

»Der Kommissar aus Deutschland?«

Die Männer beschleunigten ihre Schritte, sodass Olivia Mühe hatte, ihnen zu folgen. »Wollen Sie mir nicht endlich erklären, worum es überhaupt geht?«, forderte sie, während sie nach links abbogen, sich von der Hangkante entfernten und einem steilen Weg folgten, der zum Gemäuer des Fort Claudias führte. Weil die Männer schwiegen, wurde Olivia zornig: »Wohin bringen Sie mich? Sind Sie wirklich von der Polizei?«

Der Wortführer zückte seinen Dienstausweis. Olivia warf nur einen flüchtigen Blick darauf, denn sie wusste ohnehin nicht, wie ein Polizeiausweis aussah – schon gar nicht in Österreich.

Dann tauchten, abseits des dicken Mauerwerks, hinter tief hängenden Ästen eines Nadelbaumes mehrere Fahrzeuge auf, darunter auch jener Kleinbus mit der Aufschrift eines Forstbetriebs. Olivia war sich plötzlich der ganzen Tragweite des Geschehens bewusst. Abseits dieser Festungsanlage wimmelte es offenbar von Polizei. Und weder Stanek noch ihr Halbbruder Adam Jarowski hatten offenbar etwas davon bemerkt.

Im anschwellenden Lärm des Helikopters verzichtete Olivia auf weitere Fragen. In diesem Moment entstieg einem der Kastenwagen ein jüngerer Mann, der sie sofort kritisch beäugte und den beiden Polizisten so laut er konnte triumphierend entgegenrief: »Ja, wen habt ihr denn da?«

Ein paar Schritte später standen ihm Olivia und die beiden Polizisten gegenüber. Der Wortführer übertönte mit sonorer Stimme den Hubschrauberlärm und meldete süffisant: »Unser Model vom Laufsteg da drüben.«

»Oh«, machte Linkohr und lächelte die Frau charmant an. »Ich bin Mike Linkohr, Kriminalpolizei Ulm.«

Das blasse Mädchengesicht ließ keine Regung erkennen. »Was geht mich das an?«

Linkohr lächelte. »Sie frösteln ja«, zeigte er sich mitleidsvoll und deutete zum Kleinbus: .»Steigen Sie hier ein.« Sie folgte widerwillig seiner Aufforderung und hörte den Kriminalisten sagen: »Ich glaube, wir sollten uns mal ausführlich unterhalten.« Seine Begeisterung an dem Fall war mit einem Mal deutlich gestiegen.

141

Häberle und Grantner wollten testen, wie sich ein Gang über die Brücke anfühlte. Sie verzichteten deshalb auf die Rückfahrt in einem Polizeifahrzeug und entschieden sich für die kürzere, aber auch luftige Variante. Schon nach wenigen Metern auf der vibrierenden Konstruktion ließen sie ihre Hände beidseits am Geländer entlangstreifen. Häberle sah durch den Gitterrost senkrecht nach unten und genoss es, zwischen Himmel und Erde unterwegs zu sein. Aufmerksam verfolgt wurden sie offenbar von den beiden fliegenden Kollegen im Helikopter, der schräg rechts von ihnen auf nahezu gleicher Höhe in der Luft schwebte. Häberle winkte dem Copiloten zu, der per Handzeichen den Gruß erwiderte. Offenbar hatte die Besatzung die Aufgabe, die Situation rund um die Brücke im Auge zu behalten, weil noch unklar war, ob sich weitere verdächtige Personen im näheren Umfeld aufhielten.

Am jenseitigen Brückenkopf, so deutete es Häberle aus der Distanz, waren Stanek, Jarowski und die beiden Temmings von den Einsatzkräften in Empfang genommen worden.

Grantner tat sich schwer, auf der leicht vibrierenden Brücke dem zwar korpulenten, aber sportlichen Häberle zu folgen. Er hatte erhebliche Mühe, den Abstand zum deutschen Kommissar nicht größer werden zu lassen.

Nach etwa fünf Minuten hatten sie die andere Seite erreicht, wo die vier vorläufig festgenommenen Männer bereits in ein Fahrzeug verfrachtet und über den Wirtschaftsweg hinab zum Parkplatz gebracht wurden. »Wir sehen sie nachher bei der Polizeiinspektion in Reutte wieder«, erklärte Grantner seinem deutschen Kollegen, der anerkennend nickte und meinte: »Es wäre nicht schlecht, wenn wir wenigstens einige der zerrissenen Blätter auftreiben könnten.«

Als sie sich durch das Drehkreuz zwängten, zuckte Grantner mit den Schultern. »Was glaubst, wie weit die verstreut san? Wir könn'n doch nicht die ganz'n Hangwälder hier nach dem Papier durchsuch'n.«

Häberle erwiderte nichts, denn sein Handy surrte und kündigte auf dem Display einen Anruf von Linkohr an.

»Chef«, hörte Häberle nach kurzem »Hallo« die Stimme seines jungen Kollegen. »Ich hab die Olivia hier. Die Kollegen bringen mich mit ihr runter.«

»Wie?«, staunte Häberle. »Zu Fuß, oder was?«

»Nein, natürlich nicht. Mit dem Fahrzeug.«

»Okay, ich erwarte euch unten auf dem Parkplatz.«

Häberle und Grantner bestiegen ebenfalls einen Dienstwagen und ließen sich über den schmalen Weg ins Tal hinab chauffieren, wo sie von aufgebrachten Ausflüglern, überwiegend ältere Herrschaften, empfangen wurden. Die hatten keinerlei Verständnis dafür, dass sie seit nahezu einer Stunde auf das Betreten der Brücke warten mussten – und, was noch schlimmer wog, dass ihnen niemand sagen wollte, was dort oben eigentlich geschehen war. Rot-weiße Flatterbänder hielten inzwischen die Neugierigen von den Fahrzeugen zurück, in denen die Festgenommenen saßen. Die lautstarken Proteste der beiden Temmings lockten allerdings immer mehr Menschen an, die in dem polizeilichen Spektakel einen besonderen Höhepunkt ihres Ausflugs sahen. Schnell machte sogar das Gerücht von einem vereitelten Terroranschlag die Runde.

Walter Temming verlangte, seinen hier geparkten BMW mitnehmen zu dürfen. Doch die österreichischen Beamten ließen nicht mit sich verhandeln und bestanden darauf, dass alle vier Männer in Dienstfahrzeugen zur Inspektion nach Reutte gebracht wurden.

Häberle bahnte sich einen Weg zu dem Auto, in dessen Fond Walter Temming mit einem Beamten saß, öffnete eine Seitentür und fauchte den Seniorunternehmer an: »Vielleicht wär's an der Zeit, reinen Tisch zu machen. Was war mit dieser Barbara? Und warum stand Ihr Auto am Donnerstagabend vorletzter Woche beim Geislinger Friedhof?« Häberle wartete gar keine Antwort ab, sondern schlug die Tür zu. Dann ging er zum nächsten Wagen, in dem Sven Temming untergebracht war. Dort dieselbe Prozedur. Tür auf und ein energischer Blick auf den Juniorunternehmer: »Herr Temming, wenn Sie noch etwas retten wollen, wär es an der Zeit für Erklärungen. Wieso ist Ihre Hütte abgebrannt – und welche Rolle spielt Olivia?« Temming wollte protestieren, aber da hatte Häberle die Wagentür bereits zugeschlagen.

Die beiden Autos mit Jarowski und Stanek waren inzwischen abgefahren.

Als sich Häberle umblickte, entdeckte er drei Frauen, die das Geschehen aus respektablem Abstand verfolgt hatten. Zwei hatten ein Fernglas umhängen, eine dritte war abgewandt. Der Chefermittler hatte sie alle sofort erkannt: Es waren Gisela Temming und ihre Schwiegertochter Sylvia sowie Sonja Tablander, die Freundin des ermordeten Martin Kauler.

»Guten Tag, die Damen«, ging Häberle ernst, aber freundlich auf sie zu. »Ich möchte Ihnen helfen.« Er sah in besorgte Gesichter. Sylvias Augen waren gerötet, ihre Schwiegermutter wischte sich Tränen von der Wange. »Ich danke Ihnen für Ihr Vertrauen, das Sie uns gestern Abend entgegengebracht haben«, sagte Häberle an die beiden Temming-Frauen gewandt. »Sie haben mit Ihrer Entscheidung Schlimmeres verhindert.«

Sonja Tablander konnte damit nichts anfangen, weshalb Häberle anfügte: »Da geht es um ein paar vertrauliche Dinge, die ich nicht an die große Glocke hängen möchte, Frau Tablander. Aber ich bin mir ganz sicher, dies, was die beiden Damen hier getan haben, wäre auch im Sinne von Martin Kauler gewesen. Ich kann Ihnen versichern, dass wir dem Mörder Ihres Freundes auf der Spur sind.«

»Und der Schuss«, mischte sich Gisela Temming ein, »was war das mit dem Schuss?«

Häberle holte tief Luft und überlegte, ob er sagen durfte, was er wusste. Er entschied sich für eine Gegenfrage: »Kennen Sie Herrn Mulzenbach?«

Die beiden Temming-Frauen sahen sich ratlos und Hilfe suchend an. »Ist das der aus der Firma?«, fragte Gisela leise.

Häberle nickte.

»Hat der geschossen?«, hakte Sylvia mit schwacher Stimme nach.

»Er wollte«, entgegnete Häberle leise, denn der Hubschrauber war inzwischen abgedreht.

»Er wollte?«, fragte Sylvia zaghaft.

»Ja, er wollte. Aber die Polizei hat's gerade noch verhindert.«

»Und wen wollte er … erschießen?«, wagte Sonja Tablander einen Vorstoß.

Häberle zuckte mit den Schultern. »Wahrscheinlich die Temmings eher nicht.«

142

Linkohr saß mit Olivia auf der Rückbank des Polizei-Kleinbusses. Die junge Frau umklammerte ihre Tragetüte mit den aufreizenden Kleidungsstücken. Linkohr verdrängte die Bilder, die auf dem Monitor von Olivia zu sehen gewesen waren. Wie ein Model war sie dahergekommen. Und jetzt saß diese aufregende Frau neben ihm – in verwaschenen Jeans und einer schlabbrigen Jacke. Wie ein Häufchen Elend. Gerne hätte er ihr geholfen, sie getröstet, sie zum Essen eingeladen. Aber womöglich musste er nun dazu beitragen, dass sie jahrelang hinter Gittern schmachten musste. Bloß keine Gefühle zeigen, mahnte er sich, während das Fahrzeug über den gekiesten und teilweise geschotterten Forstweg durch den Wald rumpelte und sich vorne Fahrer und Beifahrer über etwas unterhielten, was in den Fahrgeräuschen unterging.

»Welche Rolle haben Sie auf der Brücke gespielt?«, begann Linkohr ein vorsichtiges Gespräch mit Olivia.

»Was heißt ›Rolle gespielt‹?«, griff sie seine Worte auf. »Sie wissen doch schon alles. Adam Jarowski ist mein Halbbruder. Ich hab's ihm zuliebe getan. Ihm und dem Martin zuliebe, dem Kauler, dessen Mutter die Temmings auf dem Gewissen haben.«

»Darin sind Sie sich so sicher?«, fragte Linkohr zweifelnd nach, während er sich in einer Kurve an den Vordersitz klammerte und Olivia durch die Zentrifugalkraft gegen seinen rechten Arm gedrückt wurde.

»Natürlich haben die Temmings Martins Mutter auf dem Gewissen. Und wären die Ärzte nicht so gut gewesen, wäre er wohl tot geboren worden.«

»Und wie kamen Ihr Halbbruder und der Stanek dazu, die Temmings zu erpressen?«

»Nicht erpressen«, wehrte sich Olivia. »Wir wollten kein Geld. Niemals. Ulrich Stanek hat vor einigen Jahren das Haus von Martin Kauler gekauft und hat ziemlich schnell das Tagebuch von Barbara gefunden, in dem sie alles niedergeschrieben hat, was sich damals, im Oktober 1968, zugetragen hat.«

»Und was hat sich zugetragen?«

»Das wissen Sie doch«, keifte Olivia, die sich vom charmanten Tonfall Linkohrs nicht beeindrucken ließ. »Der Walter Temming hat seinen Bruder Siegfried von der Leiter gestoßen, um Alleinerbe zu werden. Barbara hat es gesehen – so steht's in dem Tagebuch –, und sie hat alles aufgeschrieben, klitzeklein, sogar, wie die Leiter ausgesehen hat, von der Siegfried gestoßen wurde. Die Temmings haben versucht, sie als Zeugin mit viel Geld auszuschalten. Auch das hat sie aufgeschrieben. 100.000 Mark sollten's sein. Nachdem sie das Gewissen geplagt hat, hat sie sich Bedenkzeit erbeten. Dann hat man sie übel bedroht. Sie hat panische Angst gekriegt, war hochschwanger, wusste nicht mehr ein und aus – steht alles in dem Tagebuch. Ja – und dann kam's zu diesem komischen Unfall, der bis heute nicht geklärt ist. Auto gegen Fahrrad. Barbara tot, Kind gerettet.«

Linkohr nickte verständnisvoll. »Und nachdem man dieses Tagebuch hatte, haben Kauler, dieser Stanek und Ihr Halbbruder beschlossen, die Temmings zu terrorisieren.«

»Was heißt ›terrorisieren‹?« Olivia strich eine Haarsträhne aus ihrer Stirn. »Martin hat als Computerspezialist die Idee gehabt, sich als Siegfried aus dem Jenseits auszugeben. Mit all dem Wissen, was man dem Tagebuch entnehmen konnte, war dies ziemlich einfach. Niemand außer Siegfried kannte so viele Details. Und dass es ein verstecktes Tagebuch geben würde, wusste niemand. Barbara …« Olivia brach ab.

Linkohr ließ ihr einige Sekunden Zeit, um dann nachzuhaken: »Was war mit Barbara?«

»Ist das ein offizielles Verhör?«, wurde Olivia plötzlich zurückhaltend.

Linkohr lächelte und schüttelte zaghaft den Kopf. »Nein«, log er, »zu Protokoll wird nur genommen, was Sie nachher in Reutte sagen.«

»Sperren Sie mich ein?«

Linkohr war auf diese Frage nicht gefasst, weshalb er auswich: »Das habe nicht ich zu entscheiden, sondern ein Richter. Aber so, wie ich das sehe, haben Sie nur die Rolle einer Randfigur gespielt.«

»Bei was hab ich eine Randfigur gespielt?«

»Bei dieser ganzen Horrorgeschichte«, erwiderte Linkohr. »Aber wenn Sie uns noch ein paar Hintergründe erzählen, wird man Ihnen keine allzu großen Vorwürfe machen dürfen. Außerdem …«, wurde Linkohr amtlich, »brauchen Sie, was Ihren Halbbruder Adam Jarowski anbelangt, gar keine Angaben zu machen. Da haben Sie ein Aussageverweigerungsrecht. Sie müssen weder ihn belasten, noch sich selbst. Das ist ganz wichtig.«

»Das ist aber freundlich, dass Sie mir das sagen«, lenkte Olivia ein.

»Das tue ich gerne«, lächelte Linkohr. »Und ich sage Ihnen auch, dass es Ihnen freisteht, einen Anwalt hinzuzuziehen. Wir können das aber schnell abkürzen, wenn Sie nichts zu verheimlichen haben.«

Olivia blieb stumm, während der Kleinbus auf einer abschüssigen Schotterpiste bedrohlich schnell wurde. Aber der Fahrer schien alles im Griff zu haben. Vermutlich kannte er das Gelände. »Sie wollten vorhin etwas zu Barbara sagen«, half Linkohr der jungen Frau auf die Sprünge.

»Barbara hat niemandem gesagt, wer der Vater ihres Kindes ist.«

»Ach«, staunte Linkohr. »Aber Sie wissen es?«

»Mich geht das eigentlich gar nichts an«, erwiderte Olivia distanziert. »Fragen Sie Adam oder Ulrich, die haben sich mit dem Tagebuch intensiv auseinandergesetzt.«

»Und heute«, machte Linkohr weiter, »wollte man dies alles beenden und dieses Tagebuch übergeben, oder was?«

»Ja, es war Ulrichs Idee mit dieser Brücke.« Olivia lächelte für einen Moment. »Das hat doch zu den Jenseits-Mails gepasst. Treffen zwischen Himmel und Erde.«

»Und die Papiere, die übergeben wurden – das war das Tagebuch?«

»Ja«, antwortete Olivia, »Adam hat es den Temmings überreicht – ganz theatralisch mit Ulrich Stanek zusammen da oben. Damit die Temmings wissen, dass es Dokumente gibt, die man gegen sie verwenden könnte.«

»Aber doch nicht, wenn man sie den Betroffenen überlässt?«

Wieder lächelte Olivia. »Es sind nur Kopien. Das Original hat Ulrich unter Verschluss.«

»Und wo hat er das unter Verschluss?«

»Keine Ahnung. Er will damit erreichen, dass die Temmings ihr Leben lang nicht sicher sein können, dass irgendwann etwas ans Tageslicht kommt. Das ist doch nicht verboten, oder ist das auch Erpressung?«

Linkohr wollte nichts dazu sagen, sondern fragte: »Und welche Rolle hat Frau Fuchs gespielt?«

»Frau Fuchs?« Olivia sah ihn entgeistert an. »Wie kommen Sie denn auf Frau Fuchs?«

Linkohr zuckte mit den Schultern. »Na ja, wir haben eben in alle Richtungen ermittelt.« Dass Frau Fuchs zu den Hinweisgebern zählte, die sich gestern Hilfe suchend an die Kripo gewandt hatten, durfte er natürlich nicht sagen.

»Frau Fuchs«, entschied sich Olivia zu einer Erklärung, »hatte ein ganz besonderes Verhältnis zu den Temmings, falls Sie das meinen. Sie war Betriebsratsvorsitzende – schon als junge Frau. Und sie hat unter den Bedingungen, die in Temmings Firma herrschten, sehr gelitten. Sehr. Damals menschenunwürdige Zustände, krebserregende Stoffe, keine Belüftung, kein Arbeitsschutz. Auch Adam hat das in den vergangenen Jahren mitgekriegt. Manches hat sich gebessert, aber der Druck, das Mobbing – das hat der junge Temming weiter ausgebaut. Mein Halbbruder Adam hat sich mal mit Frau Fuchs in Verbindung gesetzt und noch viel mehr erfahren. Wie's früher war.«

»Und Sie«, hakte Linkohr vorsichtig nach, »in welchem Verhältnis stehen Sie zu Frau Fuchs?«

»Ich?« Olivia überlegte. »Wie kommen Sie da drauf?«

»Na ja, wenn Ihr Halbbruder Frau Fuchs als Vertraute hatte, könnten Sie sich doch auch mal an Sie gewandt haben. Oder hatten Sie keine Probleme mit Herrn Temming?«

»Ich versteh gar nichts mehr, Herr Linkohr. Wissen Sie mehr, als ich vermute?« Sie wurde hellhörig.

»Na ja«, gab sich Linkohr nachdenklich, »es ist schließlich kein Geheimnis mehr, dass Sie mit Herrn Temming eine engere Beziehung pflegten.«

»Engere Beziehung pflegen – wie sich das anhört, Herr Linkohr.«

»Ja, also.« Es fiel ihm schwer, das Gespräch nicht in einen Streit abdriften zu lassen. »Ihr Auftreten heute früh auf der Brücke, hatte doch einen Grund. Sie wollten …« Linkohr runzelte die Stirn. »Sie wollten auf irgendeine Weise provozieren. Und ich muss sagen, mir als Mann hat das gefallen. Jedenfalls stehen Ihnen diese Klamotten sehr gut.«

»Das kann ich mir denken, dass Ihnen das gefallen hat«, sagte sie emotionslos. »Angaffen und aufgeilen, so ist das doch mit euch Männern.«

»Entschuldigen Sie bitte, aber die Frage muss erlaubt sein, was damit bezweckt werden sollte. Es ist kalt, Sie haben gefroren und Modefotografen waren keine da, soweit ich das gesehen habe. Und Heidi Klum hat auch nicht für ihre Fernsehsendung ›Germany's next Topmodel‹ jemanden gecoacht.«

»Adam hat gemeint, wir sollen den Sven in Verlegenheit bringen«, rang sich Olivia zu einer Erklärung durch. »Er ist davon ausgegangen, dass Frau Temming mitkommt.«

»Also Psychoterror, wenn man so will«, resümierte Linkohr.

»Ob es Psychoterror ist, wenn sich eine Frau sexy zeigt, kann ich nicht beurteilen.« Sie verzog ihr blasses Gesicht zu einem spitzbübischen Lächeln. Beinahe hätte Linkohr etwas erwidert, das sich so angehört hätte wie: »Diesem Psychoterror möchte ich mich auch mal ausgesetzt sehen«, aber dann besann er sich sofort seines dienstlichen Auftrags. »Es stimmt also doch, dass Sie eine Zeit lang Sven Temmings Geliebte waren?«

»Wir hatten ein Abenteuer, und ich hab mich darauf eingelassen, ja. Er hat mich – und nun werden Sie mich als Nutte bezeichnen – ja, er hat mich dafür bezahlt.«

»Und Sie konnten seine Lebensgewohnheiten ausspähen.«

»Ausspähen – ausspähen! Herr Linkohr, bitte, da war nichts mit Ausspähen.«

»Aber Ihr Bruder hat Sie doch auf praktische Weise in Svens Haushalt vermittelt.«

»Ja, das hat sich so ergeben und war ganz geschickt.« Sie grinste. »Aber wir hatten auch noch den Schlüssel zum Haus der Alten in Kuchen. Den hat Barbara im allgemeinen Durcheinander bei dem Fenstersturz damals an sich genommen – mit samt so einem komischen Schlüsselanhänger, einer Weltraumkapsel.« Olivia schien dies noch immer zu amüsieren. »Den hat

Ulrich Stanek beim Tagebuch entdeckt und dem Martin gegeben. In seinem Auftrag hab ich den Schlüsselanhänger vorletzte Woche bei den Jung-Temmings in den Briefkasten gesteckt. Sie sollten merken, dass jemand im Besitz dieser Utensilien war. Die Schlüssel haben wir aber behalten.«

»Und Kauler und Stanek haben sich in die Wohnung der alten Temmings Zutritt verschaffen können?«, staunte Linkohr.

»Ja, das konnten sie, um gelegentlich etwas anzurichten, was nach Spuk aussah. Ulrich ist auf die verrückte Idee gekommen, die Standuhr auf 5.10 Uhr anzuhalten. 5. Oktober. Ich weiß natürlich nicht, ob die Alten diesen Gag gecheckt haben.«

Linkohr riskierte einen Frontalangriff, wie dies Häberle gelegentlich zu tun pflegte: »Und Kauler hat bei diesem ganzen Theater mitgespielt?«

»Ja, das hat er sogar mit Begeisterung getan. Um den Tod seiner Mutter zu rächen. Und Ulrich Stanek hat es fortgeführt.«

»Man hat die Temmings auf den Friedhof gelockt«, griff Linkohr das Thema auf, das ihn am meisten interessierte.

»Dazu dürfen Sie mich nicht fragen.«

»Aber Sie haben das schon mitgekriegt?«

»Nur am Rande«, wurde Olivia schmallippig.

»Und wer ist auf den Friedhof gegangen – von den Temmings? Beide oder nur einer?«

»Ich weiß es nicht, ich hab keine Ahnung.« Olivia verschränkte die Arme. »Sie dürfen mich nicht in etwas hineinziehen, womit ich nichts zu tun habe. Gar nichts.«

Linkohr beließ es dabei und wechselte die Zielrichtung seines Gesprächs. »Und was ist Freitagnacht in Temmings Jagdhütte passiert?«

»Passiert ist gar nichts – allerdings …« Sie zögerte. »Ich hab Sven erklärt, dass mit uns beiden Schluss ist.«

»Was war der Grund?«

»Seine … na ja, nennen wir's mal Vorlieben. Ich hab das nicht mehr ertragen.« Sie überlegte. »Aber auch er hat wohl Schluss machen wollen – weil der Mulzenbach rausgekriegt hat, dass ich Adams Halbschwester bin. Es ist alles ziemlich verrückt gewesen.«

143

In der Polizeiinspektion Reutte herrschte Gedränge. Die Einsatzleitung von ›Cobra‹ war vorübergehend dort untergebracht gewesen – und nun mussten die vier Männer, die festgenommen worden waren, in separaten Büros beaufsichtigt werden. Grantner leitete die üblichen Maßnahmen: Personalien aufnehmen, Protokolle verfassen. Als Erste durfte Olivia das Gebäude verlassen. Linkohr hatte seinen Chef über das ausführliche Gespräch mit ihr informiert. Weil unklar war, ob ihr Halbbruder Adam Jarowski bald als freier Mann gehen durfte, entschied sie sich für die Eisenbahn, um so schnell wie möglich verschwinden zu können. Sie wollte den Zug um 13.09 Uhr nach München nehmen. Dann wäre sie bereits um 15.39 Uhr in Ulm und um 16.39 Uhr in Göppingen, wo ihr Auto vor dem Hochhaus parkte. Von dort aus wollte sie zu Ursula Fuchs nach Ettlenschieß fahren, um wieder bei ihr zu nächtigen. Denn so lange nicht klar war, was mit den Temmings geschah, mochte sie nicht allein in ihrer Wohnung in Biberach sein.

Häberle und Linkohr wünschten ihr eine gute Heimreise, ehe sie sich der anderen annahmen.

Die Polizeiinspektion hatte inzwischen für Verpflegung der Beamten und der vier vorläufig festgenommenen Männer gesorgt.

Häberle, Grantner und Linkohr saßen in einem Besprechungsraum zusammen, verspeisten belegte Brötchen und tranken Cola. Dabei versuchten sie, ihre bisherigen Erkenntnisse auszutauschen und erste Schlüsse daraus zu ziehen. Vor allem Linkohr glänzte mit den Angaben, die er während der Talfahrt im Polizeiauto der hübschen Olivia entlockt hatte.

Die drei Kriminalisten kämpften mit aufkommender Müdigkeit und baten eine Sekretärin um einen starken Kaffee, ehe sie sich um die vier Männer kümmerten. Während sich Jarowski und Stanek offenbar ihrem Schicksal fügten und den Aufenthalt bei der Polizei gelassen hinnahmen, forderten die beiden Temmings ihre sofortige Freilassung und Anwälte. Den Vorschlag Grantners, einen Juristen aus Reutte beizuziehen, lehnten sie strikt ab. Sie verlangten lautstark nach ihren Hausjuristen aus Ulm. Häberle blieb ruhig und gelassen. Es stehe ihnen natürlich frei, Anwälte anreisen zu lassen, was jedoch den Aufenthalt »im schönen Reutte etwas verlängert«, sagte er und verkniff sich den Hinweis, dass sich dieser Zeitraum je nach Lage der Dinge weiter ausdehnen könnte. Ihre Ehefrauen waren ins Hotel Café Beck gegangen und hatten ihre Männer gebeten, sie per Handy zu verständigen, sobald die Formalitäten erledigt seien. Für Häberle hatte es so geklungen, als glaubte die Familie, das ganze Geschehen wie einen geschäftlichen Termin abwickeln zu können. Zwei Anwälte aus Ulm hatten sich bereit erklärt, sofort nach Reutte zu fahren, wofür sie bei zügiger Fahrweise und staufreier A 7 durchaus eineinhalb Stunden brauchten. Die Temmings nahmen's zufrieden hin, wenngleich sie sich mit der Anordnung, das Polizeigebäude nicht verlassen zu dürfen, keinesfalls abfinden wollten. Erst Grantners massives Auftreten und sein lautstarker Hinweis, dass im Hause auch Arrestzellen vorhanden seien, ließen sie kleinlauter werden.

Nachdem sich Häberle bei dem Einsatzleiter von ›Cobra‹ für das reibungslose Erscheinen seiner Einheit bedankt hatte, wandten sich die Kriminalisten den beiden anderen Männern zu. Allerdings waren die Aussagen, die Jarowski und Stanek zu Protokoll gaben, nicht sehr erschöpfend. Das Wichtigste deckte sich mit dem, was Linkohr von Olivia erfahren hatte. Doch es gab einige Punkte, die Häberle geklärt haben wollte. Bei der Vernehmung Staneks blieb er deshalb hartnäckig: »Wenn es nur Kopien waren, die Walter Temming auf der Brücke zerrissen hat, muss es Originale geben. Also, klare Frage, klare Antwort«, forderte Häberle: »Wo ist das Original?«

Stanek schwieg beharrlich.

»Ich weiß nicht, wie ich Ihr Verhalten deuten soll«, polterte Häberle plötzlich los, sodass selbst Grantner erschrak, der neben ihm am Schreibtisch saß. »Wenn an dieser ganzen Geschichte, die Sie uns da auftischen, was dran ist, müssten Sie doch als Allererster Interesse daran haben, die Herrschaften auffliegen zu lassen.«

Stanek räusperte sich und entschied: »Ich würde das gerne zuerst mit meinem Anwalt beraten.«

Häberle seufzte unmerklich in sich hinein. Noch ein Anwalt, hallte es durch seinen Kopf. Er wusste jedoch, dass es keinen Sinn mehr machte, weiter in ihn zu dringen.

»Okay«, sagte er ruhiger. »Und ich dachte schon, Sie wollten heute noch nach Hause fahren – oder vielleicht bei Frau Tablander übernachten.«

Diese beiläufig gesprochenen Worte hatten ihre Wirkung nicht verfehlt. Stanek war zusammengezuckt. »Sie wollen mich festhalten? Einsperren? Hier, in Österreich?« Er sah zu Grantner hinüber, der keine Miene verzog.

Häberle zuckte mit den Schultern. »Noch sind wir dabei, die Sachlage zu sondieren.« Er spielte mit dem Kugelschreiber. »Denn das Wichtigste fehlt uns noch.« Wieder ließ er ein paar Sekunden verstreichen, bis er ergänzte: »Ein Mörder fehlt uns noch.«

»Aber dieser Mulzenbach«, wandte Stanek ein. »Der … der

kommt doch dafür infrage. Der hat uns doch auch da oben auf der Brücke abknallen wollen. Da bin ich mir ganz sicher.«

»Ach – da sind Sie sich sicher?«, staunte Häberle und legte den Kugelschreiber weg. »Wie das denn?«

»Der war doch so etwas wie Temmings Leibwächter. Den hat er mitgebracht. Wenn was schiefgelaufen wäre auf der Brücke, hätte der uns abgeknallt. Den Adam und mich.«

»Und deshalb soll er der Friedhofsmörder von Geislingen sein?«

»Keine Ahnung«, nahm sich Stanek zurück. »Wenn der nicht, dann eben der junge Temming. Oder der Alte. Ja, der Alte. Der hatte doch allen Grund, den Kauler abzuknallen.«

»Den Kauler, ja«, brummte Häberle, »den Kauler, der letztlich das Opfer des von ihm selbst eingefädelten Horror-Spielchens geworden ist, und das Sie und Jarowski mit großer Begeisterung weitergetrieben haben«, wurde Häberle deutlich. »Ein Spiel mit dem Feuer – oder besser gesagt: mit dem Teufel. Und das nur, um die Temmings einzuschüchtern, die Sie nicht ans Messer liefern wollen. Ist das nicht ein bisschen eigenartig? Denken Sie mal darüber nach.« Häberle sprang auf und verließ den Raum. Grantner blieb zurück.

Nebenan hatte sich Linkohr mit Jarowski abgemüht, der auf einen Bürosessel gelümmelt saß, die Beine übereinandergelegt. »Oh, der Chef persönlich«, grinste er überheblich, als er Häberle hereinkommen sah, der ganz und gar nicht den Eindruck erweckte, ein freundliches Gespräch führen zu wollen. »Hören Sie mal gut zu«, fuhr ihn der Chefermittler ungewohnt hart an, wie Linkohr es empfand. »Ich will von Ihnen nur eines wissen: Wo ist das Original dieses Tagebuchs?«

»Das hat mich Ihr junger engagierter Kollege auch schon gefragt«, er sah zu Linkohr hinüber, »und ich kann nur wiederholen: Das hat Ulrich.«

»Muss ich aus diesem Verhalten schließen, dass noch mehr

Dinge drinstehen, als wir ohnehin schon wissen?«, bläffte Häberle noch eine Spur unfreundlicher.

»Was wissen Sie denn schon?«

»Dass Sie vielleicht vorhaben, die Temmings eines Tages doch noch zu erpressen. Und dann geht's nicht um Psychoterror, sondern um viel Kohle. Und dann ist das ein schweres Verbrechen, für das Sie ziemlich lange im Knast sitzen werden.«

Jarowskis Augenbrauen verengten sich. »Das dürfen Sie nicht behaupten.«

»Darf ich, kann ich, will ich«, meckerte Häberle schnell zurück. »Ist Ihnen bewusst, welch gefährliches Spiel Sie alle drei angezettelt haben? Eines, bei dem es schon zwei Tote gegeben hat.«

»Zwei?« Jarowski konnte den Ausführungen Häberles nicht richtig folgen und sah zu Linkohr, der sich zurückhielt und aufmerksam die Vernehmungstaktik des Chefs hörte.

»Kauler war die Nummer eins, heute der Mulzenbach die Nummer zwei.«

»Aber den Mulzenbach habt doch ihr erschossen«, wandte Jarowski ein, worauf Häberle Mühe hatte, sich zu mäßigen.

»Ja, den haben die Kollegen erschossen, um euch das Leben zu retten. So sieht das nämlich aus. Oder meinen Sie, es macht einem Polizisten Spaß, jemanden zu erschießen? Jeder, der das tun muss oder es nicht verhindern konnte, wie das beim heutigen Einsatz der Fall war, leidet ein Berufsleben lang darunter. Das ist nicht so wie in den Krimis, wo's nur knallt und kracht – nein, Herr Jarowski, im echten Leben ist der Tod was Endgültiges. Nicht so etwas wie in Büchern oder im Film, wo man die Leichen halt zum Gruseln braucht. Falls Sie die Realität mit Krimis verwechseln, werden Sie bald das böse Erwachen erleben. Ein sehr böses. Das dürfen Sie mir glauben.«

»Entschuldigen Sie, Herr Kommissar«, gab sich Jarowski zerknirscht. »Ich wollte das bestimmt nicht auf die leichte Schulter nehmen.«

»Also«, lenkte Häberle ein, »dann erzählen Sie mir mal, was auf dem Friedhof in Geislingen geschehen ist.«

»Ich war da nicht dabei. Wirklich nicht. Martin hat da ganz allein hingewollt, um zu sehen, wie der alte Temming Schiss hat.«

»Und ihr hattet keinen Schiss? Seid ihr denn so blauäugig gewesen, dass man mit den Temmings gerade machen kann, was man will?«, wetterte Häberle wieder los. »Ihnen musste doch klar sein, dass sich die Temmings wehren. Und sich womöglich Personenschutz zulegen. Da geht doch keiner nachts allein auf den Friedhof.«

»Wir sind davon ausgegangen, dass sie alles daransetzen werden, nichts aus dem Tagebuch an die Öffentlichkeit kommen zu lassen. Und dass sie dafür einiges in Kauf nehmen.«

»Aber die wussten doch gar nichts von einem Tagebuch. Soweit ich das alles überblicke, gab es nur dieses Kasperletheater mit den Mails aus dem Jenseits.« Häberle rief sich in Erinnerung, was Gisela Temming gestern Abend aus Angst vor dem heutigen Termin telefonisch geschildert hatte. Dabei hatte der Chefermittler hoch und heilig versprechen müssen, dass Sven und Walter Temming von diesem diskreten Hinweis nichts erfahren würden. Die beiden Frauen waren nervlich am Ende gewesen und hatten keinen anderen Ausweg mehr gesehen, als sich vertrauensvoll an Häberle zu wenden. Ähnlich, wenngleich aus anderer Sichtweise, hatte Ursula Fuchs reagiert, der Olivia von dem geplanten Treffen auf der Brücke erzählt hatte.

»Es war kein Kasperletheater. Wir wollten diesen Kapitalisten und Ausbeutern Angst einjagen«, erklärte Jarowski.

»Das hab ich inzwischen begriffen«, gab sich Häberle genervt. »Und wie war das mit Temmings Jagdhütte?«

»Wie soll ich das wissen?«

»Ihre Halbschwester Olivia war doch dort«, riskierte Häberle eine kühne Behauptung.

»Wie? Woher wissen Sie das?«

Häberle spürte, dass er richtig kombiniert hatte. »Olivia war in der Brandnacht dort, wetten?«

Linkohr schaltete sich ein: »Ich glaube, es wäre besser für Sie und Herrn Stanek, uns bei den Ermittlungen zu helfen.«

Jarowski saß wie versteinert vor Häberle, während Linkohr an all das anknüpfen konnte, was Olivia eingeräumt hatte. »Ihre Olivia«, begann er, »die hat sich ziemlich erfolgreich an Sven Temming herangemacht.«

»Ganz so intim war das anfangs nicht geplant gewesen«, unterbrach Jarowski, worauf Linkohr süffissant meinte: »Aber dem Mädel hat es bis zu einem gewissen Grad wohl auch gefallen.«

»Der Kerl hat sie ausgenutzt und geschlagen«, brauste Jarowski auf.

Linkohr blieb gelassen: »Vielleicht gehörte das zu seinen Vorlieben, deretwegen Olivia mit ihm Schluss machen wollte.«

»Anzeigen hätte sie ihn können, richtig reinhängen«, erwiderte Jarowski. »Wir hätten ihn auf diese Weise packen können, glauben Sie mir. Ein ärztliches Attest – und der Kerl säße wegen Vergewaltigung im Knast.«

»Falschanschuldigung nennt man das«, gab Häberle zurück. »Aber davon haben Sie Abstand genommen?«

»Weil wir Gentlemen sind, Herr Kommissar«, grinste Jarowski. »Wir wollten uns doch die Hände nicht schmutzig machen.«

»Am vorletzten Freitag hat's Zoff gegeben, weil sich Olivia von Sven Temming trennen wollte«, mischte sich Linkohr ein. »Und Sie haben sich aus allem rausgehalten? Das ist doch unlogisch. Oder wie soll ich das verstehen?«

Häberle griff die Anspielung seines jungen Kollegen auf: »Irgendjemand muss ja die Bude angezündet haben.«

»Sie wollen damit sagen, dass ich … dass ich dort war?«

»So könnte man es formulieren, ja«, nickte Häberle. »Es wäre eine von mehreren Möglichkeiten. Variante eins: Sie zünden die Bude an, um dem Temming eines auszuwischen. Rache, Denkzettel oder was auch immer. Variante zwei: Temming hat sie selbst angezündet, um irgendwelche Spuren zu beseitigen. Oder Variante drei: Man wollte die Olivia beseitigen und es als Unfall aussehen lassen.«

»Was aber«, so unterbrach Jarowski, »für Sven Temming ziemlich dumm gewesen wäre, weil man just seine Geliebte in seiner eigenen Hütte tot aufgefunden hätte.«

Häberle nickte, fuhr aber fort: »Es gibt weitere Varianten. Nummer vier wäre: Man hat in der Hütte mit einer Chemikalie hantiert, um den Unfall woanders zu inszenieren. Zum Beispiel mit«, er musste sich in Erinnerung rufen, was die Analyse der Asche im Labor ergeben hatte, »mit Diethylether, einem organischen Lösungsmittel. Hat einen sehr niederen Flammpunkt. Das dürfte Ihnen von Ihrem Job her geläufig sein. Jedenfalls könnte bei unsachgemäßem Hantieren und Kerzenlicht etwas außer Kontrolle geraten sein.«

»Sie glauben im Ernst, der Temming hat so etwas im Schilde geführt?«

»Was tut man nicht alles, um jemanden, der zu viel weiß, aus dem Weg zu räumen?«, hob Häberle seine Augenbrauen.

»Na ja«, meinte Jarowski, »das hat in dieser Familie wohl Tradition.«

Häberle sah ihn aufmunternd an. »Sonst haben Sie uns nichts mehr zu sagen? Es erübrigt sich, darauf hinzuweisen, dass hilfreiche Angaben den Staatsanwalt milde stimmen könnten.«

»Na ja«, rang sich Jarowski zu einer Äußerung durch. »Ich weiß zwar nicht, was ich mir hätte zuschulden kommen lassen – außer ein bisschen inszeniertem Spuk.« Er überlegte ein paar Sekunden, um dann mit der Sprache herauszurücken: »Aber dass der Jung-Temming eine Pistole hatte, das wissen Sie ja?«

Häberle horchte auf. »Wir haben eine im Schutt der Hütte gefunden.«

»Das war seine – also von Sven Temming.«

»Und woher wissen Sie das so genau?«

»Er hat mich damit bedroht.« Jarowski spielte nervös mit seinen Fingern und nippte an seiner Kaffeetasse.

»Sie waren also doch dort – in der Hütte?«

Jarowski holte tief Luft. »Ich konnte Olivia nicht allein lassen. Ich bin dazugekommen. Sie wollte sich ja von Sven trennen und das ganze Theater beenden.«

Linkohr hörte aufmerksam zu, während Häberle vorsichtig nachhakte: »Es kam zum Streit?«

»Ja. Olivia hat ihm sogar gedroht, ihn wegen Vergewaltigung anzeigen zu wollen.«

»Also doch«, nickte Häberle, um ironisch anzufügen: »Aber Sie als Gentleman haben es verhindert.«

»Wie ich schon sagte, ja. Temming hat das in seiner unbändigen Wut nicht mehr überblickt, hat die Pistole genommen und wollte auf mich schießen – und auf Olivia.«

»Und dann?«

Jarowski kämpfte mit sich, ob er nun alles sagen sollte. Er entschied sich dafür: »Dann hat ihm Mulzenbach die Pistole aus der Hand geschlagen.«

»Mulzenbach? Der war auch dabei?«

»Ja«, bestätigte Jarowski knapp. »Der war schon da, als ich gekommen bin. Was der und Temming im Schilde geführt haben, dürfen Sie mich aber nicht fragen.«

»Und weiter?«

»Olivia ist dann abgehauen. Ich hab mich mit den beiden – also Temming und Mulzenbach – noch heftig gestritten. Die beiden haben mir vorgeworfen, ich hätte Olivia systematisch zum Ausspähen benutzt.«

»Was ja stimmte«, stellte Häberle fest.

»Mein Gott, das ist doch scheißegal«, wurde Jarowski aufbrausend. »Jedenfalls bin ich dann auch weg.«

»Wie lange nach Olivia?«

»Vielleicht eine halbe Stunde später.«

»Und Mulzenbach?«

»Der war noch da.«

Häberle spürte, wie sein Blutdruck gestiegen war.

144

Niwre Knif, der Hinweisgeber, der sich gerne hinter diesem Pseudonym versteckte, rief an diesem späten Dienstagnachmittag wieder einmal den ehemaligen Lokaljournalisten Georg Sander an. »Das wär eine Story für Sie«, gab sich der Mann wie immer geheimnisvoll. Sander kannte dessen Art, sich Gehör zu verschaffen. Meist fügte Knif an: »Aber das wird Sie vielleicht gar nicht interessieren.« Und schon hatte er sich damit die Neugier seines Gesprächspartners gesichert. Sander kannte dieses Spielchen aus seiner Zeit, als er aktiv bei der Zeitung gearbeitet hatte. Er hatte sich in den vergangenen Tagen gewundert, dass der Friedhofsmord in den Medien nicht mehr erwähnt worden war. Dies jedoch führte er weniger auf eine erfolglose Ermittlung der Kripo zurück, als vielmehr auf die wenige Zeit, die seinen ehemaligen Kollegen heutzutage für eine ausgiebige Recherche blieb. Er hätte brennend gerne gewusst, was hinter dem Verbrechen steckte, zumal Knif ihm sämtliche Gerüchte um die Familie Temming geschildert hatte. Sander, der gerade intensiv an seinem Kriminalroman arbeitete, empfand die Störung trotzdem als nervig. Aber Knif musste loswerden, was er erfahren hatte: »Man hat die Temmings festgenommen. In Reutte, in Tirol. Heute Mittag.«

Sander schob seinen Laptop beiseite, um reflexartig zu Kugelschreiber und Notizblock zu greifen. Aus alter Gewohnheit wollte er sich ein paar Stichworte aufschreiben. »Ach?«, zeigte er sich überrascht. »Beide Temmings? Den Jungen und den Alten?«

»Ja. Und was glauben Sie, wo?« Knif ließ sogleich die Antwort folgen: »Auf dieser großen Fußgängerbrücke, über der Fernpassstraße. Da, wo Sie auch immer zum Reschenpass nach Südtirol fahren.« Knif konnte sich erstaunlich gut an kleinste Details entsinnen. Er wusste also noch, dass Sander ihm einmal von seiner Begeisterung für Südtirol erzählt hatte.

»Auf dieser Brücke?«, wiederholte er perplex.

»Ja, eine Schießerei hat's auch gegeben. Und einen Toten.«

»Woher wissen Sie das?« Sander hatte gelernt, dass manches, was Knif in der Euphorie von sich gab, gelegentlich überzogen war. Wenn er von einer Schießerei sprach, konnten es auch nur Warnschüsse gewesen sein.

Knifs Stimme überschlug sich beinahe. »Ein Bekannter von mir wollte heute Vormittag auf die Brücke rauf. Sie war gesperrt. Und dann gab's die Schießerei.«

Natürlich, seufzte Sander still in sich hinein. Wieder einmal. Knifs merkwürdiges Schicksal war es, dass er überall, wo immer auf der Welt etwas geschah, einen Freund, Bekannten oder Verwandten hatte, der direkt oder indirekt in die Sache verwickelt war oder es zumindest aus respektabler Entfernung gesehen oder es sich von Augenzeugen hatte berichten lassen. Oft hatten sie in der Redaktion darüber gewitzelt. Weshalb er jetzt nicht direkt dort anrief und sein Wissen loswerden wollte, konnte nur bedeuten, dass er befürchtete, nicht das nötige Gehör zu finden.

»Ich sag Ihnen, Herr Sander«, flüsterte er. »Da kommt was auf die Temmings zu. Das gibt einen Knaller.«

Sander holte tief Luft. Was ging ihn dies noch an? Jetzt, wo er gerade am Showdown seines Krimis saß, der vermutlich viel zu lang sein würde. Der Verleger hatte ihn dringend gebeten, sich kürzer zu fassen. Für einen Moment überlegte Sander, ob die Temmings Stoff für den nächsten Krimi hergeben würden.

145

Es hatte länger gedauert als erwartet, bis die beiden Anwälte aus Ulm eingetroffen waren. Stanek hatte sich hingegen nach kurzer Rücksprache mit Sonja Tablander für einen Juristen aus Reutte entschieden. Jarowski war aus Verbundenheit zu seinem alten Kumpel Stanek freiwillig bei der Polizeiinspektion geblieben. Die Kriminalisten waren zu der Ansicht gelangt, ihn nicht mehr länger festhalten zu wollen, da gegen ihn zumindest in Österreich kein konkreter Tatverdacht vorlag und er zudem einen festen Wohnsitz in Deutschland nachweisen konnte. In Reutte jedenfalls hatte sich keiner der Männer etwas zuschulden kommen lassen – und Mulzenbach, der mit dem Gewehr auf der Lauer gelegen hatte, war tot. Inwieweit sich im Zusammenhang mit ihm die Temmings einer etwaigen Beihilfe zu einem versuchten Tötungsdelikt schuldig gemacht hatten, würde einer juristischen Beurteilung unterliegen.

Häberle teilte dies seinen Kollegen in Göppingen mit, die wiederum das Präsidium in Ulm verständigen sollten.

Es war kurz nach 17.30 Uhr, und bald würde es in den hohen Bergen des Lechtals zu dämmern beginnen. »Jetzt haben wir gar nichts von diesem Feiertag gehabt«, brummte Häberle bei einer Tasse Kaffee im Kreise seiner Kollegen. »Da beschert uns der Staat endlich mal einen zusätzlichen Feiertag – und schon gibt's für uns Arbeit.« Er musste an seine Frau Susanne denken, mit der er eigentlich einen Ausflug an den Bodensee geplant hatte.

Grantner sah aus dem Fenster. Zur Nacht zogen dicke Wolken auf. »Wenn die Herren Anwälte vollends zu Potte komm'n, könnt'n wir uns die Herrschaften zur Brust nehmen.«

»Ich befürchte, dass die Temmings ziemlich viel Dreck am Stecken haben«, schätzte Häberle die Lage ein und berichtete den Kollegen von Jarowskis Aussagen. »Der junge Temming und dieser Mulzenbach haben in der abgebrannten Hütte mit Olivia etwas vorgehabt, das Jarowski durch sein plötzliches Auftauchen unbewusst verhindert hat.«

»Umbringen? Sie wollten das Mädel beseitigen«, kommentierte Grantner, als Häberles Handy anschlug. Er fingerte es aus seiner Jacke, warf einen kurzen Blick aufs Display und erkannte die Nummer seiner Dienststelle.

»Ja?«, meldete er sich knapp. Er lauschte angestrengt und ließ seinen Oberkörper in die Lehne des Bürostuhls sinken. »Wie bitte?« Seine Stimme klang, als könne er das Gehörte nicht glauben. »Vor einer Viertelstunde?« Er wartete eine Antwort ab, um eine Frage zu stellen, die alle im Raum aufhorchen ließ: »Und sie? Ist sie tot?«

Häberle schloss für zwei Sekunden die Augen und beendete mit einem kurzen »Danke« das Gespräch. Alle Blicke waren auf ihn gerichtet. »Olivia ist tot«, kam es aus Häberles trockener Kehle. »Auto explodiert. Auf der B 10 bei Göppingen. Sie ist im Wagen verbrannt.«

Alle im Raum schwiegen.

146

Die beiden Ulmer Anwälte hatten ihren Mandanten nach mehrstündiger Beratung nahegelegt, keine weiteren Angaben zu machen. Häberle war auf eine solche Taktik gefasst gewesen. Allerdings hegte er erhebliche Zweifel daran, ob sich die Temmings damit einen Gefallen taten. Möglicherweise spekulierten sie darauf, dass es den Juristen schwerfallen würde, jedem Einzelnen von ihnen etwas Konkretes anlasten zu können. Noch hatte Häberle nicht mit offenen Karten gespielt und den Tod Olivias verschwiegen. Natürlich konnten die Temmings das Verbrechen an ihr nicht selbst ausgeführt haben – schließlich hatten sie durch ihre derzeitige Anwesenheit bei der Polizei in Reutte ein hieb- und stichfestes Alibi. Aber wer außer ihnen beiden konnte Interesse am Tod der jungen Frau haben? Häberle ließ im Kreise der Kollegen seinen Gedanken freien Lauf: »Sicher ist inzwischen, dass Sven Temming in der Jagdhütte mit jener Waffe hantiert hat, mit der Kauler auf dem Friedhof erschossen worden ist. Das zumindest ist ein wichtiges Indiz. Allerdings hätte sein Vater Walter eher einen Grund gehabt, den lästigen Kauler loszuwerden – angesichts dessen, was vor 49 Jahren geschehen ist.«

Linkohr wollte etwas sagen, doch in diesem Moment erschien ein Tiroler Kollege an der Tür und hielt einen in Plastikfolie gehüllten Zettel in die Höhe: »Das haben wir an der Fernpassstraße gefunden.«

Er übergab das Objekt Grantner, der es kurz begutachtete: »Müsste einer der abgerissenen Zettel sein. Handschriftliches.« Häberle stand auf und sah ihm über die Schulter.

»Sieht so aus, ja.« Grantner überließ das sichergestellte Dokument seinem deutschen Kollegen, der es auf dem Tisch ausbreitete. Alle versammelten Kriminalisten traten näher, um einige Worte zu entziffern. »Das Wort hier heißt ›Haushaltsleiter‹«, wusste einer der Männer und deutete auf die entsprechende Stelle im Text.

»Und hier: ›klebte noch rote Farbe, die ausgeschü…‹«, zitierte ein anderer. »Das wird ›ausgeschüttet‹ heißen.«

Linkohr las auf dem Papierfragment eine weitere Stelle: »… dagegen gestoßen und Siegfried …«

Häberle nickte nachdenklich: »Klar, das ist ein Papierschnipsel aus dem Tagebuch. Sieht ja auch nach einer Kopie aus.«

Der Chefermittler nahm die Plastikfolie mit dem Zettel wortlos an sich und verließ den Raum, um an jenem Büro anzuklopfen, in dem sich Stanek mit seinem Anwalt unterhielt. »Entschuldigen Sie die kurze Störung«, blieb Häberle an der Tür stehen und ließ sie sanft ins Schloss fallen.

Der Anwalt, ein älterer Herr mit Stirnglatze, sah ihn streng an. »Sie sehen doch, dass ich ein Gespräch mit meinem Mandanten führe.«

»Das will ich gar nicht lange unterbrechen. Aber vielleicht ist es für Sie hilfreich, wenn Sie wissen, dass wir ein Stück von jenem Tagebuch gefunden haben, über dessen Verbleib uns Ihr Mandant nichts verraten möchte.« Häberle hielt dem Juristen den Zettel vor und log: »Wir werden noch mehr davon finden. Es macht also wenig Sinn, wenn sich Herr Stanek weiterhin weigert, uns das Original auszuhändigen.«

Der Anwalt warf nur einen kurzen Blick auf das Papier. »Wir haben es zur Kenntnis genommen, und jetzt lassen Sie uns bitte wieder allein.« Er wandte sich seinem Mandanten zu, worauf Häberle mit dem abgerissenen Papier leicht verstimmt und wortlos das Büro verließ.

147

Häberle und Linkohr waren mit Grantner essen gewesen und hatten trotz Müdigkeit den Tag Revue passieren lassen. »Da habt's ihr ja eine schöne G'schicht'n am Hals«, meinte der Kriminalist aus Innsbruck, der seinen Wiener Dialekt nicht mehr unterdrücken wollte.

»Eine angesehene Unternehmerfamilie«, resümierte Häberle, nachdem er und Linkohr die gesamten Hintergründe, sofern sie ihnen bekannt waren, geschildert hatten. »Dass die beiden

Herrschaften in der Ulmer Untersuchungshaft gelandet sind, hätten sie heute Vormittag sicher nicht gedacht. Die Entscheidung dürfte dem Richter einige Überwindung gekostet haben.«

»Ja«, erwiderte Grantner mit einem tiefen Seufzer, »so hohe Herrschaften einzusperr'n, das zieht meist einen ganzen Rattenschwanz von Einsprüchen und Einflussnahmen aus der Politik nach sich. Das ist bei euch sicher nicht anders als bei uns.«

Häberle hätte aus der Erfahrung eines langen Berufslebens jede Menge Beispiele nennen können. Ranghohe Wirtschaftsführer pflegten allerbeste Beziehungen in die Politik, praktischerweise auch ins Innen- und Justizministerium, bisweilen auch zum Finanzministerium. Da fügte es sich dann gut, dort alte Studienfreunde sitzen zu haben oder gute Freunde aus Golf-, Segel- oder Männerkochclubs, bisweilen auch aus irgendwelchen Geheimbünden, die sich um soziale Projekte kümmerten.

»Und die alte Frau Temming glaubt tatsächlich an Spuk und böse Geister?«, wollte Grantner wissen.

»So hat sie es uns gestern Abend geschildert«, erklärte Häberle. »Es seien jede Menge merkwürdige Dinge in den letzten beiden Wochen passiert.«

»Aber das meiste davon hab'n diese beiden originellen Burschen, dieser Stanek und dieser Jarowski, inszeniert?« Grantner grinste charmant.

»So wird man das sagen können«, nickte Häberle. »Und was die nicht inszeniert haben, hat die gute Dame dann so gedeutet, als sei's ein Zeichen des Himmels.«

»Und dass sich die Bursch'n die Masche mit dem Spuk hab'm einfall'n lass'n, das ging auf die Erkenntnisse dieser Olivia zurück, die gewusst hat, dass die alte Dame für so etwas empfänglich ist«, konstatierte Grantner, was die beiden deutschen Kriminalisten mit heftigem Kopfnicken bestätigten.

»Na ja«, meinte der Oberinspektor aus Innsbruck, »es mag zwar Dinge zwischen Himmel und Erde geben, und da mein ich nicht nur die sehr real existierende Hängebrücke, sondern vieles, das man nicht erklären kann. Aber man muss alles sehr kritisch betrachten und sich nicht blenden lass'n.«

Nach diesem Gespräch in freundschaftlicher Atmosphäre hatten sich Häberle und Linkohr für die Unterstützung Grantners und seiner Mannschaft bedankt und anschließend auf den Heimweg gemacht. Linkohr übernahm das Steuer des Dienstwagens und chauffierte seinen Chef zur österreichischen Bundesstraße 179, die nach dem Grenztunnel bei Füssen zur deutschen A 7 wurde. Sie waren beide hundemüde. Linkohr verspürte Trauer über den Tod dieser hübschen jungen Frau.

Kurz vor Memmingen meinte Häberle plötzlich: »Ich bin mir ziemlich sicher, dass Stanek das Tagebuch herausrückt.«

Linkohr kämpfte mit dem Einschlafen.

148

Häberle hatte in der Halloweennacht schlecht geschlafen und beim Frühstück mit Susanne ziemlich wortkarg die gestrigen Ereignisse geschildert.

»Und wer hat nun den Kauler auf dem Friedhof erschossen?«, fragte sie ungeduldig.

»Einer der beiden Temmings auf jeden Fall. Die hatten ja die passende Waffe«, brummte Häberle und köpfte das Frühstücksei.

»Und wer hat die Olivia auf dem Gewissen?«

Häberle zuckte mit den Schultern. Das hatte er sich die ganze Nacht überlegt.

Als er eine halbe Stunde später trotz des Allerheiligenfeiertags im Büro seiner Dienststelle saß, herrschte dort bereits hektisches Treiben. Die gestrige Explosion des Kleinwagens auf der B 10 unweit von Göppingen hatte die halbe Führungsmannschaft des Ulmer Präsidiums hergelockt. Der Medienhype war riesig, zumal sich inzwischen herumgesprochen hatte, dass ein Zusammenhang mit einem Polizeigroßeinsatz in Reutte bestehen könnte, bei dem die weithin bekannten Besitzer von ›Alb-Donau-Chemie‹ festgenommen worden waren. Offizielle Stellen hatten dazu zwar nichts verlautbart, aber das Aufsehen in Reutte war schließlich groß genug gewesen, dazu an der stark befahrenen Fernpassstraße, sodass kaum etwas zu verheimlichen gewesen war.

»Unsere Experten«, so erläuterte ein altgedienter Kriminalist, der in Häberles Büro kam, »die sind der Meinung, dass durch die Betriebstemperatur von Olivias Auto irgendetwas am Motor explodiert ist. Möglicherweise ein explosives Gemisch.«

»Hm«, machte Häberle, der gegen aufkommendes Schädelweh kämpfte, »und welcher Art?«

»Schwierig zu sagen. Aber es könnte dasselbe gewesen sein wie beim Brand dieser Jagdhütte im Illertal. Sie entsinnen sich.«

»Natürlich entsinne ich mich«, empörte sich Häberle und war hellwach. »Dieses Diethylether, stimmt's?«

»Genau dieses«, bestätigte der Kollege. Häberle kombinierte blitzschnell und rief Linkohr zu sich, der heute unrasiert und kreidebleich daherkam. »Veranlassen Sie bitte, dass die Autos der beiden Temmings unter die Lupe genommen werden. Der BMW steht vermutlich noch in Reutte, aber auch bitte den Wagen vom jungen Temming untersuchen lassen. Nach Spuren von diesem Diethylether.«

»Und auch den Wagen von Mulzenbach, nehm ich an«, ereiferte sich Linkohr.

»Ja, natürlich, sofern der Wagen irgendwo aufzutreiben ist.«

»Eine Sektorenstreife der Kollegen in Reutte hat ihn sichergestellt. Auf einem Parkplatz ein paar Hundert Meter von der Brücke entfernt.«

»Na, wunderbar«, lobte Häberle.

»Wir haben eine weitere frohe Botschaft«, stürmte die junge Kollegin Solfi herein. Ihr Pferdeschwanz wippte, und ihre Augen zwinkerten Linkohr zu. »Ulrich Stanek hat über seinen Anwalt ausrichten lassen, dass er noch heute das Original-Tagebuch vorbeibringt.«

Linkohr konnte sich nicht mehr zurückhalten: »Da haut's dir's Blech weg.«

149

Es war ein abgegriffenes Schulheft mit kartoniertem blauen Einband. Stanek hatte sich zu Häberle führen lassen, der mit seiner Sonderkommision vom Geislinger Polizeirevier nach Göppingen umgezogen war.

»Das ist es«, murmelte Stanek, dessen schwarzer Schnauzbart weitaus gepflegter wirkte als gestern Nachmittag.

»Schön, dass Sie uns helfen«, bedankte sich Häberle, bot seinem Besucher einen Platz an und nahm das ziemlich mitgenommene Heft in Empfang, das vorne die Aufschrift ›Das zweite Halbjahr 1968‹ trug. Der Einband wirkte schlabbrig, das Papier war teilweise vergilbt. Häberle ließ die einzelnen Blätter zwischen Zeigefinger und Daumen durchflattern. Alles war handschriftlich eng beschrieben, jedes einzelne Datum samt Wochentag unterstrichen.

»Es gab nur dieses eine Tagebuch?«, wollte Häberle wissen.

»So sieht es aus, ja. Wahrscheinlich hat sie dieses nach jedem neuen Tageseintrag versteckt, falls ihr etwas zustoßen würde«, meinte Stanek.

»Und die anderen? Da muss es doch auch eines vom ersten Halbjahr 1968 geben«, blieb Häberle hartnäckig.

»Müsste es, ja. Aber vielleicht haben ihre Eltern die anderen weggeworfen – und eben nur dieses eine nicht entdeckt.«

Häberle nickte. »Und Sie und Kauler haben es kopiert und das Original versteckt.«

»Ja, bei mir im Keller.«

»Okay«, gab sich Häberle zufrieden und lehnte sich zurück. »Um es kurz zu machen: Da steht drin, dass Barbara gesehen hat, wie Walter Temming seinen Bruder Siegfried von der Leiter gestoßen hat – und dass man ihr Geld geboten hat, wenn sie den Mund hält.«

»Können Sie nachlesen, ja.«

»Und dass sie Angst vor den Temmings hatte.«

»Ja, steht alles drin. Angst vor dem Georg Temming, dem ganz Alten.«

»Ich werd mir das zu Gemüte führen. Aber was ist nun das besonders Brisante an der Sache?«

»Ist das nicht brisant genug? Mord vor 49 Jahren! Ich denke, Mord verjährt nicht«, meckerte Stanek.

»So ist es. Aber ob das Tagebuch einer Toten für eine Verurteilung ausreicht, muss das Gericht entscheiden.« Häberle runzelte die Stirn. »Aber es muss noch etwas geben, das Sie uns verheimlichen wollten.«

»Nicht verheimlichen«, wehrte sich Stanek. »Wir hätten es nur gerne für uns behalten.« Er grinste. »Als letzten Joker. Mein Freund Jarowski bräuchte nämlich eine bessere Abfindung, um finanziell gut gestellt die ›Alb-Donau-Chemie‹ verlassen zu können.«

»Also doch Erpressung!«, entfuhr es Häberle. »Sie hätten die Temmings doch noch erpresst.«

»Nicht erpresst, Herr Kommissar«, wiegelte Stanek ab. »Sehen Sie es doch einfach so: Jarowski hätte – na, sagen wir mal – ein besseres Argument für seine Forderungen gehabt.«

»Seien Sie froh, dass Sie Ihr Anwalt gut beraten hat«, entgegnete Häberle und wurde deutlicher: »Was ist es nun, was da an Brisantem noch drinsteht?«

»Nun«, Stanek kratzte sich im Oberlippenbart, »wie Sie wissen, war diese Barbara hochschwanger. Sie hat aber nie erzählt, keinem Menschen, wer der Vater des Kindes war.«

»Und?«, drängte Häberle auf eine Erklärung.

»Es war Walter. Walter Temming.« Stanek verzog sein Gesicht zu einem breiten, überheblichen Lächeln. »Und dieser Walter war damals schon mit seiner Gisela zusammen.«

Häberle war für einen Moment sprachlos, weshalb Stanek fortfuhr: »Da kann man sich denken, dass ein uneheliches Kind ziemlich ungelegen gekommen wäre. Vermutlich hat man Barbara mit finanziellen Zuwendungen zum Schweigen gebracht. Als sie dann aber Zeugin des Mordes geworden ist, hat sie wohl nicht mehr länger schweigen wollen.«

»Und das hat sie alles niedergeschrieben?«, vergewisserte sich Häberle.

»Ja, lesen Sie's nach. Ist spannender als jeder Krimi.«

150

Die Begeisterung der Staatsanwaltschaft an einem Fall, der 49 Jahre zurücklag, war nicht gerade groß. »Na ja«, meinte Linkohr gegen Ende der Woche, als sich sein Chef wenig erfreut über die Ermittlungsbehörde geäußert hatte. »Die leiden unter permanentem Personalmangel und haben genug mit den aktuellen Fällen an der Backe.«

»Vielleicht will man auch nicht so recht an die Sache ran«, sinnierte Häberle, tröstete sich aber damit, dass den Temmings der Friedhofsmord an Kauler angelastet wurde. Auch wenn sie weiterhin beharrlich schwiegen, so konnte davon ausgegangen werden, dass einer der beiden den tödlichen Schuss abgegeben hatte. Oder, so überlegte Häberle, ihre cleveren Anwälte versuchten, alles auf den toten Mulzenbach abzuschieben, der sich nicht mehr wehren konnte.

Wieder war es die brünette Solfi, die den Chefermittler aufheiterte – nicht allein durch ihre charmante Art und ihr Äußeres, sondern durch die ausgedruckte Meldung, die sie ins Büro brachte. »Laborergebnisse vom Auto der Olivia und den Fahrzeugen von Temming und Mulzenbach.« Sie blieb keck neben Häberles Schreibtisch stehen, zwinkerte auch diesmal Linkohr zu und fasste schon mal zusammen, was das Landeskriminalamt übermittelt hatte: »In allen Fahrzeugen Spuren von diesem Diethylether, das sich zwar schnell verflüchtigt, aber von unseren Jungs in Stuttgart aufgespürt wurde. Genial.«

»Das bedeutet, dass sie mit diesem hochexplosiven Zeug etwas im Schilde geführt haben«, konstatierte Linkohr. »Etwas, das in dieser Jagdhütte danebengegangen ist, als es Sven Temming vielleicht umgefüllt hat. Womöglich, um damit Olivia zu beseitigen.«

»Aber wie bringt man das Zeug an einem Auto zur Explosion, das einen Tag lang abgestellt war und mit dem man gerade mal drei, vier Kilometer gefahren ist?«, schwächte Häberle die Begeisterung Linkohrs ab.

Solfi deutete mit dem Zeigefinger auf einige Zeilen weiter unten: »Hier lesen Sie, Chef Die Experten meinen, jemand könnte ein verschlossenes Kunststofffläschchen in den Auspuff gesteckt haben. Bereits bei geringer Erwärmung komme es zur Explosion. Das würde erklären, weshalb Olivia nach dem Starten des Motors noch einige Kilometer fahren konnte.«

»Und somit konnte so ein explosives Fläschchen seit längerer Zeit im Auspuff stecken«, ergänzte Linkohr.

Häberle kombinierte: »Olivia hat vermutlich ihr Auto bei der Wohnung ihres Halbbruders abgestellt, wo in der Nacht das Zeug in den Auspuff gestopft wurde. Vermutlich hat der Täter gehofft, Olivia würde am Morgen mit dem Auto wegfahren. Das hat sie aber nicht getan. Sie ist mit Jarowski nach Reutte gekommen und am Dienstagnachmittag mit dem Zug zurückgekehrt, um ihr Auto zu holen.«

»Stellt sich die Frage«, mischte sich Solfi ein, »wer das Zeug in den Auspuff gestopft hat. Ganz sicher einer von denen, bei deren Auto man den Stoff nachgewiesen hat.«

Häberle machte weiter: »Da tippe ich stark auf Mulzenbach, der vermutlich schon zwei Tage zuvor in Biberach auf sie gelauert hat.«

»Temmings Leibwächter sozusagen«, meinte Linkohr.

151

Anderntags ereilte Häberle eine unerwartete Bitte: Der Anwalt Sven Temmings hatte sich gemeldet und um ein Gespräch mit ihm und seinem Mandanten in der Ulmer Untersuchungshaft gebeten. Häberle war auf das Zusammentreffen mit dem jungen Unternehmer gespannt, der in Jeans und blauem Hemd in das spartanische Besprechungszimmer geführt wurde: Holztisch, Holzstühle, vergitterte Fenster. Der einst vor Selbstbewusstsein strotzende Mann war blass und unrasiert, die Haare ungekämmt. Die paar Tage Untersuchungshaft hatten ihn schwer gezeichnet. Sein Anwalt, ein jung-dynamischer Jurist mit kurzen, gegelten Haaren und forschem Auftreten, legte seinem Mandanten zur Begrüßung einen Arm um die Schulter und deutete ihm an, er möge gegenüber Häberle Platz nehmen. Der Chefermittler erhob sich kurz und schüttelte Temming die Hand.

»Mein Mandant möchte eine Erklärung abgeben«, begann der Jurist sachlich und emotionslos, um dann zu referieren, was mit Sven Temming abgesprochen war: »Herr Temming räumt zur Entlastung seines Herrn Vaters Walter Temming ein, den Schuss auf dem Geislinger Friedhof abgegeben zu haben. Dass dabei Herr Martin Kauler zu Tode gekommen ist, bedauert er zutiefst und spricht dessen Lebensgefährtin Frau Sonja Tablander sein Beileid aus.«

Häberle hasste diese gestelzten Formulierungen, dazu im Vorfeld eines angeblichen Geständnisses. Temming fuhr mit dem Daumennagel die Ritzen im Holztisch nach – wie ein kleiner Junge, der sich vor dem Lehrer fürchtete, dachte der Kriminalist.

»Herr Sven Temming«, dozierte der Jurist, der sich an einem Manuskript orientierte, »hat sich anstelle seines Vaters den Umtrieben der Herren Kauler, Jarowski und Stanek gestellt, um dem Psychoterror, dem die gesamte Familie seit Tagen ausgesetzt war, auf den Grund zu gehen. Es kam dann aber zu einem unerwarteten Zusammentreffen von meinem Mandanten und Herrn Martin Kauler, in dessen Verlauf Herr Kauler gewalttätig wurde und seinerseits mit einem Gegenstand hantierte, den mein Mandant als Waffe deutete. Herr Sven Temming versuchte, dem Herrn Kauler die vermeintliche Waffe zu entreißen, wobei sich aus Herrn Temmings Waffe ein Schuss löste. Als Zeuge des Vorfalls wird Herr Walter Temming benannt, der nur wenig davon entfernt stand und trotz der Dunkelheit ausreichend sehen konnte.«

Temming hatte kein einziges Mal aufgeblickt, sondern sich unablässig mit den Ritzen im Tisch beschäftigt.

»Und was ist zu Frau Olivia Baran zu sagen?«, hakte Häberle ruhig nach.

»Dazu ist zu sagen«, fuhr der Anwalt emotionslos fort und nahm ein anderes Blatt Papier zur Hand: »Herr Marcel Mulzenbach war von Herrn Temming beauftragt, für ihn Personenschutzdienste vorzunehmen. Wie diese vonstattengehen sollten, darüber gab es keine Absprachen. Das war Herrn Mulzenbach überlassen.«

Häberle holte tief Luft, was den Juristen zwar kurz brüskierte, dann aber am Weiterlesen nicht hinderte: »Herr Mulzenbach war beauftragt gewesen, Frau Olivia Baran davon abzuhalten, Herrn Temming falsch zu belasten. Herr Mulzenbach hat ihr eine Art Denkzettel verpassen wollen und sich dazu eine geringe Menge eines chemischen Stoffes abgefüllt, der an ihrem Auto eine leichte Verpuffung verursachen sollte.«

»Leichte Verpuffung«, brummte Häberle dazwischen. »Nur, dass ihr diese leichte Verpuffung das Leben gekostet hat.«

»Vermutlich ein unvorhersehbares Ereignis«, erwiderte der Anwalt, ohne aufzuschauen. »Die Gedankengänge des Herrn Mulzenbachs lassen sich nicht mehr nachvollziehen. Herr Temming räumt ein, diese Flüssigkeit in seiner Jagdhütte in ein kleines Röhrchen abgefüllt zu haben. Als Herr Mulzenbach fortgegangen war, geriet die größere Restmenge in Brand, weshalb die gesamte Jagdhütte abgebrannt ist.«

Nachdem der Anwalt das Statement verlesen hatte, fügte er, an Häberle gewandt, hinzu: »Sie dürfen Herrn Temmings Aussage in schriftlicher Form zu den Akten nehmen.«

»Danke sehr«, sagte Häberle, »vielleicht darf ich etwas anmerken«, wandte Häberle ein.

»Bitte«, erteilte ihm der Anwalt das Wort.

»Ich wollte Herrn Temming nur fragen, ob ihm bewusst ist, wen er da erschossen hat.«

Temmings Gesichtszüge versteinerten sich noch mehr.

»Ich werd's Ihnen sagen«, machte Häberle weiter: »Sie haben Ihren Halbbruder getötet. Martin Kauler war das uneheliche Kind Ihres Vaters.«

Aus Temmings Gesicht blickte das pure Entsetzen.

152

Am folgenden Sonntag hatte Linkohr lange geschlafen und beim Erwachen an Claudia Herold gedacht. Seit er sie gesehen hatte, ging sie ihm nicht mehr aus dem Sinn. Jetzt, wo der Fall abgeschlossen war, konnte er sie doch einfach anrufen. Immerhin hatte sie doch vorgeschlagen, dass sie ihr Gespräch bei einem Kaffee fortsetzen könnten. Dieser Satz klang in seinem Kopf nach. Andererseits war da die junge Kollegin Solfi, mit der es allen Grund gäbe, zum Abschluss dieser stressigen Ermittlungswoche ebenfalls Kaffee trinken zu gehen.

Während er duschte, fühlte er sich hin- und hergerissen und überlegte, wann am heutigen Sonntag der richtige Zeitpunkt für einen Anruf bei Claudia Herold sein würde. Er bereitete sich in seiner Junggesellenbude ein spartanisches Frühstück zu, sortierte zwischendurch einige lieblos weggelegte Kleidungsstücke und befürchtete, dass er irgendwann die Waschmaschine füttern musste. Seit er keine feste Freundin mehr hatte – und dieser Zustand dauerte schon viel zu lange an –, sah er keine Veranlassung, seine kleine Wohnung regelmäßig aufzuräumen. Die Unordnung, so schien es ihm, hatte eine gewisse Eigendynamik entwickelt. Käme er in die glückliche Lage, eine Frau zu sich einladen zu können, müsste er in aller Hektik aufräumen und den Staubsauger in Aktion treten lassen. Aber vorläufig, so musste er sich betrübt eingestehen, war an solche Besuche nicht zu denken.

Gegen elf Uhr rief er pochenden Herzens bei Claudia Herold an. Er hatte sie noch genau in Erinnerung: ein strahlendes Lachen, lange schwarze Haare, um die 30. Getrennt von ihrem Freund, hatte sie gesagt. Nach vier Freizeichen meldete sie sich. Linkohr stellte sich vor, falls ihr sein Name nicht mehr geläufig war, und erklärte, dass man auch dank ihrer Hinweise den Fall so schnell habe lösen können. Allerdings glaubte er aus ihren knappen Anmerkungen herauszuhören, dass sich ihr Interesse in Grenzen hielt. Sie schien in Eile zu sein. Deshalb kam er schnell, vielleicht allzu schnell zur Sache: »Sie haben ja gemeint, wir könnten unser Gespräch bei einem Kaffee fortsetzen.«

»Ja, das hab ich gesagt«, kam es zurück. Zwei Sekunden verstrichen, bis sie sich zu einer Erklärung entschloss: »Das kommt mir nur gerade ziemlich ungelegen, Herr Linkohr. Heute … heute krieg ich Besuch.«

Linkohr wollte schon sagen, dass dies nichts ausmache und man sich ein andermal treffen könne, da drang es wie ein Donnerschlag an sein Ohr: »Mein Ex … ich hab Ihnen gesagt …« Offenbar fiel es ihr schwer, Linkohr reinen Wein einzuschenken, »mein Ex besucht mich heute. Und vielleicht kitten wir unsere Freundschaft wieder.«

Linkohr überkam eine tiefe Traurigkeit, wie so oft: Einer riesigen Erwartung folgte eine bittere Enttäuschung.

»Okay«, presste er hervor. »Dann wünsch ich einen schönen Tag.« Er legte auf und beschloss, den Tag allein zu verbringen. Er unternahm eine längere Wanderung durch die herbstlichen Wälder, um Gedanken und Gefühle zu sortieren.

Um sich abzulenken, versuchte er sich das Elend der Familie Temming vor Augen zu führen. Sven in Untersuchungshaft, sein Vater inzwischen auf freiem Fuß. Was musste es für den alten Herrn für ein Gefühl sein zu wissen, dass sein Sohn ihn auf dem Friedhof hat heimlich beschützen wollen. Was sich dann dort zugetragen hat und weshalb der tödliche Schuss gefallen ist, dürfte vermutlich nie mehr geklärt werden können – solange Walter Temming behauptete, sein Sohn sei von Kauler angegriffen worden. Vielleicht würde es einem cleveren Anwalt gelingen, ein milde gestimmtes Gericht von einer Notwehrsituation zu überzeugen.

153

Montag, eineinhalb Wochen nach dem Friedhofsmord. Häberle hatte am späten Vormittag alle Kollegen der Sonderkommission zu sich gerufen, Pizza und Cola bestellt und ihnen zum Abschluss der Ermittlungen gedankt.

Linkohr hatte sich von der gestrigen Enttäuschung einigermaßen erholt, war es ihm doch gelungen, neben Solfi Platz zu nehmen.

Dass sogar der Polizeipräsident aus Ulm angereist war, interessierte ihn in diesem Moment wenig. Allerdings schien Solfi eher auf den großen Chef fixiert zu sein als auf ihn. Vermutlich, so durchzuckte es Linkohr, hatte sie ihre weitere Karriere bei der Polizei im Blickfeld.

Immerhin war der Präsident in ungewöhnlich guter Laune. Dass es im gesamten Gebäude nach Pizza roch, nahm er insgeheim kritisch zur Kenntnis, wollte aber nicht als Spaßbremse dastehen. Der Ruf, eine solche zu sein, eilte ihm ohnehin voraus.

»Das war eine gute Leistung«, lobte er, worauf den meisten in dem kleinen Saal beinahe der Bissen im Halse stecken geblieben wäre. Solche Worte hatten sie aus dem Munde des Präsidenten selten gehört. »Und was mir sehr gut gefallen hat«, führte der oberste Chef aus, »das war die Diskretion, mit der die Ermittlungen vonstattengegangen sind. Bis zuletzt wenig Medienspektakel. Ein Lob geht auch an unsere Pressestelle, die alle diesbezüglichen Anfragen erfolgreich abgeschmettert hat.«

Ganz typisch, dachte Häberle. Eine offensive Medienarbeit war in diesem Hause unerwünscht – obwohl man andererseits alles daransetzte, den Eindruck zu vermitteln, die Polizei sei omnipräsent, um allem entgegenzuwirken. Vom Wohnungseinbruch bis zur Terrorbekämpfung.

»Ich bin stolz«, holten Häberle die Worte des Präsidenten aus den Gedanken zurück, »dass es uns gelungen ist, einen so erfahrenen Ermittler wie den Ersten Kriminalhauptkommissar Häberle in unseren Reihen zu halten.« Er fügte grinsend hinzu: »Es wäre jammerschade, wenn so ein tüchtiger Beamter daheim versauern würde.«

Beifall brandete auf.

Linkohr wandte sich flüsternd ans Ohr seiner Nebensitzerin: »Ich bin mir sicher, dass du und ich einmal die richtigen Nachfolger wären.«

Solfi sah ihn ernst von der Seite an: »Wir beide? Heutzutage musst du Absolvent der Polizeihochschule in Hiltrup gewesen sein, um es zu etwas zu bringen.«

Linkohr spürte einen neuerlichen qualvollen Stich gegen sein Gemütsleben.

»Das heißt?«, fragte er leise zurück.

»Dass ich euch bald verlassen werde. Ich geh' in Hiltrup studieren.«

Linkohr wurde sich bewusst, dass er in seine Junggesellenbude vorläufig keine Ordnung zu bringen brauchte.

154

Sylvia und Felix hatten die finstren Tage seit der Festnahme von Sven bei den Schwiegereltern in Kuchen verbracht. Nie mehr würde ihr Leben so unbeschwert sein können wie zuvor. Sowohl familiär als auch wirtschaftlich war ihre schöne Welt zusammengebrochen. Gisela war von der Erkenntnis, dass Walter sie bereits vor der Hochzeit mit Barbara betrogen hatte und sogar Vater eines unehelichen Kindes gewesen ist, tief getroffen. Walter saß seit Stunden wie versteinert, verweigerte Essen und schwieg. Immer wieder tauchte das Bild jenes Mannes vor ihm auf, den er auf dem Turm des Ulmer Münsters getroffen hatte – seinen eigenen Sohn, ohne es zu ahnen.

Dieses Bild würde ihn bis an sein Lebensende verfolgen.

Er hatte gewusst, dass sein Vater Georg die Angelegenheit auf einfache Weise bereinigt hatte, wie der tödliche Unfall damals innerhalb der Familie umschrieben worden war.

Es waren wirklich schreckliche Tage gewesen, hämmerte es in Walters Kopf. Barbaras Schwangerschaft, der Streit ums erhoffte Erbe. Natürlich war seinem Bruder Siegfried das Abenteuer mit Barbara nicht entgangen. Da hatte sich an jenem Samstagnachmittag im Oktober 1968 die Chance geboten, allem ein Ende zu bereiten. Was hatte Barbara ausgerechnet in diesem Moment in das Zimmer kommen müssen!

Vater Georg war bemüht gewesen, den guten Ruf der Familie zu erhalten. Dank seiner vielfältigen Beziehungen als angesehener Unternehmer hatte es kein großes Aufsehen gegeben – und auch der angebliche Verkehrsunfall, dem Barbara zum Opfer gefallen war, hatte nie zu irgendeinem Verdacht gegen den Vater geführt.

Jetzt drohte aber eine ganz andere Gefahr. Denn wie die Staatsanwaltschaft auf den Inhalt des aufgetauchten Tagebuches reagieren würde, war nicht abzuschätzen. Konnte nach so langer Zeit eine Mordanklage drohen – basierend allein auf einer 50 Jahre alten Niederschrift? Von dieser Frage würden sie noch wochenlang gequält werden.

»Ich hab's immer befürchtet«, schluchzte Gisela zum wiederholten Mal in ihr Taschentuch, während ihr Mann, Schwiegertochter und Enkel stumm abseits saßen. »Siegfried hat keine Ruhe gefunden. Und wenn«, sie flüsterte es nur so vor sich hin, »wenn er wiedergeboren worden ist mit Sven – dann hat sich alles wiederholt.« Die Schläge der großen Standuhr übertönten die letzten Worte: »Dann hat Sven seine frühere Seele ausgelöscht.«

HERZLICHEN DANK!

Um einen Kriminalroman möglichst realitätsnah schreiben zu können, bedarf es vieler Tipps- und Hinweisgeber. Aus der Vielzahl derer, die mir zur Seite gestanden sind, möchte ich einigen ganz besonders danken: Rudolf Bauer, Pressesprecher des Polizeipräsidiums Ulm, Ruhestandspfarrer Siegfried Götz (Geislingen/Steige), meinem Schulfreund Diplom-Chemiker Dr. rer. nat. Klaus Feige (Reinheim/Odenwald) für die Beratung zu explosiven Chemikalien, Polizei-Pensionär Paul Rimml (Reutte/Tirol), Bücherei-Leiterin Sonja Kofelenz (Leiterin der Bücherei Reutte/Tirol), Ernst Hornstein (Obmann des Museumsvereins Reutte/Tirol) sowie Armin Walch (Reutte/Tirol) für das Titelfoto. Fürs Korrekturlesen gilt mein Dank meinem Nachbarn Erwin Schmidt und in besonderer Weise auch Alexander Ilg, der wieder mit geradezu detektivischem Spürsinn Häberles Ermittlungen geprüft hat.

Ohne meine langjährige Lektorin Claudia Senghaas wären aber die bisher 18 Häberle-Krimis nicht entstanden. Sie hat mich mit viel Geduld und großem Einfühlungsvermögen in all den Jahren begleitet. Ganz lieben Dank dafür!

Das Neueste aus der Gmeiner-Bibliothek

Unser Lesermagazin

Bestellen Sie das kostenlose Krimi-Journal in Ihrer Buchhandlung oder unter www.gmeiner-verlag.de

Informieren Sie sich …

www … auf unserer Homepage:
www.gmeiner-verlag.de

@ … über unseren Newsletter:
Melden Sie sich für unseren Newsletter an unter www.gmeiner-verlag.de/newsletter

f … werden Sie Fan auf Facebook:
www.facebook.com/gmeiner.verlag

Mitmachen und gewinnen!

Schicken Sie uns Ihre Meinung zu unseren Büchern per Mail an gewinnspiel@gmeiner-verlag.de und nehmen Sie automatisch an unserem Jahresgewinnspiel mit »mörderisch guten« Preisen teil!

GMEINER SPANNUNG